Schaafsgold
und der ungelesene Autor

Edgar Schaafs vierter Fall

**Roman
von Pit Ferman**

Blitzeinbrüche und Geldautomatenraube. Eine Bande treibt seit drei Jahren ihr Unwesen. Aber letztlich ist es Gold, weswegen die Dinge in Offenburg und Umgebung gefährlich aus dem Ruder laufen. Nicht weil es da ist, sondern weil es nicht mehr da ist.

Pit Ferman, Autor der *Edgar Schaaf-Krimis*, wird unerwartet und äußerst schmerzhaft mit den Auswüchsen der Suche nach dem Gold konfrontiert. In der Not wendet er sich an seinen Freund Edgar Schaaf.

Für Eliza

Impressum
Twentysix – der Selfpublishing-Verlag
Eine Kooperation zwischen der Verlagsgruppe **Random House** und
BoD – Books on Demand

© 2018 Pit Ferman

Herausgeber und Verlag
Bod – Books on Demand, Norderstedt

ISBN: 9783740743277

Vorwort

Im Jahr 2019, also vor drei Jahren, begann im mittelbadischen Raum eine Serie von Verbrechen, die, von der Öffentlichkeit anfänglich nur en passant wahrgenommen, die Staatsanwaltschaften und die Polizeibehörden der betroffenen Städte zunehmend vor einige Probleme stellte.

Zum einen handelte es sich um sogenannte Blitzeinbrüche. Eine Art von Verbrechen, die besonders durch ihre rabiate und dadurch unheimlich effektive Ausführung auffiel. Das Prinzip der Blitzeinbrüche war bekannt und einfach. Die Verbrecher lenkten kurzerhand ein Fahrzeug in die Schaufensterauslagen von vorher ausgespähten Juwelieren, um nach dem Bruch der in der Regel panzerglasgeschützten Scheiben die darin ausgestellten Schmuckwaren und Uhren eilig und doch gezielt zusammenzuraffen und mit der Beute zu fliehen. In den meisten Fällen erwiesen sich die Tatfahrzeuge als kurzfristig vorher und ausschließlich zu diesem besonderen Zweck gestohlene Autos, die nach der Tat vor Ort stehen gelassen wurden. Die Flucht der Täter wurde mit einem anderen Fahrzeug durchgeführt. Solche Überfälle dauerten nach Erkenntnissen der Polizei in den meisten Fällen nicht länger als eine Minute.

Die Serie von Blitzeinbrüchen in Mittelbaden unterschied sich dahingehend von der üblichen Vorgehensweise, indem das Tatfahrzeug, ohne dass es je bei einem Tathergang gesehen oder per Überwachungskamera aufgenommen wurde, den Tätern auch als Fluchtfahrzeug diente. Und noch eine Ausnahme. Die Überfälle fanden ausnahmslos nachts statt. Der gravierendste Unterschied jedoch war die spezielle Ausführungsmethode, die sich explizit auch an besonders durch starke Stahlgitter gesicherten Juweliergeschäften auszeichnete. Sie bedienten sich einer bislang unbekannten mechanischen Vorrichtung, die in der Lage war, die heruntergelassenen oder vorgezogenen Gitter sowohl in vertikaler als auch in horizontaler Richtung in für sie ausreichendem Maß auseinanderzudrücken oder aufzuspreizen, und zwar in denkbar kürzester Zeit. Damit fielen Ziele in ihren Fokus, die bis dahin als uneinnehmbar galten und die, entsprechend dem Grad ihrer Sicherheitsmaßnahmen, eine ungleich höhere Qualität an Waren und Werten auszustellen bereit waren.

Insgesamt zählte die Polizei zwölf erfolgreiche Angriffe dieser Art innerhalb von drei Jahren. Das Betätigungsfeld der Räuber reichte von Lahr (Schw.) bis nach Baden-Baden, wobei in Baden-Baden, nicht verwunderlich angesichts der Ansammlung namhaftester Schmuck- und Uhrenhändler, allein fünfmal, und anhand vorgelegter Versicherungsunterlagen am lukrativsten, zugeschlagen worden war. Die restlichen Blitzeinbrüche verteilten sich auf Bühl (zweimal), Achern (einmal), Offenburg (zweimal), Lahr (einmal) und Kehl (einmal).

Zum Zweiten gab es im gleichen Zeitraum eine Serie von Geldautomatendiebstählen, in der Zahl acht Stück. Es wurden bevorzugt Geldautomaten ausgewählt, die in Vorräumen von Geldinstituten oder gar außerhalb aufgestellt waren.

Die Vorgehensweise zur Entwendung der Geldautomaten ähnelte in groben Teilen der Praxis der Blitzeinbrüche. Fest stand, dass ein kräftiges Fahrzeug mit spezieller Ausrüstung dafür verwendet werden musste, denn die Automaten wurden mit brachialer Gewalt aus ihren Verankerungen gerissen. Lange Zeit stellte die Polizei den Gebrauch eines Fahrzeuges jedoch in Frage, waren doch die Positionen der Geldautomaten, was die Abstände zu den Türen der Bankhäuser betraf, ausreichend bemessen, und die Türen waren für die Breite eines Fahrzeugs zu schmal. Es war ausgeschlossen, dass ein Fahrzeug direkt in die Vorräume hineinfuhr. Und doch war es nicht anders denkbar, als dass es sich um ein

Fahrzeug handeln musste, das zu genau diesem Zweck umgebaut war, das mit Werkzeugen die Distanz zwischen Tür und Automat überbrücken und immer noch genügend Kraft aufwenden konnte, den Automat wie auch immer zu packen und zu entfernen.

Die Geldautomaten wurden komplett entwendet und in Gänze fortgeschafft. Wohin sie gebracht wurden, um sie zu öffnen, beziehungsweise, wo die geöffneten und geleerten Automaten verblieben, war den ermittelnden Behörden ein Rätsel. Der Schaden, der allein den entwendeten Geldautomaten zuzurechnen war, ging in die Hunderttausende. Von den Blitzeinbrüchen auf Juweliergeschäfte gab es nur geschätzte Zahlen, aber man befasste sich mit Millionenbeträgen.

Es existierte eine einzige, grobkörnige Nachtaufnahme einer Handykamera, die ein dunkles, in der Farbe undefinierbares Fahrzeug zeigte, vermutlich, den Abmessungen nach, ein sogenannter Unimog, mit diversen, unkenntlichen Auf- und Anbauten. Des Weiteren gab es die Aufnahme einer Reifenspur, die von der Größe und vom Profil her auf ein Fahrzeug des genannten Typs schließen ließ.

Es kursierten die tollsten Gerüchte über die Bande, aber niemand wusste etwas Konkretes. Die Zeitungen spekulierten ohne wirklich zufriedenstellende Recherchen wild durcheinander. Die Öffentlichkeit hielt sich in klammheimlicher, sprichwörtlich diebischer Freude über das Gelingen der Coups bedeckt. Leserbriefe schmähten entweder die Polizei oder sympathisierten unverblümt mit der Bande, die jeweils wie aus dem Nichts auftauchte und dort wieder verschwand.

Vom Autor

Vor dem Verfassen dieses Romans habe ich mir überlegt, ob ich die Geschichte in der Ich-Form erzählen soll, denn schließlich geschah es das erste Mal, dass ich mehr oder weniger direkt in die Handlung eingebunden wurde, was freilich so nicht vorgesehen war. Normalerweise ziehe ich es nämlich vor, mir von Edgar Schaaf seine Erlebnisse schildern zu lassen, um dann mit einigem zeitlichen und relativ sicheren Abstand einen „Edgar Schaaf-Krimi" daraus zu produzieren. Obwohl das Hauptaugenmerk der folgenden Geschichte auf meine Partnerin Eliza und mich gerichtet ist und Edgar Schaaf beinahe zur Nebenfigur degradiert wird, bleibt es ein echter „Edgar Schaaf-Krimi", und das war letztlich der ausschlaggebende Punkt, sie aus meiner Sicht in der dritten Person zu schreiben.

Ich bin Pit Ferman.

24. Juni 2022

Silvio brachte ihm das zweite Glas Weißwein und stellte es vor ihn auf den Tisch. Billigen Landwein im geraden Glas, ohne Henkel. Pit Ferman mochte die behenkelten Weinschoppengläser nicht. Henkel waren seiner Meinung nach etwas für Kaffeetassen und Kochtöpfe, nichts für Trinkgläser.

Silvio blieb neben ihm stehen, ein Geschirrtuch über den Unterarm geworfen. Pit Ferman grunzte unverständlich. Das Glas war beschlagen und er bekam nasse Finger, als er es zum Trinken ansetzte. Außer ein paar Jugendlichen, die im anderen Flügel der Eckkneipe lautstark Billard spielten, war er der einzige Gast. Er wartete darauf, dass Silvio etwas sagen würde, aber der zog es vor, aus dem Fenster auf die Straße hinauszuschauen, wo es außer Pit Fermans taubenblauem Autodach nichts zu sehen gab. Aus der Küche hinter dem Tresen erklang das Klirren von zerdeppertem Porzellan, gefolgt vom Fluch einer weiblichen Stimme. Silvio verdrehte die Augen, murmelte irgendetwas auf Italienisch, schnappte sich das leere erste Weinglas vom Tisch und eilte mit wehendem Geschirrtuch in die hinteren Räumlichkeiten. Bald darauf hörte Pit eine kurze heftige Diskussion. Silvio erschien wieder, schwungvoll die Küchentür zur Theke aufstoßend, kramte in einer Schublade unter dem Spirituosenregal herum, und verschwand mit einer Erste-Hilfe-Box erneut in der Küche.

Kurz darauf betrat Silvio mit der Besitzerin der weiblichen Stimme den Schankraum, griff eine Flasche mit einer klaren Flüssigkeit aus einem Regal und schenkte zwei Schnapsgläser voll. Grappa. Eigenimport direkt aus Italien. Er nahm ein drittes Glas und gab Pit Ferman ein aufforderndes Zeichen. Sollte wohl so viel heißen wie: na, auch einen? Pit Ferman lehnte ab. Er würde noch fahren müssen und bewegte sich mit den zwei Gläsern Wein bereits in der Grauzone, die er meinte gerade noch verantworten zu können.

„Was ist passiert?", fragte er stattdessen. Selbstredend kannte er die junge Frau, die bei Silvio die Küche leitete. Christina, Silvios blonde hübsche Tochter mit den markanten Augen.

Sie hob wortlos die linke Hand in die Höhe, an der ein Pflaster zwischen Daumen und Zeigefinger klebte, und grinste. Silvio lugte um die Ecke nach den Jugendlichen am Billardtisch, ob sie noch mit Getränken versorgt waren, schlenderte wieder zu Pit Fermans Tisch und setzte sich ihm vis-à-vis auf die äußerste Kante des Stuhls, jederzeit bereit, bei Bedarf aufzuspringen. „Das iste eine Seißmonat, Pit", sagte er mit liebenswürdigem Akzent.

„Wem sagst du das", antwortete der schwer schnaufend.

„Die junge Leute, sie make viele Radau und nixe esse, versteh? Esse drübe andere Straß´ diese amerikanise Seiß."

Pit Ferman verstand. Er fragte sich schon lange, wovon Silvio eigentlich lebte. Er hatte nicht den Eindruck, dass sich in den Zeiten, in denen er nicht als Gast zugegen war, mehr Kundschaft im Gasthaus *Zum grauen Eck* aufhielt als jetzt. Dabei war Christinas Küche exzellent, keine Frage. Sie war eine gute Köchin, beschränkte sich auf wenige mediterrane Gerichte, mit denen sie keinen Vergleich mit anderen italienischen Restaurants der Stadt zu scheuen brauchte. Vielleicht war die Lage nicht gerade eine der besten. Nomen est Omen, *Zum grauen Eck* stieß allein schon vom Namen her den einen oder anderen möglichen Besucher ab, und tatsächlich wirkte auch die äußere Erscheinung des Hauses nicht einladend. Silvio müsste Geld in die Hand nehmen, um eine Totalrenovierung anzugehen, viel Geld sogar, aber er hatte dieses Geld nicht, zumindest nicht flüssig. Das Gasthaus mit angeschlossener Wohnung war sein Eigentum und er hielt nichts davon, es zum Zwecke einer lukrativeren Vermarktung einer Brauerei oder gar der Mafia zu überschreiben. Zu viele Erinnerungen steckten darin. Die meiste Zeit seines Lebens hatte er hier verbracht. Hier war seine Tochter zur Welt gekommen und hier war seine Frau gestorben. Wenn Christina von der Kocherei bei ihm einmal die Nase voll haben oder sich anderweitig nach einer geeigneteren, besser bezahlten Stelle umsehen sollte, würde er aufhören. Dann würde es das *Zum grauen Eck*, Ecke Hauptstraße/Prälat-Hoffinger-Straße in Offenburg nicht mehr geben. So sah´s aus.

Von außen besehen wäre aus dem Haus doch einiges herauszuholen. Es verfügte über zwei breite Rundbogenfenster, je eines links und rechts der Eingangstür am Hauseck. Der raue Verputz jedoch war abstoßend rußgrau und bedeckte die gesamte Fassade des im Pseudo-Jugendstil erbauten vierstöckigen Hauses. Zudem waren dem Restaurant nur zwei Parkplätze zugewiesen, von denen einer ständig für Pit Fermans Fahrzeug reserviert war. Ohne diese Parkmöglichkeit wäre auch Pit Ferman kein Stammkunde, denn die Parksituation in der Stadt im Allgemeinen, und in diesem Wohnviertel im Besonderen, war prekär.

Das iste eine Seißmonat betraf in diesem Sinne auch Pit Ferman, denn es war der vierundzwanzigste Juni, und in der Regel war Pit Ferman ab dem vierundzwanzigsten, spätestens fünfundzwanzigsten eines jeden Monats pleite. Er hatte es sich angewöhnt, an diesem Tag mit dem Rest seines zur Verfügung stehenden Geldes Lebensmittel einzukaufen, die bis zum Ende des Monats reichen mussten, wobei, er ohne mit der Wimper zu zucken, nebst Wein auch Zigaretten zu den Lebensmitteln zählte. Ab dem vierundzwanzigsten eines Monats ließ er bei Silvio anschreiben. So auch heute. Es bedurfte dazu keiner weiteren Worte, die Absprache geschah stillschweigend. Silvio wusste, dass er am zweiten des Folgemonats den ausstehenden Betrag erhalten würde. Genauso stillschweigend.

Pit Ferman trank das Glas leer und erhob sich. Silvio zeigte mit einem Finger in die Ecke hinter Pits Rücken, wo so etwas wie Silvios persönlicher Reliquienschrein hing, was aber nichts anderes war als eine Glasvitrine auf der Basis von billigen Resopal-Brettern. Darin befanden sich das Plastik-Modell eines *Fiat Cinquecento* und ein Vereinswimpel von Juventus Turin, sowie Fotos von Silvios Familie, als seine Frau noch lebte. Daneben stand eine Reihe von Büchern, neun an der Zahl, die Silvio zwar nicht gelesen hatte und nicht lesen würde, aber hoch in Ehren hielt. Pit Fermans Bücher. Also Bücher, deren Autor Pit Ferman war und die er seinem Freund jeweils schenkte. „Haste du viele Büker verkaufe, Pit?"

Pit Ferman fragte sich, ob Silvio bloß aus purer Freundlichkeit Interesse zeigte, oder ob vielleicht dahinter der Wunsch stecken mochte, Pit könnte durch den Verkauf der Bücher eventuell zu Geld gekommen sein, was ihm die peinliche Verwendung des Schuldendeckels für den Rest des Monats ersparte.

„Jeder Monat ist ein Scheißmonat, Silvio", antwortete er und klopfte dem Wirt auf die Schulter. „Bis morgen, Christina", rief er auf dem Weg zum Ausgang Richtung Küche, ohne auf ihre Antwort zu warten.

Auf *seinem* Parkplatz stand der Citroën Typ H, Baujahr 1981, einer der letzten seiner Art. Der französische Kult-Kastenwagen aus Wellblech mit sagenhaften achtundfünfzig PS und taubenblauer Lackierung. Er öffnete die Fahrertür, die praktischerweise von vorne nach hinten schwenkte und einen bequemen Einstieg garantierte, zündete den Motor und fuhr davon.

Selten benutzte Pit Ferman, wenn er von Offenburg kommend nach Hause ins Rothbachtal fuhr, die Bundesstraße, und freitagnachmittags so gut wie nie. Er hasste es, im Stau zu stehen, und freitags erlitt die Bundesstraße Richtung Süden regelmäßig den Verkehrsinfarkt. Der Citroën Typ H war über vierzig Jahre alt und absolut kein staugeeignetes Fahrzeug, befand sich der Zylinderkopf des Motors mit Schaltgestänge praktisch direkt neben dem rechten Knie des Fahrers. Man sollte sich der Tortur des Lärms in gesteigerter Stauausführung nicht unbedingt hörenden Ohres unterziehen. Pit Ferman zog die Route über die Landstraße entlang der Bahnlinie vor, um später unter dieser hindurch nach links in die Vorberge des Schwarzwaldes abzubiegen.

Das Rothbachtal umfasste die Orte Rothweiler, Grünweiler, Gehlheim und St. Paulsberg, wobei St. Paulsberg die letzte Ortschaft im Tal darstellte. Im Volksmund wurde das

Tal auch *Ampeltal* genannt, bleibendes Ergebnis eines Faschingsbeitrags, in dem findige Köpfe aus den Ortsnamen **Roth**weiler, **Grün**weiler und **Gehl**heim die Farben einer Verkehrsampel gelesen hatten.

Der Zinken, in dem Pit Fermans Haus stand, gehörte zur Gemeinde Grünweiler. Die Adresse lautete *Im Hahnenfuß 1*, womit die Lage noch recht treffend beschrieben war, denn tatsächlich gedieh auf der Wiese rings um sein Anwesen der gelbblühende Hahnenfuß in Massen. Es existierte keine weitere Hausnummer *Im Hahnenfuß*, denn sein Haus war das einzige, das auf einer weiten Lichtung stand, die man über eine befestigte Schotterpiste von der Talstraße aus erreichte. Die Abzweigung von der Talstraße, in unmittelbarer Nähe einer Bushalterstelle, ging nach links ab, wenn man aus Richtung Rothweiler kam, und war zu beiden Seiten mit Begrenzungspfosten aus vierzig Zentimeter hohem scharfkantigem Granit gekennzeichnet, auf denen Reflektoren angebracht waren. Pit Ferman brauchte die Reflektoren eigentlich nicht, denn er fuhr selten nach Einbruch der Dunkelheit. Die Ausnahmen bildeten die Donnerstage, denn donnerstags traf er sich mit anderen Männern zum Stammtisch im *Ochsen* in Rothweiler, und da konnte es, je nach Gelegenheit, elf oder zwölf Uhr werden. Davon abgesehen vertraute er sonst gerne auch den Selbstfindungskräften seines Citroën, obwohl er wusste, wie leichtsinnig und unvernünftig das war.

Die Lichtung war nach allen Seiten von Mischwald umschlossen und von keiner Stelle des Ortes einsehbar, es sei denn, man begab sich auf entsprechende Bergeshöhen der gegenüberliegenden Talseite.

Pit Fermans Haus war vollständig aus Holz erbaut und mehr als hundert Jahre alt. Bis in die vierziger Jahre des vergangenen Jahrhunderts fungierte es als Forsthaus für den gemeindeeigenen Förster. Nach dem zweiten Weltkrieg wurde es als Armenhaus für bedürftige Familien benutzt. Ende der siebziger Jahre wurde Holzwurmbefall festgestellt und das Haus für Bewohner geschlossen. Es diente fortan als geduldetes Vereinsheim und Lager auf eigene Gefahr des Sportangel- und Karpfenzüchtervereins, der auch für die landschaftliche Besonderheit des kleinen Seitentales verantwortlich zeichnete: Nämlich eines für diese Zwecke extra angelegten und überambitionierten Teiches. Mithilfe eines breiten und stabilen Dammes und einer Betonmauer hatte man den kleinen Bach, der durch den Talesgrund floss, zu einem kleinen See aufgestaut, der ungefähr die Fläche eines Fußballplatzes einnahm. Aus der Mitte des Sees ragte, etwa dort wo der Mittelkreis des Fußballplatzes wäre, eine kleine Insel aus dem Wasser, befestigt mit wuchtigen Sandsteinblöcken, auf der eine junge, prächtige Erle wuchs. Wenn man also auf der Schotterpiste, von der Rothbachtalstraße kommend, aus dem Wald auf die Lichtung gefahren kam, bot sich dem Betrachter ein pittoreskes Bild. Das Ensemble aus kleinem See, Insel und dem Holzhaus am Ende des Sees, blühender Hahnenfuß von Mai bis Oktober, bildete ein wunderschönes Panorama. Solch eine Postkartenidylle, redete er sich ein, fand man sonst nur in der Abgeschiedenheit der Wildnis Kanadas.

Die Karpfenzucht funktionierte nicht. Aus einem Grund, den niemand genau wusste, wobei es in dem Dorf Grünweiler natürlich viele Leute gab, die es vorher schon gewusst hatten, verendeten alle Fische kurz nach dem Aussetzen in das Gewässer. Am wahrscheinlichsten noch war das Argument, dass die Karpfen den Hahnenfuß nicht vertrugen. Kostspielige Untersuchungen des Wassers durch unabhängige Labors brachten schließlich Klarheit: Das Wasser war zu sauer und zu sauerstoffarm. Kurz: Das Projekt wurde nach jahrelangen vergeblichen Bemühungen aufgegeben.

Pit Ferman erfuhr durch Zufall vom Verkauf des Hauses. Gegen Ende des ersten Jahrzehnts im neuen Jahrtausend verbrachte er wegen einer akuten Depression einige Wochen in einer psychiatrischen Klinik in Hohenterzen im Schwarzwald. Eine Krankheit, die ihn kurz darauf auch zur Aufgabe seines Berufes zwang. Einer der Mitpatienten erzählte von dem leerstehenden Haus in dessen Heimatgemeinde, und dass die Gemeinde es für einen Schleuderpreis verkaufen würde. Fotos von dem Objekt, die der Mitpatient vorzeigen konnte, weckten in Pit nicht nur das Interesse, sondern die Sehnsucht nach einem erfüllbaren Traum, die von Stund' an stärker und stärker wurde. Umgehend stellte er im Grobverfahren seine verfügbaren und die erreichbaren Mittel zusammen, erkundigte sich bei der Rentenkasse nach der Höhe seiner zu erwartenden Rente, kalkulierte die geschätzten Ausgaben für den normalen Lebensunterhalt und die Summen für Versicherungen, Energie und Fahrzeug, überschlug die Raten für einen eventuellen Kredit und kam endlich zu dem Schluss, dass es reichen könnte.

Unmittelbar nach Beendigung des Klinikaufenthalts fuhr er mit dem Citroën nach Grünweiler im Rothbachtal und besah sich das Objekt. Überwältigt von der Größe des Sees stand für ihn fest, dass er das Wagnis eingehen würde. Bei der Gemeindeverwaltung vorstellig, erfuhr er den Betrag für das Haus. Schlappe fünfundzwanzigtausend Euro, wenn man den Holzwurm als Untermieter übernahm. Für den doppelten Betrag würde auch der See ihm gehören, allerdings mit der Auflage, den Damm und die Mauer ständig intakt zu halten. Dass es neben ihm keine weiteren Interessenten gab, konnte er zwar nicht verstehen, doch es war ihm mehr als recht, weshalb er den Kaufvertrag so bald als möglich unterschrieb. Er war fünfundfünfzig Jahre, als er in den Vorruhestand ging und gleichzeitig Hausbesitzer wurde.

Der Holzwurmbefall stellte ihn nur anfänglich vor Probleme. Hauptsächlich trat er dort verstärkt auf, wo ihm der Aufenthalt künstlich kommod gemacht worden war, also unter

Flächen, die nicht oder schlecht belüftet waren und Auflagen wie zum Beispiel Linoleum ein bequemes Klima für die Holzfresser darstellten. Dazu zählten in erster Linie die Fußböden, denn im ganzen Haus lag besagtes Linoleum auf den Böden. Nachdem dieses entfernt und die befallenen Bretter herausgerissen und durch neue ersetzt waren, hielten sich die Schäden in Grenzen und er bekämpfte den Holzwurm punktuell mit Giftinjektionen in die Wurmlöcher. Im Erdgeschoss des kellerlosen Hauses brach Pit Ferman bis auf die Stützbalken alle Zwischenwände heraus, was wiederum nicht nur für Entlastung sorgte, sondern dem entstandenen Raum Licht, Luft und Platz verschaffte, einem Loft nicht unähnlich. In diesem Raum würde er leben und arbeiten. Im Obergeschoss änderte er raumtechnisch nichts. Das größte von drei Zimmern richtete er als sein Schlafzimmer her und verschaffte lediglich durch eine nachträglich eingebaute Tür einen Zugang zum Bad mit WC. Ein weiteres WC gab es als Anbau zum Erdgeschoss an der Hausrückseite.

Etwa zehn Meter von der Rückseite des Hauses entfernt wucherte eine wilde Brombeerhecke, von deren Früchten er gegen Ende des Sommers Gelee herzustellen pflegte, das er so liebte. Hinter der Hecke verborgen, vom Haus praktisch unsichtbar, befand sich ein gedeckter übermannshoher Unterstand, der zu Zeiten des Sportangelvereins einen Fischernachen beherbergte, und den er jetzt praktischerweise als Carport für den Citroën nutzte.

Insgesamt arbeitete er zwei Jahre intensiv an dem Haus, was nicht bedeutete, dass er mit allem fertig war. An kleineren und kosmetischen Arbeiten mangelte es ihm praktisch nie, wie zum Beispiel ein Komplettanstrich mit witterungsbeständiger Farbe. Des Weiteren investierte er über einen Kredit in ein neues Dach und neue Fenster. Im Großen und Ganzen jedoch konnte er im Jahre 2013 den Hammer zur Seite legen und sich als Herr eines wundervollen Heimes fühlen. Zuletzt leistete er sich ein kleines Holzruderboot, denn schließlich lag vor seiner Haustür das eigene Meer.

Als er mit dem alten Citroën Typ H auf die Lichtung fuhr, blühten die ersten Hahnenfüße. Spät dran, dieses Jahr, dachte Pit. Sichtbare Folgen der Frostnächte im April. Normalerweise begann die Blüte im Mai. Vom See aus gesehen links vom Haus saß eine Biege von ungefähr zehn Ster Buchenholz. Daneben lag bereits in passende Länge zersägtes Holz und stand der Spaltklotz, auf dem er die Holzabschnitte ofenfertig zerhackte. Die Holzscheite stapelte er hinter dem Haus in einem überdachten Verschlag.

Er parkte vor dem Haus, trug die Einkäufe hinein und kam mit einer Dose Bier wieder heraus auf die Terrasse. Er setzte sich auf die Bank neben der Eingangstür, die mit einem Tisch und zwei Stühlen eine Sitzgruppe bildete, und nahm einen tiefen Schluck von dem kalten Getränk. Einige Meter weiter weg stand ein aus Feldsteinen gemauerter Grill mit Eisenrost. Sein Blick wanderte über den See. Es fühlte sich wie immer gut an. Das hier war sein Sehnsuchtsort.

Er erhob sich nochmal und holte aus der Wohnung den Laptop, schaltete ihn ein. Sein letzter Roman war erst seit einigen Tagen im Handel erhältlich. *Schaafshammer*, der dritte Roman aus der *Edgar Schaaf-Krimi*-Reihe. Er klickte die Seite seines Verlags an und scrollte zu den Verkaufsanzeigen. Ein rasches Lächeln huschte über sein Gesicht. Ein Buch verkauft. Aber nicht einer der Krimis, sondern ein anderes Werk aus seiner Feder. *Drei Männer, zwei Boote, ein Fluss und der Blues*. Das Buch, eigentlich war es eher eine kurze Reisebeschreibung, von dem er am wenigsten erwartet hatte, verkaufte sich am besten, wenn man ein verkauftes Buch pro Vierteljahr als gut bezeichnen mochte. Jetzt wirkte sein Lächeln etwas gequält.

Er erinnerte sich an seinen ersten Roman. Ein Krimi mit Edgar Schaaf. Titel: *Schaafswinter*.

Er hatte ungefähr sechzig Verlage angeschrieben. Sechzig Mal zwanzig bis dreißig Manuskriptseiten ausgedruckt. Sechzig Mal ein Kuvert mit Manuskriptblättern gefüllt. Sechzig Mal eine Verlagsadresse draufgeschrieben, eine Briefmarke geklebt, sechzig Hoffnungen damit verbunden inklusive Wartezeit von bis zu einem dreiviertel Jahr auf eine Antwort. Kein einziger echter Verlag wollte einen *Edgar Schaaf-Krimi* verlegen. Er erhielt über vierzig Absagen von den renommierten Verlagen.

Sogenannte Bezahlverlage hingegen wollten das Buch allerdings schon herausgeben. Gegen Bezahlung von einigen tausend Euro freilich wäre *Schaafswinter* veröffentlicht worden. Das, hatte er sich gedacht, war nicht im Sinne des Erfinders. Deswegen war er durch einen Tipp auf einen Self-Publishing-Verlag gestoßen. Der übernahm gegen eine einmalige Gebühr den Druck der Bücher, er kaufte sie dem Verlag je mehr desto günstiger ab und verkaufte sie dann in Eigenregie weiter. Heute war er froh darüber, keinem echten Verlag zu Diensten sein zu müssen. Er hätte überhaupt keine Lust, für eines seiner Werke auf Lesereisen zu gehen, damit es unter die Leute gebracht werden konnte, was er zweifellos im Auftrag des Verlags hätte auf sich nehmen müssen. Klinkenputzen war ihm völlig zuwider und er war überhaupt ein total nichtöffentlicher Mensch. Ein Soziopath par excellence. Allerdings müsste er auch als Self-Publisher mehr Reklame für seine eigenen Werke betreiben, um den stagnierenden Verkauf anzukurbeln. Er sollte die Buchhandlungen in erreichbarer Nähe abklappern und seine Romane wie Sauerbier anbieten; er sollte eigene Lesungen in der Gegend organisierten; er sollte mit einem eigenen Verkaufsstand auf den regionalen Märkten präsent sein; er sollte mit seinen Büchern hausieren gehen. Wollte er aber nicht. Dieses *mehr für den Verkauf tun* würde nämlich auch ein Mehr an Zeitaufwand bedeuten. Zeit, die ihm fehlen würde, um die Dinge tun zu können, die er liebte. Wie zum Beispiel Silvio in der Kneipe *Zum grauen Eck* besuchen, oder auf der Bank vor seinem Haus sitzen, oder rücklings in seinem Ruderboot zu liegen und sich auf dem See treiben zu lassen. Ihm genügte, dass man seine Bücher überall kaufen konnte. Nur wollte eben auch das kaum einer, weil auch kaum einer wusste, dass er ein Buchautor war.

Er nannte sich bewusst Autor, und nicht Schriftsteller. Ein Unterschied, wie er fand. Schriftsteller waren Leute, die durch Ausbildung oder Studium eine gewisse intellektuelle Grundlage für das Schreiben besaßen und hauptberuflich von ihrer Schreibarbeit leben konnten. Autoren indes waren Menschen, die vielleicht einige Sätze zu einer Geschichte formen konnten und selber davon überzeugt waren, schreiben zu können, was wiederum Voraussetzung dafür war, es überhaupt zu tun. Es war vom Naturell nicht jedem gegeben, Autor zu sein oder zu werden, denn Schreiben verlangte ein erkleckliches Maß an Demut und eine größere Menge an Geduld. Geduld, die auch Pit Ferman bisweilen fehlte oder die einfach mit ihm durchging, wenn sich die Entwicklung einer Geschichte allzu zählflüssig hinzog. Etwas, woran er persönlich arbeiten musste.

Dennoch drängte es ihn zu schreiben und er liebte es über alles. Da er eine ansehnliche Sammlung von Teddybären besaß, schrieb er nebenbei Bücher über Teddybären und illustrierte sie selber, was aber sehr mühsam von der Hand ging. Er verfasste Gedichte und Kurzgeschichten, um sie gelegentlich zu veröffentlichen, wagte sich ab und zu auch an andere Belletristik, wie zum Beispiel in seinen Büchern *Teddor* oder *Aus der Sicht des Pumas*. Sein Haupterzählstrang jedoch lag bei den *Edgar Schaaf-Krimis*. Nur eben die

Verkäufe, die hinkten hinterher. Davon würde er nie leben können.

In diesem Zusammenhang tauchte bei ihm die Frage auf, was sein Freund und Protagonist *Edgar Schaaf* zurzeit eigentlich trieb? Ja, er bezeichnete ihn, wenn es um die schriftstellerische Verwendung ging, gerne als Protagonist. Der Autor in ihm verlangte, seinem Hauptdarsteller gebührlichen Respekt entgegenzubringen. Bekanntschaften, die zu nahe gerieten, waren für objektive Beobachtungen bezüglich einer Kriminalerzählung nicht förderlich. Aber durfte er ihn nicht fragen, ob er nicht vielleicht wieder an einem neuen Fall arbeitete? Eine frische Ermittlung, über die er, Pit Ferman, dann wieder einen Roman schreiben konnte? Es kribbelte ihn förmlich in den Fingern. Ja, letztlich lief es darauf hinaus. Sie pflegten ein Joint Venture. Es war ein Geben und Nehmen. Nächste Woche, dachte Pit Ferman, werde ich ihm in seinem hübschen Türmchenhaus in Gengenbach einen Besuch abstatten. Es lag ja nur kurz über den Berg. Und natürlich Edgars schöner Frau, der Melanie.

Er holte ein zweites Bier aus dem Kühlschrank und dachte an das Paar Melanie und Edgar. Sie hatten vor etwa einem halben Jahr geheiratet, quasi zwischen zwei Ermittlungen, oder, anders ausgedrückt, zwischen den *Edgar Schaaf-Krimis „Schaafssturm"* und *„Schaafshammer"*.

Er selber war zweimal verheiratet gewesen. Aus der ersten Ehe hatte er zwei Kinder, die heute beide in der Schweiz wohnten. Er war jung gewesen und hatte einen gravierenden Fehler begangen, der das Ende für die Ehe bedeutete. Der große Knackpunkt in seinem Leben, weil er gleichzeitig und für viele Jahre auch seine Kinder verlor. Damals hatte er sich in den Alkohol geflüchtet, die einzige Droge, derer er, ohne kriminell zu werden, habhaft werden konnte. Vor seiner Depression. Lange Geschichte, beinahe ewig her. Runde vierzig Jahre. Kein Ruhmesblatt in seiner Vita. Er schaute nicht gern darauf zurück und versuchte, den Gedanken rasch in seinen Komposthaufen im Kopf zu verschieben, bevor er sich mit Widerhaken in der Abendstimmung lästig einnistete. Es gelang nicht zu seiner Zufriedenheit, weshalb die atmosphärische Balance aus dem Gleichgewicht geriet und das Bier plötzlich schal schmeckte. Ach Scheiße.

Er begab sich in die offene Küche und schüttete den Rest des Bieres in den Abguss. Jetzt half nur noch ein Glas Wein. Er erinnerte sich einer halbvollen Flasche, die er gestern in den Kühlschrank gestellt hatte, und nahm sie mit nach draußen.

Er hatte für eine große deutsche Transportfirma in der Schweiz gearbeitet. In Basel, um genau zu sein. Die gleiche Firma übrigens, für die auch Peter Seibelt tätig gewesen war, nur in einer anderen Abteilung. Jener Peter Seibelt, wie sich der Leser seines ersten Krimis *Schaafswinter* erinnern mochte, dem durch den Mörder Bodo Schneider auf so tragische Weise gleich dreimal die geliebten Frauen geraubt worden waren. Doch das nur nebenbei.

Die zweite Ehe, die er dort um die Jahrtausendwende mit Gerlinde eingegangen war, hatte nicht lange gedauert. Aus heutiger Sicht hätte er vorher auf seine innere Stimme hören sollen, doch er hatte alle Warnungen in den Wind geschlagen. Letztlich hatte er das Ja-Wort gegeben, um nicht als Spielverderber dazustehen. Das Vertrauen war bald in Misstrauen umgeschlagen, bis es zum Schluss nur noch Verletzungen gehagelt hatte und er in eine eigene Wohnung gezogen war, um dem Abgrund aus Zerstörung, Schmach und Peinlichkeit zu entfliehen. Danach hatte er nur noch Scham gespürt – und dann war die Depression gekommen.

Die erlösende Depression, wie er heute in der Nachbetrachtung zugeben konnte, denn sie stellte den entscheidenden Wendepunkt in seinem Leben dar.

Gegen Abend wagte sich seit einigen Tagen eine Gruppe von fünf Rehen aus dem Wald zu seiner Linken, um zwischen Waldrand und See zu äsen. Er wusste nicht, ob sie sich am Hahnenfuß gütlich taten oder nach anderen Kräutern dazwischen gierten. Sie schienen zu wissen, dass sie beobachtet wurden, denn ständig hielt eines der Rehe die Nase in seine Richtung. Er schaute mit einem Fernglas zu den Tieren und spürte, wie sich in der Folge sein Wohlbefinden wieder einstellte. Er blickte zum Himmel. Durch die hohen Bäume ringsum war ihm zwar die Sicht in die Ferne und somit die Verfolgung der Wolkenentwicklung verwehrt, aber auch so konnte er erkennen, dass es zumindest heute Nacht und vielleicht auch morgen regnen würde. In dieser Beziehung dachte er pragmatisch. Das, was er nicht durch eigenes Handeln ändern konnte, musste er nehmen wie es kam.

Er schlug in seinem Computer die Seite mit den gespeicherten Dokumenten auf und überlegte, ob er an der Fortsetzungsgeschichte der Teddybären mit dem Titel *Weltreise* arbeiten sollte, aber er fand den roten Faden nicht, um fortfahren zu können. Über die Beschreibung der Entstehung der Idee war er noch nicht hinausgekommen. Zwar hatte sich in seinem Kopf das Gerüst für die Geschichte entwickelt, doch sprühte er im Augenblick nicht gerade vor Einfällen. Zunehmend schauderte ihn vor der Pflicht, entsprechende Zeichnungen zu kreieren. Und überhaupt: War das nicht eine Arbeit für die langen Wintertage?

Er klappte den Deckel des Laptops zu, goss den Rest Wein aus der Flasche ins Glas und streckte die Beine aus. Morgen würde er nach Offenburg fahren. Christina kochte jeden Samstag Spaghetti Carbonara und es waren die besten, die er außerhalb Italiens je gegessen hatte.

25. Juni 2022

Die Ahnung von gestern Abend hatte sich bestätigt. Über Nacht war die Temperatur um zehn Grad förmlich abgestürzt. Über dem See vor der Haustür hingen Dunstschwaden und die Sicht reichte kaum bis zu den ersten Bäumen des Waldes. Die Erle auf der Insel schien meilenweit in die Ferne gerückt zu sein und wirkte unheimlich. Es regnete. Wenn jetzt eine Schar mittelalterlicher Ritter aus dem Nebel auf ihn zugeritten käme, würde es ihn nicht wundern, meinte er doch bereits das Klirren von Pferdegeschirren zu hören.

Er stand in Schlafshorts und T-Shirt in der Haustür und fröstelte. Das Klirren, fand er in die Wirklichkeit zurück, stammte natürlich von einem metallenen Windspiel, das er an der Dachtraufe aufgehängt hatte. In der einen Hand dampfte Kaffee in einer Tasse mit Micky-Mouse-Sujet, in der anderen Hand die erste Zigarette des Tages. Er rauchte, seit er achtzehn war, und konnte sich von den Glimmstängeln nicht befreien. Noch bereitete es ihm Genuss, und solange er keine ernsteren Beschwerden davon ableiten konnte, wollte er auf das Ritual am Morgen nicht verzichten. Nicht innerhalb der vier Wände zu rauchen war für ihn schon Einschränkung und Kompromiss genug.

Pit Ferman war eins achtzig groß und wog sechsundsiebzig Kilo. Seit er vor drei Jahren Edgar Schaaf kennengelernt hatte, ließ auch er seine grauen Haare wachsen und hatte es bis heute zu einem ansehnlichen Pferdeschwanz gebracht. Vielleicht war *ansehnlich* nicht das richtige Wort, vielleicht war es zu subjektiv, aber wem außer ihm selbst sollte es sonst gefallen? Seine beiden Kinder, die in der Schweiz lebten und die er zugegebenermaßen viel zu selten sah, enthielten sich ob seines Aussehens jeglicher Kommentare, und sonst hatte er in der näheren Umgebung weder Anhang noch Verwandtschaft, auch keine entfernte, und er hatte nie das Gefühl gehabt, dass ihm Entscheidendes fehlen würde. Er nahm die Tasse Kaffee mit in den ersten Stock ins Bad und zurrte vor dem Spiegel mit einem schwarzen Samtband die langen Haare zusammen. Erst jetzt war er bereit zu einem mageren Frühstück, das in der Regel aus einer Scheibe Pumpernickel mit dickem Butteraufstrich und Brombeergelee bestand.

Christinas Spaghetti Carbonara waren nicht der einzige Grund, der ihn nach Offenburg lockte. Er hatte bei einem Ersatzteilhändler im Industriegebiet, der sich auf Autoteile spezialisierte, einen kompletten Auspuff für seinen Citroën Typ H entdeckt und zurücklegen lassen. Sündhaft teuer, das Teil, aber er hatte es zähneknirschend bezahlt und würde es heute abholen und von einer neutralen Werkstatt in der Nähe gleich einbauen lassen. Er war stets mit sich zufrieden, wenn er mehrere Vorhaben sinnvoll an einem einzigen Tag erledigen konnte. Nach einem Blick auf die Uhr machte er sich auf den Weg. Bei der Gelegenheit, dachte er, während der Regen auf die Windschutzscheibe prasselte, lass´ ich mir auch neue Scheibenwischergummis montieren. Ist nötig.

Silvio sah ihm beim Essen zu. Christina hatte ihm natürlich wieder eine extra große Portion auf den Teller geladen. Aber es schmeckte einfach köstlich. Wie immer trank er Landwein dazu. Er sah nicht ein, für einen Markenwein viel Geld auszugeben, wenn es der süffige Landwein auch tat. Silvio verstand das und lamentierte deswegen auch nicht mit ihm. Beide wussten voneinander, dass sie finanziell nicht auf Rosen gebettet waren, und durch einen teureren Wein würde ihre Freundschaft auch nicht wertvoller werden.

„Deine Tochter ist eine Künstlerin, Silvio", nuschelte Pit zwischen zwei Gabeln Spaghetti.

„Musste du ihr sage selber", lächelte der schmale Italiener mit den traurigen Charlie-Chaplin-Augen, dessen gelocktes Haar schneeweiß war. „Wo iste deine alte Auto? Kaputt?"

„Nein, es steht in der Werkstatt. Ich bin zu Fuß gekommen. Ich kann es nachher wieder abholen", erklärte Pit.

„Willste du nit emal eine geseite Auto? Viellei eine Fiat oder so? Kann i dir gebe eine gute Adress."

„Du gibst wohl nie auf, was?", lachte Pit. „Lass´ mal. Mein alter Citroën wird mich noch überleben. Du wirst sehen."

„Ach, Pit, das i glaube nit."

„Warum nicht? Was ist los?"

Silvio überlegte, ob er Pit die traurige Nachricht überbringen sollte. „Christina. I glaube, sie eine Freund hat."

„Aber Silvio, sie ist jung, sie ist schön, sie ist eine Frau. Irgendwann wird sie einen Freund und Mann haben. Das ist das Leben."

„Ja son, aber dann i musse sließe das Lokal, versteh?"

„Vielleicht auch nicht. Vielleicht ist der Freund auch ein Mann für das Lokal?"

Silvio seufzte. „I habe no nit gesehe diese Mann. Aber Christina, in letzte Zeit sie make si immer sminke. Das iste keine gute Zeike."

„Dann sprich´ mit ihr, Silvio. Du musst mit ihr reden."

Silvio wrang mit seinen Händen ein imaginäres Handtuch aus. „I habe gedak, dass du viellei kannste sprek´ mit ihr? Zu dir sie hat Vertraue."

Das war´s also. Silvio hatte Angst vor der Wahrheit. Vor der Endgültigkeit. Pit wollte ihn nicht vor den Kopf stoßen und sagen, dass es absolut Silvios eigene Aufgabe wäre, mit seiner Tochter zu reden.

„Pass´ auf, Silvio. Nächste Woche habe ich Zeit. Dann setzen wir drei uns mal zusammen und sprechen wie ganz normale Erwachsene miteinander. Heute habe ich leider keine Zeit. Ich muss zu Fuß ins Industriegebiet und mein Auto abholen. Nächste Woche. Einverstanden?"

Silvios Augen glänzten wässrig. Wenn er jetzt nur nicht anfängt zu weinen, dachte Pit. Er mochte den kleinen Kerl und hatte ihn ins Herz geschlossen. Silvio nickte ergeben.

„Näkste Woke, Pit. Dann wir rede. Einverstande." Er erhob sich schwer von seinem Platz, um nach den anderen Gästen zu schauen. Samstags war das Lokal *Zum grauen Eck* zur Mittagszeit gut besetzt.

Er war durchnässt, als er im Industriegebiet ankam. Es gab so gut wie keinen öffentlichen Nahverkehr in der Stadt, was er als eine Schande betrachtete. Ein Taxi konnte er sich nicht leisten und auf einen Schirm verzichtete er aus Prinzip.

Das Auto war fertig. Die alte Auspuffanlage lag im Transportraum. Bei den exorbitanten Preisen für Ersatzteile lohnte es sich eventuell noch, den alten Auspuff zu schweißen. Das musste er jedoch nicht heute entscheiden.

Er fuhr zurück Richtung Rothbachtal. Der Regen hatte an Stärke zugenommen. Die Scheibenwischergummis hatte er dummerweise vergessen. Wenn ich mir nicht bald meinen Namen auf einen Zettel schreibe, vergess´ ich den auch noch, dachte er.

Wie immer war die Landstraße entlang der Bahnlinie fast verkehrsfrei. Die Scheibenwischer schafften mit Mühe, der Regenmassen Herr zu werden. Er reduzierte das Tempo, um besser sehen zu können. Er befasste sich gedanklich mit Silvio und dessen Tochter, als er in letzter Sekunde am Straßenrand eine Gestalt bemerkte, nicht mehr als eine verschwommene Silhouette, die in seiner Richtung ging. Er riss das Lenkrad herum, horchte mit panisch geschärften Ohren auf einen möglichen Schlag an der Karosserie, aber außer dass er höllisch in die Bremsen trat und schlingernd den Kastenwagen zum Stillstand brachte, geschah nichts. Er schaute in den Rückspiegel, sah jedoch niemanden. Er stieg aus in den Regen und ging um die Front des Autos herum.

Neben dem Wagen stand eine Frau auf der Bankette, vom Regen durchgeweicht, einen Rollkoffer in der Hand. Er ging auf sie zu, sprach sie an.

„Um Gottes Willen. Ist Ihnen etwas passiert?"

Keine Reaktion. Die Augen niedergeschlagen, die Lippen zitternd.

„Kann ich Ihnen helfen?"

Die Augen öffneten sich und schauten ihn an. Zwei schwarze Tunnel ohne Licht am Ende.

„Kommen Sie. Steigen Sie ein. Ich fahre Sie, wohin Sie wollen."

Pit ging um die Fahrzeugschnauze herum zur Fahrerseite, kletterte auf den Sitz, öffnete von innen die Beifahrertür und wartete. Es kam niemand.

„Kommen Sie", rief er. „Steigen Sie ein."

Die Frau wurde im Profil sichtbar. Langsam kam sie zur Beifahrertür und blickte ins Fahrzeuginnere.

„Steigen Sie ein", sagte Pit geduldig. „Sie holen sich ja den Tod."

Er stieg wieder aus, umrundete das Auto erneut und half ihr beim Einsteigen. Er hob ihr den Koffer entgegen, den sie abnahm und vor ihre Füße stellte.

Er kletterte wieder auf den Fahrersitz, schaltete den Motor ein. „Hallo", sagte er und versuchte ein Lächeln. „Ich heiße Pit. Wo kann ich Sie hinbringen?"

„Weg", sagte die Frau mit leiser Stimme. Aus ihren Haaren tropfte der Regen.

Er wünschte sich, dass die Heizung besser funktionierte. Das Gebläse. Durch die feuchten Kleider beschlugen die Fensterscheiben von innen im Nu. Er wühlte blind neben dem Sitz herum, bis er einen schmuddeligen Lappen gefunden hatte, mit dem er die Scheiben notdürftig trocknete.

Er schaute rasch zur Seite. Sie saß stocksteif auf dem Beifahrersitz, die Augen starr nach vorne gerichtet. Er versuchte es nochmal. „Wo soll ich Sie hinfahren?"

Er erhielt keine Antwort.

„Ich fahre Sie nach Hause", sagte er entschieden.

„Nein, nicht nach Hause, bitte", kam die Reaktion von ihr und sie legte ihm fast flehend eine Hand auf den Arm. „Nicht nach Hause."

„Ich meine zu mir nach Hause. In mein Haus. Okay?" Er schaute sie an. Dass sie „okay" formulierte, konnte er nur an ihren Lippen ablesen.

„Wie heißen Sie? Wie ist Ihr Name?"

„Eliza", flüsterte sie.

„Elisa von Elisabeth?"

„Nein, nur Eliza. Eliza mit zett."

Er bog von der Landstraße ab, fuhr unter der Bahnlinie hindurch ins Rothbachtal. Sie passierten Rothweiler, fuhren nach Grünweiler hinein. Als er dort von der Talstraße abbog und zwischen den Granitpfosten die Schotterpiste hinauf in den Wald fuhr, bemerkte er, wie sie den Atem anhielt und sich im Sitz versteifte. Oh Gott, dachte er, sie wird doch hoffentlich nicht denken, dass ich sie im Wald ...?

„Keine Angst", bemühte er sich rasch zu sagen, „ich wohne gleich da vorne."

Zwei Minuten später hielten sie vor seinem Haus. Es regnete weiter in Strömen. Er half ihr beim Aussteigen, trug ihren Koffer, der nicht allzu schwer war, ins Haus und schloss die Tür. Er bat um ihre nasse Jacke, drapierte sie über eine Stuhllehne und stellte den Stuhl vor den mächtigen gusseisernen Holzofen, der mitten im quadratischen Raum thronte. Obwohl es mitten im Sommer war, steckte er behände einige Holzscheite in den Ofen, einen Anzünder dazu, und bald flackerten die ersten Flammen auf. Sie stand regungslos im Raum.

Er stieg eilig die Treppe hinauf in den ersten Stock, klaubte rasch seinen alten Trainingsanzug, den er nicht mehr benutzte, aus dem Schrank, eine seiner Unterhosen, Socken und ein T-Shirt. Dann rief er: „Eliza, wenn Sie bitte kommen wollen?"

Er zeigte ihr das Bad, überreichte ihr die Ersatzkleider und ein Handtuch. „Hier. Sie können warm duschen oder baden, wie Sie wollen. Ziehen Sie diese Sachen an, während Ihre Kleider trocknen." Er nickte ihr aufmunternd zu und ließ sie im Badezimmer allein. Bald hörte er das Wasser rauschen.

Als sie die Treppe herunterkam, kochte bereits eine Fertigsuppe auf dem E-Herd. Er nahm ihr die nassen Kleider ab und gemeinsam hängten sie die Sachen über weitere Stühle rund um den Holzofen auf.

„Wenn Sie wollen, fahre ich Sie nachher wohin Sie wollen. Oder Sie können telefonieren. Sie können aber auch hier übernachten. Sagen Sie einfach Bescheid."

Schweigsam saßen sie sich gegenüber und löffelten die Suppe. Er stellte Brotscheiben, Butter und Dosenwurst auf den Tisch und bat sie, zuzugreifen, was sie genierlich auch tat. Weil er es für ungehobelt und peinlich hielt, sie während des Essens ständig zu begaffen oder zu mustern, suchte er nach einer Beschäftigung und stellte die Teller in die Spüle, entschuldigte sich kurz bei ihr, um vor der Tür eine Zigarette zu rauchen. Seine Gedanken fuhren Karussell, sodass er gar nicht bemerkte, dass sie unhörbar neben ihn getreten war und auf die Zigarette deutete, die er in der Hand hielt. Umständlich hielt er ihr die Packung hin. Als er ihr die Zigarette anzündete, fragte sie: „Kann ich bitte hierbleiben?"

26. Juni 2022

Er hatte Kopfbrummen und Nackenschmerzen, als er aufwachte. Aber nicht vom Wein von gestern Abend, sondern von der unbequemen Lage auf dem Sofa. Es brauchte einige Sekunden, bis ihm der Grund, weshalb er auf dem Sofa lag, wieder einfiel. Ächzend wuchtete er sich in sitzende Position und hievte die Beine über den Rand auf den Boden. Na, also ein bisschen spürte er die Nachwirkungen des gestrigen Abends doch. Barfüßig tappte er zur Anrichte im Küchenbereich und schaltete den Wasserkocher ein. Drei Minuten später stand er mit der Micky-Mouse-Tasse und einer Zigarette in der Haustür und begrüßte den Sonntag. Der Regen hatte irgendwann in der Nacht aufgehört. Der See lag wie eine Wanne flüssigen Quecksilbers vor ihm. Keine Welle zerstörte den Spiegel der Oberfläche. Schwer vom Regen hingen die Blüten des Hahnenfußes nach unten. Der Himmel hatte die Farbe von oxidiertem Aluminium. Es würde ein sonniger Tag werden.

Als er die Toilettenspülung rauschen hörte, erinnerte er sich des Gastes, der so unverhofft bei ihm Unterschlupf gefunden hatte. Eliza, dachte er. Er sprach den Namen aus:

„Eliza."

Er schlüpfte in dem Moment ins Haus zurück, als Eliza die Treppe herunterkam. Dass er sie mit offenem Mund anglotzte, bemerkte er nicht. Vielleicht lag es daran, dass er noch nie vorher einen fremden Übernachtungsgast im Haus gehabt hatte, egal ob männlich oder weiblich (seine Kinder betrachtete er nicht als fremd), und dass dieser jetzige Gast ausgesprochen weiblich war, wurde ihm gerade deutlich vor Augen geführt. Was ihm gestern zu keiner Zeit aufgefallen war, registrierte er nun beinahe mit Erschrecken. Trotz des für sie übergroßen Trainingsanzugs zeichnete sich darunter ab, dass Eliza eine anmutige Frau war. Ihr Gang die Treppe herunter hatte etwas Elegantes, für das er auf die Schnelle keinen adäquaten Vergleich fand. Sie gab dem unförmigen Kleidungsstück den Glanz eines Abendkleides. Das ovale Gesicht, meinte er zu erkennen, war ungeschminkt, was ihr sehr gut stand. Ihre Lippen waren fein geschwungen, die Nase schmal und gerade, die Augen blickten melancholisch unter unbehandelten Augenbrauen. Im langen braunen Haar versteckten sich einige Silberfäden. Sie mochte etwa zwanzig Jahre jünger sein als er, schätzt er. Als sie auf ihn zukam und ihm ein einfaches „Danke" sagte, reichte ihr Scheitel nicht höher als zu seinem Kinn.

Peinlich wurde er sich seines Aufzugs bewusst: Schlafshorts, ausgeleiertes T-Shirt, barfuß und die langen grauen Haare wild um den Kopf. „Guten Morgen", raunte er, und „kann ich mal eben rasch ins Bad?" Die Andeutung eines verlegenen Lächelns zierte ihr Gesicht.

Während er im Bad war, hatte sie den Tisch mit allem gedeckt, was im Kühlschrank zu finden gewesen war. Sie konnte nicht wissen, dass er morgens nur eine Scheibe Pumpernickel mit Butter und Brombeergelee zu sich nahm, dafür erstaunte es ihn, wie sie sich selber kräftig an dem Angebot bediente.

„Was machen wir heute", fragte er seltsam befangen. Er wollte sie nicht mit Fragen nach ihrer Herkunft, ihren Absichten, ihren Plänen, und schon gar nicht nach dem Grund ihrer Situation löchern. Das zu erzählen, fand er, musste er ihr überlassen. Sie war sein Gast, und er war nicht mehr als ihr Schirm in der Not. Denn dass sie in Not, oder Mehrzahl, in Nöten steckte, war offensichtlich.

„Ich muss zurück", antwortete sie leise. „Aber nicht heute. Morgen."

Pit nickte langsam. „In Ordnung", sagte er und dachte sehr spontan und darum auch ziemlich ehrlich: Schade. Später konnte er nicht mehr nachvollziehen, aus welchem vergessenen Verlies der Impuls dafür gekommen sein mochte.

„Ich muss noch mehr Sachen holen" erklärte sie. „Sachen zum Anziehen. Ich habe gestern hastig und ohne Überlegung nur einiges in den Koffer geworfen. Damit komme ich nicht weit. Morgen."

„Warum nicht heute?", fragte er und bereute es augenblicklich. Mist.

Sie kaute einen Bissen Brot. „Heute ist Sonntag. Da schläft er seinen Rausch aus. Morgen ist er auf der Arbeit."

„Er? Ihr Mann?"

Sie schüttelte den Kopf. Ihre Gesichtszüge verdunkelten sich. „Mein Freund."

Jetzt pfeif' ich drauf, dachte er, von wegen Anstand und so. „Was ist passiert, Eliza?"

Ihre Blicke trafen ihn wie Pfeile. Er konnte nicht unterscheiden, ob sie böse oder verbittert war. Ihr Kehlkopf hüpfte auf und nieder. Sie überlegte, ob sie diesem Mann von ihren Niederlagen erzählen sollte. Er war ja schließlich selber einer der Gattung, ein Mann. „Er hat mich geschlagen."

Er hatte sich etwas in der Art schon gedacht. „Aber Ihr Gesicht ..."

Sie sprang vom Stuhl ihm gegenüber auf, riss die Trainingsanzugjacke und das T-Shirt hoch bis zum Hals, zog mit dem Daumen die Hose runter bis zum Ansatz der Schamhaare. Wortlos präsentierte sie ihm ihren Leib.

Pit erschrak. Ihr ganzer Körper war übersät mit grünen und dunkelblauen Flecken: Brust, Brüste, Bauch, Unterleib, ein Fleck neben dem anderen. Entsetzlich. Er wurde käseweiß im Gesicht, es wurde schwarz vor seinen Augen, und er spürte unmittelbar, wie Kaffee und Pumpernickel die Speiseröhre emporschossen. Er taumelte vom Tisch, wankte quer durch den Raum, versuchte, die Hand vor den Mund gepresst, die Toilette im angebauten Kabuff zur erreichen, aber

er stürzte vorher und entleerte seinen Magen auf den Bretter-
boden.

Eliza war sofort bei ihm, fasste ihn bei den Schultern. „Das
...das ...wollte ich nicht", stammelte sie, „das ...wollte ...ich
...nicht."

Pit benötigte alle Kraft, um sich auf Hände und Knie zu
stemmen. „So ein Schwein", würgte er, und Schleim troff
ihm von der Nase. „So ein Schwein."

Sie saßen im Sonnenlicht nebeneinander auf der Bank vor
dem Haus. Der See reflektierte die Strahlen und funkelte wie
eine Schüssel voller Brillanten. Es wehte ein lauer Wind.

„Es ist schön hier, Pit", sagte sie. „So ruhig. So friedlich."

„Ja, das ist es", sagte er. „Ich liebe es."

Er dachte an gestern Abend zurück. Sie hatten eine Flasche
Landwein aufgemacht und es sich mit einer Tüte Kartoffelchips auf dem Sofa bequem gemacht und im Fernsehen eine
Quiz-Show angesehen. Ab und zu war er aufgestanden, um
Holz im Ofen nachzulegen, aber irgendwann hatte Eliza
dann einfach eine Decke genommen, die auf der Sofalehne
lag, und sie über beide ausgebreitet. Sie spielten das Spiel,
wer von den Fragen im Fernseher am meisten beantworten
konnte. Eliza hatte haushoch gewonnen. Sie hatte alles gewusst.

Pit hatte ihr vorgeschlagen, dass sie in seinem Bett schlafen könne. Sie hatte nicht abgelehnt und gemeinsam mit ihm
das Bett mit frischer Wäsche bezogen. Er war mit dem Sofa
zufrieden gewesen.

„Das Frauenhaus in Offenburg war belegt. Frauen mit
Kindern, hauptsächlich. Sie hatten keinen Platz für mich alte
Frau", begann sie und bat ihn um eine Zigarette. „Deswegen
bin ich einfach losgegangen, in irgendeine Richtung. Hauptsache weg."

„Wollen wir nicht du zueinander sagen? Es ist so ..."

Sie zuckte mit den Schultern. „Meinetwegen, Pit."

„Danke. Wie alt bist du, wenn ich fragen darf?"

Eliza blies Luft durch die Nase. „Dreiundfünfzig."

„Hast du jemals daran gedacht, deine Verletzungen von einem Arzt dokumentieren zu lassen? Das könnte unter Umständen noch wichtig werden."

Sie bedankte sich und zündete die Zigarette an. „Nein. Ich glaube, ich habe mich zu sehr geschämt."

„Wenn wir morgen in die Stadt fahren, würdest du das machen lassen? Es dauert bestimmt nicht lange."

Sie schwieg zuerst und blickte über den See. „Und dann? Ich weiß nicht, wo ich hin soll. Weißt du, wie das ist, wenn man nicht weiß, wo man hingehört?"

Pit nahm sich ebenfalls eine Zigarette. „Ich mach´ dir einen Vorschlag", sagte er.

Der weitere Sonntag verlief in einer merkwürdigen Stimmung. Eine Mischung aus Anstand, Befangenheit und Respekt lähmte die beiden, was Sprache und Umgang miteinander betraf. Eliza hatte bald nach einer Decke gefragt, die sie über den feuchten Hahnenfuß breitete und die meiste Zeit des Nachnittags schlafend oder dösend darauf zubrachte. Pit war dermaßen von Gedanken besetzt, dass er kaum geradeaus gehen oder eine sinnvolle Tätigkeit ausüben konnte. Er verlagerte seine Unsicherheit auf die penible Kontrolle der Wohnung, schielte peinlich verschämt in die Ecken am Fußboden und an den Wänden, ob nicht vielleicht eine Wollmaus oder eine Spinnwebe sichtbar sei; strich beiläufig mit dem Finger über Möbel, um feinsten Staub aufzuspüren. Er beobachtete Eliza auf der Decke, registrierte jede Veränderung ihrer Lage, und fühlte sich in einer Art erhöhter Alarmbereitschaft, als läge Frau Bundespräsidentin höchstpersönlich vor seiner Haustür.

Gegen Abend bruzzelte er eine Pfanne mit Kartoffeln, fast schon eine Verzweiflungstat, schnippelte Wurstreste dazu und rief Eliza dann zum Essen, das sie unter strikter Vermeidung problembehafteter Themen verzehrten. Irgendwann gingen ihnen die belanglosen Floskeln aus und sie flüchteten sich in eine kitschige Liebes-Schmonzette im Fernsehen.

27. Juni 2022

Der Häuserblock, in dem Eliza wohnte, lag am Rande der Stadt. Ein dreistöckiges Gebäude mit grauen Eternitplatten als Fassadenverkleidung, an denen dunkle Witterungsstreifen schon von weitem davor warnten, das Gebäude zu betreten. Es war kein Straßenschild zu sehen, aber wenn Eliza behauptete, in dieser Straße zu wohnen, musste es die Clemens-von-Brentano-Straße sein. Ein wohlklingender Name für eine so schäbige Gegend. Die ehemals vorgesehenen Grünflächen waren zu einem braunen Filz mutiert und mit Schutt und Müll überzogen. Hier fühlte sich niemand verantwortlich, aufzuräumen. Etliche Fenster hielten nur mit Folie oder Klebstreifen zusammen oder waren mit Pappe notdürftig repariert. Es gab noch zwei weitere Blocks identischer Bauweise daneben, von denen keiner einladender aussah. Hier würde er nicht wohnen wollen, dachte Pit, und doch schien es Menschen zu geben, die keine andere Wahl hatten. Vielleicht gehörte Eliza dazu.

Als sie den Hausflur betraten, schimmerten vom Kellerboden Wasserlachen empor. Es roch entsprechend feucht und klamm. Eliza öffnete mit ihrem Schlüssel eine Wohnung im zweiten Stock. Im Wohnungsflur stank es stark nach kaltem Zigarettenrauch. Während Eliza von Zimmer zu Zimmer hastete, pendelte Pit im Flur hin und her. Eine Neonröhre an der Decke verbreitete hartes Licht wie in einer Werkstatt. Ein Blick ins Wohnzimmer offenbarte die Hinterlassenschaften einer stattgefundenen Party für zwei Personen. Auf einem Couchtisch standen leere Alkoholflaschen: Wodka, Wein, Bier. Ein Aschenbecher quoll vor Kippen über. Brandlöcher im Teppich zeugten nicht gerade von einem sorgfältigen Umgang mit Zigaretten. Auf der Couch lagen zwei leere Verpackungen von Pizzas und Pommes frites. Eliza würdigte die Unordnung keines Blickes. Sie schaute ins Bad. Der Klodeckel war geöffnet. Kippen schwammen im Klowasser. Sie nahm einige Kosmetika an sich und warf alles in eine Plastiktüte. Dann ging sie ins Schlafzimmer. Das Bett natürlich ungemacht und zerwühlt. Dass frische Spermaflecken die Laken zierten, kümmerte sie nicht. Sie öffnete den mitgebrachten Koffer und füllte ihn mit ihren Kleidern aus dem Schrank und der Leibwäsche aus einer Kommode. Sie nahm sich nicht die Zeit, alles fein säuberlich zu falten, sondern nahm es so, wie sie es vorfand.

In der Küche öffnete sie die Schiebetür eines Hängeschranks, griff hinein, holte eine Blechdose heraus, öffnete den Deckel und entnahm ihr ein Bündel Bargeld. „Es ist meins", war ihr ganzer Kommentar. Das schmutzige Geschirr in der Spüle übersah sie geflissentlich. Dann unternahm sie einen letzten Rundgang durch die Zimmer, prüfte, ob noch etwas aus ihrem Besitz es wert wäre, mitgenommen zu werden, aber dem schien nicht so zu sein. Sie nickte Pit zu, er nahm ihr den Koffer ab, und sie verließen die Wohnung. Den Haus- und Wohnungsschlüssel warf sie in den Briefkasten.

Pit konnte ihrem Tempo auf dem Weg zum Citroën kaum folgen. Wie ihr zumute sein musste, würde sie ihm vielleicht eines Tages erzählen können, wenn sie soweit war. Wenn sie damit abgeschlossen hatte. Aber auch, wenn sie ihm vertrauen konnte.

Plötzlich stolperte er über die eigenen Füße, weil ihn eine heiße Lohe durchfuhr. Was dachte und redete er denn da? Er tat ja gerade so, als würde es unumstößlich feststehen, dass sie bei ihm einziehen würde. Nur weil sie zwei Tage bei ihm übernachtet hatte, bedeutete das noch lange nicht, dass sie bei ihm bleiben würde. Pits Kopf wurde knallrot. Die Frau besaß immerhin ein eigenes Leben. Sie hatte mit Sicherheit einen Beruf oder eine Arbeit. Freunde, Freundinnen, im In- oder Ausland. Und er bildete sich hier ein, dass sie eventuell bei ihm ... Auch wenn sie gestern noch seinem Vorschlag zugestimmt hatte. In der Not stimmt man vielem zu, nicht wahr? Er war ein alter Mann, und sie war eine junge Frau. Eines Tages wird sie gehen, also ...

„Was ist, Pit? Ist dir nicht gut? Oh Gott, du bist ja ganz rot im Gesicht ...“

Er verstand sie nicht mehr, begann zu hyperventilieren. Seine Brust verkrampfte, die Hände verkrampften und bogen sich nach innen. Er bekam Angst. Er sah, wie sie die Plastiktüte mit den Kosmetikartikeln auf den Gehweg leerte und ihm die Tüte vor Mund und Nase hielt. Er atmete ein, aus, in die Tüte, ein und aus. Sie stützte ihn, forderte ihn auf, beruhigte ihn, obwohl er nichts verstand, folgte er ihr, und nach einiger Zeit lösten sich die Krämpfe, hörte er ihre Stimme wieder. Er schaffte es, sich wieder aufzurichten, lehnte sich an die Karosserie des Wagens. „Es war ...es war ...“ Nein, er konnte es ihr nicht sagen, sie würde es nicht verstehen. Sie hatte genug mit sich selbst zu tun, hatte zu viel durchgemacht, hatte es am eigenen Leib zu spüren bekommen, er hatte es ja mit eigenen Augen gesehen. „Es geht wieder“, sagte er und grinste gequält. Sie beobachtete ihn, wie ein Arzt einen Patienten beobachtet, und stieg dann ins Auto, als würde sie alles wissen, alles kennen. Beim Quiz hatte sie alles gewusst. Aber das war kein Quiz.

Sie fuhren vom Stadtrand in die Stadtmitte. Er begleitete sie zu ihrem Frauenarzt. Obwohl sie keinen Termin vorweisen konnte, wurde sie, nachdem sie ihre Situation geschildert hatte, außer der Reihe zu einer Untersuchung vorgelassen. Es ging hauptsächlich um die augenscheinliche Dokumentation der Hämatome durch Fotoaufnahmen und des Entstehungszeitraumes der Verletzungen. Dennoch nahm die Prozedur inklusive Wartezeit mehr als zwei Stunden in Anspruch.

Es war schon Nachmittag, als sie zu ihrer letzten Station unterwegs waren, dem Möbellager der Arbeiterwohlfahrt in Lahr (Schw.), kurz der AWO.

Pits Vorschlag war gewesen, für Eliza eines der unbenutzten Zimmer in seinem Haus zu möblieren, damit sie länger bei ihm zur Ruhe kommen konnte und Zeit bekam, ihre nächsten Schritte zu überlegen und anzugehen. Nebenprodukt: Er würde dann wieder in seinem eigenen Bett schlafen, anstatt auf dem Sofa. Er wusste aus eigener Anschauung, dass die gebrauchten Möbel bei der AWO von guter Qualität waren und man sehr günstig einkaufen konnte.

„Kann ich meinen Vorschlag von gestern noch mal korrigieren?"

Sie schaute ihn etwas verwirrt an. „Heißt das, dass du dir´s anders überlegt hast? Hast du deswegen vorhin diesen Anfall gehabt?"

„Ja, ich hab´s mir anders überlegt, aber nicht wie du meinst", antwortete er.

„Aha, und wie mein ich´s?"

„Du meinst, dass ich dich rausschmeißen will."

„Und? Willst du nicht?"

„Quatsch", wiegelte er ab. „Ich sehe es folgendermaßen: Du behältst das große Zimmer, das Bett ist sowieso schon für dich bezogen, und wir suchen uns die Möbel von der AWO für mich aus."

„Das ...das ...kann ..."

„Doch, kannst du. Der Kleiderschrank ist größer, direkter Zugang zum Badezimmer. Für eine Frau ist das einfach besser. Sieh's praktisch."

Sie schwieg. Überlegte sie? „Es ist mir nicht recht. Ich will dich nicht verdrängen. Du tust schon so viel für mich. Nachher ist der Dank, den ich dir schulde, größer, als ich aufbringen kann. Verstehst du das? Denn geht nicht immer alles darauf hinaus, dass man zu Dank verpflichtet ist? Ich will ehrlich zu dir sein, Pit. Ich habe meinen Dank sehr oft in Naturalien ableisten müssen, weil ich nichts anderes hatte oder weil das, was ich hatte, nicht genug war, wenn du verstehst, was ich meine."

Pit schluckte schwer. „Entschuldige, Eliza. Das wusste ich nicht."

„Jetzt weißt du's."

Eliza hatte sich für sagenhafte hundertzwanzig Euro komplett eingerichtet, und alles fand auf der Ladefläche des Citroën Typ H Platz. Zum ersten Mal seit ungezählten Jahren und überhaupt schallte Lachen durch das Haus, als sie die Möbel ins Haus trugen und gemeinsam in einem der Zimmer aufstellten. Was Eliza auch ausgesucht hatte, passte in Holzart und Stil zueinander. Es war nicht modern, eher alt, fügte sich in den Raum mit hölzernen Wänden, Boden und Decke jedoch ein, als wäre es von vornherein dafür vorgesehen gewesen. Pit hatte lediglich darauf geachtet, dass auch alles, das Bett ausgenommen, aus Echtholz war. Die AWO war in dieser Hinsicht eine wahre Fundgrube.

Sie hatte nun ein Messing-Bett mit passender Matratze und Bettwäsche, einen Kleiderschrank mit wunderschönen Intarsien, einen Schreibtisch im Biedermeierstil, ein Nachttischchen, einen hohen Spiegel (allerdings mit einigen Flecken, die kaum störten), eine Kommode mit geschwungenen Beinen, einen großen Webteppich, eine Decken- und eine Schreibtischlampe sowie einen Karton voller Bücher, die sie alle zu lesen gedachte.

Als Pit mit der EC-Karte bezahlte, wusste er zwar, dass er damit in die roten Zahlen rutschte, doch immer noch innerhalb des Dispo-Kredits blieb. Er war glücklich.

„Wollen wir darauf anstoßen?"

„Ja, wenn du mir hilfst, die Lampe aufzuhängen und die Möbel einzuräumen?"

Rasch holte er zwei Gläser und eine Flasche Landwein vom Erdgeschoss. „Darf ich etwas sagen, ohne eine anzügliche Absicht damit zu verbinden?"

„Ich warte drauf, Pit."

„Danke, dass du hier bist."

Pit saß auf der Bank vor dem Haus, las die Zeitung vom Morgen, während Eliza einen Spaziergang um den See unternahm. Er entdeckte sie auf dem Damm stehend, dort, wo der Überlauf des Sees ins Tal rauschte. Vorher hatte sie sich etwas gründlicher im Haus umgesehen. Besonders der Ofen hatte es ihr angetan, ein Prachtstück aus Eisenguss. Er erklärte ihr die Funktionsweise, zeigte ihr, wo das Brennholz geschützt hinterm Haus gestapelt war, und wie man über Schiebeklappen in der Holzdecke die oberen Räume mit Warmluft versorgen konnte. Ihm hatte diese Sekundärwärme bisher immer ausgereicht, auch im kältesten Winter. Oben hielt er sich für gewöhnlich nur zum Schlafen auf und mochte es sowieso lieber kühl im Zimmer. Selbst wenn er krank war und siechte, bezog er sein Lager auf dem Sofa.

Bei ihrem Rundgang durchs Haus konnte ihr natürlich nicht sein Schreibtisch mit dem Computer und das Regal mit den Büchern verborgen bleiben.

„Du bist Schriftsteller?", fragte sie staunend. „Auf den Büchern steht dein Name."

„Ich ziehe es vor, Autor zu sein", versuchte er richtigzustellen. „Es ist eher ein Hobby als ein Beruf. Davon leben kann ich nämlich nicht."

Sie entdeckte die Bärenbücher und die anderen, auf denen nicht Pit Ferman stand.

„Auf den anderen Büchern steht Peter Siefermann als Autor. Wer ist das?"

Er räusperte sich verlegen. „Nun, ja, das bin auch ich. Es ist mein alter Name."

Eliza nahm eines der Bärenbücher in die Hand, blätterte durch. „Oh", strahlte sie, „die sind ja illustriert. Hast du die selber gemacht?" Sie sah begeistert aus.

„Mehr schlecht als recht", gestand er. „Ich kann das nicht so gut."

Sie legte das erste Buch weg und nahm das nächste in die Hand. „Aber hallo, die Bilder werden ja immer besser. Klasse, Pit. Das gefällt mir. Darf ich sie mitnehmen und lesen, bitte?"

„Bücher sind zum Lesen gemacht", meinte er altklug.

Sie musterte ihn. „Wer bist du nun eigentlich. Bist du Peter Siefermann oder Pit Ferman?"

„Jetzt, im Alter, ziehe ich Pit Ferman vor. Ich glaube, dass der mir näher steht."

Sie nahm die beiden Bärenbücher unter den Arm. „Falls es dich interessiert: Ich habe, als ich jung war, selbstverständlich, Grafik und Design studiert. Ich könnte dir bei den Illustrationen helfen. Nur, wenn du magst, natürlich."

Pits Gedanken rasten wie ein Komet mit Schweif durch den Kopf und ihm fiel sofort ein, dass ihr Angebot zumindest einen längeren Aufenthalt bei ihm in Aussicht stellen würde. Sollte er darauf eingehen? Oder wie sah sie die Sache? Er sagte: „Und ob ich will. Ich zeichne nämlich nicht so gern."

„Aber ...aber ...dann ..." Sie geriet ins Stocken.

Aha, dachte Pit, jetzt kommt sie ebenfalls auf den Trichter, was ihr Angebot für sie bedeuten würde. War ihr Mundwerk zu schnell gewesen und fing sie erst jetzt an zu denken? Ich bin gespannt. „Aber dann? Was ist mit aber dann?", versuchte er sie zu locken.

„Ach nichts", winkte sie ab. „Vergiss′ es, Pit." Um sich abzulenken, griff sie einen der Kriminalromane und schlug das Buch in der Mitte auf. „Jahr 2022?", sagte sie und schaute ihn fragend an. „Warum 2022? Das wäre ja gerade erst gewesen?"

Pit lächelte. „Ist es auch", gestand er, ging zu ihr hin und nahm ihr das Buch aus der Hand. „Das ist der neueste Krimi um Edgar Schaaf. *„Schaafshammer"*. Edgar hat den Fall erst Ende Januar gelöst. Dann haben wir uns zusammengesetzt, Edgar hat mir die wichtigsten Fakten und ein paar Details erzählt, und ich begann mit dem Schreiben. Natürlich sind alle Namen, außer Edgar Schaafs und Melanie Köningers, geändert, wie übrigens auch Ortsangaben und Ortsbeschreibungen. Persönlichkeitsrechte, verstehst du? Und mir als Autor bleiben doch noch ein paar künstlerische Freiheiten für Ausschmückungen oder Spekulationen offen, die ich gerne nutze. Wie schreitet die gesellschaftliche Entwicklung voran? Worauf lohnt es sich, mit dem Finger zu zeigen? Und ich darf ganz ungeniert meine persönlichen Anschauungen unterbringen, sofern sie nicht ehrverletzend oder volksverhetzend sind, und meine Figuren Kritik üben lassen, wo ich meine, sie sei angebracht. Beispiele gefällig?

Welche vor zehn oder zwanzig Jahren gemachten Prophezeiungen sind wirklich eingetroffen? Mir fällt auf, dass die meisten versprochenen Veränderungen nichts weiter als leere Worthülsen waren. Die Menschen und die Gesellschaft haben mit dem technischen Fortschritt nicht mitgehalten. Ich bin überzeugt, dass sich außer der rasanten und offenbar unaufhaltsamen Entwicklung der Elektronik mit all ihren Vor- und Nachteilen überhaupt nicht viel verändert hat. Und von dem wenigen geriet davon vieles zum Nachteil der Normalsterblichen wie du und ich. Zum Beispiel werden Milliarden in den Ausbau des schnellen Internets für alle investiert, ohne zu bedenken, dass man nicht satt wird, wenn man an seinem Smartphone abbeißt. Vergleiche mit der Atom-Technik sind durchaus angebracht. Wie konnte man bloß so vermessen sein, eine Energietechnik zu betreiben, ohne zu wissen, wohin mit dem radioaktiven Müll? Das war meiner Meinung nach unverantwortlich. Stichwort Smart-Home: Die Industrie stellt miteinander vernetzbare Technik zur Verfügung, die den Menschen vorgaukelt, alles im Leben würde einfacher. Der Kühlschrank schreibt seinen eigenen Einkaufszettel. Wenn jedoch die gesamte Technik durch einen Hackerangriff blockiert wird, fahren keine Züge, regeln Ampeln keinen Verkehr, und zu Hause arbeitet im Winter die Steuerung der Heizung nicht und zudem kriegt man den Kühlschrank nicht mehr auf. Ist denn die Menschheit so mit Blindheit beschlagen, dass man sich freiwillig derart selbst entmündigt?

Die Regierung redet von der wichtigen Bildung, dabei werden tausende Lehrer entlassen oder mit einem Beschäftigungsmodell abgespeist, das sie regelmäßig zu Beginn der Sommerferien arbeitslos werden lässt. Die großen Firmen stellen überwiegend Leiharbeiter ein, um sie gerade dann zu entlassen, wenn sie endlich Anrecht auf gleiche Bezahlung wie die Stammbelegschaft hätten. Das wird immer mehr unsere Zukunft sein. Man produziert massenweise Unzufriedenheit unter den Leuten.

Seit Erfindung des Rades ist man, was die erdgebundene Fortbewegung betrifft, noch nicht sehr viel weiter gekommen. Selbst das Prinzip des Fliegens hat man den Vögeln abgeschaut, und es ist noch keine hundertfünfzig Jahre her, dass es realisiert werden konnte. Die Menschheit träumt davon, in ferner Zukunft erdähnliche Planeten besiedeln zu können. Schön und gut, aber bitteschön mit was denn? Diese sogenannten Exoplaneten sind mehrere Lichtjahre entfernt. Lichtjahre. Die meisten sind weiter entfernt, als das Leben eines Menschen dauert. Wir bauen unsere Raketen und Raumschiffe noch aus Metallblech, das mit lächerlichen Nieten zusammengehalten wird. Zum Landen plumpsen die Raumkapseln an Fallschirmen wie Pferdeäpfel in die kasachische Steppe. Allein zum Mars dauert die Reise mehrere Monate. Ich halte solche Zukunftsvisionen für unrealistisch. Gewiss, man darf träumen. Ohne Träume hätte die Menschheit vieles nicht erreicht. Aber unsere nahe Zukunft liegt in der Verschlimmerung der allgemeinen Zustände, von der Infrastruktur Schiene Straße Städtebau angefangen bis zur Versorgung unserer Alten und Behinderten. Der Mensch ist zu sehr Egoist, um die Errungenschaften dieser Welt mit allen zu teilen. Wer ist der Typ, der zum Beispiel all das Geld bekommt, wenn die Banken Milliarden verlieren? An wen verlieren sie es? Wo geht es hin? Solche Überlegungen kann und darf ich mir erlauben. So, und jetzt bist du wieder dran."

„Ich werde alles lesen", sagte sie kurz und bündig, legte die Bücher auf eine Treppenstufe und ging nach draußen.

Pit grummelte. Du alter Sack, schimpfte er sich, sei doch nicht so versessen erpicht darauf, die Frau hier behalten zu wollen. Denke nur nicht, dass sie dein Hecheln danach nicht spürt. Du bist bis jetzt doch blendend allein zurechtgekommen. Halte dich also zurück, auch wenn sie dir gefällt.

Er stellte fest, dass sich Eliza am Ufer des Sees entlang auf dem Rückweg befand. Sie sah seinen Briefkasten am Weg stehen und ging hin. Ihm fiel ein, dass er heute noch nicht nach der Post und den üblichen Reklamen geschaut hatte. Eliza zog tatsächlich etwas heraus und setzte sich mit einem Möbel-Prospekt in der Hand neben ihn auf die Bank.

„Ich hab´ mir was überlegt. Kommst du bitte mal mit?"

Nanu, dachte Pit, und folgte ihr ins Haus und die Treppe hinauf in ihr Zimmer. Sie nahm den Koffer zur Hand, den sie neben den Schrank gestellt hatte, öffnete ihn. Es gab ein Innenfach mit Reißverschluss. Sie zippte das Fach auf und griff hinein. Nacheinander zog sie fünf gewichtige, in Papier gewickelte kleine Päckchen heraus und legte sie aufs Bett.

„Mach´ auf", sagte sie und deutete mit dem Kinn auf die Päckchen.

Pit zögerte, nahm dann aber eines in die Hand. Überraschend schwer, wie ihm schien. Er wickelte das Papier ab und starrte auf einen kleinen Barren pures Gold.

„Fünf Stück", sagte sie, und packte ihrerseits die nächsten vier aus. „Zehn Unzen pro Barren", erklärte sie. „Neunhundertneunundneunziger Feingold."

Pit drehte und wendete den Barren in der Hand, entdeckte lediglich die eingeprägte Nummer 999 und das Gewicht: Zehn. Kein Herkunfts- oder anderer Hinweis. Er hatte Gleiches noch nie gesehen.

„Ich hab´ es am Samstag, bevor ich geflüchtet bin, im Schrank gefunden", sagte sie mühsam beherrscht. „Was soll ich tun?"

Pit legte den Barren zurück. „Wem gehört es?"

Sie zuckte die Schultern, schüttelte den Kopf. „Mein Freund verkehrt im Milieu. Ich weiß nicht, was er tut." Ihre Stimme zitterte. „Ich dachte, wenn ich schon bei dir wohne, solltest du es wissen." Sie zeigte auf die Goldbarren auf dem Bett.

„Hast du eine Arbeit?"

„Ich habe eine Halbtagsstelle in einem Architektenbüro. *Hoffmann und Wirz*, falls dir das ein Begriff ist. Aber ich weiß nicht, ob ich dort noch hinkann. Wenn er nach mir sucht, wird er bestimmt auch dort nach mir fragen."

„Wie heißt er eigentlich?"

„Roland. Roland Locher."

„Hm. Bist du damit einverstanden, wenn ich Edgar Schaaf anrufe und ihn frage, ob er ihn kennt? Er war früher Hauptkommissar bei der Kripo. Vielleicht weiß er sogar etwas über das Gold. Dabei fällt mir ein: Ich habe kein Handy bei dir gesehen. Hast du keins?"

„Doch, aber ich hab's dort in der Wohnung gelassen. Ich wollte nicht belästigt und nicht verfolgt werden."

Sie gingen in den Wohnraum hinunter. Pit schaltete das Licht an, denn es wurde Abend.

„Wenn du willst, fahre ich dich jeweils zur Arbeit und hole dich wieder ab. Ich bin schließlich Rentner und habe Zeit."

„Aber ich will dir nicht zur Last fallen, Pit."

Er grinste. „Tust du nicht. Wem gehört eigentlich die Wohnung in Offenburg?"

„Es ist seine. Ich habe damit nichts zu tun", sagte sie und ging zu einem der Fenster, die auf den See hinaus zeigten. Als sie sprach, sah er nur ihren Rücken. „Pit, betrachte es bitte nicht als Überfall, aber ich würde gerne hier wohnen bleiben. Es gefällt mir hier und ...und ...ich würde mich auch am Unterhalt beteiligen, wenn ich arbeiten kann."

„Das wirst du auch müssen, denn ich bin praktisch ab dem Vierundzwanzigsten pleite", antwortete er relativ trocken. Zu trocken, wie er fand, weshalb er nachlegte: „Wenn du willst, ist es auch dein Zuhause. Sei willkommen." Er sah, dass ihre Schultern bebten und sie in ein Taschentuch schniefte, das sie aus der Jeans gezogen hatte. Der Anblick rührte an sein Herz, doch war er viel zu hilflos und scheu, um zu ihr zu gehen und beizustehen.

„Jetzt ruf' ich aber Edgar Schaaf an", lenkte er sich ab und griff nach seinem Handy.

Eliza und Pit saßen nebeneinander auf dem Sofa, die Decke über sich gebreitet. Er hellwach, sie eingeschlafen. Ihr Kopf lehnte an seiner Brust und er wagte nicht, sich zu rühren. Es war zehn Uhr am Abend und er verfolgte die Spätnachrichten, beziehungsweise die Bilder flimmerten vor seinen Augen, ohne dass er das Geringste verstand. Der Duft ihrer Haare kletterte seine Nase hoch. Wenn er sich bewegte, fürchtete er, ginge er ihm verloren.

Er getraute sich kaum, das Glück zu fassen, oder wie er es definieren sollte. War es wirklich ein Glück? Ja, für diese Sekunden und Minuten, dachte er, ist es mein persönliches Glück. Glück, das er ihr gerade stahl, weil sie schlafend von seinen Gefühlen nichts mitbekam. Und wenn es sich nicht vermehren sollte, sinnierte er weiter, dann hatte er immerhin diese kurze Phase an Glück besessen. Keiner konnte es ihm mehr wegnehmen.

Als wäre es das Normalste auf der Welt und als wären sie schon seit Ewigkeiten zusammen, hatte sie sich neben ihn gesetzt und die Decke über sie gezogen. Er hatte sich wie ein Hund gefühlt, an den sich artfremd eine Katze schmiegt. Fehlte nur noch ihr Schnurren. Sie hatte sich durch die Programme gezappt und war plötzlich weggetreten. Eingeschlafen.

„Wer ruft denn zu so später Stunde noch an?", hatte es aus dem Hörer getönt. „Pit, bist du's? Na, wie verkaufen sich denn deine Romane?"

„Schlecht verkaufen sie sich, aber das liegt weniger an mir als an dir. Du bringst einfach zu wenig Action. Guten Abend, Edgar."

„Du bist gut", lachte Edgar, „während ich Kopf und Kragen riskiere, klemmst du dich bloß hinter den Schreibtisch und reihst Buchstabe an Buchstabe. Was gibt's? Warum rufst du an?"

Pit Ferman schilderte ihm die Situation mit Eliza. Fragte ihn, ob er aus seiner Zeit bei der Kripo einen gewissen Roland Locher kennen würde oder zumindest etwas über ihn zu sagen wusste.

„Ja, Roland Locher kommt mir irgendwie bekannt vor", sagte Edgar. „Ist schon eine Weile her, denke ich. Damals war er keine große Nummer. Arbeitete als Automechaniker in einer Werkstatt im nördlichen Industriegebiet, soviel ich weiß. Vielleicht hat er Karriere gemacht, aber das entzieht sich jetzt meiner Kenntnis. Ich kann mich aber mal umhören, Pit. Sonst noch was auf dem Herzen?"

„Gold?"

„Ob ich was über Gold weiß? Du meinst geraubtes Gold oder Schwarz-Gold, nicht wahr?"

„Genau, Edgar."

„Wieviel? Welche Größenordnung?"

„Nicht am Telefon, Edgar. Hast du morgen Zeit? Dann kommen wir morgen zu dir."

Pit hörte, dass Edgar Schaaf sich mit jemandem anderen absprach, vermutlich mit Melanie.

„Pit, bist du noch dran? Okay, sagen wir gegen Mittag. Dann ist sicher auch Melanie anwesend."

Allmählich schliefen seine Pobacken ein. Bald würde er sich bewegen müssen, wollte er nicht zusätzlich einen Bauchkrampf riskieren. Das sind die Nachteile des Alters, dachte er. Man wird in allem empfindlicher. Grundsätzlich beklagte er sich nicht über die Tücken, die die Jahre mit sich brachten. Er reduzierte seine Aktivitäten beinahe automatisch, als besäße sein Körper eine eigene Intelligenz, und vielleicht war dem auch so, und derjenige, der dafür Sensoren besaß und sich entsprechend danach richtete, steckte die Einschränkungen besser weg. Dass er aus anderen Dingen dagegen mehr Genuss ziehen konnte, hielt er aus diesem Grunde nur für gerecht. Ein natürlicher Ausgleich fand statt. Die Qualität an Muße und an Zeit, wie er sie heute besaß, hatte er früher nicht.

Es ging nicht mehr anders, er musste sein Gewicht verlagern. Er schaute Eliza ins Gesicht und erfasste den Moment, an dem sie die Augen aufschlug und für Augenblicke noch verwirrt war. Er sah, wie Leben hineingeriet und wie sie endgültig aus dem Traum ins Dasein glitt.

„Hallo", sagte er leise. „Nicht erschrecken."

Mit einer Hand fuhr sie über ihr Gesicht und wuschelte sich die langen Haare. „Oh", sagte sie nur und richtete sich auf. Sie schüttelte sich, als würde sie frösteln.

„Hab ich ...?", geschnarcht, wollte sie wohl fragen.

„Hast du nicht. Du warst einfach müde."

„Ja, und weißt du was? Ich habe mich schon so lange nicht mehr so sicher gefühlt."

„Tatsächlich?"

„Hm ja, und so wohl und so vertraut."

„Jetzt tut es mir leid, dass ich dich geweckt hab´."

Mit ihren dunklen unergründlichen Augen forschte sie lange in seinem Gesicht, als würde sie darin etwas verloren haben. „Vielleicht", sagte sie dann, „vielleicht hast du das wirklich."

„Muss ich das jetzt verstehen?"

Aber wie es ihre Art war, schüttelte sie nur den Kopf und lächelte geheimnisvoll.

In der Nacht. Pit Ferman schlief nicht. Er lag mit so schwerem Herzen im Bett, dass er meinte, auf der anderen Seite der Erde, in Neuseeland, müsste es einen neuen Berg aus dem Boden drücken. Mount Pit. Oder zumindest einen Tsunami geben. Ja, Tsunami war gut.

Alle angewandten Tricks, um in Schlaf zu fallen, schlugen fehl. Er kam ihm am nächsten, wenn er sich auf den Atem konzentrierte, doch dann pfiff oder röchelte es in der Luftröhre, und er musste die Geräusche weghusten oder wegräuspern – und das Spiel begann von vorne. Es war lästiger als ein Tinnitus.

Er fühlte sich als Opfer seiner eigenen Hilfsbereitschaft und befand sich in einem Zustand der Verwirrung. Hätte er vor zwei Tagen doch nur nicht im Regen auf der Landstraße angehalten. Dann befände er sich jetzt nicht in der Situation, in der er war. Alles wäre so weitergegangen wie bisher. Pit Ferman als Single, Einsiedler, Eremit, selbstbestimmt und freigewählt, ehelos, frauenlos, zufrieden mit sich und seiner Welt. Er hatte das Haus, die Hahnenfußwiese, den See, den Citroën, die Schreibmaschine, die Bleistifte, Wasserfarben und seine Rente. Das, was er gewollt hatte. Nach der Scheidung von Gerlinde lautete sein Credo: Keine Frau und keine Beziehung mehr. Und es hatte geklappt. Es hatte ihm an nichts gefehlt. Er konnte tun und lassen was er wollte. Keiner da, der ihm reinredete oder ihn kritisierte. Wenn er jemanden zum Reden brauchte, fuhr er nach Offenburg zu Silvio ins *Zum grauen Eck*, oder er besprach mit Edgar Schaaf dessen Abenteuer.

Und jetzt? Jetzt schlief quer über den Flur im oberen Stock eine Frau. Eliza. *Betrachte es bitte nicht als Überfall, Pit, aber ich würde gerne hier wohnen bleiben.* Womit seine Welt mir nichts dir nichts schräg in den Angeln hing. Wäre Eliza ein Mann, das war für ihn sonnenklar, würde er hundert Ausreden finden, um ihm die Tür zu weisen. Aber ein

Mann wäre auch nur schwerlich an seiner Brust eingeschlafen, nicht wahr? Aber hallo, das wär' ja noch schöner. Und nur weil Eliza eine Frau war, war es anders? Warum konnte er nicht den harten Macho raushängen und ihr sagen: *Pass' mal auf, Baby, es war nett, dich kennenzulernen, aber morgen machst du die Flatter, kapito?* Logisch, weil er kein Macho war. Aber gab es nicht andere Möglichkeiten? Solche, die vor Überzeugungskraft nur so strotzten? Irgendeinen klugen Scheiß? Oder etwas Diplomatisches? Damit er sein Gesicht nicht verlor?

Sollte er seine alten Besitztümer und Pfründe nun mit Händen und Füßen verteidigen? Oder sollte er sich der neuen Herausforderung ergeben? Pit hasste es, mit sich selbst in Klausur zu gehen und er ahnte, dass er sich im Grunde nur zum Schein gegen Eliza wehrte, weil er die alten Grundsätze zumindest vor seinem inneren Tribunal verteidigen musste. Er musste so tun als ob, um von dort einen Freispruch und den Segen zu erhalten. Insgeheim war er nämlich schon längst übergelaufen, denn er spürte mit sicherem Instinkt, dass Eliza ihm guttat. Er fühlte sich zweifellos geschmeichelt, und wer sich an seiner Brust zum Schlafen legte, der zeigte mehr Vertrauen als Furcht vor ihm.

Also: War er nun Verlierer oder Gewinner? Entscheide dich, Pit. Für oder gegen Eliza. Bedenke jedoch, egal wie du dich entscheidest, dass es für den Rest deines Lebens ist.

28. Juni 2022

In Rothweiler, wo die Kommunalverwaltung für die drei Gemeinden Rothweiler, Grünweiler umd Gehlheim ansässig war, hatte Eliza ihren neuen Wohnsitz gemeldet und gleich einen neuen Personalausweis beantragt. Für die Ummeldung der Post hatten ein paar Mouseklicks auf ihrem Computer genügt. Sie spürte, wie eine Woge der Erleichterung sie durchflutete und war sich des Beginns eines weiteren Lebensabschnitts bewusst. Jetzt war es sogar amtlich, dass Pit und sie unter einem Dach wohnten, und sie fand es überhaupt nicht als überstürzt. In ihren Augen war es nichts weiter als ein logischer Schritt, die Konsequenz ihres Auszugs aus Roland Lochers Wohnung fortzusetzen.

Sie fuhren mit dem Citroën das Rothbachtal hinauf, über Gehlheim nach St. Paulsberg, von wo aus sie die Straße über den Berg nach Gengenbach einschlagen würden. Hunderte von Obstbäumen im Tal kämpften mit den Auswirkungen des Frostes im April. Wer damals seine Früchte nicht künstlich vereist oder mittels Wärmefeuern geschützt hatte, war der große Verlierer. Die meisten Obstbauern rechneten schon mit hohen Ernteausfällen, nicht nur bei Kirschen und Zwetschgen, sondern auch bei den Erdbeeren, Haupteinnahmequelle der hiesigen Landwirte.

In St. Paulsberg hielt Pit Ferman am Straßenrand an und zeigte Eliza von dort das Häuschen jenseits des Rothbachs, wo Ruth Baumeister wohnte. Er erzählte ihr in groben Zügen die Geschichte um Ruth Baumeister, ihrer Stieftochter Carmen, von Lars Weniger und dem Kommissar Kai Schuster, dessen Freundin Nicole, von Melanie Köninger und Edgar Schaaf. „Du kannst, wenn du es genauer wissen willst, auch mein Buch *Schaafshammer* lesen."

Eliza hatte am Morgen bei ihrem Arbeitgeber angerufen, sich für ihr Fehlen entschuldigt, und mitgeteilt, dass sie nach einer überstandenen Grippe am kommenden Donnerstag wieder zur Arbeit erscheinen würde.

Kurz vor zwölf Uhr trafen sie verabredungsgemäß vor Melanies und Edgars Türmchenhaus ein und stellten den Citroën in die Hofeinfahrt. Es war nicht Pit Fermans erster

Besuch, doch bewunderte er das Haus jedes Mal aufs Neue. Er erklärte Eliza die Kellergalerie, die erst seit einem halben Jahr existierte und ein Geburtstagsgeschenk Edgars an Melanie war.

Auf ihr Klingeln öffnete Edgar Schaaf die Haustür. Große Gestalt, bis auf eine umgebundene Kochschürze von Kopf bis Fuß schwarz gekleidet, die langen weißen Haare zum Pferdeschwanz gebunden, kurz gehaltener Vollbart.

„Pünktlich seid ihr ja", sagte er mit lächelnden Augen, „kommt rein. Keine Angst, die Hunde sind friedlich." Er boxte Pit Ferman an die Schulter und gab Eliza förmlich die Hand.

„Willkommen in unserer bescheidenen Hütte. Ist mit eurem Refugium optisch natürlich nicht zu vergleichen. Wer kann schon einen See sein eigen nennen? Melanie wird übrigens auch gleich hier sein. Nehmt schon mal Platz. Ihr bleibt doch sicher zum Essen?"

„Deswegen sind wir doch hauptsächlich da, nicht wahr, Eliza?"

Eliza nickte schüchtern Zustimmung. Sie entdeckte zwei Hunde unter dem Couchtisch im Wohnzimmer, eng beieinander liegend.

„Darf ich vorstellen? *Müller* und *Lydia*. Unser Traumpaar und unsere Mitbewohner", sagte Edgar, ging vor dem Tisch in die Knie und wuschelte beiden liebevoll über den Kopf.

„Grins´ nicht wie ein Affe, *Müller*. Wir haben ja nicht das erste Mal Gäste."

Von der Haustür kam ein Geräusch. Melanie war eingetroffen. Sie begrüßte die Gäste freundlich und gab Edgar einen Kuss. „Na, dann sind wir vollständig", tönte der und trug das Essen auf den Tisch.

Eliza war von Melanie Köninger beeindruckt. Eine schöne Frau, die ob ihres Aussehens kein Aufhebens machte und deswegen so ungezwungen und natürlich wirkte. Diese Frau, dachte sie, wäre als Zicke total unbrauchbar. Neid und Missgunst schienen ihr völlig fremd zu sein. Eliza entwickelte sofort eine starke Sympathie für die Frau.

„Wie geht es eigentlich Frau Baumeister mit Carmen?" Pit eröffnete die Gesprächsrunde. „Ich habe Eliza vorhin das Häuschen in St. Paulsberg gezeigt. Hilfst du Ruth Baumeister noch bei der Betreuung, Melanie?"

Die Angesprochene erwiderte, dass Carmen Graumann seit April in einer Reha-Klinik untergebracht sei. „Da sie aus dem Koma aufgewacht ist, verspricht man sich, und wie man hört, mit Erfolg, dass sie unter Umständen sogar wieder gehen wird können. Sensationell, das Ganze, und für das Mädchen natürlich ungemein wichtig. Ich hoffe so, dass sie wieder einigermaßen auf die Beine kommt. Vorerst haben sich meine Besuche bei Ruth also erledigt."

Pit beschrieb Eliza Melanies eigenes Ladengeschäft *Aquarelle und Poesie* in der Fußgängerzone der Stadt. „Wir können nachher ja mal vorbeischauen, wenn du Lust hast."

„Ja, Eliza, komm´ doch auf einen Sprung vorbei. Oder weißt du was? Geh´ doch nach dem Essen mit mir zusammen hin. Dann können wir uns ein bisschen von Frau zu Frau unterhalten, hm?"

Eliza schaute zu Pit Ferman. „Würde das in deine Pläne passen? Oder hast du noch was anderes vor?"

„Wir haben alle Zeit der Welt. Du bist heute der Boss."

Nach dem Essen, Edgar hatte einen einfachen Lauchauflauf in der Röhre gegart, servierte Edgar einen Früchtequark zum Dessert.

„Du hast mich nach Roland Locher gefragt, Pit. Darf ich mich zuerst an Eliza wenden und sie fragen, ob es ihr recht ist, wenn wir über ihren Freund sprechen?"

Eliza, derart direkt angesprochen, suchte nochmals den Augenkontakt mit Pit. Pit sagte:

„Eliza ist am vergangenen Samstag aus der gemeinsamen Wohnung mit Roland Locher geflüchtet und hat bei mir Schutz gesucht. Er hat sie wiederholt geschlagen. Da Eliza bei mir im Haus wohnen bleiben möchte, denke ich, dass es okay ist, wenn wir über ihn reden. Oder ist es dir peinlich, Eliza? Brauchst es nur zu sagen, dann lassen wir das Thema."

„Nein, es ist okay", erwiderte Eliza rasch. Seltsamerweise kam es ihr immer noch so vor, als sei sie die Schuldige. Als wäre sie es, die geschlagen hatte, und mit diesem Gefühl ging die Scham einher, im Gleichschritt mit dem fast zwanghaften Bedürfnis, sich entschuldigen zu müssen. Entschuldigen für eine Tat, deren Opfer sie war. Dieses Verhalten war durch die ständigen Erniedrigungen und die perfiden Schuldzuweisungen des Schlägers geboren. Die Selbstschuld war ihr ständig vorgehalten worden. *Hättest du nicht dieses oder jenes gemacht, hätte ich dich nicht zu schlagen brauchen.* Schnell suchte sie in Melanies Gesicht nach einem Anzeichen von Distanz oder Missachtung, wie sie es schon oft bei anderen Menschen hatte erkennen müssen, die mit ihren Sinnesandeutungen im Prinzip in die gleiche Kerbe wie der Schläger schlugen: *Selber schuld, du dumme Kuh. Was lässt du dich auch schlagen. Es wird schon eine Berechtigung haben.* Welche Qual dahinter steckte, und dass man aus dem Teufelskreis nur schwer entrinnen konnte, wusste kaum einer. Nicht jeder war vom Selbstbewusstsein her ein Riese, und selbst bei denen gab es Gefallene. Was sie indes in Melanies Gesicht sah, war ein Ausdruck von real nachvollzogenem Schmerz. Sollte sich neben Pit Ferman in diesem Raum noch jemand befinden, der sie verstehen konnte?

Edgar löffelte vom Dessert. „Wie ich am Telefon gesagt hatte, kam mir der Name geläufig vor. Ich war zwar bei der Mordkommission Offenburg und hatte mit Raub und Diebstahl nicht viel zu tun, aber ein Kollege vom Dezernat Organisiertes Verbrechen und Bandenkriminalität steckte mir zu, dass Roland Locher zu einem Kreis Verdächtiger gehören soll, die gezielt Bankautomaten entführen und Juweliergeschäfte ausrauben. Es gibt jedoch keine Beweise dafür, weil diejenigen, die man gefasst hat, sich lieber die Zunge abbeißen als jemanden zu verraten."

„Bankautomatenentführung? Juwelengeschäfte? Wie funktioniert das denn?"

„Tja, Pit, die Leute sind bestens organisiert. Sie binden ein Stahlseil um einen Geldautomaten und ziehen ihn zum Beispiel mit einem gestohlenen Traktor oder Lastwagen komplett aus der Wand oder vom Stellplatz. Geht ruck, zuck! Oder sie rasen mit einem gestohlenen Auto in die Schaufensterfront eines Juweliers und räumen dann die Auslagen und erreichbaren Vitrinen leer. Das geht so schnell, dass die Polizei fast immer zu spät eintrifft. So ist das."

„Also den Verdächtigen kann man nichts nachweisen?"

„So ist es", sagte Edgar, „man müsste sie schon auf frischer Tat erwischen. Es existiert bislang nur ein einziges Foto von so schlechter Auflösung über einen Bankautomatenraub, dass man so gut wie nichts erkennen kann. Ein nächtlicher Passant hat es mit seinem alten Handy geschossen. Die Gesichter sind wahrscheinlich alle vermummt, das Kennzeichen des Fahrzeuges ist überklebt, und nur dass es sich um einen Unimog handeln muss, ist einigermaßen sicher. Selbst die Farbe steht nicht eindeutig fest. Deswegen sind es eigentlich auch keine richtigen Verdächtige, sondern man vermutet nur, dass jemand zu einem gewissen Personenkreis gehört, dem man solche Taten zutraut, verstehst du?"

Pit wandte sich an Eliza. „Und du hast nie einen Verdacht gehabt, dass dein Freund in krumme Geschäfte verwickelt ist?"

„Doch, ich hab´ dir doch gesagt, dass er vermutlich im Milieu unterwegs ist. Aber was er gemacht hat, davon habe ich keinen blassen Schimmer. Er hat ja seit etwa drei Jahren wieder einen geregelten Job als Automechaniker und allem Anschein nach geht er der Arbeit zuverlässig nach. Ich habe jedenfalls nie mitbekommen, dass sich von Seiten der Firma jemand wegen Fehlens oder so nach ihm erkundigt. Ich kenne die Leute von der Werkstatt aber auch nicht."

Pit deutete auf ihre Handtasche. „Zeig´ Edgar doch bitte das Päckchen, Eliza."

Sie griff in ihre Tasche und holte ein kleines, in Papier gewickeltes Päckchen heraus. Edgar nahm es in Empfang. Als er es ausgewickelt hatte, pfiff er anerkennend durch die Zähne.

„Und davon hast du in seiner Wohnung fünf Stück gefunden?"

Eliza nickte. „Im Kleiderschrank."

„Darf ich ein paar Fotos davon machen? Nur als Beleg dafür, falls ich mit jemandem darüber sprechen will."

Wieder nickte Eliza. „Was mach´ ich mit dem Gold? Ich meine, es gehört mir ja nicht. Aber ob es Roland rechtmäßig gehört, weiß ich auch nicht. Ich vermute eher nicht, sonst hätte er es doch nicht versteckt, oder?"

Edgar Schaaf kratzte sich am Kinn. „Ich werde mal ganz vorsichtig vorgehen und nur andeutungsweise meine Fühler nach verschwundenem Gold ausstrecken. Von einer Bank kann es jedenfalls nicht stammen, denn dann wäre die Herkunft des Goldes eingeprägt. Möglicherweise verwenden Goldschmiede solche ungekennzeichneten Barren, oder Juweliere ..."

„... oder Gangster?", fragte Pit.

„... oder Gangster", bestätigte Edgar.

„Eventuell kannst du das Gold sogar behalten", meinte Pit.

„Wenn Blut dran klebt, kann es mir gestohlen bleiben", bestimmte Eliza.

„Was noch nachzuweisen wäre. Doch es wird schwierig werden. Bei Schwarz-Gold wird vermutlich keiner so blöd sein und sich als Besitzer melden. Sollte ich etwas erfahren, Eliza, bist du die erste, die es erfährt."

Eliza ging neben Melanie her in die Stadt. „Edgar ist sonst nicht so geschäftsmäßig trocken und nüchtern wie vorhin. Aber wenn er von etwas Wind bekommt, und sei es nur ein Lüftchen, erwacht in ihm das Ermittler-Gen. Sonst ist er ein wunderbarer Mensch, Eliza."

„Ihr habt erst vor einem Jahr geheiratet?"

Melanie lächelte. „Ja. Er kam in mein spätes Leben geschneit, und nachdem ich ihn aufgefordert hatte zu bleiben, ist er geblieben. Ich habe es noch keine Sekunde bereut. Im Grunde ist er eine sanfte Seele."

„Er wirkt so ...so ...dominant?", versuchte Eliza ihn einzuordnen.

„Nein, nicht dominant", widersprach Melanie. „Er ist eher kompetent. Er ist sich sicher. Das spürt man."

„Ich bin bei Pit Ferman untergeschlupft. Er hat mich vergangenen Samstag sozusagen im Regen auf der Straße aufgelesen wie eine nasse Katze. Kannst du, wenn ich dich bitte, auch was über ihn sagen?" Eliza geriet ins Schwitzen, doch nicht wegen der Sommertemperatur.

Dass auch Melanie sich ihrer Sache sicher war, erfuhr Eliza umgehend. „Nein", sagte sie frei weg, „zuerst möchte ich deine Meinung über ihn hören. Auf, auf, keine Schüchternheit vortäuschen."

„Oh", schluckte Eliza, „ob ich das kann? Er hat mir Schutz geboten. Er ist fürsorglich. Er half mir fürs Erste mit seinen eigenen Kleidern aus, als meine durchnässt waren. Er überlässt mir ein Zimmer in seinem schönen Haus. Ich vertraue ihm, dass ich sogar neben ihm eingeschlafen bin. Er steckt, so habe ich wenigstens im Gefühl, in einem Zwiespalt. Einesteils will er allein sein, andernteils genießt er meine Nähe. Ich fühle mich wohl bei ihm. Wie soll ich mich verhalten?"

Sie waren in der Stadt vor Melanies Geschäft *Aquarelle und Poesie* angekommen. Melanie schloss die Ladentür auf und ließ Eliza eintreten.

„Pit und Edgar verstehen sich ziemlich gut. Was kein Wunder ist, wenn Pit über Edgars Abenteuer ..."

„... und deine Abenteuer", schob Eliza dazwischen.

„... hahaha, ja, und über meine Abenteuer schreibt. Auch wenn ich ihn nicht so genau kenne, soviel weiß ich. Pit ist kein Einzelgänger aus Überzeugung. Ich denke, dass es zwei Faktoren braucht. Der erste ist Zeit. Zeit, sich aneinander zu gewöhnen. Die Gegenwart des anderen akzeptieren können. Man merkt zum Beispiel nach wenigen Tagen, dass man nicht zusammen unter einem Dach leben kann. Der andere geht einem auf die Nerven. Man findet Punkte, die einem nicht gefallen. Der zweite Faktor bist du. Was willst du? Willst du ihn? Und wenn ja, was bist du bereit zu investieren? Wie weit kannst du gehen? Was tut dir selber gut? Wie ich vorhin beim Essen mitgekriegt habe, kommst du gerade aus einer Situation, in der das niemanden interessiert hat. Kannst du das vergessen oder ist die Angst stärker, dass sich Gleiches wiederholen könnte? Ich finde, dass du für dich selber im Moment die Hauptperson bist. Sollte Pit dich bedrängen und du bist noch nicht bereit für eine neue Beziehung, dann sage ihm das offen und ehrlich. Und wenn du zwar bereit für eine Beziehung bist, aber noch nicht für Sex, auch das ist möglich, dann sage es. So, wie ich Pit einschätze, wird er das verstehen."

„Du bist ziemlich direkt, Melanie", sagte Eliza.

Melanie lachte. „Ach, wenn du wüsstest, wie nah mein Herz am Zerspringen war, als ich Edgar schon am ersten Abend in mein Bett gelockt habe, nach weit über zwanzig Jahren ohne Sex und Betterfahrung. Puuuh."

Jetzt lachte Eliza. „Ja", rief Melanie aus, „exakt so war es. Übrigens steht dir Lachen sehr gut. Musst du unbedingt öfters machen. Das Leben ist schön."

Eliza ging im Ausstellungsraum umher und besah sich die Bilder. „Es ist schon merkwürdig", sagte sie dabei, ohne Melanie direkt anzusehen, „ich scheine über Pit in einer Art Parallelwelt gelandet zu sein, die so völlig anders ist als die, aus der ich gerade komme. Ich weiß gar nicht, wie ich es beschreiben soll. Pit, Edgar und du, ihr seid klug, gebildet, ihr könnt ganze Sätze formulieren und Edelmut ist euch aufs Banner geschrieben. Vorher kannte ich Saufen, ordinäres Geschwätz, Oberflächlichkeit, Brutalität, billige Unterhaltung und Dummheit. Ja, das sind unterschiedliche Welten. Dein Laden gefällt mir ausnehmend gut. Woher hast du all die Bilder?"

„Danke, das sind überwiegend regionale Künstler, wobei regional schon untertrieben ist. Sagen wir aus Süddeutschland. Hast du nicht zufällig auch was anzubieten?" Melanie hatte die letzte Frage eher scherzhaft gemeint.

„Aquarelle nicht gerade", meinte Eliza bescheiden, „aber einige Grafiken vielleicht?"

Melanie wurde hellhörig. „Grafiken? Was für Grafiken?"

„Ich hab´ Grafik und Design studiert. Grafiken, mit Bleistift und Tuschen, von DIN-A5 bis DIN-A2. Ich kann dir ein paar per E-Mail schicken, wenn du willst."

„Ob ich will?" Melanie schien um Fassung bemüht. „Ob ich will, fragt das Huhn. Ich lebe davon, falls du es noch nicht bemerkt hast." Und schon hielt sie Eliza ihre Visitenkarte unter die Nase. „Ich warte drauf", sagte sie. „Aber die letzte Entscheidung, ob ich ausstelle oder nicht, fälle ich. Nur damit du Bescheid weißt, okay, meine Liebe?"

Sie fuhren die gleiche Strecke wieder zurück: Über den Berg nach St. Paulsberg, dann über Gehlheim nach Grünweiler. Pit verhielt sich ungewohnt schweigsam. Eliza erlaubte sich, unterwegs eine Bemerkung anzubringen.

„Du siehst müde aus, Pit. Ist was?"

Ich sehe nicht nur müde aus, ich *bin* müde, dachte Pit. „Ich hab´ schlecht geschlafen heute Nacht", brummte er und musste zu allem Überfluss auch gähnen.

„Wegen mir?"

Dazu schwieg Pit. Was sollte er ihr dazu auch sagen? Dass sie seinen Hormonhaushalt durcheinander brachte? Herrgott, die Frau hatte gerade erst die Hölle hinter sich gelassen. Er atmete tief ein und sagte: „Ich ..."

„Weißt du, was mir gefallen würde?"

Pit war nicht unfroh, dass sie ihm ins Wort gefallen war. „Erzähl´."

„Es ist ein schöner Abend. Wir setzen uns auf die Bank, die Decke um uns gewickelt, wir trinken ein Glas Wein und essen Kartoffelchips - und dann möcht´ ich wieder einschlafen."

Er erinnerte sich an den gestrigen Abend und stellte fest. dass er nichts dagegen haben würde, mit ihr auf der Bank zu sitzen. Absolut nicht. Doch es sollte anders kommen.

Sie fuhren die Schotterpiste am See vorbei und hielten vor dem Haus. Eliza stieg aus und ging mit ihrer Handtasche und dem Goldbarren auf die Eingangstüre zu. Plötzlich blieb sie stehen. Als Pit ihr folgte und näher kam, hielt sie ihn mit ausgestrecktem Arm auf Abstand. „Pst", machte sie. „Sei leise. Sieh nur." Sie zeigte zur Sitzbank hin.

Er sah es. Eine dreifarbige Katze hockte dort und schaute ihnen erwartungsvoll entgegen.

„Miez, Miez, Miez, Miez, Miez", lockte Eliza die Katze und ging in die Knie, eine Hand dem Tier zugestreckt. „Na, komm´, du schöne Kleine. Komm´, Miez, Miez, Miez."

Die Katze stand auf, sprang von der Bank und strich mit steil aufgerichtetem Schwanz um Elizas Hand. „Ist sie nicht süß?"

Alles, was recht ist, es ist eine schöne Katze, dachte Pit. Vorsichtig trat er um die beiden herum und öffnete die Haustür. Noch bevor er selber den ersten Schritt hineingetan hatte, flutschte die Katze zwischen seinen Beinen hindurch und war drin. Eliza lachte. Pit schaute sie an. Eliza lachte und lachte, und noch nie hatte er ein so glückliches Lachen gehört. Das war genau der Augenblick, in dem er alle Zweifel ad acta legte und er die Liebe entdeckte.

Er hatte sich bereit erklärt, nochmals nach St. Paulsberg zu fahren und nicht nur Kartoffelchips einzukaufen, sondern auch verschiedene Sorten Katzenfutter, eine Katzentoilette aus Plastik und Katzenstreu. Auf der Rückfahrt wurde ihm glasklar, dass er sie nie wieder würde gehen lassen. Eliza nicht, und die Katze ebenfalls nicht. Dass er, wenn erforderlich, um sie kämpfen würde. Um Eliza. Und um die Katze. Denn Eliza war sein Glück, und die dreifarbige Katze war eine Glückskatze. So sah das aus.

Am Abend saßen sie zu dritt auf dem Sofa. Die Katze schlafend auf Elizas Schoß, und Eliza schlafend an Pits Brust. Er wagte sich kaum zu rühren. Und egal, dass ihm die Pobacken wieder einschliefen. Heute würde er nicht aufstehen.

28. Juni 2022

Er saß in der Bredouille, um es beim Wort zu nennen. In spätestens einer halben Stunde würden seine Kumpels hier antanzen und das Gold sehen wollen. Mit ihren eigenen Augen. Wollten sehen, dass es noch vorhanden war. Bei ihm. Das vermaledeite Gold, das er nicht mehr hatte.

Er schaute auf die teure Armbanduhr, die er sich normalerweise gar nicht leisten konnte. Aber was war schon normal bei ihm? Es war gerade halb fünf Uhr geworden. Um fünf Uhr, hatten sie gesagt, würden sie bei ihm sein. Alle vier. Die komplette Bande. Dago, Don, Micky und Goofy.

Endlich, nach so langer Zeit, hatte Dago einen Hehler für das Gold aufgetrieben. Einen anderen als den, bei dem sie sonst den Schmuck und die Uhren absetzen konnten. Aber ebenfalls einer aus Strasbourg, der elsässischen Hauptstadt, direkt jenseits der Grenze. Ziemlich genau drei Monate war es jetzt her, dass sie in Besitz des Goldes gekommen waren. Zufällig, wenn man ehrlich sein wollte, denn sie hatten es eher auf Uhren und Goldschmuck und Brillanten abgesehen gehabt. Ein Fischer auf hoher See würde von einem Beifang sprechen, nur dass sie den Beifang natürlich nicht über Bord ins Meer zurückgeworfen, sondern als willkommene Zusatzbeute behalten hatten. Wer verschmäht schon achtzig Barren à zehn Unzen ungekennzeichneten Goldes? Die Schwierigkeiten hatten nicht lange auf sich warten lassen. Während sie die Uhren und den Schmuck wie üblich bei ihrem gewohnten Hehler loswurden, bekam er wegen des Goldes kalte Füße. Zu kompliziert und zu heiß, hatte er bedauernd gesagt, was bedeutete, dass sie vorerst auf dem Edelmetall sitzen blieben. Zu guter Letzt war die Bande übereingekommen, das Gold bei ihm in der Wohnung solange zu verstecken, bis man einen sicheren Abnehmer gefunden hatte. Offenbar war dieser Fall nun eingetreten, endlich, und die anderen Bandenmitglieder würden kommen, um es sich ein letztes Mal anzuschauen. Achtzig Barren.

Scheiße mit endlich, dachte er. Zwei Wochen zu früh. Zwei Wochen später, und er wäre weg gewesen. Ciao, adios, für immer.

Er hatte das Gold noch, klar, aber nicht in der Wohnung, nicht auf die Schnelle greifbar, und auch nicht mehr die achtzig Barren, sondern nur noch deren fünfundsiebzig. Die restlichen fünf Barren hatte ihm Eliza, dieses hinterhältige Miststück, gestohlen. Sie muss es an dem Tag aus dem Schrank genommen haben, an dem sie aus der Wohnung geflohen war. Dass die fünf Barren nicht mehr da waren, hatte er erst heute gemerkt, nachdem Dago angerufen hatte, dass sie kommen würden. Sollte er jetzt sofort die Zelte abbrechen und verschwinden? Und Marion? Die war natürlich überhaupt nicht auf eine überstürzte Abreise vorbereitet. Gut, das wäre nicht gerade das allerärgste Problem, denn sie könnte ihm immer noch mit dem Zug folgen. Also was jetzt?

Marion. Sie kannten sich bereits so lange, wie er auch bei der Autowerkstatt Zoike angestellt war, also drei Jahre. Oder waren es vier? Es hatte zwischen ihnen schon immer ein bisschen geknistert. Aber über normale neckische Flirts waren sie nie hinausgeraten. Richtig gefunkt hatte es erst bei der Weihnachtsfeier vor über einem halben Jahr. Bei beiden war ein wenig Alkohol im Spiel gewesen. Im Prinzip war es längst überfällig gewesen, die Frage war lediglich, wo und wie. Dass es dann auf der Toilette der Kneipe passiert war, in der sie die Weihnachtsfeier abhielten, war zwar nicht gerade romantisch, aber dieser romantische Typ war Marion ohnehin nicht. Seither hatten sie sich regelmäßig außerhalb der Werkstatt getroffen, mal hier, mal dort, egal, Hauptsache, sie hatten Sex.

Er dachte an den vergangenen Sonntag zurück. Marion zum ersten Mal in seiner Wohnung. Ihr Mann war samstags zu irgendeiner Autozubehörmesse nach Friedrichshafen am Bodensee gefahren, was für Marion und ihn gleichbedeutend war wie mindestens dreißig Stunden Sex am Stück. Dreißig Stunden keine Heimlichkeiten wegen Eliza und Marions Mann, sondern ultimatives Bumsen bis zum Umfallen. So gesehen war für sie Elizas Flucht der pure Glücksfall. Welch ein Unterschied zwischen den beiden Frauen: Hier die biedere, spießbürgerliche und langweilige Eliza, zehn Jahre älter als er, und dort die allzeit bereite naturgeile Marion. Nein, er wollte sie nicht nur aufs Ficken reduzieren. Er liebte Marion, offen und ehrlich, aber er musste zugeben, dass der Sex mit ihr halt der beste ever war. Immer ein bisschen schmutzig und verrucht, was Eliza ihm einfach nicht bieten konnte.

Ach ja, Eliza. Sie nervte halt nur noch. Sie immer mit ihren bedeutungsschweren Blicken, mit ihrem leidenden und unglücklichen Gesichtsausdruck, mit ihrem Sauberfrau-Image. Er konnte sie nur noch ertragen, wenn er betrunken war, und selbst dann nicht mehr. Sie widerte ihn an. Sie wurde einfach alt. Sie war nicht mehr knackig, besaß schon lange keinen Esprit mehr. Ach, er war ihrer einfach müde. Sie war nur noch lästig. Kapierte sie das denn nicht? Oder, anders gefragt, hatte sie es jetzt endlich kapiert? War aus der Wohnung ausgezogen? Dafür hatte die Metze das Gold mitgehen lassen. Ich erschlage sie wie man einen tollen Hund erschlägt, wenn sie mir zwischen die Finger kommt, dachte er.

Das Gold. Verdammt, wenn ich abhauen will, muss ich mich beeilen. So ein Mist aber auch. Alles geriet durcheinander. Der perfekte Plan, von einer Stunde auf die andere zunichte gemacht. Wegen zwei lächerlicher Wochen.

Hastig warf er ein paar Klamotten in eine geräumige Tasche: Hosen, Hemden, Unterwäsche, Socken, Waschzeug. Reichte das für zwei bis drei Wochen? Also gut, dann halt noch ein bisschen mehr. Jetzt aber genug. Muss es ja noch tragen können. Er schaute sich in der Wohnung um. Entdeckte er noch etwas, mit dem er besondere Erinnerungen verknüpfte? Das er mitnehmen wollte? Hatte er etwas vergessen? Ausweis? Pass? Ha, das mit den Pässen für Marion und ihn hing noch in der Schwebe. Auch da musste er irgendwie umdisponieren. Aber es würde zu machen sein. Sie würden es auch so schaffen. Er schnappte sich den Autoschlüssel, ging durch den Flur zur Wohnungstür, riss sie mit Schwung auf –

„Oh, hallo Dan! Wir sind ein paar Minuten früher da als verabredet. Macht doch nichts, oder? Du hast doch nicht etwa vor zu verreisen?", sagte Dago schmierig grinsend, Don, Micky und Goofy hinter ihm.

Er saß auf einem Stuhl neben dem Küchentisch, aber seine Sitzposition war keineswegs bequem, denn er konnte sich kaum rühren. Sein Oberkörper inklusive der Oberarme, sowie die Unterschenkel waren mit Hilfe von Spanngurten, wie man sie zum Beispiel zum Befestigen von Ladungen im Fracht- und Transportwesen verwendet, am Stuhl festgezurrt. Über der rechten Augenbraue klaffte eine Platzwunde, aus der, wie auch aus der Nase, Blut auf sein Hemd tropfte. In seinem Mund steckte ein dicker Knebel.

An seine Ohren drangen Geräusche, die nach systematischer Durchsuchung und Zerstörung der Einrichtung klangen. Micky und Goofy waren dort gründlich zugange, während Dago und Don sich ausschließlich, doch nicht weniger gründlich, mit ihm beschäftigten.

Sein Stöhnen wurde durch den Knebel erstickt, doch Dago interpretierte es so, als würde der Gefesselte eine Antwort geben wollen, weshalb er Don ein Zeichen gab, ihm den Gewebeknödel aus dem Mund zu entfernen.

„Was hast du gesagt? Ich höre", sagte Dago recht freundlich.

„Ich habe das Gold nicht mehr", krächzte Roland aus trockenen Hals, denn der Knebel besaß den unangenehmen Nebeneffekt, alle Flüssigkeit aufzusaugen. „Eliza hat es an sich genommen und ist getürmt. Das ist die Wahrheit. Das müsst ihr mir glauben."

Dago gab Don wieder ein Zeichen. Der Knebel wurde wieder in den Mund geschoben.

„Er hat so etwas Ähnliches wie Wahrheit und Glaube gesagt. Unser Dan ist religiös geworden. Er will uns bekehren und missionieren. Können wir ernsthaft glauben, Eliza sei mit achtzig Goldbarren einfach so aus der Tür spaziert? Mit Gold im Gewicht von zweiundzwanzig Kilogramm einfach in ihrer Handtasche getürmt? Glauben wir das, Don?"

Don schüttelte den Kopf.

„Schaff´ mal den Goofy her", befahl Dago, der Wortführer der Bande, und Don verschwand aus der Küche, um Goofy Bescheid zu sagen. Als der in die Küche trat, sagte Dago: „Hol´ doch mal dein Spezialwerkzeug. Unser lieber Dan scheint zu frieren. Sieh´ nur, wie ihm die Zähne klappern. Wollen doch mal sehen, ob wir ihm nicht ein bisschen Dampf machen können."

Goofy wühlte aus seinem Rucksack, den er im Flur abgeworfen hatte, sein Spezialwerkzeug: eine gasbetriebene Lötlampe. Fauchend sprang die blaue Flamme aus der Düse, als er den piezoelektrischen Zünder drückte.

„Fang an", sagte Dago kalt. „Die Hände zuerst."

Als die Flamme über Dans Hand fegte, bäumte er sich vor Schmerzen dermaßen im Stuhl auf, dass der Stuhl kippte und Dan auf dem Boden landete. Sein Schrei wurde durch den Knebel geschluckt, doch die Augen übernahmen die Funktion und brüllten die Pein aus ihren Höhlen. Goofy packte ihn grob und wuchtete Dan zurück in die sitzende Position. Mit spitzen Fingern zog Dago den Knebel aus dem Mund.

„Wolltest du etwas sagen?" Doch Dan kämpfte gegen den Schmerz. Sein Atem glich dem Hecheln eines Hundes nach der Jagd.

„Zieh ihm das Hemd aus", wies Dago Goofy an und drückte den Knebel in Dans Mund zurück. „Die Brust."

Goofys Augen glitzerten entrückt, als er die Flamme sekundenlang an Dans Brust hielt. Dan zappelte stakkatoartig auf dem Stuhl herum, als würde der Stuhl eigenständig tanzen. Die Adern an Händen, Hals und Schläfen traten wie dicke Schnüre unter der Haut hervor. Es stank nach verbranntem Fleisch. Dago gab Goofy ein Zeichen, und Goofy nahm die Flamme weg. Dans Blick flackerte. Wieder wurde ihm der Knebel aus dem Mund genommen.

„Das Gold, Dan. Mehr wollen wir nicht."

„Eliza!", keuchte er verzweifelt. „Eliza!"

Enttäuscht schüttelte Dago den Kopf. Er gab Goofy das Zeichen: „Das rechte Auge."

Dan warf in wilder Panik den Kopf hin und her. Dago trat hinter ihn, umklammerte den Kopf mit beiden Händen und presste ihn gegen seinen Bauch. Die Flamme kam, dann zischte es, Dampf stieg auf. Dan sackte in sich zusammen.

„Scheiße, und jetzt?", fragte Goofy bescheuert.

„Der wird wieder", meinte Dago, und klatschte Dan mit den flachen Händen links und rechts ins Gesicht.

29. Juni 2022

Die Erkenntnis und der Schock kamen schleichend. Pit Ferman lag auf dem Rücken im Bett, wie tausende Male vorher. Für gewöhnlich wachte er in dieser Schlafposition auf. Ob er dabei schnarchte, wusste er nicht, konnte es jedoch nicht ausschließen. Der Traum, an den er sich erinnern wollte, entschwand mit galoppierenden Hufen in den unergründlichen Tiefen seiner Seele. Er würde sich an keine Sequenz mehr erinnern, wie ebenfalls schon tausende Male vorher, auch wenn er sich noch so verzweifelt Mühe gäbe. Weg. Für immer. Noch waren die Augen geschlossen und er befand sich kurz unter der Oberfläche der Grenze zwischen Schlaf und Erwachen, als er konstatierte, dass er schweißgebadet war. Und dann spürte er ihn. Den Druck auf seiner Brust.

Das darf jetzt aber nicht wahr sein, oder?, dachte er und merkte, dass das Atmen schwerer ging. Was heißt hier schwerer? In seinem Brustraum röchelte es nicht nur, es brummte richtiggehend, bei jedem verflixten Atemzug, gleich, ob ein oder aus. Vibrationen bis in die Kehle. Hallo, ich bin erst achtundsechzig. Muss der Herzinfarkt ausgerechnet jetzt zuschlagen? Jetzt, wo das Leben ...das Leben ...ja was? Eine entscheidende Wendung mit ihm vorhatte? Egal, ein Herzinfarkt kommt zu jeder Zeit ungelegen. Was mache ich jetzt? Ich bleibe liegen und ignoriere ihn einfach. Nein, ich warte, ob der Druck in der Brust in den linken Arm ausstrahlt, und dann?

Eliza. Genau. Ich rufe nach Eliza. Gottseidank, dass ich nicht alleine bin. Zeit ist das Wichtigste, was ich jetzt brauche, und paradoxerweise so wenig wie möglich davon, bis der Notarzt eintrifft. Wenn es nur nicht so verdammt heiß wäre.

Pit Ferman öffnete die Augen und hob den Kopf an, um nach Eliza zu rufen, doch ihm entfuhr ein Schrei des Erschreckens.

Schlagartig aus ihrem genüsslichen Dösen gerissen, grub die Glückskatze, des effizienteren Startes wegen, ihre Krallen durch Pits Schlafhemd in dessen Haut und katapultierte sich in einem mächtigen Satz von Pits Brust zur offenstehenden Zimmertür, und verschwand. Durch den Schrei aufgeschreckt, stand unmittelbar danach Eliza im Nachthemd in der Tür und schaute Pit erschrocken Pit, der sich auf die Ellbogen gestützt hatte.

„Was war das denn eben? Hast du schlecht geträumt? Hattest du einen Albtraum? Bist du okay?"

Pit grollte. „Und was ich für einen Albtraum hatte. Saß mir ein Ungeheuer auf der Brust. Dreifarbig, mit glühenden Augen und langen Zähnen. So ein Mistvieh, so ein elendiges."

„Die Katze?", gluckste Eliza.

„Du jedenfalls warst es nicht", grummelte er weiter. „Ich glaub', die hat mich ganz schön gekratzt."

Eliza amüsierte sich köstlich. „Entschuldige, dass ich lache, aber du bist zu ulkig."

„Ha, ha, ha."

„Ja, ja, ja, ich hör' ja schon auf. Zieh' mal das Hemd aus und lass' mich nach den Kratzern schauen. Wie spät ist es eigentlich?"

„Fünf, halb sechs."

Die Katze hatte tatsächlich ihre Spuren hinterlassen. Pit blutete an mehreren Stellen. „Leg' dich wieder hin. Ich hole Desinfektionsspray und Pflaster. Das überlebst du schon."

Pit ließ sich verarzten. „Zuerst hab' ich richtig geglaubt, ich hätte einen Herzinfarkt. Ich hab' geschwitzt, Druck auf der Brust, Geräusche in der Lunge – ich hab's schon mit der Angst zu tun bekommen. Dabei war's die Katze."

„So, fertig. Du kannst dein Hemd wieder anziehen. Nimm's positiv. Die Katze hat dich als ihren Untergebenen akzeptiert. Du bist eingestellt." Eliza kicherte wieder.

„Meinst du?"

„Gewiss, das ist so. Rück' doch mal ein Stück zur Seite, damit ich auch noch Platz hab`."

Pit war nicht sicher, ob er sie richtig verstanden hatte. Eliza bemerkte es an seinen Augen, die auf einmal hin und her huschten, als suche er nach einem Ausweg.

„Eliza ..."

„Oh, entschuldige, Pit. Nur wenn du willst, natürlich. Es ist überhaupt nicht kompliziert."

Pit rutschte schwerfällig etwas zur Seite. Eliza hob die Bettdecke an und schlüpfte drunter.

„Es ist noch früh", sagte sie voller Wärme. „Komm, wir kuscheln in den Morgen."

Am nicht mehr so frühen Morgen stand Pit in der Haustür, eine erste Tasse Kaffee und eine Zigarette in den Händen. Tau glitzerte auf dem Gras. Der Himmel war hoch, und das Hellblau so hell, dass es schon zu Weiß tendierte. Auf einem der Felsbrocken, die um die kleine Insel lagen, entdeckte er einen Reiher, der mit schrägem Kopf unbeweglich ins Wasser äugte. Sollte es doch Fische im See geben? Oder wonach hielt der prächtige Vogel Ausschau?

Er hörte Geräusche aus dem Bad. Eliza. Wie sie gesagt hatte, war es nicht kompliziert gewesen. Dafür sehr gemütlich und vertraut. Sie hatten Nähe zugelassen, hatten sich in die Augen geschaut, sich umarmt, Bauch an Bauch. In der Löffelposition, er hinter ihr, die Arme um ihren Oberkörper geschlungen, hatte er eine Erektion bekommen, was ihm sehr peinlich war. Er wollte sich sachte zurückziehen, um sie nicht zu erschrecken. „Bleib´", hatte sie leise gemurmelt. „Es gehört dazu. Würdest du bitte meine malträtierte Vorderseite ein wenig streicheln?" Also war er geblieben und hatte sie sanft gestreichelt, und so waren sie nochmal eingeschlafen.

Zwei Arme schlangen sich von hinten um seinen Oberkörper, zwei Augen blickten über seine Schulter. „Oh, ein Reiher. Sieh´ nur." Pit grunzte bestätigend. Wie hatte er nur ohne sie überleben können? Sein Eremitendasein schien ihm auf einmal so fern wie die nächste Galaxie von der Milchstraße. Er drehte sich zu ihr um, nahm sie in seine Arme, küsste sie zärtlich auf die Stirn. „Danke für den schönen Morgen."

Sie lächelte ihm ins Gesicht. „Das kannst du immer haben. Ich hab´ noch viel davon."

Der nächste Tierarzt hieß Dr. Steiner und hatte die Praxis in St. Paulsberg. „Kommen Sie einfach vorbei, wir werden Sie schon irgendwie einschieben können", hatte die Assistentin am Telefon versprochen.

In Ermangelung eines geeigneten Transportbehälters hatten sie die Glückskatze unter deren Protest in einen großen Karton gesteckt. Auf der Fahrt nach St. Paulsberg klagte sie herzerweichend. Sobald sie aber die Tierarztpraxis betreten hatten, war komischerweise nichts mehr von der Mieze zu hören.

Es war eine Katze, ein Weibchen, geschätzt etwa drei bis vier Jahre alt. Sie war zwar kastriert, doch weder tätowiert noch gechipt, sodass über diese Daten keine früheren Besitzer ermittelt werden konnten. Ihre körperliche Verfassung war durchaus in Ordnung. Einen Impfpass besaßen sie natürlich nicht, weshalb auch der Arzt nicht wusste, was die Katze an Vorleistungen bekommen hatte. „Aber eine Spritze gegen Tollwut kann nicht schaden", meinte er. „Eine gefundene oder zugelaufene Katze darf man nicht einfach behalten. Geben Sie eine Annonce auf und geben sie dem nächsten Tierheim Bescheid. Wenn sich innerhalb eines gewissen Zeitraumes niemand als Eigentümer meldet, gehört sie Ihnen. Aber gut, dass Sie hier waren."

Sie waren entlassen. „Ich gebe die Annonce im Internet auf. Das geht einfacher", sagte Pit.

„Wie wollen wir sie überhaupt nennen?", fragte Eliza.

„Jeder überlegt sich bis zum Abend einen Namen", schlug Pit vor, „und dann entscheiden wir uns."

„Morgen muss ich nach Offenburg zu meiner Arbeit. Du hast gesagt, dass du mich fährst?"

„Ja, klar."

„Dann kann ich dort auch meinen Laptop mitnehmen. Melanie hat gesagt, dass ich ihr ein paar Grafiken mailen darf. Arbeiten von früher, verstehst du? Sie sind auf dem Laptop gespeichert. Das wäre eine tolle Sache, wenn das mit einer Zusage von ihr klappen würde."

„Wo hast du denn die Originale?"

„Ebenfalls dort beim Architekten. Vorerst aber genügen einfach die Bilder."

„Okay, da bin ich auch gespannt drauf."

Pit Ferman stand auf der Insel im See, unter der Erle, und rief zum Ufer hinüber, wo Eliza stand. „Komm´ schon! Trau dich!"

Der hat gut reden, dachte sie, nur mit Slip und BH bekleidet, weil sie keinen Badeanzug dabei hatte. Er rudert mit dem Boot hinüber und mich lässt er schwimmen. Aber sie hatte es sich selber eingebrockt. Das Maul zu voll genommen. Von wegen *in dieses wacklige Ding steig´ ich nicht ein*, womit sie das Ruderboot gemeint hatte. Na, dann schwimmst du halt, hatte er lakonisch gesagt, und sich vom Ufer abgestoßen. Und nun stand sie da und bibberte, und er war drüben.

Sie probierte es mit einem Zeh. Igitt, das Wasser war eiskalt. Sie hörte ihn selbst aus der Entfernung kichern, was wiederum ihren Ehrgeiz anstachelte. Sie ging ein paar Schritte zurück, nahm Anlauf und sprintete todesverachtend ins Wasser hinein, bis sie keinen Grund mehr unter den Füßen spürte. Uuuaaaah, war das kalt. Aber herrlich. Sie jauchzte auf und schlug mit den Armen aufs Wasser. „Ist das schön!", schrie sie zu ihm hinüber. „Komm´ auch rein. Es ist herrlich erfrischend."

„Nie im Leben", rief er zurück, und setzte sich mit dem Rücken an den Baumstamm. Eliza tobte noch eine Weile im See, schwamm hin und her und auf dem Rücken, bis es ihr wirklich zu kalt wurde. Schnatternd stieg sie über die Felsen auf die Insel. Pit war aufgestanden und wickelte sie in ein Handtuch ein. „Du verrücktes Huhn", rubbelte er sie ab. Ihre Vorderseite nahm allmählich alle Farben des Regenbogens an. „Tut´s noch weh?", fragte er mitfühlend.

„Ich glaube, die Kälte killt alle Schmerzen", zitterte sie. Sie schlüpfte rasch aus den nassen Sachen und sprang in seinen alten Trainingsanzug, den sie schon kannte.

Unter der Erle war gerade Platz für eine breite Decke. Sie hatten einen Korb mit belegten Broten, Kartoffelchips und Bier gepackt, zwei Sofakissen dazu. Eliza hatte ein Buch mitgenommen, das sie bei der AWO in Lahr gekauft hatte, und Pit die Tageszeitung.

Eliza blieb eine Weile aufrecht sitzen und schaute etwas melancholisch in die Runde.

„Es ist traumhaft hier, Pit. Und das gehört alles dir?"

„Steh´ doch bitte mal auf und schau, ob du im Wasser Fische siehst. Dann gehören die nämlich auch mir."

„Warum sollte es hier keine Fische haben?"

„Weil die Karpfen des Vorbesitzers alle eingegangen sind. Also, mach mir den Reiher."

„Ach so, du meinst weil der Reiher hier war?" Sie stand auf und stieg auf einen der Felsbrocken. So wie ihre Blicke das schwankende Element durchstoßen und sie den passenden Fokus für den Grund gefunden hatte, rief sie auch schon: „Komm´, komm´ rasch her, dann siehst du sie. Winzige Fischchen, aber viele, ganze Schwärme. Siehst du?"

Er war neben sie getreten. Auch er benötigte einen Moment, bis er Wasser vom gespiegelten Himmel unterscheiden konnte. „Du hast recht", sagte er. „Das sind viele. Sehr viele. Aber du warst der größte Fisch."

„Mhm", ging sie auf die Bemerkung ein, „und wie willst du ihn fangen?"

„Oh, fangen auch noch? Ich dachte, ich hab´ ihn schon. So ein Mist."

Sie gluckste glücklich. „Komm´, mein Fischer. Machen wir´s uns gemütlich."

Er hatte den politischen und wirtschaftlichen Teil der Zeitung durch. Sie lag auf dem Bauch mit dem Buch neben ihm, kaute an einem Brot. Er beobachtete sie. Das ist der Frieden, dachte er. So müsste es immer sein. Wenn es soweit ist, möchte ich vielleicht so sterben.

„Kannst du mich eigentlich aushalten?"

Sie nahm ein Erlenblatt, das heruntergefallen war, legte es zwischen die Buchseiten und drehte sich zu ihm um, den Kopf in die Hand gestützt. „Wie lange kennen wir uns jetzt?"

Er zählte auf: „Samstag, Sonntag, Montag, Dienstag und heute."

„Ja", sagte sie. „Fünf Tage können ein ganzes Leben sein."

„So lange schon?"

„Mir kommt es gerade so vor. Als hätte es das Vorher nicht gegeben."

„Und meine Frage?"

„Spürst du es nicht?", lächelte sie. „Dass ich mich bei dir sehr wohl fühle?"

Er legte sich in die gleiche Position wie sie. „Darf ich ehrlich zu dir sein?"

Sie nickte, jetzt ernst.

„Ich habe Angst vor mir selbst. Dass meine Gefühle, die ich für dich empfinde, dich verletzen. Zuerst war es nur die Aufgabe, dich zu beschützen. Dich aufzunehmen, dir ein Dach und Ruhe zu geben. Aber ich konnte nicht verhindern, dass mehr daraus wurde. Ich habe Angst, dass meine Gefühle dich abstoßen könnten. Dass du denken könntest, vom Regen in die Traufe gekommen zu sein, nach dem, was du erlebt und durchgemacht hast. Ich dachte, dass mein Verhalten dich zu einem unmöglichen Spagat nötigen würde. Du, soeben noch der Gewalt und den Schlägen entronnen, siehst dich nur Stunden später mit den geilen Forderungen eines anderen Mannes konfrontiert. Ich habe Angst davor, ein Nutznießer deiner Situation zu sein."

Ihre Blicke trafen ihn mit der Kraft eines Wasserwerfers der Polizei. „Um ein Nutznießer zu sein, muss man jemanden ausnutzen, richtig?"

Er nickte.

„Ich fühle mich nicht ausgenutzt. Schon als du am Samstag im Regen um dein Auto herumgelaufen bist, um nach mir zu schauen, wusste ich, dass du ein guter Mensch bist. Als du versucht hast, heute Morgen wegen deiner Erektion Abstand zu gewinnen, wusste ich gleich, weshalb. Aber sag´, war es nicht schön, zu kuscheln? Auch ich will ehrlich sein. Ich hatte ebenfalls eine Erektion, nur dass man sie bei mir nicht sieht. Natürlich ist es ein Spagat, Pit. Wie könnte ich die Erlebnisse so mir nichts dir nichts wegstecken? Es ist für mich überhaupt nur möglich, weil du so bist wie du bist, verstehst du? Ich habe eine unendliche Sehnsucht nach Vertrauen, Wärme und Respekt. Ja, und auch nach Zärtlichkeit. Zärtlichkeit, wie du sie geben kannst. Oder wäre es dir lieber, wenn ich mich in das Zimmer einschlösse um Tag und Nacht zu heulen? Würde das besser in dein Weltbild passen? Nein, bestimmt nicht. Ich will leben, Pit. Leben und lieben. Und nun sage mir, welcher Art deine Gefühle für mich sind. Offen und ehrlich. Oder ich drohe dir mit dem Auszug."

„Es sind Liebesgefühle, Eliza", quetschte er fast verschämt hervor. „Ich habe mich wohl in dich verliebt."

Sie legte ihre freie Hand in seinen Nacken, zog ihn näher zu sich. „Jetzt hast du ihn, den großen Fisch", flüsterte sie, und dann küsste sie ihn.

Sie blieben mehrere Stunden auf der Insel. Sie verzehrten die Brote und tranken das Bier, legten sich wieder hin und kuschelten. Möglicherweise wären sie bis in die dunklen Abendstunden geblieben, hätte sich nicht die Glückskatze vom Ufer aus durch lautes Miauen bemerkbar gemacht.

„Willst du etwa wieder schwimmen?", feixte er ein bisschen.

„Warum nicht?", parierte sie, zog den Trainingsanzug aus und sprang mit einem eleganten Hechtsprung splitternackt ins Wasser. „Feigling", winkte sie ihm zu, als sie die Hälfte der Strecke hinter sich hatte.

Lieber ein Feigling als verrückt, dachte er und kletterte umständlich ins Boot. Ob es am Bier lag oder weil er zu rasch aufgestanden war und ihm schwindelig wurde – jedenfalls verlor er das Gleichgewicht und landete in voller Pracht im Wasser. Eliza quietschte vor Vergnügen. Na, warte, dachte Pit, als er prustend am Rand des Ruderbootes hing, noch ist der Abend nicht gegessen.

Sie hatten gemeinsam gekocht, wenn man Rühreier mit Speck und Bratkartoffeln als Kochen bezeichnen konnte. Nun spülte er Geschirr, wie immer von Hand, und sie trocknete das Wenige ab.

„Wenn du jetzt allein wärst", fragte sie dabei, „was würdest du an solch einem Tag tun?"

Er war bei den beiden Pfannen angelangt und schrubbte mit dem Scheuerschwamm. „Hm, vielleicht würde ich mich an den Computer setzen und versuchen zu schreiben. Die *Zwölfeinhalb Bären* brauchen ja eine Fortsetzungsgeschichte."

Sie schien interessiert zu sein. „Klappt das einfach so? Du nimmst dir vor zu schreiben, und dann purzeln die Ideen in die Schreibmaschine?"

Er lachte kurz und trocken. „Das wär´ schön, wenn´s so leicht wäre. Nein, manchmal sitze ich einfach vor einem leeren Blatt Papier, also im Computer-Schreibprogramm, und nach zwei Stunden ist es immer noch leer."

„Erzähl´ mal. Welche Idee hast du für das nächste Bärenbuch?"

Er stellte die letzte Pfanne zur Seite und ließ das Spülwasser ab. „Ich stelle mir eine Weltreise vor. Ja, das wäre der Titel: *Zwölfeinhalb Bären auf Weltreise*. Jeder Bär stammt ja aus einem anderen Land. Sie haben Heimweh und beschließen eine Weltreise. Robert, so heißt der Mann, in dessen Haus sie wohnen, baut einen Bus zu einem Wohnmobil um, und los geht die große Fahrt."

„Und von jedem Land fertigst du dann eine Zeichnung?"

„So hab´ ich´s mir gedacht."

Eliza räumte das trockene Geschirr in die Schränke. „Und weil ich da bin, bleiben deine Arbeiten liegen?"

Er grinste. „Ich habe keine Termine, keine Abgabefristen, keine Verträge einzuhalten, und verkaufen tu´ ich sowieso nichts, wie du weißt. Also kommt es auf Tage oder Wochen nicht an."

„Mein Angebot steht aber noch. Wenn ich dir bei den Zeichnungen helfen kann, mache ich das gerne."

„Komm´, wir setzen uns aufs Sofa. Glas Wein?" Er öffnete eine Flasche Landwein und holte zwei Gläser. „Also gut, versuch´ dich mal an dieser Vorgabe: Kanada, Fluss, Wasserfall, Wald, Bären beim Lachsfang, ein Wohnmobil ist zu sehen. Übrigens habe ich vom Wohnmobil schon einmal Musterzeichnungen angefertigt und ausgeschnitten. Beide Seitenansichten, sowie Front- und Heckansicht. Das Wohnmobil soll später auf allen Bildern zu sehen sein. Von vorne, von der Seite, und so weiter, in verschiedenen Größen. Vielleicht kannst du die Vorlagen morgen mitnehmen und verschieden große Kopien davon machen? Damit wär´ mir schon viel geholfen."

„Keine leichte Aufgabe, deine Vorgabe, aber ich probier´s", meinte sie zuversichtlich. Dann sah er ihr an, dass sie mit etwas zu kämpfen hatte. „Pit, vor morgen hab´ ich etwas Bammel."

Aha, da liegt der Hase im Pfeffer, dachte er. Doch er konnte es sich ausmalen, dass ihr Freund sie mit Sicherheit suchen würde, wenn er feststellte, dass sie nicht mehr zu ihm zurückkam. Erst recht, wenn er das Fehlen des Goldes bemerkte. Er bräuchte nur eins und eins zusammenzuzählen. Und wo würde er sie als erstes abpassen? Keine Frage, bei ihrem Architektenbüro. Bei solchen Typen wie ihrem Freund brachte es nicht viel, mit der Polizei zu drohen oder vor Gericht ein Annäherungsverbot zu erwirken. Im Gegenteil. Das wäre eher noch ein Ansporn für ihn. Der war imstande, sie aus dem vollbesetzten Büro zu prügeln.

„Ich verstehe dich", antwortete er, „es ginge mir genauso. Hast du noch Urlaub zugute oder kannst du unbezahlten Urlaub nehmen?"

„Wegen unbezahlten Urlaubs kann ich den Chef fragen. Aber brauchen wir nicht das Geld, das ich verdiene? Sagtest du nicht, dass du ab dem Vierundzwanzigsten pleite bist?"

„Wenn wir uns ein bisschen einschränken, wird es schon reichen, keine Sorge. Du siehst, du wohnst bei einem armen Schlucker."

„Wenn wir das Gold zu Geld machen? Es gehört ja keinem."

„Ui, gefährlich", reagierte er und schüttelte die Finger, als hätte er sie verbrannt. „Damit warten wir lieber mal, wenn ich mitentscheiden darf."

„Einige Hunderter habe ich ja noch. Das Geld, das ich aus Rolands Küche mitgenommen habe. Es ist auch mein Geld."

„Okay", sagte Pit. „Morgen fahren wir trotzdem zu deinem Arbeitgeber. Ich bin ja dabei, da wird dir nichts passieren. Du holst deinen Computer, die Grafiken und was du an persönlichen Sachen dort hast. Wie steht es in dem Geschäft eigentlich mit Heimarbeit? Also dass du von hier aus arbeiten kannst?"

Eliza machte große Augen. „Eeeeeh, warum hab´ ich da selber nicht dran gedacht. Es existiert sogar schon eine Heimarbeitsstelle bei dem Architekten. Allerdings braucht man dafür einen Zeichentisch und Material. Das kann ich aber alles von dort gestellt kriegen. Mensch Pit, das wäre die Lösung, falls sie darauf eingehen."

Er schaute sich um. Neben seinem Schreibtisch wäre reichlich Platz für einen weiteren Tisch mit Zeichenboard. Er ging hin und stellte sich die Veränderungen vor. Machbar wäre es, und Eliza könnte flexibel arbeiten. Wo steckte eigentlich die Katze?

„Hast du die Katze gesehen?"

Eliza grinste. „Komm´ mit."

Sie zog ihn die Treppe hoch und drückte seine Schlafzimmertür auf. „Pst", machte sie und deutete auf das Bett. Die Katze lag mittendrin.

„So ein kleines Luder", murmelte er im gespielten Zorn. „Wie nennen wir sie denn nun. Ich habe mir den Namen *Lisa* ausgesucht. Und du?"

„*Lisa* gefällt mir nicht. Klingt zu sehr nach Eliza. Mein Vorschlag ist *Pepsi*."

„Dann soll es so sein. *Pepsi* find ich gut."

Sie gingen leise wieder nach unten.

„Piiiit", dehnte sie seinen Namen. Oha, da kommt was, dachte er. „Piiiit? Darf ich heute Nacht bei dir schlafen? Ich will nicht alleine sein."

„Und *Pepsi*?"

„Dein Bett ist groß genug für drei."

30. Juni 2022

Das Geräusch musste aus einer anderen Welt stammen. Einer Welt, die er heute Nacht hinter sich gelassen hatte. Es kam ihm entfernt bekannt vor. Da er sich augenblicklich jedoch nicht dort befand, konnte es ihm recht schnuppe sein. Bin für unbestimmte Zeit außer Haus, dachte er, steckte seine Nase in Elizas Halsbeuge zwischen Ohr und Schulter und pofte weiter. Na, geht doch.

Weit fortgeschritten beim Pofen war er nicht, als sich die andere Welt erneut meldete. Lauter und aufdringlicher, wie ihm schien, ja, irgendwie auch gereizter. Er wälzte sich herum und schielte nach dem Digitalwecker. Sechs Uhr fünfundzwanzig. Du musst einen verdammt guten Grund haben, um zu dieser Zeit die Leute aus dem Schlaf zu klingeln, brummelte er, warf die Beine über die Bettkante und trampelte aus dem Zimmer die Treppe hinunter zum Telefon.

„Weißt du eigentlich wie früh es ist?", ranzte er, jederzeit bereit für Krawall, in die Sprechmuschel.

„Du hörst dich an, als hättest du die Zeitung noch nicht gelesen", meldete sich Edgar Schaaf am anderen Ende der Leitung.

„Edgar, du bist das?", erkannte er den Anrufer. „Was ist los? Warum rufst du um diese Zeit an?"

„Lies´ die Zeitung", ignorierte Edgar die Frage und klang nicht nach Scherz, „und dann komm´ mit Eliza sofort hierher. Bis dann."

Das Bild auf der Titelseite der Zeitung, in Verbindung mit der darunterstehenden Schlagzeile, *Mord in Offenburger Wohnsiedlung* stellte ihm die Nackenhaare auf. Den dreistöckigen Wohnblock mit der hässlichen Eternitfassade hatte er erst vor drei Tagen selber gesehen. Mehr noch. Er war drin gewesen. Der Straßenname wurde in der Zeitung genannt: Clemens-von-Brentano-Straße. Es gab keinen Zweifel.

Das Zeitungsbild zeigte Polizeiabsperrung vor dem Haus, Polizeiautos und Krankenwagen, gaffende Leute. Er las den Text:

„In den Morgenstunden des gestrigen Tages wurde von einem Nachbarn im zweiten Stock des Wohngebäudes die Leiche eines Mannes gefunden. Wie die Polizei mitteilte, handelt es sich bei dem Toten um den Mieter der Wohnung. Die Polizei geht anhand der am Tatort vorgefundenen Umstände von einem Tötungsdelikt aus. Über Hergang und Ursache des Gewaltverbrechens hüllt sich die Polizei aus ermittlungstaktischen Gründen in Schweigen."

Pit ließ die Zeitung auf dem Küchentisch liegen und ging mit schweren Beinen ins Schlafzimmer zurück. Eliza war wach und schaute ihm unsicher entgegen. „Ist was?"

Er setzte sich auf den Bettrand. „Steh´ bitte auf und zieh´ dich an. Ich muss dir etwas zeigen."

In Rekordzeit war Eliza bei ihm in der Küche. Pit machte sie auf die Zeitung aufmerksam. Sie wurde bleich, als sie das Titelbild sah. „Oh mein Gott", erschrak sie zutiefst, und las den Text. „Oh mein Gott." Sie sank auf einen Stuhl. Pit trat hinter sie und legte ihr die Hände auf die Schultern. „Was hat das zu bedeuten, Pit?"

„Es war Edgar, der angerufen hat. Er ist Frühaufsteher und liest die Zeitung meistens, bevor die Druckerschwärze trocken ist. Er hat gesagt, wir sollen umgehend zu ihm kommen. Lass´ uns rasch frühstücken, und dann fahren wir los. Kann sein, dass er schon etwas mehr weiß als die Zeitung. Es tut mir leid, Eliza. Mit der Ruhe ist es wohl vorerst vorbei."

Sie erhob sich vom Stuhl, drehte sich zu ihm um legte beide Hände flach auf seine Brust. Ihr Blick ergänzte, was sie mit dem einen Wort nicht alles aussprechen konnte:

„Pit."

Pit verstand.

Sie versorgten *Pepsi* mit Futter und Wasser und fuhren los. Um diese frühe Morgenstunde herrschte reichlich Gegenverkehr. Die meisten Berufstätigen pendelten aus den Gemeinden im Tal nach Offenburg, Lahr oder Kehl. Über St. Paulsberg nach Gengenbach jedoch waren sie so gut wie allein unterwegs. Die Fahrt verlief relativ schweigsam. Eliza war der Schock über die Nachricht deutlich anzumerken. Pit war sensibel genug, sie in ihren Gedanken ungestört zu lassen.

Edgar Schaaf erwartete sie an der Haustür des Türmchenhauses. Wie letztes Mal lagen die Hunde *Müller* und *Lydia* vereint unter dem Couchtisch.

„Habt ihr schon gefrühstückt? Wenn nicht, richte ich euch schnell was her."

„Ist gut, Edgar. Wir haben schon", lehnte Pit das Angebot ab.

„Böse Sache, das", begann Edgar. „Ich habe heute Morgen schon ein bisschen rumtelefoniert. Der Tote ist tatsächlich Roland Locher. Eliza, das tut mir leid für dich. Immerhin war er mal dein Partner."

Eliza schluckte.

„Soll ich weiterreden, oder belastet es dich zu sehr?"

„Ist gut, Edgar. Mach´ nur weiter." Sie fasste Pits Hand, die dieser auf den Tisch gelegt hatte.

„Also gut. Der oder die Täter müssen nach etwas gesucht haben. Die ganze Wohnung war verwüstet. Alles durcheinander, Möbel zerschlagen, das totale Chaos. Roland Locher wurde gefoltert, vermutlich um ein Versteck aus ihm herauszupressen. Wie er gefoltert wurde, möchte ich jetzt nicht sagen. Der Tod ist am Dienstag zwischen siebzehn und achtzehn Uhr eingetreten. Die Todesursache muss der Pathologe erst noch feststellen."

Eliza war weiß wie Mehl.

„Sie müssen", fuhr Edgar fort, „nach etwas gesucht haben, das Roland in Verwahrung hatte. Frage: Kann es das Gold gewesen sein, das du mitgenommen hast, Eliza?"

Sie schluchzte: „Oh mein Gott."

„So viel sind die fünfzig Unzen aber nun auch wieder nicht wert, um jemanden umzubringen. Fünfzig Unzen liegen derzeit bei etwa fünfzigtausend Euro. Auf dem Schwarzmarkt gewiss weniger. Der Goldkurs ist aber starken Schwankungen unterworfen. Vielleicht ging es aber auch noch um mehr. Wir wissen es nicht.

Was ich euch empfehle, ist, umgehend auf die Polizeidirektion zu fahren. Unter Garantie wird nach Lochers Partnerin gesucht, und das bist nun mal du. Deine Fingerabdrücke sind wahrscheinlich überall in der Wohnung zu finden. Geht hin, meldet euch. Okay? Wenn ihr wollt, begleite ich euch."

Eliza schaute Pit an. „Ja, das wollen wir, Edgar", sagte sie. „Bitte."

„Kein Problem", lächelte Edgar. „Da ist aber noch was. Wenn die Mörder nicht gefunden haben, was sie suchten, werden sie weitersuchen. Ist euch das klar? Eliza? Pit? Sie werden suchen und sie werden nicht aufgeben. Es sei denn, sie werden vorher gefasst."

„Das heißt?" Pit ahnte es zwar, wollte es jedoch von Edgar hören.

„Das heißt, dass ihr in Lebensgefahr schwebt. Wenn ..."

„... wenn ich aber das Gold der Polizei übergebe, und die Polizei gibt eine entsprechende Pressemitteilung heraus, dann erfahren die Gangster, dass sie das Gold nicht mehr bei mir zu suchen brauchen?"

„Guter Vorschlag, Eliza. Du nimmst mir die Worte aus dem Mund. Entscheidet ihr das. Ihr habt es schließlich im wahrsten Sinne des Wortes in der Hand."

„Wie heißt der Kommissar, der in dem Fall ermittelt? Ist es eventuell Kai Schuster?", wollte Pit wissen.

Edgar wiegelte ab. „Kai Schuster befindet sich mit Nicole auf Hochzeitsreise. Der Kommissar, der ihn solange vertritt, heißt Lankau, und ist extra aus Görlitz kurzfristig hierher versetzt worden, man stelle sich das vor. Weiter geht's kaum. Also, fahren wir? Ich nehme aber *Müller* und *Lydia* mit. Die haben in eurem Kult-Fahrzeug doch sicher Platz?"

„Und Melanie?"

„Ich sag' ihr Bescheid. Sie ist schon in ihrem Geschäft."

Sie waren müde, als sie am Donnerstagnachmittag zurück nach Hause kamen, gefolgt von einem Streifenwagen der Polizeidirektion Offenburg.

Kaum hatte Pit Ferman die Haustür geöffnet, entwischte *Pepsi* in den Hof und tigerte um die Hausecke. Die Polizisten vom Streifenwagen waren bloß hinter ihnen hergefahren, um die fünf Barren Gold gegen Quittung in Empfang zu nehmen und in die Asservatenkammer der Direktion zu bringen.

Eliza hatte von ihrem Schreibtisch im Architekturbüro *Hoffmann und Wirz* alle notwendigen Utensilien geräumt, die sie für ihre Heimarbeit brauchen würde, inklusive ihres eigenen Laptops und vierer Mappen mit den Original-Grafiken, die sie Melanie vorstellen wollte. Mit letzter Kraft schleppten Eliza und Pit zum Schluss ein komplett ausgestattetes Zeichenboard ins Erdgeschoss.

Irgendwie war ihr Chef eher erleichtert gewesen denn überrascht, als Eliza nach der Möglichkeit der Heimarbeit angefragt hatte, und er hatte mit der Begründung nicht hinter dem Berg gehalten. „Am Dienstag", schilderte er mit einem gereizten Unterton, „hat andauernd dieser Herr Locher hier angerufen. Wo Sie stecken, wo Sie bleiben, und so. Hat Druck gemacht, dieser unangenehme Mensch, ihn sofort zurückzurufen, sobald Sie auftauchen. Ich sagte ihm dann, dass Sie sich krankgemeldet haben und am Donnerstag wieder zur Arbeit kämen. Ja, was hätt´ ich sonst auch sagen sollen? Und gestern, unerhört sowas, kam am Vormittag so ein ekelhafter Typ hereingeschneit. Hat sich hier aufgebaut und nach Ihnen verlangt. Er hat uns zwar nicht verbal gedroht, aber sein ganzes Auftreten war eine einzige Bedrohung. Unter diesen Umständen, Eliza, ist es für uns und für Sie nicht mal die schlechteste Lösung, wenn Sie von Zuhause arbeiten. Wenn Sie einmal pro Woche die Arbeiten hier vorbeibringen, reicht das. Sollten wir dringende Terminsachen haben, natürlich vorher. Ansonsten läuft alles, wie Aufträge, Anforderungen und so weiter, auch die Kommunikation, online. Aber solche Anrufe und Besuche müssen zukünftig unterbleiben. Wenn nicht, müssen wir uns leider von Ihnen trennen, so leid mir das tun würde. Ihr Arbeitsgerät können Sie selbstverständlich mitnehmen. Haben Sie einen entsprechenden Wagen?"

Pit hatte einen entsprechenden Wagen. Er konnte sich nicht verkneifen, Elizas Arbeitgeber vom tragischen Ableben Herrn Lochers zu berichten, und dass in diesem Zusammenhang höchstwahrscheinlich die Polizei auf ihn zukommen würde, um eine Beschreibung des bedrohlichen Mannes abzugeben, oder ein Phantombild zu erstellen, oder in der Verbrecherkartei sich diverse Visagen der Klienten der Polizei anzuschauen. Worauf Eliza einen bösen Blick ihres Chefs erntete. Der fuhr sich mit der Hand über die Augen und sagte dann: „Es bleibt dabei. Gehen Sie jetzt, zum Donnerwetter nochmal."

Kommissar Lankau erwartete sie bereits. Er führte Eliza, Pit Ferman und Edgar Schaaf in einen Vernehmungsraum, über Edgars Hunde die Nase rümpfend. „Kaffee gefällig?" Pit

Ferman sagte nicht nein. Andere Angebote, zum Beispiel Wasser, gab es nicht.

Lankau ging auf die sechzig zu. Entweder hatte er bei der Verteilung der Karriere-Gene gepennt, oder es lag an seinen Leistungen, weshalb er noch immer nur Kommissar war und nicht zumindest Ober- oder gar Hauptkommissar. Edgar Schaaf schätzte ihn als Schreibtischermittler ein. Zu seinem ganzen Erscheinungsbild passte die Beschreibung „lasch". Schütteres Haar, an den Seiten ergraut, fleischige Nase, bleiche, teigige Wangen, dünne blasse Lippen, dürres spitzes Kinn, schmale Schultern, fadenscheiniger brauner Anzug mit Glanzstellen an den Ellenbogen. Die Oberlippe wurde von einem buschigen Schnurrbart entstellt, der wie ein Balkon über den Mund ragte. Nur die wasserhellen Augen passten nicht ganz dazu. Sie wirkten wie Fremdkörper im Kopf. Nun, es konnte nicht jeder aussehen wie Tom Sellek bei Hawaii Five-0, dachte Edgar.

„Danke, dass Sie gekommen sind. Nehmen Sie bitte Platz", sagte der Kommissar. „Es geht also um Herrn Roland Locher und die Hintergründe der Tat, die zu seinem Tod geführt haben. Sie, Frau ...?"

„Wohlbrecht."

„.... Frau Wohlbrecht, Sie waren Lochers Lebensgefährtin? Wann haben Sie ihn zuletzt gesehen?"

„Am Samstag, fünfundzwanzigster Juni, gegen Mittag. Gesehen, erlebt und gespürt."

„Gespürt?"

„Er war betrunken und hat mich verprügelt. Danach hab' ich die Wohnung verlassen."

„Oh", entfuhr es Lankau. „Ist das öfter ...? Ich meine, hat er Sie ..."

Eliza schaute zu Pit. „Wir haben ihre Verletzungen dokumentieren lassen", sagte der. „Es kam regelmäßig vor, ja."

„Verstehe. Und seither haben Sie ihn nicht mehr gesehen? Wo waren Sie in der Zwischenzeit?"

„Sie war bei mir", antwortete Pit. „Die ganze Zeit."

Lankau richtete sich an Pit Ferman: „Und Sie sind wer? Sie kennen sich?"

„Mein Name ist Pit Ferman. Rentner. Wir kennen uns seit Samstag. Ich hab´ ihr meine Hilfe angeboten. Sie war verletzt."

„Aha. Haben Sie eine Ahnung, Frau Wohlbrecht, wer ein Interesse an Lochers Tod haben könnte? Arbeitskollegen, Freunde, Feinde? Wer mag seine Wohnung dermaßen verwüstet haben? Wer hat dort nach was ganz Bestimmten gesucht? Denn dass dem so war, ist ganz offensichtlich."

„Ich habe schon länger vermutet, dass er in krumme Geschäfte verwickelt war. Genaues kann ich nicht sagen. Es war ein längerer Prozess, der vielleicht drei, vier Jahre dauerte. Es fing damit an, dass er manchmal länger wegblieb ohne zu sagen, warum oder wo er war. Dann kam er immer öfter nachts nicht nach Hause. Und wenn er dann kam, redete er nicht oder war schroff und unausstehlich. In der Zeit begann er mich zu schlagen. Oft kriegte ich gar nicht mit, wann er zurückkam, weil er entweder gleich zur Arbeit musste, oder ich selber schon nicht mehr im Haus war, weil ich früh zur Arbeit ging. Vor einigen Monaten, es war im Dezember letzten Jahres, roch ich dann zum ersten Mal den Duft einer anderen Frau an ihm. Von da an verprügelte er mich fast täglich. Wenn er zu Hause war, trank er. Er bekam viele Telefonanrufe. Dann ging er regelmäßig vor die Tür oder auf den Balkon. Er nannte die Anrufer immer nur beim Vornamen."

„Nur die Vornamen?"

„Anders haben die sich nicht angeredet, wenn es überhaupt Vornamen waren. Es waren wahrscheinlich Spitznamen. Man kannte sich untereinander."

„Ich höre?"

Eliza überlegte. „Ich erinnere mich daran, weil es Namen von *Walt Disney* waren. Micky, Dago und Goofy."

Lankau machte sich Notizen. „Noch mehr?"

Eliza nickte. „Ich habe nie einen von denen zu Gesicht bekommen, weiß also nicht, wie sie aussehen. Alles lief telefonisch. Wenn sie sich verabredeten oder sich trafen, dann auf jeden Fall außer Haus."

„Wie sind Sie eigentlich an diesen Mann und in diese Gegend geraten? Ich meine, Sie passen ja nun nicht gerade in so ein Milieu. Müssen Sie nicht beantworten, ist nur ..."

Edgar Schaaf mischte sich ein. „Das ist jetzt auch nicht wichtig. Wir alle wissen, wie viele Schattierungen und Wendungen das Leben bereithalten kann, nicht wahr? Oder sind Sie, Herr Lankau, bei ihrem Alter freiwillig in Offenburg? Na, sehen Sie. Wichtig ist, dass Eliza und Pit am Montag, siebenundzwanzigster Juni, während Lochers Abwesenheit, gemeinsam in dessen Wohnung zurückgekehrt sind, um noch einige Kleidungsstücke für Eliza zu holen. Das nur fürs Protokoll, falls sie Pit Fermans Fingerabdrücke in der Wohnung finden sollten."

„Apropos finden: Wir haben ein Handy in Lochers Wohnung gefunden, das offensichtlich nicht ihm gehört. Kann das Ihres sein, Frau Wohlbrecht?"

Sie bestätigte. „Ich habe es absichtlich dort gelassen, damit er mich über das Handy nicht finden kann. Kann ich es jetzt wiederhaben?"

Lankau pustete die Backen auf. „Ja, freilich. Wir haben die seit Dienstag eingegangenen Anrufe versucht zuzuordnen, aber alle waren von Prepaid-Handys. Chancenlos. Haben wir was vergessen?"

„Wo hat er gearbeitet? Waren Sie schon bei seinem Arbeitgeber?", wollte Pit wissen.

Kommissar Lankau wühlte im Heftordner herum, zog ein Blatt bekritzeltes Papier heraus.

„Ja, gleich am Mittwochnachmittag. Der Arbeitgeber. Autowerkstatt Zoike draußen hinter dem Messegelände. Der Chef hatte für Roland Locher nur lobende Worte. Pünktlich, freundlich, keine Auffälligkeiten, sehr guter Mechaniker, den besten, den er je hatte, wie er sich ausdrückte. In seinem Spind nur Arbeitskleidung, Trinkwasser, Zigaretten, privates Werkzeug. Nichts. Auch kein Handy. Seine zwei Kollegen sind langjährige Mitarbeiter der Firma, brave, ehrliche Leute ohne kriminelle Vorgeschichte, keine Vorstrafen, verheiratet, Kinder, soziales Netz. Auch sie: Nur Gutes über ihren Kollegen. Tja."

„Hatte Herr Locher mit Kunden einen, na, sagen wir mal, intensiveren Kontakt als normalerweise für seine Arbeit nötig war?"

Lankau lehnte sich auf dem Stuhl zurück. „Keine Angaben dazu."

„Kommen wir auf das Gold zu sprechen", kam Edgar zur Sache. „Eliza hat am Tag ihres Auszugs am Samstag im Kleiderschrank versteckt fünf Barren à zehn Unzen Gold gefunden und mitgenommen." Edgar legte Lankau Fotos des Barrens vor, den Eliza ihm gezeigt hatte. „Möglicherweise haben wir hier den Grund für den Mord und die Verwüstung der Wohnung."

Kommissar Lankau pfiff durch die Zähne. „Damit kommen wir der Sache schon bedeutend näher. Okay, das sieht jetzt nicht nach dem ganz großen Wurf aus, aber es wurde schon für weniger getötet. Wo ist das Gold jetzt?"

„Bei mir zu Hause", antwortete Eliza rasch.

„Bei Ihnen zu Hause?", fragte Landau irritiert. „Ich dachte, sie sind samstags ausgezogen."

„Sie meint bei uns zu Hause", sprang Pit ein. „Wir wohnen in Grünweiler."

Edgar Schaaf war aufgestanden und ging im Vernehmungsraum hin und her. „Kollege Lankau", begann er. „Unsere Befürchtung ist: Wenn das Gold die Ursache für den Mord war, und der oder die Mörder das Gold nicht in Lochers Wohnung gefunden haben, müssen sie von der Möglichkeit ausgehen, dass Eliza das Gold an sich genommen hat. Selbstverständlich gibt es noch andere Möglichkeiten, wo das Gold sein könnte, zum Beispiel in einem Bankschließfach oder an Lochers Arbeitsstelle oder in einem anderen Versteck. Aber an Eliza werden sie zuerst denken. Warum? Weil sie verschwunden ist. Sie schwebt also in Lebensgefahr, zumindest solange, wie die Mörder davon überzeugt sind, dass sie es besitzt. Wenn sie allerdings zu erfahren kriegen, dass es von der Polizei am Tatort entdeckt wurde und es sich im Gewahrsam der Polizei befindet, dann ist Eliza aus dem Fokus der Gangster. Wir werden darum das Gold ganz offiziell der Polizei übergeben. Heute. Eliza? Pit? Heute. Und Sie, Kollege Lankau, werden dafür sorgen, dass die ganze Stadt davon erfährt."

„Erlaube mal, Edgar Schaaf", wehrte sich Lankau, „auch wenn wir Kollegen sind oder waren - entscheiden tu´ noch immer ich, damit das klar ist."

„Nein", lächelte Edgar gefährlich und wechselte vom Sie zum du, „entscheiden wird Eliza. Denn das Gold ist in ihrem Besitz und es ist ihr Leben. Und wenn du es nicht öffentlich machst, werde ich es tun, aber so was von. Damit das klar ist."

Lankau lief rot an, schluckte die Demütigung aber wie Zuckerwatte mit Gurkengeschmack.

„Hören Sie auf ihn", riet ihm Pit Ferman. „Und lesen Sie meine Bücher über Edgar Schaaf. Dann wissen Sie, warum."

Während Edgar Schaaf mit *Müller* und *Lydia* die S-Bahn nach Gengenbach nahm, fuhren Eliza und Pit zum Architekturbüro, um mit ihrem Chef zu verhandeln. Von dort aus sollten sie von einem Streifenwagen bis nach Grünweiler begleitet werden, um das Gold übergeben zu können.

Sie fielen sich erschöpft in die Arme. „Geschafft", stöhnte Pit. „Du hast es geschafft, Eliza."

„Komisch, und warum siehst du mich dann nicht auf dem Tisch tanzen?"

„Vielleicht, weil es nicht deine Art ist?"

„Oder weil ich dem Frieden nicht ganz traue?"

Er trat auf Armlänge von ihr zurück. „Aber schau mal, du hast viel erreicht. Du kannst von hier aus arbeiten und verdienst Geld. Du warst bei der Polizei und die allergrößte Bedrohung ist vom Tisch."

„Ein Mensch musste sterben, Pit, und ich bin womöglich daran schuld. Auch wenn er zuletzt ein Arschloch war, so war er ein Mensch. Ich bin einmal aus freien Stücken zu ihm gezogen; nicht viel anders, wie ich zu dir gezogen bin. Es gab eine Zeit, in der er mir imponiert hat. In der er mich zum Lachen gebracht hat. Er war ein großer Junge, fast zehn Jahre jünger als ich, ein Luftikus, ein Hansdampf in allen Gassen, überall dabei, immer auf Risiko. Auch das gehört zu meinem Leben. Dann veränderte er sich. Du hast ja gehört, was ich dem Kommissar erzählt habe. Er verlor die erste Arbeit, dann floss der Alkohol, er fand eine neue Werkstatt, hatte auf einmal Freunde mit schätzungsweise fragwürdigem Lebenswandel. Plötzlich war er kaum noch zu Hause, und wenn, war alles auf einmal nicht mehr recht. Eine andere Frau kam ins Spiel. Eine Jüngere, natürlich, was sonst? Die Prügel fingen an. Dass ich erst hinterher bemerkt habe, wo ich da hingeraten bin, konnte ich von Beginn an nicht ahnen. Man klammert sich nämlich immer wieder an die Hoffnung, dass alles nur ein großes Missverständnis ist. Es war auch mein Fehler, dass ich stets auch die Schuld bei mir gesucht habe. Wenn man das Leben um die Zeit kürzen würde, in der man Fehler gemacht hat, würden die meisten Menschen über das Kindesalter nicht hinauskommen."

„Du hast recht. Es tut mir leid, dass ich so oberflächlich war. Was schlägst du vor?"

„Gib´ mir deine Hand, die mich führt. Gib´ mir deinen Arm, der mich hält; und gib´ mir deine Schulter, damit ich endlich weinen kann."

Instinktiv spürte Pit Ferman, dass Eliza ihn jetzt brauchte. Ihn in persona, zusammen mit dem Umfeld, in das er sie gebracht hatte: dem Haus, dem See, der Abgeschiedenheit des kleinen Tales. Selbst *Pepsi* kümmerte sich rührend um sie, indem sie ihr um die Beine strich oder sich auf ihrem Schoß zusammenrollte.

Pit versuchte, sich in Elizas Lage zu versetzen. Er musste zugeben, dass es einen Unterschied ausmachte, ob man sich auf einen allmählichen Abstand von der Vergangenheit vorbereitete, oder ob er urplötzlich und unerwartet hegestellt wurde. Von einer Sekunde auf die andere vor vollendete Tatsachen gestellt zu werden, beraubte einen zwar einer zeitintensiven, dafür selbstgesteuerten Aufarbeitung. Diese Kompression von Zeit war vergleichbar mit einem Schock. Dazu kam die Sache mit der eingebildeten Schuld. Hätte sie das Gold dort im Versteck gelassen, dann wäre der Mord nicht passiert. Hätte, hätte ...Wenn, wenn.

Grundsatz: Man durfte wegen ein paar lächerlicher, nicht vorhandener Goldbarren niemandem das Lebenslicht ausblasen. Basta. Wer es trotzdem tat, *der* lud Schuld auf sich. *Der*. Sonst niemand. Aber das konnte Pit ihr so nicht vermitteln.

Und noch etwas meinte er an ihr festzustellen. Wie sie gesagt hatte: Sie traute dem Frieden nicht. Das äußerte sich, indem sie öfter aus dem Fenster schaute als gewöhnlich. Als würde sie auf etwas warten. Sie rang sichtlich um Fassung. Die Gangster würden zwar über die Medien erfahren, dass sich das Gold aus Roland Lochers Wohnung nun in Gewahrsam der Polizei befand. Was aber, wenn sich die Gangster an Eliza rächen wollten? Oder wenn Roland Locher den Gangstern noch mehr Gold in anderen Verstecken vorenthielt und sie der Ansicht waren, Eliza müsste wissen wo? Wie hatte Edgar Schaaf und im Übrigen auch Kommissar Lankau gesagt? Fünfzig Unzen sind nicht gerade der ganz große Wurf? Aber für mehr würde sich ein Mord dann schon eher lohnen, oder wie? Dann sogar auch zwei Morde? Sollte sich Elizas Ahnung bewahrheiten?

Was konnten sie tun? Was konnte er tun? Gab es eine Offensive, in die sie gehen konnten? Möglicherweise eine Strategie zu entwickeln? Sollten sie sich besondere Verhaltensmaßregeln überlegen? Sich ab sofort, räumlich gesehen, nicht mehr trennen? Alle Wege gemeinsam unternehmen? Keinen allein zurücklassen? Nicht alleine weggehen? Keinem vertrauen? Sich lieber öfter umschauen? Das Haus verbarrikadieren? Sicherheitsschlösser anbringen? Überwachungskameras installieren? Von der Straße bis zum Haus?

Zuviel der Fragen. Wer viele Fragen hat, hat auch Angst. Angst konnte man sehen, konnte man riechen. Sie würden auffallen in ihrer Angst. Wie ein geblümtes Unterseeboot mit Blaulicht auf der Straße. Die Angst würde sie lähmen. Das durfte nicht sein. Keinesfalls. Das würde für sie das Ende bedeuten. Das Ende ihrer Beziehung, die gerade erst begonnen hatte. Pit wollte kein Ende. Niemals.

Niemals. Autsch und verdammt, zischte er. Ein Glas war in seiner Hand zersprungen; nur ein Knacken wie brechendes Eis auf dem See im Winter. Ein Splitter steckte in der Spanne zwischen Daumen und Zeigefinger; Blut tropfte auf die Arbeitsfläche. Er schaute zu Eliza; sie lag auf dem Sofa und hatte die Augen geschlossen, eingewickelt in die warme

Decke. Ob sie schlief? Die Katze rekelte sich an ihrem Bauch. Welch friedliches Bild. So konnte Glück aussehen. Er schnitt mit der Schere ein Heftpflaster ab, nahm die Zigarettenpackung mit vor die Tür und rauchte.

Wie konnte eine Lösung des Problems aussehen? Hatte die Lösung einen Namen? Hieß sie vielleicht Edgar Schaaf?

Als er ins Haus zurückkam, waren ihre Augen offen, blickten ihm entgegen. „Was ist passiert?"

Er hob die verletzte Hand. „Glas", sagte er. „Nicht weiter schlimm."

Sie schlug die Decke zur Seite. *Pepsi* sprang auf den Fußboden, maunzte ärgerlich und strafte ihn mit gefährlichem Blick. Sorry, dachte er.

„Komm′ her", bat sie ihn, „und leg′ dich zu mir. Du siehst erschöpft aus."

„Magst du denn?"

„Dummkopf. Würde ich es sonst sagen?"

Er ächzte, bis er schwerfällig in eine bequeme Position gerutscht war, Bauch an Bauch mit ihr. Sie warf die Decke über ihn.

„Ich möchte dir etwas sagen." Elizas Stimmer war nur ein Flüstern. „Was auch geschieht, wir werden uns nicht trennen. Ich habe keine Sehnsucht nach der Vergangenheit. Es gibt nichts, dem ich nachtrauere oder das ich wiederhaben möchte. Ich habe damit abgeschlossen. Es gibt nur dich und mich."

„Als mir das Glas zerbrach, habe ich gerade das gleiche gedacht", flüsterte er zurück.

„Sagst du das nicht nur, weil ich es so hören möchte?"

„Selber Dummkopf."

Sie nahm seine Hand und presste sie an ihre Brust. „Du musst mich nicht gleich heiraten. Aber schwör′s mir auf mein Herz, Pit."

„Ohne Zeugen?"

„*Pepsi* ist unser Zeuge."
„Dann schwör´ ich´s."

01. Juli / 02. Juli 2022

Freitag. Sie machten den Namen des Tages zum Motto. Pit war um halb acht Uhr zum Pinkeln aufgestanden, hatte auf dem Weg zurück ins Bett aber einen Umweg über die Küche, wegen Kaffee, und die Haustür, wegen Zigarette, gemacht.

„Wo bleibst du denn so lange? Aha, du riechst nach Rauch. Hätt´st mich doch rufen können", maulte Eliza.

„Kaffee?", fragte er und streckte ihr die Micky-Mouse-Tasse hin. „Schwarz, ohne Zucker?"

„Igitt", rümpfte sie die Nase. „Gib´ halt schon her." Sie nahm mit gespitzten Lippen einen Schluck. „Dass du diese Brühe trinken kannst. Wenn ich davon munter werde, bist du selber schuld."

„Wo ist denn *Pepsi*?" Er blickte sich im Zimmer um. Durch die Fensterläden fiel geschreddertes Licht in Streifen auf den Zimmerboden. Staubpartikel flirrten in der Luft.

„Sie muss mit dir rausgegangen sein."

Er kroch umständlich zu Eliza unter die Decke und suchte Körperkontakt. Wie war es mir nur möglich, ohne das zu leben?, dachte er. Davor habe ich vielleicht existiert, aber nicht gelebt. Ob Eliza es mochte? Bisher hatten sie keinen Geschlechtsverkehr gehabt, und wenn er ganz ehrlich sein wollte, fehlte er ihm auch nicht. Ihr Sex bestand aus Nähe, Kuscheln, Streicheln, Flüstern und Zuhören, mehr als genug, um dem Glück eine Hausnummer zu geben. Freilich konnte er nur für sich sprechen, aber für ihn war es so, wie es war, gut. Wenn er eine Erektion bekam, zog er sich nicht mehr zurück, und wenn Eliza sie bemerkte, was meistens geschah, lächelte sie ihn wissend an. Es gab keine Scham mehr zwischen ihnen. Sie pressten sich aneinander, wie bei einem langsamen, intimen Stehblues, und ließen sich von den sanften Wellen treiben. Er hatte nicht mehr gewusst, wie schön Liebe und Vertrauen sein konnten.

„Du bist wie für mich gemacht", raunte er. „Dein Hohlkreuz und dein flacher Bauch passen perfekt zu meiner Bauchwölbung. Wie Lego-Steine."

Elizas Gesicht, dem Fenster zugewandt, strahlte tiefe Entspannung aus. Die friedliche Atmosphäre wiegte sie wie eine Schaukel im lauen Wind. Sie genoss es, dass nichts von ihr gefordert wurde; dass sie nicht funktionieren musste. Ihr Pit war da. Sie spürte, wie Energie zwischen ihnen strömte, Wechselstrom über den Hautkontakt, hin und her. Es kitzelte sie förmlich, sie fühlte es vibrieren. Klar, dachte sie, ist es Erotik, aber am meisten ist es Liebe. Ob er mehr wollte? Leicht bogen sich ihre Mundwinkel nach oben. Sie dachte an seine Erektionen, wenn sie das Pochen in seinem Glied an ihrem Bauch oder dem Rücken spürte. Sie mochte es sehr, und es war wie ein Geheimnis zwischen ihnen, von dessen Knistern sie sich stillschweigend Auge in Auge erzählen konnten. Du weißt es und ich weiß es. Und nichts davon war fade oder langweilig.

„Du siehst das reichlich technisch. Wie ein Handwerker oder Ingenieur", antwortete sie.

Er wusste, dass sie ihn zu necken versuchte. „Mhm, und praktisch, findest du nicht?"

„Ja, vor allen Dingen praktisch. Aber ein kleines bisschen ist es auch schön."

„Findest du? Aber kaum der Rede wert."

Sie lachten beide, rückten noch ein wenig näher zusammen und waren sich ein bisschen gut.

Pit Ferman deckte gegen Mittag den Frühstückstisch, während Eliza den Posteingang auf ihrem Laptop kontrollierte. Das Architekturbüro hatte ihr bereits Angaben zu einem Auftrag per E-Mail zugestellt. „Das ging schnell", hatte sie kommentiert, „aber es scheint zu funktionieren."

„Musst du sofort damit anfangen, oder ...?", ließ Pit die Frage offen.

Sie klappte den Deckel zu. „Es hat Zeit bis Sonntag oder Montag."

„Hervorragend. Dann lade ich dich heute zu einer Schiffsreise auf eine einsame Insel ein. Mit *Captains's Dinner* und allem Pipapo."

„Oh, wie aufregend. Wie bei Robinson Crusoe?"

„Genau. Und weil heute Freitag ist, weißt du auch, wer du bist."

Nach dem Frühstück stellten sie das Geschirr in die Spüle und begannen unverzüglich mit den Vorbereitungen für das Inselleben. Sie wirkten wie ein eingespieltes Team oder ein langjährig erprobtes Paar.

Widerstrebend ließ sich Eliza auf das Wagnis Ruderboot ein, hielt sich krampfhaft an den Bordwänden fest, während er die Riemen durchs Wasser zog. „Na, geht's?", fragte er belustigt. Ihr Grinsen schlitterte an einer Katastrophe entlang.

Unter der Erle war die Temperatur auszuhalten. Dieser Juni, und nun der Juli, war einer der heißesten Monate seit Beginn der Wetteraufzeichnungen. Es war windstill und absolut ruhig. Die Verkehrsgeräusche von der Talstraße wurden durch den Waldgürtel, der die Lichtung um den See vom übrigen Tal trennte, absorbiert.

„Ist es auf Robinsons Insel gestattet, oben ohne zu sein?" Eliza fragte und hatte die Hände schon hinten am Verschluss. „Oder lauern hier Spanner und beobachten die Insel mit Ferngläsern?"

„Und wenn? Deinen Busen kannst du sehen lassen", sagte er, womit er recht hatte. An ihrem Busen war, bis auf die Hämatome, absolut nichts auszusetzen, wobei er natürlich wusste, dass es sich von selbst verbot, menschliche Körperteile zu bewerten, solang die Kriterien von irgendwelchen Schönheitsidealisten aufgestellt wurden. Ein Busen ist ein Busen ist ein Busen. Die Frau, die ihn trug, lebte damit und verlor oder gewann deswegen nicht mehr an individuellem Ansehen. Es sei denn, sie benutzte ihn als Geldquelle.

Eliza zog den Büstenhalter aus. Die bunten Farben auf der Haut hielten sich hartnäckig lange. Sie cremte sich mit Sonnenschutz ein und legte sich neben Pit auf den Rücken. „Hält es dich vom Lesen ab?"

Raffinierte Frage. Wenn er ehrlich war, musste er zugeben, dass er immer wieder mal nach dem Busen schielte. Sie musste seine Blicke auf der Haut spüren. Er konnte nicht so tun, als sähe er darüber hinweg. Das tat er nämlich nicht. „Es hält mich nicht vom Lesen ab", antwortete er, „aber es stimmt: ich muss öfter hinschauen. Er ist irgendwie aufregend."

„Soll ich ...?", sie griff nach dem BH.

„Untersteh´ dich", entfuhr es ihm.

„Du bist weiß wie eine Kröte am Bauch, Pit", ulkte sie ihn.

„Ich *bin* eine Kröte. Wie könnte ich da anders sein?"

Eliza kicherte wie ein kleines Mädchen, das an Märchen glaubte. Vielleicht stellte sie sich ihn gerade als Frosch vor. Sie schloss die Augen. Pit betrachtete ihr Gesicht und entdeckte mit Erstaunen, dass darin tatsächlich das Mädchen zu sehen war. Nach einer guten Weile drehte sie sich um.

„Piiiit, kannst du mir bitte den Rücken eincremen?" Sie fasste mit einer Hand die langen Haare im Nacken zusammen und zog sie über die Schulter. Der Anblick von Hals,

Nacken und Schultern beeindruckte ihn sehr. Ein filigranes Gebilde wie aus zartestem Porzellan. Behutsam strich er die Sonnencreme über die zerbrechlichen Schwünge, die schmalen Schultern, die Kurven des Rückgrats. Er fühlte sich beinahe wie bei einer heiligen Handlung.

„Auch die Beine?"

„Wenn's beliebt, bitte."

„Schau' mich doch bitte mal an." Sie drehte ihm ihr Gesicht zu, Schalk in den Augen.

„Dacht' ich's mir doch, dass dir das gefällt", motzte er im Spaß.

Wieder dieses Kleinmädchenkichern. „Du bist zum Knuddeln, Pit."

Wenn es so einfach ist, jemanden glücklich zu machen, dachte er, bin ich gerne eine Kröte.

Sie verbrachten die Stunden in gepflegter Untätigkeit. Manchmal berührten sie einander, nur um sicherzugehen, dass der andere noch da war. Wenn wir die einzigen Menschen auf der Welt wären, dachte Pit, würde es nicht anders sein.

„Ich glaube, wir sind die einzigen Menschen auf der Welt", sagte Eliza und schaute in die Runde. „Dieses abgeschlossene kleine Tal, der Wald ringsum, der See, diese Insel und wir beide."

„Noch vor einer Woche war ich allein", erwiderte er, „wusste nicht, dass es dich gibt."

„Und heute hast du Probleme, die du ohne mich nicht hättest."

Pit stützte sich auf seinen Ellenbogen. „Mit Verlaub, das ist ein blöder Spruch, Eliza. Er gefällt mir nicht. Ohne dich hätte ich nämlich noch viel mehr nicht. Heute zum Beispiel weiß ich, was mir vor einer Woche gefehlt hat, und das ist durch dich erst möglich geworden."

„Du fühlst dich durch mich also nicht halbiert oder eingeschränkt? Oder traust dich nicht mehr die Dinge zu tun, die
für dich vorher selbstverständlich waren?"

„Was, stellst du dir vor, könnte das sein?"

„Nasebohren; Socken auf der Treppe liegen lassen; ins
Waschbecken rotzen; furzen; schmutziges Geschirr ansam-
meln; das Bett nie frisch beziehen; saufen; und so weiter."

„So sieht also dein Bild von einem Junggesellendasein
aus?" Pit klaubte ein Steinchen vom Boden und schnippte es
ins Wasser. „Nein, absolut nicht. Ich musste gar nichts aufgeben und ich fühle mich auch nicht eingeengt. Das Spek-
trum unserer Möglichkeiten ist sogar erweitert worden, und
zwar auf jeder denkbaren Ebene. Von ganz normalen Tätigkeiten angefangen, wie zum Beispiel der Arbeit, bis hoch zu
den emotionalen Sphären, die uns offen stehen. Mir persönlich geht es so, dass sich mein Blickwinkel auf die Welt geändert hat. Eine neue Lust am Leben. Eine höhere Qualität."

„Das ist schön, Pit."

„Das einzige, was ich mir wünschen würde, wäre anstatt
dieser Erle hier, ein Apfelbaum auf der Insel."

„Ein Apfelbaum? Ich bin gespannt."

„Ein Apfelbaum, damit du mich verführen könntest."

Eliza lachte. „Du willst, dass ich dich verführe?"

„Eigentlich schon."

„Und zu was, wenn man fragen darf?"

„Na, zur Sünde natürlich. Erinnerst du dich? Bibel? Altes
Testament? Adam und Eva?"

Eliza drehte sich auf den Rücken und streckte spielerisch
einen Arm in die Luft, bewegte ihn in graziösen Windungen
auf und ab. „Meines Wissens war damals eine Schlange im
Spiel." Sie knickte die Hand zu einem Schlangenkopf und
ließ sie auf Pit zugleiten. „Wenn du zum Apfelbaum auch eine Schlange wünschst, siehst du mich auf der Stelle davon-
schwimmen. Ich kann Schlangen nicht leiden."

„Du hast recht", sagte er, „ich mag sie auch nicht. Du musst es allein machen."

Eliza wusste, dass es nichts weiter als ein Wortspiel war, aus einer trägen Freitagnachmittagsstimmung geboren. Nicht mehr als ein Hinweis auf die Streichhölzer, mit denen man jederzeit ein Feuer entzünden konnte. Irgendwann, lächelte sie, würde es auch spielerisch geschehen, und dann, war sie sich sicher, würde sie es zulassen können. Es war die etwas hölzerne Art, die sie so sympathisch fand, wie er ihr zu verstehen gab, dass er sie nicht zurückweisen würde. Ja, sie fand es rührend, wie er sich um sie bemühte und wie er sich offenbarte, für sie bereit zu sein. Dieser Mann, Pit, würde sie niemals zu etwas drängen. Ihre Hand schlängelte sich in seinen Nacken. „Schschsch", ließ sie die Schlange zischen. Dann zog sie ihn über sich und küsste ihn.

Die Sonne war im Westen hinter den Bäumen untergegangen. Die enorme Tageshitze wich einer lauen Flut grüner Luft aus den Wäldern. Am Himmel zerfaserten Kondensstreifen von Flugzeugen zu violetten Federboas. Sie saßen auf der Holzbank vor der Haustür, kühle Weinschorle in beschlagenen Gläsern, leere Teller vom Abendessen auf dem Tisch. Pits Arm lag um ihre Schulter, ihr Kopf an seiner Brust.

Eliza hatte nach dem Inselnachmittag auf die Schnelle aus Resten einen Nudelsalat gerichtet, den sie mit Weißbrot auf der Bank vor dem Haus zu sich genommen hatten. Köstlich, wie sie beide fanden, einfach passend zu der gesamten Stimmung. Sie sahen, fühlten sich bestätigt und sogen auf, dass es mit ihnen funktionierte. Dass es möglich war, mit dem vorhandenen Personal eine erfolgreiche Firma zu gründen, wenn man sie als Zwei-Personen-Team so bezeichnen wollte. Er drückte sie an sich.

„Morgen möchte ich dich einem Freund vorstellen", sagte er. „In Offenburg. Magst du Spaghetti?"

„Ich liebe Spaghetti", schwärmte sie. „Hast du Kinder?"

Auf diese Frage war er nicht vorbereitet. Pits Blick wurde schwermütig. „Ja, zwei Kinder. Eine Tochter und einen Sohn aus erster Ehe. Beide leben in der Schweiz. Charly und Geraldine. Charly ist Repräsentant einer großen schweizerischen Schokoladenmarke, und Geraldine führt seit neuestem ein sogenanntes Literatur-Café und ist mittlerweile selber Mutter einer kleinen Mila. Ich bin also Opa. Wir sehen uns so ungefähr alle acht bis zehn Wochen. Mal fahre ich in die Schweiz, mal kommen sie zu mir. Warte, ich zeig´ sie dir auf dem Laptop."

Er hatte eine ganze Reihe von Fotos gespeichert, die er ihr vorführte. „Mila ist jetzt acht Jahre alt."

„Wo schlafen sie denn dann? Oder bleiben sie nicht über Nacht?"

„Doch doch. Sie schlafen dann in meinem Zimmer, und ich auf dem Sofa."

„Wäre es nicht praktisch gewesen, das Zimmer für sie herzurichten, in das ich vor kurzem gezogen bin?"

„Hm, jetzt, da du das sagst, klingt es natürlich logisch. Aber irgendwie war es nie Thema. Sie blieben und bleiben ja in der Regel nur eine Nacht. Wenn sie das nächste Mal kommen, können wir es mit den neuen alten Möbeln von der AWO ausprobieren. Du schläfst ja doch meistens bei mir."

„Du hast Kinder, Pit. Das ist ...das ist sehr schön, Pit." Elizas Brust hob und senkte sich tief. Zwei kleine Tränen bewässerten ihre Augen.

„Du wirst sie bald kennenlernen. Sie kommen in drei Wochen mit dem Zug", sagte er. „Dann kann Mila ihre Oma in die Arme schließen."

Ihr stockte der Atem. „Ich soll ...? Meinst du das im Ernst? Werden sie mich nicht ablehnen?"

Er lachte. „Im Gegenteil. Meine Tochter wird froh sein, dass ihr alter Herr nach so vielen einsamen Jahren endlich die Kurve gekriegt hat. Oh, entschuldige, ich meine natürlich, dass ich nicht mehr alleine bin. Das bin ich doch nicht, oder?"

Jetzt war sie an der Reihe mit Gelächter. „Sind wir's nun, oder sind wir's nun? Ein Paar?"

„Gut, legen wir uns fest. Wir sind's."

„Gute Wahl. Glück gehabt. Und wie steht's mit Freunden? Hast du viele?"

Er dachte nach. „Das kann ich nicht behaupten. Morgen fahren wir zu Silvio. Er ist nicht direkt ein Freund, wie man sich einen Freund gemeinhin vorstellt. Ich mag ihn halt, den kleinen Italiener. In seinem Restaurant werden wir Spaghetti Carbonara essen. Seine Tochter, Christina, macht die besten. Dann ist da noch Albert, Schreiner aus Rothweiler. Ihn kenne ich vom donnerstäglichen Stammtisch im *Ochsen* dort. Seiner Frau Genevieve hängt das Gerücht an, dass sie es durch Fensterputzen regnen lassen kann. Ich hab' mal eine Kurzgeschichte über sie geschrieben. Tja, und Edgar Schaaf hast du bereits kennengelernt."

„Ja, das ist in der Tat überschaubar", kommentierte sie.

„Komisch, zu mehr habe ich es in meinem langen Leben nicht gebracht. Und selbst? Freunde, Verwandte, Kinder?"

„Ich habe einen älteren Bruder, der in Hannover wohnt, aber keinen Kontakt zu ihm. Ich war ein Nachzüglerkind. Meine Mutter war schon zweiundvierzig, als ich geboren wurde. Wenn sie noch leben würde, wäre sie jetzt fünfundneunzig. Sonst habe ich nichts zu bieten."

„Keine beste Freundin, nichts?" Er spürte an der Brust, dass sie den Kopf schüttelte. „Mit wem hast du dann geredet, wenn du mal dein Herz ausschütten musstest?"

Sie zögerte. Dann sagte sie: „Mit einem Psychologen."

„Verstehe", murmelte er, und schenkte sich Wein nach. Er fragte sie, ob sie ebenfalls noch Wein haben wolle, doch er bekam keine Antwort. Er schaute ihr ins Gesicht: Sie war an seiner Brust eingeschlafen.

Behutsam hob er Eliza hoch, quetschte sich mit ihr umständlich durch die Tür. Als er sie die Treppe hinauf zu den Schlafzimmern trug, plapperte sie im Halbschlaf, dass er noch nach der Katze schauen solle. Sie schlief jedoch schon wieder tief und fest, als er sie aufs Bett legte. Und als ob *Pepsi* auf ihren Auftritt gewartet hätte, schlich sie aus Elizas Zimmer und steuerte in der Küche den Fressnapf an.

Pit ließ sich etwas Zeit. Er trank in Ruhe das Weinglas leer und rauchte die letzte Zigarette des Tages. Und nachdem er sich später neben Eliza ausgestreckt hatte, war er kurz darauf ebenfalls eingeschlafen.

An der Eingangstür des Restaurants *Zum grauen Eck* hing ein mit dickem Filzstift handgeschriebener Zettel: *Wegen Krankheit heute keine Spaghetti!*

Silvio strahlte über das ganze Gesicht, als er mit ausgebreiteten Armen auf sie zukam.

„Danke i Gott, dass du biste gesund. Christina, hat sie au gemak Sorge wege dir, Pit. Un haste du dabei eine bella donna." Silvio begrüßte Eliza mit einem formvollendeten Handkuss. „Bin i Silvio", trug er ihr an und geleitete beide zu Pits gewohntem Tisch am Fenster.

„Pit iste meine Freund, versteh? Komme immer Samstag und esse Spaghetti Carbonara von Christina. Aber Pit, heute Christina is nixe da. Tut mir leid, kein Küke heute. Kein Spaghetti."

Eliza und Pit nahmen Platz, während Silvio hinter der Theke zwei gerade Gläser Landwein einschenkte. „Oh, das ist schade. Ich wollte Eliza die besten Spaghetti des Landes präsentieren. Ist sie krank? Geht es ihr gut, Silvio? Es tut mir leid, aber ich hatte diese Woche keine Zeit, mit Christina zu reden."

Der Wirt kam mit den Gläsern an den Tisch zurück. „Hat sie Kummer. I nixe weiß genau. Sie heule de ganze Tag wege diese Mann, i dir hab erzähl, Pit."

Pit hob sein Glas und trank den ersten Schluck. „Dann ist es vielleicht doch nicht die große Liebe, Silvio?"

„Für Christina i glaube so iste Liebe, aber nixe für diese Kerl. Komise Name. Don. Findes nixe au?"

„So komisch finde ich das gar nicht. Denk´ an Donald Trump."

Silvio lachte. „Ja, haste rekt. Viellei alle komise Männer heiße Don. Ich kann eu make e Pizza, wenn wolle? Iste snell gemak."

„Ist er vielleicht Spanier?"

Silvio hob die Schultern. „Du meine wege Don? So wie Don Carlos oder Don Quijote?"

Pits Gesicht formte ein Fragezeichen.

„I nixe weiß, Pit. Christina, sie nixe rede mit ihre Papa. Pizza?"

Eliza und Pit einigten sich auf eine Pizza Salami. Silvio kümmerte sich rasch um die Jugendlichen, die wie üblich geräuschvoll den Billardtisch belagerten, brachte ihnen Getränke und entschwand in der Küche, um einen Fertigpizzateig mit Zutaten zu belegen und in den Ofen zu schieben.

„Wenn ich dich jemals suchen müsste, dann würde ich dich samstagmittags wahrscheinlich hier finden. Bei Silvio, deinem Freund von insgesamt dreien."

Pit spielte mit der Wasserlache, die das beschlagene Glas auf dem Tisch hinterlassen hatte.

„Die Chancen stünden gut, ja. Und manchmal auch unter der Woche."

Eliza schaute sich um. „Dann bist du also nicht nur Buchautor, sondern auch noch Wohltäter. Sehr frequentiert ist das *Zum grauen Eck* ja nicht, wie ich sehe."

„Er leidet sehr unter dem Verlust seiner Frau, die vor ein paar Jahren gestorben ist. Silvio ist die menschgewordene Melancholie. Christina ist das einzige Kind und sein Augenstern, und nun befürchtet er, dass sie wegen eines Mannes ihr Zuhause verlassen könnte. Ich hatte ihm vergangenen Samstag versprochen, mich mit beiden an einen Tisch zu setzen und zu reden. Er selber kriegt es nicht übers Herz, dieses Thema bei ihr anzuschneiden."

„Buchautor, Wohltäter, Lebensberater. Welche Fähigkeiten stecken noch alle in dir, Pit?"

Pit grinste. „Eine alte Nachbarin hat mir früher immer gesagt, dass ich es hätte weit bringen können, wenn ich mich mehr angestrengt hätte."

„Was du nicht hast", stellte Eliza fest.

„Das muss wohl so gewesen sein", sagte er mit entschuldigendem Augenaufschlag. „Mit mir hast du keinen guten Griff getan."

„Stell´ dein Licht nicht so demonstrativ unter den Scheffel. Immerhin hat Silvio all deine Bücher in der Vitrine hinter dir stehen."

„Geschenkt und garantiert nicht gelesen", sagte Pit mit einem Anflug von Resignation. „Man kann den Baum halt nicht zwingen, sich am Schwein zu kratzen, womit ich mit *Baum* Silvio meine."

Ein Jubelsturm drang vom Billardtisch durch das Lokal. Silvio raste aus der Küche, um nach dem Rechten zu sehen, zog sich aber unverrichteter Dinge wieder zurück. Wenig später servierte er die Pizzas. „Die junge Leute", entschuldigte er sich bei Eliza, „make viele Radau. Aber sin Gaste komme immer. Außer Pit. Gute Appetit."

Die Pizzas schmeckten durchschnittlich. Pit bestellte noch zwei Gläser Landwein und bezahlte dann die Rechnung und seine Schulden. „Silvio, wir können nächste Woche zusammen reden, wenn Christina überhaupt bereit dazu ist. Richte ihr liebe Grüße von uns aus."

„Erstemal muss i komme in Zimmer. Immer muss rede dur Tür un gucke dur Slüssellok. Iste nixe gut. Aber i sage ihr."

Auf der Rückfahrt von Offenburg ins Rothbachtal, sie hatten nach dem Besuch im *Zum grauen Eck* in der Stadt eingekauft, kam Eliza noch einmal auf Silvio zu sprechen.

„Meinst du, dass er das Restaurant nur noch unterhält, um seine Tochter an sich zu binden?"

Pit beobachtete im Rückspiegel einen Motorradfahrer, der ziemlich dicht am Heck des Citroën klebte. Als er den Blinker zum Überholen setzte, sagte er: „Das ist gut möglich. Er hat Angst vor der Einsamkeit. Dass er mit seinem Restaurant kaum was verdient, scheint ihm dagegen eher weniger auszumachen." Während er sprach, war das Motorrad an ihnen vorbeigebrettert.

„Wie alt ist seine Tochter denn?"

„Zwischen fünfundzwanzig und dreißig. Ehrlich gesagt weiß ich es nicht genau. Mich wundert sowieso, dass sie nicht schon längst vergeben ist. Du hast sie ja noch nie gesehen. Sie sieht sehr gut aus und ist auch sehr nett und freundlich."

„Und dieser Don?"

Pit schüttelte den Kopf. „Da muss ich passen. Nicht mal Silvio hat ihn bis jetzt zu sehen gekriegt. Da fällt mir etwas ein, das ich dich neulich schon fragen wollte. Rolands Kumpel hatten doch Spitznamen: Micky und Goofy und so. Wie wurde er seinerseits denn von denen gerufen oder genannt? Hast du da was mitgekriegt?"

„Ja, und ich fand es irgendwie schon kindisch mit diesen Spitznamen. Er meldete sich am Telefon mit Dan."

„Dan? Einfach Dan?"

„Mhm."

„Und du?"

„Ob ich ihn auch Dan genannt habe, meinst du? Haha, nie im Leben."

Sie verstauten die Einkäufe im Haus. Waren sie im Citroën neben dem Motorblock, der in die Fahrerkabine ragte, schon vorgekocht worden, wurden sie von der Sommerhitze nun fertiggegart. Pit las vom Thermometer einundvierzig Grad ab. Im Schatten. Er goss einen halben Liter Wasser in sich hinein.

„Insel?", fragte Eliza mit krebsrotem Gesicht.

„Unbedingsel", verballhornte er.

„Komm´, wir schwimmen und schieben das Ruderboot vor uns her", forderte sie ihn auf, die Hände schon an den Blusenknöpfen.

„Du schreckst vor nichts zurück, was?"

Sie beluden das Boot mit Getränken, Salzbrezeln, Kartoffelchips und Lesestoff, schoben es ins Wasser und stiegen hinterher.

„Warum höre ich bloß auf dich", fluchte er. „Das Wasser ist arschkalt."

Eliza jubelte. „Billiger und schneller finden wir keine Abkühlung." Sie schaufelte mit beiden Händen Wasser über ihn.

„Hör´ auf", schrie Pit, „wenn du willst, dass ich noch länger lebe."

Sie hörte nicht auf, kreischte vor Vergnügen. Er warf sich auf sie und riss sie mit seinem Körpergewicht ins Wasser, wo sie miteinander wie zwei Bären um ein und denselben Lachs balgten. Eliza, stellte er fest, war wendig und glitschig wie ein Aal. Er bekam sie nicht zu fassen. Im Gegenteil war sie es, die ihn quietschend ins Wasser tauchte. Einmal richtig zu Luft gekommen, streckte er ergeben beide Arme in die Höhe. „Gnade", prustete er, „ich kann nicht mehr. Ich gebe mich geschlagen."

Sie kicherte, schlang beide Arme um seinen Hals. Er hielt sie fest und ließ sich mit ihr einfach nach hinten ins Wasser fallen, ihre Lippen auf seinem Mund.

Er konnte sich an keine Zeit erinnern, in der er solch eine Lebensfreude empfunden hatte wie jetzt, seit Eliza bei ihm war. Zugegeben, es gab früher zwischendurch schon auch gute Zeiten, aber in der Nachbetrachtung wirkten sie auf ihn so dünn und so flüchtig wie Seifenblasen. Tiefe Eindrücke hatte eigentlich keine Phase bei ihm hinterlassen, um sie besonders hervorheben zu können. Vieles ging in der Masse der Jahre unter. Und doch musste das frühere Leben ihn geprägt haben, damit er der werden konnte, der er heute war. Kleinvieh macht auch Mist, dachte Pit, und vielleicht bin ich letztlich nur die Summe aller Ereignisse. Das, was unter dem Strich steht. Wenn ich Glück habe, steht sogar ein Pluszeichen davor. Aber wen, außer mir, interessiert das?

Jetzt ist Eliza da, und alle meine Sinne leben und blühen auf. Ich kann es spüren. Sie tut mir unendlich gut und in mir reift der Wunsch, dass ich mit ihr alt werden möchte. Bin ich deswegen selbstsüchtig? Im August werde ich neunundsechzig Jahre alt, sechzehn Jahre älter als sie. Bin ich vermessen, wenn ich mich nach ihr sehne? Könnte sie meine Tochter sein? Biologisch schon, doch daran denke ich nicht. Denkt Eliza in solchen Dimensionen? Bin ich für sie eine Vaterfigur? Oder einfach nur ein sicherer Hafen? Oh nein, bitte nicht. Okay, mit Attraktivität kann ich nicht punkten. Kann es sein, dass auch Eliza rechnet und zusammenzählt und am Ende unter den Strich schaut, ob ein Plus oder Minus vor der

Summe steht? Wie sehen meine Chancen dann aus? Sie kann sich doch wohl nach nur einer Woche des Zusammenseins kein Urteil bilden, oder? Und das, was ich nach nur einer Woche tue, ist das vielleicht etwas anderes? Aha, wer anderen eine Grube gräbt ... Dennoch: Fakt ist, dass sie mir, und mir das Leben mit ihr gefällt ...

„Hrrrmmhhh!"

... und ich glaube, ich wünsch mir das zum Geburtstag. Jawoll.

„Hrrrmmmhhhrrrmmm!!!"

Pit schreckte von der Zeitung auf.

„Jetzt liest du bestimmt schon zehn Minuten auf derselben Seite der Zeitung. Ist was?"

„Ich? Echt? Ist mir gar nicht aufgefallen."

„Aber mir. Immer wenn du grübelst, hast du den gleichen Gesichtsausdruck. Ist was, Pit?"

„Nööö."

„Du schwindelst. Ich seh´s dir an." Sie nahm ihm die Zeitung aus den Händen.

„Es ...es ...es ...nein." Pit stotterte und suchte mit den Augen nach einem nichtvorhandenen Vogelnest im Geäst der Erle.

„Es es es hat mit mir zu tun, ja."

Mit wem, wenn nicht mit ihr, sollte er darüber sprechen? Mit Silvio? Der hat mit Christina genug zu tun. Mit Edgar? Edgar würde einen Kriminalfall daraus machen. Etwa mit Albert am *Ochsen*-Stammtisch? Pit schüttelte den Kopf. „Ich habe versucht mir klar zu machen, was du mir bedeutest. Es läuft darauf hinaus, dass ich Angst habe, dich zu verlieren oder nicht bei mir halten zu können. Johnny Cash singt in einer Coverversion des Songs *Hurt* von Trent Reznor: *„Everyone I know goes away in the end"*. Ich glaube, ich fürchte mich vor unserer Endlichkeit."

„Oh Pit", nahm sie ergriffen seine Hände, „was machst du dir auch für finstere Gedanken?"

„Verstehst du nicht? Zum ersten Mal in meinem Leben weiß ich, dass ich liebe. Ich bin alt, du bist jung und schön. An was würdest du dich in so einem Fall als alter Knacker klammern?"

Eliza legte ihm beide Hände auf die Schultern. „An die Stunde. An das Jetzt. Denn wir wissen nicht, wann das Ende eintrifft. Und wenn wir es wüssten, würden wir vor ihm aus Furcht erstarren."

„Denkst du nicht an das, was morgen sein wird?"

„Doch, natürlich, Pit. Aber lieben kann ich dich immer nur jetzt."

Es gab Wurstsalat mit Pommes frites aus dem Backofen als Abendessen, und Bier als Getränk. Danach zeigte Eliza ihm die Grafiken, die sie auch Melanie Köninger anbieten wollte. Mit seiner Unterstützung als unabhängiger Betrachter wählten sie achtundvierzig Blätter aus, die Eliza noch am gleichen Abend als E-Mail-Anhang an Melanies Adresse sandte. Nach einem letzten Glas Wein gingen sie zu Bett. In Pits Bett.

Pit wurde von einem lauten Krachen aus dem Schlaf gerissen. Da, schon wieder. Das Bett erzitterte. Er hörte Holz bersten und Glas splittern. Was, in drei Teufels Namen, konnte das sein? Schlaftrunken schwang er die Beine aus dem Bett. Er befand sich taumelnd auf dem Weg zur Schlafzimmertür, Eliza saß völlig erschrocken aufrecht im Bett, als die Tür vor ihm aufflog, aufgerammt wurde, gegen die Wand donnerte, eine vermummte Gestalt auf ihn zustürzte und ihm einen harten Gegenstand an den Kopf hieb. Bevor er die Besinnung verlor, hörte er Eliza schreien.

Seltsamerweise fanden sich Bruchstücke seiner Besinnung ein, als er, von hinten gepackt, die Treppe hinuntergestoßen wurde und Kopf voraus auf dem Boden des Erdgeschosses landete. Entfernt drangen ihm Elizas gellende Schreie in die Ohren, und dann sah er sie auch, wie sie von einer anderen Gestalt mit Kopfmaske an ihren Haaren die Treppe heruntergezogen wurde. Pit versuchte sich aufzurichten.

Er stieß einen Schrei aus. Als Antwort landete ein weiterer Hieb auf dem Kopf, der ihn wieder niederstreckte. Etwas Warmes floss über sein Gesicht. Er wollte sehen, aber die Blickachse war irgendwie verschoben, er konnte nichts fixieren, alles doppelt und drehend. Er fühlte sich brachial hochgerissen und weggeschleift. Seine Rippen krachten, als er hinter den Küchentisch auf die Sitzbank gestoßen wurde und er an der Tischecke hängenblieb. Er rang nach Luft. Es flimmerte vor seinen Augen. Langsam kamen die Bilder zurück. Er saß an seinem Esstisch, im gegenüber Eliza auf einem Stuhl, Blut aus ihrer Nase. Einer der Maskenmänner hielt sie auf den Stuhl gedrückt. Neben Pit standen zwei andere Männer. Masken mit Sehschlitzen. Es waren doch Männer, oder nicht? Einer presste ihm mit Gewalt den Arm auf den Tisch, der andere hatte eine Maschine in der Hand. Eine Pistole? Pits Hand lag auf der Tischplatte aus Holz, etwas stach ihm in den Handrücken, dann schrie Eliza fürchterlich auf, und er spürte einen wahnsinnigen flammenden Schmerz, der die ganze Hand und den ganzen Arm hinauf in sein Hirn jagte. Eliza schrie, sie wurde geschlagen, doch sie schrie weiter und weiter. Dann kapierte Pit, was sie mit ihm gemacht hatten. Sie hatten ihm mit einem Akku-Schrauber die linke Hand auf die Tischplatte geschraubt. Blut strömte unter der Hand hervor und bildete eine große Lache. Pit zitterte vor Schmerz. In einem langen und tiefen Brustton, dem Röhren eines Hirsches ähnlich, löste sich der Krampf etwas, mit dem er automatisch dem Schmerz etwas entgegenzusetzen versuchte. Er verbiss sich in die eigenen Lippen und Wangeninnenwände. Dann brüllte er vor Schmerz wie ein Tier. Oder wie ein Mensch.

Elizas Kopf hing zur Seite. Blut tropfte nun auch aus ihrem Mund auf das Nachthemd. War sie bewusstlos?

Wie viele Männer waren es überhaupt? Jetzt hielt sich nur noch einer bei Pit und Eliza auf. Blue-Jeans, schwarze Jacke, schwarze Handschuhte. Er trug eine Pistole in der Hand. Waren es drei? Mitten auf dem Tisch, zwischen Eliza und Pit, stand eine sogenannte Lötlampe in Reichweite des Maskierten. Unheildrohend fauchte eine kleine blaue Flamme aus der Brennerdüse. Was sollte das? Aus den oberen Räumen drang Poltern und Rumpeln durch die Decke und die Treppe herunter. „Was wollt ihr?", krächzte Pit mit Mühe zwischen den blutenden Lippen hervor. Er ließ die Flamme des Brenners nicht aus den Augen. „Schnauze halten", kam es durch die Maske, als würde der Mann durch ein Kissen sprechen.

Nach einiger Zeit sprangen zwei der Männer die Treppe herunter, begannen im Erdgeschoss alles zu durchsuchen. Alles wurde mit Gewalt und ohne Sinn herausgerissen und auf den Boden geschleudert. Jede Schublade zerstört, jede Tür abgetreten. Die Inhalte von Fächern und Regalen flogen durch die Wohnung. Minutenlanges, systematisches Zerstören. Berserker und Wandalen waren heilig im Vergleich mit diesen Rabauken. Je länger sie wüteten, desto lauter schrien sie.

Eliza hatte ihren Kopf langsam aufgerichtet. Ihr Gesicht war wächsern, ihre Augen stumpf und schwarz wie Eierbriketts. „Ich hab' dir Unglück gebracht, Pit. Es tut mir leid."

„Halt's Maul, du Schlampe", herrschte der Typ mit der Pistole sie an und schlug ihr mit der Faust ins Gesicht. Elizas Kopf flog nach hinten, drehte sich wieder zur Seite und blieb dort hängen, wie die Blüte einer Rose am abgeknickten Stängel.

„Fass´ meine Frau nicht an!", brüllte Pit und sprang auf – nein – er wollte aufspringen, wurde aber jäh von der festgeschraubten Hand gebremst. Er schrie auf vor Schmerz, der stärker war als alles, was er sich vorstellen konnte.

Die beiden Männer, die die Wohnung und das Haus auf den Kopf gestellt und verwüstet hatten, kamen zu ihrem Kumpan. „Nichts", murmelte einer, Blue-Jeans, schwarze Jacke, schwarze Handschuhe. „Im ganzen beschissenen Haus nichts."

Der mit der Pistole nahm die Lötlampe in die Hand, drehte am Gasregler. Die Flamme zischte heiß und kräftig auf.

„Was wollt ihr?", ächzte Pit.

„Wo ist es?", brüllte der eine, Blue-Jeans, schwarze Jacke, schwarze Handschuhe.

„Was – wollt – ihr?" Pit schrie es mit aller Kraft. Die Flamme näherte sich seiner Hand. Er spürte die Hitze auf der Haut.

„Das Gold! Wo habt ihr es versteckt?"

„Wir haben kein Gold!"

Der mit der Pistole hieb ihm mit dem Lauf über den Schädel. Blut floss Pit übers linke Auge. „Lüg´ uns nicht an. Oder willst du, dass sie stirbt?" Er riss Elizas Kopf an den Haaren in die Höhe. Eliza stöhnte vor Schmerz, blinzelte.

„Wir haben das Gold der Polizei übergeben! Es ist nicht mehr da!", schrie Pit verzweifelt.

„Das meine ich nicht, du Penner. Die restlichen fünfundsiebzig Barren. Wo sind sie? Wo habt ihr sie versteckt? Mach´ endlich das Maul auf, sonst ..."

Wie aus dem Nichts stand plötzlich *Pepsi* inmitten des Chaos. „Ach, wen haben wir denn da? Ist das vielleicht Mamas Schmusekätzchen? Schnapp´ sie dir und dreh´ ihr langsam den Hals um", stieß der eine der Männer den anderen an. Der bückte sich und hob *Pepsi* hoch.

„Nun wollen wir doch mal sehen, ob ihr nicht wisst, wo unser Gold ist. Fang an mit dem Vieh."

Als der Typ mit der Katze seine Hand auf *Pepsis* Kopf legte, schnellte unerwartet Eliza in die Höhe, drosch kreischend mit den Händen auf den Kerl ein, sodass er die Katze fallen ließ. Eliza wirbelte herum und hetzte zur zerborstenen Haustür. Der Kapuzenmann mit der Pistole hob die Hand und zielte, Pit schrie wie von Sinnen auf, doch Eliza war schon entwischt.

„Verdammt, du Trottel", raunzte der eine den anderen an. „Los, hinterher."

Da ertönte von draußen ein einzelner peitschender Knall wie ein Schuss, gefolgt von einem Schrei, einem weiblichen Schrei. Pit brüllte panisch Elizas Namen. „Eliza! Eliza! Eeeeliiizaaa!!!"

Der Mann mit dem Akku-Schrauber trat kaltblütig zu ihm hin. Pit sah durch die Gucklöcher seiner Maske gleichgültige Augen. Der Mann stach ihm mit der Spitze des Schraubers mitten auf die Brust und drückte auf den Knopf. Das hässliche Geräusch ertönte wieder, ein aufheulendes Geräusch wie beim Zahnarzt unterm Bohrer. Der Schmerz drang wie eine Lanze in Pits Brust. „Los, komm´ schon, lass´ den Alten", hörte Pit eine verzerrte Stimme, als befände er sich unter Wasser. Dann fiel er in eine schwarze Ohnmacht.

Er fragte sich, warum er das Licht nicht ausgemacht hatte, als er zu Bett gegangen war. Oder war er eventuell nochmal nach unten gestiegen um eine Zigarette zu rauchen oder etwas zu trinken? Und warum hatte er dann die Tür offen gelassen?

Die Erinnerung kam wie ein Güterzug. Die Tür war nicht offen gelassen, sondern sie hing zerstört in den Angeln. Der

Tisch vor ihm war fast vollständig bedeckt mit geronnenem rubinrotem Blut. Pit sah seine Hand. Spürte den stechenden Schmerz. Allmählich weitete sich sein Gesichtsfeld. Eine brennende Lötlampe auf dem Tisch. Das Chaos in der Wohnung sprang ihm in die Augen. Und dann der Gedanke: Eliza.

Der Schock überrollte ihn wie ein Mähdrescher. Kein Entkommen. Eliza. Der Magen rebellierte. Er erbrach sich in das Blut auf dem Tisch. Eine Hitzewalze stieg ihm in den Kopf, alles wurde weiß, er bekam keine Luft, eine Zange presste den Brustkorb zusammen wie eine Zitrone. Jetzt kam es, das Ende, von dem er heute noch gesprochen hatte, aber ich liebe dich jetzt, Eliza, jetzt und nicht morgen, denn morgen ist es zu spät. Eliza.

Es ließ sich Zeit, das Ende. Lange verharrte das Weiß unbeweglich wie eine Schneedecke, deckte alles zu, entzog allem die Farben und Konturen. Pit kam sich vor wie ein Schneemaulwurf, der sich durch meterhohe Schneewehen und -berge grub und wühlte, und doch niemals das Licht erkannte, denn auch das Licht war weiß. Es dauerte, bis Pit einen kläglichen Laut vernahm. War er das? Das Klagen wiederholte sich, und er bemerkte eine Bewegung an seinem Bein. „Miau." *Pepsi.* Endlich wurde das Weiß lichter, transparenter, und hob es sich wie ein Nebel unter der Sonne. Die Zange um die Brust lockerte ihren Griff. Pit atmete. Er lauschte. „Miau." Sonst war es im Haus ruhig. Kein Geräusch.

Er bekam einen Gedanken zu fassen, der vorbeirasen wollte, krallte sich daran fest wie ein Ertrinkender am Stück Treibholz. Der Knall. Der Knall, der draußen ... Er hatte Elizas Schrei gehört. Es konnte nur Elizas Stimme gewesen sein. Sie hatte es bis vor das Haus geschafft. Aber draußen muss noch ein vierter Mann gewesen sein. Der Fahrer. Der Schmieresteher. Der Aufpasser, der aufpasst, dass die anderen im Haus ungestört wüten und morden können. Es waren vier. Drei drinnen, einer draußen. Eine Bande. Zwei Pistolen, ein Akku-Schrauber, eine Lötlampe, ein Knüppel. Wichtigste Frage. Frage aller Fragen: Wo ist Eliza?

Wer einen Gedanken fassen kann, erwischt vielleicht auch zwei. Wo ist mein Telefon? Oben im Schlafzimmer? Hab´ ich es mit nach oben genommen wie immer? Wahrscheinlich. Scheiße. Und Elizas Telefon? Auch oben? Was kann ich tun? Er probierte die festgeschraubte Hand zu bewegen. Oh, nein, nein, nein, das tut weh, das geht nicht. Kann ich die Schraube drehen? Mit den Fingern? Vergiss´ es. Wo ist Eliza?

Er drehte der Lötlampe den Gashahn zu. Sie hörte auf zu zischen. Der Computer. Der Computer. Auf dem Schreibtisch. Wie komme ich dorthin? Wie - verdammt - noch - mal - komme - ich - an - diesen - blöden - Computer? Pit Ferman brüllte seine Hilflosigkeit hinaus, was keine gute Idee war, denn *Pepsi* schoss erschreckt wie von der Sehne geschnellt aus der offenen Haustür hinaus, der Brustkorb bäumte sich gemartert auf. Dann rannen ihm Tränen übers Gesicht, vermischten sich mit dem Blut auf der Haut und tropften auf den Tisch. Tisch, Tisch, Tisch. Ich muss den Tisch mitnehmen. Klar. Ich muss den Tisch mitnehmen. Schieben. Den Tisch schieben, mit der Hand drauf.

Pit hebt vorsichtig den Hintern von der Bank, unterbricht voller Qual den Versuch. Die Rippen und das angebohrte Brustbein senden flammende Pein in den Kopf, der seinerseits wie eine Trommel schlägt. Nochmal von vorne. Pass´ auf, Pit! Extrem langsam Luft holen, den Schmerz ausreizen bis zum Äußersten, vorsichtig Druck ausüben, pressen, bis die Engel im Himmel singen, und dann den Hintern in die Höhe, greife mit der gesunden Hand über die Tischplatte und probier´ dich hochzuziehen. Ein gewisses Maß an Schmerz musst du jetzt einfach managen, sonst, ja sonst wird das nichts. Pit hält die festgeschraubte Hand flach auf den Tisch gedrückt und kommt tatsächlich auf die Beine. Schweiß quillt ihm aus den Poren wie aus einem gequetschten Schwamm. Egal, er schiebt mit der Hüfte den Tisch vor sich her. Ja, das klappt. Er schiebt den Tisch quer durch das Chaos am Boden, es geht nicht völlig ruckfrei, logisch, weswegen er hin und wieder schreit, aber dann steht er neben dem Schreibtisch. Soweit geschafft. Mit der freien Hand den Computerdeckel aufklappen, mit einem ausgestreckten Bein den Steckdosenschalter drücken, Mist, bin zu weit von der Steckdose weg, also näher hinrutschen, so, jetzt, nochmal, Steckdosenschalter drücken, Computer einschalten, Passwort, *Skype*.

Pit betet: Edgar, ich weiß nicht, wie spät es ist, aber bitte, bitte sei wach. Lieber Gott, bitte lass´ Edgar wach sein. *Skype*. Pit klopft bei Edgar an. Nichts passiert. Probier´s nochmal, Pit. Edgar hat den siebten Sinn. Er wird es hören. Edgar hört es nicht. Ein letztes Mal, nein, noch hunderte Male probier´ ich´s, wegen Eliza, wegen Eliza. Pit klopft bei Edgar an. Der Bildschirm flackert. Edgars verschlafenes, bärtiges Gesicht taucht auf, wird scharf.

„Was ist passiert, Pit?"

Ich hatte recht. Edgar hat den siebten Sinn. Er fragt sofort, was passiert ist. Pit fängt vor Erleichterung völlig unpassenderweise an, hysterisch zu lachen. Doch er fängt sich wieder.

„Edgar, bitte", stammelt er, „du musst sofort herkommen. Eliza ..."

„Bleib´ wo du bist. Lass´ *Skype* eingeschaltet. Ich komme."

Pits Blick senkte sich auf die festgeschraubte Hand. Leicht gesagt, dachte er. Wo sollte ich schon groß hinkönnen?

03. Juli 2022

Edgar Schaafs Schlaf war unruhig. Melanie an seiner Seite hingegen schlief wie ein Baby. Er beneidete sie um die Fähigkeit, bereits fünf Minuten nach dem Hinliegen ins Reich der Träume versinken zu können.

Er hatte sich geschworen, keine politische Talkshow mehr anzuschauen, an der einer von Recep Tayyip Erdogans Vasallen mit in der Runde saß. Und doch hatte er es wieder getan.

Er konnte es nicht verstehen, dass man solchen Leuten von der türkischen Partei AKP in einem deutschen TV-Sender eine öffentliche Plattform für ihre kruden Vorstellungen von Demokratie gab. Speichellecker von Erdogans Gnaden allesamt, und ließ sich vor laufenden Kameras mit Nazi-Vergleichen beleidigen. Edgar fühlte sich persönlich angegriffen. Sicher, es war nach dem letzten großen Kriege bestimmt nicht immer leicht gewesen, sich als Deutscher zu outen. Mittlerweile jedoch war er es leid, das überdimensionale Kreuz der Vergangenheit, das mit den Haken, bis über die Gegenwart hinaus aufgestempelt zu kriegen. Er empfand diese Demütigung noch schlimmer als das Märchen von der Erbsünde der Katholischen Kirche. Jeder dahergelaufene Dummkopf, der sich durch Korruption und Bestechung in ein Präsidentenamt geschmiert hatte, durfte ihn ungestraft einen Nazi nennen, und die jeweiligen Kanzler der Nation, im aktuellen Fall Frau Mirjam Stahlmann von der FDP, nickten kuhäugig dazu. Die weinerlichen halbherzigen Proteste waren eines Souveräns einfach nicht würdig. Edgar hasste das, und weil er es hasste, nahm er den Hass mit ins Bett. Samstagabend, Sonntagnacht.

Zudem war die Bettdecke zu warm, was bei ihm unweigerlich für heiße Füße sorgte. Mit heißen Füßen wiederum konnte er nicht einschlafen. So sah's aus.

Er stand auf, um die dickere Decke gegen die dünnere Decke auszutauschen, die für diesen Zweck immer neben dem Bett auf einem Stuhl lag. Dabei fiel ihm ein, dass Melanie es war, die wie eine gute Seele für diesen Service sorgte. Da er sich nun schon einmal in der Senkrechten befand, gab er dem leichten Harndrang nach, tappte aus dem Schlafzimmer ins angrenzende Bad. Er benötigte kein Licht für diese Handlung, las aber an einem Wecker mit Leuchtzeigern, der im Regal stand, die Uhrzeit ab. Ein Uhr dreißig.

Kurz gespült, die Hände gewaschen, und zurück, ab ins Bett. Wenn ihn doch endlich der Schlafzug abholen würde.

Er hatte sich noch nicht hingelegt, als er meinte, ein Geräusch aus seinem Büro zu hören. Er verharrte in gebückter Haltung, wartete ein paar Sekunden, hatte sich wohl getäuscht, und legte sich unter die dünne Decke. Welch ein Unterschied, welche Wohltat.

Da war es wieder. Konnte es sein, dass es dringender klang? Blödsinn, dachte er. Doch es klang weiter. Hunderte von Möglichkeiten ratterten gleichzeitig an seiner Erkennungssoftware im Kopf vorbei. Vergeblich. Er musste aufstehen und nachsehen, was oder wer das war.

Sein Laptop blinkte und sonderte Geräusche ab. Hatte er diese Töne heruntergeladen? Da muss er wohl wirklich nicht bei Trost gewesen sein. Der Bildschirm startete, Auf dem Desktop leuchtete das Logo von *Skype* auf. Er klickte das Zeichen an. Es dauerte ein paar Sekunden, bis er den Anrufer entziffert und das Bild erkannt hatte. Pit Ferman. Mein Gott, wie sah der denn aus. Der Kopf völlig blutverschmiert.

„Was ist passiert, Pit?", fragte er den Freund sofort.

Pit sah zum Fürchten aus. Auf seinen Haaren dicke Blutgerinsel, von denen rote Bäche über den Kopf, das Gesicht gelaufen waren. Na, vielleicht wurde es durch die Kameraperspektive noch verstärkt, aber trotzdem.

„Edgar, bitte, du musst sofort herkommen. Eliza ..."

„Bleib´ wo du bist. Ich komme.“

Edgar eilte zurück ins Schlafzimmer und rüttelte Melanie sanft an der Schulter. Er liebte den Anblick, wenn sie schlief, und er hasste es, sie zu wecken.

„Melanie“ sprach er eindringlich auf sie ein, sobald sie die Augen geöffnet hatte. „Ich muss zu Pit Ferman. Es ist etwas Schlimmes mit ihm und Eliza geschehen. Hör´ zu. Ich lasse an meinem Laptop *Skype* eingeschaltet. Du kannst über die Kamera Pit sehen. Er sieht übel mitgenommen aus. Vielleicht kannst du beruhigend mit ihm reden. Vielleicht kann er seinen Laptop auch mal drehen, damit die Kamera seine Wohnung aufnimmt. Nicht, dass noch fremde Personen bei ihm im Haus sind. Verstehst du, was ich meine? Sag´ ihm, dass ich unterwegs bin. Tut mir leid um deinen Schlaf. Ich melde mich von dort wieder. Ich liebe dich.“

Wohl oder übel musste er seine Harley Davidson aus der Remise hinter dem Haus schieben. Melanie und er besaßen kein eigenes Auto, und bis er ein Taxi bestellt und er hier eingestiegen wäre, hatte er auch seine Motorrad-Montur angelegt.

Edgar war kein Nachtfahrer. Er hatte in der Dunkelheit eigentlich zu viel Respekt vor den Schatten der Nacht und der Unberechenbarkeit von Tieren auf der Straße. Heute jedoch musste es sein. Also bollerte er mit seiner Maschine bald aus dem Hof, am Ortsrand Gengenbachs entlang, über den Berg nach St. Paulsberg, von dort weiter über Gehlheim nach Grünweiler. Dort bog er von der Talstraße ab, den unasphaltierten Weg durch den Wald hoch zu Pit Fermans Lichtung. Rechter Hand erkannte er den kleinen See mit der typischen Erleninsel in der Mitte. Er fuhr seitlich vor das Haus, um die Harley gleich aus dem Weg eventueller Hilfskräfte zu halten. Er setzte den Helm ab und platzierte ihn auf dem Sattel. Vorsichtig trat er um die Hausecke.

Er fand die hölzerne Haustür zertrümmert und nach innen offen. Das Glas der kleinen eingelassenen Scheibe zersplittert. Er beugte sich hinein, rief Pits Namen. Aus dem rechten mittleren Teil des Großraumes vernahm er ein Stöhnen. Edgar blickte sich rasch im Erdgeschoss um. Keine andere Person. Er betrat den Raum, der die ganze Fläche des Erdgeschosses einnahm. Mit einem Auge erfasste er das Chaos. Die Verwüstungen waren unfassbar. Hier muss ein Tornado gewütet haben, dachte er. Dann schritt er zügig dorthin, wo er die Stimme gehört hatte. Tatsächlich hing dort ein Mensch in unnatürlicher Stellung auf einem Stuhl. Dem Büro-Drehstuhl, wie Edgar erkannte. Seitlich neben ihm leuchtete der Bildschirm des Laptops. Edgar ging hin, stellte sich so gut es ging direkt davor, schaute in die Kamera. Er sah Melanie auf dem Desktop. „Melanie", sagte er, „ich bin jetzt bei Pit. Danke, dass du ihm geholfen hast. Du kannst den Computer jetzt ausschalten. Ich komme so rasch wie möglich nach Hause. Tschüss, Liebes." Er schaltete Pits Laptop aus.

Zuerst glaubte er, nicht recht zu sehen. Er kniff die Augen zusammen, um das Bild noch einmal zu fokussieren. Die Hand. Festgeschraubt auf dem Tisch. Das viele Blut. Pits Wunden am Kopf und an der Brust. Wäre er sensiblerer Natur, würde er sich umdrehen und kotzen. So aber beugte er sich zu Pit und sprach ihn an.

„Pit, kannst du mich hören?"

Pit öffnete mühsam seine Augen. Edgar bemerkte sogleich, dass sie blutunterlaufen waren.

„Eliza?", keuchte Pit. „Wo ist Eliza?"

„Ich hab´ sie noch nicht gesehen. Hier drinnen nicht und draußen auch nicht. Aber es ist Nacht."

„Eliza ist rausgelaufen", atmete Pit schwer. „Schuss." Er war sich jetzt sicher, dass der Knall, den er gehört hatte, als Eliza nach draußen flüchtete, ein Schuss war.

„Ich will mich zuerst um dich kümmern. Wo hast du deinen Werkzeugkasten?"

„Weiß nicht. Mir geht es nicht so schlimm. Aber Eliza ..."

Edgar hörte nicht weiter zu, sondern rannte nach draußen zum Motorrad. Er hatte in seiner ledernen Satteltasche ein Werkzeug- und Erste-Hilfe-Set. Im Nu war er wieder zurück. In der Hosentasche vibrierte sein Handy. Er guckte aufs Display. Melanie. Gute Melanie. „Edgar, was ist passiert? Pit sieht sehr schlimm aus."

„Ja, er ist schwer verletzt worden. Bitte, Melanie, erledige das für mich. Rufe den Notarzt an. Er soll so schnell wie möglich herkommen. Hast du Pits Adresse? Gut. Danke."

Edgar besah sich die Schraube in Pits Hand. Kreuzschlitz. Edelstahl. Aus der Werkzeugtasche nahm er einen Schraubendreher und steckte ihn auf den Schraubenkopf.

„Sie haben nach Gold gesucht, Edgar."

Edgar registrierte Pits Hinweis, ging allerdings nicht darauf ein. „Jetzt kann's weh tun, Pit. Beiß´ die Zähne zusammen."

Vorsichtig begann er die Schraube zu drehen. Pit pumpte mächtig nach Luft, zitterte vor Anspannung. Nach einigen Drehungen war die Hand frei, doch die Schraube steckte weiter in seiner Hand. „Kannst du das selber machen? Hör´ auf, wenn's zu weh tut."

Pit drehte mit der bloßen rechten Hand an der Schraube. Pit ließ vor Anstrengung einen Falsett-Dauerton aus der Brust entweichen. Millimeter für Millimeter drehte sie sich aus dem Handrücken. Als er die Schraube in der Hand hielt, brüllte er auf. Edgar stützte ihn von hinten, packte unter den Achseln hindurch den unverletzten Unterarm und zog ihn vom Tisch. Behutsam ließ er ihn zu Boden gleiten. „Bleib´ jetzt ruhig auf dem Rücken liegen. Ich werde deine Hand verbinden. Dann schauen wir nach den Platzwunden auf deinem Kopf. Die Verletzung an deiner Brust soll sich der Notarzt anschauen. Ich werde gleich die Polizei rufen."

„Nicht die Polizei, Edgar, nicht die Polizei. Eliza ist unter Umständen in den Händen der Männer. Mach´ du das, Edgar. Finde Eliza."

Edgar verzog grimmig das Gesicht. „Danke für dein Vertrauen, Pit, aber die Polizei muss her. Spuren aufnehmen und so weiter. Du brauchst doch auch einen Bericht für die Versicherung, oder nicht? Ist ja alles kaputt, die ganze Wohnung, Pit. Nein, die Polizei muss her."

„Aber du musst Eliza finden, Edgar. Nur du. Bitte. Die Polizei wird es vermasseln."

„Du liebst sie wohl, hm?"

Pits Augen füllten sich mit Wasser.

Blaulichter schimmerten zuerst durch die Bäume der Zufahrt, dann kamen sie vor das Haus gerast. Der Notarzt und der Krankenwagen.

Der Notarzt kümmerte sich um Pits Allgemeinzustand. Leuchtete ihm in die Augen, maß Blutdruck und nahm ein erstes EKG. Dann schob er Pits Nacht-Shirt über die Brust und begutachtete das Loch im Brustbein. „Glück gehabt, Herr Ferman. Nur zwei Zentimeter tief. Wäre es ein Bohrer gewesen, hätten leicht Luft-, Speiseröhre oder Aorta getroffen werden können. Aber wahrscheinlich war es ein spitzer Werkzeugaufsatz von begrenzter Länge, der noch im Akku-Schrauber steckte. Trotzdem: Gehirnerschütterung von den Schlägen. Wir werden Sie mitnehmen, okay? In ein paar Tagen sind Sie wieder auf den Beinen."

Und zu Edgar sagte er: „Danke, Herr Schaaf, für ihre umsichtige Erstversorgung."

„Hoppla, woher kennen Sie meinen Namen, Herr ...?", fragte Edgar verwundert.

„Dr. Fahlbusch. Wer kennt Sie nicht aus dem Fernsehen oder aus Pit Fermans Büchern, nach allem, was Sie geleistet haben?"

„Ich dachte, die liest keiner."

„Insider schon", grinste der Notarzt.

Die Sanitäter luden Pit auf eine Bahre. Bevor sie ihn in den Krankenwagen schoben, rief er nach Edgar. „Edgar, Edgar, bitte ...Eliza."

„Keine Sorge, Alter. Ich bleibe hier, bis die Polizei weg ist. Ich suche hier einige Sachen zusammen, die du im Krankenhaus brauchst und komme dich besuchen. Du wirst mir einiges zu sagen haben. Bereite dich schon mal darauf vor."

Die abfahrenden Notarzt- und Krankenwagen begegneten den ankommenden Polizeifahrzeugen. Die Blaulichter flackerten die Waldränder ab wie nervöse Stroboskope. Für gestresste Personen nicht gerade das optimale Beruhigungsmittel.

Aus dem ersten Fahrzeug stieg ein alter Bekannter Edgar Schaafs: Allgöwer, dienstältester Polizist der Polizeidirektion Offenburg, und seines Zeichens Chef der Kriminaltechnischen Untersuchungsabteilung, der KTU. „Ich glaub's ja nicht. Aber irgendwie überrascht es mich auch nicht, dich hier zu sehen, Edgar. Keine Leiche ohne Schaaf, was?"

„Nur dass es keine Leiche gibt, Allgöwer. Hast dich zu früh gefreut. Bist du alleine mit deiner Mannschaft? Wo ist Kai Schusters Ersatzmann? Wo ist Kommissar Lankau?"

„Vergiss' es. Der hat sich krank gemeldet. Schwere Migräne, heißt es. Aber dafür kennst du ja noch Rita Böhringer." Allgöwer deutete mit dem Daumen über die Schulter.

Tatsächlich stieg, neben zwei uniformierten Kollegen, die junge Kriminalassistentin mit der dunklen Pagenfrisur aus dem hinteren Polizeiauto aus. Sie war mit involviert, als im Frühjahr die Morde um Lars Weniger aufgeklärt wurden.

Munter kam sie auf Edgar Schaaf zu. „Schön, dich zu sehen, Edgar, und gottseidank, dass ich das nicht alleine stemmen muss ", begrüßte sie ihn burschikos. „Na, dann wollen wir mal, oder?"

„Grüß´ dich, Rita. Die Polizisten sollen zuerst das Gelände ums Haus absperren und Scheinwerfer aufstellen. Es kann sein, dass wir Blutspuren und Patronenhülsen finden. Und stellt diese verdammten Blaulichter ab. Man wird ja verrückt davon."

Ja! Das ist Edgar Schaaf, dachte Rita Böhringer erleichtert. Er hat einfach die Erfahrung, den Überblick und diese besondere Art von Autorität.

Allgöwer und seine Mannen besetzten das Haus. „Ach Du meine Güte", hörte Edgar ihn von drinnen, während er Rita Böhringer vor der Tür aufhielt.

„Warte einen Moment, Rita. Bist du mit dem Fall Roland Locher vertraut, den Kommissar Lankau in Bearbeitung hat?"

„Ich habe den vorläufigen Bericht gelesen. Warum fragst du?"

„Weil diese beiden Fälle zusammenhängen. Die Leute, die das hier zu verantworten haben, suchten nach Gold. Pit hat das vorhin erwähnt."

Rita fasste an Edgars Arm. „Entschuldige, wenn ich dich unterbreche. Pit ist der Mann, dem dieses Haus gehört und der hier überfallen und verletzt wurde?"

„Genau. Er wird im Moment ins Krankenhaus gebracht. Ich werde später zu ihm fahren. Keine Angst, ich halte dich auf dem Laufenden. Also die beiden Fälle hängen zusammen. Roland Lochers Freundin, ihr Name ist Eliza Wohlbrecht, hatte fünf Barren Gold in dessen Kleiderschrank gefunden und auf der Flucht vor ihm mitgenommen. Pit Ferman hat Eliza unterwegs getroffen und hierher in Sicherheit gebracht. Als Roland Locher drei Tage später ermordet wurde, haben sich Pit und Eliza mit Kommissar Lankau in Verbindung gesetzt und die fünf Barren Gold an ihn übergeben. Jetzt sind hier Männer aufgetaucht, die das Haus nach offenbar weiterem Gold durchsucht haben, wohl in der Annahme, Eliza hätte alles auf die Seite geschafft. Wenn du nachher das Haus betrittst, wirst du das Chaos sehen, das sie bei ihrer Suche angerichtet haben. Wie ich aus Pit Fermans Worten entnehmen konnte, hatte Eliza zu fliehen versucht. Aber es muss ein Schuss gefallen sein, der sie an der Flucht hinderte. Jedenfalls ist Eliza nicht im Haus. Deshalb ist jetzt wichtig, dass ihr Scheinwerfer draußen aufstellt und das Gelände nach Eliza und nach Spuren absucht. Vielleicht liegt sie ja noch verletzt in der Nähe und braucht Hilfe. Im schlimmsten Fall ist sie tot oder von den Räubern entführt worden. Im Haus kannst du augenblicklich sowieso nichts ausrichten. Und noch etwas: Roland Locher ist, bevor er getötet wurde, mit einer Lötlampe gefoltert worden. Auch Pit Ferman hat man mit einer Lötlampe beeindrucken wollen. Du findest sie drinnen im Haus. Allgöwer weiß Bescheid und behandelt sie als Beweismittel. Das sind Parallelen, Rita."

Rita Böhringer atmete tief ein und aus. Als sie auf dem Weg nach hier im Streifenwagen saß, hatte sie angenommen, es mit Hausfriedensbruch und einer simplen Handgreiflichkeit zu tun zu bekommen. Vielleicht mit einer Schlägerei und blutenden Nasen. Jetzt zeichnete Edgar Schaaf ein Bild, das eher einem Monumentalgemälde glich als einem Strichmännchen. Sie spürte, dass ihre Knie weich wurden. Sie stützte sich mit einer Hand auf den Tisch neben der Haustür und sank auf die Sitzbank an der Hauswand. Aus dem Inneren des Hauses zuckten Blitze der Kameras, mit denen Allgöwers Leute die Situation auf Speicherplatten bannten. Rita fuhr sich mit der Hand durch die Pagenfrisur. Auf der Oberlippe glitzerte Schweiß.

„Haben wir ein Foto von Eliza Wohlbrecht?"

Edgar lehnte sich mit dem Gesäß an den Tisch. „Ist mir nicht bekannt. Ich werde diesbezüglich Pit Ferman fragen, und du wirst Kommissar Lankau besuchen."

Rita Böhringer lehnte den Kopf an die Hauswand und schaute in den Nachthimmel. „Das ist zu groß für mich, Edgar", gestand sie. „Mord, Entführung, Körperverletzung, Raub, Gold – bei unserem Personalstand fällt mir nur das LKA ein."

„Richtig, Rita", bestätigte Edgar Ritas Einschätzung. „So verschafft man sich Freiraum. Lass´ die Leute vom LKA ran. Sie sollen das Steuer in die Hand nehmen und die erforderlichen Aufgaben delegieren. Trotzdem bleiben wir am Ball. Ich bin das Pit Ferman und Eliza schuldig. Pit ist mein Freund."

Rita schaute ihm ins Gesicht. „Danke, dass du das verstehst. Und schön, dass ich wieder mit dir zusammenarbeiten kann. Das tun wir doch, oder?"

Edgar klopfte ihr auf die Schulter. „Keine Sorge."

Die Außenscheinwerfer blendeten auf und warfen kaltes hartes Licht über die Wiese. Im taufeuchten Hahnenfußteppich war von der Haustür Richtung See deutlich eine Spur zu erkennen, die ungefähr in der Mitte der Strecke endete. Von dort führte eine andere Spur im schrägen Winkel zum Platz neben dem Haus. Zusätzlich mit Taschenlampen ausgerüstet, verfolgten Rita und Edgar die Spuren, die unterschiedliche Strukturen zeigten. Von der Haustür weg waren es kleinflächig niedergetretene Stapfen, die entstehen, wenn jemand geht oder läuft, wogegen es von der Mitte zwischen Haus und See im schrägen Winkel einer durchzogenen Schleifspur glich. Von Beginn der Schleifspur aus stellten Rita und Edgar Blutspuren fest, die auf dem Vorplatz beim Haus endeten. Eindeutig. Eine Person muss zumindest verletzt und dann zu einem wartenden Fahrzeug geschleppt worden sein. Also Entführung? Rita Böhringer schaute Edgar fragend an.

„Entführung?"

Edgar nickte. „Sag's Allgöwer. Er muss hier die Blutspur aufnehmen und nach eventuellen Schuhabdrücken suchen. Hör' zu, Rita. Ich gehe jetzt ins Haus und packe für Pit Ferman einige Sachen zusammen, die er im Krankenhaus braucht. Ich fahre dann im Laufe des Vormittags zu ihm. Versiegele das Haus, stell' einen Streifenwagen davor und unterrichte die anderen, auch die vom LKA, dass ich das Haus betreten darf, falls ich das für notwendig halte. Und dann noch etwas: Eliza hat bei Kommissar Lankau die Namen von Roland Lochers Kumpanen angegeben: Dago, Micky und Goofy. Vielleicht kannst du rausfinden, um wen es sich dabei handelt. Hör' dich mal bei den Kollegen vom Raub- und Einbruchsdezernat um, oder bei dem einen oder anderen Zuflüsterer aus der Halbwelt, wenn du dahin Kontakte haben solltest, was ich nicht gerade annehme. Okay? Wir hören voneinander."

Edgar betrat das Haus. Im ersten Stock grabschte er eine herumliegende Reisetasche und füllte sie mit Morgenmantel, Unterwäsche und T-Shirts, die kreuz und quer im Raum verstreut waren. Aus dem Bad entnahm er nur Zahnbürste und Zahnpasta und einen Kamm. Gerade als er wieder nach unten steigen wollte, fiel ihm etwas ein. Er kehrte ins Schlafzimmer zurück. Er hatte Pits Handy auf der Fensterbank gesehen und steckte es ein. Besaß nicht auch Eliza ein Telefon? Nach kurzem Suchen entdeckte er es auf dem Boden zwischen einem als Nachttisch fungierenden Stuhl und Bett. Wer Gold sucht, dachte er, hat für billige Handys nichts übrig.

Edgar verließ das Haus. Er verabschiedete sich von Rita Böhringer, den Polizisten, von Allgöwer sowie dessen Helfern. Die Reisetasche für Pit befestigte er mit einem Spanngurt auf dem Soziussitz. Im Osten färbte sich langsam der Himmel zur Morgenröte. Bevor er den Helm überstülpte, die Handschuhe anzog und aufs Motorrad stieg, telefonierte er mit Melanie: „Ich bin bald zu Hause. Wartest du auf mich?"

*

Obwohl Pit Ferman eine schmerzstillende Spritze und ein Beruhigungspräparat erhalten hatte und er zudem am Flüssigkeitstropf hing, konnte er nicht schlafen. Es hatte einige Zeit gedauert zu realisieren, dass der Nebel, der ihn umhüllte, nicht seiner körperlichen Verfassung geschuldet war, sondern von dem grauen Vorhang herrührte, der das Fenster verbarg und nur gefiltertes Licht in den Raum passieren ließ. Es war ein Zwei-Bett-Zimmer, wie er bemerkt hatte, doch das Nachbarbett war nicht belegt. Er trug einen Verband um den Kopf, steif und unförmig wie ein Soldatenhelm. Warum er auf Soldatenhelm kam, war ihm schleierhaft, war er doch nie beim Militär gewesen, doch so stellte er es sich nun mal vor. Die Brust war eingezwängt in einen Panzer, eng geschnürt wie ein Korsett, der ihm das Atmen erschwerte, aber die gebrochenen Rippen, drei an der Zahl, stabilisierten. Darunter verborgen lag auch das angebohrte Burstbein. Dort hatte man eine Art Polster aufgelegt, das jedoch mit zunehmender Dauer die Eigenschaften eines Kieselsteines anzunehmen schien. Die linke Hand glich einem Elefantenfuß und war mit einer Gipsschiene fixiert. Es pochte, als wäre er an einen Weidezaundraht mit elektrischer Intervallschaltung angeschlossen. Der Schmerz war erträglich, gedämpft, doch wie würde er zuschlagen, wenn die Wirkung der Spritze nachließ? Es zehrte an seiner inneren Beherrschung, ruhig liegen bleiben zu müssen und nichts tun zu können, während er gerade jetzt zur Hochform auflaufen sollte. Er wusste nicht, wie spät es war, wie viel Zeit seit dem nächtlichen

Drama vergangen war. Die Untätigkeit machte ihn wahnsinnig, ungeduldig und zappelig. In den Beinen krabbelten Ameisen, und es begannen jene nervösen Zuckungen, die ihm nur allzu bekannt waren, weil sie regelmäßig dann auftraten, wenn er nicht einschlafen konnte. Wenn nur Edgar endlich zur Tür hereinkommen würde. Er musste ihn unbedingt hier rausholen. Heute. Sofort.

Er versuchte die Unruhe durch Konzentration unter Kontrolle zu bekommen. Stell dir irgendetwas vor, Pit. Lenke dich ab. Rechne meinetwegen aus, wie viele Lichtminuten die Sonne von der Erde entfernt ist oder wie oft das Licht in einer Sekunde um die Erde kreist.

Unaufgefordert und ungefragt drängte sich ein anderes Thema in den Vordergrund. Pit Ferman sah seine Erinnerungen an vergangene Zeiten vor sich, die einer Aneinanderreihung von Pfützen im Winter ähnelten, die von einer milchig weißen Schicht aus dünnem Eis überzogen waren. Als er Kind war, liebte er diese Art gefrorener Wasserlachen, weil das Eis so herrlich knirschte, wenn man mit den Füßen drauftrat, und es in tausend Teile zerbrach wie feines Porzellan. Meist befand sich nicht viel Wasser darunter und es gab sie nur bei großer Kälte.

Warum fror es ihn auf einmal? Nomen est omen? Sein Kopf fühlte sich an wie mit flüssigem Stickstoff schockgefrostet, hundertmal kälter als Eis aus Wasser, und er bekam plötzlich gute Lust, beidfüßig in die Pfützen zu springen, damit das Eis und die Erinnerungen bis zur Unkenntlichkeit zersplitterten. Er hegte ohnehin schon länger die Ahnung, dass er nur noch Fragmente seines Lebens wusste, dass grobe Lücken darin klafften und er kein einziges Ereignis mehr wirklichkeitsgetreu wiedergeben konnte, wie bei einem Mosaik, dem entscheidende Steine im Gesamtbild fehlten. Oft konnte er Wahrheit und Dichtung nicht mehr voneinander unterscheiden, oder er verfiel der Versuchung, unangenehme

Erinnerungen durch Wunschvorstellungen und erfundene Ausmalungen aufzuhübschen, um sich in einem besseren Licht sehen oder darstellen zu können. Hatte er denn sowas überhaupt nötig? Und wenn ja, war es dann nicht entschieden konsequenter, sich der Altlasten zu entledigen? Ein paar lächerliche Sprünge würden genügen. Hopp, knirsch, und hopp und knirsch, Pfütze für Pfütze, Erinnerung für Erinnerung. Ist doch nur Eis.

Und was würde er Eliza sagen, wenn sie ihn fragen würde, woher er komme und wer er sei? Tut mir leid, ich habe keine Erinnerung daran? Schwer nachvollziehbar, dass sie das glauben würde. Er liebte seine Vergangenheit nicht, und wenn er doch mal danach gefragt wurde, reagierte er meistens unwirsch und abweisend, zeigte er sein hässliches Gesicht. Wahrscheinlich war das mit ein Grund für seine selbstgewählte Einsiedelei. Nicht, weil ihm die Gesellschaft mit sich selbst besonders viel Spaß machte, sondern weil er sich niemand anderem zumuten wollte. Würde Eliza ihn aushalten?

Die nähere Erinnerung kehrte zurück. Was hatte sie zu ihm gesagt, als die Maskenmänner sie überfallen hatten? *Ich hab' dir Unglück gebracht, Pit. Es tut mir leid.* So oder so ungefähr. Sie dachte unbegreiflicherweise, dass sie schuld sei an dem, was vergangene Nacht geschehen war. Das vermaledeite Denken, das sie eingeprügelt bekommen hatte. *Du bist schuld, dass ich dich schlagen muss. Wann geht das endlich in deinen Schädel? Du!Du!Du!* Das sind transplantierte Neurosen, die man gezwungen wird, sich zu eigen zu machen, bis man selber daran glaubt. Zurück bleiben zutiefst verunsicherte Seelen, die nicht mehr wissen, was gut und was böse ist, beziehungsweise die nur eigenes Handeln als böse oder schlecht erkennen, wenn sie mit ihrer Qual alleine gelassen werden. Dass es dagegen anders ging, hatten sie auf wunderbare Weise erfahren. Eliza und er. Wie wenig es bedurfte, um ihre beiden Seelen erblühen zu lassen. Wie stark und mächtig sich Sanftmut und Vertrauen in der Abgeschiedenheit ihres Hauses und des Sees entwickelten. Wie rasch es geschehen war, dass Zuneigung und Zuversicht die Schatten der Vergangenheit verdrängten. Sie waren nicht hilflos oder machtlos, denn sie hatten Großes erreicht. Hatten in kürzester Zeit eine mögliche Lebensform für sich entdeckt, indem sie bloß das getan hatten, was seit ihren frühesten Jugendtagen in ihnen schlummerte: zusammen sein.

Pit war überzeugt, dass er Eliza von den Schuldgefühlen befreien konnte. Das ging jedoch nur, wenn sie zusammen waren. Dazu musste er sie aber zuerst finden. Wo bist du, Eliza?

Die Tür ging auf. Eine Frau in hellblauer Kittelschürze trat ein. Personal. Krankenschwester. In ihrem Gefolge eine andere Frau mit langem kastanienbraunem Haar und besorgtem Blick: Melanie. Und dann er, groß, langes weißes Haar und weißgrauer Vollbart, schwarze Kleidung. Edgar Schaaf.

*

„Everyone I know goes away in the end". Wie recht du hattest, geliebter Pit, dachte Eliza, als es ihr gelungen war, die Schmerzen zu ignorieren. *„Jeder, den ich kenne, stirbt am Ende."* Gut möglich, dass ich hier nicht mehr lebend herauskomme. Die Chancen stehen schlecht. Aber ich kenne diesen von Johnny Cash gesungenen Text ebenfalls, und auch diese Zeile aus dem gleichen Song würde zu uns passen. *„I will let you down, I will make you hurt."* *„Ich werde dich im Stich lassen, ich werde dir weh tun."* Ich bin geflüchtet, als du gequält wurdest. Du, mein Pit.

Sie wusste nicht, wo sie war. Nach ihrer Bewusstlosigkeit war sie irgendwann aufgewacht, von Schmerzen geschüttelt. Das Gesicht fühlte sich geschwollen und heiß an. Wie oft sie geschlagen worden war, konnte sie nicht mehr sagen. Es war zu viel. Sie konnte mit dem rechten Auge nicht sehen. Durch Tasten mit den Fingern fühlte sie Schwellungen über die gesamte Gesichtshälfte. Die Kopfhaut brannte wie nach einer Massage mit scharfem Pfeffer. Wie konnten Männer nur so brutal sein und Frauen an den Haaren reißen? Am meisten Sorgen bereitete ihr das rechte Bein. Als sie in Panik aus dem Haus gerannt war, hatte sie plötzlich einen extrem schweren Schlag gegen den Oberschenkel bekommen, der sie blitzartig ins Gras gefällt hatte. Ihre letzte Empfindung war, jetzt ist es ab, das Bein. Dann hatte eine gnädige Bewusstlosigkeit sie aufgefangen.

Sie trug immer noch das Nachthemd. Der rechte Oberschenkel war dick mit Verbandsmull umwickelt, doch an zwei Stellen färbten sich die Mullbinden rot. Rot war Eliza auch bei der Vorstellung geworden, was die Maskenmänner unter ihrem Nachthemd alles von ihr gesehen haben mussten, als sie ihr den Verband anlegten.

Um ihren linken Fuß war eine dünne Kette mit einfachem Vorhängeschloss angebracht, etwa zwei Meter lang, die wiederum an einer Öse an der Wand hing. Auf dem Boden lag eine schmale Matratze; in einer Ecke stand ein Plastikeimer mit Deckel, daneben eine Rolle Toilettenpapier. Der Raum, in dem sie sich befand, war ungefähr drei Meter lang und eineinhalb Meter breit. Boden und Wände aus altem, bröckeligen Beton. Die Decke war hoch, zu hoch, um sie mit ausgestreckten Armen zu erreichen. Unter der Decke war auf einer der Längsseiten in etwa zweieinhalb Metern Höhe ein Fenster aus Glasbausteinen. Zwei Reihen übereinander, zählte Eliza, sieben pro Reihe. In der Mitte der Decke hing eine nackte Glühbirne. Der Raum war mit einer Eisentür verschlossen. Es roch feucht und muffig.

Eliza wurde von Durst gepeinigt, und obwohl es Hochsommer war und auf der Straße Temperaturen um die vierzig Grad herrschen mussten, fröstelte es sie.

Wie hatten die Entführer erfahren können, wo sie war? Sie hatte ihr Handy, seit sie es von der Polizei zurückbekommen hatte, nicht eingeschaltet, eine Standortbestimmung war demnach nicht möglich. Sie war aber zweimal mit Pit in der Stadt gewesen. Donnerstags bei der Polizeidirektion und bei ihrem Arbeitgeber, und samstags im Restaurant *Zum grauen Eck* und im Supermarkt. War sie zufällig entdeckt worden, oder hatte man vor dem Architektenbüro gewartet, bis sie kam, und war ihr schließlich gefolgt? Oder gab es bei der Polizei einen Maulwurf? Sie kam zu dem Schluss, dass letztlich alles möglich war.

Und vom Überfall selbst? Drei Männer im Haus und einer, der draußen Wache hielt. Alle gleich gekleidet. Die Stimmen durch die Masken verfälscht. In dem Zeitrafferfilm, der in ihrem Kopf ablief, war niemand darunter, den sie anhand dieser spärlichen Vorgaben hätte identifizieren können. Bei der Gelegenheit stellte sie zu ihrer Schande fest, wie wenig Menschen sie überhaupt zu kennen glaubte. Eliza war indes überzeugt davon, dass die Männer *sie* kannten, was es wahrscheinlicher werden ließ, dass sie aus dem engeren oder weiteren Bekanntenkreis Rolands stammten. Aber wer? Klugerweise hatten die Männer es vermieden, Namen zu nennen.

Die Kopfschmerzen nahmen zu. Eliza setzte sich auf die Matratze und lehnte sich an die Wand. Sie musste versuchen, eine Schmerztablette zu bekommen, doch bis jetzt hatte noch keiner der Entführer ihr Verlies betreten. Die wollten sie doch hoffentlich nicht verdursten oder verhungern lassen? Wozu sonst der Aufwand mit dem Eimer und dem Klopapier? Sie mussten sich von ihrer Gefangennahme irgendwas versprechen. Gold, hatten sie gesucht. Gold. Als wenn

Eliza wüsste, wo fünfundsiebzig Goldbarren versteckt seien. Auf was hatte sich Roland da bloß eingelassen?

Dass er eine Geliebte hatte, war ihr nicht entgangen. Sie hätte schon absolut doof sein müssen, wenn sie es nicht bemerkt hätte. Doch sie wusste nicht, wer sie war. Selbstverständlich hatte sie die Spermaflecken auf dem Bettlaken gesehen, als sie am Montag mit Pit in der Wohnung gewesen war, um Kleider zu holen. In solchen Dingen war eine betrogene Frau niemals blind. Jedenfalls steckte ihr billiges Parfum in seinen Kleidern, wenn er jeweils von ihr kam, klebte ihm auf der Haut, und dann war er immer besonders widerwärtig zu ihr. Dann hagelte es Schläge, wenn sie nur das falsche TV-Programm einschaltete oder nicht sein Lieblingsessen auf dem Tisch stand oder die Hausbar nicht mit allem aufgefüllt war, was er an Schnäpsen zu konsumieren pflegte. Hatte die Sache mit dem Gold etwa mit ihr zu tun?

Fünf Barren hatte sie im Schrank entdeckt und auf die Schnelle eingepackt und damit eine Welle der Gewalt losgetreten. Wofür waren die fünf Barren gedacht gewesen? Und was war mit den anderen angeblich fünfundsiebzig Barren, und vor allen Dingen, wo waren sie?

Geräusche drangen in das Verlies. Klirren von Metall. Die Eisentür schwenkte nach außen auf. Eine vermummte Gestalt kam herein. Groß, Blue-Jeans, schwarze Jacke. Eine Tüte in einer, eine Flasche Wasser in der anderen Hand. Achtlos warf er beides neben Eliza auf die Matratze. Sie brauchte gar nicht auf die Tüte zu schauen, das große gelbe **M** auf rotem Grund stach auch so penetrant in die Augen. Er überprüfte den Sitz der Kette um ihr Fußgelenk, das Vorhängeschloss und die Öse an der Wand. Drehte sich einmal um die eigene Achse wie man es tat, wenn das Gesichtsfeld durch eine Maske eingeschränkt ist, um den Raum, die Zelle, zu kontrollieren.

„Ich habe starke Kopfschmerzen. Ich brauche Schmerztabletten", sagte Eliza. Ihre Stimme klang in der Leere, als würde sie in eine Blechdose sprechen.

Der Mann glotzte sie durch die Sehschlitze an und stapfte ohne Worte aus der Gefängniszelle.

*

„Die Tasche brauchst du gar nicht erst auspacken", röchelte Pit Ferman, als er Edgars Mitbringsel sah. „Keine Stunde bleibe ich länger hier. Das Essen ist schlecht und es riecht aufdringlich nach Krankenhaus."

„Aber du *bist* in einem Krankenhaus", antwortete Edgar gelassen und knallte die Tasche auf einen Stuhl neben dem Bett. „Und wahrscheinlich hast du überhaupt noch nichts gegessen."

Pit grummelte. „Ich bleib´ jedenfalls nicht hier. Ihr könnt mich nachher gleich mitnehmen."

„Ich weiß nicht, ob das eine so gute Idee ist. In deinem Haus sieht´s aus, als hätte eine Bombe eingeschlagen. Unter anderem sind die Matratzen aufgeschlitzt."

„Das ist mir egal, dann schlafe ich eben auf dem Sofa", motzte er. „Habt ihr was von Eliza gehört?"

Melanie setzte sich aufs Fußende des Bettes. „Leider nein, Pit", seufzte sie. „Es deutet alles darauf hin, dass sie entführt worden ist. Sie wurde weder beim Haus noch in der näheren Umgebung gefunden."

Eben noch angespannt, sank Pit nun ermattet ins Kissen zurück. „Ich meine es ernst", sagte er enttäuscht. „Bitte holt mich hier raus. Nehmt einen Rollstuhl oder was auch immer und bringt mich nach Hause. Stellt euch nur vor, Eliza kommt irgendwie frei und findet unser Haus verlassen vor. Ich muss ...es wird schon gehen. Wenn ihr mir nicht helft, entlasse ich mich eben selber."

„Das Risiko einer vorzeitigen Entlassung musst du sowieso alleine tragen, ob wir dir helfen oder nicht. Vernunft sieht allerdings anders aus", bemerkte Edgar.

„Das sagt der Richtige" schnaufte Pit. „Edgar Schaaf und Vernunft. Dass ich nicht lache. Also was ist?"

Edgar trat wortlos ans Kopfende des Beetes und drückte auf den Rufknopf für das Stationspersonal. Sekunden später betrat eine Krankenschwester das Krankenzimmer.

„Würden Sie bitte die Entlass-Papiere für Herrn Ferman vorbereiten? Der Herr möchte unbedingt nach Hause."

Stolz, seinen Willen durchgesetzt zu haben, saß Pit Ferman im Taxi neben dem Fahrer. Melanie und Edgar hatten auf den Rücksitzen Platz genommen. Im Kofferraum befanden sich ein Leih-Rollstuhl der Klinik sowie Pits Tasche. Aus Rücksicht auf den Fahrer wurde auf der Fahrt von Offenburg nach Grünweiler nur über Belangloses gesprochen. Vor Pits Haus angekommen, übernahm Edgar die Taxirechnung und schob Pit im Rollstuhl ins Haus.

Jetzt erst wurde Pit das gesamte Ausmaß der Zerstörungen im Haus bewusst. Schweigend drehte er im Erdgeschoss eine Runde mit dem Rollstuhl. „Hilf mir auf die Beine, Edgar. Ich will das Chaos im oberen Stock sehen."

Edgar drehte sich zu Melanie um und hob die Schultern. Was soll ich machen?, sollte diese Geste heißen. Er half Pit aus dem Rollstuhl und stützte ihn auf dem Weg zur Treppe. Mit der rechten Hand hielt sich Pit am Geländer, Edgar stützte seine linke Schulter, und so kraxelten sie die Treppe hinauf. Pit ließ sich von Raum zu Raum führen und ebenso wieder nach unten in das Erdgeschoss.

„Gib´ mir mal bitte das Telefon. Du hast es doch bestimmt eingesteckt, als du die Tasche gepackt hast."

„Hier hast du auch Elizas Telefon. Es lag am Boden."

Pit drückte eine Kurzwahltaste und wartete, das Telefon am Ohr. „Hallo, Albert, hier ist Pit Ferman. Wie? Naja, wie man's nimmt. Hör´ zu, Albert. Du musst herkommen. Ich brauche dich und deine Künste. Was? Ja, sofort, wenn möglich. Ja natürlich bin ich daheim. Ja, ein Auftrag. Also bis gleich, Albert, und schönen Gruß an Genevieve."

„Ich will ja nicht neugierig sein, aber wer ist Albert?" Melanie hatte von sich aus begonnen, Gegenstände vom Fußboden aufzuheben.

Pit hatte sich von Edgar zum Sofa führen lassen und saß nun dort. „Albert ist Schreinermeister. Er wohnt in Rothweiler. Er soll die Möbel mal anschauen und reparieren, was zu reparieren ist."

„Und Genevieve?"

„Ich werde dir die Geschichte von Albert und seiner Genevieve erzählen, wenn wir nach Hause fahren", erklärte Edgar. „Es ist eine lustige Geschichte. Pit, wir helfen dir beim Einräumen. Du kannst einfach sitzenbleiben und uns sagen, wo wir die Sachen hintun sollen. Bei der Gelegenheit kannst du mir einige Fragen beantworten, okay?"

„Kannst du mir vorher eine Flasche Wein aufmachen und die Zigaretten bringen? Solange die Tür offensteht, kann ich in der Wohnung rauchen. Schenkt euch ruhig auch ein."

Edgar brachte ihm Wein und Zigaretten. „Wir müssen nachher noch fahren. Keinen Alkohol also. Wir nehmen übrigens deinen Citroën, wenn's recht ist. Wie viele Leute hast du heute Nacht gesehen und wie sahen sie aus?"

Pit hob das Glas Wein an den Mund und trank. „Aaaaah! Tut das gut. Das hätte ich im Krankenhaus nicht bekommen, verstehst du, Edgar? Hier im Haus waren es drei Männer. Einer hat Eliza und mich bewacht, nachdem mir die Hand auf den Tisch geschraubt worden war, und die beiden anderen haben das Haus nach dem Gold durchsucht. Alle trugen Blue Jeans, mehr oder minder blau, schwarze Jacken mit

Reißverschluss, schwarze Handschuhe und schwarze Sturm-
hauben mit Sehschlitzen über den Köpfen. Ihre Stimmen
kamen mir nicht bekannt vor, und ich habe keinen Akzent
herausgehört. Derjenige, der uns bewachte, war mit einer
Pistole und mit einer Lötlampe bewaffnet. Einer hantierte
mit einer Akku-Bohrmaschine, und der andere hatte einen
Knüppel aus mas-sivem Holz oder so. Melanie, bitte stell´
die LPs ins untere Fach. Die CDs nach oben. Ja, danke.“

„Größe? Gewicht?“

„Hm. Alle waren normal groß. Zwischen eins fünfundsiebzig und eins fünfundachtzig. Schlank. Ach so, Turnschuhe.
Wie heißen die? Sneakers? Sneakers. Frag´ mich nicht nach
einer Marke. Farbe? Hell, würde ich sagen. Weiß. Edgar, du
brauchst die Bücher nicht alphabetisch zu ordnen. Stell´ einfach eins neben das andere. Das richte ich später schon wieder her. “

„Hattest du das Gefühl, dass die Männer Eliza kannten?
Oder Eliza diese Männer?“

Pits Gesicht verfinsterte sich. „So, wie die mit ihr umgesprungen sind? Edgar, sie haben Eliza an den Haaren die
Treppe heruntergeschleift. Ihr mitten ins Gesicht geschlagen.
So brutal und unsinnig, dass es aussah, als würden sie ihre
Wut gezielt an ihr ablassen. Auch die Sprache. *„Du Schlampe.“* So demütigt man jemanden doch nur, wenn eine persönliche Aversion besteht. Anders macht es keinen Sinn. Ja,
ich kann mir gut vorstellen, dass Eliza den Männern bekannt
war. Ob es umgekehrt so war? Weiß ich nicht.“

„Wie kam es eigentlich dazu, dass Eliza fliehen konnte?
Haben die Kerle nicht aufgepasst? Wo willst du die Fotoal-
ben haben? Links? Rechts?“

„Auf die andere Seite, Edgar. Das andere Regal. Wo sie
plötzlich herkam, weiß ich nicht. *Pepsi*, unsere Katze. Wenn
sie nicht gewesen wäre, hätten die Kerle mich mit der Lötlampe geröstet. Sie stand auf einmal mitten in diesem

Durcheinander. Einer der Männer hieß den anderen, der Katze den Hals umzudrehen. Also sie zu töten. Vor unseren Augen. Das ist für Eliza wohl der Tropfen gewesen, der das Fass zum Überlaufen brachte. Sie sprang wie von der Sehne geschnellt auf, drosch mit beiden Händen auf den Kerl ein, der die Katze hielt, und rannte zur Tür hinaus. Die Katze muss dabei ebenfalls entwischt sein. Ach Gott, die Katze. *Pepsi*. Melanie, könntest du bitte mal draußen nach der Katze rufen? Ja? Bitte, sei so gut. Danach habe ich dann draußen diesen Knall gehört. Den Schuss. Und Elizas Schrei. Der mit der Akku-Bohrmaschine hat mir dann noch ein Loch in der Brust verpasst, und dann sind alle drei verschwunden. Es muss demnach ein vierter draußen gewesen sein."

„Motorgeräusche? Hast du ..."

„Nein, Edgar. Tut mir leid. Damit kann ich nicht dienen. Ach, das ging aber schnell, Melanie. Wo war denn die Ausreißerin?"

Melanie hatte die Katze auf dem Arm. „Sie lag draußen unter dem Tisch. Ich glaube, der Schreiner ist gekommen. Jedenfalls ist ein Auto auf den Platz neben deinem Citroën gefahren. Ein Kombi."

Und schon klopfte es an den Türrahmen. Albert war da.

Albert trug die traditionellen groben Cordhosen, auch Manchesterhosen genannt, mit dem weiten Schlag um die Beine. In einer Seitentasche steckte der faltbare Meterstab und hinter dem Ohr ein Bleistift. Wegen der Sommerhitze genügte ihm ein kurzärmliges kariertes Hemd, aus dem sehnige Arme und Hände ragten. Sein schmales Gesicht wurde von vielen Lachfältchen regiert. Unter seinen graugesprenkelten kurzen Haaren funkelte ein Paar schwarzer Knopfaugen, die ihm die Gutmütigkeit eines Teddybären verliehen.

„Hallo, allerseits", grüßte er, und ging zuerst zu Melanie, um ihr die Hand zu reichen. „Albert, der Schreiner", sagte er.

„Melanie Köninger", grüßte sie zurück.

„Dann sind Sie also die Frau unseres berühmten Edgar Schaaf", stellte er fest und wandte sich an Edgar. „Na, Edgar, schön, dass ich deine Frau auch mal kennenlernen darf."

„Grüß' dich, Albert. Stimmt, wenn auch die Gelegenheit alles andere als erfreulich ist."

„Ja, genau. Es scheint ja allerhand zu Bruch gegangen zu sein. Pit, du siehst nicht gut aus."

Pit versuchte sich vom Sofa zu erheben, doch klappte es nicht allein. Er stöhnte. „Was Bruch ist, kann man wieder flicken. Aber meine Eliza ist verschwunden."

Albert stutzte. „Eliza? Welche Eliza? Hast du mir da was verheimlicht?"

Pit winkte ab. „Wir kennen uns erst seit einer Woche, Albert. Danke, dass du so rasch gekommen bist. Immerhin ist heute Sonntag und da ..."

„Sonntag hin oder her. Ich schaue mich mal um und sehe, was gemacht werden muss, okay?"

Pit nickte ergeben. Albert stieg in den ersten Stock hinauf.

„Kannst du dir vorstellen, wie die Männer euch gefunden haben können?" Edgar hielt einen Stapel DVDs in den Händen.

„Du weißt ja selber, dass wir am Donnerstag in der Stadt waren. Polizei und Architekt. Und am Samstag waren wir wieder in der Stadt unterwegs. Zuerst bei Silvio im *Zum grauen Eck*, und ..."

Edgar unterbrach: „Was hast du gesagt? *Zum grauen Eck*? Ich dachte, das gäbe es schon lange nicht mehr. Die Frau des Wirtes ist doch vor Jahren schon gestorben, wenn ich mich richtig erinnere."

Pit nickte. „Stimmt, aber Silvio führt das Restaurant mit seiner Tochter weiter. Müsst ihr mal hingehen. Samstags gibt's dort die besten Spaghetti Carbonara. Aber ruft vorher lieber an. Im Augenblick schiebt die Tochter Liebeskummer.

Als wir gestern dort waren, war die Tochter, Christina, verhindert, wenn man es so nennen will. Tja, und dann waren wir noch einkaufen."

„Euch ist aber nichts aufgefallen? Dass euch jemand nachgefahren ist oder so? Ich meine, das könnte ja durchaus sein, oder?"

Pit kramte in seinem Gedächtnis, musste die Frage aber verneinen.

„Dieser Silvio, das *Zum grauen Eck*, ist absolut Mafia freies Gebiet?" Edgar stellte die Frage so harmlos wie möglich, lauerte jedoch auf jeden Unterton. Pit jedoch belleckte mit der Zunge Daumen, Zeigefinger und Mittelfinger der rechten Hand und streckte sie in die Höhe. Sollte heißen: Ich schwöre.

Melanie war mittlerweile in der Küche mit Aufräumen beschäftigt. Albert kam die Treppe herunter. „Edgar", berührte er diesen am Ellenbogen, „kannst du mir nachher tragen helfen? Ich möchte die beschädigten Schranktüren und Schubladen in meinen Kombi laden. Zum Glück sind alle Möbel aus Vollholz und nicht aus billiger Spanplatte. Die Türen und Schubladen kann ich in meiner Werkstatt so ausbessern, dass sie nachher wie neu sind. Ebenfalls die Haustür." Und an Pit gerichtet: „Pit, ich würde heute noch eine provisorische Haustür mit Verschlussriegel bringen. Und bei deinem Esstisch schleife ich die Tischplatte ab und versiegele sie neu. Dann siehst du von dem Blut nichts mehr. Es ist doch Blut, gell?"

„Danke Albert", antwortete Pit erschöpft und winkte vom Sofa wie *Marlon Brando* im Film *Der Pate*. „Ach Albert, einen Moment noch. Kannst du die Haustür bitte mit einer Katzenklappe ausstatten? Damit unsere *Pepsi* kommen und gehen kann wie sie will? Danke, Albert, und grüß´ Genevieve von uns."

„Und wir nehmen die aufgeschlitzten Matratzen im Citroën mit. Beim *Nordischen Bettenlager* nehmen sie die alten zurück, wenn man neue kauft. Das machen wir morgen."

„Danke Melanie, danke Edgar. Danke für alles, ihr Lieben. Und haltet die Augen nach Eliza offen."

Edgar hielt in der Bewegung inne. „Bevor ich's vergesse. Morgen wird eine junge Kriminalistin bei dir erscheinen und im Prinzip die gleichen Fragen stellen wie ich heute. Sie heißt Rita Böhringer. Wenn sie klopft, dann mach' ihr die Tür auf. Hast du übrigens ein Foto von Eliza? Wenn ja, dann gib' ihr eins mit wegen der Fahndung. Sie wird zudem das LKA einschalten."

„Ich will aber, dass du nach ihr suchst, Edgar", begehrte Pit unwillig auf. „Die Polizei taugt nichts."

„Aber das tun wir doch, Pit. Nicht wahr, Melanie?"

Melanie beleckte Daumen, Zeigefinger und Mittelfinger ihrer Hand und streckte sie in die Höhe. Pit grinste schräg.

Sie blieben noch einige Zeit in Pits Haus und räumten auf, bis es sich beinahe wieder in ehemaligem Zustand befand. Albert war mit den Schranktüren, dem Tisch und der Haustür schon weggefahren. Die Matratzen lagen in Pits Citroën. Edgar öffnete eine weitere Flasche Landwein für seinen Freund, Melanie legte Pit ein Kissen und eine Bettdecke aufs Sofa, dann verabschiedeten sie sich ebenso.

Pit blieb allein zurück. Hätte er geahnt, wie gnadenlos die Einsamkeit zu späterer Stunde zuschlagen würde, wäre er im Krankenhaus geblieben.

04. Juli 2022

Es war Nacht geworden und wieder Tag. Eliza hatte geschlafen wie betäubt, und als sie erwachte, brummte der Kopf wie ein Bienenstock. Im Mund wälzte sie einen sauren Geschmack von einer Backe in die andere. Sie mochte das Fast-Food nicht, das man ihr gestern gebracht hatte, doch der Hunger hatte alle Vorsätze zur Seite geschoben. Chicken McNuggets und Pommes frites.

Gestern Abend, durch die Glasbausteine am oberen Rand der gegenüberliegenden Wand war kein Tageslicht mehr gefallen, hatte sie noch einmal Besuch bekommen. Die nackte Glühbirne war aufgeflammt. Blue Jeans, schwarze Jacke, schwarze Schlitzaugenmaske, keine Handschuhe. Die Bewegungen, die Größe und die Figur des Besuchers waren eindeutig weiblich. Eine Besucherin. Sie hatte eine grobe Wolldecke, Verbandsmaterial in einer Cellophan-Tüte und ein Desinfektionsspray mitgebracht und forderte Eliza durch Gesten auf, ihr das verwundete Bein zu zeigen. Geschickt wickelte sie den blutgetränkten alten Verband ab, desinfizierte die Wunden an Vor- und Rückseite, legte Wattepads auf und bandagierte den Oberschenkel mit Verbandsmull.

„Haben Sie mir den alten Verband angelegt? Oder waren es die Schweine? Es ist wichtig für mich, das zu wissen."

Die Frau schaute sie durch die Sehschlitze an. Eliza dachte unwillkürlich an die Augen japanischer Zeichentrickfiguren: groß und rund. Die Bezeichnung für die Figuren wollte ihr partout nicht einfallen. Aber die Frau blieb stumm. Sie steckte Eliza einen Streifen Voltaren-Schmerztabletten zu und verließ den Raum. Die Deckenfunzel erlosch.

Eliza hatte gleich zwei Tabletten auf einmal genommen und sich auf die Matratze ausgestreckt. Die Wolldecke roch nach irgendeinem Öl. Rolands Arbeits-Overall hatte ähnlichen Duft verbreitet, wenn er von der Arbeit aus der Autowerkstatt nach Hause gekommen war und ihr seine Schmutzwäsche vor die Füße warf. War das eventuell ein Hinweis darauf, wo sie untergebracht war?

Dank der Tabletten war sie rasch müde geworden und in bleiernen Schlaf gesunken.

Sie nahm einen Schluck aus der Wasserflasche, ohne den ekligen Geschmack aus dem Mund loszuwerden, und erleichterte sich widerwillig in den Eimer. Ihr müsst meine Scheiße wegtragen, ihr blöden Schweine, das habt ihr nun davon, dachte sie mit grimmiger Schadenfreude.

Das Gesicht fühlte sich nicht besser an. Sie goss ein bisschen Wasser in die hohle Hand und drückte die rechte Gesichtshälfte in die Handfläche, aber das war freilich nicht wirklich befriedigend, eher ärgerlich. Aber was sollte sie tun? Sie riss drei Blätter vom Toilettenpapier ab, tränkte sie mit Wasser und klebte sie sich auf die Haut. Ja, besser. Eliza legte sich auf den Rücken und träufelte nach und nach Wasser auf diese Papiermaske.

Die Tür wurde aufgerissen. Einer der Männer kam herein, kauerte sich vor Eliza hin.

„Wo ist das Gold?", schnauzte er Eliza an und riss ihr das Papier aus dem Gesicht.

„Ich habe euer Gold nicht und ich weiß auch nicht, wo es ist."

„Du hast fünf Barren mitgenommen. Das hat Dan uns gesteckt. Wo ist der Rest?"

„Diese fünf Barren hatte ich im Schrank gefunden und mitgenommen. Stimmt. Aber nachdem Roland ermordet worden war, habe ich es der Polizei übergeben."

„Dan hatte achtzig Barren für uns in Verwahrung. Wo sind sie? Du bist sofort frei, wenn du uns das Versteck sagst."

Eliza brachte sogar ein verächtliches Lachen zustande.

„Was glaubt ihr eigentlich, was mir wichtiger ist, hä? Euer dämliches Gold oder meine Freiheit und Gesundheit? Wer bist du eigentlich unter deiner Maske. Bist du Dago, oder Goofy, oder Micky? Wer? Und wieso fragt ihr nicht Rolands Geliebte? Vielleicht hat sie es ja, euer Gold."

Der Mann in Jeans, schwarzer Jacke und Sehschlitzmaske stand auf, ging in der Zelle hin und her. „Was für eine Geliebte? Du warst doch seine Matratze, oder etwa nicht?"

Eliza spielte das Spiel mit, dessen Regeln Männern wie ihm vertraut sein musste: Sie spie verächtlich zur Seite. „Das war ich schon lange nicht mehr. Zum Vögeln hatte er schon längst eine Jüngere. Wo habt ihr bloß eure Augen gehabt? Kriegt raus, wer für ihn die Beine breit gemacht hat, dann seid ihr dem Gold wahrscheinlich näher. Ich jedenfalls kenne sie nicht. Und jetzt hau´ ab. Ich hab´ Kopfweh."

„Pass´ bloß auf, was du sagst, du Schlampe, sonst ..."

„Sonst was? Ihr habt doch versagt. Ihr hattet Roland schließlich in eurer Gewalt. Was ist am Dienstag vergangene Woche schiefgelaufen? Ihr habt ihn doch gefoltert, wie die Bullen sagen. Habt ihr auch so einen Gasbrenner benutzt wie bei Pit Ferman? Die Hand auf den Tisch geschraubt? Wie krank ist das denn! Und dann? Wieso hat Roland euch nicht gesagt, wo er das Gold versteckt hat? Weißt du, was ich glaube? Ihr habt es versemmelt und vergeigt. Er ist an eurer Folter gestorben, verreckt, und hat sein Geheimnis mit ins Grab genommen. Und jetzt steht ihr da und jammert herum und lauft Amok durch die Gegend. Sucht woanders, aber nicht bei mir. Und merke dir. Die Bullen fahnden nach euch wegen Mordes. Wenn dann noch Entführung dazukommt, wird die Zeit für euch knapp, das Gold zu genießen, sofern ihr es finden solltet."

„Den Namen!", schrie der Kerl. „Wie heißt seine Neue."

„Ich kenne das Weibsstück nicht. Oder glaubst du, er hat sie mir vorgestellt? Vielleicht trefft ihr sie ja bei seiner Beerdigung. Kannst ja hingehen und gucken."

Der Mann beugte sich über Eliza und hielt ihr die geballte Faust unter die Nase. „Du hast ein verdammt freches Maul. Wenn du uns linken willst, wirst du es nicht überleben." Dann schlug er zu.

Kurz bevor bei Eliza die Lichter ausgingen, fiel ihr die Bezeichnung für die japanischen Zeichentrickfiguren mit den großen runden Augen ein: Mangas.

*

Die Welt war eine schwankende, und sie verzieh keine Dummheiten. Eine Lebensweisheit, die Pit Ferman nur widerwillig unterschrieb.

Noch bevor Albert am Sonntagabend die Ersatzhaustür vorbeigebracht und eingehängt hatte, war Pit die zweite, von Edgar vorsorglich geöffnete Flasche Wein angegangen. Zuviel des Weins, zu viele Zigaretten, bis spät in die Nacht hinein, hatte er seine Einsamkeit ertränkt und die Verlassenheit beweihräuchert. Kopfhörer auf den Ohren, hatte er all die Rockballaden von seinem Smartphone abgenudelt und sich in eine weinerliche Stimmung manövriert, ohne jedoch weinen zu können. Erst als er zu später Stunde *Brothers in arms* von den *Dire Straits* hörte, brachen bei ihm die Dämme. Endlich erlöst, sank er auf dem Sofa ins Kissen und schlief ein.

Der Morgen danach hatte offengelegt, dass Gehirnerschütterung in Verbindung mit Alkohol keine gute Grundlage für einen agilen Start in den Tag war, weswegen er längere Zeit einfach auf dem Sofa blieb, um sich zu sortieren.

Die Zunge fühlte sich pelzig an, als hätte er den Schwanz eines Kaninchens im Mund, eine Nachwirkung, die er sonst nur von billigen, doch schweren französischen Rotweinen kannte. Die Augen brannten wie eine Crème brûlée unmittelbar nach der Herstellung. Im Hals hing zäher Schleim, der einen Würgereiz auslöste und ihn rätseln ließ, ob er in seiner Melancholie einen Aschenbecher ausgeleckt hatte.

Er probierte es mit der Tragfähigkeit der Füße, was ihm wider Erwarten erstaunlich gut gelang, doch haperte es mit der Balance vom Oberstübchen her. Pit behalf sich mit einem Stuhl, den er an der Lehne hielt und wie einen Rollator vor sich herschob. Scheiße, dachte er. Wo, eigentlich, trieb sich *Pepsi* herum? Derart gelangte er zur Haustür, die er öffnete, um frische Luft in die Räucherkammer zu lassen, und dann zur Treppe, die er mit Unterstützung des Geländers bezwang. Im Badezimmer lehnte er sich ans Waschbecken, wickelte umständlich den Kopfverband ab und entschied, dass er ihn nicht mehr brauchen würde. Die Platzwunden, im Krankenhaus getackert, waren verschorft und trocken. Sollte er es wagen, unter die Dusche zu gehen? Er meinte, an sich den säuerlichen Geruch alter, ungewaschener Männer zu riechen. Um den Brustverband nicht nass zu machen, spritzte er sich nur unterhalb ab und behalf sich oberhalb mit einer einarmigen Katzenwäsche. Mit geputzten Zähnen fühlte er sich halbwegs wieder hergestellt. T-Shirt, Cargo-Hose, fertig.

Heute würde er mit lediglich einer Scheibe Pumpernickel als Frühstück nicht auskommen. Ein Blick auf die Uhr sagte ihm zudem, dass es ein reichlich spätes Frühstück geben würde. Zwölf Uhr dreißig. Er war nicht geschickt darin, Eier mit nur einer Hand aufzuschlagen, weshalb er ärgerlich schimpfte, als er Eierschalensplitter aus der gallertartigen Masse herausfingern musste. Er rührte das Ei in der Pfanne, salzte es und schaltete die Herdplatte ab. Umständlich schnitt er eine Scheibe Brot vom Laib, begleitet von schönen Grüßen der lädierten Rippen. Dann wandte er sich wieder den Eiern zu.

Eine Irritation ließ Pit in der Bewegung innehalten. War es eine Luftströmung? Oder ein Geräusch? Oder war es eine minimale Veränderung des Lichts? Mit der Pfanne in der

Hand drehte er sich um. Hatte er nun Halluzinationen? Oder war er jetzt verrückt geworden? Die Pfanne stürzte mit Getöse auf den Boden. Pit suchte nach Halt. In der offenen Tür stand eine Frau im Nachthemd. In der Tür stand Eliza.

Pit, unfähig sich zu rühren, schwankte wie eine Tanne im Sturm. Eliza humpelte schlingernd auf ihn zu, die Arme nach ihm ausgestreckt. „Eliza", flüsterte er. Dann sank sie an seine Brust, schlang die Arme um ihn. Kraftlos fielen sie auf die Knie und von dort seitlich zu Boden. „Eliza", stöhnte er, als die schmerzenden Rippen ihm Tränen in die Augen trieben, doch er empfand sie als die süßesten Schmerzen seines Lebens.

„Oh, mein geliebter Pit", hauchte sie und bedeckte sein Gesicht mit Küssen. „Mein geliebter Pit. Du bist da."

„Ich werde nie mehr weg sein", stammelte er leise und küsste ihre geschundene Wange.

„Ich hatte schon befürchtet, du könntest nicht hier sein. Dein Citroën steht nicht draußen. Aber dann sah ich die offene Haustür ..."

„Edgar und Melanie haben den Citroën. Aber wie bist du ...ich habe kein Autogeräusch gehört?"

Sie streichelte über sein Haar, die Wunden. „Ein Auto mit Elektromotor."

„Ist dein Bein verletzt? Du bist gehumpelt? Was haben sie dir getan?"

Eliza zog ihr Nachthemd bis zur Hüfte. „Ein Schuss. Oh, es blutet wieder."

Pit erschrak. „Die Anstrengung war zu groß, meine Liebe. Lass´ mich ein Taxi rufen. Du gehörst ins Krankenhaus."

„Ich möchte nicht ins ..."

„Hallo?", schallte es in diesem Augenblick von der Tür her, „niemand zu Hause? Pit?"

Edgar. Er stand schon halb im Haus, ein Ende einer Matratze unter dem Arm. Das andere Ende trug Melanie. Pit hatte überhaupt nicht mehr an sie gedacht.

„Hier", rief Pit. „Hier sind wir." Er richtete sich in einer komplizierten Schutzhaltung auf.

Edgar trat weiter in den Raum hinein. „Wir? Wer ist wir?" Dann entdeckte er die beiden auf dem Boden in der Küche und ließ die Matratze achtlos fallen. „Pit? Eliza! Du bist da? Ja Herrschaftsszeiten, was macht ihr denn hier auf dem Boden?"

„Wir zählen die Fugen in den Brettern, du Hornochse", antwortete Pit sarkastisch. „Seid ihr geflogen? Ich hab´ das Auto gar nicht gehört."

„Na, ihr wart ja auch beschäftigt, wie man sieht, gell Melanie?"

Die Angesprochene hatte sich bereits zu Eliza gekniet.

„Ach Mädel, du siehst ja grausam aus. Da blutet mir direkt das Herz." Melanie war ihr beim Aufstehen behilflich.

Pit sagte. „Sie sollte ins Krankenhaus. Sie hat eine Schussverletzung am Oberschenkel. Aber sie will nicht."

„Irgendwie kommt mir das bekannt vor, gell Pit?"

Melanie schaute sich den Verband an. „Seh´ ich auch so. Krankenhaus. Sicher ist sicher. Aber Eliza, wie kann es sein, dass du überhaupt hier bist? Konntest du fliehen?"

Elizas Versuch zu lächeln misslang gründlich. Reflexartig barg sie die gequälte Gesichtshälfte in eine Hand.

„Nein, ich bin nicht geflohen. Heute Morgen bin ich wieder geschlagen worden und ich war danach bewusstlos. Als ich wieder aufwachte, lag ich an einem Straßenrand. Ich weiß nicht mal, wo genau das war. Eine Frau hielt an. Sie wollte mich gleich ins Krankenhaus bringen, doch ich wollte bloß heim zu Pit."

„So, das reicht fürs Erste", sagte Pit. „Wichtiger als die vier berühmten Ws ist jetzt, dass Eliza untersucht werden kann. Melanie, kannst du für sie oben einige Sachen zusammenpacken? Du weißt schon: Kleider, Zahnbürste und so."

„Und für dich?"

„Ist alles noch in der Tasche dort drüben neben dem Sofa. Hab´ noch gar nicht ausgepackt."

Edgar, wie immer ein Freund schneller Entschlüsse, nahm die Fäden in die Hand. „Dann holen wir rasch noch die zweite Matratze aus dem Auto und fahren gemeinsam ins Krankenhaus nach Offenburg." Edgar ließ keine Diskussion zu. „Eliza, Pit kann ja, für den Fall dass du stationär aufgenommen wirst, bei dir bleiben. Bei der Gelegenheit kann er sich seine Verletzungen auch noch mal untersuchen lassen. Und wenn es so ist, holen Melanie und ich *Müller* und *Lydia* und fahren anschließend wieder hierher. Ich denke, den Hunden wird es hier gefallen."

„Hast du nicht einen Laden zu betreuen? *Aquarelle und Poesie*?"

„Nett, dass du daran denkst, Pit, aber für heute habe ich schon meine Frau Holzer engagiert. Je nachdem, wie das mit euch ausgeht, kann ich für morgen noch umdisponieren. Das geht schon."

Melanie und Edgar saßen im Wartebereich vor der Ambulanz im Krankenhaus, bis Elizas Beinwunde medizinisch versorgt war. Ein glatter Durchschuss, wie Edgar konstatierte. Im Gesicht war zum Glück nichts gebrochen. Die Schwellungen würden sich nach ein paar Tagen zurückbilden.

„Was hast du vor?", fragte Melanie, als Eliza aus der Ambulanz entlassen worden war. „Bleibst du hier oder ...?"

Sie schüttelte minimal den Kopf. „Nein, wir wollen nach Hause", antwortete sie. „Pit lässt eben noch seinen Handverband und den Brustverband erneuern. Wir wollen einfach nur in Ruhe zusammen sein und uns ein paar Tage ausruhen."

Edgar überlegte. „Dann machen wir das so: Ihr nehmt euren Citroën und fahrt selber nach Hause, wenn ihr euch das zutraut. Melanie und ich kommen leicht mit der S-Bahn von hier nach Gengenbach. Dann habt ihr eure Ruhe und wir kommen zu unseren Hunden. Morgen sehen wir dann weiter, ob ihr uns braucht oder wie auch immer."

„Danke, Edgar. Danke, Melanie. Was hätten wir ohne euch auch nur gemacht?"

„Nicht der Rede wert", sagte Edgar und stand auf. „Ich werde mal eben Rita Böhringer Bescheid sagen, dass sie die Fahndung nach dir aufheben kann. Vielleicht erfahre ich nebenbei noch das eine oder andere." Er schlenderte mit dem Handy am Ohr durch die Tür ins Freie.

Melanie rückte etwas näher zu Eliza: „Kann ich etwas für dich tun, Eliza? Ich meine von Frau zu Frau? Brauchst du irgendwas, das ich dir besorgen kann? Kleider, Wäsche, Kosmetika oder so? Damit du nicht extra deswegen das Haus verlassen musst."

„Oh, das ist lieb von dir, aber ich glaube, ich brauche nichts. Wir waren ja erst am Samstag einkaufen, und da hab´ ich alles bekommen, was mir gefehlt hat."

„Wenn dir was einfällt, Anruf genügt. Du hast doch keine Scheu, oder?"

„Nein. Du, im Augenblick bin ich einfach nur froh, wieder bei Pit zu sein. Ich hatte solche Sehnsucht nach ihm gehabt ...nach ihm, nach seiner Nähe, nach ...nach ihm, so wie er ist. Kannst du dir das vorstellen? Nach nur einer Woche?"

„Oh ja, das kann ich. Ich zum Beispiel sehne mich nach Edgar, wenn er nur im Keller oder in der Galerie ist. Ein schönes Gefühl. Ein starkes Gefühl."

„Stimmt. Wenn ich könnte, würde ich unter Pits Haut kriechen und aus seinen Augen in die Welt schauen wollen."

Melanie lachte. „Genau so ist es, Eliza."

Edgar wurde wieder sichtbar. „Ein toller Mann", sagte Eliza. „Hat er Fehler?"

Wieder lachte Melanie. „Edgars Fehler sind liebenswürdige Marotten. Pssst, davon darf er nichts wissen, sonst schafft er sie am Ende noch ab."

„Ist Pit immer noch nicht da? Die Fahndung nach dir ist abgeblasen, Eliza. Kein Polizist wird mehr nach dir suchen. Aber für morgen hat sich Rita Böhringer bei dir angekündigt. Ist das okay? Nachmittags. Und ist es okay, wenn ich mit dabei bin?"

Pit kam mit frischen Verbänden aus der Ambulanz. „Was soll okay sein?", fragte er gleich misstrauisch.

„Die Böhringer", antwortete Edgar. „Sie kommt morgen Nachmittag zu euch ins Haus. Der Leichnam von Roland Locher ist übrigens freigegeben. Er kann beerdigt werden. Weißt du, wer das übernimmt? Hat er Verwandtschaft oder Eltern?"

„Seine Eltern wohnen in der Nähe von Emmendingen. Ich denke, dass sie das organisieren. Ehrlich gesagt weiß ich es nicht", meinte Eliza.

„Gut, dann erkundige ich mich danach. Ich möchte nämlich an der Beerdigung mit dabei sein. Er ist an Herzversagen gestorben, sagte die Böhringer. Zuerst haben sie ihn mit einer Gaslötlampe regelrecht gegrillt, und dann hat das Herz versagt." Edgars Gesicht zeigte Abscheu.

„Genau wie ich es mir gedacht habe", sagte Eliza. „Die Verbrecher haben es vermasselt, das Versteck des Goldes aus ihm herauszupressen. Das habe ich heute Morgen auch dem ins Gesicht, beziehungsweise in die Maske gesagt, der mich zuletzt bewusstlos geschlagen hat."

„Eliza, morgen hast du Gelegenheit, das alles der Böhringer zu schildern. Du hast jetzt eine Nacht und einen halben

Tag Zeit, nachzudenken. Schreib´ dir zur Not auf, an was du dich erinnerst. Das kann nützlich sein, weil „,“

„Weil die Polizei auch nicht immer an alles denkt, was wichtig ist“, redete Pit dazwischen. „Ist gut, Edgar. Am besten ist, du kommst mit dazu.“

„Sowieso, hab´ ich vorhin schon gesagt. Pit, Eliza weiß schon Bescheid. Wenn du fahren kannst, nehmen Melanie und ich sonst ab hier die S-Bahn nach Hause.“

Pit nahm Eliza in den Arm. „Na, können wir?“ Sie nickte. „Wir können.“

08. Juli 2022

Von Südwesten näherte sich eine blauschwarze Gewitterfront. Obwohl der Motor des Citroën die Fahrerkabine mit Lärm und Gestank füllte, war die sprichwörtliche Ruhe vor dem Sturm durch die Fenster und das Blech des Autos zu spüren. Es konnte nicht mehr lange dauern, bis die bedrohliche Wolke zuerst Luft holen, und dann pusten würde.

„Kann sein, dass wir eine nasse Beerdigung erleben werden. Habt ihr Schirme dabei?“ Edgar Schaaf nahm den Platz am Beifahrerfenster ein, während Eliza in der Mitte saß, dem Motorblock am nächsten. Sie zeigte mit dem Daumen über die Schulter. „Hinten im Kasten. *Müller* und *Lydia* liegen praktisch drauf.“

Sie hatten Edgar gegen Mittag in Gengenbach abgeholt, um mit ihm zu Roland Lochers Beerdigung in Emmendingen zu fahren, die um zwei Uhr stattfinden sollte. Jetzt fuhren sie auf der B 3 Richtung Süden und befanden sich kurz vor der Kleinstadt.

„Kennst du Rolands Eltern?“

„Nein, Edgar, ich habe sie nie gesehen. Das Verhältnis zwischen ihnen und Roland war seit langem gestört. Wohl wegen seiner Drogenkarriere in jungen Jahren. Behauptete Roland jedenfalls. Ich begegne ihnen zum ersten Mal."

Elizas rechter Gesichtshälfte war kaum noch etwas von den Schwellungen anzusehen, doch die Blutergüsse hielten sich hartnäckig. Um den rechten Oberschenkel trug sie weiterhin einen Verband und von normalem Gehen war sie noch weit entfernt. Sie spürte Stiche bei jedem Schritt und würde sich zwischen Edgar und Pit einhängen, falls sie weitere Fußwege zurücklegen mussten.

Pit trug einen Strohhut, der ihm sehr gut stand und ihm das Flair eines provenzalischen Malers verlieh. Warum trug er den nicht ständig?, hatte sich Eliza gefragt, als er vorhin damit die Treppe daheim heruntergekommen war. Er sah aus wie ein Künstler, was er ihrer Meinung nach sowieso war. Die gebrochenen Rippen behinderten ihn weiterhin ärger als die durchbohrte Hand, die er nur mehr mit Heftpflastern und einer Bandage schützte.

Die Frage nach spezieller Trauerkleidung hatte sich nicht ergeben, denn sie besaßen keine. Elizas Zugeständnis drückte sich in einer schwarzen Jeanshose aus. Pit hatte einen dunkelgrauen Blazer ausgegraben, den er seit Jahren nicht mehr getragen hatte, und Edgar trug ohnehin gewohnheitsmäßig schwarz.

Sie hatten keine Ahnung vom Ablauf der Trauerfeier, nur dass es keine kirchliche Bestattung mit Gottesdienst und so weiter sein sollte. Man würde sehen. Pit warf einen Blick auf die Armbanduhr und grunzte. Es war viertel vor zwei Uhr. Sie würden rechtzeitig eintreffen.

*

Die Zeit von Montagabend bis heute hatte für Eliza und Pit die ersehnte Ruhe und Erholung gebracht, die nur von den Besuchen Rita Böhringers, Allgöwers und Edgars am Dienstagnachmittag, und von Albert am Mittwochmorgen unterbrochen worden waren.

Wirklich Erhellendes indes hatten weder Rita Böhringer mit Allgöwer, noch Eliza zu den Ermittlungen beizutragen. In Roland Lochers Bett, erwähnte Allgöwer, waren blonde lange Haare gefunden worden, für die es keine Zuordnung gab. Eliza hatte daraufhin wiederholt bestätigt, dass ihr Ex-Freund eine Geliebte gehabt haben musste, über die sie keine Angaben machen konnte. Sie schilderte den Ablauf ihrer Entführung, soweit sie sich daran erinnern konnte. Ein weißer Sprinter sei es gewesen, in den sie nach der Schussverletzung geworfen worden war. Die Beschreibung ihres Gefängnisses mit der nach Öl stinkenden Wolldecke und den Glasbausteinen als Fenster war nicht geeignet, den großen Durchbruch zu feiern. Bloß Edgar schien jedes Wort von ihr wie ein Schwamm aufzusaugen. Fragen nach dem Erkennen von Personen und Stimmen musste Eliza leider verneinen. Neu war, dass unter den Entführern definitiv eine Frau sein musste, ob blond und langhaarig konnte Eliza nicht bestimmen, doch deren große Augen hielt sie für bemerkenswert. Vielleicht, sagte sie gegen Ende der Befragung, gibt es in der Nähe ein *McDonald's-Restaurant*, weil sie mit einem Chicken McNuggets-Menu verpflegt worden war. Edgar kritzelte mit einem kurzen Bleistift etwas in einen Notizkalender.

Mittwochmorgen war Albert mit dem abgeschliffenen Tisch, den reparierten Schranktüren, Schubladen und der Haustür mit Katzenklappe gekommen und hatte alles eingebaut. Dem Laien war es praktisch unmöglich, vorherige Schäden zu entdecken. Echt gute Arbeit, Albert", lobte Pit den Schreiner. „Wenn du gerade hundertfünfzig Euro auf der Hand hast, Pit, sind wir quitt, bis auf ein Bier beim nächsten Stammtisch im *Ochsen*. Die Katzenklappe kostet extra dreißig." Und zu Eliza gewandt: „Es freut mich, die Frau an Pits Seite kennenzulernen."

„Und für mich ist es schön zu sehen, dass er so gute Freunde hat. Dankeschön Ihnen", erwiderte Eliza und gab Albert das Geld aus ihrer eigenen Geldbörse.

Nach Alberts Weggang gehörte das Leben ihnen. Der Rest des Mittwochs und der gesamte Donnerstag. Die Hitze hatte etwas nachgelassen, und die Gefahr, dass es ein ähnlich heißer Sommer werden würde wie der vom vergangenen Jahr, schien vorerst gebannt. Hohe Schleierwolken milderten die Sonneneinstrahlung und ein lindes Lüftchen machte den Aufenthalt im Freien angenehm. Eliza hatte vor dem Haus eine Decke über den Hahnenfuß gebreitet und einen Sonnenschirm in die Erde gesteckt. Am Ufer des Sees kühlten zwei Flaschen Landwein.

Immer noch ohne Badeanzug, verschaffte Eliza ihrer Oberschenkelwunde Luft, indem sie den Verband abwickelte. Die Ärzte im Krankenhaus hatten einen guten Job gemacht und die Ein- sowie Austrittswunde der Kugel so vernäht, dass bis in ein paar Tagen kaum noch etwas zu sehen sein würde. Pit spürte seinen Rippenbruch nur dann noch, wenn er sich unkonzentriert zu einer Bewegung hinreißen ließ, die über die schmerzlose Schwelle hinausging. Allerdings bereitete ihm die verletzte Hand zunehmend Schwierigkeiten. Der Mittelfinger der linken Hand war weitgehend gefühl- und bewegungslos.

Eliza las in Pits erstem Roman „*Schaafswinter*". Hin und wieder schüttelte sie in ihrer besonderen Art den Kopf, oder aus ihrem Mund kam ein leises „Tststs". Dann wiederum fuhr ab und zu wie ein Stoßwind eine Gänsehaut über ihre Arme und den Rücken. Pit kam vom See zurück, eine Weinflasche in der Hand. „Willst du auch?"

„Oh ja, aber eine Schorle bitte. Sag´ mal, ist das wirklich alles so passiert, wie es in dem Buch steht?"

Pit ging ins Haus und kam mit zwei Gläsern, einem Flaschenöffner und einer Flasche Mineralwasser zurück.

„Davon kannst du ausgehen." Er entkorkte den Landwein und richtete für Eliza eine Schorle. Für sich selber nahm er den Wein unverdünnt.

„Zu gestern, entschuldige bitte, dass ich wieder damit anfange, ist mir etwas eingefallen. Du hast Frau Böhringer gesagt, dass die Frau, die dich am Sonntagabend verband, über bemerkenswert große Augen verfügt hatte."

Eliza nahm das Schorleglas entgegen und trank. „Ja. Ich hab´ deswegen sogar nach dem Namen für die japanischen Zeichentrickfiguren gesucht. Mangas. Wieso?"

„Ach, es ist nur ein Gedanke, bestimmt total blöd. Aber bei den großen Augen ist mir Christina eingefallen."

„Oh hilf mir. Wer ist gleich nochmal Christina?" Sie schaute ihn unsicher an.

„Christina. Die Tochter von Silvio, dem Wirt vom *Zum grauen Eck*."

„Okay, ich glaube, sie war nicht da, als wir samstags bei Silvio Spaghetti essen wollten. Was ist mit ihr?"

„Naja, ihre Augen *sind* groß. Für meine Verhältnisse. Und sie ist blond. Und angeblich hat sie, sagt Silvio, seit ein paar Tagen einen Freund."

Eliza schluckte sichtbar. „Du meinst ...."

„Wie ich schon sagte: Ein blöder Gedanke. Aber er ist nun mal aufgetaucht, verstehst du?" Pit hüstelte verlegen. „Ich will damit keine Teufel an die Wand malen oder die Pferde scheu machen."

„Das tust du nicht, Pit. Mit Rita Böhringer oder Edgar hast du darüber aber noch nicht gesprochen, oder?"

Pit zündete sich eine Zigarette an und reichte Eliza die Schachtel. „Gestern war der Gedanke noch nicht spruchreif. Doch interessieren würde mich das schon. Was meinst du?"

„Hm", machte Eliza und kratzte sich hinterm Ohr. „Ich denke, dass wir es am Samstag nochmal mit Spaghetti bei Silvio probieren sollten."

„Und was, wenn's stimmt?"

„Gute Frage. Nächste Frage."

„Was tun wir, wenn Christina wieder nicht da ist?"

„Edgar Schaaf", sagte Eliza und hielt Pit ihr leeres Glas vor die Augen.

Der Donnerstag begann mit einer ekligen Überraschung. *Pepsi* hatte ihnen als Geschenk eine tote Maus aufs Bett gebracht und lag nun wie eine Sphinx mit geschlossenen Vorderpfoten wachsam davor. Bevor Pit zu einer Schimpftirade ansetzen konnte, hielt ihn Eliza sanft zurück. „Nicht schimpfen", bat sie ihn, „das würde *Pepsi* nicht verstehen. Lass' uns das Geschenk wertschätzen."

„Wertschätzen? Hallo geht's noch? Das ist eine tote Maus." Pit rümpfte die Nase.

„Ja eben. Fach- und mundgerecht zubereitet", sagte Eliza und streichelte der Katze über den Kopf. „Dankeschön, liebe *Pepsi*, toll gemacht." *Pepsi* erhob sich hoheitsvoll und stolzierte mit erhobenem Schwanz aus dem Zimmer.

„Ich dachte schon, jetzt wartet sie darauf, dass wir die Maus auch essen, pfui Deibel."

Eliza kicherte. „Sei froh, Pit. *Pepsi* will uns damit zeigen, dass sie fähig ist, uns zu ernähren. Sie übernimmt Verantwortung für uns, verstehst du? Sie hätte die Maus auch selber fressen können."

Pit schnaufte. „Was du alles weißt", raunzte er, rollte umständlich, auf Schonung seiner Rippen bedacht, zur Seite, stellte die Füße auf den Boden und entschwand im Bad.

Er saß mit dem ersten Kaffee auf der Bank vor der Haustür und rauchte, als Eliza sich dazusetzte. „Heute muss ich ein wenig arbeiten. Zwei bis drei Stunden ungefähr. Dann kann ich am Samstag den Auftrag im Architekturbüro abgeben."

Pit schlürfte aus der Micky-Mouse-Tasse. „Ja, tu' das. Dann fahre ich in der Zwischenzeit nach St. Paulsberg zum Einkaufen."

„Sag' mal, wie lange schon trinkst du eigentlich aus deiner lustigen Tasse?"

Pit hielt sie sich vor die Augen. „Die ist alt. Dreißig Jahre ungefähr. Hab' ich selber in Amerika abgeholt", sinnierte er und hatte das Gefühl, dass die Frage nur eine Brücke zu einem anderen Anliegen schlagen sollte.

„Pit?"

Aha, trogen mich meine Rezeptoren also nicht, dachte er verschmitzt. „Ja, Eliza?"

„Du, das dritte Zimmer im ersten Stock steht doch praktisch leer, oder?"

„Eliza, das dritte Zimmer oben steht praktisch leer."

„Bloß einige Kartons und so Zeug. Rumpel, oder nicht?"

„Rumpelkammer."

„Ja, genau. Ich dachte mir, ob wir daraus nicht eine Art Atelier machen könnten? Zum Zeichnen und Malen, verstehst du? Mit viel Licht."

„Ja, das Licht. Das ist ein Problem."

„Ich möchte, wenn ich dich bei den Illustrationen für das nächste Bärenbuch unterstütze, nicht alles auf einem Platz haben. Unten, im Bürobereich, möchte ich nur die Architekturarbeiten machen. Sonst krieg' ich dort ein Durcheinander."

„An dem Argument ist was dran", nickte er bedächtig. „Was schlägst du also vor? Du hast doch bestimmt schon eine Idee."

„Gib´ mir bitte mal eine Zigarette", sagte sie und rückte ihm geschäftig und vertrauensbildend an die Seite. „Ein Dachfenster. Licht ist das A und O. Kannst du nicht mal deinen Freund Albert anrufen? Der ist doch Schreiner."

„Albert?"

„Ja, ich bezahle es auch."

„Weißt du was? Dann gehen wir heute Abend zum Stammtisch in den *Ochsen* nach Rothweiler. Albert wird bestimmt dort sein. Dann tragen wir ihm deine Idee mal vor."

Eliza umarmte ihn heftig vor Entzücken, sodass seine Rippen protestierten. Noch bevor sie das Frühstück einnahmen, maßen sie in dem quasi leer stehenden Zimmer ein Dachfenster aus.

Den Rest des Morgens und des Nachmittages verbrachte Eliza in aufgedrehter Laune. Erstmals schaltete sie das Radio ein und summte und trällerte die abgespielten Songs mit. Abends beim Stammtisch im *Ochsen* steckte sie mit Albert die Köpfe zusammen und wurde mit ihm über den Einbau eines Dachfensters einig.

„Danke, dass ich an deinem Leben teilnehmen darf", sagte sie später bei einem letzten Glas Wein auf der Sitzbank vor dem Haus. „Ich war noch nie so glücklich."

*

Die Gewitterfront hing bei ihrer Ankunft vor dem Bergfriedhof in Emmendingen direkt über ihnen. Fünf Minuten vor zwei Uhr betraten sie die neue Einsegnungshalle und stellten sich neben dem Eingang hinten an die Wand. Die Anzahl der Personen, die weiter vorne auf den Stühlen saßen, war überschaubar. Pit zählte vierzehn Köpfe. Die Urne stand auf einem kleinen, tuchüberdeckten Podest.

Punkt zwei Uhr erhob sich ein Mann in schwarzem Anzug, Goldrandbrille auf der Nase, aus der Reihe, trat zur Urne und begann einen kurzen Nachruf. Seinen Worten nach handelte es sich um den Besitzer der Autowerkstatt, in der Roland Locher zuletzt gearbeitet hatte. Herr Zoike. Er sprach von Zuverlässigkeit und Dankbarkeit, von Verlust und ewigem Gedenken. Nach nicht mal drei Minuten setzte er sich wieder hin, neben eine Frau mit hochgestecktem blondem Haar. Die Bestatter näherten sich von der Seite, zwei Männer in dunklen Anzügen. Sie hoben die Urne hoch, senkten sie in eine Tragekonstruktion und gingen gemessenen Schrittes auf den Ausgang zu. Die vierzehn Personen folgten ihnen in leichtem Abstand, angeführt von einem älteren Paar, das in echter Trauer versunken war. Die Eltern?

Eliza, Pit und Edgar bildeten den Schluss der kleinen Prozession, die sich zwischen Gräbern hindurch bis zu dem vorgesehenen Platz für die Bestattung wand. Als sich die Gruppe vor dem Viereck mit dem Urnenloch verteilte, entdeckte Edgar in der Nähe Rita Böhringer hinter einem Grabstein stehen. Er nickte ihr zu, und sie zeigte ihm unauffällig ihr Handy, mit dem sie beabsichtigte, Fotos von den anwesenden Personen zu schießen.

Eliza hatte sich etwas weiter nach vorne unter die Leute begeben, drei weiße Nelken in der Hand. Die zwei Männer mit der Urne senkten das Gefäß langsam in das Loch. Wie nach einer geheimen Choreographie bildete sich aus den wartenden Leuten eine Reihe, um persönlich eine Blume oder eine Schaufel Erde in das Loch zu werfen, um Abschied zu nehmen.

Eliza stand etwa in der Mitte. Hinter sich vernahm sie ein unterdrücktes Schniefen und Schluchzen. Als sie an der Reihe war, vor das Loch zu treten, stieg ihr ein bekannter Duft in die Nase. Ein billiger Duft, den sie stets an demjenigen gerochen hatte, dessen Asche jetzt vor ihr im Grab lag. Eliza wurde blind und sah doch glasklar. Sie wurde taub und hörte doch messerscharf. Sie spürte nicht mehr, wie ihre Hand die

Nelken in die Öffnung warf. Sie merkte nicht, wie zur gleichen Sekunde der Himmel seine Schleusen öffnete und sturzbachartiger Regen auf sie niederprasselte, wie sie sich auf den Absätzen umdrehte und der blonden Frau hinter ihr ins Gesicht starrte. Aber sie sah durch deren trauernde Fassade den verächtlichen Blick auf sich fallen und vor die Füße plumpsen. Und als der erste Blitz in gefährlicher Nähe in die Erde schlug und unmittelbar darauf der Donner ohrenbetäubend krachte, erhob sie in einer Kurzschlussreaktion die Hand und schlug der blonden Frau ihre monatelange Demütigung schallend ins Gesicht.

Schnell und kalt wie ein Eisblock hastete sie davon zu Pit und Edgar, die sich bemühten, die Schirme aufzuspannen. Auf halbem Weg wurde sie von hinten ergriffen und herumgerissen.

„Was war das denn gerade?", schrie der Mann sie an, der vorhin die kurze Rede gehalten hatte. „Warum schlägst du meine Frau, he?"

Eliza reagierte höchst empört und riss sich los. „Das", zischte sie wie eine gereizte Giftschlange zurück, „fragen Sie sie am besten selber." Ließ ihn stehen, drehte sich um und eilte zu Pit unter den Schirm.

Der nahm sie in den Arm und presste sie an sich. Er hielt sie fest und spürte, dass es zwischen ihnen keiner Worte bedurfte. Er brauchte nicht zu fragen, sie brauchte nicht zu antworten. Es konnte so einfach sein, sich zu verstehen. In dieser Minute, in der es aus Kübeln goss; in der ein Blitz nach dem anderen durch die schwarzen Wolken zuckte; in der mancher glaubte, die Hölle tue sich auf und es sei das Ende der Welt; in dieser Minute beschlossen sie schweigend den Bund fürs Leben.

Der Sturm hatte die Leute unter das Vordach der Einsegnungshalle gescheucht, wo man sich nervös zusammendrängte und der eine oder andere eine Zigarette anzündete. Pit beobachtete, wie Edgar sich dazwischen mischte und mit einigen zu plaudern schien. Auch er rauchte. Von dem Werkstattbesitzer und seiner Frau war nichts mehr zu sehen.

Nach geraumer Zeit ließ das Unwetter nach und verdünnisierte sich zu einem warmen Landregen. Die Natur schien erlöst zu seufzen. Der Geruch von nassem Asphalt und modriger Graberde würzte die Luft. Rita Böhringer kam vom Parkplatz hergelaufen. Sie hatte Schutz in ihrem Auto gesucht. Als Edgar sie bemerkte, trat er hinzu.

„Ich schlage vor", sagte er, „wir treffen uns bei Pit und Eliza im Haus. Rita, ist das okay für dich oder hast du noch Termine?"

„Bestimmt ihr das", hob sie die Schultern, „mir ist das egal."

„Aber ihr müsst noch eine halbe Stunde warten, bevor wir zurückfahren. Ich muss mit *Müller* und *Lydia* eben mal kurz über die Felder dort hinten." Er deutete in die Richtung, die er meinte. „Auf dem Friedhof haben Hunde ja keinen Zutritt."

Pit kochte Kaffee und buk im Backofen Brezeln auf, die er gestern gekauft hatte. Eliza war ins Bad geeilt, um sich umzuziehen. Rita Böhringer und Edgar Schaaf hatten am Küchentisch Platz genommen, der nun, von Albert frisch abgeschliffen, keine Spuren von der dramatischen Nacht von vor knapp einer Woche mehr aufwies. Nur ein kaum sichtbares Loch zeugte von der Stelle, an der Pits Hand festgeschraubt gewesen war. *Müller* und *Lydia* streunten draußen ums Haus.

„Hast du keine Angst, dass die Hunde fortlaufen könnten?" Pit ging zwischendurch zur Tür und schaute nach ihnen. „Abends kommen Rehe an den See."

„Ich glaube, der Jagdinstinkt fehlt ihnen völlig. Zudem gehorchen sie aufs Wort."

„Na denn. Es sind deine Hunde."

Eliza kam mit trockenen Kleidern aus dem Bad und setzte sich dazu. „Eliza", forderte Edgar sie gleich auf, „jetzt erklär' uns doch rasch, was dort auf dem Friedhof geschehen ist. Gesehen haben es ja alle. Du doch auch, Rita, oder?"

Rita Böhringer fischte ihr Handy aus einer Jackentasche. „Ich hab's sogar auf Video."

Eliza wartete, bis Pit mit dem Kaffee und den Brezeln an den Tisch kam. „Du meinst, ich soll es erzählen, Edgar. Erklären kann ich es nämlich nicht. Es ist einfach passiert. Roland hatte, wenn er von seiner Geliebten kam, jeweils nach deren Parfum gerochen. Und wie ich heute dort auf dem Friedhof in der Reihe stand, bekam ich exakt diesen Geruch wieder in die Nase. Ich drehte mich um, und sah in das Gesicht dieser Frau. Frau Zoike, wie ich mittlerweile weiß. Sozusagen die Chefin von Roland. Die guckte mir derart schamlos in die Augen, dass ich die Beherrschung verloren habe, was mir beileibe nicht oft passiert. Da muss ich ihr wohl eine gescheuert haben. Es tut mir leid."

Edgar räusperte sich. „Das muss dir nicht leid tun ..."

Eliza unterbrach ihn. „Doch es tut mir leid wegen Pit. Dass er mich so zu sehen bekommen hat. So bin ich normalerweise nicht, Pit", sagte sie und schaute ihn flehend an. Pit nahm ihre Hand und drückte sie.

Edgar räusperte sich wieder. „Gut, Eliza", sagte er, „wenn ich schlussfolgern darf, dann hältst du Frau Zoike, die Frau des Werkstattinhabers, bei dem Roland Locher angestellt war, für dessen Geliebte, weil du das Parfum mit einem bestimmten Duft an ihr wahrgenommen hast?"

„Sag' mal, Edgar, kannst du dich auch weniger gestelzt ausdrücken?", maulte Rita Böhringer und schaute sich im Raum um. „Pit Ferman, haben Sie einen Computer in der

Nähe? Ich will die Bilder vom Friedhof mal größer ansehen."

„Edgar, das liegt doch auf der Hand", sagte Pit und erhob sich, um seinen Laptop aus dem Büro zu holen. „Sie benutzt das gleiche Parfum, sie ist blond und war im unmittelbaren Umfeld von Roland Locher. Was brauchen Sie noch, Frau Böhringer? Überspielkabel? USB-Kabel? Ach, das haben Sie dabei. Ja dann ... Entschuldige, Edgar. Also wenn sie seine Geliebte war, dann ist sie es vielleicht, die weiß, wo das restliche Gold steckt."

„Gut kombiniert, Herr Krimi-Autor", lächelte Edgar süffisant, „und wenn Frau Zoike die Geliebte war, dann schwebt sie in absoluter Lebensgefahr, wenn die Gangster das herauskriegen. Genau wie Eliza und du es waren. Oder siehst du das anders?"

„Oh Gott", erschrak Eliza und wurde aschfahl. „Das brauchen sie nicht mehr herauskriegen. Ich habe den Gangster am Montagmorgen in dem Verlies erst auf die Idee gebracht, dass Roland eine Geliebte hatte und sie wissen könnte, wo das Gold sei und sie bei ihr suchen sollen anstatt bei mir. Er hatte bis dahin überhaupt nichts von einer Geliebten gewusst und wollte, dass ich ihren Namen nenne, aber zu jener Zeit kannte ich ihn selber noch nicht. Was hab´ ich damit bloß wieder angerichtet?"

„Das konntest du doch nicht ahnen, Eliza, und zudem warst du in einer Ausnahmesituation", beruhigte Pit. „Du brauchst dir überhaupt keine Vorwürfe zu machen. Aber damit haben wir die Bestätigung, dass höchste Gefahr für Frau Zoike besteht. Noch wissen die Gangster den Namen nicht. Aber gehen wir davon aus, dass sie ebenfalls eins und eins zusammenzählen können. Frau Böhringer, Sie müssen in dieser Beziehung unbedingt handeln. Stellen Sie einen Streifenwagen vor ihr Haus oder was auch immer Sie tun können."

Zwischen Ritas Augen bildete sich eine steile Falte, die Edgar nicht unbemerkt blieb. Er konnte sich ziemlich gut in ihre Situation hineinversetzen. Sie saßen hier in einer Runde zusammen, die mit einer Lagebesprechung in der Polizeidirektion im Kreis ihrer Kollegen zu vergleichen war. Von allen Seiten prasselten Vorschläge auf sie als leitende Ermittlerin ein, die sie in Abwesenheit Kommissar Lankaus bewerten und mit denen sie jonglieren musste. Das war das Los der Verantwortlichkeit. Damit umzugehen stellte selbst für erfahrene Polizisten immer wieder ein Problem dar, besonders dann, wenn nicht genügend Personal vorhanden war, um alle Spuren ausreichend zu beleuchten. Welcher Weg war der richtige? Denn im Grunde durfte nicht eine einzige Spur vernachlässigt werden, auch wenn sie nur dazu führte, sich als falsch herauszustellen. Meistens war es so, dass jeder Beteiligte den Königsweg vor sich sah und diesen in der Regel lautstark propagierte, und grundsätzlich gab es keine dummen Zwischenrufe, solange sie nah an der Sache blieben. Doch sie erzeugten für den leitenden Ermittler, in diesem Fall die Ermittlerin, zunehmenden Druck, und manch einer verlor dabei den Überblick. Nicht so, wie's schien, Rita Böhringer.

Sie war mit der Kabelverbindung zwischen Smartphone und Laptop fertig. „Danke für deinen Rat, lieber Herr Ferman, aber was ich muss, das weiß ich selber. Ob und welche Art von Überwachung Frau Zoike braucht, werde ich später entscheiden. Auch wenn ich mich mit den Leuten vom LKA dahingehend erst absprechen muss, gehe ich davon aus, dass wir Frau Zoike anhören müssen. Ich finde, Eliza und Pit haben recht. Die Verbindung zwischen Roland und Frau Zoike liegt quasi auf der Hand. Frage ist: Gehen wir brutalstmöglich vor, ohne Rücksicht auf den vielleicht ahnungslosen Ehemann, oder lieber subtil, indem wir dem Ehemann gegenüber die Liaison zwischen Frau Zoike und Herrn Locher verschweigen? Genehmigt ...‟

„Einspruch, Rita, Einspruch.‟ Edgar nahm souverän die Zügel in die Hand und konzentrierte sich. „Immer vorausgesetzt, dass Frau Zoike tatsächlich die Geliebte von Roland Locher war. Keine Schonung für Frau Zoike. Keine Rücksichtnahme. Sie hat mit dem Feuer gespielt. Tun wir also nicht so, als wäre sie eine Heilige. Wer sagt uns denn, dass sie nicht mit Roland und dem Gold im Rücken ein neues Leben anfangen wollte? Einen Grund, das Gold vor seinen Kumpanen zu verstecken, musste Roland ja gehabt haben. Was sonst hätte es für einen Sinn gemacht? Er *wollte* seine Kumpel um ihren Anteil bringen. Davon müssen wir ausgehen. Das und damit unterzutauchen war sein Plan. Warum sollte er das nicht gemeinsam mit einer Geliebten tun? Und wir müssen glasklar sehen, dass es schnell geschehen musste. Praktisch jetzt und vor unseren Augen. Denn seine Kumpel waren bereits unruhig. Fragten: Wo ist unser Gold? Wo ist unser Anteil? Rita! Sollten wir nicht mal die Reisebüros abfragen, ob nicht bereits Oneway-Tickets auf ihn und seine Geliebte nach Südamerika gebucht worden sind?‟

Edgar unterbrach sich. Rita setzte zu einer Erwiderung an.

„Nein, noch nicht, Rita. Lass′ uns nachdenken‟, fuhr er fort. „Nachdenken. Ich glaube, er hat noch keine falschen Pässe. Das Gold aus dem Kleiderschrank, das Eliza zufällig gefunden und mitgenommen hatte, war dafür gedacht, neue Pässe zu kaufen und Flüge zu buchen. War dafür gedacht, Geld für den Anfang in Südamerika einzutauschen. Oder Australien oder Bali oder sonstwo. Das müssen wir herausfinden. Keine Samthandschuhe für Frau Zoike. Einladen, verhören, Pistole auf die Brust. Danach kann meinetwegen zu ihrer Sicherheit ein Streifenwagen vor ihrer Tür stehen. So Rita, jetzt kannst du weitermachen.‟

„Danke Edgar. Das war ja sehr visionär. Aber ich muss mich an die Regeln des Rechtsstaats halten. Das weißt du sehr genau, mein Lieber. Und der Rechtsstaat wird vertreten vom Staatsanwalt und als Polizist bin ich leider nur der Hilfsbeamte der Staatsanwaltschaft."

„Ja ja, die gute alte Polizeischule", meckerte Edgar dazwischen.

„Ich appelliere zunächst einmal an Frau Zoikes Hilfsbereitschaft. Wenn sie freiwillig nicht dazu bereit ist, will ich vom Staatsanwalt die Genehmigung für einen DNA-Abgleich mit einer Speichelprobe von Frau Zoike. Ich erwähne die blonden Haare aus Lochers Bett. Und erst wenn sie definitiv die Frau ist, die in Roland Lochers Bett lag, dann bekommt sie auch die Staatsgewalt zu spüren. Trotzdem, und da folge ich deiner Argumentation, werde ich sie wegen Gefahr im Verzuge und vielleicht auch wegen Fluchtgefahr und Verdunkelungsgefahr heute noch vorläufig festnehmen lassen, womit sich gleichzeitig das Problem der Überwachung oder Observierung zumindest für die nächsten achtundvierzig Stunden erledigt haben dürfte. So, Leute, jetzt können wir die Fotos vom Friedhof auf dem Laptop sehen. Edgar, du hast dich dort mit einigen Leuten unterhalten. Was hast du rausgefunden?"

Edgar und Pit schauten sich verstohlen an. Über beider Lippen flatterte ein kurzes, gekräuseltes Lächeln, was Anerkennung dafür war, wie sicher Rita die Werkzeuge ihres Jobs zu benutzen verstand. Höheres Lob als vom Meister himself und seinem Biografen war noch selten jemandem zuteil geworden. „Bravo, Rita", flüsterte Pit.

Edgar beugte sich nach vorne, um besser auf den Laptop sehen zu können. „Von den vierzehn anwesenden Personen auf dem Friedhof, die Bestatter ausgenommen, waren zehn ehemalige Schulkameraden von Roland Locher anwesend. Realschule Emmendingen. Die Leute waren sich untereinander bekannt. Zwei waren die Eltern des Toten, und dann das Arbeitgeber-Ehepaar Zoike. Vierzehn. Keine Bandenmitglieder, wie wir erhofft hatten."

„Frau Wohlbrecht, wann, sagten Sie, hat es bei Roland Locher mit den Veränderungen begonnen? Dass er länger fort blieb, mit den Schlägen? Vor ungefähr drei Jahren?"

Eliza starrte auf den Laptop. „Vor drei bis vier Jahren. Warum?"

„Ich habe mich mit den Kollegen vom Dezernat Organisiertes Verbrechen und Bandenkriminalität unterhalten. Vor ziemlich genau drei Jahren begann eine Serie mit Bankautomatendiebstählen und Juweliereinbrüchen, bei denen stets ein schweres Fahrzeug verwendet wurde. Weder von den Räubern noch von dem Fahrzeug wurde bis heute eine Spur entdeckt, wenn man von zwei ungenügenden Fotos, eines von einem Fahrzeug und eines von einer Reifenspur, absieht. Das wollte ich nur mal so in den Raum gestellt haben. Hier ist übrigens das Filmchen mit Elizas Aktion."

Eliza schloss die Augen. Pit legte behutsam den Arm um ihre Schultern. „Frau Böhringer, ich möchte die Fotos bitte auf meinem Laptop speichern, wenn Sie nichts dagegen haben. Edgar, wenn du ...ja, du kannst von mir einen USB-Stick oder eine <mine> haben, dann ...ja, Frau Böhringer. Natürlich bleibt das unter uns. Ehrensache. Nur Edgar und ich. Jawoll. Danke, Frau Böhringer. Danke."

Rita Böhringer verdrehte vor so viel Schleimerei die Augen. „Wisst ihr was, Pit, Eliza? Sagt einfach Rita zu mir. Die Frau Böhringer geht mir auf den Geist. Kann ich bitte noch eine Brezel haben?"

Im Grunde gab es nichts mehr zu besprechen. Bis auf die Tatsache, dass Frau Zoike von den Gangstern bisher noch nicht als Mitwisserin entdeckt worden war, standen die Ermittlungen so gut wie still. Dass, wie Eliza erwähnt hatte, eine Frau zum Täterkreis gehörte, brachte in Bezug auf die Identität der Gesuchten keine Fortschritte. Pits Vorschlag, Frau Zoike praktisch als Lockvogel für die Gangster aufzubauen, ihnen also eine Falle zu stellen, durfte nur als *rein rhetorisch* angesehen, eventuell noch als Diskussionsgrundlage genutzt, keinesfalls jedoch als wirklich durchsetzbar betrachtet werden. Bei solchen Spielchen ging erfahrungsgemäß immer etwas in die Hose. Aber wie sonst sollte man an die Bande herankommen? Für die Bande stand viel auf dem Spiel. Entsprechend vorsichtig würden sie sein, nachdem ihnen die Folter an Roland Locher total missglückt war.

„Herrschaften", tönte Edgar Schaaf, „dann wünsche ich allen erst mal ein schönes und ruhiges Wochenende. Rita, nimmst du mich mit bis zum Offenburger Bahnhof? Wir können unterwegs noch über die eine oder andere Strategie quatschen."

„Und mein Auto stinkt hinterher noch wochenlang nach Hund", moserte sie.

Edgar Schaaf grinste vergnügt.

Als abends die Rehe aus dem Wald an den See kamen, rief Pit Eliza nach draußen auf die Bank. Sie hatte am Zeichentisch an dem Auftrag gearbeitet, den sie morgen in Offenburg abgeben sollte. „Schau nur", flüsterte er, „es sind Kitze dabei."

Die fünf Tiere näherten sich vorsichtig dem Wasser, richteten ihre Lauscher immer wieder zum Haus hin aus und äugten herüber. „Phantastisch", raunte Eliza.

„Bist du fertig mit der Arbeit?"

„Ja, nur noch verpacken. Feierabend."

Er legte den Arm um ihre Schultern. „Wie ist das nun für dich? Ist das Kapitel Roland Locher nun abgeschlossen?"

Sie lehnte sich an seine Brust. „Das war es schon vorher. Jetzt ist nur noch der Stachel gezogen worden, der bis heute gejuckt hat."

„Wollen wir morgen noch einmal einen Besuch bei Silvio wagen? Spaghetti Carbonara? Vielleicht ist seine Tochter wieder arbeitsfähig."

09. Juli 2022

Eliza hatte den Auftrag im Architekturbüro *Hoffmann und Wirz* abgegeben und gleichzeitig einen neuen Auftrag entgegengenommen. Nun standen sie mit laufendem Motor und rechts gesetztem Blinker auf der Straße vor Silvios Restaurant *Zum grauen Eck*. Pits dauerreservierter Parkplatz war besetzt. Ein riesiger schwarzer SUV der Marke mit dem Stern, neuestes Modell, machte sich auf seinem Platz breit. Pit fluchte innerlich, schaute in den Rückspiegel und fuhr weiter, um einen anderen Parkplatz zu suchen.

„Irgendetwas stimmt da nicht", murmelte er mehr zu sich selbst als zu Eliza. „Das ist das erste Mal seit Jahren, dass mein Parkplatz nicht frei ist."

Er umrundete den Block, hatte jedoch kein Glück. Beim zweiten Anlauf erweiterte er die Runde um einen weiteren Block und entdeckte einen Parkplatz mit Parkuhr ungefähr zweihundert Meter vom Restaurant entfernt. Parkdauer: dreißig Minuten. Mindesteinwurf: zwei Euro.

Der Schwarze SUV parkte immer noch auf dem Platz. Zornig schielte Pit zu dem Fahrzeug hin. Unzufriedenheit kletterte wie Sodbrennen die Speiseröhre empor. Die nächste Überraschung empfing sie an der Eingangstür zum Restaurant. *Restaurant bis auf Weiteres geschlossen.* Nebeneinander standen sie auf dem Gehweg vor der Tür und starrten auf das Schild. Wieder Pit: „Was ist das denn? Was heißt: bis auf Weiteres? Da stimmt doch was nicht. Jede Wette."

„Was machen wir?", fragte Eliza. „Zwei Straßen weiter hab´ ich einen McDonalds gesehen. Sollen wir dort ...?"

„Nie im Leben", polterte Pit, trat einige Schritte bis zum Gehwegrand zurück und schaute links und rechts die Straßen hinunter. „Komm´ mal bitte mit."

Er erinnerte sich, dass Silvio noch einen zweiten Zugang zu seiner Wohnung hatte, ohne den Weg durch das Restaurant nehmen zu müssen. Eine Seitentür direkt neben dem nächsten Gebäude. Zu der Tür ging er hin. Eine alte schwere Holztür mit schmiedeeisernem Gitter vor einem runden Glaseinlass, zwei Stufen über Gehwegniveau. Pit linste mit einem Auge durch das Fensterchen in einen nackten Flur mit quadratischen, gelben und braunen Bodenfliesen im Schachbrettmuster. Die Wände ebenfalls bis Schulterhöhe gefliest. Pit schätzte die Farbe oliv, es war schlecht zu erkennen. Auf dem Türblatt war eine altmodische mechanische Klingel zum Drehen montiert. Ein Schild: Silvio Cagliari. Pit drehte den Klingelgriff. Schwaches Bimmeln drang nach außen. Nichts geschah. Er probierte es ein zweites Mal. Null Erfolg.

„Was machen wir?" Eliza zuckte mit den Schultern. Pit trat erneut zur Tür und äugte wieder mit einem Auge durch das Glas nach innen. Jetzt hatte er jemanden gesehen.

„Silvio", rief er, „Silvio", schlug mit der flachen Hand gegen die Tür, „wir sind´s, Eliza und Pit. Silvio, ich seh´ dich. Komm´, mach´ auf. Ich bin´s, Pit!"

Es dauerte beinahe eine Minute, bis das Klirren von Schlüsseln und das Öffnen des Schließmechanismusses zu hören waren. Die Tür öffnete sich einen Spalt. Ein schmaler Streifen von Silvios Gesicht wurde sichtbar. Eine Sicherheitskette spannte quer vor seiner Nase.

„Silvio, was ist los? Ich bin's doch, Pit. Warum machst du nicht auf? Mein Parkplatz ist besetzt. Das Restaurant ist geschlossen. Bist du krank? Sag' was, Silvio."

Die Tür wurde zugedrückt. Pit hämmerte nachdrücklich dagegen. „Silvio, mach' sofort die Tür auf. Was ist los, Silvio."

Ganz sachte öffnete sich die Tür ein paar Zentimeter. Die Sicherheitskette war weg. Nur ein Auge Silvios und ein daumenbreiter Streifen weiße Haare waren zu erkennen.

„Du besser gehe, Pit. Iste nixe gut, du biste da. Geh', Pit, un lasse mi Ruh. Iste nixe passier, versteh? Geh'." Die Tür schloss sich, der Schlüssel wurde gedreht. Pit sah Silvio durch den Flur davonschlurfen.

Konsterniert drehte er sich zu Eliza um. „Hast du das gesehen? Hast du das gehört?"

Elizas Blicke bestätigten es. „Das ist schon reichlich merkwürdig. Vor einer Woche noch die Freundlichkeit in Person. Und heute? Hast du ihn schon mal so erlebt?"

Pit stand da und rieb sich die Augen. „Da stimmt was nicht. Das spür' ich. Ich fress' einen Besen, wenn bei Silvio alles in Ordnung ist. Ob das was mit Christina zu tun hat? Mit dem dicken SUV auf meinem Parkplatz?" Er kramte in der Gesäßtasche nach einem Stück Papier.

„Hast du einen Kugelschreiber einstecken, Eliza? Ich will mir doch mal die Autonummer von diesem dicken Auto aufschreiben. Eliza? Eliza!"

Eliza war plötzlich bleich geworden und klammerte sich an die Stange eines Verkehrsschildes. Sie zitterte und starrte wie hypnotisiert neben die zwei Stufen, die zu Silvios Wohnungstür führten. „Mein Gott, Eliza, was hat dich denn auf einmal gestreift? Du bist ja ganz weiß im Gesicht." Er sprang zu ihr und hielt sie fest, bevor ihre Beine den Dienst versagten.

Sie zeigte mit dem Finger an die Hausmauer. „Das Keller-fenster."

Pit folgte mit den Augen ihrem Finger. „Was ist mit dem Fenster?"

Unbeirrt deutete sie auf das Fenster. „Die Glasbausteine, direkt über dem Gehweg. Zwei Reihen übereinander zu je sieben Steinen. Das ist das Fenster zu meinem Verlies. Hier war ich gefangen, Pit."

Pit verschlug es die Sprache. In Windeseile überschlugen sich seine Gedanken. Solche Art Fenster konnte es natürlich viele in der Stadt und in der Umgebung geben, keine Frage. Aber dass ausgerechnet hier, an Silvios Haus, ein derartiges Fenster mit dem passenden Muster augenfällig wurde, war erheblich mehr als ein Zufall. Wie passte Silvios merkwür-diges Verhalten dazu? Wie das geschlossene Restaurant? Samstag vor einer Woche die Küche verwaist, wegen Chris-tinas angeblichem Liebeskummer. Christinas große Augen. Der fremde SUV vor dem Haus auf *seinem* Parkplatz. Und nun auch Elizas Déjà-vu. Was brauchte es noch mehr an In-dizien? Ihre Lippen bewegten sich.

„Was hast du gesagt?"

„Ich sagte: Und das McDonalds-Restaurant ganz in der Nähe passt auch dazu."

Ja, dachte er, das passt auch dazu. Er erinnerte sich, dass sogar Silvio es einmal erwähnt hatte. *Die junge Leute, esse drübe andere Straß' diese amerikanise Seiß.*

Er hörte eine schwere Autotür zuklappen. Wie eine Tresor-tür. Eine zweite. Verdammt, der SUV. Noch hielt er Eliza umarmt. „Halt' dich an der Stange fest, Eliza." Sie lehnte sich an die Stange. Er sprintete los. Nein. Mit fast neunund-sechzig Jahren sprintete Pit Ferman nicht mehr. Er hastete so schnell es ging zur Hausecke, hörte den Motor aufheulen, Reifen quietschen. Der SUV entfernte sich mit hohem Tem-po, als er um die Ecke gerannt kam. Autokennzeichen? KA

– dann war das Auto zu weit weg. Mist. Aber auf dem Beifahrersitz hatte er eine Person gesehen. Er würde schwören, dass sie blonde Haare trug.

Schleunigst kehrte er zu Eliza zurück, die ihm erwartungsvoll entgegenschaute. „Zu spät", sagte er. „Oder zu langsam. Inwieweit bist du okay?"

„Führe mich einfach, dann wird´s schon gehen."

Pit hakte ihren Arm bei sich ein. Beim Weggehen warf er einen letzten Blick zum Fenster des Restaurants. Wie die Konturen eines flüchtigen ätherischen Geistes erkannte er Silvios Gestalt hinter der Scheibe und dem Vorhang. Wie betend hielt er die Hände vor der Brust gefaltet.

Pit konnte es immer noch nicht fassen. Was geschah da in Silvios Haus? Oder war womöglich alles nur eine unglückliche Verkettung von Zufällen? Er schüttelte den Kopf, denn daran konnte er einfach nicht glauben. Am meisten irritierte ihn Silvios verängstigter Auftritt an der Tür. Und wie er an Silvio dachte, baute sich Wut in ihm auf. So behandelte man doch nicht einen Freund, zum Teufel. Am liebsten wür-de er umkehren, die Tür einschlagen und Silvio zur Rede stellen. Gleichzeitig wusste er, dass das natürlich nicht ging. Wenn Silvio in irgendwelchen Schwierigkeiten steckte, wäre ein eigenmächtiges und unüberlegtes Handel mit Sicherheit kontraproduktiv. Aber was tun? Dann wiederum tat ihm der kleine Italiener leid. Und seine Tochter? War sie die Blondine gewesen, die er in dem SUV gemeint hatte zu sehen? War sie die Frau gewesen, die Eliza in ihrem Verlies den Verband gewechselt hatte? Und wer war dann der Mann? Könnte das Christinas Freund gewesen sein? Wie hatte Silvio ihn genannt? Don?

Er verspürte Hunger. Die Enttäuschung über die entgangenen Spaghetti Carbonara verstärkte ihn zusätzlich. Und doch war das Hungergefühl etwas Bodenständiges, das ihn von den wilden Spekulationen ablenkte.

„Ich habe Hunger", jammerte Eliza, die wohl ebenfalls gerade aus ihren mäandernden Gedanken aufzutauchen schien. „Wollen wir daheim eine Fertigpizza in den Ofen schieben oder lieber eine Fertigpizza in den Ofen schieben?"

„Also wenn du mich so fragst, bin ich für die Fertigpizza."

„Gute Wahl", sagte sie. „Pizza und ein Bier auf unserer Freiterrasse mit Seeblick."

Wenig später, sie waren von der Talstraße abgebogen und durchquerten den Wald auf dem Weg zu ihrem Haus, sagte sie: „Als ich vor zwei Wochen zum ersten Mal mit dir durch diesen Wald fuhr, dachte ich, ich sei vom Regen in die Traufe geraten. Erinnerst du dich? Ich war nass wie eine Katze und befürchtete, du würdest mittendrin anhalten und mich vergewaltigen."

„Ja, ich hatte es dir angesehen. Da konntest du freilich noch nicht wissen, dass dahinter das Paradies liegt."

Sie streichelte ihm das lange Haar. „Das ist es, mein Pit. Das ist es. Kaum zu glauben, dass es erst zwei Wochen her ist."

Er bremste vor dem Haus und stellte den Motor ab. „Wenn mir vor zwei Wochen jemand erzählt hätte, dass mein Leben eine völlig andere Richtung einschlagen würde, hätte ich ihn für verrückt erklärt. Aber das Verrückte ist geschehen."

Sie beugte sich über den Motorblock zu ihm hinüber und küsste ihn auf die Wange. „Bin ich die Verrückte?"

„Nun, da ich es nicht bin?"

„Lass´ uns überlegen. Was sollen wir tun?"

Die Pizzas waren gegessen, das Bier getrunken, und Pit war zu Wein übergegangen. Sie saßen auf der Bank vor dem Haus, rauchten genüsslich und beobachteten *Pepsi*, die nach etwas im Wasser lauerte, sich aber nicht getraute, die Pfoten nass zu machen. Bald verlor sie die Lust, stromerte Richtung Wald, überlegte es sich aber anders, kam nach einer Kehrtwende herangestrolcht und rollte sich auf Elizas Schoß zusammen.

„Wenn die geballte Macht der Polizei bei Silvio anrückt, verlierst du einen Freund. Das ist eins, was sicher ist", überlegte Eliza und kraulte *Pepsi* hinter den Ohren.

„Hm", brummte Pit, „und wenn wir es nicht tun, verliere ich ihn auch. Nur auf eine andere Weise. Aber es muss etwas geschehen, um den Tatort zu sichern. Was dir angetan wurde, darf nicht ungesühnt bleiben."

Pit nahm sein Handy in die Finger und wählte Silvios Nummer. Der Anruf wurde umgehend abgeblockt. „Er geht nicht dran. Er sieht natürlich an der Nummer, wer anruft."

„Dabei habe ich den Eindruck, dass er auf Hilfe wartet. Nein, falsch ausgedrückt. Hilf mir, Pit."

„Ich verstehe, was du meinst. Der ganze kleine Kerl schreit nach Hilfe, aber seine Angst ist größer als sein Mut."

„Richtig. Und seine Scham ist noch größer als die Angst."

Pit schenkte sich Wein nach. „Ich behaupte, es geht um Christina. Sie ist alles, was ihm geblieben ist, und er liebt sie abgöttisch. Christina ist der Schlüssel."

„Machst du mir bitte noch eine Schorle? Kann es sein, dass sie Mitglied dieser Bande ist? Gold? Juweliere? Bankautomaten?"

Er füllte ihr Glas halb voll Wein und goss Mineralwasser zu. „Dass sie aktiv beteiligt ist, kann ich mir eigentlich nicht vorstellen. Aber als Gangsterbraut? Wieso nicht?"

„Rufen wir Rita Böhringer an wegen einer Fahndung nach Christina?"

„Das kann Rita nicht einfach so auslösen. Sie braucht eine Begründung, und damit schleppt sie den ganzen Polizeiapparat bei Silvio an."

„Du denkst an Edgar Schaaf, stimmt´s?"

Wie gut sie mich schon kennt, dachte er. „Stimmt. Natürlich kann er allein nicht nach Christina fahnden. Aber ich würde gern seine Meinung hören, bevor die Polizei alles niedertrampelt."

Eliza lächelte. „Du magst die Polizei nicht sonderlich, oder?"

„Die Polizei muss einem folgen, der weiß, wo's lang geht", sagte er. „Und das ist Edgar."

Selbstsicher ergriff Eliza Pits Handy, schaute ihm keck in die Augen und drückte die entsprechende Kurzwahltaste. Nach dreimaligem Läuten wurde der Anruf angenommen.

„Pit, kennst du eigentlich keine Ruhe? Was gibt's denn heute?"

„Eliza ist am Apparat. Hallo Edgar."

„Oh, Eliza, ist was passiert?"

„Wie man's nimmt. In gewisser Weise schon. Wir brauchen deinen Rat. Können wir heute noch bei dir vorbeikommen, oder ...?"

„Wir nehmen *oder*. Wir kommen bei euch vorbei. Melanie und ich. Mit der Harley. In einer Stunde?"

„Pit, in einer Stunde?" Pit reckte den Daumen hoch. „Okay, in einer Stunde", antwortete Eliza.

Es war etwas mehr als eine Stunde vergangen, als sie kurz nach sechzehn Uhr den Motor von Edgars Harley den Weg zu ihrem Haus heraufbollern hörten. Eliza beobachtete Melanies und Edgars Ankunft. Ein schönes Bild, dachte sie. Die bildschöne chromverzierte Maschine, die Jacken mit den im Sonnenlicht blitzenden Reißverschlüssen und Knöpfen, die Stiefel mit den Schnallen – eine Einheit. Sie trat hinzu, als die beiden vom Motorrad stiegen und die Helme absetzten. Melanies Augen strahlten und sie umarmte Eliza herzlich.

„Hallo, meine Liebe, gut siehst du aus. Bald sind die Farben aus deinem Gesicht endgültig verschwunden." Sie streifte einen kleinen Lederrucksack von den Schultern und räusperte sich verlegen. „Wir haben einen Überfall vor. Wir wollen nämlich bei euch übernachten. Meinst du, das geht?"

„Oh, da freu´ ich mich aber" meinte Eliza aufrichtig. „Wenn euch ein schmales Messingbett genügt?"

„Falls nicht, schläft Edgar auf dem Sofa", sagte Melanie, um mit verschwörerischem Unterton hinzuzufügen: „Ich glaube, er möchte heute ein oder das andere Bier trinken."

„Eure Hunde? *Müller* und *Lydia*?"

„Oh, du kennst sogar ihre Namen?"

„Ich lese aktuell Pits ersten *Edgar-Schaaf-Krimi „Schaafswinter"*. Daher sind sie mir recht geläufig."

„Na, dann lernst du wohl oder übel auch mich noch näher kennen. Ein Nachbar schaut nach den Hunden."

„Das klingt jetzt nicht so, als ob du überaus glücklich über deine Rolle in den Büchern wärst."

Melanie beugte sich zu Elizas Ohr. „Meine Gefühle dafür sind zwiespältig. So perfekt, wie Pit mich darin beschreibt, bin ich nämlich gar nicht. Ich hab´ durchaus meine Marotten. Bei ihm muss aber immer alles in Harmonie schwelgen. Fehler und Macken haben bei ihm ausschließlich die Bösen."

Edgar öffnete die Satteltaschen und zog einen Papiersack Grillkohle aus der einen, eine gefüllte Metzgertüte und ein Netz Kartoffeln aus der anderen.

„Das sind die Gründe, wessenthalben wir uns leicht verspätet haben", grinste er. Seine althergebrachte Ausdrucksweise rundete seine sonst gern zur Schau getragenen scharfen Kanten etwas ab. „Ich denke, dass wir uns zum Grillen bei euch einladen." Er drückte Eliza die Metzgertüte und die Kartoffeln in die Hand. „Kartoffelsalat wär´ nicht schlecht. Du hast doch bestimmt eine Zwiebel im Haus, oder? Melanie, hilfst du Eliza dabei?"

„Siehst du, Eliza? Das ist einer der seltenen Fälle, in denen er ausnahmsweise mal dominant anstatt kompetent ist. Komm´, lassen wir ihm seinen Willen und übernehmen wir die Küche."

Edgar entledigte sich der dicken Lederjacke, stiefelte zur Sitzgruppe und ließ sich auf der Bank nieder. Kaum dass er saß, stand er schon wieder auf, um den Grill zu inspizieren. Pit schlenderte hinzu, zwei Dosen Bier in den Händen.

„Gute Idee, mit dem Grillen. Hätte von mir sein können." Er reichte Edgar eine Dose.

Edgar riss die Verschlusslasche auf. „Wie geht´s deiner Hand?"

„Bis auf den Mittelfinger alles picobello, danke. Gut, dass ihr Zeit hattet."

Edgar trank einen Schluck. „Ah, köstlich." Er betrachtete die Dose, als könnte er wie bei einem Glas hindurchsehen.

„Eliza klang am Telefon ziemlich geheimnisvoll. Erzähl´, was passiert ist und warum ihr meinen Rat braucht."

Pit fasste Edgar am Ellenbogen. „Komm´, gehen wir ein Stück. Sag´ mal, schwitzt du nicht in deiner langen Hose? Kannst nachher von mir eine Shorts anziehen, wenn du willst. Was passiert ist? Also pass´ auf."

Pit schilderte, während sie vom Haus weg auf den Wald zu- und dann am Waldrand entlanggingen, was Eliza und er mittags in Offenburg erlebt und welche Gedanken sie sich darüber gemacht hatten. Als sie unterhalb des Dammes am Abfluss des Sees angekommen waren, beendete Pit seinen Bericht und waren die Bierdosen geleert.

Edgar seinerseits hatte ohne Zwischenfragen zugehört. Sie kletterten den Damm hinauf und blickten von dessen Krone über den See zum Haus. „Einfach ein herrlicher Fleck, das alles hier, das muss dir der Neid lassen, Pit." Sie wanderten weiter über den Damm auf die andere Seite der Lichtung, wo am Waldrand erste Schatten den späteren Nachmittag ankündigten.

„Heute Morgen", sagte Edgar, „hat mich Rita Böhringer angerufen. Normalerweise darf sie das freilich nicht, aber das braucht ja keiner zu wissen, schon gar keiner vom LKA. Gestern, wahrscheinlich während der Beerdigung, wurde in Zoikes Werkstatt eingebrochen. Die Mechaniker hatten den Nachmittag frei. Alles war durchsucht und durchwühlt. Angefangen vom Umkleideraum für die Angestellten, über das Ersatzteillager bis hin zu den privaten Wohnräumen der Zoikes. Sogar Kundenfahrzeuge, die zur Reparatur in der Werkstatt standen, hat man nicht ausgelassen. Ziemlicher Schaden, keine Spuren. Ungeachtet dessen hat Rita am gleichen Abend Frau Zoike vorläufig festgenommen. Frau Zoike, man höre, mit einer Platzwunde im Gesicht. Ob ihr Mann sie geschlagen habe, darüber gab sie keine Auskunft. Sie gab nach einer ersten Befragung und anfänglicher Weigerung tatsächlich zu, mit Roland Locher ein Verhältnis gehabt und mit ihm die Flucht geplant zu haben. Die ganze Vorbereitung habe sie allerdings Roland Locher überlassen, unter anderem auch für die finanzielle Sicherheit zu sorgen. Von Gold und dessen Verbleib hätte sie keinen Schimmer gehabt. Im Prinzip seien Roland und sie in den Startlöchern gehockt und hatten nur noch auf die *neuen* Pässe gewartet. Wie die Flucht im Einzelnen vonstattengehen sollte, darüber konnte oder wollte sie sich nicht auslassen, nur dass sie zeitnah hätte stattfinden sollen. Heute Morgen hat sie der Staatsanwalt jedoch wieder auf freien Fuß gesetzt. Begründung: Der Antrieb zur Flucht sei ihr genommen. Angeblich ist sie bei einer Freundin untergeschlüpft. Zu ihrem Mann jedenfalls ist sie nicht zurück."

„Mhm, aber sie muss doch sicher eine Adresse angegeben haben."

„Das hat sie", sagte Edgar.

„Hat sie irgendwelche weiterführenden Angaben bezüglich Rolands Freunden und Kumpels gemacht? Du weißt schon, die Bande."

„Rita sagt nein."

„Und nun? Was schließen wir daraus?"

„Vorerst schließe ich daraus, dass ich Hunger habe und Durst. Lass´ uns mit dem Grillen anfangen. Die Mädels sind hoffentlich mit dem Kartoffelsalat fertig."

Würste und Schweinesteaks brutzelten über der glühenden Holzkohle. Pit waltete seines Amtes als Grillmeister. Eliza hatte zum Kartoffelsalat Paprika und Tomaten auf den Tisch gestellt, dazu Brot geschnitten. Die Frauen tranken Weißwein zum Essen, die Männer blieben vorerst bei Bier. *Pepsi* balgte sich mit einem Wurstzipfel unter dem Tisch herum.

„Hast du hier eigentlich Probleme mit Moskitos? Der See muss doch eine ideale Brutstätte für die Stechviecher sein." Melanie nahm sich Kartoffelsalat aus der Schüssel.

Pit kaute an einem sehnigen Stück Fleisch herum. „Könnte man meinen", mampfte er dann, „aber gottseidank ist dem nicht so. Das Wasser ist ihnen wahrscheinlich zu kalt. Hatte noch nie Ärger damit. Ich glaube, Eliza kann das bestätigen. Sie schwimmt mit Vorliebe im See, gell, Eliza?"

„Wenigstens stell´ ich mich nicht so umständlich an wie du, Pit."

„Wir können´s ja nachher alle mal probieren", schlug Edgar vor. „Nackt, natürlich."

„Nur über meine Leiche", schauderte Pit bei dem Gedanken.

„Womit wir wieder beim Thema wären." Edgar öffnete sich eine frische Dose Bier. „Ich hab´ mir die Bilder von der Beerdigung noch einmal genauer angeschaut. Im wahrsten Sinne des Wortes mit der Lupe. Pit, holst du bitte deinen Computer? Es dauert nicht lange."

Im Nu stand der Laptop auf dem Tisch. Edgar rief die Bild-Datei mit Ritas Aufnahmen auf, klickte durch die Fotos, bis er bei einem stehen blieb. „Da schau mal. Eliza, du bitte auch. Im Hintergrund. Der hohe Grabstein ziemlich rechts. Wartet, ich zoome das Bild größer, allerdings wird es dann unscharf."

Eliza hatte es zuerst entdeckt. „Da guckt ein Kopf über den Grabstein zu uns her."

„Ja, genau", bestätigte Edgar. „Die Beerdigung wurde beobachtet. Er ist auf noch zwei weiteren Bildern zu sehen." Wieder klickte er die Bilder vorwärts. „Hier ist er wieder, seht ihr's? Er trägt eine Baseballkappe und eine Sonnenbrille. Und hier auch. Er hält sich ein Handy vor die Nase, macht Fotos oder Videos. Eindeutig."

„Kriegst du das auch noch mit höherer Auflösung?", fragte Pit.

Edgar klappte den Deckel zu. „Ich nicht, aber vielleicht Allgöwer auf der Polizeidirektion. Ich fahr' am Montag hin. Möglicherweise ist das eine erste Spur auf die Gold-Bande."

„Das wär' ja der Hammer. Auf jeden Fall würde es sich lohnen zu wissen, um wen es sich dabei handelt." Pit rieb sich die Hände, als wäre er von dem Gedanken elektrisiert.

„Allerdings", erwiderte Edgar. „Im Hinterkopf keimt bei mir eine Ahnung, als hätte ich das Gesicht schon mal gesehen, aber ich komm' verflixt nicht drauf, wo. Vielleicht fällt es mir noch ein. Es wäre aber auch interessant zu erfahren, ob es sich im *Zum grauen Eck* echt um Elizas Gefangenenverlies handelt. Die Punkte, die du aufgezählt hast, Silvios abweisendes Verhalten und der SUV auf deinem Parkplatz lassen diverse Vermutungen zu."

Pit holte zwischendurch einen Teller mit Würsten vom Grill und verteilte sie. „Aber merkst du was, Edgar? Wir beschäftigen uns zurzeit immer nur mit den Betroffenen. Wir kriegen nur von den Randfiguren was mit. Wir kreisen um die Bande herum, ohne sie einkreisen zu können. Wir haben nicht einen konkreten Hinweis auf sie. Wir wissen weder, wer sie sind noch wie sie heißen. Alles was wir haben sind vier Spitznamen: Dan, für Roland Locher, Dago, Micky und Goofy."

„Entschuldigt, wenn ich da einhake", mischte Eliza sich in das Gespräch, „aber ich habe da einen Gedanken. Pit, du hast vor einigen Tagen erwähnt, dass der Freund von Silvios Tochter Don heißen würde. Richtig?"

Pit nickte. „Ja, red´ weiter, Eliza."

„Wir hätten somit fünf Namen, die von *Disney* entlehnt sind. Gehen wir davon aus, dass Dago für *Dagobert Duck* steht; Micky für *Micky Mouse*; Goofy für *Goofy*; Dan für *Daniel Düsentrieb* und Don natürlich für *Donald Duck*."

„Sehr gut, Eliza. Weiter."

„Vielleicht bilden die Namen gleichzeitig Synonyme für spezielle Eigenschaften oder Charakterzüge der betreffenden Personen. Versteht ihr, was ich meine? Dago hätte zum Beispiel keine Geldsorgen, kommt möglicherweise aus begütertem Hause, hätte es finanziell eigentlich gar nicht nötig, Bankautomaten auszurauben. Micky ist vielleicht clever, und somit der kreative Kopf der Bande; Goofy ist ein bisschen trottelig, macht die Drecksarbeiten, die einfachen Dinge, wie Schmierestehen; Dan ist der Erfinder, zuständig für das Equipment und die Ausrüstung, was bei Roland Locher als Mechaniker Sinn gemacht hätte; Don ist der Donald, das Großmaul und der Chaot der Truppe. Was meint ihr?"

Edgar und Pit schauten sich an. Melanie zollte Beifall. „Exzellent, Eliza", sagte sie. Nicht wahr, Jungs?"

„Absolut großartig", staunte Edgar. „Das ist sonst die Aufgabe eines professionellen Profilers. Ich bin sprachlos, Eliza."

„Und wenn Silvios Tochter Christina, um den Gedanken zu Ende zu denken, Daisy oder Minnie genannt wird, ist die Bande komplett." Eliza lehnte sich entspannt zurück.

„Meine Güte ist das konsequent gedacht. Ich muss sagen, Eliza, du überraschst mich. Ich erwäge, die Geschichten über mich in Zukunft von dir schreiben zu lassen anstatt von Pit."

„Das ist mir wurscht", äffte Pit, „Hauptsache, es bleibt in der Familie."

Ein Lacher ging durch die Runde.

„Nun mal aber im Ernst." Edgar legte das Essbesteck auf den Teller. „Das Geheimnis um Silvio, Christina und das *Zum grauen Eck* muss gelöst werden. Montags bin ich sowieso in Offenburg. Ich schlage vor, wir treffen uns dort und klopfen bei Silvio nochmal an. Wenn er uns nicht nachschauen lässt, müssen wir ihm wirklich mit der Polizei drohen. Seid ihr zwei mit dabei?"

Eliza reichte Pit die Hand über den Tisch. Der ergriff sie und hielt sie fest. „Nur zu zweit, Edgar. Noch jemand ´ne Wurst?"

Edgar hatte sich tatsächlich angeschickt, nackt im See baden zu wollen, war allerdings von Melanie resolut daran gehindert worden. „Du hast drei oder vier Bier getrunken. Das ist Wasser ist kalt. Willst du einen Herzkasper riskieren und mich frühzeitig zur Witwe machen? Untersteh´ dich, Edgar Schaaf."

Er wusste aus Erfahrung, dass sie es ernst meinte, wenn sie ihn mit vollem Namen anredete, und zog es vor, sich mit Pit etwas aus der Schusslinie zu ziehen. Der hatte eine Flasche seines Standard-Weines entkorkt, und so setzten sie sich auf den Rumpf des umgedrehten Ruderbootes am See und fachsimpelten bei einer Zigarette über Politik und was die Welt am Laufen hielt. Eliza und Melanie beschäftigten sich mit dem bisschen Geschirr und anschließend mit den Grafiken, die Eliza nun im Original vorlegen konnte.

„Oh ja. Das sind schöne Arbeiten, Eliza."

„Es tut mir leid, dass auf den Mustern, die ich dir per E-Mail gesandt habe, keine Maße angegeben waren. Der ganze Trubel, der Überfall ...“

„Alles okay, du brauchst dich nicht zu entschuldigen. Ich seh´s ja jetzt quasi analog." Melanie blätterte mit Kennerblick die vier Ordner durch. „Wenn du erlaubst, möchte ich gern alles bei mir daheim haben. Da wir mit dem Motorrad hier sind, kann ich sie nicht mitnehmen. Du wirst mir die Grafiken bringen müssen. Ginge das?"

Eliza war positiv überrascht. „Sicher. Du meinst, damit kannst du was anfangen?"

Melanie lachte. „Damit ist meine nächste Ausstellung gesichert. Natürlich kann ich damit was anfangen. Einzig was du noch machen musst: Signieren und mit Datum versehen."

„Äääh ...“

„Für die Rahmen, und wo angebracht, Passepartouts, sorge ich selber. Geh´ ich recht in der Annahme, dass du auch an einem Verkauf interessiert bist?"

„Äääh ...“

„Bestimmt. Über die Preise und meine Provisionen diskutieren wir dann später. Alles in Ordnung mit dir, Eliza? Du wirkst so überfahren?" Melanie strahlte sie an.

„Puuuh, du legst vielleicht ein Tempo vor, da wird einem ...da bleibt einem ja grade die Luft weg."

„Na, ist doch gut. Komm´ wir schauen nach unseren Männern. Nicht, dass sie noch tot im Wasser treiben."

10. Juli 2022

Pit hatte angenommen, dass er der erste Aufsteher am Morgen sei, wurde jedoch eines Besseren belehrt. Noch während er in der Küche auf den Kaffee wartete und dabei aus dem Fenster schaute, konnte er sehen, dass Melanie und Edgar mit dem Ruderboot über den See kreuzten. Was sind das denn für Narren, dachte er verwundert. Mit der Micky-Mouse-Tasse und einer Zigarette trat er vor die Haustür, empfangen von ihrem Winken und Rufen. Pit winkte mit der Tasse zurück, setzte sich und schaute den beiden zu. Sie schienen enormen Spaß zu haben, denn Edgar steuerte das Boot ein ums andere Mal um die Insel herum, und ihr Gelächter klickerte wie geschüttelte bunte Glasmurmeln bis zum Haus.

Eliza setzte sich zu ihm, das lange Haar noch bettwirr, und nahm ihm die Kaffeetasse aus der Hand. Wie konnte eine Frau ungeschminkt nur so gut aussehen. „Guten Morgen, mein Liebster", seufzte sie, gähnte, und kuschelte sich in seine Achselhöhle. Er küsste sie aufs Haar. „Guten Morgen, Liebste. Sieh´ dir nur diese komischen Menschen dort an. Erwachsen, und doch wie die Kinder."

„Ach, wenn nur alle so komisch wären."

Dazu, fand Pit, gab es nichts weiter zu sagen. „Ich mach´ dir einen Kaffee."

„Nein lass´, gib mir eine Zigarette. Es gibt ja bald Frühstück."

Edgar ruderte das Boot jetzt ans Ufer. Hand in Hand, beide barfüßig und noch im Schlafanzug, kamen sie auf Eliza und Pit zu. „Es war wie ein Zwang. Der Ruf des Meeres", tönte Edgar theatralisch.

„Sein nächster Wunsch wird ein eigener See in unserem Garten sein", sagte Melanie und verdrehte die Augen. „Mit einer Insel in der Mitte. Denkt an meine Worte."

Edgar küsste sie dankbar auf die Stirn. „Sie kann Gedanken lesen. Das ist das ganze Geheimnis."

Eliza fiel Melanies amputierter linker Fuß auf. Genau wie Pit es im Roman „*Schaafswinter*" beschrieben hatte. Motorradunfall. Sie wandte ihren Blick schnell davon ab, doch Melanie hatte ihn registriert. Eliza lief rot an. „Ich ...ich ..."

Melanie lächelte. „Es ist, wie es ist."

Nach dem Frühstück fuhren Melanie und Edgar auf der Harley davon. „Vergiss´ die Grafiken nicht, Eliza", rief ihr Melanie vom Sozius zu, und weg waren sie.

„Welch ein sympathisches Paar", sagte Pit, als er dem Motorrad hinterherwinkte. „Wie wertvoll, solche Freunde zu haben."

„Was sind wir, Pit? Sind wir für sie, was sie für uns sind?"

„Durch dich sind wir das."

„Wie meinst du das?"

„Hm, wie soll ich das beschreiben? Ich war vorher eher so etwas wie ein harmloser Spinner. Ein kauziger Sonderling. Der Eremit vom Holzhaus am See. Durch dich bin ich geadelt worden. Durch dich habe ich plötzlich ein Renommee erhalten. Ein Ansehen. Ein Gesicht. Durch dich kann man mich identifizieren. Siehst du nicht, dass ich neben dir aufrechter gehe? Dass neben dir meine Brust schwillt? Dass mein Blick der eines Mannes wird, wenn du bei mir bist? Du bist der sichtbare Teil, der bisher immer an mir gefehlt hat. Ich war unvollständig ohne Dich. Nur zusammen geben wir ein Bild ab, in dem man mich überhaupt erkennen kann."

„Aber du allein bist mehr, als nur der Schatten auf einem Bild."

„Weil du das Bild und der Rahmen bist."

Sie gingen zurück ins Haus. „Ich bin beeindruckt, Pit, aber findest du nicht, es ist ein bisschen zu viel der Glorie? Wer bin ich schon, die du denkst, ich sei es? Ich bin Eliza, nichts weiter. Du hattest schon immer ein Profil. Mach dich nicht kleiner als du bist. Spinner, wie du sagst, Sonderling und Eremit wird man nicht durch Schwäche, sondern durch Stärke. Es erfordert Mut, anders als zu sein als die Masse. Das Haus aus Holz, der See, dein Wellblech-Auto, deine Pferdeschwanzfrisur, deine Bücher – alles Zeugnisse deiner Autonomie. Du würdest mich eigentlich gar nicht brauchen, um dich selbst sehen zu können."

„Wenn man allein ist, merkt man meistens nicht, was für ein Mensch man ist. Woher soll ich zum Beispiel wissen, was für ein Hornochse ich bin, wenn es mir niemand sagt? Und wahrscheinlich war ich das auch. Jetzt aber bist du da und ich erkenne mehr und mehr, wie wunderbar es ist zu teilen. Wo wir herkommen ist nicht so wichtig wie die Frage, wohin wir gehen. Mir gefällt die Vorstellung, in Zukunft an deiner Seite sein zu dürfen."

„Dürfen? Du? Aber hallo! Alles, worauf wir stehen und das wir sehen ist deins. Nichts davon gehört mir. Ich bin es, die darf."

„Doch, es gehört genauso dir. Wir werden das notariell und grundbuchamtlich regeln."

Eliza trat zu ihm umarmte ihn. „Ach, Pit. Du musst nicht alles aufgeben, nur um mir zu gefallen. Ich liebe dich auch so."

„Alles sowieso nicht. Nur die Hälfte", sagte er kichernd.

Gegen Mittag schoben sich dunkle Wolken vor die Sonne und es wurde unerträglich schwül. Die Luftfeuchtigkeit schien aus dem Hahnenfuß in die Höhe zu wachsen. Aus dem geplanten Inselaufenthalt würde nichts werden. Eliza breitete kurzerhand eine Decke auf dem Boden hinter der geöffneten Haustür aus und schaute durch den Türrahmen zu, wie sich Gewitterberge auftürmten und erste Blitze sich entluden. Selbst *Pepsi* war die Atmosphäre nicht geheuer und kauerte sich an Elizas Seite. Pit dachte beim Anblick der beiden gleich an einen neuen Buchtitel. *Die Haustür, die Frau und die Katze.* Fehlt mir nur noch die Geschichte dazu, grummelte er in den Bart und klappte den Deckel des Laptop auf.

„Was machst du?", rief Eliza von der Tür her.

„Ach, weiß nicht recht. Vielleicht schreib´ ich ein paar Zeilen."

„Was schreibst du?"

„Mal sehen. Vielleicht beginne ich einen neuen *Edgar-Schaaf-Krimi.*" Und kaum waren die Worte über die Lippen uneinholbar enteilt, tippten seine Finger bereits die ersten Buchstaben:

Schaafsgold und der ungelesene Autor

24. Juni 2022

Silvio brachte ihm das zweite Glas Weißwein und stellte es vor ihn auf den Tisch. Billigen Landwein im geraden Glas, ohne Henkel. Pit Ferman mochte die behenkelten Weinschoppengläser nicht. Henkel waren seiner Meinung nach etwas für Kaffeetassen und Kochtöpfe, nichts für Trinkgläser.

Alles hat einen Anfang, dachte er, und wer nicht beginnt, kann niemals fertig werden. Für heute jedoch war ihm das Anfang genug, weshalb er auf *speichern* drückte und den Computer herunterfuhr. Er erhob sich, kniete sich hinter

Eliza und massierte einhändig ihre Schultern, während er das aufziehende Gewitter beobachtete.

„Aaah, tut das gut. Mach weiter, bitte. Du hast schon aufgehört zu schreiben?"

„Mit der linken Hand will es nicht so, wie ich es gewohnt bin. Der steife Mittelfinger ragt wie ein Fremdkörper über die Tastatur. Vielleicht wird es durch Übung besser."

„Oder durch einen Arzt. Du solltest die Hand nochmal röntgen lassen. Das ist im wahrsten Sinne des Wortes dein Handwerkzeug. Ohne kannst du deinen Beruf nicht ausüben."

„Es ist nicht mein Beruf, Eliza."

„Doch das ist es. Dein Beruf. Du bist Buchautor. Wie viele Bücher du verkaufst, ist eine rein geschäftliche Sache. Aber sie müssen erst geschrieben sein, um verkauft werden zu können."

„Lieb, dass du es so siehst."

„Morgen gehen wir in die Notfall-Ambulanz. Wir sind ja sowieso in Offenburg."

Schlagartig brach das Unwetter los. Aus dem nachtschwarzen Zentrum schleuderte ein Windstoß Regentropfen von Fingerhutgröße vor die Haustür, wo sie zerplatzten und als Sprühnebel ins Wohnzimmer gedrückt wurden. „Igitt", schrie Eliza, von der ersten Salve getroffen. *Pepsi* trollte sich fauchend unter den Tisch. Eilig drückte Pit mit der Schulter die Tür zu, bevor die nächste Kaskade gegen die Hauswand platschte. Sie verlegten ihren Beobachtungsposten an das dem Sturm zugewandte Fenster, wo sturzbachweise das Wasser über die Scheiben floss. Blitz und Donner waren keine Sekunde voneinander getrennt.

„Ui, das ist nah", entfuhr es Pit, der bei Gewitter stets die Sekunden zwischen Blitz und Donner zählte, um die Entfernung und Gefahr messen zu können.

„Ich liebe das", sagte Eliza, „bei Unwetter im warmen trockenen Haus zu sitzen und den Naturgewalten zuzusehen. Ich bin übrigens einverstanden."

„Womit bist du einverstanden?"

„Mit der Hälfte."

Es dauerte einige Sekunden, bis bei Pit der Groschen fiel. Dann umarmte er sie gerührt. „Ich gratuliere zu deinem neuen warmen trockenen Haus." Passenderweise knallte ein Blitz aus den Wolken. „Ui, das war knapp", kommentierte Pit und ließ offen, auf was sich die Bemessung bezog.

Eine Stunde später war der Spuk vorbei. Den schwarzen Wolken folgten blaue Löcher am Himmel und die Sonne kochte die Nässe aus dem Hahnenfuß. Bald hing Dunst über dem See und vor den Waldbäumen im Osten funkelten, wohin man schaute, kleine Regenbogen.

Eliza schrieb eine Liste, welche Art Möbel und Zubehör sie für das geplante Atelier benötigen würde. Ein Schreibtisch war ein Muss, und ein oder zwei Regale sowieso. Eine Staffelei wäre von Vorteil, dazu Lampen mit verstellbaren Leuchtkörpern. Aquarell-Papier, diverse Pinsel, Wasserfarben. In Klammern setzte sie dazu: (Wachsstifte, Filzstifte, Malbücher, Brettspiele, Tretroller, Kinderfahrrad, Federballspiel, Ball), alles, was ihr in den Sinn kam. Ihr war das völlige Fehlen jeglichen Kinderspielzeugs im gesamten Haus aufgefallen, was sie für einen unhaltbaren Zustand hielt. Wenn Pits Enkelin zu Besuch hier sein würde, brauchte das Kind etwas zum Spielen. Dafür wollte sie sorgen. Was sie in dieser Hinsicht in der AWO nicht finden würde, musste sie halt auf anderem Weg beschaffen, einem Flohmarkt am liebsten. Spielzeug musste einfach her. Das gibt es doch gar nicht, dachte sie, und hatte es vermutlich laut gedacht, denn Pit, der an seinem Laptop arbeitete, fragte:

„Mit wem redest du?"

„Hahaha", lachte sie und fühlte sich ertappt, „ich rede mit mir. Ich bin verwundert, dass es in diesem Haus überhaupt kein Kinderspielzeug gibt und stelle eine Liste zusammen. Ich meine, mit was spielt Mila denn, wenn sie hier ist, hm?"

Pit erhob sich vom Bürostuhl, trat zu ihr hin und gab ihr einen Kuss auf die Stirn. „Komm´ mal mit."

Er nahm sie bei der Hand und stieg mit ihr die Treppe in den oberen Flur hinauf. Hinter der Tür aus dem bislang unbenutzten Zimmer, dem künftigen Atelier, holte er eine Stange mit Haken hervor und zog damit eine Klappe aus der Decke. Eine schmale Leiter kam zu Vorschein. „Steig´ mal da hinauf."

Unsicher schaute sie ihn an, nahm die Leiter dann in Angriff. Pit folgte ihr. Die Leiter führte auf einen engen Speicher unter dem Dachgiebel, in dem man selbst in der Mitte nur mit gebeugtem Kopf stehen konnte. Direkt neben der Klappenöffnung lagerte ein Plastikcontainer mit Deckel. Pit klopfte mit der flachen Hand auf die Kiste. „Hier drin?", fragte sie. Pit nickte. Eliza öffnete den Deckel und schaute hinein. Es war alles kunterbunt durcheinander geworfen.

„Aufgeräumt ist anders", stellte sie lapidar fest.

„Wenn sie da ist, kippt sie sowieso die Kiste mit dem gesamten Inhalt auf den Kopf."

„Hilf mir mal, die Kiste nach unten zu tragen. Das gefällt mir so nicht. Ein bisschen Ordnung schadet bestimmt nicht."

Sie trugen den Container in das leer stehende Zimmer, und Eliza inspizierte, was sich, Kraut und Rüben durcheinander, darin befand. Die einzig brauchbaren und noch verwendbaren Dinge waren ein Springseil, ein Ball und *Lego*-Bausteine. Straßenmalkreide zum Beispiel konnte sie im Hahnenfuß überhaupt nicht verwenden, bei einem Federballspiel war ein Schläger ohne Bespannung, und die vorhandenen Bilderbücher mochten vielleicht für ein fünfjähriges Kind richtig sein, doch nicht mehr für ein Mädchen, das bald neun werden würde.

„Also mein Lieber, bis deine Tochter mit dem Kind dich wieder ...“

„Uns!“

„Was?“

„Sie besucht uns, Oma und Opa.“

Eliza seufzte und reichte ihm die Hand. „Ach Pit, ja. Bis sie *uns* wieder besucht, ...also bis dahin ...Mensch, Pit, jetzt bringst du mich auch noch zum Heulen. Opa und Oma.“ Sie drehte sich in die Zimmerecke weg, fingerte ein Taschentuch aus ihrer Hosentasche und schniefte. „Verdammt, warum bin ich bloß so eine sentimentale Kuh?“

„Du willst sagen, dass wir bis dahin für ordentliches Spielzeug sorgen müssen.“

Sie hatte sich wieder im Griff und schaute ihn an. „Ja. Denn damit“, deutete sie in die Kiste, „kann sie nicht spielen.“

„Okay“, sagte er, „du hast dir sicherlich schon einiges aufgeschrieben.“

„Ja, und auch, was wir an Möbel für das Atelier benötigen. Mein Lieber, morgen wartet auf uns ein umfangreiches Programm. Silvio in Offenburg, Krankenhaus in Offenburg, AWO in Lahr, und wenn wir noch Zeit haben, möchte ich Melanie meine Grafiken vorbeibringen.“

Pit überschlug in Gedanken die Wege. Sie könnten, um alles unter einen Hut zu bringen, eine Art Rundfahrt ins Auge fassen. „Welches Programm haben wir für heute noch auf der Agenda?“

Sie zwinkerte ihm zu. „Lieb haben.“

11. Juli 2022

Abgesehen davon, dass er Christina für ein paar Tage nicht sehen würde, ging es Xavier Ballhaus den Umständen entsprechend relativ gut. Dass sein Vater ihn telefonisch nach Hause zurückbeordert hatte, vielmehr in die Firma nach Karlsruhe, war ihm sogar willkommen, hatte er damit nämlich einen Anlass, von den Ereignissen der letzten Tage Abstand zu gewinnen, ohne lange nach Rechtfertigungen suchen zu müssen.

Selbst für ihn war es, was Hektik und Aktionismus anging, in letzter Zeit zu viel geworden. Was heißt zu viel. Die Chose war aus dem Ruder gelaufen, die Kontrolle war in Brutalität ausgeufert, und trotzdem hatte alles nichts eingebracht. Wenn sie damals nur nicht auf das Gold gestoßen wären. Gold. Nach und nach verseuchte es die Gehirne, und nach und nach fraß es sie auf. Dan war der erste und beste Beweis dafür. Danach war der Überfall auf Eliza und deren neuen Freund gefolgt und hatte in Elizas Entführung gegipfelt. Alles Ergebnisse der wütenden, verblendeten irrationalen Jagd nach dem Gold. Dabei war er es selber gewesen, der mit seinem Insiderwissen aus der eigenen Firma in Karlsruhe den größten Coup der Bande überhaupt erst angestoßen hatte.

Gut, bei Dan musste man fairerweise dazusagen, dass er, wie es aussah, die Bande übers Ohr hauen wollte. Ganz klar. Denn ihm war das Gold zur Verwahrung ausgehändigt worden, bis ein entsprechender Abnehmer gefunden werden konnte. Das war der Deal gewesen. Und Dan hatte sich nicht daran gehalten. Wo er aber das Gold versteckt hatte, das wollte er beileibe nicht rausrücken, hätte sich lieber die Zunge ausgebissen, und am Ende – tja, am Ende konnte er es nicht mehr sagen. Xavier erinnerte sich mit Grausen an die verkohlte Augenhöhle, sah noch immer das Auge vor sich, das sich förmlich in Wasserdampf aufgelöst hatte.

Finanziell hatte Xavier es eigentlich überhaupt nicht nötig. Er besaß mit seinem Vater die Firma, die genug abwarf, um sich ein sorgenfreies Leben leisten zu können. Vielleicht war ihm gerade dieses sorglose Leben zu langweilig erschienen, sodass er der Aussicht auf ein wenig Spannung umso leichter erlegen war. Wie er vor über drei Jahren allerdings Mitglied der Bande wurde, konnte er heute schon fast nicht mehr detailliert nachvollziehen. Irgendwie hineingerutscht, und dann mit wachsender Begeisterung mitgemacht, bis es zuletzt - ja, bis es so dermaßen eskalierte. Anders konnte er nicht dazu sagen. Eskalierte. Das war nicht mehr das Betätigungsfeld, auf dem er sich wohl fühlte.

Juweliere ausrauben hielt er für ganz okay. Es traf ja keine armen Leute. Geldautomaten entführen war ebenso ein Geschäft, bei dem niemand verletzt wurde oder gar zu Tode kam. Damit konnte er leben. Aber mit Mord wollte er nichts zu tun haben. Er hütete sich jedoch davor, sein Missfallen laut auszusprechen, denn wie hieß es so treffend? Die Revolution frisst ihre eigenen Kinder. Er traute Dago nicht länger über den Weg.

Dabei war es Dago gewesen, der ihn für die Bande sozusagen engagiert hatte. Im Grunde war Dago auf der Suche nach einer Firma gewesen, die nicht nur die Karosserien teurer Luxusautos veredelte, sondern auch entsprechend technisch ausgestattet war, um Spezialanfertigungen für Nutzfahrzeuge nach Planvorgaben zu bauen. Im Prinzip handelte es sich um austauschbare Großwerkzeuge, die hydraulisch bewegt werden konnten. Die Baupläne, erfuhr Xavier später, stammten samt und sonders von Dan, dem Tüftler und Erfinder der Werkzeuge. Mit diesen Spezialanfertigungen rammten sie die Auslagenfenster der Juweliere und rissen sie die Geldautomaten aus ihren Verankerungen, wobei die Werkzeuge jeweils den örtlichen Begebenheiten angepasst werden konnten.

Dann hatte er Christina kennengelernt. Ihre Schönheit hatte ihn mitten ins Herz getroffen, als er sie vor sechs Wochen bei einem Konzert in Karlsruhe in der Menschenmenge entdeckt hatte. In der Pause war er ihr an den Kiosk gefolgt, wo sie für Bier in der Wartereihe anstand. Der Blick in ihre sagenhaften Augen hatte ihn im Nu zum Tollpatsch werden lassen: Er hatte sie blinderweise angerempelt, ihr das Bier verschüttet, war selber über die eigenen Füße gestolpert und hatte dabei sein eigenes Bier verloren, sie zum Lachen gebracht – ihre Gunst gewonnen. Ihretwegen hatte er sich in Offenburg in ein Hotel eingebucht, um näher bei ihr sein zu können. Er konnte sich solche Extravaganzen leisten. Vorher war er nur jeweils extra aus Karlsruhe angereist, wenn die Bande einen Coup geplant hatte.

Er schämte sich dafür, dass er Christina in Elizas Entführung mit hineingezogen hatte. Er hatte in Christinas Augen den Schmerz gesehen, den ihr die Sache bereitete, und vor allen Dingen, dass in ihrem Xavier nicht der drinsteckte, den sie in ihm zu sehen glaubte. Er wusste, dass er sie verlieren würde, wenn er nicht schleunigst mit der Bande brach.

Er verließ das Hotelzimmer und gab an der Rezeption den Schlüssel ab. Er sagte, dass er für einige Tage verreisen müsse. Auf dem Parkplatz stand sein schwarzer Mercedes SUV, neuestes Modell, Sonderausgabe. Es ging auf die Mittagszeit zu. In einer Stunde konnte er in Karlsruhe sein, wenn er nicht in einen der penetranten Staus geriet.

Er stieg ein, tippte den Geheimcode in den Bordcomputer, sagte *Motor Start*, der Kompressor heulte gedämpft auf, dann legte er den Rückwärtsgang ein.

Die Beifahrertür wurde aufgerissen. Bevor der Wagen ins Rollen kam, saß ein fremder Mann auf dem Sitz neben ihm, in der Hand eine Bohrmaschine. Die Hand mit der Bohrmaschine schoss auf Xavier zu, und ein im wahrsten Sinne des Wortes bohrender Schmerz drang in seine rechte Schulter ein. Geschockt warf sich Xavier gegen die Fahrertür, fand wie durch ein Wunder den Türöffner, drückte die Tür auf, um nach außen fallen zu können, doch der fremde Mann hielt ihn am Hemdkragen fest. Er zog ihn gewaltsam zurück. Die Hand mit der Bohrmaschine zuckte abermals nach vorne, bohrte sich in den rechten Oberschenkel. Xavier brüllte vor Schmerz. Sofort färbte sich seine helle Sommerhose dunkel ein.

„Mach´ bloß keine Sperenzien und fahr los", sagte der fremde Mann unterkühlt und hielt Xavier die Bohrmaschine vor die Nase. „Raus aus der Stadt, Richtung Autobahn."

Es ist eine Bohrmaschine mit Akku, was sonst, dachte Xavier überflüssig wie ein Kropf und noch immer unter Schock. Wer ist dieser Mann? Was wollte der von ihm?

Er verspürte seltsamerweise kaum Schmerzen. Angst frisst Schmerzen.

Das Auto wollte nicht so, wie er wollte. Nein. Er konnte nicht so, wie er sollte. Die Schaltung spielte verrückt, beziehungsweise hatte er komplett das Feingefühl für Kupplung und Schaltung verloren, und er hatte augenblicklich den totalen Blackout, wusste nicht, wo er war und in welcher Richtung die Autobahn lag. Er bekam einen Fausthieb auf die durchbohrte Schulter, wodurch der Schmerz erneut aufflammte und wie eine Blendgranate hinter seinen Augen explodierte.

„Du sollst Richtung Autobahn fahren, Herrgott. Fährst einen dicken Schlitten und kannst nicht damit umgehen."

Xavier wagte einen Blick nach rechts. Wer war der Mann? Er trug eine blaue Baseballkappe, unter der graue kurze Haare hervorschauten, eine verspiegelte Pilotensonnenbrille, schwarze Handschuhe. Sein Gesicht wirkte ungesund. Großporige Nase; käsige Wangen; blasse, schmale Lippen; hervorstehendes Kinn mit Grübchen; nachlässige Rasur. Und aus welchem Grund trug der Mann bei diesem Wetter eine Regenpelerine und Regenhosen? Pelerine hellblau, Hose anthrazit.

„Was wollen Sie von mir?"

„Weiterfahren. Die Fragen stelle ich."

Xavier lenkte den Mercedes mit bebenden Händen. Der Fleck auf seiner Hose wurde größer, breitete sich aus. Am linken Ellbogen sammelte sich Blut, das von der Schulter den Oberarm hinuntergeflossen war. Tropfen pitschten auf die mittlere Armlehne.

„Wo ist das Gold?"

Eine dunkle lähmende Ahnung raste wie ein Tornado auf Xavier zu.

„Wie viele seid ihr?"

Er überlegte fieberhaft, wie er der drohenden Gefahr entrinnen könnte. „Ich verstehe nicht ..."

Die Bohrmaschine fraß sich in den Oberschenkel. Er verlor die Kontrolle über den Fuß, rutschte vom Gaspedal. Tränen raubten ihm die Sicht. Xaviers Wagen schleuderte gefährlich, dreißig, vierzig Meter, bis das elektronische automatische System den Wagen wieder stabilisiert hatte.

„Fahr´ geradeaus, du Schlappschwanz. Wie viele seid ihr? Die Bande. Ich will die Namen."

Xavier ahnte, dass dieser Fremde kein Federlesens machen würde. Der wusste, was er tat. Xavier atmete schwer. Er glaubte nicht, dass er heute noch nach Karlsruhe kommen würde. Vor seinem inneren Auge sah er eine blonde schöne Frau, die sich weiter und immer weiter von ihm entfernte, von ihm wegging.

Er versuchte es noch einmal. „Welche Bande?" Er mochte ein Feigling sein, aber kein Verräter.

Es traf ihn an der Seite. Xavier schrie: „Fünf! Fünf! Wir sind fünf."

Der Mann musste verrückt sein. Xaviers Gedanken rasten hysterisch im Kreis. Welche Organe lagen auf dieser Seite? Leber? Lunge? Und was noch? Warm spürte er das Blut an der Hüfte.

Der Fremde betätigte die Bohrmaschine. Sie surrte mit hoher Frequenz. Nein, nicht wieder, bitte, nicht wieder.

„Bieg´ da vorne rechts ab. Siehst du den Parkplatz? Dorthin. Nenn´ mir die Namen. Los. Dalli!"

„Goofy, Micky, …"

Der Fremde kannte kein Erbarmen, bohrte ihn in die Bauchdecke. „Die richtigen Namen, du Idiot. Glaubst du, mir macht das Spaß, dich hier zu durchlöchern? Die richtigen Namen, los jetzt."

Xavier nannte die richtigen Namen, soweit er sie kannte, musste jedoch zwei weitere Bohrungen erdulden, bis der Peiniger ihm Glauben schenkte. Er dachte, dass es damit überstanden sei.

„Die Adresse von dieser Eliza. Raus damit."

Xavier schluchzte völlig entkräftet. „Ich kenne die Adresse nicht. Nur den Ort, wo sie neuerdings wohnt. In Grünweiler. Irgendwo im Wald."

„Und zum Schluss: Wie heißt die Matratze, die du vögelst?"

Xavier wurde es schwarz vor Augen. Das kann doch alles gar nicht wahr sein. Er würgte das Frühstück empor und spuckte es in den Fußraum. Er bewegte langsam den Kopf hin und her. Er würde ihren Namen nicht nennen. Er würde Christinas Namen nicht verraten. Er würde …

Der Bohrer drang in den Unterleib.

Er würde ihren Namen nicht verraten. Niemals. Christina, ich liebe dich. Ich liebe dich. Ich liebe …Christina …

In den linken Oberschenkel. Es glich dem Hieb einer Axt. Etwas Entscheidendes war getroffen. Mit Absicht? Das Blut spritzte durch die Hose hindurch im Bogen hervor. Xavier fiel jetzt ein, warum der Fremde bei diesem Wetter Regenkleidung trug. Er kicherte, als er den Irrsinn begriff. Den Wahnsinn. Der Fremde hatte diesen Wahnsinn vorhergesehen, hatte ihn genau so geplant. Jetzt spürte er, wie ihn schleichend der Verstand verließ. Wie die Abstände zwischen den Gedanken größer und länger wurden. Wie sie wie ein Grottenolm davonkrochen. Wie sie blinder und blinder wurden. Er spürte, wie seine Seele sich ächzend und knarrend wie ein alter Baum erhob und für den Absprung bereit machte. Er spürte, wie das Leben von ihm wich. Aber er würde Christinas Namen, ihren Namen nicht ...

11. Juli 2022

Das gestrige Gewitter mit Starkregen erwies sich im Nachhinein als Segen. Die Morgenluft roch frisch gewaschen und ein leichtes Lüftchen unterstützte den Unternehmungsgeist. Der Himmel schien unendlich weit entfernt und die Atmosphäre lichtdurchlässig wie eine Frischhaltefolie aus Cellophan.

Pit hatte per Telefon mit Edgar einen Termin für zwei Uhr vor dem *Zum grauen Eck* abgesprochen. Das würde Eliza und ihm Zeit genug lassen, zuerst bei der AWO in Lahr nach Möbeln und Spielzeug zu suchen, und dann Pits Hand in der Klinik in Offenburg untersuchen zu lassen.

Es gab fast nichts, das die AWO in Lahr nicht im Angebot hatte. Was allerdings nicht zu bekommen war, war vernünftiges Spielzeug. Woran kein Mangel zu bestehen schien, lag kisten- und kartonweise herum: *Barbie-Puppen* mit allem erdenklichen Plastikzubehör in den schillerndsten Farben in allen möglichen und unmöglichen Ausführungen. Ebenfalls im Überangebot: elektronische Spiele und Spiel-Computer, sogenannte Playstations älterer Generationen. Eliza entschied, dass sowas für Mila nicht in Frage kam, jedenfalls nicht in ihrem Haus. Es war in diesem Zusammenhang das erste Mal, dass sie begrifflich von *ihrem Haus* dachte, und sie konnte es nicht verhindern, dass sich ein wenig Besitzerstolz in ihr regte.

Sie fand ein Bündel brauchbarer Buntstifte, ein Kinderschlauchboot mit Paddel, das sie verständlicherweise mit dem See in Verbindung brachte, einen Tretroller und ein Geschicklichkeitswurfspiel, das ideal für die Hahnenfußwiese geeignet war. Zu guter Letzt entdeckte sie eine Schachtel mit Hosengummiband, das sie an die eigene Kindheit erinnerte, als in jeder freien Minute mit Nachbarskindern oder in den Schulpausen Gummitwist gespielt wurde. Das, dachte sie, wird der Hit für Mila und überhaupt für alle, selbst für Pit. Opa würde mithopsen müssen, keine Frage. Bei dieser Vorstellung verzauberte ein Lächeln ihr Gesicht.

Weniger schwierig erwies sich die Anschaffung der Möbel für das Atelier. Regale standen haufenweise herum, und sogar an Schreibtischen war das Sortiment gewaltig. Im Prinzip überließ Pit ihr die Auswahl und sie achtete schon von alleine darauf, dass die Stücke aus massivem Holz gefertigt waren. Eine Deckenlampe mit beweglichen Strahlern, eine Stehlampe mit schwenkbarem Leuchtkörper und tatsächlich eine stabile Staffelei aus dunkelbraun glänzender Eiche vervollständigten den Warenkorb. Kasse: achtundsechzig Euro.

Qualitativ gutes Aquarell-Papier und Pinsel würde sie im Fachhandel bekommen, und Zeichenstifte und Wasserfarben besaß Pit noch selber.

„Immer wenn wir von der AWO kommen habe ich das Gefühl, gute Geschäfte gemacht zu haben", sagte Eliza zu Pit auf der Fahrt nach Offenburg. „Hast du die Staffelei gesehen? Unglaublich. Auf so einem Ding malt es sich beinahe von selber."

„Mhm, sobald Albert das Dachfenster eingebaut hat, kannst du loslegen."

„Pit, ich freue mich. Ich kann die Zukunft sehen und spüren."

Der Optimismus wurde in der Notfall-Ambulanz der Klinik in Offenburg leicht getrübt. Pit erhielt einen Gipsver-
band, um die Hand ruhig zu stellen. Ein Nerv war beschädigt
und drohte komplett zu reißen, falls die Hand weiter bean-
sprucht würde. Bis zur vollständigen Regeneration konnten
Tage und Wochen vergehen, ohne Erfolgsgarantie.

„Das heißt, wenn ich Pech habe, dann ...?"

„Gehen Sie einfach pfleglich mit der Hand um, dann wird
das schon wieder werden, gell?"

Edgar wartete bereits. Zehn Minuten vor der Zeit. Er hatte
Müller und *Lydia* dabei.

Pit fuhr auf *seinen* Parkplatz vor dem *Zum grauen Eck*.
Die Hunde begrüßten Eliza überschwänglich. „Bei denen
hast du einen Stein im Brett, Eliza. So begrüßen sie nicht
gleich jeden", empfing sie Edgar.

„Ja, da bleibt einem glatt die Luft weg. Grüß' dich, Edgar."

„Hoppla, Pit, frischer Verband? Verschlimmerung?"

„Mein Leben ist zu aufregend, meint der Arzt. Ich soll's
ruhiger angehen lassen."

An der Eingangstür zum Restaurant hing noch immer das
Schild *Restaurant bis auf Weiteres geschlossen.* „Wie gehen
wir vor?", fragte Edgar. „Sagtest du nicht was von einem
Seiteneingang?"

Pit war zur Restauranttür gegangen, zwei Stufen über dem
Gehweg, und versuchte gebückt in das Restaurant zu sehen.
Drinnen war es dunkel, außer dem Schatten seines eigenen
Kopfes erkannte er nichts. War es Gewohnheit, die Türklin-
ke zu drücken, oder eine unüberlegte Handlung, er konnte es
später nicht nachvollziehen, doch genau das hatte er getan –
und die Tür öffnete sich nach innen. Pit drehte sich über-

rascht zu Eliza und Edgar um. „Pssst“, machte er auf sich und die offene Tür aufmerksam. „Edgar.“

Edgar blickte rasch die Straße hinauf und hinunter, als befände er sich auf krummer Tour, dann drückte er Eliza die Hundeleinen in die Hand. „Eliza, bitte warte hier draußen oder geh´ mit den beiden ein Stück um die Ecke und halte die Augen offen.“ Dann stieg er zu Pit vor die Tür. Pit drückte sie langsam weit auf. „Hallo“, rief er, „hallo, Silvio, bist du da?“ Vorsichtig bewegten sie sich in den Gastraum hinein. Der Gastraum erwies sich als menschenleer. Edgar trat zur Theke hin, umrundete sie. Keine Menschenseele.

„Hallo, ist jemand zu Hause?“, rief nun Edgar. Er drückte die Tür zur Küche auf. „Pit, schnell, komm´ her. Hier liegt einer.“

Pit eilte zu Edgar, der im Küchentürrahmen stehen geblieben war und schaute an ihm vorbei in die Küche. „Das ist Silvio“, rief er und stürzte zu dem am Boden liegenden Mann. Der Kopf lag in einer Blutlache. Pit beugte sich über ihn, rief: „Silvio, Silvio, kannst du mich hören? Ich bin´s, Pit.“ Er tastete nach seinem Puls. „Edgar, ruf´ den Notarzt, schnell, er lebt.“ Er tätschelte die Wangen des Freundes.

„Silvio, wach´ auf, Silvio.“ Er hörte, wie Edgar den Notruf absetzte. Dann spürte er Edgars Hand auf seiner Schulter.

„Pit, komm´, der Notarzt ist unterwegs. Du kannst ihm hier nicht helfen. Gehen wir nach draußen, bevor wir unnötig Spuren zertrampeln.“

Pit erhob sich schwerfällig. „Nein, geh´ du raus. Ich bleibe bei ihm. Verdammte Schweinerei“, fluchte er inständig.

„Wieso hat er den Mund nicht aufgemacht, als wir vorgestern mit ihm reden wollten.“

„Er wird ihn aufmachen, wenn er das überlebt.“ Edgar zog ihn mit sanfter Gewalt aus der Küche. „Er wird reden. Komm´ jetzt.“

„Nein, ich bleibe bei Silvio. Du musst die Polizei rufen, Edgar."

„Ja. Noch eine Minute. Vorher will ich unbedingt in den Keller schauen, ob Elizas Verlies dort unten ist. Ich hol´ sie von draußen rein. Sie weiß es ja am besten."

„Ich halte das für keine gute Idee. Ich will und kann ihr das nicht zumuten, Edgar."

„Okay, dann halte du die Stellung hier, während ich nachsehen gehe. Dann behelfen wir uns mit Fotos. Eliza kann sie dann ansehen, wenn sie stark genug dafür ist." Edgar drehte sich suchend um, entdeckte den Weg zu den Toiletten. Zwei Türen lagen über Eck nebeneinander. Die linke war die Toilettentür. Er öffnete die rechte Tür, die auf einen Flur führte, gelbe und braune Fliesen auf dem Boden. Dass die Flurwände bis in Schulterhöhe grün waren, sah er selbst als Farbenblinder. Wenn er sich richtig orientierte, ging es rechts zum Seiteneingang. Stimmt. Eine massive Holztür mit einem kleinen runden Glasfenster. Links herum lief der Flur geradeaus auf eine weniger ansehnliche Tür zu. Mit dickem Filzstift geschrieben stand das Wort *Keller* drauf. Über Eck noch eine weitere Tür mit einem kleinen Email-Schild. *Privat*. Edgar öffnete die Kellertür. Eine Treppe bog sich in einer Windung von hundertachtzig Grad nach unten. Lichtschalter? Direkt hinter dem Türrahmen. Ein vorsintflutlicher Drehschalter aus schwarzem Bakelit. Aus der Tiefe des Kellers schlug ihm muffiger Geruch entgegen.

Unten am Fuß der Treppe angekommen, fand er sich praktisch in einem Flur wieder, der in gleicher Richtung verlief wie der obige. Nur dass er breiter war, so breit wie das Treppenhaus. An der Decke brummte und funzelte eine von feinen Spinnweben umhüllte Neonröhre. Das Licht, das zu entwickeln sie imstande war, war grau und so schütter wie das Haar alter Männer. Es schien auf dem Weg von der Decke zum Boden regelrecht zu verkümmern. Er zählte auf der rechten Seite vier geräumige Lattenverschläge, die durch ebensolche Türen, gesichert mit Vorhängeschlössern, abgesperrt waren. Edgar spähte durch die Latten: Alte Möbel, Möbelteile, Gerümpel. Die Wand der linken Seite bestand aus altem, brösligem Beton, der vor langer Zeit einmal weiß gestrichen sein mochte. Geradeaus führte der Flur auf eine hellbraune glatte Tür zu. Edgar trat davor, betätigte die Klinke. Verschlossen. Er klopfte dagegen. Stahlblech. Stahlblech, das nicht klapperte und nicht donnerte? Er klopfte noch einmal. Nur ein dumpfes Wummern. Die Tür musste irgendwie verstärkt sein. Das war eigenartig. „Hallo? Ist hier jemand drin?" Wiederholtes Klopfen. „Hallo? Können Sie mich verstehen? Ich bin Edgar Schaaf! Kriminalhauptkommissar!" Er lauschte, horchte mit dem Ohr an der Tür. „Ich bin Edgar Schaaf. Kriminal ..."

Er brach ab. Er hatte etwas gehört. Da, eine leise Stimme.

„Sind Sie von der Polizei?"

„Ich bin Edgar Schaaf! Pit Fermans Freund."

Ein Geräusch. Ein Schlüssel drehte sich. Die Tür öffnete sich mit saugendem Seufzen nach außen. Edgar zog die Tür langsam weiter auf, streckte den Oberkörper in den Raum. Fahles Licht fiel von Deckenhöhe herein, als müsse es sich erst noch entscheiden, ob es wirklich den ganzen Raum ausfüllen sollte. Zwei Reihen à sieben Glasbausteine. Gegenüber der Tür kauerte eine Frau mit langem blondem Haar, die Arme um die Knie verschränkt. Ängstlich den Kopf gesenkt, schaute sie mit großen runden Augen zu ihm her.

„Sind Sie von der Polizei?"

„Nein. Ich bin Edgar Schaaf. Und wer sind Sie?"

„Ich bin Christina. Christina Cagliari."

Edgar führte Christina am Arm haltend aus dem Keller nach oben in den Gastraum. Die Restauranttür stand sperrangelweit offen. Auf dem Gehweg parkte ein Ambulanzwagen, dahinter das Auto des Notarztes. Christina entdeckte Pit, löste sich von Edgars führender Hand, warf sich Pit an die Brust und begann sofort zu weinen. Pit, selber von der impulsiven Reaktion überrascht, drängte die junge Frau mit sanfter Gewalt zu dem Platz im Gastraum, auf dem er für gewöhnlich saß. In der Küche beugten sich zwei Gestalten über Silvio: Der Notarzt und ein Sanitäter. Edgar vernahm Stimmen, der Notarzt schien auf Silvio einzureden. War er etwa bei Bewusstsein? Dann erhoben sie sich. Der Notarzt machte den Weg frei für zwei weitere Sanitäter, die mit einer Plastiktrage hinter dem Tresen warteten. „Ihr könnt ihn jetzt aufladen und abtransportieren", sagte der Arzt zu ihnen. Edgar erkannte in ihm Dr. Fahlbusch wieder, der vor mehr als einer Woche Pit Ferman notfallmäßig versorgt hatte.

„Ach, der Herr Schaaf", begrüßte ihn der Arzt seinerseits. „Wenn irgendwo ein Verbrechen passiert, sind Sie nicht weit entfernt, oder täusche ich mich da."

„Ach, der Herr Dr. Fahlbusch, einer der wenigen Leser von Pit Fermans Romanen. Wieso Verbrechen?"

Dr. Fahlbusch stutzte und drehte sich halb zur Küche um, wo die Sanitäter den Verletzten gerade von der Plastiktrage auf eine Rollbahre schoben. „Ich würde sogar Gewaltverbrechen sagen. Schädelbruch durch massive Gewalteinwirkung. Oder ist der Herr Ex-Kriminalhauptkommissar etwa anderer Ansicht?"

Edgar suchte Blickkontakt mit Pit, der bei Christina an einem Tisch saß und über die Tischplatte hinweg ihre Hände hielt.

„Ich möchte mich da nicht festlegen, Herr Doktor. Vielleicht ist unser Silvio bloß unglücklich gestürzt. Er war in letzter Zeit etwas wacklig auf den Beinen. Ich bin mir fast sicher, dass er etwas Ähnliches aussagen wird. Checken Sie ihn mal gründlich durch."

„Das liegt nicht in meinen Händen", antwortete der Notarzt. „Er kommt ins Krankenhaus, und dort wird man schon das Richtige tun. Man sieht sich."

Dr. Fahlbusch warf seinen Rucksack über die Schulter und verließ den Gastraum. Wenig später hörte man ihn wegfahren. Pit ließ Christina am Tisch zurück und trat zu Edgar.

„Hast du die Polizei schon verständigt?"

„Nein, noch nicht. Bin noch nicht dazu gekommen."

In diesem Moment wurde die Rollbahre an ihnen vorbeigeschoben. Silvios Augen waren geöffnet. „Pit, Pit", röchelte er mit dünner brechender Stimme. „Haste du Christina geseh'?"

Christina eilte vom Tisch zur Bahre. „Papa, ich bin hier, Papa. Es tut mir so leid, Papa", stammelte sie unter Tränen und nahm das Gesicht ihres Vaters in die Hände.

„Christina, iste gut, du biste da. Spreke mit Pit, Christina, dann viellei' wird gut." Er richtete seine Augen auf Pit. „Pit, bitte kein Pollsei, höre du? Bitte kein Pollsei. Du verspreke, Pit?" Silvios Hand ruderte kraftlos suchend durch die Luft. Pit ergriff sie. „Du verspreke." Dann wurde er zur Tür hinaus und in den Krankenwagen geschoben.

„Ich fahre mit", bestimmte Christina.

Eliza wartete mit *Müller* und *Lydia* seit einer gefühlten Ewigkeit auf dem Gehweg vor dem Restaurant. Pit und Edgar waren ins Innere des Hauses verschwunden, und nach ein paar Minuten hörte sie das Martinshorn näher kommen und sah Blaulichter auf der Straße. Vorsorglich dirigierte sie die Hunde um die Hausecke, weg vom Eingang, und schon flogen ein Krankenwagen und ein Notarztwagen heran, bremsten scharf, und Männer stürmten in das Haus. Neugierig näherte sie sich dem Eingang und spähte hinein. Sie sah Pit mit dem Rücken zu ihr am Tresen stehen, den Blick Richtung Küche gerichtet. Was war dort los? Sie rief seinen

Namen. Er drehte sich um und eilte zu ihr an die Eingangsstufen. „Eliza, mein Engel, danke, dass du auf die Hunde aufpasst. Wir haben Silvio schwer verletzt aufgefunden. Der Notarzt ist gerade bei ihm."

„Bist du in Gefahr, Pit?"

Er sprang die zwei Stufen nach unten und küsste sie auf den Mund. „Nein, aber ich gehe wieder hinein. Edgar ist im Keller. Er sucht das Verlies."

„Oh Gott, Pit, wie kann er nur alleine dort hingehen? Passt bloß auf euch auf."

„Ich liebe dich", sagte er. Dann ging er wieder hinein.

Sie zog sich vom Eingang zurück und spazierte unruhig mit den Hunden auf dem Gehweg auf und ab. Diese Männer, dachte sie, ziehen das Risiko geradezu an sich. Als wäre das, was in den letzten beiden Wochen passiert war, nicht schon genug gewesen. An der Ecke vorm Eingang tat sich was. Eine Bahre wurde aus dem Haus geschoben. Eliza trat näher heran. Sie erkannte Silvios weißes Haar. Sie ging noch näher. Eine Frauenstimme sagte: „Ich fahre mit." Die Hecktür des Krankenwagens wurde geöffnet und die Bahre mit Silvio in den Wagen geschoben. Plötzlich sah Eliza sich einer Person gegenüber, die aus dem Restaurant gekommen war, gefolgt von Edgar. Eine junge Frau. Langes blondes Haar. Große runde Manga-Augen glotzten sie sekundenlang an. Eliza starrte unverwandt und steif wie eine Litfaßsäule zurück, fixierte die Frau auf der Stelle. Die Lippen der Frau fingen an zu beben, dann das Kinn zu zittern. Gleich wird sie in Tränen ausbrechen, dachte Eliza. Aber dann vernahm sie Edgars Stimme: „Christina, du musst mit uns reden. Mit Pit Ferman und Eliza und mir."

Die Frau, die Christina hieß, wandte sich Edgar zu, nickte stumm mit dem Kopf. „Wann? Wo?", kamen ihre knappen Fragen.

„So bald wie möglich. Im Foyer des Krankenhauses." Edgar warf einen Blick auf seine Uhr. „In einer Stunde."

Wieder nickte Christina und drehte sich um, als wäre soeben das Todesurteil über sie gefällt worden. Ihr flackernder Blick streifte Elizas Gesicht, murmelte „Entschuldigung", woraus Eliza nicht schlau wurde, ob es eine Entschuldigung für die Rolle als Gefängniswärterin war, oder weil Eliza ihr den direkten Weg zum Krankenwagen versperrte und gebeten wurde, doch bitte einen Schritt zur Seite zu tun. Ihr muss deutlich geworden sein, dass Eliza sie erkannt hatte. Christina stieg in den Krankenwagen und schloss hinter sich die Tür. Das Martinshorn heulte auf, dann der Motor, der Wagen beschleunigte und bog an der nächsten Kreuzung ab.

„Bist du sicher, Edgar, dass du sie dort wiedertriffst? Im Foyer?", fragte Eliza skeptisch.

„Verdammt, nein, das bin ich nicht. Die Frau ist ja völlig durch den Wind."

„Und nicht nur das. Für mein Empfinden steht sie enorm unter Druck. Fragt sich bloß, von wem."

„Dein Mitleid hält sich in Grenzen, nicht wahr, Eliza?"

Müller und *Lydia* mussten im Citroën bei den Möbeln bleiben, während Eliza, Pit und Edgar im Foyer des *Ortenau Klinikums* Offenburg auf Christina warteten. Sie hatten sich in Sichtweite der verglasten Informationsinsel auf einer Sitzgruppe niedergelassen. Pit spielte mit dem Schlüssel, den Christina ihm, kurz bevor sie das Restaurant *Zum grauen Eck* verließ, in die Hand gedrückt hatte. „Schließ bitte ab, Pit, wenn ihr fertig seid, und gib ihn mir später wieder. Ich hab´ noch einen Zweitschlüssel."

Eliza betrachtete auf Edgars Smartphone die Fotos vom Kellerraum, die er rasch geschossen hatte, nachdem Christina diesen verlassen hatte. Sie bestätigte wortlos, dass es sich um ihr kurzfristiges Gefängnis handelte.

Die Frage, Polizei oder nicht Polizei, schwebte wie ein Menetekel über ihnen. Edgar votierte dafür, Pit im Prinzip auch, doch fühlte er sich Silvio als Freund verbunden und konnte dessen Wunsch, die Polizei außen vor zu lassen, nicht mir nichts dir nichts ignorieren. Beide, Edgar und Pit, umkreisten das Thema wie die Planeten die Sonne, ohne ihm zu nahe zu kommen. Zudem konnten sie sich die Vorgänge in Silvios Restaurant nicht erklären. Warum Silvio? Warum Christina? Sie erhofften sich von Silvios Tochter nicht nur Aufklärung in dieser Sache, sondern vor allen Dingen Antworten auf die Frage, was sie mit Elizas Entführung zu tun hatte und inwiefern sie mit der Gold-Bande in Verbindung stand.

„Erinnert ihr euch an den Mann hinter dem Grabstein bei Roland Lochers Beerdigung? Ich war heute Vormittag bei Allgöwer in der Direktion. Wir haben zusammen versucht, das Foto technisch zu bearbeiten. Viel besser ist es nicht geworden, nur dass wir jetzt die Farbe der Baseballkappe wissen. Blau. Aber mir ist ein Name zu dem Typ eingefallen. *Mighty MaMa*.“

„Ein Spitzname? *Mighty MaMa*? Wer soll das sein?“ Pits Augenbrauen bogen sich bis zum Haaransatz.

Edgars Gesicht signalisierte Unbehagen. „Genaues über ihn weiß ich auch nicht. Er verkörpert so etwas wie ein Mythos. Er ist eine Art Privatschnüffler, übernimmt angeblich nur spezielle Fälle von speziellen Leuten für speziell viel Geld. Computerspezialist. Arbeitet ausschließlich allein, ist wie ein Schatten, verändert sein Aussehen nach Belieben und scheut vor nichts zurück. Ehemaliger beim MAD. So gesehen bedeutet das Foto auf dem Friedhof von ihm eine kleine Sensation, denn es gibt kaum Dokumentation über ihn, keine Bilder. Sein richtiger Name ist Manfred Maier, aber bekannt ist er nur unter dem Übernamen *Mighty MaMa*. Wenn es exakt der sein sollte, den wir auf dem Foto sehen, dann zeigt irgendein anonymer reicher Pinkel enorm viel Interesse an der Beerdigung eines einfachen Automechanikers."

„Mit MAD meinst du den Militärischen Abschirm-Dienst?"

„Genau, Pit."

„Mhm, und warum erzählst du uns das alles?"

„Man sagt auch, dass er über Leichen gehen soll." Edgar hob beide Hände. „So lautet die Legende."

Pit kombinierte in Windeseile. „Willst du damit andeuten, dass neben der Gold-Bande und der Polizei noch ein weiterer Interessent auf der Suche nach den Goldbarren ist?"

„Das bietet sich doch an", sagte Edgar. „Das Gold muss, bevor es in die Hände der Bande gefallen ist, einen anderen Besitzer gehabt haben. Da es sich, was wir vermuten, um unrechtmäßig erworbenes Gold handelt, wurde über den Besitzerwechsel, um es unverfänglich auszudrücken, auch nie eine Anzeige erstattet. Was jedoch wiederum nicht bedeutet, dass der ehemalige Besitzer es nicht wiederhaben will. Was also tut der Ex-Besitzer? Er sucht danach, oder er lässt suchen."

Eliza, die bleich geworden war, fragte: „Können Pit und ich dann noch von Glück reden, dass uns die Bande zuerst gefunden hat? Vor diesem skrupellosen MAD-Mann?"

Edgars Gesicht zeigte einen leicht zynischen Ausdruck.

„Ganz so skrupellos ist die Bande mit euch ja nun auch nicht gerade umgesprungen, oder? Dass es für euch mit *Mighty MaMa* aber noch weit schlimmer abgelaufen wäre, steht für mich fest. Es war auf jeden Fall ein Glück, dass du dich gewehrt hast, als man eure Katze quälen wollte. Damit hatten die Männer nicht gerechnet und die Übersicht verloren. Oder, mit anderen Worten, sie sind aus dem Konzept gekommen. Ihnen fehlte schlicht die nötige Kaltblütigkeit. Oder die Professionalität eines Ex-MAD-Mannes. Mehr kann ich dir dazu nicht sagen, Eliza. Sicher ist, so sehe ich es in der Zwischenzeit, dass dieser *Mighty MaMa* frühestens durch die Veröffentlichung der Polizei, nämlich dass sie Elizas fünf Goldbarren beschlagnahmt hat, auf die Spur des Goldes gestoßen ist. Vielleicht habe ich da einen Fehler gemacht, als ich darauf bestanden habe. Ach, da kommt Christina."

Edgar stand auf und bot ihr seinen Sitzplatz an. „Christina, wie geht es deinem Papa."

Sie atmete schwer durch. Doch bevor sie sich setzte, steuerte sie auf Eliza zu. „Es tut mir so leid, Eliza. Du hast mich heute natürlich wiedererkannt, nicht wahr? Was geschehen ist, kann ich nicht rückgängig machen. Aber ich möchte dich um Verzeihung bitten. Ich allein hätte das niemals geduldet, das musst du mir glauben." Verschämt kehrte sie um und nahm den ihr angebotenen Platz ein. Eliza hatte kein Wort erwidert. Mit Leichenbittermiene hatte sie zu Boden gestarrt und nur kraftlos eine Hand zum Zeichen des Verständnisses gehoben.

„Meinem Papa geht es den Umständen entsprechend gut. Schädelbasisbruch, Schädel-Hirn-Trauma. Er hat jetzt eine Spritze bekommen und schläft auf der Intensiv. Er ist ein Held."

„Erzähl´ uns, was heute Nachmittag passiert ist." Pit hatte in stillschweigender Übereinkunft das Wort ergriffen, da er Christina am längsten und besten kannte.

Christina sammelte sich einige Sekunden lang. „Wir hatten Streit. Man stelle sich das vor: Mein Papa, der sonst kaum zu einem klärenden Gespräch fähig ist, hatte mit mir Streit. Heftigen Streit. Es ging natürlich um meinen Freund, und natürlich um die Sache, in die ich mich habe hineinziehen lassen. Er schimpfte, dass er sich seinem einzigen Freund, er meinte Pit, hatte verleugnen müssen. Und dass ihm nicht gefiele, was bei ihm im Keller geschehe. Er hatte keine Ahnung davon, dass Eliza von uns gefangen gehalten wurde. Er hatte sich in seiner Wohnung eingeschlossen und Augen und Ohren zugesperrt. Pit, du weißt doch, wie ängstlich er ist. Deine Freundschaft bedeutet ihm sehr viel. Er redet oft von dir. Aber dass er dir die Tür vor der Nase zugeschlossen hat, das hat ihn mehr gekränkt als alles andere. Deswegen also der Streit."

Eliza blickte ihr nun geradeaus ins Gesicht. „Wieso habt ihr mir Essen vom Fast-Food-Restaurant gebracht, anstatt meinetwegen eine Pizza aus deiner eigenen Küche?"

„Das hat Don so bestimmt. Das war nicht meine Entscheidung", antwortete Christina, ohne Eliza anzusehen.

„Wer ist Don?" Edgars Frage.

Christina errötete. „Mein Freund", gab sie etwas zu patzig Antwort.

„Kein Freund heißt nur Don, Christina. Wie heißt er?" Edgars Stimme gewann an Dringlichkeit.

Christina wich aus. „Dann klopfte es an der Restauranttür. Draußen stand ein Mann, den wir nicht kannten. Mein Papa ging hin und fragte, was er wolle. Er sei vom WKD, es hätte eine Anzeige gegen das Restaurant gegeben. Er hielt irgendeinen Ausweis an die Türscheibe. Papa, überzeugt, dass es sich um einen Irrtum handeln musste, öffnete ihm die Tür."

„Was ist WKD?", fragte Eliza.

„Wirtschaftskontrolldienst. Eine Behörde, die unter anderem die Sauberkeit und hygienischen Zustände in Gaststätten kontrolliert", erklärte Edgar rasch. „Er öffnete die Tür ...?"

„Ja, er öffnete dummerweise die Tür. Der Mann drängte ihn sofort zurück zur Theke. Ich befand mich gerade in der Küche. Der Mann verlangte nach mir. *Wo ist deine Tochter*, hatte er Papa gefragt. Und Papa schrie: *Christina, lauf'. Lauf' weg und versteck dich.* Ich sah noch, wie Papa mit dem Kerl gerungen hat. Er hat versucht, ihn aufzuhalten. Ich bin durch die Hintertür der Küche in den Keller gerannt und habe mich dort eingeschlossen. Das war´s. Dann kam Herr Schaaf."

„Um wie viel Uhr war das?", wollte Edgar wissen.

„Dreiviertel zwei ungefähr?"

Pits und Edgars Köpfe ruckten gleichzeitig herum und schauten sich an. „Verdammt, dann hat sich der Kerl noch in eurer Wohnung verborgen, als wir ankamen. Denn zum Vordereingang ist niemand raus, und Eliza hatte sich meistens in der Nähe des Nebeneingangs aufgehalten. Oder Eliza?"

Eliza schüttelte den Kopf. „Dort kam niemand heraus."

Edgar klaubte sein Smartphone aus der Tasche und drückte auf dem Display herum. „Hast du den Mann gut sehen können, Christina? Sah er vielleicht so aus?" Er zeigte ihr das Foto von dem unbekannten Mann auf dem Friedhof in Emmendingen.

Christina kniff die Augen zusammen. „Das war er."

Edgar sagte. „Christina, wir überlegen uns, ob wir die Polizei einschalten sollen. Dein Vater will das nicht. Warum will er das nicht?"

Alle zuckten zusammen, als plötzlich eine bekannte Stimme ertönte: „Polizei? Ich höre Polizei? Hier ist die Polizei. Hallo, meine Herren und Damen." Rita Böhringer stand wie aus dem Boden gewachsen neben der Sitzgruppe. „Ist etwas geschehen, das mich beruflich interessieren sollte?"

Sie guckten sich reihum verlegen an. „Öh ...öh ...", druckste Pit herum.

„Na, kommt da noch mehr? Nein? Mich hat man jedenfalls angerufen, dass vor drei Stunden ein Mann hier eingeliefert worden ist. Man hat ihn draußen vor der Stadt, Richtung Autobahn, auf einem Parkplatz für Wanderer gefunden. Schwere Verletzungen, vermutlich durch Bohrer gezielt hervorgerufen. Hoher Blutverlust. Ich hatte gehofft, dass er noch etwas würde sagen können, aber er hat es nicht geschafft. Ist soeben seinen Verletzungen erlegen."

Christina war wie von Fäden gezogen aufgestanden. „Wie ...?"

„Er saß in einem großen schwarzen SUV. Mercedes. Karlsruher Nummer. Was ist mit Ihnen? Ist Ihnen nicht gut?" Rita Böhringer schaute die Frau skeptisch an.

„Haben Sie ...Name?" Ihre ohnehin großen Augen schienen aus den Höhlen zu quellen.

Rita Böhringer nahm einen Notizblock aus ihrer Tasche, schlug ihn auf. „Xavier Ballhaus", sagte sie. „Kennt den jemand?"

Christinas Mund öffnete sich. „Xavi", drang gequält hervor. Dann klappte sie zusammen und fiel in Ohnmacht.

Christinas Ohnmacht dauerte nur Sekunden. Pit und Edgar hatten geistesgegenwärtig einen härteren Sturz verhindert. Sie lag nun quer über zwei Sessel der Sitzgruppe. Eliza öffnete ihren Hosenbund, um ihr das Atmen zu erleichtern.

Rita Böhringer stand da wie die Katze wenn´s blitzt. „Hab´ ich etwas Falsches gesagt? Setzt mich vielleicht mal jemand ins Bilde?"

Pit und Edgar wirkten unschlüssig, bis Edgar das Ruder übernahm. „Pit, es tut mir leid wegen Silvio, aber es ist jetzt wichtiger, die Polizei zu informieren. Silvio wird das später verstehen."

Rita Böhringer fragte hellhörig: „Wie? Hattet ihr eventuell vor, etwas unter den Teppich zu kehren? Pit? Edgar?"

„Quatsch", brach es aus Pit heraus. „Es ist nur so, dass ich persönlich einen Freund beruhigen wollte."

„Aha. Beruhigen. Und dieser Freund heißt Silvio?" Rita setzte eben die Daumenschrauben an.

„Rita", unterbrach Edgar, „das ist nicht der richtige Ort, um darüber zu reden. Es sind heute Erkenntnisse aufgetaucht, die von enormer Tragweite sein können. Ich schlage vor, wir unterhalten uns auf der Direktion weiter. Christina nimmt eine Schlüsselposition ein, das heißt, sie muss mit. Weshalb das so ist, erkläre ich dort. Und für Silvio muss umgehend ein Sicherheitsposten organisiert werden. Er hat den mutmaßlichen Mörder von Xavier Ballhaus gesehen. Und gib´ eine Fahndung heraus nach Manfred Maier, genannt *Mighty MaMa*. Leider haben wir kein richtiges Foto, sondern nur eines vom Friedhof aus deiner Handy-Kamera. Du erinnerst dich? Roland Lochers Beerdigung. Der Mann mit Baseball-Kappe, Sonnenbrille und Handy vor der Nase hinter einem Grabstein?"

„Du meinst das Foto, was mir Allgöwer heute Morgen gezeigt hat? Weswegen du bei ihm warst?"

„Genau, Rita."

„Das heißt, wir haben ein Fahndungsfoto praktisch ohne Gesicht? Soll das ein Witz sein?"

Edgar hob entschuldigend die Schultern. „Tut mir leid, mehr haben wir nicht."

Rita Böhringer wurde übellaunig. „Dann ist eine Fahndung doch Schwachsinn, Edgar. Also echt. Überleg´ doch selber."

„Christina jedenfalls hat ihn wiedererkannt", verteidigte sich Edgar. „Und wenn Silvio wieder auf den Beinen ist, kann er ein Phantombild ..."

„Ein Phantombild mit Baseballkappe und Sonnenbrille? Geht's noch? Wieso werde ich das blöde Gefühl nicht los, dass ich immer nur reagieren kann, und die Herren Schaaf und Ferman liefern die Fakten und schreiben mir vor, was ich zu tun habe? Wieso mach´ ich nur noch die Drecksarbeit, ich denke dabei nur an Roland Locher, an den Überfall auf euch am See, und jetzt literweise Blut bei Xavier Ballhaus, und der Herr Privatdetektiv und der Herr Schriftsteller ..."

„Autor."

„Was ist?"

„Ich bin kein Schriftsteller, sondern Autor, wenn's recht ist."

„Ach, rutsch mir doch den Buckel runter. Autor. Schriftsteller. Jetzt hast du mich ganz aus dem Konzept gebracht, Pit. Ach so, ja. Und ihr beide wälzt da ein Szenarium ums andere. Rita mach das, Rita mach jenes. Personenschutz für Frau Zoike, Personenschutz für Silvio, braucht vielleicht noch jemand Personenschutz? Diese Christina? Braucht sie nicht auch Personenschutz? Wer ist sie überhaupt? Kann mir das mal einer verraten?"

Vom Personal der Informationsinsel im Foyer wurde die Sitzgruppe argwöhnisch beobachtet. „Was ist?", rief Rita, in Fahrt gekommen, hinüber, woraufhin alle in Deckung gingen.

„Du erfährst alles, Rita", blieb Edgar seelenruhig. „Wie gesagt, aber nicht hier in dieser Umgebung. Können wir dann fahren?"

Edgar war mit Eliza und Pit im Citroën mitgefahren und kümmerte sich um *Müller* und *Lydia*, die mit einer Engelsgeduld im Laderaum bei den Möbeln ausharrten. Christina war bei Rita Böhringer eingestiegen. Sie trafen sich kurz nach vier Uhr im kleinen Konferenzraum im ersten Stock des Polizeidirektionsgebäudes. Rita stellte ein Tablett mit Mineralwasser auf den Tisch. Gleichzeitig mit ihr hatte ein Mann den Raum betreten. Mitte vierzig, kurze braune Haare, glatt rasiert. Er trug über Blue Jeans ein teuer aussehendes graues Sakko.

„Darf ich vorstellen", eröffnete Rita Böhringer die Runde, „Hauptkommissar Claus Richter vom LKA Karlsuhe. Er hat die Leitung in diesem Fall, oder in diesen Fällen."

„Ja, guten Tag", sagte der LKA-Mann, „setzen Sie sich bitte. Ich möchte so beginnen, indem ich versuche, Sie diesen Fällen zuzuordnen." Seine Augen blieben zunächst bei

Eliza hängen. „Sie sind Frau Eliza Wohlbrecht, die ehemalige Freundin von Roland Locher. Richtig? Der Mann neben Ihnen ist Pit Ferman, bei dem Sie augenblicklich wohnen. Sie beide wurden Opfer eines Überfalls einer Bande, die nach dem ominösen Gold gesucht haben. Sie, Frau Wohlbrecht wurden angeschossen und entführt und wieder freigelassen."

Eliza erhob Einspruch. „Ich bin nicht nur angeschossen worden, sondern auch geschlagen. Man hat mir die halbe Kopfhaut abgerissen. Und meinem Partner Pit Ferman wurden die Rippen gebrochen, er wurde brutalst an den Tisch geschraubt, sein Brustbein wurde durchbohrt und er wurde geschlagen."

Unbeeindruckt fuhr Claus Richter fort. „Die junge Dame zwischen Pit Ferman und dem nächsten Herrn ist mir unbekannt, wie ich zugeben muss."

Pit übernahm die Vorstellung. „Die junge Dame ist Christina Cagliari. Sie betreibt mit ihrem Vater das Restaurant *Zum grauen Eck* hier in der Stadt. Sie und ihr Vater wurden heute vor etwas mehr als zwei Stunden Opfer eines Überfalls durch einen einzelnen Mann, auf den Herr Edgar Schaaf noch zu sprechen kommen wird. Silvio, der Vater, liegt schwerverletzt im Krankenhaus."

Claus Richters Blick wanderte zu Edgar Schaaf. „Sie sind also Edgar Schaaf, der berühmte Kriminalhauptkommissar. Dass ich Ihnen wirklich einmal persönlich begegnen würde, hätte ich nie gedacht. In welchem Verhältnis stehen Sie denn zu den Personen hier?"

„Ich bin lediglich ein Freund, eigentlich von allen hier im Raum, kann man sagen, wenn man von Ihnen absieht."

„Und was befähigt Sie besonders, mit allen befreundet zu sein, Herr Schaaf?"

„Nun, ich helfe, wo und wann ich kann", lächelte Edgar zuvorkommend.

„Na, dann werden Sie auch mein Freund und helfen Sie mir. Wo stehen wir augenblicklich mit unseren Ermittlungen?"

In Edgars Augen blitzte der Schalk auf. „Wissen Sie, Herr Richter, was *Frederick* immer zu *Piggeldy* gesagt hatte? Kennen Sie nicht? Sandmännchen? *Piggeldy & Frederick*? Nun, *Frederick* sagte stets zu *Piggeldy*, wenn der ihm eine Frage gestellt hatte: *Nichts leichter als das. Komm´ mit.* Macht nix. Kleiner Scherz nebenbei."

Edgar wurde wieder seriös, und umriss ohne Beschönigung und Ausschmückung den komplexen Fall, beginnend mit Elizas Flucht vor ihrem gewalttätigen Freund Roland Locher, über dessen Tod, über den Überfall auf Eliza und Pit, bis hin zu dem heutigen Überfall auf Silvio und schließlich zu Christinas Rolle als zumindest Mitwisserin und Mithelferin von Elizas Entführung und als Freundin eines der gesuchten Bandenmitglieder, der heute ebenfalls ermordet wurde."

„Das ist doch gut", rief Claus Richter aus. „Bringen sich die Gangster schon gegenseitig um. Der Fluch des Goldes, sozusagen. Lassen wir sie gewähren und schnappen uns den, der übrig bleibt, dann haben wir die Bande und das Gold."

Edgars Stimme wurde etwas kühler. „Ich glaube nicht, dass es so ablaufen wird, Herr Hauptkommissar. Ich glaube, dass ein Mann im Spiel ist, der ebenfalls nach dem Gold sucht. Haben Sie schon mal von Manfred Maier gehört? *Mighty MaMa*?"

Claus Richter lachte. „Aber das ist doch ein Ammenmärchen um den Mann. Das weiß doch jeder. Der Mann wurde so gut wie nie gesehen, geschweige denn gefasst. Entschuldigen Sie, bei allem Respekt, Herr Schaaf, von Ihnen hätte ich etwas Geistreicheres erwartet."

Edgar nickte Rita zu, die eine Vergrößerung der Fotografie des verdeckten Mannes vom Friedhof in Emmendingen an die Wand projizierte. „Danke Rita. Das ist er. Christina hat dieses Gesicht als das desjenigen erkannt, der heute ihren Vater im Restaurant überfallen hat. Das ist Manfred Maier."

Claus Richter hob überheblich desinteressiert die Schultern. „Das kann ein x-beliebiger trauernder Friedhofsbesucher gewesen sein, finden Sie nicht?"

„Der sich hinter einem Grabstein versteckt und die Trauergemeinde um Roland Locher fotografiert?"

„Das überzeugt mich nicht. Ich mache mich ja lächerlich, wenn ich eine Fahndung nach einem Phantom lostrete. Ich finde, wir sollten uns an Christina Cagliaris Freunde halten. Sie gibt ja zu, dass „,"

Edgar, sonst geduldiger Zuhörer, sah sich genötigt, einzugreifen. Wer ihn als geistlos bezeichnete, hatte bei ihm rasch die angeborene Contenance verspielt. „Entschuldigen Sie, dass ich Sie unterbreche. Außer dass Xavier Ballhaus Christinas Freund war, weiß sie von nichts. Sie hat lediglich den Kellerraum zur Verfügung gestellt, wo Eliza eine Nacht gefangen gehalten wurde. Mehr nicht. Sie weiß genauso wenig, wie Frau Zoike oder Eliza etwas über die Freunde Roland Lochers wissen. Die haben sich, wie wir wissen, nicht vor anderen Leuten präsentiert. Auch wenn sie sich jetzt selbst zu zerfleischen scheinen, hatten sie ihre Erfolge nicht zuletzt durch Disziplin erzielt. Denken Sie eher daran, woher das Gold stammen mag. Von der Machart her ist es Schwarzgold. Illegal. Nicht registriert. Es wurde jemandem geraubt, der ein natürliches Interesse daran hat, es wiederzuerlangen, koste es was es wolle. Oder haben Sie irgendwo in den Dateien eine Diebstahlsanzeige über achtzig Goldbarren gefunden? Manfred Maier ist der Mann, der es im Auftrag des Ex-Besitzers beschaffen soll. Und er ist sehr aktiv und macht das mit Nachdruck, wie wir heute gesehen haben."

Der LKA-Beamte schien beeindruckt. Wie Edgar Schaaf sagte, existierte tatsächlich keine Anzeige wegen eines

Goldraubes. Das Gold war plötzlich da, als wäre es von einem Vulkan bei einer Eruption in die Welt geworfen worden. Nur dass es in handliche Barren gegossen war, wollte nicht so recht zur Vulkan-Theorie passen. Niemandem schien es zu gehören, und doch wurde danach gesucht, wurden Verbrechen begangen, gemordet und gefoltert. Was, wenn dieser alte Hase Edgar Schaaf recht behalten sollte? Es konnte durchaus möglich sein, dass derjenige, dem es geraubt worden war, über Mittel, Wege und Personal verfügte, um es wieder in seinen Besitz zu bringen. Auf gleiche illegale Weise natürlich, wie er selbst es vorher erworben hatte. Aber Manfred Maier oder *Mighty MaMa*, nein, da hörte das geschulte LKA-Hirn auf zu kooperieren. Nicht mit ihm, nicht mit Claus Richter. Gleichwohl war da dieses Gesicht auf der Fotografie zu sehen. Ein Gesicht mit Sonnenbrille zwar, aber ein Gesicht. Zudem war er als der Mann erkannt worden, der den Vater dieser Christina überfallen hat. Er würde sich demnach keinen Zacken aus der Krone brechen, per Fahndung nach einem, oder speziell in diesem Fall, nach diesem Gesicht zu suchen. Freilich ohne Namensangabe. Unverbindlich, selbstverständlich.

„Gut, Frau Böhringer. Geben Sie eine Fahndung nach diesem Mann auf dem Foto heraus. Aber ohne Namen. Statten Sie alle Streifenwagen mit einer Kopie des Fotos aus, okay? Vielleicht rennt ja tatsächlich einer in dieser Aufmachung durch die Gegend. Soll es ja geben. Ich hoffe, Herr Schaaf, dass damit Ihrer Forderung Genüge getan wird."

Pit Ferman überlegte schon seit einer Weile, in welchem Licht er den LKA-Beamten in seinem neuen Buch **Schaafsgold und der ungelesene Autor** darstellen sollte. Als granatenmäßiges Arschloch, das er zu sein schien, in Verbindung mit den gerne überzeichneten LKA-Allüren, oder doch als kompetent wirkenden sachbezogenen Analytiker?

Er machte sich einige Notizen in ein kleines Heft, das er nahezu immer bei sich führte.

„Was schreiben Sie da, Herr Ferman?", ranzte ihn Claus Richter von gegenüber an. „Haben Sie etwa vor, die Gespräche hier im Raum an die Presse weiterzuleiten? Geben Sie das Heft her, es ist konfisziert."

Pit Ferman kritzelte rasch durch, was er geschrieben hatte und ließ das Heft über die Tischplatte gleiten.

„Was haben Sie durchgestrichen? Was steht da? *Ist er Arschloch oder Analytiker?* Was soll das, Herr Ferman?"

„Ja, genau das frage ich mich auch, Herr Hauptkommissar." Pit hielt die offene Handfläche hin und winkte mit den Fingern, was heißen sollte: *Geben Sie's wieder her.*

Claus Richter schaute ihn böse an, klappte das Heft zu und schleuderte es zurück über den Tisch.

Edgar Schaaf war mit dem Teilerfolg relativ zufrieden. Immerhin war der leitende Ermittler auf seinen Ansatz, dass vermutlich ein weiterer Interessent nach dem Gold fahndete, eingegangen, auch wenn er nicht die ganze Kröte geschluckt hatte. Wenigstens ging der LKA-Mann bei Christinas Befragung einigermaßen professionell vor.

„Dann fragen wir doch mal Frau Cagli ..."

„Frau Cagliari!"

„... Frau Cagliari nach den anderen Bandenmitgliedern. Frau Cagli ...äh ...ari, erzählen Sie von Xavier Ballhaus. Wann und wie und wo haben Sie ihn kennengelernt?"

Christina stand sichtlich unter Schock. Sie begann schleppend. Sie hatte Xavier Ballhaus bei einem Konzert in Karlsruhe vor ungefähr sechs Wochen kennengelernt. Dass er den Spitznamen Don als Anrede bevorzugte, war für sie kein Grund für Misstrauen. Dass er keiner geregelten Arbeit nachging und dennoch ständig über reichlich Geld verfügte, kam ihren eigenen Vorstellungen von einem Leben ohne Sorgen nahe, und sie hielt es jedenfalls für besser als in

Papas kleiner Küche Pizzas zu backen und Spaghetti Carbonara zu kochen. Sie gab zu, dass sie ihm blindlings vertraute, legte aber Wert darauf, ihm nicht hörig oder verfallen gewesen zu sein. Erste Zweifel an seiner Aufrichtigkeit bekam sie wegen seines Verhaltens, wenn er Anrufe tätigte oder selber welche erhielt. Dann ließ er sie jeweils stehen und ging aus der Wohnung oder stieg aus seinem teuren SUV, um ungestört telefonieren zu können. Auch gab es Tage und Nächte, an denen er unerreichbar und unzugänglich war. Mit wem er sich traf, mit wem er sich abgab, darüber schwieg er eisern. So kam es zu ersten Streitereien.

Eines Nachts war sie geweckt worden. Genauer gesagt in der Nacht von Samstag auf Sonntag, zweiter auf dritter Juli. Xavier hatte angerufen, sie solle am Seiteneingang des Restaurants warten, keine Fragen stellen, den Kellerschlüssel mitbringen. Ein weißer Sprinter sei vorgefahren, vier Männer mit Masken ausgestiegen, die eine Frau im Nachthemd, Christina zeigte auf Eliza, in den Keller getragen haben. Aus einem der Kellerverschläge musste sie eine Matratze und einen Eimer besorgen. Die Frau war verletzt, blutete. Christina wurde geheißen, Verbandsmaterial aus der Wohnung zu holen und die Frau zu verbinden. So habe sie ihren rechten Oberschenkel versorgt. Abends hätte sie den Verband erneuert. Am nächsten Tag, die Frau war bewusstlos, wurde sie von zwei maskierten Männern wieder abgeholt und fortgebracht. Mehr wisse sie nicht, doch seither war das Verhältnis zu Xavier Ballhaus getrübt gewesen.

Ihr Papa, sagte Christina, hatte zwar mitbekommen, dass in seinem Keller unrechte Dinge geschahen, doch hatte er sich nicht getraut, etwas zu unternehmen. Wahrscheinlich sei gewesen, dass Xavier Ballhaus ihren Vater mit dem Leben seiner Tochter bedroht und eingeschüchtert hatte. Das habe sie allerdings nicht miterlebt.

Zum Aussehen der Männer oder zu deren richtigen Namen konnte Christina, ebensowenig wie Eliza, nichts Erhellendes beisteuern.

„Dann wissen Sie, Frau Cagli ...äh ...ari, also auch nicht, wo das Gold ist?" Claus Richter klopfte mit einem Kugelschreiber auf den Tisch.

Christina wackelte mit dem Kopf. „Nein."

Pit zeichnete mit Hingabe Strichmännchen in sein Heft und dachte, jetzt wird er gleich die Frage stellen, *warum soll ich ihnen die Geschichte glauben?*.

„Und diese Geschichte soll ich Ihnen glauben, hm?", fragte Claus Richter spöttisch.

Pit grinste breit.

„Ich veranlasse, dass Sie so schnell wie möglich dem Staatsanwalt vorgeführt werden. Ich möchte, dass Sie wegen aktiver Beteiligung an einer Entführung bis zum Prozessbeginn in Untersuchungshaft genommen werden. Vielleicht hilft Ihnen die Zeit darüber nachzudenken, ob Ihnen nicht doch noch der eine oder andere Name der Bandenmitglieder einfällt."

Christina schien die Tragweite dieser Ankündigung nicht zu verstehen, denn sie zeigte keinerlei Gemütsregung. Anders dagegen Eliza, Pit und Edgar.

Eliza sprang vom Stuhl auf. Obwohl sie nicht gerade die beste Erinnerung an Christina hatte, verteidigte sie die junge Frau. „Vergessen Sie die Hoffnung, dass Sie auf diesem Wege mehr erfahren. Ich denke, sie ist durch die Verletzung ihres Vaters und den Tod ihres Freundes bestraft genug. Ich selbst konnte auch nicht mehr zur Klärung von Roland Lochers Tod beitragen als ein paar Spitznamen."

„Ich sehe diese Maßnahme nicht ein", sagte Edgar. „Es besteht absolut keine Fluchtgefahr, denn Christina wird ihren Vater im Krankenhaus besuchen und später zu Hause pflegen müssen. Sie ist die einzige Verwandte. Sie haben kein

Einkommen außer den Einnahmen von ihrem Restaurant. Mein Vorschlag ist: Ich nehme Christina heute mit nach Hause zu mir. Die Bahnverbindung zwischen Gengenbach und Offenburg ist hervorragend. Sie kann jeden Tag ihren Vater besuchen, solange er im Krankenhaus ist. Später, wenn er entlassen wird, kann Christina auch wieder zu Hause wohnen und ihn dort versorgen. Es reicht vollkommen, wenn der Staatsanwalt eine tägliche Meldepflicht verfügt. Ich bürge persönlich für sie."

Pit indes notierte in sein Heft: *Frage geklärt: Der LKA-Mann ist ein Arschloch.*

Claus Richter gab sich erstaunt. „Ja schau. Unser edler Ritter Edgar Schaaf, der Unterstützer der Armen, Rächer der Enterbten. Ganz auf dem Wohltätigkeitstripp. Rita, was machen wir bloß mit so viel Gutmenschentum?"

Rita Böhringer fasste Edgar ins Auge. „Ich kenne ihn. Man kann ihm trauen. Zudem ist es für uns billiger, Christina laufen zu lassen."

Claus Richter breitete in einer gespielt generösen Geste die Arme aus. „Heute ist ein guter Tag für die Welt." Dann stand er auf und zeigte mit dem Finger auf Edgar. „Wenn sie Ihnen abhandenkommt, und mit ihr das Gold, dann lasse ich Sie vierteilen. Dafür bürge *ich* persönlich."

Eliza, Christina, Pit und Edgar fuhren von der Polizeidirektion zum *Ortenau Klinikum*. Silvios Zustand war unverändert. Anschließend legten sie auf der Weiterfahrt nach Gengenbach einen Zwischenstopp beim *Zum grauen Eck* ein, um Christina die Möglichkeit zu geben, zum einen für sich eine Tasche mit Kleidung, Wäsche und Necessaire, zum anderen für Silvio eine Tasche für die Klinik zu packen.

Pit und Edgar unternahmen in der Zwischenzeit einen Rundgang durch das Restaurant und die Küche. Ihre Befürchtung, dass der Mann, der Silvio überfallen hatte, wäh-

rend ihres Aufenthalts gegen zwei Uhr noch im Haus gewesen sein musste, wurde bestätigt. Eines der Fenster im Restaurant war nicht verriegelt, sondern nur von außen zugezo-
gen. Hier musste der Täter das Haus verlassen haben, denn
die Türen waren ja abgeschlossen gewesen. Auf ihre Frage,
ob Christina in den Privaträumen Auffälligkeiten bemerkt
hatte, antwortete sie mit nein. Nichts durchwühlt oder durchsucht.

Sie luden Christina, Edgar und die Hunde, und zu guter
Letzt Elizas Grafiken für Melanie in Gengenbach vor dem
Türmchenhaus ab und fuhren über St. Paulsberg und Gehlheim nach Grünweiler. Als sie endlich vor ihrem Haus ein-
trafen, war es schon nach neunzehn Uhr.

„Heute laden wir aber keine Möbel mehr aus", sagte Pit
erschöpft. „Ich bin ganz schön geschlaucht. Wie geht es
dir?"

„Ich habe einen mächtigen Kohldampf. Wir haben den
ganzen Tag nichts gegessen, weißt du das?"

„Ja, wann denn auch? Hast du was dagegen, wenn ich uns
nur ein paar Eier und Schinken in die Pfanne haue? Butter-
brot und Bier? Für mehr bringe ich die Geduld nicht auf."

„Überhaupt nicht. Und ich gehe ins Bad. Ich muss aus diesen Klamotten raus. Die kleben schon am Körper."

Eine viertel Stunde später nahmen sie auf der Sitzbank vor
dem Haus das karge Mahl zu sich und ließen die Ereignisse
des Tages Revue passieren. *Pepsi* kam um die Hausecke ge-
strolcht und protestierte, weil ihr Fressnapf nicht aufgefüllt
war. Eliza kümmerte sich um die Nachlässigkeit.

Pit liebte es, wenn er Eliza mit der Katze sprechen hörte.
Er zündete sich eine Zigarette an, trank einen Schluck Bier.
Wie war das noch vor drei Wochen? Was hatte er da ge-
macht? Er versuchte sich zu erinnern und stellte fest, dass er
Schwierigkeiten damit hatte, die Grenze zwischen jetzt und

damals rückwärtsgewandt zu überschreiten. Er stieß wie auf eine Mauer, die ihm die Sicht zurück verwehrte. Ein Schutzmechanismus schien zu greifen. Und wenn er gerade meinte, einen Blick auf früher erhascht zu haben, sah er das Bild sich rasch verkleinern und in die Ferne rücken, als würde es gelöscht. Ausgelöscht. Das Eigenartige dabei war, dass er kaum etwas für das Verschwinden empfand. Keine Trauer, kein Selbstmitleid, keine Verlustangst. Stattdessen wurden die Löcher, welche die verlorenen Bilder hinterließen, mit solchen Bildern aus dem Jetzt gefüllt. So, als wäre das Heute schon immer vorhanden gewesen. Wenn es denn so ist, dachte Pit, dann ist es gut so.

Die Katze auf dem Arm, setzte sich Eliza zu ihm. *Pepsi* rollte sich sogleich auf ihrem Schoß ein. Eliza lehnte ihren Kopf an Pits Schulter. „Wie schön es heute Abend ist", sagte sie schwärmerisch. „Vielleicht ging es den Menschen früher auch so, wenn sie von der Arbeit auf den Feldern nach Hause kamen und Feierabend hatten. Sie setzten sich hin, dachten an den Tag und daran, wie schön der Abend war. Warum konnten wir uns nicht früher kennenlernen? Wir hätten ein schönes Leben gehabt."

Pit legte seine unversehrte Hand auf ihren gesunden Oberschenkel. „Ich war auch gerade dabei, an früher zu denken, aber es klappt nicht richtig. Was vor ein paar Wochen geschah, entzieht sich meinem Gedächtnis. Die Erinnerungen laufen davon wie eine Herde Pferde, werden kleiner, und auf einmal sind sie verschwunden."

„Hast du Angst, dein Gedächtnis zu verlieren?"

„Komischerweise nicht", sagte er ruhig. „Ich glaube, ich will mich gar nicht erinnern."

Sie nahm eine von seinen Zigaretten und zündete sie an.

„Aber wenn du wissen willst, woher du kommst, oder wie du zu dem geworden bist, der du bist, dann brauchst du die

Erinnerungen. Findest du nicht? Oder was willst du einst der kleinen Mila für Geschichten erzählen?"

Pit lächelte. „Der erzähle ich Geschichten von dir und mir. Vorhin hatte ich das Gefühl, dass du schon immer bei mir gewesen bist. Anstatt Erinnerungen sah ich dein Gesicht. Das hat mich sehr beruhigt. So gesehen bin ich nicht traurig, dass wir uns erst gute zwei Wochen kennen. Aber du hast natürlich recht. Wenn wir uns früher gekannt hätten ...ja, das wäre schon toll gewesen. Wo und wie hätten wir uns überhaupt kennengelernt?"

Sie kraulte *Pepsis* Nacken. „Oh, ich glaube, dass du ein Haus hättest bauen wollen, und deswegen nach einem Architekten suchtest. Dort, in dessen Büro, wäre ich dir aufgefallen. Du, hingerissen von mir, hättest darauf bestanden, dass nur ich dein Haus planen dürfte. Wir wären uns näher gekommen ...."

„Und ich hätte dich zum Essen eingeladen. Anschließend hätte ich dich gefragt, ob wir zu dir oder zu mir gehen wollten, und ich wäre erleichtert gewesen, dass zu dir, denn mein Haus befand sich leider noch in der Planung."

„Genau. Und dann wär´s passiert."

„Ach was! Erzähl´!"

„Hahaha", lachte sie lauthals, dass *Pepsi* erschrak und vom Schoß sprang. „Das hast du geschickt eingefädelt, mein Lieber."

Pits Telefon klingelte. Albert, der Schreiner. „Ja, Albert, was gibt´s so spät?" - „Was? So früh? Bist du verrückt?" – „Ja, Albert, nicht vor zehn Uhr." – „ Ja. Danke für dein Verständnis, Albert, und Grüße an Genevieve." – „Richte ich ihr aus. Gute Nacht."

„Albert will morgen das Dachfenster einbauen. Er wollte um acht Uhr schon da sein, stell´ dir das vor. Schöne Grüße von ihm."

„Danke. Pit?"

„Ja?"

„Ach nichts."

Sie blieben auf der Bank vor dem Haus sitzen, bis die Rehe aus dem Wald an den See kamen. Und als die Rehe sich in den Wald zurückzogen, gingen auch Eliza und Pit schlafen.

12. Juli 2022

Er hörte es jetzt schon das zweite oder dritte Mal, bis er in seinem glückseligen Gefühlschaos endlich das richtige Etikett fand: *Haustürglocke. Wenn bimmelt, Besuch.*

Verdammte Scheiße, zischte er, und schlug die Bettdecke zurück. Wieso bin ich nackt? Schlaf-Shorts und T-Shirt lagen auf dem Boden. Es klingelte wieder. Jaja, Moment. Flugs schlüpfte er hinein. Elizas wirre Mähne tauchte auf, danach zwei schwarze Augen und die kleine Nase.

„Was'n?" Pit grunzte Unverständliches, stob mit fliegenden Haaren aus dem Schlafzimmer die Treppe hinunter zur Haustür. Albert, der Schreiner. Was, schon so spät? Ach Scheiße, und Genevieve.

„Guten Morgen allerseits", rief Albert penetrant aufgeweckt, „Zeit zum Aufstehen."

Pit sah griesgrämig aus. Albert stiefelte an ihm vorbei ins Haus. Genevieve folgte ihm. „Schlecht geschlafen, Pit?", fragte sie überflüssigerweise und tätschelte ihm seltsam belustigt die Wange. „Du hast dein Schlafhemd verkehrt herum an."

Pit schloss hinter ihr die Tür. Schlecht geschlafen? Wieso schlecht geschlafen? Im Gegenteil. Er hatte sehr gut geschlafen. Genauer gesagt, Eliza und er hatten sehr gut geschlafen. Zum ersten Mal. Aber das ging die beiden ja wohl nichts an.

„Wir haben das Dachfenster gebracht", sagte Albert.

„Das dacht´ ich mir schon", antwortete Pit.

„Ich hab´ Vive mitgenommen, weil ihr beide ja lädiert seid." Albert nannte seine Frau liebevoll *Vive*.

„Ja, das seh´ ich, Albert. Danke für die Aufmerksamkeit. Ääh, wollt ihr einen Kaffee?"

„Nein, danke, wir haben schon", sagte Genevieve.

„Aber ich noch nicht", bemerkte Pit, und setzte den Wasserkocher in Gang.

Eliza kam im Nachthemd die Treppe herunter. Pit liebte den Anblick, wenn sie noch halb im Schlafmodus steckte. Er stellte die beiden Frauen einander vor.

„Entschuldigt meinen Aufzug", sagte Eliza leicht verschämt, „aber ich habe ...wir haben ...also ..."

„Egal, was ihr habt oder nicht habt. Es freut mich, dich kennenzulernen. Ich bin Genevieve, und ich sage einfach Eliza zu dir, gell?"

„Danke, Genevieve. Pit hat viel von dir erzählt. Es wurde höchste Zeit, dass wir uns treffen." Sie berührte Genevieve flüchtig am Arm. „Einen Augenblick bitte." Eliza ging zu Pit, der gerade Kaffeepulver in die Micky-Mouse-Tasse bemaß. Genevieve beobachtete, wie sie sich auf die Zehenspitzen stellte, ihm einen zärtlichen Kuss und gleichzeitig einen liebgemeinten Klaps auf den Hintern gab, - und war angenehm gerührt. Dieser kleinen Geste der Liebe Zeuge geworden zu sein, würde ihren eigenen Tag vergolden.

Albert setzte sich dazu, als Pit die ersten Gifte Coffein und Nikotin des Tages vor dem Haus zu sich nahm. „Wie lange wirst du für das Fenster brauchen?"

„Um zwei sind wir wieder weg. Das ist eine einfache Sache."

„Gute Idee, Genevieve mitzunehmen. Ich hoffe, sie und Eliza können Freundinnen werden."

„Ja", antwortete Albert. „das war auch mein Hintergedanke."

Wie vorhergesagt, war das Dachfenster kurz vor zwei Uhr fertig montiert und die Dachziegel entsprechend zurechtgeschnitten und angepasst. Pit hatte nicht zugelassen, dass Albert mit Genevieve zusammen das Fenster über die Dachleiter nach oben hieven sollte. Er hatte ja immerhin zwei gesunde Beine und einen unversehrten Arm. Ihm war lieber, die zwei Frauen konnten miteinander quatschen, was sie auch ausgiebig taten.

Als Genevieve und Albert weg waren und Eliza und Pit im künftigen Atelier das neue Fenster bestaunten, sagte Eliza:

„Sie hat mich zu sich nach Hause eingeladen. Sie gefällt mir."

„Und du gefällst ihr."

„Meinst du?"

„Mhm, das sieht man."

„Das sieht man?"

„Mhm, wie bei dir. Bei euch beiden sieht man es an den Augen. Eure Augen können nicht lügen."

Eliza antwortete nicht gleich. Nach einer Weile sagte sie:

„Pit?"

„Ja, Eliza?"

„Du bist ein bemerkenswerter Mensch."

„Sag´ jetzt bloß nichts Falsches", meinte er gut aufgelegt.

„Du suchst in jedem nach dem Guten, sodass jeder eine Chance bekommt, vor dir zu bestehen."

„Manche bestehen aber nicht. Dieser LKA-Mann! Wie heißt er noch gleich? Richter. Claus Richter. Der hat zum Beispiel nicht bestanden."

Eliza wackelte gespielt verlegen vor ihm herum. „Und isch? 'eute Nacht? War isch gutt, Cheri?"

„Hahaha!" Diesmal lachte er lauthals und antwortete:

„Diesmal hast *du* aber gut eingefädelt. Kann es sein, dass du es faustdick hinter den Ohren hast?"

Sie lagen sich kichernd und glucksend in den Armen, bis sie sagte: „Komm' lass' uns die Möbel aus dem Auto holen."

Sie hatten den Schreibtisch keuchend nach oben getragen und waren dabei, die Regale aus dem Auto zu laden, als sie gleichzeitig ein leises Summen vernahmen. Es war nicht das gleiche Summen, wie sie es von Hummeln, Bienen oder Wespen her gewohnt waren. Zunächst konnten sie das Geräusch nicht orten, doch als sich zu dem Summen ein hohes Sirren gesellte und lauter wurde, entdeckten sie es. Mitten über der großen Lichtung, die ihr Haus umgab, in ungefähr dreißig, vierzig Metern Höhe, stand ein schwarzes Fluggerät in der Luft. Eine Drohne, ein ferngesteuerter Quadrokopter. Eliza meinte, ein Objektiv zu erkennen. Wie gebannt glotzten sie in die Höhe auf dieses Ding. Es verringerte peu à peu seine Flughöhe, näherte sich ihnen räumlich. Das Objektiv war jetzt deutlich als solches zu sehen. Wenn der Flugapparat in absehbarer Zeit landen und lauter kleine Aliens aussteigen würden - ihre Überraschung könnte nicht größer sein als jetzt angesichts dieses künstlichen fliegenden Insekts.

Pit hob dem Ding seine gesunde rechte Hand entgegen, zeigte ihm den Stinkefinger. Plötzlich schwirrte die Drohne unheimlich schnell in die Höhe, wurde schnell kleiner und sauste wie ein Spuk über den Wald Richtung Tal davon.

An der Hauswand lehnte der Tretroller, den Eliza gestern in der AWO gekauft hatte. Pit ergriff ihn, nahm Anlauf, sprang auf das Trittbrett und gewann, die abschüssige Straße hinab steuernd, schnell an Fahrt. Dass Eliza ihm hinterherschrie, bekam er nicht mehr mit. Er konnte sein Handeln nicht gerade rational erklären, doch wusste er, weil er sich natürlich in der Gegend auskannte, dass man nur über die Talstraße nah genug an sein Haus und den See herankam, um so einen Quadrokopter frei von Hindernissen starten lassen zu können. Und er wusste, dass er niemals so schnell würde rennen können, wie das kleine Zweirad fuhr. Der Tretroller, auf dem er jetzt den Berg hinunterraste, war freilich für Kinder gedacht und nicht für Erwachsene mit annähernd sechsundsiebzig Kilo Gewicht, weshalb der Rahmen zu schlingern und zu vibrieren begann. Er war dankbar dafür, dass der Weg durch den Wald kaum Kurven aufwies, und verärgert darüber, dass er nicht asphaltiert war. Was hatte er eigentlich vor? Er wollte wissen, wer ein so großes Interesse daran hatte, Eliza und ihn mit so hohem technischen Aufwand zu verfolgen. Er schätzte zwar, dass die Drohne erheblich früher an ihrem Ausgangspunkt eintreffen würde als er, doch musste sie vielleicht erst eingesammelt und eingeladen werden, was Zeit kostete, Zeit, die er, wenn er schnell genug war, aufholen konnte. Und Pit war schnell. Sehr schnell.

In der Nähe der Abzweigung zum *Hahnenfuß 1* befand sich eine Bushaltestelle. Der ideale Ort, um ein Auto abzustellen und eventuell mit einer Drohne zu hantieren. Pit kam den Weg herabgeschossen. Die gipsbewehrte linke Hand war nicht wirklich eine Hilfe. Die Geschwindigkeit trieb ihm Tränen in die Augen. Seine langen weißen Haare flogen waagerecht hinter ihm her wie der Schwanz eines Polarfuchses im Winter. Durch die Bäume hindurch konnte er das Wartehäuschen der Bushaltestelle schon sehen. Haha, ein Auto stand dort, ein schwarzer Caravan, er war also noch nicht weg, der Spanner. Pit beugte sich über die kleine Lenkstange wie ein Jockey auf seinem Rennpferd. Nur noch lumpige dreißig Meter bis zur Straße. Pit plante, eine fulminante

Vollbremsung hinzulegen. Noch zwanzig Meter. Pit bremste. Er bremste, aber der Tretroller wurde nicht langsamer. Herr im Himmel, jetzt brems´!

Er versuchte die Sohlenbremse. Autsch, er war barfüßig. Das ist das Ende. Ein letzter verzweifelter Blick nach links, wo er den schwarzen Caravan vermutete, um wenigstens die Marke erkennen zu können? Nichts. Noch zehn, noch fünf Meter. Jetzt galt es, zu beten, dass, wenn er über die Talstraße sauste, in dem Moment kein anderes Fahrzeug in die Quere kam. Denn das musste er jetzt. In vollem Karacho über die Talstraße. Bolzensteif stand er wie eine offene Bahnschranke auf dem Tretroller, pfiff über die Talstraße – geschafft – und jetzt? Jetzt kam der Rothbach. Nein. Vor dem Bach kam zuerst ein circa fünf Meter breiter Grasstreifen. Die Straßenbankette hob ihn ab. Er segelte durch die Luft. Das kleine Vorderrad bohrte sich mit Wucht ins hohe Gras. Der Tretroller wurde kopflastig, schüttelte und schleuderte seinen Fahrer in hohem Bogen über den Lenker. Pit flog, Kopf voraus, in Richtung Rothbach. Er landete in einem Gestrüpp aus jungen Erlentrieben, die am Ufer des Baches wuchsen. Die Vorderradgabel des Tretrollers war gebrochen. Pit hörte das Rauschen des Baches, das Startgeräusch eines Automotors, und dann hörte er für eine Weile nichts mehr.

Jemand rüttelte und schüttelte ihn. Er schlug die Augen auf. Elizas Gesicht. Gottseidank.

„Eliza", stöhnte er, und wollte sich bewegen, wollte sich aufrichten, aber er lag zu blöd. Er streckte seine Hand nach ihr aus. Sie half ihm in eine sitzende Position. Er spürte jeden einzelnen Knochen im Leib, fühlte das Rückgrat gestaucht, das Zwerchfell total verkrampft. Die Rippen: erneut gebrochen?

„Oh, verdammt, war das eine irre Fahrt."

Dann kam er auf die Knie, sie griff ihm unter die Arme und zog ihn in aufrechte Stellung. „Geht's?"

„Mannomann", blies er die Backen dick auf. „Mannomann."

Eliza ging um ihn herum, um festzustellen, ob er noch vollständig war. „Kannst du gehen?"

Er nickte, versuchte einen Schritt. „Aaah, meine Hüfte."

„Komm', ich stütze dich. Machen wir langsam."

„Bist du zu Fuß hier?"

„Ja, ich bin, so gut es ging, hinter dir hergerannt."

„Mit deinem lädierten Schenkel? Eliza, kannst du bitte das Auto holen? Es ist mir zu weit den Berg hoch. Krieg' kaum Luft. Ich warte hier an der Bushaltestelle."

Sie begleitete ihn bis zum Wartehäuschen, wo er sich auf die Sitzbank plumpsen ließ. Er winkte ihr mit schmerzverzerrtem Gesicht zu. „Keine Sorge, ich lauf' nicht davon", ächzte er.

Einige Zeit später hatte sie ihn auf das Sofa gebettet, ihm gegen jede Hausordnung eine Zigarette in den Mund gesteckt, ein Bier parat gestellt.

„Jetzt entspann' dich erstmal, Pit. Was bist du auch für ein Hasardeur. Ich hab' gedacht ...ach, ich weiß nicht, was ich gedacht habe. Ich hab' bloß geschrien, aber du hast mich wohl nicht gehört. Mit einem Tretroller rast der Kerl den Berg runter. Tststs."

„Ich wollte sehen, wer dieses Ding gesteuert hat."

„Und? Hast du was gesehen?"

Er verzog das Gesicht, als er mit dem Kopf schüttelte.

„Nur ein schwarzes Auto, Caravan. Sonst nichts."

„Wenn es nicht so ernst gewesen wäre – ich hätte brüllen können vor Lachen, so urkomisch hat das ausgesehen. Du großer Kerl mit wehendem Pferdeschwanz auf einem Kinderroller im Affentempo den Berg hinunter."

„Und meine Landung erst. Sowas sieht man sonst nur im Kino."

„Ja genau", lachte sie. „Entschuldige, dass ich jetzt lache, aber das hätt' ich gern ums Verrecken sehen mögen."

„Jaja, lach' du nur. Wer den Schaden hat ...""

„Ich bin nur froh, dass dir nichts Schlimmeres passiert ist. Stell' dir vor, du wärst gegen ein Auto gedonnert oder im Bach gelandet."

„Na, den Roller können wir jedenfalls vergessen."

Zwei Zigarettenlängen später wagte er sich wieder auf die Beine und war sogar bereit, mit Eliza die Regale in den ersten Stock zu tragen.

„Bewegung löst die Blockaden", behauptete er.

Der Himmel, vor einer Stunde noch in breitestem Azur, wechselte allmählich in die Farbe von gebrauchtem Putzwasser, dann von rußverschmiertem Glas. Über den Bäumen im Westen wucherten schnellwachsende Wolkenpilze heran, denen man ansah, dass sie zum Verzehr ungeeignet waren. Wieder so ein angsteinflößendes Starkregen- und Sturmwindereignis, das niemand wirklich bestellt hatte.

Was sollten sie von der Spionage-Drohne halten? Bedeutete sie eine weitere Eskalationsstufe? Pit wollte nicht so recht daran glauben, dass es sich beim Flug des Quadrokopters um ein zufälliges Ereignis handelte. Es hatte eindeutig so ausgesehen, als sei ihr Haus, der See und die Lichtung ein ausgewähltes Ziel gewesen. Wenn man positiv denken wollte, konnte es möglicherweise einer der Hobbyfotografen sein, deren Landschaftsaufnahmen des Öfteren in den Tageszeitungen erschienen, Rubrik *Leser an der Kamera*. Neuerdings arbeiteten auch die Forstverwaltungen mit ferngelenkten Drohnen, die mit Luftaufnahmen den Zustand der Bäume, der Wälder und des Waldbodens besser analysieren konnten als mit althergebrachter Augenscheinnahme direkt am Objekt. Pit war jedoch weit davon entfernt, dem Vorfall eine positive Seite abzugewinnen. Er empfand den Flug der Drohne als ein unerlaubtes Eindringen in seine Privatsphäre. Die Frage war: Wer hatte ein Interesse daran? An Eliza? An ihm? Oder am Haus? Welchem Zweck diente es? Festzustellen, ob sie zu Hause waren oder nicht? Angenommen, sie wären nicht zu Hause gewesen, würde dann in diesem Moment jemand das Haus durchsuchen? Nach was? Nach dem Gold? Mein lieber Herr Gesangsverein, dachte Pit, hier scheint einer wirklich keine Mittel zu scheuen.

Durch die offenstehende Haustür war erstes, trockenes Grollen zu hören. Es klang ein wenig, als würden Engel über den Wolken Bowling spielen. Eliza erinnerte sich an die alte Bowlingbahn in der Nähe ihres Elternhauses. Sonntagvormittags war sie ein Treffpunkt für Leute, die nicht in die Kirche gingen, und Sonntagnachmittags für meist junge Familien. Die Bahn bestand aus rissigem und blasigem Asphalt, und die Kugeln hüpften und polterten mit Getöse darüber hinweg. Die Kinder verdienten sich ein paar Pfennige, indem sie die Pins wieder aufstellten und die Kugeln auf die hölzernen Stangen des Rücklaufs legten.

Das Donnergrollen passte zu ihrer Gefühlslage. Seit dem Auftauchen des Quadrokopters war die latent vorhandene und mühsam übertünchte Unsicherheit wieder da. Auch sie empfand die anonyme Beobachtung als Angriff auf ihre Persönlichkeitsrechte. Die Stimmung war die eines Insekts unter einem Mikroskop, und ein überdimensionales Auge guckte kalt und wissenschaftlich auf sie herab.

Unvermittelt stand sie auf, stampfte nach draußen und umrundete das Haus. Hinter dem Haus, hatte Pit gesagt, ist das Feuerholz gestapelt. Vielleicht fand sie dort, nach was ihr der Sinn stand.

„Suchst du was, Eliza?" Pit war ihr in angemessenem Abstand gefolgt.

Sie wühlte in einem Stapel dünnen Anfeuerholzes. „Ich habe so einen Zorn", keuchte sie. „So eine Wut."

„Das geht mir auch so", sagte er.

„Ich fühle mich so ausgesetzt. So entblößt. So hilflos. Das ist Willkür. Das ist so ein Unrecht. Das nehm' ich nicht einfach so hin."

„Aber was suchst du?"

„Hilf' mir mal. Ich suche eine Astgabel. Es muss unter dem Kleinholz doch sowas geben."

Pit erkannte, dass sie unter Strom stand. Im Augenblick würde sie ein Fußballstadion ausleuchten können. Er half ihr bei der Suche. „Wenn du mir verrätst, was du damit vorhast, ..."

„Ich will eine Schleuder bauen. Eine Zwille. Astgabel, Einmachgummi. Du verstehst? Wenn dieses Scheißding nochmal hier auftaucht, schieß' ich es vom Himmel."

„Oh, du kennst dich damit aus?"

„In Kindertagen war meine Zwille gefürchtet."

„Lass' das mit der Astgabel", sagte er. „Ich hab' was Besseres." In der Ecke zum Hausanbau, in dem sich die Erdgeschosstoilette befand, hatte er Alteisen stehen, das er eigentlich für den Sperrmüll gesammelt hatte. Er nahm eine dünne Stahlstange in die Hand, etwas mehr als einen halben Zentimeter dick. „Ich biege dir die Stange zu einer Gabel zurecht. Gummis findest du in der Küche in einer Schublade."

Es dauerte keine halbe Stunde, und die Zwille war gebogen. Beim Herstellen der Ösen für die Gummis musste allerdings Eliza zur Hand gehen, denn dafür musste er den Stahl mit Gewalt hämmern, was mit seinem Gipsarm nicht funktionierte.

Während Eliza die Gummis an der Gabel befestigte, setzte starker Regen ein und die Welt um sie herum versank hinter einer Wand aus Wasser.

„Wenn das so weitergeht, schwimmen die Fische aus dem See bald vor dem Fenster durch die Luft."

„Morgen zeigst du mir dann deine Schießkünste."

„Wenn ich ein paar schöne Kiesel gefunden habe."

Irgendwie ging es ihr nach der Adrenalinausschüttung besser.

„Jetzt wird sich zeigen, ob Albert mit dem Dachfenster gute Arbeit geleistet hat."

Ihre Unterhaltung dümpelte seicht dahin, weil jeder akribisch darauf bedacht war, das Thema *Bedrohung* auszusparen, aber gerade dadurch wurde es ihnen stetig präsenter. Eine Zeit lang lenkten sie sich ab, indem sie am Wohnzimmerfenster das tobende Wetter beobachteten. Dann beschlossen sie, zu kochen. Eliza schmorte in der Pfanne Rindergulasch an, und als Pit frische Champignons reinigen und schnippeln wollte und zu diesem Zweck ein scharfes Messer in die Hand nahm, bildete das scharfe Messer die Eselsbrücke, die ihn direkt wieder auf den Pfad der Bedrohung führte. Er legte das Messer zur Seite und nahm das Telefon zur Hand.

„Kübelt's bei euch auch so stark? Hallo Pit, was gibt's?", meldete sich Edgar Schaaf.

„Hallo Edgar. Wir hatten heute eine Begegnung der dritten Art."

„Moment, Pit, ich muss das Gas zurückdrehen. Bei uns gibt's heute Gulasch. So, jetzt. Erzähl`."

„Gulasch? Lustig. Bei uns auch. Also ..." Pit schilderte den unerwarteten Besuch der Drohne und seinen missglückten Versuch, der Drohne bis zu seinem Absender zu folgen. Eliza schnappte ihm kurzerhand das Telefon weg.

„Edgar", begann sie aufgeregt zu schnattern, „das hättest du sehen sollen. Mit einem Kindertretroller ist er den Berg hinabgedüst bis zur Talstraße, und weil der Roller keine Bremse hatte, hat es den armen Pit über die Straße ins Gebüsch gehauen. Volles Tempo, natürlich ......Na, und wie

......Klar, volles Rohr ......Nein, gottseidank nichts gebrochen ......Ein paar Stauchungen ......Was meinst du? ......Himmelherrgott, ja, wenn ich's dir doch sag'......Ja, Glück gehabt, das kann man wohl sagen. Tschüss Edgar, grüß' Melanie." Keck reichte sie Pit das Telefon zurück.

„Na, du hast es ja eben aus erster Hand erfahren. Also die Drohne. Was hältst du davon, Edgar?"

„Seltsame Dinge passieren bei euch. Was für ein Auto es war, hast du nicht erkennen können?"

„Leider nicht. Schwarz und eines von diesen Kombi-Modellen. Ich dachte immer, die nennt man Caravan. Bin mir nicht mehr so sicher."

„Wie dem auch sei", sagte Edgar lakonisch, „man darf nicht denken, dass die Sache gegessen wäre. Das Gold ist immer noch verschwunden. Ich kann mir nur einen vorstellen, der einen derartigen Aufwand betreiben würde. Leute von der Bande waren es sicher nicht. Bleibt unser Phantom, wie Claus Richter ihn genannt hat."

„Wie gehen wir nun vor? Wie verhalten wir uns? Ich wollte morgen in die Klinik fahren und Silvio besuchen. Ist Christina noch bei euch. Hat sie was gesagt, wie es ihm geht?"

„Wir sind vor ungefähr einer Stunde nach Hause gekommen. Ich habe sie begleitet. Silvio ist wach, Pit, aber ich konnte noch nicht mit ihm sprechen. Wenn es dir morgen gelänge, mit ihm ein paar Worte zu wechseln, wäre das gut. Und stell' dir vor, es sitzt sogar ein Polizist vor dem Krankenzimmer."

„Und Christina selbst? Sie hat den Kerl doch auch gesehen. Wie sieht es mit ihrem Personenschutz aus?"

„Sie will keinen Polizisten um sich herum. Ich bin praktisch ihr Bodyguard."

„Findest du, dass wir übertreiben?"

„Keineswegs. Denk´ doch nur an den Mord an Xavier Ballhaus, an den Überfall auf Silvio und Christina. Und heute die Drohne. Das ist nicht zu Ende."

„Irgendwie habe ich das Gefühl, der Mann nimmt Kollateralschäden durchaus in Kauf. Das entspricht meinem Empfinden nach nicht gerade intelligentem Vorgehen, wie man es von einem geschulten Ex-MAD-Mann erwarten würde."

„Da magst du recht haben, Pit, und vielleicht ist er deswegen, gerade wegen seiner Arbeitsweise, vom MAD ausgemustert worden, verstehst du? Und was ich vermute, ist, dass er selber unter enormem Druck steht. Sein Auftraggeber wird ihm ganz schön im Nacken sitzen. Ich werde mich heute Abend mal im Netz bewegen und durchforsten, was sich an Überfällen auf Juweliere in den letzten Jahren so ereignet hat. Und ihr zwei, wenn ihr außer Haus geht, dann bleibt sicherheitshalber zusammen. Wenn du Silvio besuchen gehst, sehen wir uns im *Ortenau Klinikum*. Okay?"

Pit legte auf. „Okay", brummelte er im Nachhinein, „bleiben wir zusammen. Danke, Edgar, für den Tipp."

Der Himmel hatte nun das Aussehen von Asche. In dünnen Fäden prasselte der Regen nieder. Das Gewitter war nur noch ein Wetterleuchten, etliche Kilometer entfernt. *Pepsi* buckelte vor der Katzenklappe in der Haustür und schlüpfte dann nach draußen.

„Wie weit ist das Gulasch?"

„Halbe Stunde. Du musst die Pilze noch schneiden, mein Lieber, sonst wird das nichts."

„Nudeln oder Reis?"

„Reis, bitte, und Salat."

„Eliza?"

„Ja Pit?"

„Wir haben es gut, oder?"

„Ja, Pit."

13. Juli 2022

Der gleiche Himmel, der gleiche Regen. Es war merklich kühler geworden. Die Hahnenfußpflanzen lagen flachgedrückt darnieder. So ist es nun mal, dachte Pit, als er mit dem ersten Kaffee und der Zigarette auf der Bank vor der Haustür Platz nahm – und angewidert trotz Rippen- und Nackenschmerzen wieder emporschnellte. Er hatte sich in die kalten Pfützen gehockt, die der Regen hinterlassen hatte. Unlustig paffte er die Zigarette zu Ende und begab sich mit nasser Schlafhose wieder ins Haus. Der Tag fing ja gut an.

Die Nacht war nicht erquicklich gewesen. Er hatte nie den tiefen Schlaf gefunden, der seiner Müdigkeit und Erschöpfung angemessen gewesen wäre. Er hatte von Insekten geträumt, die mit Kameras ausgestattet waren und in Schwärmen in sein Haus eindrangen, und von Eliza, die mit ihrer Zwille auf die Biester schoss und dabei alle Fenster zerdepperte.

Eliza kam mit zusammengekniffenen Augen die Treppe heruntergestakst, das Haar vom Kopf abstehend, als wäre sie statisch geladen. „Mor'n", ächzte sie einsilbig und schaute sich verpennt um. „Bin ich schon mal hier gewesen?"

Sie waren sich einig, dass beide nicht gut geschlafen hatten. Pit warf einige Feuerholzscheite in den Ofen und entfachte ein Feuer. „Es ist mir einfach zu kalt, und da ist es mir egal, ob Sommer ist oder nicht."

„Wann fahren wir nach Offenburg? Ich müsste heute Vormittag eine Arbeitseinheit am Zeichenbrett einlegen, sonst komm' ich in Verzug."

„Dann fahren wir freilich erst nach dem Mittag. Wir haben ja keinen Termin vereinbart, oder?"

„Heute Nacht hab' ich geträumt, ich wär' allein", sage Eliza und schlürfte an ihrer heißen Teetasse. „Ich hab' dich gesucht und nicht gefunden, und dann hab' ich im Traum geweint. Ich bin aufgewacht, wieder eingeschlafen, hab´ dich wieder gesucht, und so ging es ein paar Mal. Ich bin durch eine fremde Stadt gerannt, hab´ deinen Namen geschrien, und jetzt bin ich total erledigt. So, als wäre ich tatsächlich kilometerweit gelaufen."

„Das hat garantiert viel mit dem Wetter zu tun. Solche extremen Wechsel schlagen uns einfach nieder. Ich fühle mich ebenfalls völlig schlapp."

„War´s das schon mit dem Sommer?"

„Nein, meine Schöne. Wir werden noch viele heiße Tage erleben."

„Oh, sag´ das nochmal. Das stellt mich wieder auf die Beine."

„Das mit den heißen Tagen?"

„Nein. Das vorher."

„Meine Schöne?"

„Ja. Danke, Pit. Siehst du, es ist so leicht, mich glücklich zu machen."

Die Scheibenwischer. Es regnete, und die Scheibenwischer taugten nichts mehr. Es war nicht nur ärgerlich, sondern auch gefährlich. Die Vergesslichkeit ist wie ein Scharfrichter mit einem ausgeprägten Gedächtnis, dachte er. Einmal gefällt, vergisst er ein Urteil nie. Sie fuhren auf der Landstraße entlang der Bahnlinie nach Offenburg.

Beim Verlassen des Hauses hatte Pit ein Haar aus seinem Pferdeschwanz gezupft und es zwischen Haustür und Rahmen geklemmt.

„Was machst du da?", hatte Eliza neugierig gefragt.

„Ich klemme ein Haar zwischen Tür und Rahmen. So können wir feststellen, ob während unserer Abwesenheit jemand das Haus betreten hat."

„Aha, ist das deine eigene Erfindung?"

„Fernsehkrimi", hatte er gegrinst.

„Hoffentlich können wir bald wieder ein Leben ohne Leichen, Drohnen und Haare in Türen führen."

Er fuhr an der Abzweigung zum *Ortenau Klinikum* vorbei.

„Wo fährst du hin? Zum Krankenhaus hättest du abbiegen müssen."

„Die Scheibenwischer gehen mir auf die Nerven. Ich fahre zu meiner Werkstatt im Industriegebiet. Kleiner Umweg."

Wenig später fuhren sie auf den asphaltierten Vorplatz der Werkstatt, wo er vor zweieinhalb Wochen den Auspuff für seinen alten Citroën Typ H hatte einbauen lassen. Pit stieg aus. „Du kannst im Auto warten, wenn du willst. Ich geh´ kurz rüber ins Büro."

Eliza blieb sitzen, während sie Pit in der Werkstatt verschwinden sah. Naja, besser, als draußen im Regen rumzustehen, dachte sie. Sie entdeckte im Handschuhfach eine Schachtel Zigaretten und ein Feuerzeug. Der Versuchung widerstand sie nicht lange. Sie nahm eine Zigarette und stieg mit dem Feuerzeug in der Hand aus. Um das flache Werkstattgebäude führte ein Dachvorsprung, der sie vor dem Regen schützen würde. Rasch lief sie unter das Dach, zündete die Zigarette an. Auf der Fläche vor der Werkstattfront stand eine Reihe mehrerer Gebrauchtwagen zum Verkauf. Gemächlich schlenderte Eliza rauchend an ihnen vorbei, las die Angebote hinter den Windschutzscheiben, ohne sich nur eines davon zu merken. So erreichte sie das Ende des Gebäudes. Der Platz reichte ums Gebäudeeck herum, wo weitere Autos auf Halde standen. Was allerdings ihre Aufmerksamkeit erregte, war ein weißer Citroën-Sprinter, der ziemlich nahe an der Wand stand.

*

Pit betrat das Annahmebüro für Reparaturen. Ein kleiner stickiger Raum mit einem von durcheinanderliegenden Papieren überladenen Schreibtisch, welcher Art auch immer. Zigarrenrauch hing in der Luft. Pit wartete, bis der Inhaber der Werkstatt, ein Mann mit sichelförmigem Schnurbart und ölverschmierter Baseballkappe, von dem er wusste, dass er Lukas Rapolder hieß, bereit war, ihn zu bedienen. Das schien der Fall zu sein, als er einen erkalteten Zigarillo aus dem Mundwinkel nahm. „Hallo. Ist was mit dem neuen Auspuff?"

„Nein, nein, alles okay. Ich bräuchte nur ein paar Scheibenwischergummis."

„Ui, das wird schwer und teuer", erwiderte Rapolder sofort und erhob sich hinter dem Schreibtisch. „Originalscheibenwischer kriegen Sie nur noch im Internet. Kostet mindestens zweihundertfünfzig Euro das Stück."

„Mist", seufzte Pit. „Geht's nicht einfacher und billiger?"

„Tja, ich könnte den alten Gummi ablösen und von einem neuen Modell den Gummi längenmäßig anpassen und mit Montagekleber einkleben. Sie müssten dann halt zwei neue Scheibenwischerblätter bezahlen. Ist aber immer noch billiger."

Pit überlegte kurz, was *immer noch billiger* für seinen Geldbeutel bedeuten würde, räusperte sich dann und meinte:

„Klingt vernünftig. Dann machen Sie das doch so, bitte."

„Kein Problem", sagte Rapolder, der auch der Chef der Werkstatt war. „Dann messe ich eben nur rasch die Länge von Ihren Scheibenwischern. Warten Sie einfach hier."

Pit nickte.

*

Eliza schaute nochmal zurück zum Werkstatteingang. Ein Mann in Arbeitsoverall und Kappe kam gerade heraus und steuerte auf Pits Wagen zu. Er hat mich nicht gesehen, dachte Eliza und ging um die Ecke. Sie näherte sich dem weißen Sprinter und ging langsam um ihn herum. Er verfügte auf jeder Seite über eine Schiebetür und am Heck über eine Doppeltür. Sollte sie oder sollte sie nicht? Von den Schiebetüren ließ sich keine öffnen. Sie ging zurück zum Heck, betätigte den Türgriff. Mit leichtem Klacken ging die Tür auf. Eliza streckte den Kopf in den Laderaum. Im Innenraum lagen ein oder zwei graue Decken. Sie atmete einen leicht öligen Geruch ein, ähnlich dem, wonach Roland Lochers Arbeitsoveralls stets gemuffelt hatten. Sie zog den Kopf zurück, lief rasch zur Ecke zurück und spähte zu Pits Auto. Es war niemand mehr zu sehen. Entschlossen machte sie kehrt. Sie kletterte etwas umständlich in den Laderaum, der Oberschenkel zwickte mal wieder, hob die Decken hoch. Ja, es waren zwei. Eine der Decken wies dunkle Flecken auf. Konnte es Öl sein? Sie roch daran. Wenn auch die Decken in Gänze leicht nach Öl stanken – die Flecken taten es nicht.

*

Der Chef kam zurück ins Büro, Pits alte, und zwei neue handelsübliche Wischerblätter in der Hand. Pit blätterte in einem Prospekt von Neuwagen, den er aus einem Regal gezogen hatte.

„Das haben wir gleich", sagte Rapolder. Im Nu hatte er von den alten Wischerblättern die Gummis abgelöst.

„Schon porös, sehen Sie?", und warf sie in einen Papierkorb. Er nahm geschickt die neuen Gummis aus der Halterung, schnitt sie mit einem Teppichmesser auf passende Länge, drückte aus einer Spritzpistole Leim „Schnellkleber", wie Rapolder kommentierte, in die alten Halterungen, presste die Gummis hinein, fertig.

„Na, sehen Sie, fertig und so gut wie neu. Ist Ihre Frau dabei? Suchen Sie vielleicht nach einem günstigen Gebrauchten?"

„Ja, meine Frau sitzt im Wagen."

„Nein, sie schaut sich draußen die Gebrauchten an."

Pit zuckte mit den Schultern. „Dann wird das eben so sein."

„Wenn Sie gleich bezahlen wollen? Dann montier´ ich Ihnen gleich die Wischerblätter. Vierundvierzig Euro die beiden neuen, Montage dazu, ach, geben Sie fünfzig, dann brauch ich keine Rechnung zu schreiben, okay?"

„Natürlich." Pit zückte die Geldbörse und bezahlte. „Wirklich günstiger als fünfhundert, nicht wahr?"

Der Chef und Pit gingen zusammen hinaus. Zwei Handgriffe, und die Wischerblätter waren montiert.

„Wo wohnen Sie eigentlich? Offenburg? Wo ist denn nun Ihre Frau?"

„Wir wohnen in Grünweiler. Im Hahnenfuß, wenn Ihnen das was sagt."

Rapolder wurde plötzlich kreidebleich. Nach ein paar Sekunden des Schocks drehte er sich überraschend um, rannte zurück zur Werkstatt und zog aus einer Kiste einen schweren Werkzeugschlüssel heraus. Damit kam er jedoch nicht zu Pit zurück, sondern eilte der Phalanx gebrauchter Autos entlang. Pit, ob des Verhaltens des Mannes alarmiert, folgte ihm.

*

Nein, nach Öl roch der Fleck nicht. Eliza wusste nicht, nach was er roch, doch reifte in ihr ein schrecklich absurder Verdacht. Sie stand kurz davor, in Panik zu geraten und die Kontrolle zu verlieren. Doch soweit ließ sie es nicht kommen. Mit zitternden Fingern fischte sie ein Papiertaschentuch aus der Packung, die sie immer dabei hatte. Sie rieb es intensiv und hart über den dunklen Fleck auf der Decke, faltete es zusammen und steckte es wieder zurück. Sie stieg mit klopfendem Herzen und weichen Knien aus dem Laderaum, drückte mit der Schulter die Tür ins Schloss. Sie fühlte die Schwärze einer Ohnmacht sich über ihre Augen senken. Mit taumelnden Schritten, sich so gut es ging an der Werkstattaußenwand abstützend, eilte sie zur Ecke der Werkstatt zurück. So wie sie um die Ecke bog, kam ihr ein Mann im Overall entgegen gestampft, wie ein bis aufs Blut gereizter Stier in einer spanischen Stierkampfarena, einen schweren Stahlschlüssel in der Hand. Er blieb abrupt stehen, als sei er gegen eine Wand gelaufen. Sein Gesicht glänzte vor Schweiß. Er wischte sich mit der freien Hand über das Gesicht. Misstrauisch schielte er auf den Citroën-Sprinter, der genau so dastand wie vorher auch, dann auf Eliza. „Was tun Sie hier. Was haben Sie hier verloren?", herrschte er Eliza an.

In diesem Moment erreichte Pit die Szene. „Was ist denn in Sie gefahren? Hallo, geht's noch? Rasen mit einem Schraubenschlüssel meiner Frau hinterher? Ich dachte, Sie verkaufen Autos? Also muss man sie vorher doch anschauen dürfen? Oder ist das etwa verboten?"

Eliza ihrerseits lächelte den Chef liebenswürdig an, obwohl ihr eher zum Kotzen zumute war. „Schöne Autos haben Sie hier. Schatz", wandte sie sich dann an Pit, „wenn du mir ein kleines Auto schenken willst, dann soll es ein kleiner Citroën sein." Hakte sich bei Pit ein und steuerte ihn zu ihrem Auto zurück. Der Chef schaute ihnen hinterher, als wäre er unter eine Herde Bisons geraten. Argwöhnisch ging er zu dem Sprinter. Die Seitentüren waren verschlossen. Er öffnete die Hecktür. Schaute hinein. Die Decken. Verdammt, die Decken. Hatte sie, oder hatte sie nicht? Verdammt, verdammt, verdammt.

Eliza und Pit kletterten in den Citroën. Er startete den Motor, wendete und fuhr hinaus auf die Straße. Nachdem die Werkstatt außer Sicht geraten war, bat Eliza ihn, rechts ranzufahren. Nanu, dachte Pit, fuhr aber kommentarlos rechts ran. Eliza warf sich fluchtartig, eine Hand vor dem Mund, aus der Fahrerkabine. Dann endlich würgte sie und erbrach sich neben das Auto. Pit rannte besorgt um das Auto herum, stützte ihren Oberkörper, der sich wieder und wieder krümmte. Elizas Körper fühlte sich fieberheiß an.

„Pit", stöhnte sie zwischen zwei Krämpfen, „ruf´ die Böhringer und den Allgöwer an. Ich war in dem Sprinter, mit dem ich entführt worden bin."

„Was sagst du da?"

„Ich bin zu hundert Prozent sicher. Das Auto, mit dem ich verschleppt wurde, steht dort auf dem Parkplatz der Werkstatt. Im Laderaum liegen zwei Decken. Eine davon hat dunkle Flecken. Das ist mit Sicherheit mein Blut. Ich hab´ eine Probe genommen."

„Der Chef, er hat dich wiedererkannt. Deshalb seine panische Reaktion."

„Ja, und er wird schleunigst versuchen, die Spuren zu beseitigen. Ruf´ an."

Pit nahm sein Telefon zur Hand und wählte Rita Böhringers Nummer. Geh´ dran, dachte er. Endlich meldete sich Rita. Mit knappen Worten schilderte er, welchen Verdacht Eliza ausgesprochen hatte.

„Sie kommt im Eiltempo", sagte er. „Vielleicht sollten wir vorsichtshalber die Ausfahrt der Werkstatt blockieren, damit sie den Sprinter nicht verstecken oder entsorgen können. Ich helf´ dir beim Einsteigen."

Entschlossen nahm er hinter dem Lenkrad Platz, wendete auf der Straße und fuhr das kurze Stück zurück. Vor dem Werkstattgelände angekommen, stellten sie den Citroën direkt quer vor die Einfahrt.

„Ich denke, wir steigen besser aus. Nicht dass noch einer auf die Idee kommt, unser Auto auf die Seite zu rammen."

Das Gelände war mit einem Maschendrahtzaun eingefriedet. Eliza und Pit gingen außerhalb des Zaunes entlang und richteten die Augen auf das Gelände. „Siehst du, dort, der Weiße an der Wand, das ist er."

Pit sah ihn. Jemand machte sich dort zu schaffen. Es war der Chef. Wie weit mochte das weg sein? Keine fünfzig Meter. Er hantierte an einer rostigen Eisentonne. Ein altes Ölfass. Warf Lumpen hinein.

„Die Decken, Pit. Er verbrennt die Decken. Können wir denn nichts machen?" Eliza hatte recht. Anders ergab es keinen Sinn.

„Zu spät", sagte er. „Er hat sie mit Benzin übergossen. Schau, er wirft ein Streichholz hinterher." Schwarzer Qualm stieg aus der Tonne auf.

Rapolders Kopf ruckte plötzlich herum, sein Gesicht zeigte in ihre Richtung. Er griff mit einer Hand in den Gürtel und kam über den Platz auf sie zugesprungen.

„Oh Gott, Pit, er hat eine Pistole. Nix wie weg."

Es befand sich zwar immer noch der Zaun zwischen Rapolder und ihnen, für eine Kugel jedoch kein nennenswertes Hindernis. Darum packte Pit Elizas Hand und zerrte sie weg. Sie rannten so schnell die Beine sie trugen und ohne nach links oder rechts zu schauen über die Straße und weg von dem Gelände. Nach kurzer zurückgelegter Strecke begann Eliza zu humpeln.

„Mein Bein, Pit, mein Bein, ich kann nicht mehr."

Pit stellte sich vor Eliza und deckte ihren Körper gegen die Schussrichtung ab. Jede Sekunde rechneten sie mit einem Schuss, aber er fiel nicht. Dafür hörten sie in der Ferne Martinshörner, die rasch lauter wurden.

Eliza und Pit schlichen angespannt auf der dem Werkstattgelände gegenüberliegenden Straßenseite bis auf Höhe ihres

Autos zurück. Rapolder war nicht mehr zu sehen. Vielleicht hielt er sich in der Werkstatt auf. Zwei zivile Wagen mit Blaulicht und ein Streifenwagen bremsten neben Pits Citroën. Vier uniformierte Polizisten mit gezogenen Waffen stürmten das Werkstattgelände. Aus dem ersten Fahrzeug stiegen Rita Böhringer und Claus Richter, der LKA-Kommissar. Aus dem zweiten Auto mit Blaulicht kletterten Allgöwer und seine Leute.

Eliza und Pit überquerten die Straße. Claus Richter und Rita Böhringer erwarteten sie. Allgöwer trat hinzu.

„Wieso überrascht es mich nicht, Sie hier zu treffen?"

Claus Richter trug trotz des Dauerregens eine Sonnenbrille. „Ganz kurz die Umstände, bitte."

„Ich brauchte eigentlich nur neue Scheibenwischer. Das ist meine Stamm-Autowerkstatt. Sie nimmt auch Citroën, Sie verstehen? Ich kenne den Inhaber. Sein Name ist Rapolder. Lukas Rapolder."

Claus Richter warf einen abfälligen Blick auf Pits Fahrzeug.

„Eliza hatte sich in der Zwischenzeit die Beine vertreten und dabei den weißen Sprinter entdeckt. Im Laderaum befanden sich Decken mit vermutlich ihrem Blut drauf. Gerade vorhin hat der Chef die Decken in einer Tonne verbrannt."

Eliza überreichte Allgöwer das Papiertaschentuch mit dem angehafteten Deckenabrieb.

Rita Böhringer sagte: „Wenn du tatsächlich in dem Sprinter warst, Eliza, dann finden wir dort auch dein Blut. Wir brauchen die Decken nicht zwingend, gell, Allgöwer?"

Allgöwer grinste geflissentlich.

„Der Chef hat uns noch eben mit einer Waffe bedroht. Ihre Leute sollten vorsichtig sein", erwähnte Pit.

Ein nächster Polizeikombi fuhr vor. Noch mehr Polizisten stiegen aus. Das Gelände wurde weiträumig abgesperrt. Dann wurde Lukas Rapolder in Handschellen vorbeigeführt und in den Kombi gesetzt. Gleich darauf wurden zwei weitere Männer, Rapolders Angestellte, in ölverschmierten Overalls gebracht und auf die Polizeiwagen verteilt. Einer der Polizisten übergab Allgöwer eine Pistole in einer Plastiktüte.

„Auf jeden Fall ist das ein guter Fang. Und das haben wir Ihnen zu verdanken, Frau Wohlbrecht", bemühte sich Claus Richter einzugestehen.

„Meiner Ansicht nach muss das der vierte Beteiligte an dem Überfall auf euch sein, und zwar derjenige, der vor dem Haus auf Eliza geschossen hat."

„Wie kommst du darauf, Rita?", fragte Claus Richter und machte ein blasiertes Gesicht.

Ist er dumm, oder tut er nur so?, frage sich Rita. „Wäre er unter den dreien gewesen, die sich in Pits Haus ausgetobt haben, hätte er Pit Ferman doch wiedererkannt, als der heute in sein Büro kam. So hat er nur Eliza wiedererkannt. Er war der, der vor dem Haus Schmiere gestanden hat."

„Sehe ich auch so. Gut kombiniert, Rita", tönte Richter und tat so, als sei ihm diese Schlussfolgerung schon längst klar gewesen. „Also an die Arbeit! Allgöwer, Spuren! Rita, sofort den Staatsanwalt! Durchsuchungsbeschluss! Haftbefehl! Frau Wohlbrecht, Herr Ferman, Polizeidirektion Protokoll!"

„Moment, Herr Richter, so geht das nicht", entrüstete sich Eliza. „Frau Wohlbrecht, Herr Ferman, jetzt Klinik! Dann Frau Wohlbrecht, Herr Ferman, nach Hause! Morgen Frau Wohlbrecht, Herr Ferman, Grünweiler Protokoll! Tschüss."

Edgar hörte ihnen zu, ohne sie auch nur einmal zu unterbrechen. Offensichtlich hatte er im Foyer des *Ortenau Klinikums* auf sie gewartet.

„Christina ist noch oben bei ihrem Papa", sagte er, als Eliza ihn fragte, ob er alleine sei.

Pit wuchtete sich aus dem Sitz in die Höhe. „Gut, Edgar, dann mach´ ich dir einen Vorschlag. Wir statten Silvio einen kurzen Besuch ab, wollen dann aber gleich nach Hause. Nach der Geschichte in der Citroën-Werkstatt sind wir doch ziemlich platt. Ich hab´ jetzt echt keinen Nerv mehr, über irgendetwas zu reden. Kannst du morgen nicht zu uns kommen? Wahrscheinlich wird Rita Böhringer im Laufe des Tages ebenfalls erscheinen um ein Protokoll über die Ereignisse des heutigen Tages aufzunehmen. Bring Melanie und Christina mit, wenn du willst. Wir können auch was kochen, wenn es daran scheitern sollte."

„Kochen ist immer gut", antwortete Edgar. „Aber wenn jemand kocht, dann bin ich das. Ich bringe die Zutaten mit. Morgen passt mir eigentlich sogar in den Kram, denn dann kann ich heute Abend noch etwas mehr recherchieren."

„Fein, dann gehen wir jetzt hoch. Mal sehen, ob Silvio ansprechbar ist. Sollten sich die Pläne ändern, dann telefonieren wir, okay?"

Edgar hob die Hand und schlenderte vor die Tür, um zu rauchen.

Silvio war fast unsichtbar in seinem Bett. Die Bettdecke zeigte kaum eine Wölbung des Körpers und sein Gesicht hatte die Farbe von Kissen und Laken angenommen. Der Kopf war stark bandagiert.

Christina, die auf dem Bettrand gesessen hatte, erhob sich, als sie Eliza und Pit eintreten sah. „Da kommt Ablösung, Papa", sagte sie zu ihrem Vater, und verabschiedete sich von ihm bis zum morgigen Tag. Bei Eliza und Pit bedankte sie sich für ihr Kommen. „Ich glaube, er hat auf euch gewartet."

Eliza setzte sich auf die Bettkante, wie Christina vorher es getan hatte, und Pit ergriff eine von Silvios Händen. In den Augen des Freundes schimmerte es feucht.

„Pit, sön, du biste gekomm, un bella donna Eliza au." Silvios Stimme war nur ein Flüstern.

„Ja, wir wollten fragen, wann du das Restaurant wieder aufmachst?"

Silvio versuchte ein schwaches Lächeln. „Du biste gute Mann. I nixe weiß, Pit. Christina musse regle mit Pollsei. Viellei sie musse Gefangnis."

„Es tut mir leid, Silvio. Die Polizei musste eingeschaltet werden. Christinas Freund, dieser Don, ist ermordet worden und ..."

„Iste wahr? Davo Christina hat nixe gesag." Er wurde unruhig, machte Anstalten, sich im Bett aufzusetzen. „Jetz i versteh, warum ihre Aug si so rot un tauig. Iste swere Zei fur Christina, eh?"

„Ja Silvio", sagte Eliza mit empathischer Stimme, „deswegen braucht sie jetzt dich."

Silvios Augen wanderten zu ihr. „Eliza, Christina iste nixe slekt. Es tu mi leid, dasse du ...dasse Christina ...du biste dok bella donna vo mi Freun Pit." Jetzt rann eine Träne über Silvios Schläfe.

„Alles ist gut, Silvio", tröstete sie ihn. „Alles ist gut. Ich bin Christina nicht böse. Sie muss auch nicht ins Gefängnis. Das verspreche ich dir. Und wenn du wieder aufstehen kannst, wirst du dein Restaurant wieder öffnen, und Christina wird die besten Spaghetti Carbonara der Stadt kochen."

Silvio staunte Eliza mit runden Augen und offenem Mund an, als sei sie das Christkind. Langsam drehte er den Kopf und schaute zu Pit. Der nickte ihm zu. „Stimmt, mein Freund. Also beeile dich."

Als sie sich von Silvio verabschiedeten, flüsterte er nur „Grazie, grazie."

Sie durchquerten das Foyer und sahen Christina und Edgar noch beisammensitzen. „Wenn das so ist", sprach Pit sie an,

„könnt ihr mit uns fahren. In dem Fall machen wir einen kleinen Umweg über Gengenbach und fahren dann über den Berg nach Grünweiler zurück. Ist euch das Recht, oder habt ihr noch was anderes vor? Einer muss halt im Laderaum sitzen."

Edgar sagte: „Wir haben gerade darüber diskutiert, ob Christina zu sich nach Hause kann oder nicht. Ich will das lieber nicht riskieren."

Pit stemmte die Fäuste in die Hüfte. „Weißt du, Edgar, allmählich müsste diesem *Mighty MaMa* doch endlich ein Licht aufgehen, dass keiner von der Bande weiß, wo das Gold versteckt ist. Das haben sogar wir begriffen."

Edgar zog einen Mundwinkel nach oben. „Na prima, Herr Kriminal-Autor. Und wie sagen wir es ihm, hä?"

„Per Zeitungsinserat", übernahm Eliza die Antwort und studierte schüchtern ihre Fingernägel. Gegenüber Edgars geballter kriminalistischer Kompetenz kam sie sich mit ihrem Vorschlag wie ein Pennäler vor.

„Was meinst du?" Edgar hatte sie zwar phonetisch verstanden, kapierte aber nur Bahnhof.

„Wir geben eine Annonce auf", sagte sie unbedarft und frei jeglicher strategischer Überlegungen.

„Eine Annonce? Etwa so: *„Lieber Mighty MaMa. Wir wissen, dass du wegen der Suche nach den Goldbarren mächtig unter Druck stehst. Wir können dir versichern, dass die Suche danach bei den Mitgliedern um Roland Lochers Bande reine Energieverschwendung ist. Sie wissen selber nicht, wo sich das Gold befindet, sonst würden sie nicht danach suchen. MfG, Edgar Schaaf, Eliza und Pit.? Übrigens: Wir wissen es auch nicht."*

„Ja, warum nicht? Muss ja nicht wortgleich sein, aber die Tendenz halte ich für gut."

Edgar glotzte sie an, als käme sie von einem anderen Stern.

Dann sagte Pit. „Warum eigentlich nicht?"

Edgar wirbelte zu Pit herum, als wittere er Verrat. Er schluckte einmal, schluckte zweimal. Sein Kehlkopf hüpfte auf und ab. Dann grinste er unvermittelt und meinte: „Ja, verdammt, warum eigentlich nicht?"

Pit war guter Laune. Je länger er über Elizas Vorschlag mit dem Zeitungsinserat nachdachte, desto genialer fand er ihn. Wenn er genauso funktionieren würde wie gedacht, dann wären sie die unterschwellige Bedrohung los. Aber dazu musste die Anzeige zuerst aufgegeben, und dann auch vom richtigen Mann gelesen werden. Das würde zwei bis drei Tage dauern. Ob der dann auf diesen Zug aufsprang, stand auf einem anderen Blatt. Aber wie blöd musste einer sein, um das nicht auf die Reihe zu kriegen?

Sie hatten in St. Paulsbergs Supermarkt zwei halbe gegrillte Hähnchen mitgenommen und eine Schüssel Tomatensalat angerichtet. Fehlten noch die Pommes frites aus dem Backofen. Es nieselte noch immer aus einer offenbar allgegenwärtigen und unerschöpflichen Wolke. Es war für Pit ein ewiges Rätsel, wo das viele Wasser herkam. Nein, nicht wo es herkam. Das war ihm einigermaßen klar. Aber schleierhaft blieb ihm, wie eine Wolke das schwere Wasser überhaupt über so weite Strecken transportieren konnte. Wenn er zum Beispiel einen Eimer Wasser aus dem See holte, dann hing ihm das Gewicht ganz ordentlich am Arm, das heißt, die Zugkraft nach unten war enorm. Schüttete er den Eimer aus, dann floss das Wasser sofort, der Schwerkraft folgend, nach unten und schwebte nicht stundenlang irgendwo in der Luft herum. Wie konnte also eine solche Menge Wasser sich so lange in der Luft halten und ausgerechnet über seinem Haus ergießen? Aus absonderlichen Gründen wehrte er sich dagegen, das zu verstehen.

Das eingeklemmte Haar in der Haustür war nicht bewegt worden, sofern nicht derjenige, der in ihr Haus eindringen wollte, mit dieser Art Trick vertraut war. Bei grober Durchsicht der Räume erwies sich jedoch alles an Ort und Stelle. Grünes Licht ergo für einen gemütlichen Abend.

Eliza stellte sich die Frage, welcher der bekannten Spitznamen auf den Werkstattinhaber Lukas Rapolder zutraf. Roland Locher war Dan gewesen. Xavier Ballhaus war Don. Blieben für Lukas Rapolder drei Namen übrig: Dago, Micky und Goofy. Vom reichlich bescheuerten Verhalten her würde sie am ehesten auf Goofy tippen, aber was war so ein Tipp schon wert? Zum Schluss stellte sich womöglich heraus, dass es unter den restlichen Mitgliedern noch ein weitaus dümmeres Exemplar gab.

Auffällig war, dass mit Lukas Rapolder bereits der zweite mit einer Autowerkstatt in Verbindung gebracht werden konnte. Gut, über Xavier Ballhaus hatte sie noch keine näheren Auskünfte zur Verfügung, doch was, wenn letztendlich alle Bandenmitglieder Automechaniker oder Werkstattinhaber waren? War es sinnvoll, einen solchen Gedanken für die Ermittlungen in Erwägung zu ziehen? Sie nahm sich vor, mit Edgar Schaaf und Rita Böhringer darüber zu diskutieren.

Es gab noch einen anderen Gedanken, der sie beschäftigte. Ihr war nämlich nicht verborgen geblieben, dass Pit, als sie vor Lukas Rapolder mit seiner Pistole über die Straße geflüchtet waren und ihr Bein den Dienst versagte, sich zwischen sie und den eventuellen Schützen gestellt hatte. In die mögliche Schussbahn einer Kugel, quasi als Deckung und Kugelfang. Weil sie ahnte, dass es keinen Sinn machen würde, ihn nach dem Warum zu fragen, ließ sie es sein. Aber ihre Augen ruhten die eine oder andere Sekunde länger auf ihm als gewöhnlich, und sie erschauerte ein bisschen bei der Vorstellung, dass er für sie so viel Selbstlosigkeit übrig hatte. Auch wenn ihm sein Handeln als solches nicht bewusst gewesen sein mochte, so war es doch aus einem Impuls heraus geschehen, der tief in seine Seele blicken ließ. Sie hatte nie den Wunsch gehegt, einmal ein Mann sein zu wollen, auch nicht vorübergehend oder kurzzeitig. Sie hatte sich immer als Frau gefühlt und würde es immer bleiben. Dergestalt würde es ihr aber wahrscheinlich für immer verwehrt bleiben, ob nun passioniert oder ungewollt, in eine Heldenrolle zu geraten. So sah sie Pit nämlich: als ihren persönlichen Helden. Und nun stand ihr Held am Herd, ein heißes Backblech mit einem Topflappen haltend, und mit einem Plastikschieber Pommes frites in eine Schüssel schaufelnd. Er streute Salz über die Fritten. „Essen ist fertig. An den Tisch." War er nicht einfach umwerfend?

„Das ist kaum zu glauben, nicht wahr?", sagte er. „Seit Jahren bin ich Kunde der Werkstatt, und dann kommt heraus, dass der Chef ein Verbrecher ist. Da kannst du mal sehen, welche Menschenkenntnis ich besitze."

„Ach Pit, das war aber auch so ein Zufall. Die Scheibenwischer waren bestimmt schon vorher nicht mehr gut, oder etwa nicht? Und dann musste es heute regnen, damit du erstmal auf die Idee hast kommen können, neue Scheibenwischer zu kaufen. Denn hätte die Sonne geschienen – wie ich sage: purer Zufall."

„Bisher war ich stets zufrieden, weißt du?"

„Zufällig lag eine Packung Zigaretten im Handschuhfach. Wären die nicht gewesen, wäre ich nicht ausgestiegen. Und wäre ich nicht ausgestiegen, dann hätte ich den Sprinter nicht entdeckt."

„Aber Rapolder hätte dich gesehen, als er die alten Scheibenwischer am Citroën abbaute, und erkannt. Wie er sich dann wohl verhalten hätte?"

„Spekulation", sagte Eliza. „Du hör´ mal. Wenn ich auf eine Anzeige gegen Christina verzichte, ist ihr damit geholfen?"

Pit tupfte mit einer Serviette den Mund ab. „Das bringt nichts. Entführung ist ein Offizialdelikt. Da wird in jedem Fall Anklage erhoben. Aber du kannst vor Gericht ihre Rolle beschönigen. Das kann was bewirken. Sie wird mit einer Bewährungsstrafe und einem Bußgeld davonkommen. Das wird auch für Silvio wichtig sein."

Eliza sah ein klares Bild vor sich. „Er müsste Christina freie Hand lassen. Ich bin überzeugt, dass sie aus dem *Zum grauen Eck* ein anziehendes italienisches Ristorante machen könnte. Von allem ein bisschen mehr. Auch unter der Woche, und nicht nur samstags Spaghetti Carbonara. So wie es jetzt dort aussieht, kommt er nie auf einen grünen Zweig. Ich meine, nix gegen Retro, aber schäbig bleibt schäbig, und das ist es. Rede du doch mal auf ihn ein. Auf dich hört er wenigstens."

„Ich glaube, dich mag er auch ganz gut leiden."

„Wie meinst du das?"

„Auf dich würde er auch hören."

„Aha, immer wenn es darum geht, etwas Geld in die Hand zu nehmen und etwas zu verbessern, sind wir Frauen gefragt. Frauen, die treibende Kraft, oder wie?"

„Na klar. Du und Christina. Ihr haltet die Welt am Drehen."

Eliza hatte sich in das neu eingerichtete Atelier zurückgezogen. Da bei der augenblicklichen Wetterlage das Dachfenster nicht viel bewirkte, behalf sie sich mit elektrischer Beleuchtung. Sie skizzierte eine Landschaft, die nach Alaska aussehen sollte, mit einem pittoresken Wasserfall und reichlich Gehölz. Pit hatte in dem Sinne Vorarbeit geleistet, in dem er für die Weltreise der Teddybären einen Wohnmobilbus aus verschiedenen Perspektiven und in unterschiedlichen Maßstäben auf Pappe gezeichnet, koloriert und ausgeschnitten hatte. Eine dieser fertigen Vorlagen versuchte sie in ihren jetzigen Entwurf einzufügen und entschied sich beim ersten Bild für eine komplette Seitenansicht des Wohnmobils. Die Teddybären selber, und darauf freute sie sich am meisten, würden sie gemeinsam auf pappestarkem Papier zeichnen, bemalen und ausschneiden. Bei einer Anzahl von dreizehn Teddybären und einer geplanten Zahl von zwanzig Illustrationen, würden sie am Ende sage und schreibe zweihundertsechzig Teddybären produziert haben.

Pit hatte im Vorgespräch auf diese Form der Arbeitsweise bestanden. Elizas Vorschlag war gewesen, die einmal gezeichneten und ausgeschnittenen Figuren mehrmals zu verwenden, sie also nicht dauerhaft in ein Bild zu kleben, sondern nur *auf* das Bild zu legen, dann zu fotografieren und für ein nächstes Sujet wieder zu verwenden, eventuell mit geringfügigen Abweichungen der Arm- oder Beinhaltungen. Die Anzahl der zu produzierenden Teddybären wäre somit rapide gesunken. Aber Pit war der Produzent, er schrieb die Geschichte, also bestimmte er auch das Verfahren. Ihr sollte es recht sein, denn, wie gesagt, freute sie sich auf die Abende der Bärenproduktion.

Sie konnte Pits Denkweise verstehen. Er wollte jedes einzelne Bild als unveränderbares Original aufbewahren. Wahrscheinlich dachte er dabei an Mila, seine Enkeltochter.

Wie die Bären aussehen mussten, war natürlich durch die ersten beiden Bärenbücher *Zwölfeinhalb Bären, oder wie die Bären nach Waldulm kamen*, und *Das große Spiel, oder mit Lachdatte, Mängehatte und Poklapier* vorgegeben. Der Titel für den dritten Band würde *Zwölfeinhalb Bären auf Weltreise* lauten, und Pit würde es unter dem Namen Peter Siefermann veröffentlichen.

Die Arbeit mit dem Zeichenstift hatte für sie etwas Meditatives. Es war das Fach, in dem sie zu Hause war; das Terrain, auf dem sie sich auskannte. Weitestgehend unabhängig, konnte sie allein auf ihr Wissen und Können zurückgreifen.

Das vermittelte ihr ein hohes Maß an Sicherheit. Was ihr der Halbtagsjob beim Architekten leider nicht bieten konnte, war autonomes Arbeiten, oder anders ausgedrückt: Kreativität. Dort arbeitete sie nach vorgekauten Zahlen und Maßen, die andere Angestellte des Büros, in der Regel Vollzeitkräfte, entwickelt hatten. Ihr Wunsch nach freiem, bildhaften Gestalten hatte sich unter anderem in den Grafiken ausgedrückt, die sie Melanie Köninger nun zur Begutachtung überlassen hatte. Die Arbeiten stammten ausnahmslos aus der Zeit vor ihrer Liaison mit Roland Locher, der für ihre gestalterischen Ambitionen kein Verständnis erübrigen konnte.

Sie war Pit dankbar dafür, dass er all die peinlichen Fragen nicht stellte, denen sie selbst oft genug auswich, nämlich wie es möglich sein konnte, dass sie die Schläge und Erniedrigungen so lange ertragen hatte. Dass sie Entscheidungen wider besseres Wissen von Tag zu Tag aufgeschoben hatte in der Hoffnung, es würde sich noch alles zum Guten wenden. Den Zeitpunkt, ab dem sie für Roland keine feste und verlässliche Größe mehr bedeutete, hatte sie nicht rechtzeitig erkannt; hatte sich für stark genug gehalten, die beginnenden Irritationen austarieren zu können. Auch als erste Turbulenzen aufgetreten waren, fühlte sie sich zwar düpiert, doch weiterhin an ihre innere Einstellung gebunden, für ihn Leuchtturm im Sturm zu sein. Als die ersten Schläge sie trafen, hielt sie sie für ein absolutes Versehen. Vielleicht, hatte sie gedacht, hatte er einen schlechten Tag gehabt oder sie hätte ihn durch irgendwas gereizt. Ihr Fundament begann zu bröckeln, als die Schläge immer öfter zu ihrem normalen Tag zählten. Roland war so schlau, sie nie ins Gesicht zu schlagen, sondern nur dorthin, wo man die Folgen nicht sah: Unterleib, Bauch, Brust. Doch egal wohin er schlug, am meisten traf und verwundete er ihre Seele. Aus ihrem einst fröhlichen Naturell machte er Stückwerk. Ihr inneres Bilderbuch von einer heilen Welt zerfetzte er zu Schnipseln. Ihren stolzen Blick brach er entzwei. Die Reißleine zu ziehen und den Notausgang zu nehmen, war ihr wie eine Niederlage vorgekommen. Aus der Kraft, auf die sie sich lange, zu lange verlassen hatte, war in einem zerstörerischen Prozess lähmende Scham geworden. Mit dreiundfünfzig Jahren, so lautete das nüchterne Resultat, war sie gescheitert.

Und nun, der Kontrast könnte krasser nicht sein, stand sie vor einer Staffelei in ihrem Haus und malte an ihrer Zukunft. Mit jedem Strich, spürte sie, wie ihre alte Lebenslust erwachte und mit ihr die Sicherheit zu wissen, was sie vom Leben wollte. Pits Teddybären waren der Anfang. Danach wollte sie selber wieder künstlerisch aktiv werden. Ihr Ideenspeicher platzte fast aus allen Nähten. Sie würde nicht mehr nur Grafiken produzieren, sondern sich endlich an die Malerei wagen, und sie konnte es kaum erwarten. Die Freiheit, die sich vor ihr ausbreitete, war schier grenzenlos, und sie befand sich als neugeborene Frau mittendrin.

Es war wie im Märchen. Als wäre sie, die Auserwählte, durch eine verzauberte Tür geschritten. Plötzlich fielen die Puzzleteile ihrer Zukunft von alleine an die richtigen Stellen. Das Einzige, was sie dazu beisteuern musste war, es zuzulassen, und es erleichterte sie enorm, jahrelang gepflegte Zweifel, Skepsis, Misstrauen, Vorsicht und Reduzierung auf den Müllhaufen ihrer Geschichte zu laden. Sie war an einem wundervollen Ort der Ruhe, und daran konnten selbst ein Überfall oder der Flug einer Drohne nichts ändern, wo sie leben und lieben konnte, wie es ihrer Art entsprach.

Pit war indes von einem Buch über Teddybären noch weit entfernt. Die Ereignisse der vergangenen Tage und Wochen ließen Gedanken in diese Richtung schlichtweg nicht zu. Er saß über einem Heftordner an seinem Schreibtisch und notierte Stichpunkte und Ereignisse zum vierten *Edgar-Schaaf-Krimi* **Schaafsgold und der ungelesene Autor**, wobei ihm nach einiger Zeit auffiel, dass die Geschichte bis zum gegenwärtigen Stand ziemlich ichbezogen abgehandelt war, beziehungsweise auf Eliza und ihn bezogen. Edgar Schaaf, Namensgeber der Krimiserie, tauchte hingegen nur sporadisch auf. Sollte er das ändern? Genau betrachtet, und das war nicht von der Hand zu weisen, drehte sich das bisherige Geschehen aber nun mal hauptsächlich um Eliza, und somit notgedrungen auch um ihn. *So what*? Er konnte sich die Handlung ja schwerlich aus den Fingern saugen oder irgendwie zurechtbiegen, nicht wahr, dazu fehlte es ihm an der nötigen Fantasie und Brillanz. Er war auf Fakten angewiesen, um daraus eine mehr oder weniger spannende Geschichte zu schreiben. Ein Tatsachenbericht, wenn man so wollte. Gaben die Ereignisse nicht mehr her, war auch er aufgeschmissen. Aber das Leben ist einfach so, dass nicht jeder Furz gleich das Zeug zu einem Action-Thriller hat. Glaubwürdigkeit war ihm wichtig, und wenn der Fall ausgehen sollte wie das Hornberger Schießen, dann würde der neue Roman eben mit diesem Schluss enden. Er hieß nicht Henning Mankell, nicht Håkan Nesser, nicht Jussi Adler Olson und nicht Jo Nesbø. Er war Pit Ferman. Für diesen Namen war er angetreten.

Er spürte eine Berührung am Bein. Ach du meine Güte, *Pepsi*. Bei so einem Scheißwetter ging nicht mal die Katze vor die Haustür. Er legte den Kugelschreiber auf den Schreibtisch und stand auf, um der Katze frisches Futter hinzustellen. Bisher war noch keine Vermisstenmeldung über sie eingegangen, weder bei Tierarzt Dr. Steiner in St. Paulsberg, noch direkt bei ihm. Nicht, dass er sagen könnte, er hätte sich mittlerweile an die Katze gewöhnt. Zu kurz war sie erst da, und bei schönem Wetter sah er das Tier vielleicht ein- oder zweimal am Tag. Sonst trieb sie sich draußen herum, wie Katzen mit Freigang es halt so tun, aber er schätzte ihre Anwesenheit ungemein. Sie war ein Farbtupfer in ihrem Refugium, und weil er ein klein wenig eitel war, genoss er es, wenn sie ihn für ausreichend gebildet betrachtete, um ihr das Futter reichen zu dürfen, oder für hinlänglich würdig, seinen Schoß als Schlafplatz zu benutzen. Doch, das hatte was. Er hoffte, dass sie hier im Hahnenfuß bleiben konnte, und sollte sich tatsächlich eine Besitzerin oder ein Besitzer melden, würde er versuchen, ihr oder ihm mit Engelszungen die Katze abzuschwatzen, und falls das nicht funktionierte, es mit viel Geld probieren. Ja, genau. Damit wäre das geklärt, sagte er zu *Pepsi*.

Er trat vor die Tür um zu rauchen. Gerade rechtzeitig, wie er dachte, denn er wurde Zeuge einer dramatischen Veränderung des Himmels. Er rief nach Eliza, damit ihr das Schauspiel nicht entgehen sollte, und sie kam aus dem ersten Stock gestürzt in der Annahme, es sei etwas passiert. „Was ist los?"

Er fing sie in seinen Armen auf. „Alles gut, Eliza. Nix passiert. Schau dir diesen Himmel an."

Einige Minuten wohnten sie stumm dem Schauspiel bei. Eliza war die erste, die die Sprache wiederfand. „Das sieht aus wie die Vertreibung von Adam und Eva aus dem Paradies."

Er lachte. „Darauf wäre ich jetzt nicht gekommen, aber du hast recht. Die schwarzen Wolken fliehen vor dem Flammenschwert der Sonne."

Das Wolkenungetüm zog tatsächlich nach Osten ab. Betrachtete man es als Abschied, dann zog er lange transparente Fransen hinter sich her, die den Enden von Trauerschleiern ähnelten, die man früher über die Friedhofkreuze gehängt hatte. Sie standen samt und sonders in Flammen. Oder es handelte sich um einen siebenschwänzigen Drachen, der mit peitschenden Schlägen das Weite suchte. Dahinter ergoss sich der blanke Himmel in purem Silber, das sich weiter westlich in Gold verwandelte. Die Sonne selbst schien zu pulsieren wie ein riesiges Herz.

„Heißt das, dass morgen wieder Sommer ist?"

„Die Zeitung sagt ja. Kommst du voran mit dem ersten Bild?"

„Ich wollte dich eh gerade holen, um deine Meinung zu hören. Komm´ mit." Eliza führte ihn ins Atelier und dirigierte ihn vor die Staffelei.

Pit war beeindruckt. Mehr als das. Was er sah, war ein Landschaftsbild von Alaska. Dabei handelte es sich erst um eine Studie, wie Eliza erklärte, um ein Muster, eine Probe. Das richtige Bild würde sie erst nach Absprache mit ihm beginnen.

„Fragt hier die Meisterin den Lehrling, ob es gut ist?"

„Dir muss es gefallen, Pit."

„Wir werden das Projekt anders aufziehen. Wir bringen ein Bilderbuch mit Illustrationen von Eliza Wohlbrecht heraus. Begleitende Texte von Peter Siefermann."

Melanie Köninger und Edgar Schaaf wandelten, sofern man Fortbewegung in Gummistiefeln überhaupt als wandeln bezeichnen durfte, die regennassen Wiesen an der Kinzig entlang, dem abziehenden Regen praktisch im Schrittabstand hinterher. Der Himmel zeigte sich zweigeteilt: im Osten rabenschwarz, im Westen kitschpink, das dem Horizont zu ockergelb wurde. Die Teilung verlief direkt über ihren Köpfen. Yin und Yang in Cinemascope-Format, und sie strebten direkt auf einen plastischen Regenbogen zu, der wie ein elektrischer Lichtbogen zu knistern schien.

Der Fluss führte schlammbraunes schnellfließendes Hochwasser. *Müller* und *Lydia* zottelten respektvoll am Ufer auf und ab, bis sie einen schnauzengerechten Stock aus dem ans Ufer gespülten Treibholz gezogen hatten und sich nun spielerisch darum balgten.

Christina hatte es vorgezogen, allein im Türmchenhaus zu bleiben. Melanie und Edgar hatten ihr eines der unbenutzten

Zimmer im ersten Stock gegeben, eine Matratze hineingelegt und zwei Stühle für ihre Kleider aufgestellt. Kein Luxus, aber für die Überbrückungszeit, bis Silvio aus der Klinik nach Hause durfte, sollte das reichen. Christina schien sich um die spartanische Einrichtung sowieso nicht zu scheren. Zu sehr stand sie nach wie vor unter dem Eindruck des Schocks, den der gewaltsame Tod Xavier Ballhaus' in ihr ausgelöst hatte, als dass ihr bequeme Annehmlichkeiten wichtig wären. Xavier Ballhaus, genannt Don.

Xaviers Vater war Besitzer und Inhaber einer Firma in Karlsruhe, die sich auf die Veredelung von Autos spezialisiert hatte. Erfüllung von Sonderwünschen zahlungskräftiger Kunden, denen die Katalog-Angebote der Autohersteller nicht genug waren. Manch einer ließ sich allein die Sonderausstattung seines neuen Wagens so viel kosten wie er für den Wagen in der Anschaffung bezahlt hatte. Das Geschäft war eine Gelddruckmaschine und weder Herr Ballhaus Senior noch Herr Ballhaus Junior brauchten dank eines überdurchschnittlich honorierten Geschäftsführers einen Finger krumm zu machen. Das waren in etwa die Angaben, die Edgar aus dezenter Befragung Christinas in Erfahrung bringen konnte. Nichts, um in Jubelstürme auszubrechen, aber genau der Stoff, den er für seine Recherchen brauchte. Gewiss, ein Anruf bei Rita Böhringer hätte genügt, um ihn ins Bild zu setzen, doch wollte er die junge Polizistin nicht über Gebühr beanspruchen. Edgar hatte ohnehin schon das Gefühl, dass sie sich mit der Nähe und Verbindung zu ihm beim LKA-Mann Claus Richter nicht beliebt machte. Und zudem hatte es Edgar schon immer bevorzugt, auf eigenen Mist, sprich eigene Ermittlungen, zu bauen.

Schon am gestrigen Abend war Edgar fleißig gewesen und hatte mit Hilfe seines umfangreichen Zeitungsarchivs zum einen, und einem Telefonat mit einem noch aktiven Polizisten des Dezernats für Raub-, Diebstahl- und Bandenkriminalität zum anderen, eine aussichtsreiche Spur erschlossen, die er heute Abend unter Einbeziehung von Christinas Angaben weiterverfolgen wollte.

„Kann es sein, dass du heute nicht sonderlich gesprächig bist?", fragte Melanie an Edgars Seite. Sie warfen, die untergehende Sonne im Rücken, lange schlanke Schatten vor sich auf den Weg.

„Hm, ich komme mir ein bisschen vor wie Miraculix. Der Zaubertrank ist fast fertig, aber es fehlen noch ein paar Zutaten."

„Aha, du bist also geistig auf Ermittlertour."

Edgar entdeckte im Durcheinander der Treibholzablagerungen einen Knüppel, der sich gut zum Werfen eignete. Er pfiff den Hunden, die auf ihn aufmerksam wurden, dann schleuderte er den Knüppel weit hinter sich. *Müller* und *Lydia* aber glotzten ihn bloß unverständig an, was so viel bedeutete wie: *Hol´ deinen blöden Knüppel selber.*

„Saubande", murmelte Edgar und ließ das mit dem Apportieren bleiben. „Ich versuche lediglich, auf die Spur des Goldes zu gelangen. Ich gehe mal davon aus, dass die Spur relativ frisch ist. Nicht älter als vier Monate."

„Du hast doch schon eine Idee, gib´s zu, Edgar." Melanie stieß ihn leicht in die Seite.

„Ja", gestand er, „eine Idee. Und zwar gehe ich von unserer Gold-Bande aus. Die gleiche Bande, die Eliza und unseren Pit überfallen haben und die aller Wahrscheinlichkeit nach auch für den Tod von Roland Locher verantwortlich ist, obgleich der gar nicht geplant war. Diese Bande hat sich auf sogenannte Blitzeinbrüche und Geldautomatenraub spezialisiert und ist seit ungefähr drei Jahren tätig. Falls dir Blitzeinbruch kein Begriff ist: Die Räuber rasen mit einem Auto in die Schaufenster eines Juwelierladens und räumen die Auslagen aus. Und Geldautomatenraub heißt: Entweder der Automat wird am Standort aufgebrochen, oder der gesamte Automat wird aus der Verankerung gerissen und abtransportiert. Unsere Bande zieht den Abtransport vor. Sie müssen über ausgerüstete Fahrzeuge verfügen und über einen entsprechenden Ort, wo sie die Automaten später in aller Ruhe öffnen. So weit, so gut. Tatsache ist: Bei diesen Blitzeinbrüchen werden sie kaum in den Genuss kommen, auf eine größere Menge Goldbarren zu stoßen. Schmuck und Uhren, ja, aber keine Goldbarren. Und auch in Geldautomaten befindet sich kein Gold. Also müssen sie einen anderen Coup gelandet haben, der von ihrer üblichen Vorgehensweise abwich. Diesem anderen Coup bin ich auf der Spur."

„Nur auf der Spur oder hast du schon was auf heißer Flamme?"

„Du sprichst selber fast schon wie ein Ganove, Melanie. *Auf heißer Flamme.* Nun, endgültig will ich mich nicht festlegen, aber ich glaube zu wissen, wann und wo und wie die Bande an das Gold gekommen ist. Ich gehe sogar soweit zu behaupten, dass das Gold eher ein Nebenprodukt ihrer Arbeit war. Zufall, also."

„Ich ahnte es", sagte Melanie. „Komm´, lass´ uns umkehren. Wie ich dich kenne, willst du heute bestimmt noch deine Harley polieren, weil du dabei angeblich am besten denken kannst. Stimmt´s?"

Er lachte und zog sie an sich. Ein Pfiff, und die Hunde rasten auf sie zu.

14. Juli 2022

Es war nach Mitternacht. Sie hatte das Fenster geöffnet, ließ frische, kühle Luft ins Zimmer. Die Gewitterfront des Vortages hatte sich am späteren Nachmittag verabschiedet. Der Sommer würde zurückkehren, sagte zumindest der Wetterbericht voraus. Wurde auch Zeit, dachte sie, denn sie fand es eintönig und öde, bei Regen ständig im Zimmer bleiben zu müssen. Bei Sonnenschein konnte sie sich wenigstens im Schwimmbad oder an einem der umliegenden Baggerseen die Zeit vertreiben.

Sie lag auf dem Bett, das ihre Freundin ihr großzügigerweise und selbstlos zur Verfügung gestellt hatte. In der Not, hatte die Freundin gesagt, müsse man sich helfen, speziell unter Frauen. Für was sonst, hatte sie gesagt, soll eine Freundschaft gut sein? Nicht nur das Bett – das ganze Zimmer hatte sie ihr angeboten. Das Zimmer, in dem sie seit dem Freitag der letzten Woche untergekommen war. Dem Freitag, an dem Roland beerdigt worden war. Dem Freitag, an dem ihre Liaison mit Roland aufgeflogen war. Aufgeflogen, weil diese Eliza, Rolands Ex, sie an Rolands offenem Grab, das muss man sich mal vorstellen, geohrfeigt hatte.

Ihr Ehemann hatte das natürlich mitgekriegt. Er war ja unmittelbar hinter ihr gestanden und hatte anschließend diese Furie von Eliza genötigt, ihm die Ursache der Ohrfeige zu erklären. So war eins zum anderen gekommen. Nach der Beerdigung, noch am selben Abend, hatte er dann Zoff gemacht, war aus allen Wolken gefallen, konnte plötzlich eins und eins zusammenzählen, sich ihre vielen fadenscheinigen Ausreden erklären, das und jenes zusammenreimen, bis er ein klares Bild vor Augen hatte und sich einen Trottel schimpfte, der maßlos hintergangen worden war, betrogen, zum Hahnrei gemacht, zum Hirsch mit Geweih. Und dann war ihm die Hand ausgerutscht.

Da war sie zu ihrer Freundin geflüchtet und hier saß sie nun fest, auf Pump, praktisch ohne Geld, und nichts weiter dabei als die hastig zusammengerafften Klamotten. Am schlimmsten war, dass sie auch keine Perspektive mehr hatte. Schuld an allem war nur diese blöde alte Kuh Eliza, Rolands Ex.

Sie hatte gewusst, was zu tun war, nachdem sie an Weihnachten mit Roland auf der Toilette der Kneipe zum ersten Mal gefickt hatte und klar war, dass Roland und sie zusammengehörten. Sie hatte immer dafür gesorgt, dass Rolands Kleider, wenn sie sich heimlich getroffen hatten, nach ihrem Parfum rochen. Kriegserklärungen, wie sie die Duftbomben nannte, und sie war sich sicher, dass die Botschaften bei Eliza ankommen würden. Frauen haben ein feines Gespür und ein noch feineres Näschen. Sensoren für Betrug. Wenn Roland gelegentlich von Eliza erzählte, zum Beispiel wie misstrauisch sie geworden war und wie sonderbar eingeschnappt Eliza reagierte, dann frohlockte sie siegesgewiss und wusste, dass ihre Strategie Früchte trug. Was konnte dieses Weib Roland denn schon bieten? Und dann wagte es diese alte Hutschachtel, ihr vor aller Augen eine Ohrfeige zu verpassen.

Es war ja nicht gerade die große romantische Liebe, was sie mit Roland verband, aber sein Sex war einmalig und er war Manns genug, ihre Wünsche in dieser Beziehung mehr als bloß zu erfüllen. Meine Güte, so war sie nun mal, oder, und es gab weiß Gott schlimmere Beziehungen auf der Welt. Was jedoch das Allerwichtigste war: Roland hatte ihr eine Zukunft versprochen. Eine tolle Zukunft. Er musste zu viel Geld gekommen sein, denn er plante, mit ihr gemeinsam alles zurückzulassen, was sie mit diesem tristen Leben in Offenburg verband. Er schwärmte von Übersee, wo immer das sein mochte, dass die Flucht unmittelbar bevorstünde und sie sich bereit halten sollte. Es konnte sich nur noch um Tage, vielleicht sogar nur um Stunden handeln. Er würde alles regeln und für alles sorgen. Sie bräuchte sich um nichts kümmern. Nur ein Passfoto hatte er von ihr verlangt.

Plötzlich war die Polizei in der Werkstatt erschienen. Roland ist tot. Ermordet. Hatten seinen Spind aufgebrochen, die Angestellten und ihren Ehemann und sie selbst befragt. Wer wann wo gewesen war und so weiter. Roland ist tot. War das eventuell auch Elizas Schuld?

In einem Anfall von Frust und Wut trommelte sie mit den Fäusten auf das Kopfkissen ein. Alles war nur noch hatte, hatte, hatte. Hatte gehabt. Nichts war mehr mit haben. Alles war gewesen, alles war vorbei, die Gegenwart war erbärmlich, sie stand vor dem absoluten Nichts, ihr ganzes Leben lag in Trümmern, so, als hätte sie nichts geleistet, als hätte sie nicht existiert, und ihre Zukunft sah genau so aus. Sie drückte ihr Gesicht in das Kissen und schrie aus Leibeskräften hinein.

Ihr Handy klingelte. Sie las die Uhrzeit vom Display ab. Ein Uhr dreißig. Sie erkannte die Nummer ihres Ehemannes. Was wollte denn der um diese Uhrzeit von ihr? Mitten in der Nacht? Wollte er sich vielleicht bei ihr entschuldigen? Sich einschleimen? Wollte er sie vielleicht wieder nach Hause holen? Und dann? Was würde sie dann tun? Zu ihm zurückgehen? Sie drückte auf Empfang.

„Marion?"

Sie hörte nur bei diesem einen Wort, dass er flennte. Ein Weichei war er schon immer gewesen. Zu nah am

Wasser gebaut. Er bekam sogar bei den alten Sissi-Filmen feuchte Augen. Wahrscheinlich konnte er nicht schlafen und heulte in sein Kissen.

„Was willst du?"

„Ich bin´s. Heinz."

Als ob sie das nicht wüsste. „Es ist mitten in der Nacht. Sag´, was du willst."

Er schluchzte. „Können wir uns sehen? Jetzt?"

„Bist du verrückt? Ich lieg´ schon im Bett."

„Nur ganz kurz", jammerte er. „Ich dachte, vielleicht brauchst du etwas Geld."

Er hatte sie an der verwundbarsten Stelle erwischt. Natürlich brauchte sie etwas Geld. Er hatte schließlich das Konto sperren lassen.

„Und wie stellst du dir das vor?"

„Ich komme mit dem Auto, du brauchst gar nirgendwo hin. Alles ganz unverbindlich ..."

Sie gab ihm die Adresse und fragte sich sofort, ob das vielleicht nicht ein Fehler war, denn was, wenn er ihr dann ständig vor dem Haus auflauern würde? In einer Viertelstunde vor dem Haus.

Wenn sie zu ihm zurückginge? War das eine Option? Es würde werden wie früher. Sie, die Frau Chefin, die Frau Zoike. Einmal am Tag durch die Werkstatt stolziert, und die Männer wären wieder auf Linie. Einmal im Monat die Beine breit machen für Blümchensex. Was war daran so negativ? Sie könnte wieder in die Stadt zum Einkaufen, hätte wieder Zugang zu Geld. Einmal im Jahr zum Urlaub ins Allgäu, bei Jodelmusik und Weißwurst. War das so schwer auszuhalten? War das alles nicht besser als dieses Zimmer unterm Dach zwischen Möbeln vom Flohmarkt, ohne die Leistung ihrer Freundin schmälern zu wollen? Wie lange würde sie ihr noch auf der Tasche liegen können? Sie bezahlte keine Miete und nichts. Geld war das Wichtigste. Die Frage hieß im Grunde: Was würde sie für Geld alles tun?

Sie stand vom Bett auf, schlüpfte in die Jeans und zog ein T-Shirt über. Er würde auf ihre Titten starren, das wusste sie jetzt schon. Soll er halt. Sie streifte die Ballerinas über die Füße, trat hinaus in den Flur, stieg auf Zehenspitzen die Treppe hinunter, schlich zur Hintertür, hinaus in den Garten, um die Hausecke herum, blieb an der Ecke stehen. Sie würde ihn oder sein Auto kommen sehen. Nanu?, wunderte sie sich. Heute kein Streifenwagen vor dem Haus? Mit Polizisten, die für ihre Sicherheit sorgen sollten? Seltsam. Er stand doch immer auf der anderen Straßenseite, nicht zu übersehen.

Er kam pünktlich. Sein Wagen rollte vor dem Haus aus. Der Motor wurde ausgeschaltet. Die Scheinwerfer erloschen. Sie wartete, starrte hinüber. Im Wageninnern glomm eine Zigarette auf. Seit wann rauchte er wieder? Sie biss sich auf die Unterlippe. Entscheide dich, Marion.

Er erschrak, als sie die Wagentür öffnete. Ein Schwall Zigarettenrauch stieß sie zurück. Mein Gott, konnte er nicht das Fenster aufmachen, wenn er schon im Auto rauchen musste? Sie hielt sich zurück. Er hatte sich tagelang nicht rasiert. Ringe unter den Augen ließen ihn älter erscheinen. Hatte er vielleicht getrunken?

Sie setzte sich auf den Beifahrersitz. „Hier bin ich."

„Da bist du, ja", wiederholte er blödsinnig und glotzte auf ihre Brüste, die sich unter dem T-Shirt abzeichneten. Er drehte den Zündschlüssel, der Motor heulte auf.

„Was soll das? Mach´ den Motor aus. Du hast gesagt, dass ich nirgendwo hinmuss."

Erster Gang. Er drückte aufs Gaspedal. Der Wagen vollführte einen Satz nach vorne. Zweiter Gang. Er beschleunigte. Dritter Gang.

„Ich will nur mit dir reden", sagte er und fuhr schneller.

„Halt sofort an, Heinz, hörst du? Halt sofort an, oder ich springe während der Fahrt aus dem Auto."

Er antwortete nicht, warf einen hektischen Blick zu ihr, schaltete in den vierten Gang. Sie befanden sich jetzt auf einer Bundesstraße.

„Was willst du, Heinz", änderte sie ihre Taktik. „Willst du einen Fick? Dann halt an und wir erledigen das schnell."

Er schlug mit dem rechten Arm nach ihr, traf sie am Hals. „Du bist eine Drecksau, weißt du das? Ein billiges Flittchen bist du."

Der Schlag hatte ihr nicht sonderlich geschadet, aber er hatte genügt, um sie vorsichtiger werden zu lassen.

„Okay, Heinz, dann fahr´ irgendwo hin und lass´ uns miteinander reden."

Zuerst schien er unbeeindruckt weiterzurasen. Doch dann bremste er ab und hielt ein langsameres Tempo ein. Sie schaute aus dem Fenster, glaubte auf der Bundesstraße ins Kinzigtal zu sein, war sich aber nicht sicher. Dann bremste er unversehens scharf, schlug das Lenkrad nach rechts ein und bog auf einen Platz ab, der von Büschen abgeschirmt war. Er schaltete den Motor aus, drückte gleichzeitig auf die Zentralverriegelung.

„Was hast du vor?", fragte sie wachsam.

„Damit du mir nicht davonläufst", grinste er hinterhältig.

„Du hast gesagt, dass du mir Geld bringen willst."

„Nein, ich habe lediglich festgestellt, dass du Geld brauchst. Das ist etwas anderes. Und jetzt erzähl'! Warum bist du mit Roland in die Kiste gehüpft? Ich zermartere mir seit Tagen das Hirn, was dir an unserem Leben nicht gefallen hat? Was habe ich falsch gemacht? Hast du nicht alles bekommen, was du wolltest? War das Leben an meiner Seite so verachtenswert, so beschämend, dass du mit diesem Haderlump ficken musstest? Und jetzt ist er tot, und du hockst einsam und verlassen bei einer Freundin rum, anstatt bei mir zu sein, wo du hingehörst? Oder wo willst du jetzt hin? He? Was hatte er, was ich nicht habe. Sag' es mir endlich, damit ich ruhig schlafen kann. Sag's mir, ich will es aus deinem Mund hören!" Er hatte sich mit den Worten zunehmend in Rage geredet, hatte sich immer weiter zu ihr hinübergebeugt, ihr seine Hände auf die Schultern gelegt. Speichel sprühte über ihr Gesicht. Und je hitziger und unkontrollierter er wurde, desto mehr tat sich in ihr ein Graben der Abscheu auf. Sie erkannte in Sekundenschnelle, dass ihre Überlegungen, eventuell zu ihm zurückkehren zu können, Makulatur waren. Und weil sie in gewissen Situationen schon immer die abstoßende Neigung dazu hatte, jemanden mit giftigen Worten kaltblütig verletzen zu können, dachte sie, dass, wenn er schon so intensiv darum bettelte, er es dann auch wissen soll.

Fauchend schleuderte sie es ihm ins Gesicht: „Du willst es wirklich wissen, he? Dann pass' mal auf. Ich sage es nur einmal. Sein Schwanz war länger."

Er empfand es nicht als Nachteil, dass seine Hände bereits auf ihren Schultern lagen. Der Weg zum Hals war somit relativ problemlos zu überbrücken.

14. Juli 2022

Edgar stand, wie angekündigt, in der Küche am Herd und schwitzte feingehackte Zwiebeln an. Er würde heute eine Kartoffelsuppe kochen. Die Zutaten hatte er im Supermarkt in St. Paulsberg gekauft. Karotten, Sellerie, Lauch, Petersilie, Liebstengel, Ingwer, einen Apfel, Sahne und natürlich Kartoffeln. Salz und Gewürze, hoffte er, würden sich in Elizas und Pits Küche auftreiben lassen.

„Apfel? Edgar? Ist das dein Ernst?" Eliza hielt ihm den Apfel skeptisch unter die Nase.

„Ein Viertel davon, meine Gute", sagte er wie jemand, der weiß was er tut. „Das gibt der Suppe ein bisschen Pep, verstehst du? Du kannst ihn schon schälen und kleinschneiden."

„Soso, ein bisschen Pep, und du hast wahrscheinlich schon mal eine Kartoffelsuppe mit Apfel gegessen, oder?"

„Nein, da muss ich dich enttäuschen. Das wird heute meine erste Kreation dieser Art."

Eliza stemmte die Fäuste in die Hüfte. „Also ich kenne Kartoffelsuppe nur mit Apfelküchle."

„Na fein. Die Arbeit schenken wir uns heute und probieren es mit direkter Apfelinjektion. Das wird schon, Eliza, glaub´ mir." Edgar grinste fröhlich.

Eliza setzte sich nicht wirklich überzeugt zu Melanie an den Tisch. „Und du, du lässt ihn in dieser Beziehung einfach so wurschteln?"

„Solange er mir keine Kutteln auftischt", antwortete Melanie, „kann ich so ziemlich alles vertragen. Bei Kutteln müsste ich kotzen."

„Würg, da muss ich dir recht geben. Lassen wir uns überraschen. Dein Laden ist heute geschlossen?"

„Nein", antwortete Melanie und begann die nächste Karotte zu schnippeln. „Meine treue Perle, Frau Holzer, springt für mich ein. Ich lass' sie übrigens einen Blick auf deine Grafiken werfen. Sie verfügt über ein gutes und kritisches Auge, und wenn sie und ich bei einem Bild Übereinstimmung haben, ist es bereits so gut wie ausgestellt."

„Findest du, der Apfel ist klein genug geschnitten?"

Melanie winkte mit dem Messer in der Hand ab. „Das ist gut so. Edgar jagt nachher sowieso alles durch den Pürierstab."

„Ich bin immer noch ganz von den Socken, Melanie, dass meine Grafiken ausgestellt werden sollen. Ein Gedanke, mit dem ich mich erst noch anfreunden muss."

Melanie lächelte. „Freunde dich auf jeden Fall auch mit dem Gedanken an, dass du bei der Vernissage anwesend sein und dem Publikum und der Presse Rede und Antwort stehen musst."

„Oh Gott, nee, mir wird schlecht. Sag', dass das nicht wahr ist."

Vom Herd her zischte es und eine Dampfwolke stieg wie ein Atompilz an die Decke. „So, Mädels, seid ihr fertig mit dem Gemüse?"

„Da, hörst du? Wie ein Sklaventreiber", raunte Melanie mit verschworener Miene.

„Das hab' ich gehört, Frau Köninger", sagte Edgar warnend und klopfte mit dem Kochlöffel gegen den Suppentopf.

„Was gibt es eigentlich dazu? Ich meine, bloß Suppe ist ein bisschen dünn."

Edgar drehte sich gespielter Entrüstung um. „Eliza, ich weiß nicht, was du unter Kartoffelsuppe verstehst, aber eine badische Kartoffelsuppe ist niemals dünn, und meine erst recht nicht. Es gibt Baguette dazu. So, und nun her mit den Zutaten."

„Wo bleibst du denn, Rita", bellte Edgar ins Telefon. „In zehn Minuten ist die Suppe fertig."

Er hatte die Suppe auf kleine Flamme gestellt und saß mit Eliza, Pit und Melanie auf der Bank vor dem Haus. „Sie ist unterwegs", sagte er und steckte das Telefon in die Gesäßtasche. „Allgöwer ist auch dabei."

„*Fünf waren geladen, zehn sind gekommen. Gieß´ Wasser zur Suppe, heiß´ alle willkommen.*", kommentierte Pit die geänderte Personenzahl. „Schau´ mal, Edgar, dein *Müller*."

Müller war durch den See geschwommen und stand nun auf der kleinen Insel unter der Erle. *Lydia* hüpfte unterdessen aufgeregt am Ufer auf und ab und kläffte wie verrückt. *Müller* blaffte nur einmal zurück. Dann traute sich die Hündin ebenfalls ins Wasser, und als sie keinen Grund mehr unter den Beinen hatte, schwamm sie pfeilgerade auf die Insel zu, wo *Müller* sie schwanzwedelnd empfing.

„Ich schätze", meinte Melanie, „wir müssen die Häuser tauschen. Das hier ist für die Hunde um einiges interessanter als unser Garten."

Edgar schnaubte durch die Nase und schielte auf seine Armbanduhr. Es war gerade halb zwei Uhr vorbei. Rita Böhringer würde sich leicht verspäten. Er schob die Verspätung auf die Verkehrssituation. Heute feierte Frankreich seinen Nationalfeiertag und viele Elsässer nutzten wie immer die Gelegenheit für Einkäufe und Ausflüge diesseits der Grenze. Doch dann sah er Ritas Dienstwagen aus dem Wald auf die Lichtung fahren. Er stand auf und begab sich in die Küche, um die Suppe abzuschmecken.

Der Himmel leuchtete in tiefem klarem Blau. Nach dem gestrigen Starkregen roch die Luft nach modriger Walderde und nassem Gras und war leicht wie eine Feder. Pit stellte den Sonnenschirm auf und trug drei zusätzliche Stühle vors Haus, sodass alle sieben Personen am Tisch Platz hatten. Edgar balancierte die Suppe in die Tischmitte.

„Greift zu", sagte er. „Brot kommt gleich. Melanie, gehst du bitte nach oben und weckst Christina? Und kein Wort während des Essens über das Gold."

Christina hatte schon bald nach ihrer Ankunft darum gebeten, sich hinlegen zu dürfen, da sie müde sei.

Die Suppe mundete hervorragend. Der große Suppentopf wurde vollkommen geleert und alle tunkten die letzten Reste im Teller mit Brot auf.

„Der Apfel, Edgar. Das war´s. Einsame Klasse", mümmelte Eliza mit vollem Mund. „Pep."

Rita Böhringer wischte den Mund mit einer Serviette ab und bediente sich aus dem Brotkorb mit einer Scheibe Weißbrot. „Frau Zoike ist verschwunden."

Pits Augen wurden groß. „Ich dachte ..."

„Sie ist uns irgendwie abhanden gekommen", fuhr Rita fort. „Die Freundin, bei der sie untergeschlüpft war, hat bestätigt, dass sie im Laufe der Nacht das Haus verlassen haben muss, ohne dass sie es bemerkt hat. Als Frau Zoike nicht zum Frühstück erschien, hat sie nachgesehen. Weg."

Pit versuchte es nochmal. „Ich dachte, ein Streifenwagen ..."

„Ja, ja, normalerweise hätte ein Streifenwagen die ganze Nacht vor dem Haus stehen sollen, Pit. Aber es gab eine Massenschlägerei in der Disco *Noise Voice*, woraufhin alle Kräfte zusammengetrommelt wurden, um die Situation dort unter Kontrolle zu bekommen. Frau Zoike ist weg. Ab durch die Hecke. Fahndung."

„Ist sie vielleicht wieder zu ihrem Mann zurück?"

Rita kaute an der Brotrinde, schüttelte den Kopf. „Das war freilich unsere erste Adresse. Nichts."

„Ist eine Entführung möglich?", fragte Edgar.

„Ich kann mir nicht erklären, wie", schaltete sich Allgöwer ein. „Ich war heute Morgen dort. Weder an den Türen noch an den Fenstern sind Spuren, die auf ein gewaltsames Eindringen hindeuten würden. Die Tür zum Hinterausgang war gestern Abend noch verschlossen, der Schlüssel steckte von innen, wie die Hausbesitzerin sagte. Sie kontrolliert das angeblich täglich. Heute Morgen allerdings stellte sie fest, dass sie nicht mehr abgeschlossen war. Auch innerhalb des Hauses gab es keine auffälligen Spuren, die auf Entführung schließen ließen. Okay, für unmöglich halte ich grundsätzlich nichts. Alles in allem sieht es jedoch danach aus, dass Frau Zoike in der Nacht das Haus freiwillig verlassen hat."

„Besaß Frau Zoike ein Handy?"

„Ich weiß, was du meinst, Edgar. Ihr Mann behauptet, dass sie ein Handy gehabt hat. Er hat uns auch die Nummer gegeben. Aber wir können es momentan nicht orten."

Außer Melanie und Christina dachten alle am Tisch an die blonde, gutaussehende Frau Zoike, die die Geliebte von Roland Locher gewesen war. Hatte sie die Polizei und alle anderen etwa gelinkt? Wusste sie zuletzt doch, wo das Gold versteckt war, und hob gerade jetzt im Augenblick den Schatz aus? Oder war sie eventuell nur aus einer Laune heraus verschwunden und war morgen wieder da? Oder, um den Gedanken der Entführung weiter zu verfolgen, war sie aus dem Haus gelockt und dann gefangen worden? Blühte ihr gar das gleiche Schicksal wie Xavier Ballhaus?

Von Xavier Ballhaus zu Christina war es nur ein kurzer Gedankenweg. Nur widerwillig hatte sich Christina zur Fahrt nach Grünweiler zu Eliza und Pit überreden lassen, und nur weil Edgar ihr versprochen hatte, sie im Anschluss an die heutige Unterredung ins Krankenhaus zu ihrem Vater zu begleiten, war sie mitgefahren. Die Suppe hatte ihr geschmeckt, ja, warum nicht, aber im Grunde war sie in Gedanken ganz woanders. Sie wirkte abwesend. Eliza vermutete, dass sie immer noch unter Schock stand. Nicht nur wegen Xavier Ballhaus´ Tod, sondern auch, oder mehr noch, über die breite Kluft, die sich in der kurzen Spanne der gemeinsamen Zeit mit Xavier vor ihr aufgetan hatte. Zuerst die aufregenden Tage voller Liebe und prickelnder Gefühle, und dann die abrupte Kehrtwende zum Verbrechen, zur Mitbeteiligung, bis zum Mord. Diese Fehleinschätzung zu verdauen, würde sie am meisten Energie kosten. Kraft, die sie nicht mehr hatte. Scham, die sie zu ersticken drohte, vor ihrem Vater Silvio, und am schmerzhaftesten vor sich selbst, und jedes Mal, wenn sie Eliza nur anschaute, wurde sie sich ihrer Ohnmacht bewusst. Innerhalb weniger Tage fühlte sie sich um Jahre gealtert, hatte sie in komprimierter Zeit all die Erfahrungen gemacht, für die andere Menschen ein Leben lang brauchten.

Christina räumte freiwillig den Tisch ab und erbot sich zum Geschirrspülen und Kaffeekochen. Melanie hatte eine Tüte Nussschnecken aus dem Supermarkt mitgebracht.

„Wir haben in dem weißen Sprinter von Lukas Rapolders Werkstatthof tatsächlich Blutspritzer sicherstellen können. Zweifelsfrei Elizas Blut. Auch auf dem Papiertaschentuch, das sie uns gegeben hat", setzte Allgöwer das Gespräch fort. „Nun hat der Herr Rapolder ein Problem."

„Ja", ergänzte Rita Böhringer, „aber er schweigt zu den Vorwürfen. Die Pistole, die wir bei ihm gefunden haben, ist nicht registriert. Der Abgleich, ob sie früher schon mal verwendet wurde, dauert noch. Auch der Fund einer schwarzen Sturmmaske in seiner Wohnung brachte ihn bisher nicht zum Reden, genauso wenig wie die Original-Polizei-Kelle, die er besaß. Aber die Beweislage ist erdrückend, und ich denke, dass ihn sein Anwalt dahingehend beknien wird, aus eigenem Interesse das Maul aufzumachen. Übrigens Eliza, die Leute von *Hoffmann und Wirz* haben Rapolder anhand eines Fotos als den Mann wiedererkannt, der in ihrem Büro auf der Suche nach dir so unerfreulich aufgetreten ist."

Edgar wartete, bis sich die Neuigkeiten aus der Polizeidirektion in den Köpfen verankert hatten, um dann die Ergebnisse seiner eigenen Recherchen zu unterbreiten. Zu diesem Zweck stellte er seinen Laptop auf den Tisch:

„Ich habe mir die Mühe gemacht, der Herkunft des mysteriösen Goldes nachzugehen, das uns und eine Anzahl anderer Menschen umtreibt. Meine Theorie ist, dass das Gold ein Nebenprodukt eines Raubes war, dessen Ziel ursprünglich ein ganz anderes war. Die Räuber sind also rein zufällig auf das Gold gestoßen. Nicht, dass sie sich nicht darüber gefreut hätten, aber es passte so gar nicht in ihr gewohntes Schema. Deswegen handeln sie auch ziemlich hochgradig nervös und abseits ihrer Professionalität.

Es gab im März dieses Jahres die Anzeige eines Juwelenhändlers." Edgar öffnete eine Bilddatei, unter der er die Ablichtung eines Zeitungsartikels gespeichert hatte. „Hier: Am dreißigsten März wurde auf einem Autobahnrastplatz bei Lahr ein Juwelenhändler überfallen und ausgeraubt. Sein Name: Henry Heymann. Der Mann befand sich auf dem Heimweg von Basel nach Pforzheim. In Basel hatte die Uhren- und Schmuckmesse *Baselworld '22* vom vierundzwanzigsten bis neunundzwanzigsten März stattgefunden, an der er diverse Geschäfte getätigt hatte. Es wurden ihm Luxusuhren und Schmuck im Wert von über sechshunderttausend Euro geraubt. Die Vorgehensweise der Räuber war simpel. Sie hatten den Händler mit einer Polizeikelle zum Halten auf dem Rastplatz gelenkt und ihn dort unter Waffengewalt zur Herausgabe des Schmucks gezwungen. Dass sein Jaguar mehr oder weniger zu einem Tresor auf Rädern umgebaut war, nutzte ihm wenig. Von den Tätern fehlt bis heute jede Spur, doch waren sie zu viert und sie trugen schwarze Masken und schwarze Jacken. Und hier, meine ich, hat auch unser Gold den Besitzer gewechselt."

Rita erhob die Hand und damit Einspruch. „Ich kenne die Geschichte, Edgar. Ich hab' sie ebenfalls gelesen. Der Händler hat nur den Raub der Uhren und des Schmuckes angegeben. Von Gold war nie die Rede."

„Ja klar", erwiderte Edgar, „weil von dem Schwarzgold niemand wissen durfte. Genau da kommt für mich die Firma Ballhaus ins Spiel. Ich erwähne nochmal, dass es sich hierbei nur um ein Denkmodell handelt. Xavier Ballhaus' ist Inhaber einer Firma, die auf die Veredelung und Umrüstung teurer Autos spezialisiert ist. Rita, bitte lass' dir von Ballhaus die Aufträge der zurückliegenden zwei Jahre ab März diesen Jahres geben. Wenn die Firma Ballhaus das Auto des Händlers Heymann entsprechend umgerüstet hat, dann haben wir die Verbindung zu unserer Goldbande, und zwar über Xavier Ballhaus."

„Ja, schon, aber was willst du mit dem Namen des Juwelenhändlers?"

„Rita, ihm gehörte das Gold. Er ist der Auftraggeber für unseren *Mighty MaMa*, der das Gold für ihn sucht. Oder glaubst du, er findet sich einfach so mit dem Verlust ab? Die Uhren und der Schmuck, die sind ein Fall für die Versicherung. Aber das Gold taucht selbstverständlich in keinen Büchern auf, und das will er natürlich wiederhaben."

„Ziemlich abenteuerlich, Edgar. Findest du nicht?"

„Die ganze Geschichte, der gesamte Fall ist abenteuerlich, Rita. Tu' mir einfach den Gefallen. Such' bitte die Verbindung von Ballhaus zu dem Juwelenhändler. Ich darf das nicht."

„Na gut, Edgar, es kostet mich lediglich einen Telefonanruf. Aber was willst du tun, wenn deine Theorie zutrifft?"

„Dann statten wir dem Herrn Heymann einen Besuch ab, was sonst?", grinste Edgar gut gelaunt.

Rita Böhringer grunzte und wollte zu einer Antwort ansetzen, doch sie richtete ihre Augen über Edgars Kopf hinweg und fragte: „Erwartet ihr heute noch mehr Besuch?"

Edgar drehte sich um und folgte Ritas Blickrichtung. Auch Eliza, Melanie, Allgöwer und Pit wurden aufmerksam. Pit stieß einen Fluch aus.

„Verdammt, nicht schon wieder dieses Scheißding."

Elizas Augen suchten vergeblich den Himmel ab. „Dort, siehst du, Eliza? Ziemlich hoch. Siehst du's?" Pit zeigte mit ausgestrecktem Arm in den Himmel.

Eliza fand das Flugobjekt nicht auf Anhieb. Aber als Edgar „Jajaja", murmelte, bekam auch sie es in den Fokus. Die Drohne war, wie Pit gesagt hatte, relativ hoch. Viel höher als beim ersten Mal. Aber nun, da sechs Personen vor dem Haus standen, schien das Interesse der Drohne geweckt zu sein. Sie sank etwas tiefer, verharrte dann stabil an einem Fleck. Insgesamt immer noch recht hoch. Pit konnte trotz der Entfernung ein Kameraobjektiv erkennen. Sie wurden demnach wieder beobachtet.

„Rasch, Eliza, hol' deine Zwille", sagte Pit und rieb sich vor Aufregung die Hände. Eliza eilte ins Haus und kam wenige Augenblicke später mit ihrer Zwille Marke Eigenbau und einer Handvoll Kieselsteine zurück. Christina folgte ihr aus der Küche, um zu sehen, was sich vor der Hautür an Interessantem abspielte.

Nachdem sich Elizas Augen wieder angepasst hatten, nahm sie die Zwille, schob einen nussgroßen Kiesel in das Aufnahmeleder und spannte den Gummi. Sie sagte: „Achtung!", und *wusch*, flitzte der Stein davon. Er sauste um Einiges zu tief an dem Fluggerät vorbei. Den nächsten Kiesel. „Achtung!" *Wusch*. Der war näher dran, doch ebenfalls daneben.

Die Drohne schien den Beschuss zu merken. Sie stieg höher, wurde merklich kleiner, und begann sich von der Lichtung wegzubewegen. Ein letzter Versuch. „Achtung!" Ein letzter Kiesel. *Wusch.* Aus der Höhe ertönte ein kurzes, trockenes *Klack.* „Getroffen!", rief Eliza aus, „ja, getroffen!"

Gespannt verfolgten sechs Augenpaare, wie die Drohne in Schwierigkeiten geriet. Sie strebte zwar weiterhin von der Lichtung weg, verlor aber an Höhe. Dann begann sie zu taumeln, zu schlingern, senkte sich den Bäumen entgegen und stürzte dann leider außer Sicht ins Geäst. Eliza wollte auf der Stelle losrennen, um die genaue Absturzstelle zu suchen, doch Pit hielt sie zurück.

„Halt, Eliza, halt. Lauf nicht so blind drauflos. Lass´ das mal die Polizei machen."

Rita und Allgöwer nickten sich zu. Rita eilte zu ihrem Dienstwagen und holte dort ihre Dienstwaffe aus dem Handschuhfach. Dann joggten sie im leichten Trab in die Richtung, in der sie die Drohne aus den Augen verloren hatten. Die anderen fünf warteten gespannt.

Edgar erklärte, dass die Fernsteuerung nicht unbedingt von einer Stelle in der Nähe bedient werden musste. Er hatte gelesen, dass die Geräte so programmiert werden konnten, dass sie ihren Auftrag anhand der eingespeicherten GPS-Daten ausführten, also autonom flogen.

„Einmal die Koordinaten gespeichert, findet das Fluggerät das Ziel von allein. Der Steuermann braucht nur noch die Höhe zu regeln und den Befehl zum Abbruch und Heimflug zur Basis zu geben. Geschieht alles mit dem Laptop oder dem Smartphone. Die Software kriegt man beim Kauf einer Drohne mitgeliefert, wenn man ein entsprechend ausgerüstetes Modell verlangt."

„Das ist ja klasse. So ein Ding will ich auch", schwärmte Pit, womit er sich allerdings einen leichten Ellenbogenstoß von Eliza einhandelte.

„Ja, nur dumm, wenn du als Steuermann nicht siehst, wo dein Fluggerät runterkommt, wenn es gestört wird. Dann geht die Sucherei los", bremste Edgar Pits Begeisterung.

„Dann sollten Rita und Allgöwer vielleicht an der Absturzstelle auf den Suchenden warten, meinst du nicht?"

Edgar verneinte. „Das Risiko ist zu groß, Pit. Wir wissen nicht, ob und wie der Mann bewaffnet ist. Rita kann mit ihrer Spritzpistole nicht viel ausrichten, wenn einer mit großen Kanonen ballert, verstehst du? Falls sie die Drohne finden, werden sie sie hoffentlich mitbringen. Wenn wir Dusel haben, verfügt die Drohne nicht nur über eine Kamera mit Sender, sondern vielleicht auch über einen Speicherchip, den Allgöwer mit seiner Technik auslesen kann. Wäre nicht schlecht zu erfahren, was der Kerl bereits alles ausspioniert hat."

In der Sonne wurde der Aufenthalt auf Dauer doch unmöglich, weshalb man sich unter den Schutz des Sonnenschirms zurückzog. Nach geraumer Zeit erschienen Rita und Allgöwer am Waldesrand und strebten dem Haus zu. Allgöwer trug in einer Hand tatsächlich ein Gerät, das erst aus der Nähe als Drohne erkennbar wurde. Ein sogenannter Quadrokopter, ungefähr eins Komma fünf Kilogramm schwer.

„Das war nicht einfach zu finden, Leute." Allgöwer stand der Schweiß auf der Stirn, und seine Hose hatte einen Riss abbekommen. „Das Mistding hing in einem Baum. Fragt Rita, was für eine Schinderei es war, hinaufzukommen."

„Man sieht's an deiner Hose", sagte Melanie.

Allgöwer schaute an sich hinunter. „Verdammt, ja", grollte er, „und das in meinem Alter."

„Kannst du schon was über die Technik sagen?"

„Wenn du nach einer Speicherkarte fragst – in der Kamera steckt tatsächlich eine. Ob und wie wir an die Daten kommen, ist noch eine andere Frage. Kann Tage dauern. Und wie's aussieht, sind einige Fingerabdrücke drauf."

Ritas Telefon klingelte in ihrer Tasche. Sie nahm das Gespräch an und drehte sich weg. Dem Konversationsmuster nach handelte es sich nicht um eine Plauderei mit ihrer besten Freundin. Als sie sich den anderen wieder zuwandte, lagen Müdigkeit und Bedeutungsschwere in ihren Gesichtszügen.

„Scheiße", sagte sie knapp. „Edgar, ihr müsst mit euern Hunden eine andere Rückfahrmöglichkeit nach Gengenbach suchen. Allgöwer und ich müssen los. Man hat eine Frauenleiche gefunden."

„Doch nicht etwa ..."

„Edgar, ich weiß, was du fragen willst, aber das weiß ich noch nicht. Ich sag´ dir Bescheid."

„Okay, und denk´ an die Firma Ballhaus, Rita. Ballhaus/Heymann. Nicht vergessen."

Sie winkte beim Weggehen, und kurze Zeit später raste sie mit dem Dienstwagen davon, dass eine Staubwolke über der Straße lag.

Melanie, Christina und Edgar waren mit *Müller* und *Lydia* bald darauf ebenfalls aufgebrochen. Jede Stunde fuhr ein Bus nach St. Paulsberg, mit dem sie Anschluss nach Gengenbach haben würden. Edgar hatte beim Abschied gesagt, dass er heute noch eine Annonce in der *Badischen Zeitung* schalten wolle, um auf diesem Wege eventuell doch den geheimnisvollen *Mighty MaMa* in seiner unheilvollen Umtriebigkeit zu bremsen. „Nutzt´s nix, dann schadet´s nix", hatte er sarkastisch beigefügt. Christina würde heute auf den Besuch ihres Papas in der Klinik verzichten müssen.

Genug Zeit für Eliza und Pit, den restlichen Nachmittag auf der Insel im See zu verbringen. Rasch waren mit dem übriggebliebenen Baguette zwei Sandwiches zubereitet, Bier und Wein zum Ruderboot gebracht sowie Decken, die Tageszeitung und einer von Pit Fermans Krimis eingepackt, den Eliza gerade las.

Es war die Ruhe, die sie so sehr schätzten, und das Vertrauen ineinander. Bei jeder Bewegung, bei jedem Blick, bei jeder Berührung zu wissen, dass man liebte und selbst geliebt wurde. Längst hatten sie die Phase erreicht, in der sie sich nicht ständig der Echtheit ihrer Gefühle versichern mussten. Es genügte, einfach da zu sein.

Sie waren in ihre Lektüren vertieft, als ein Geräusch sie aufhorchen ließ. Beide hoben ihre Köpfe, und schon war das zweite ähnliche Geräusch zu hören. Jemand warf Steine in den See.

„Schau mal, Pit, dort." Eliza schaute zur Straße hinüber. Dort stand ein Mann in einer martialischen Aufmachung. Er trug einen sogenannten Camouflage-Anzug, wie ihn Soldaten im Feld und bei Manövern tragen, und eine blaue Baseballmütze. Die Füße steckten in schwarzen Knobelbechern, deren Schaft bis zur Wadenmitte reichte. Um den Bauch trug er einen Gürtel, an dem an Karabinerhaken verschiedene Halfter und Etuis hingen. Das Gesicht war mit einer affigen Piloten-Sonnenbrille halb bedeckt. Der Mann musste bei dieser Sonneneinstrahlung in seinem Habit schwitzen wie Sau.

„Hey, ihr da drüben", brüllte er über den See.

Pit stand auf und lehnte sich, eine Hand am Stamm, an die Erle. Die Entfernung bis zur Straße betrug ungefähr vierzig bis fünfzig Meter. Warum kam der Kerl nicht bis ans Ufer?

„Was wollen Sie?", rief er zurück.

„Gebt meine Drohne heraus!", schallte es zurück.

„Was für eine Drohne?"

Der Mann griff mit einer Hand an den Gürtel. Sekundenbruchteile später hatte er eine Pistole in der Hand und zielte auf Pit.

„Eliza", zischte Pit, „schnell, stell´ dich hinter den Baum. Der Kerl zielt auf uns." Doch Eliza hatte bereits reagiert und war voller Entsetzen hinter der Erle in Deckung gegangen.

„Pit, Pit, komm´ doch her. Bleib´ doch nicht einfach so stehen", drängte sie ihn.

„Er wird nicht schießen", sagte Pit bloß.

„Ich will meine Drohne. Ich weiß, dass ihr sie habt", brüllte der Kerl.

„Wir haben sie nicht mehr", rief Pit hinüber. „Die Polizei hat sie mitgenommen."

„Polizei? Was für eine Polizei?"

„LKA", rief Pit. „Offenburg."

Die Antwort schien ihn zu beeindrucken. Pit dachte, es dauere eine Ewigkeit, die der Mann dort stand und weiterhin auf ihn zielte. Dann senkte er seinen Arm, schob die Pistole in den Gürtel, drehte sich um und verschwand, ohne noch ein Wort zu sagen, wie ein Spuk im Wald.

Pit blieb stehen, bis Eliza flüsterte: „Er ist weg, Pit. Deine Beine zittern ja. Komm´ setz´ dich wieder hin."

Pit setzte sich schwerfällig und total verkrampft hin. Eliza warf sich an seine Brust.

„Du bist schweißnass", bemerkte sie. „Zieh´ dein Hemd aus, ich reibe dich ab."

Sie musste ihm dabei helfen, weil er zu abgestimmten Bewegungen gerade nicht fähig war. Endlich fragte er:

„Was war das denn? Hast du diesen Heini gesehen? Sind wir denn hier im Krieg, oder was?"

„Um dermaßen kostümiert herumzulaufen muss man schon einen an der Waffel haben."

Jetzt konnte Pit wieder lachen. „Da hast du recht. Und wenn es nicht schon Tote gegeben hätte, könnte man meinen, es sei Fasching."

„Was sollen wir tun? Die Polizei verständigen? Oder Edgar?"

Pit stand auf und atmete tief durch, schüttelte den Schreck ab. „Beides. Wir rufen Rita und Edgar an. Damit es wenigstens aktenkundig gemacht wird. Ob was dabei rausspringt, ist eine andere Sache. Ich glaube nicht, dass jemand von der Polizei hier vorbeikommt um nach dem Typ zu suchen. Der ist längst über alle Berge. Packen wir zusammen. Die Ruhe ist wohl flöten gegangen."

Später, die Bäume des Waldes warfen bereits lange Schatten, lagen sie auf dem Sofa. Die *Heute-Nachrichten* waren vorbei und Eliza verfolgte die *Landesschau Baden-Württemberg* ohne Ton, ließ nur die Bilder auf sich wirken.

Pits Anruf erreichte Rita, als sie gerade im Dienstwagen vom Fundort der Frauenleiche zum Ehemann unterwegs war, um ihm die traurige Nachricht zu überbringen. Sie war noch sehr vom Anblick der Toten vereinnahmt, sodass sie Pits Schilderung über den unheimlichen Besucher mehr oder weniger nebenbei zur Kenntnis nahm. Bevor Pit die Frage zu Ende gestellt hatte, ob es sich bei der Toten um Frau Zoike handelte, hatte sie das Gespräch schon wieder abgebrochen.

Auch Edgars Erstaunen hielt sich in Grenzen. „Man musste fast mit etwas Derartigem rechnen", sagte er lapidar.

„Und warum bist du dann nicht hiergeblieben, hä?", entrüstete sich Pit, und erhielt keine Antwort darauf. Manchmal, dachte er, sollte man alle in einen Sack stecken und draufhauen. Man trifft immer den Richtigen.

Eliza ging in die Küche. Pit hörte, wie die Kühlschranktür auf- und wieder zuging. Eliza kam mit einer Flasche Landwein und zwei Gläsern zurück.

„Als es noch gut war zwischen Roland Locher und mir, hat er immer von einem Wohnmobil geträumt", sagte sie und schenkte die Gläser voll. „Von einem Wohnmobil und von Südamerika." Sie reichte Pit ein Glas, der sich zum Trinken aufsetzte.

„Wie kommst du jetzt darauf?", fragte er vorsichtig, um das Flämmchen nicht durch zu viel Wind auszupusten.

Eliza saß auf der Sofakante und legte eine Hand auf seine Brust. „Es will mir nicht in den Kopf, dass es so rein gar nichts aus seinem, ach, wie soll ich es beschreiben, Doppel-Leben geben soll, das man ansatzweise als Hinweis verwerten könnte, verstehst du? Ich weigere mich zu glauben, dass seine Geliebte, Frau Zoike, nicht in ihre gemeinsamen Pläne eingeweiht gewesen ist. Sie muss doch eine Ahnung davon gehabt haben, wohin sie mit Roland hat abhauen wollen. Ob Afrika, Fernost, Australien oder Südamerika – ich meine, das sind doch Unterschiede. Es geht ja auch darum, selber Stellung zu dem einen oder anderen Land zu nehmen. Meinetwegen: *Halt mal, mein Freund, nach Neuseeland bringen mich keine zehn Pferde!* Sowas in der Art. Und darum komme ich jetzt wieder auf seine alten Träume: Wohnmobil, Südamerika. *That´s it*."

Pit räusperte sich. „Aber er besaß kein Wohnmobil. Es war auch keines auf ihn zugelassen."

Sie schüttelte ihren Zeigefinger vor seiner Nase hin und her. „Nee, nee. Man hat nur keines bei ihm gefunden."

„Hm, du meinst, er könnte seine alten Träume wiederbelebt haben? Nur eben mit einer jüngeren Frau? Südamerika? Wohnmobil?"

„Und Gold?"

„Und Gold." Pits Gedanken kreisten. „Wie würde man am besten und einfachsten mit einem Wohnmobil nach Südamerika kommen?"

„Per Schiff?"

„Seh´ ich auch so", bestätigte er. „Per Schiff. Und waren unsere Überlegungen nicht schon einmal so weit gediehen, dass das Verschwinden der beiden in naher Zukunft hätte stattfinden sollen?"

„So hatten wir das gesehen, ja. Wie lange liegt der Mord an Roland jetzt schon zurück? Zweieinhalb Wochen? Vielleicht ...“

„Vielleicht wären sie gerade jetzt unterwegs, auf einem Schiff über den Atlantik? Oder ab morgen? Oder ab übermorgen?“

Beide saßen sie da, Auge in Auge, und jeder suchte im anderen den Ozean, auf dem ein Schiff gen Südamerika fuhr.

„Wie kriegt man das raus, Pit?“

„Telefon? Reederei?“

„Und wenn sie geänderte Namen verwenden? Falsche Pässe?“

„Hm“, machte Pit.

„Hm“, machte Eliza.

„Edgar!“, sagte Pit.

„Edgar!“, sagte Eliza.

15. Juli 2022

Eliza arbeitete nach dem Frühstück am Zeichenbrett. Morgen, Samstag, würde sie die fertigen Pläne bei ihrem Arbeitgeber *Hoffmann und Wirz* in Offenburg abgeben müssen. So war der Deal.

Pit hatte sich auf die Socken gemacht, um sich die Stelle genauer anzusehen, an der gestern dieser Typ im Tarnanzug im Wald verschwunden war. Im günstigsten Fall hoffte er auf ein paar akzeptable Schuhabdrücke, die er mit der Handykamera fotografieren wollte. Der Waldboden war nach dem Unwetter noch überwiegend nass, sodass seine Hoffnung nicht unbegründet schien. Was er damit zu beweisen gedachte, war ihm zwar bis jetzt ein Rätsel, doch man konnte schließlich nie wissen. Die Karriere manches Gangsters war dadurch beendet worden, weil er schlicht zur falschen Zeit am falschen Ort war. Pit war der Überzeugung, dass auch dieser Wald, diese Lichtung, dieser See für einen Gangster der falsche Ort war, um sich zu zeigen. Das war sein, und nun auch Elizas Land. Unerlaubtes Betreten verboten.

In der Tat brauchte er gar nicht weit in den Wald einzudringen, um auf passable Spuren zu stoßen. Er fand bildschöne Schuhabdrücke vor, im weichen Waldboden so gut ausgeprägt wie in Knetmasse, von denen er je einen linken und rechten Abdruck fotografierte. Pit schnaubte zufrieden und kehrte auf die befestigte Schotterstraße zurück. Beim Anblick ihres Hauses und des Sees blieb er stehen. Es war gerade neun Uhr. Die Sonne stieg über die Baumwipfel auf der anderen Seite der Lichtung und leckte mit ihren Strahlen über den taunassen Hahnenfuß. Es funkelte und glitzerte, als sähe er ein grünes Meer aus Smaragden. Geblendet und von Gefühlen überwältigt setzte er sich mitten auf die Straße. Heute vor drei Wochen war sein letzter Tag als Junggeselle gewesen, und seither hatte er das Gefühl, ein völlig neues Leben zu führen, das auch die vorherigen achtundsechzig Jahre vollkommen in sich aufsog. *The winner takes it all*, dachte er. Der schönste und glücklichste Abschnitt im Leben gilt stellvertretend für alle anderen Abschnitte und Epochen. Und jetzt *ist* es die schönste Zeit in seinem Leben. Besser konnte er sie sich nicht vorstellen. Er verglich sich mit einem Gemälde, das der Maler immer wieder, Schicht auf Schicht, mit einem neuen Sujet übermalte, und nun hatte er, zufrieden mit seinem Werk, den Pinsel auf die Seite gelegt. Welch ein Zufall, dass er gerade an jenem Tag, zu jener Stunde, jener Minute über jene Landstraße gefahren war, an der er auf Eliza treffen würde. Welch eine Fügung. Normalerweise und vom Intellekt her würde er eher noch an Gott glauben, als an solche Wunder. Und er glaubte nicht an einen Gott. Wie hatte dann ein solcher Zufall zu seinen Gunsten geschehen können? Das ist unser Geheimnis, dachte er. Elizas und mein Geheimnis. Wir werden es nie wissen. Außer dass es wahr ist.

Sehr entschlossen stand er auf und stapfte in dieser Stimmung zum Haus zurück. Als er den Wohnraum betrat, atmete er schwer. Eliza schaute hinter ihrem Zeichenbrett hervor, weil sie seine forschen Schritte als etwas registrierte, das sie von ihm so nicht gewohnt war. Es ist etwas passiert, dachte sie. Er schaut so resolut aus. „Pit, ist was passiert?" Auf alles gefasst ging sie ihm entgegen.

„Allerdings", sagte er und fasste sie an den Schultern. „Ich liebe dich, verstehst du?" Dann küsste er sie, dass ihr der Bleistift aus den Fingern fiel.

*

Edgar war mit Christina in der S-Bahn am Nachmittag nach Offenburg gefahren und hatte sich von ihr im Foyer des *Ortenau Klinikums* verabschiedet. Silvio würde heute das Krankenhaus verlassen und nach Hause gehen, beziehungsweise fahren dürfen. Seine Tochter würde sich in diesem Falle natürlich zu Hause um ihn kümmern. Die Staatsanwaltschaft war dahingehend verständigt, und Edgar hatte Christina im vorab einige Verhaltensregeln mitgegeben, die sie versprach einzuhalten. *Öffne nicht die Tür! Lass' keine fremden Männer ins Haus. Geh' nur ans Telefon, wenn du die Nummer kennst. Ruf' sofort die Polizei, wenn dir etwas verdächtig erscheint.* Edgar wusste zwar, dass diese Ratschläge mehr der Beruhigung Christinas dienten als ihr wirklich im Falle eines akuten Angriffs nützlich zu sein, doch immerhin suggerierten sie ihr, nicht ganz allein auf sich gestellt zu sein.

Er war in einer anderen Mission unterwegs, die er nach einem erneuten Telefongespräch mit Pit Ferman am Vorabend für so wichtig hielt, dass er sie unverzüglich in Angriff nehmen wollte. Er würde sehen, ob man sein Erscheinen in diversen Kreisen der Offenburger Schattenökonomie noch zu schätzen wusste.

Zunächst aber ließ er auf dem Kinzigdamm *Müller* und *Lydia* von der Leine und spielte mit ihnen das Stöckchenspiel, um dann mit den ausgepowerten Hunden in die Innenstadt zurückzukehren. Sein Ziel war das Viertel nördlich des Polizeireviers, in dem es einige Spielhallen und diverse Bars gab, die nicht von den Tagestouristen konfrontiert wurden, vor denen aber stets eine stattliche Reihe dicker Protzautos standen. Das Gebiet war eher selten in seine Zuständigkeit als Mordermittler gefallen. Die Kollegen von der Sitte und die Drogenfahnder hatten hier mehr zu tun, was nicht hieß, dass es für ihn fremdes Terrain war. Die Gegend zählte nur nicht zu seinem Tagesgeschäft.

Die Bar *Zur Melone* sah von außen betrachtet noch genauso aus wie vor zwanzig, dreißig Jahren. Er fragte sich, ob es für die Gäste noch immer Pflicht war, beim Betreten des Etablissements eine *Melone* aufzusetzen. Edgar kannte den Besitzer persönlich. Ein Engländer, den es einst als Schlagersänger nach Deutschland verschlagen hatte und der sich im Kielwasser von Genre-Größen wie Gus Backus und Chris Howland ähnlichen Erfolg versprach, doch nicht erreichte. Sein Künstlernamen lautete Billy Shane, doch in Wahrheit hieß er William Blacksmith, und er musste mittlerweile so alt sein wie Methusalem.

Edgar ignorierte das Schild an der Tür unter der in der Sonne verbleichten Markise, die vor langer Zeit einmal rot war, dass Hunde keinen Zutritt hätten. Natürlich war es keine Tageszeit für eine Bar, die auf späte Gäste ausgerichtet war, aber er wollte ja auch keines der Angebote der Bar in

Anspruch nehmen. Im Gegensatz zur Markise über der Eingangstür war das Rot im Gastraum und besonders hinter dem Tresen grell. Die Haut des Barkeepers hatte deswegen das Aussehen von Frischfleisch in der Kühltheke des Supermarktes.

„Ein Bier", sagte Edgar und übersah die Handzeichen des Barkeepers, die den Hunden galten und als Aufforderung gemeint waren, sie vor der Tür anzubinden.

„Melone", sagte der Barmann und zeigte auf einen Stapel billiger Papiermelonen neben dem Eingang.

„Ein Bier, bitte", wiederholte Edgar.

„Die Hunde müssen raus und hier herrscht unbedingter Melonenzwang." Der Barmann mochte ungefähr vierzig Jahre alt sein.

„Und ich dachte immer, hier herrscht der alte Billy Shane. Wo ist er?"

„Zuerst die Hunde und dann die Melone."

„Nein. Zuerst das Bier, und dann sagst du ihm, sein alter Freund Edgar möchte ihn besuchen. Sag´ ihm, der Herr Kommissar ist da."

Das Wort Kommissar war noch immer der Türöffner gewesen, und so war es auch heute. Der Barkeeper verschwand nach einem abschätzigen Blick auf ihn durch einen Vorhang in rückwärtige Räume. Edgar wartete und blickte sich seinerseits in dem schummrigen Raum um. Er schlenderte zu einem der Séparées und lüftete die Gardine. Es sah nicht so aus, als würden in diesem Muff noch feuchte Träume verwirklicht werden. Überraschend schnell war der Barkeeper zurück. „Kommen Sie", flüsterte er fast andächtig.

„Wo ist mein Bier?"

Der Mann verdrehte die Augen und holte eine kleine Flasche Bier aus einem Kühlschrank.

„Wie? Kein gezapftes Bier mehr?"

Der Barkeeper hob entschuldigend die Schultern. „Geht aufs Haus", sagte er.

Edgar hieß *Müller* und *Lydia* zu warten, und als sie sich auf den Boden gelegt hatten, trat auch er durch den Vorhang. Er kam in einen engen Flur, an dessen Ende eine Tür nur halb geschlossen war. Man könnte auch sagen, sie war halb offen. Er klopfte an: „William?"

„Kommen Sie herein, Herr Kommissar." Eine brüchige, schwache Stimme.

Edgar trat ein. Es war das gleiche alte Büro mit den gleichen alten englischen Möbeln und dem wuchtigen Schreibtisch wie damals. Nur dass der Drehsessel, auf dem damals Billy Shane saß, durch einen Rollstuhl ersetzt war.

„Herr Kommissar. Es rührt mich fast zu Tränen, Sie zu sehen. Wie immer haben Sie sich geweigert, eine Melone aufzusetzen, wie könnte es anders sein. Wie geht es Ihnen?"

Edgar war über den Anblick des Alten erschüttert. Sein Gesicht war von Altersflecken übersät; von den einst vollen blonden Haaren waren nur ein paar Strähnen geblieben. Das scharfe Profil war einem Geierschnabel gewichen, und der dürre faltige Hals steckte in einem viel zu weiten Kragen, der nach einer Wäsche bettelte. Der Anzug, einst für Bühnenauftritte maßgeschneidert, hing an den schmalen Schultern wie an einer Vogelscheuche.

„Hallo, William", sagte Edgar, „früher waren die Melonen noch echt. Heute sind es billige Imitate. Lang ist's her, und du siehst noch so frisch aus, als kämst du gerade von der Bühne."

„Sie hätten sich früher nicht getraut, mich anzulügen, Herr Kommissar. Warum tun Sie es heute?"

Edgar schmunzelte. „Vielleicht, weil ich etwas von dir will?"

„Ach ja, die Zeiten ändern sich", sagte Billy Shane und faltete die knochigen Hände vor seiner Hühnerbrust, ohne auf Edgars Anliegen einzugehen. „Wissen Sie, die echten englischen Melonen wurden mir einfach zu kostspielig, wenn man bedenkt, dass jede Woche mindestens zehn geklaut wurden. Und du hast ja gesehen, dass mein Schuppen in der Zeit stehen geblieben ist. Die benachbarten Bars in der Straße haben alle investiert. Dort stehen auch die dicken Autos davor. Aber die Qualität hat bei denen arg gelitten. Du brauchst nur mal in eine dieser Bars hineinzugehen. Billiger Tand, wohin man schaut. Und die Angebote sind alle auf schnellen Sex ausgelegt. Schneller Sex ist schnelles Geld, wenn Sie verstehen, was ich meine. Die Damen die dort arbeiten, sind ja fast alle noch halbe Kinder. Da können meine Ladies nicht mithalten. Aber was soll´s. Die billigen Melonen sind mein einziges Zugeständnis an die modernen Zeiten. Bei mir dürfen die Animierdamen alt werden und Rente kriegen. Es sind echte Sozialarbeiterinnen und Lebensberaterinnen. Zu uns kommen eigentlich nur Stammkunden. Ältere Herren, die meistens sowieso nur mit jemandem reden wollen. Mein Champagner ist noch echt. Nebenan kriegt man nur Zuckerbrause."

„Wie passt das Bier in Flaschen dazu?", monierte Edgar.

„Seit meinem alten Barkeeper einmal ein Bierfass um die Ohren geflogen ist. Und ich wollte die Sauerei mit der Zapfanlage nicht mehr haben. Zudem kann ich Bierflaschen in kleinen Mengen kaufen. Wie gesagt: Mein Kundenkreis ist kleiner geworden." Der Alte zündete sich eine Zigarre an.

„Das einzige Vergnügen, das ich mir noch leiste", entschuldigte er den Qualm. Er bot Edgar ebenfalls eine Zigarre an, doch der lehnte ab.

„Was, Herr Kommissar, kann es sein, das Sie von mir wollen? Sie wissen, dass meine Zeit vorbei ist."

„Für ein gutes Gedächtnis ist die Zeit nie vorbei, William. Du kennst dich hier aus. Ich brauche einen Namen."

Der Alte grinste und tippte sich mit dem Zeigefinger gegen die Stirn. „Jaja, die alten kleinen grauen Zellen. Aber Sie sind nicht mehr im Dienst, Herr Kommissar."

„Stimmt", grinste Edgar zurück, „ich dachte auch mehr an einen Dienst unter Freunden."

„Ooooch, das ehrt mich jetzt aber, Herr Kommissar. Wirklich." Er griff nach einem alten schwarzen Wählscheibentelefon auf seinem Schreibtisch und wählte eine Zahl. „Diese Stunde müssen wir mit einem guten Schottischen Whisky begießen", strahlte er, und sprach dann in den Hörer: „Äääh, Steven, bring´ doch bitte zwei Whisky nach hinten. Doppelt. Ja, von dem Guten natürlich. Was? Ohne Eis." Er legte den Hörer wieder auf. „Welcher Idiot trinkt echten Schottischen Whisky schon mit Eis? Wo waren wir stehengeblieben?"

„Bei den Namen, William."

Vom Flur her waren Schritte zu hören. Einen Augenblick später betrat der Barkeeper das Büro, zwei dicke Gläser auf einem Tablett. „Danke, Steven", sagte Billy Shane und wedelte den Barkeeper wieder zur Tür hinaus. „Also auf die Freundschaft, Herr Kommissar", sagte der Alte. „Guter Tropfen?"

„Edel", bestätigte Edgar.

„Ist auch teuer. Aber gut. Namen also."

„Ich suche einen Mann, der gefälschte echte Pässe ausstellt."

„Aber Herr Kommissar, das betrifft doch überhaupt nicht Ihr Metier!"

„Indirekt schon", erwiderte Edgar, „aber mein Interesse ist überwiegend privater Natur. Kannst du bitte mal deine Signale aussenden? Ich meine, wie in alten Zeiten?"

William Blacksmith alias Billy Shane schien Gefallen an der Sache zu finden. Jedenfalls musterte er Edgar mehrere Sekunden mit einem sanften Lächeln. Dann raunte er mehr zu sich selbst, als dass es für Edgar bestimmt sein sollte: „Ach, dass ich das noch erleben darf." Plötzlich beugte er sich vehement nach vorne, schnappte den Telefonhörer, wählte wieder die eine Zahl. „Steven." Es klang wie ein Befehl, und einen Atemzug später stand der Barkeeper im Büro.

„Hör' zu. Du kennst doch diesen Franzosen aus dem Schuhmacher- und Schlüsseldienstladen drüben in der anderen Straße?"

„Du meinst Bertrand?"

„Weiß der Kuckuck, wie er heißt. Jedenfalls der. Schließ' den Laden ab und hol' ihn her. Sofort." Billy Shane lehnte sich im Rollstuhl zurück. „Sag' ihm, wenn er nicht kommt, hetze ich ihm die Polizei auf den Hals. Auf geht's!"

Steven, der Barkeeper, verließ schleunigst das Büro.

„Du meinst, dass dieser Franzose Bertrand es ist? Ehrlich gesagt, hätte ich mit solch einer Effizienz heute nicht gerechnet."

„Wenn der es nicht ist, dann weiß er mit Sicherheit, wer sowas macht." Billy Shane sonnte sich in seiner gefühlten Rolle als allmächtiger Pate. „Tja, dann warten wir einfach mal, nicht wahr?"

Edgar sandte einen nostalgischen Blick durch das Büro. Einmal war er hier tätig gewesen, weil zwei eifersüchtige Streithähne aneinandergeraten waren und der eine durch einen Schlag mit einer Champagnerflasche auf den Kopf aus dem Leben geschieden war. Soweit er sich erinnerte, war es im Streit um eine der Angestellten gegangen. Er meinte, sich an den Namen der Dame erinnern zu können: Roswita. Zu jener Zeit das Zugpferd in Billy Shanes Laden. Er merkte, dass Billy ihn beobachtete und musste ob der alten Geschichte lächeln. Wie lange war das nun schon her? Dreißig Jahre?

Er entdeckte in einem Regal hinter sich an der Wand die drei *Edgar-Schaaf-Krimis* von Pit Ferman. Demnach wusste Billy Shane also über ihn Bescheid.

„Ich hab′ die Bücher mit Begeisterung gelesen, Herr Kommissar", schmeichelte Billy. „Daher weiß ich auch, dass Sie geheiratet haben. Glückwunsch nachträglich."

Edgar deutete eine Verbeugung an. „Danke sehr. Einmal muss man ja Glück im Leben haben. Kann ich mal raus in den Gastraum gehen? Ich möchte meinen Hunden eine Schale mit Wasser hinstellen."

„Ach, *Müller* und *Lydia*, richtig? Alles genau so, wie es geschrieben steht. Ich bin gespannt, ob ich auch mal in einem echten Roman erwähnt werde. Das ist doch sicher eine Kriminalgeschichte, an der Sie momentan arbeiten, oder?"

Edgar befand sich schon halb im Flur. „Wenn ich Pit Ferman von unserer Begegnung erzähle, kommst du bestimmt darin vor, Billy." Er ging durch den Flur und beruhigte die Hunde, die sich nicht von der Stelle gerührt hatten. Er nahm eine Glasschale aus einer Thekenvitrine, füllte sie mit Wasser und stellte sie vor die beiden hin. „Es dauert nicht mehr lange."

Er begab sich zurück ins Büro. „Was ist passiert, dass du im Rollstuhl sitzt?", fragte er.

Billy Shane winkte ab. „Um berühmt zu werden, müsste ich sagen: *Schießerei und Kugel ins Rückgrat.* Aber in Wahrheit war es Glatteis vor der Haustür und ein unglücklicher Sturz. Wie blamabel ist das denn für den einstigen König des Viertels, he?" Er verzog das Gesicht zu einer säuerlichen Grimasse.

Dann hörten sie Fußgetrampel im Flur. Die Tür ging auf und Steven schob einen kleinen, bleichhäutigen Mann ins Büro. Er trug eine Glatze mit einem schwarzen Haarkranz um den Kopf. Dunkle Augenringe zeugten entweder von schlaflosen Nächten oder zu viel des Alkohols. Er trug einen blaugrauen Arbeitskittel, der sich über einem Kugelbauch spannte, und er schwitzte.

„Guten Tag, Bertrand", begrüßte ihn Billy Shane. „Bertrand und wie noch?"

Die Augen des Mannes huschten zwischen Billy und Edgar hin und her. „Bertrand Pasteur. Was soll ich hier?"

„Nun, Bertrand, darf ich vorstellen, das ist Herr Kommissar Edgar Schaaf. Keine Angst, der Herr Kommissar ist vorläufig privat hier, doch er kann ziemlich rasch dienstlich werden. Er hat einige Fragen an dich. Willst du ein Bier, Bertrand?"

Bertrand schluckte und verneinte.

Edgar zückte sein Handy und rief zunächst das Foto von Roland Locher, dann das von Frau Zoike auf und zeigte sie dem Mann. „Bertrand, sind diese beiden Personen zufällig Kunden von Ihnen?"

Bertrand schaute ihn als wäre er das Christkind. „Sehen Sie nochmal hin. Kunden von Ihnen?"

„Sie meinen, ob sie ihre Schuhe bei mir reparieren lassen? Oder Schlüssel bestellen?"

Billy Shane schüttelte sich, als hätte er Löwenzahnsaft getrunken. „Wie naiv bist du denn, Bertrand. Ich glaube, der Herr Kommissar muss doch dienstlich werden. Also, antworte nicht so dummes Zeug. Kennst du die beiden Gesichter, die der Kommissar dir gezeigt hat?"

„Pass´ auf", wechselte auch Edgar zum vertraulicheren du. „Was die zwei Personen bei dir auch bestellt haben – sie werden es nicht mehr abholen können. Nicht bezahlen können. Die Arbeit war praktisch umsonst. Sie sind nämlich tot."

Bertrand zuckte zusammen. „Ich ..."

„Und der Mörder", Edgar ließ ihn nicht zu Wort kommen, „der die beiden umgebracht hat, läuft noch frei herum und, ja, wie soll ich es sagen, damit du keine Angst kriegst, er erledigt alle, die mit den beiden zu tun hatten. Bringt sie eiskalt um die Ecke, verstehst du?"

Der ohnehin schon bleiche Bertrand wurde um noch eine Nuance bleicher.

Edgar hielt ihm unbeirrt sein Handy vor die Nase. „Kennst du die beiden Personen."

„Tot, sagen Sie?"

„Alle beide."

„Wie?"

„Um die Ecke. Eiskalt."

„Zut alors."

„Seh´ ich auch so. Also, was ist?"

„Gebt mir eine viertel Stunde. Ich komme gleich wieder."

Kaum gesagt, drehte Bertrand sich um und eilte durch den Flur davon. Billy Shane nahm rasch den Telefonhörer zur Hand und wählte die eine Zahl. „Steven, folge ihm und lass´ ihn nicht aus den Augen. Und dann bringst du ihn wieder hierher. Und lass´ ihn nicht entwischen."

Zu Edgar sagte er: „Herr Kommissar, es ist eine Freude, mit Ihnen zusammenzuarbeiten. Wenn ich gewusst hätte, dass es bei der Polizei so lustig ist, hätte ich keine Bar aufgemacht. Wollen Sie vielleicht nicht doch eine Zigarre? Feinste Ware aus Havanna."

Also ließ sich Edgar beschwatzen.

Bertrand schaffte es in weniger als einer viertel Stunde. Außer Atem kam er an, einen braunen Briefumschlag in der Hand. Zögernd überreichte er ihn Edgar.

Edgar öffnete das Kuvert, ohne Bertrand aus den Augen zu lassen, griff hinein und zog zwei Deutsche Reisepässe hervor. Dass sein Herz kräftiger pochte, war ihm nicht anzumerken. Er nahm den einen Pass, schlug ihn auf. Ein kurzer prüfender Blick. Das Bild von Roland Locher. Sein neuer Name: *Paul Lehmann*. Nicht gerade das Resultat einer kreativen Sternstunde, aber immerhin. Der Pass war hervorragend gearbeitet, mit künstlichen Gebrauchsspuren gealtert.

Er schlug den zweiten Pass auf. Das Bild eindeutig von Frau Zoike. Ihr neuer Name: Edgar stutzte verdutzt. Das war eine echte Überraschung. Da würden sich Eliza und Pit Ferman aber freuen. Oder wundern. Auch dieses Dokument kam einem echten Pass sehr nahe.

Edgar klappte die Pässe zusammen und schob sie in den Umschlag zurück, den er in seine Jackentasche steckte, während Bertrands Augen immer größer wurden.

„Die falschen Pässe sind beschlagnahmt", verkündete Edgar seelenruhig.

„Aber hallo, das geht nicht", meinte Bertrand aufgeregt. „Da steckt stundenlange Arbeit dahinter. Wer soll mir das bezahlten? Das dürfen Sie nicht. Sie sind nicht von der Polizei."

„Sei froh, dass die Pässe nicht in die Hände der Polizei geraten. Sonst müsstest du deinen Laden dichtmachen. Wann sollten die Pässe abgeholt werden und was hast du dafür verlangt?"

Bertrand druckste unglücklich herum. „Mach′s Maul auf", herrschte ihn Billy Shane vom Rollstuhl aus an.

„Er ...er hat mir einen halben Goldbarren versprochen", schniefte er, „und eigentlich hat er sie schon vor einer Woche abholen wollen."

„Hattest du Roland Lochers Telefonnummer?"

Bertrand schüttelte den Kopf. „Der Termin war festgelegt. Er wollte vorbeikommen."

„Hör′ zu", sagte Edgar, „du hast dich anständig verhalten. Ich werde sehen, was ich für dich machen kann, damit du nicht umsonst gearbeitet hast. Und jetzt geh′ und lass′ dich nicht erwischen."

Bertrand war gegangen. „Nun, Herr Kommissar, war es das, was Sie wollten?"

„Ich bin angenehm überrascht, William. Sehr angenehm."

„Meinst du nicht, dass das nochmal einen Schottischen Whisky wert wäre?"

„William, ich höre mich nicht nein sagen."

Es war zu Fuß nicht weit vom Viertel mit der Bar *Melone* bis zur Ecke Hauptstraße/Prälat-Hoffinger-Straße, wo sich Silvios Restaurant *Zum grauen Eck* befand. Edgar schaffte die Strecke, beflügelt durch zwei doppelte Whiskys, fast in Rekordzeit. Er klopfte mehrmals an der Seitentür, bis er Christinas Gesicht hinter dem runden Glaseinlass erkannte. Sie öffnete und ließ ihn mit den Hunden ins Haus.

„Hat alles gut geklappt mit deinem Vater?"

Auf Christinas Stirn, Nase und Oberlippe perlten winzige Schweißtropfen. „Wir sind erst seit einer knappen halben Stunde hier. Es ist alles gut gegangen. Er schläft jetzt in seinem Fernsehsessel. Edgar, ich bin dir so dankbar, dass du dich für mich so eingesetzt hast." Sie umarmte ihn flüchtig. „Danke nochmals."

„Keine Ursache, Christina. Wenn wir uns nicht gegenseitig helfen, geht die Welt zugrunde. Ich wollte mich nur versichern, dass ihr zurechtkommt. Vergiss die Auflagen des Staatsanwalts nicht. Melde dich täglich bei der Polizei. Und sonst, wenn du Hilfe brauchst – Anruf genügt, gell?"

Er holte Melanie von ihrem Laden *Aquarelle und Poesie* in Gengenbachs Fußgängerzone ab. Arm in Arm schlenderten sie aus der Stadt hinaus. *Müller* und *Lydia* stoben vorweg über die Wiesen und Felder, die Nasen dicht über dem Boden. Die Sonne senkte sich im Westen dem Kamm der Vogesen zu. Es war eine angenehme Sommerwärme.

„Erzähl'. Wie war es in der Unterwelt", begann Melanie und wechselte den Schritt, um mit Edgar in Gleichschritt zu kommen.

„Ach was, Unterwelt. Der alte Billy Shane ist keine Unterwelt mehr. Obwohl er bestimmt noch genug Fäden in seinen zittrigen Händen hält, um gelegentlich daran ziehen zu können. Ich glaube, mein Besuch heute hat ihn um einige Jahre verjüngt."

„Und sein guter Whisky hat dich verjüngt, wie man riechen kann."

Edgar lächelte. „Es war wie mit deinem Schrittwechsel vorhin. Ich wollte mit ihm in Gleichklang bleiben. Er hat sich sehr gefreut und sich gefühlt wie in den guten alten Zeiten."

„Hat es auch funktioniert? Ich meine das mit den Fäden ziehen?"

„Du glaubst es nicht, aber nach einer halben Stunde hatte ich mehr, als ich zu träumen gewagt hätte." Edgar warf sich stolz in die Brust. „Naja, so ein Titel bewirkt bei den Ganoven der alten Schule doch noch einiges."

„Das denk ich mir. Du hast dich wieder mit *Herr Kommissar* anreden lassen, stimmt´s?"

„Irgendwie zieht das immer noch am besten." Er zog den Briefumschlag aus seiner Jackentasche. „Guck dir mal die Pässe an und sag´ mir dann, was dir auffällt."

Melanie zog die Dokumente aus dem Umschlag. „Von außen sehen sie echt aus." Dann besah sie die Innenseiten.

„Hoi, was ist das denn? Wissen Eliza und Pit schon Bescheid?"

Edgar verneinte. „Das will ich von daheim aus erledigen."

„Sei mal ehrlich. Was hast du für ein Gefühl bei der Sache?"

„Hm", überlegte er. „Auch wenn nicht unbedingt der große Durchbruch zu erwarten ist, so rieselt doch ständig ein wenig Sand durch die Sanduhr. Wobei: Den gewaltsamen Tod von Frau Zoike kann man nicht als ein bisschen Sand abtun.

Dennoch. Die Mühle steht nicht still. Das Uhrwerk tickt und tickt. Verstehst du, was ich sagen will?"

„Du meinst, Kleinvieh macht auch Mist."

„Immer du mit deiner Effizienz."

„Ist es definitiv Frau Zoikes Leiche, die man gefunden hat?"

„Rita hat mich heute Morgen angerufen. Du warst schon im Geschäft. Es ist Frau Zoike. Sie ist erwürgt worden. Zugegeben, das macht mich ein wenig stutzig. Die Tötungsart will nicht so recht zum bisherigen Muster passen. Sie zu erwürgen würde ich eher einem eifersüchtigen Ehemann zutrauen als einem eiskalten Killer. Aber Rita ist clever und ermittelt in alle Richtungen."

„Und wenn du clever bist, mein Lieber, dann lädst du mich jetzt auf einen Becher Eis ein."

*

Nach Pits impulsivem Auftritt am Morgen hatten sie in einer eruptionsartigen Aufwallung der Gefühle kaum schnell genug ins Bett stürzen können. In der ersten hitzigen Minute entledigten sie sich mit fahrigen Händen ihrer Kleider, um danach in einem befreienden Akt ineinander zu versinken, sich in stetig intensiver werdenden gegenläufigen Bewegungen auf den Höhepunkt zu treiben.

Keuchend und schwitzend lagen sie nebeneinander, die Arme umeinander geschlungen und die Beine zu einem unauflöslichen Knoten verstrickt. „Huch, keuch, schnauf, was war das denn für ein Überfall am helllichten Tag?"

Pits Nase steckte mitten in ihrem Haar. Hatte er sich eben noch in einer rauschenden Brandung befunden, rollten die Wellen nun in einer weichen, flacher werdenden Dünung auf ihn zu. Für Sekunden fühlte er sich völlig erschöpft und war froh, dass er sich an Eliza festhalten konnte. Nur allmählich ließ das Erdbeben in seinem Inneren nach, wurde das Dröhnen in seinen Ohren leiser, bis es sich vollkommen verzog.

„Du hast recht, es überkam mich überfallartig. Ich war draußen, betrachtete unser Refugium, wurde sentimental und verspürte plötzlich ein immenses Verlangen, es dir zu sagen."

„Was du dann ja auch eindrücklich getan hast."

„Geplant war das nicht. Ich schwör's."

„Findest du mich schön? Bin ich dir nicht zu alt?" Sie spielte verlegen mit seinen spärlichen Brusthaaren.

„Wie bitte? Zu alt bin höchstens ich. Und du bist die schönste Frau, die ich je gesehen habe."

„Als Lügner bist du echt nicht gut, Pit."

„Warum sollte ich lügen? Wenn ich unter allen lebenden Frauen der Welt wählen dürfte, würde ich wieder dich wählen."

„Echt?"

„Echt."

„Hm, wenn das so ist, könntest du dann bitte nochmal nach draußen gehen und wieder hereinkommen? So wie vorhin?"

„Kann ich mir den Weg auch sparen und direkt zur Sache kommen?"

Eliza lachte lauthals auf und küsste ihn auf den Mund.

Sie trat summend vom Zeichenbrett zurück und begutachtete die abgeschlossene Zeichnung, bei deren Fertigstellung sie vormittags so unverhofft unterbrochen worden war. Zufrieden löste sie das Blatt aus den Halterungen, rollte es zusammen und schob es in die vorgesehene Hülle. Das Wochenende konnte kommen.

Durch das Fenster sah sie Pits Hinterkopf mit dem Pferdeschwanz. Er saß auf der Bank vor der Tür. Nach dem zweiten Liebesakt, den sie ihn gnädigerweise unter sich liegend genießen ließ, hatte sie zu ihm gesagt: „Wenn ich mich jetzt nicht losreiße und schleunigst an die Arbeit gehe, kriegst du mich heute nicht mehr aus dem Bett raus."

Jetzt, da die Arbeit getan war und die Konzentration abbaute, kehrte die Süße der vergangenen Stunden zurück und sie spürte ein leises Brummen in ihrem Körper, ein Echo der Schwingungen, auf denen sie sich hatte tragen lassen. Das untrügliche Wissen, dass sie allein ihrer Person wegen geliebt wurde, prickelte wie Kohlensäure unter der Haut, kitzelte wie Brausepulver am Gaumen.

Vor nicht allzu langer Zeit hatte sie Sex nur noch als etwas Mechanisches wahrgenommen, bei dem es hauptsächlich um physikalische Werte ging. Tiefe, Länge, Dauer, Menge, vorne, hinten. Als wäre sie ein Gerät oder eine leblose Puppe gewesen. Heute wusste sie, dass es nichts anderes als Missbrauch gewesen war.

Sie goss sich in der Küche eine Schorle ein und trat vor die Haustür. Pit rutschte ein Stück zur Seite. „Soll ich dir ein Glas Wein holen?"

„Oh ja, bitte. Das wäre gut."

Sie holte es und setzte sich zu ihm, Schulter an Schulter, dass sie unwillkürlich von einem Schauer durchströmt wurde, als würde sie frösteln. „Ich bin so glücklich, Pit", sagte sie leise, ohne ihn anzuschauen.

„Ja", sagte er, ohne sie anzuschauen, „das sind wir. Kannst du dir vorstellen, meine Frau zu werden?"

Eliza las in einem von Pits Büchern, er saß mit dem Rücken an die Erle auf der Insel gelehnt und schrieb am Manuskript für den neuen *Edgar-Schaaf-Krimi*. Im Wasser zwischen den Felsbrocken kühlten Bierdosen und eine Weinflasche. Im Schatten des Baumes stand der Picknickkorb mit Sandwiches und Kartoffelchips.

„Pit?"

Er schaute von der Tastatur auf.

„Du kennst mich doch gar nicht. Wegen heiraten, meine ich."

Pit drückte auf die Speichertaste und klappte den Deckel des Computers zu. „Das brauche ich nicht um sicher zu sein, dass ich dich will. Alles, was du erlebt hast, sind Komponenten, die dich zu der Persönlichkeit werden ließen, die du heute bist. Ich hoffe, du bleibst auch künftig eine autonome, eigenständige und unergründliche Frau. Die Vergangenheit können wir nicht mehr bearbeiten, aber wir können die Zukunft unter Berücksichtigung dieser Punkte teilen. Machst du dir deswegen Sorgen? Dass du dich an mich binden sollst?"

„Nein, für mich habe ich keine Bedenken. Aber für dich würde es eine Einschränkung bedeuten, oder?"

„Ich sehe keine Einschränkungen, Eliza. Ich sehe nur Perspektiven, und was kann mir Besseres passieren, als mich darauf einzulassen? Ich will keine Bequemlichkeit. Ich will keine Routine. In dieser Beziehung darfst du mich ruhig als Egoist betrachten, denn mit dir zusammen rechne ich mir mehr Lebensqualität aus. Vielfältigkeit. Buntheit. Überraschungen. Staunen. Nein, du kannst mir das nicht mehr ausreden."

Eliza rollte sich zu ihm. „Das war nicht meine Absicht. Ich halte mich bloß selber für so gewöhnlich, dass ich mich frage, woher du das Bild nimmst, das du in mir siehst. Kann ich es ausfüllen? Deinen Erwartungen gerecht werden?"

„Das ist doch überhaupt nicht deine Aufgabe. Wenn du einen unübersichtlich großen Saal voller Menschen betreten würdest, wärst du es, die ich bemerken würde. Du bist Eliza, und niemand ist so wie du. Lass´ die Kleindenkerei einfach los. Sag´, bilden wir zwei nicht ein tolles Paar? Alle Welt wird uns beneiden."

„Ich zweifle ja auch nicht wirklich", sagte sie. „Aber ist es dir nicht auch schon mal passiert, dass dir bei hoher Geschwindigkeit der Atem förmlich vom Mund gerissen wurde? So ungefähr geht es mir. Es raubt mir den Atem."

Er legte den Computer von seinen Oberschenkeln auf die Seite und streckte sich der Länge nach auf der Decke aus. Eliza kuschelte sich dicht an ihn. „Wenn es zu schnell wird, ziehen wir einfach den Bremsfallschirm", raunte er ihr ins Ohr.

Gegen Abend strich ein kühler Luftzug über den See. Eliza und Pit hatten eine Weile gedöst und danach wieder ihre Tätigkeiten aufgenommen: Lesen und Schreiben. Gerade als Eliza fröstelnd in eine Jacke schlüpfte, klopfte auf Pits Computer die *Skype*-Funktion an. Rasch wechselte er das Fenster und meldete sich bei *Skype* an. Sekunden später erschien flackernd Edgar Schaafs Gesicht auf dem Display.

„Du bist nicht ans Telefon gegangen", hörte Pit ihn sagen, während die entsprechenden Mundbewegungen erheblich zeitverzögert auf dem Bildschirm erschienen. Lag die miserable Qualität daran, dass er ziemlich weit von seinem Router entfernt war?

„Wir sind auf der Insel, Edgar. Was gibt's?"

„Als erstes: Bei der gestern aufgefundenen Leiche handelt es sich um Frau Zoike." Wieder dieses gewöhnungsbedürftige Ton/Bild-System. „Zweitens: Ich war heute Nachmittag in der Stadt bei einem alten Bekannten. Schau mal, was ich von dort mitgebracht habe. Achte besonders auf den Pass der Frau. Sag' auch Eliza, dass sie sich das anschauen soll."

Edgar hielt nacheinander zwei aufgeklappte Pässe vor die Kamera. Zuerst den mit dem Bild von Roland Locher, der jetzt *Paul Lehmann* hieß; dann den Pass mit dem Foto von Frau Zoike, deren Name auf ...

Eliza zuckte zusammen. „Der Pass ist auf meinen Namen ausgestellt", rief sie laut aus, um dann empört hinterherzuschicken: „Und auf mein Geburtsdatum."

„Genau so ist es", vernahmen sie Edgars Stimme. „Deinen Namen und dein Geburtsdatum. Wir wissen nicht, warum Roland Locher das so bestellt hat, aber wir müssen davon ausgehen, dass Berechnung dahinter steckt."

„Wo hast du die falschen Dokumente her?", fragte Pit.

„Betriebsgeheimnis", antwortete Edgar. „Natürlich muss ich sie der Polizei übergeben, aber ich werde mir Kopien davon ziehen. Roland Locher wollte übrigens einen halben Goldbarren für die Pässe bezahlen. So, Pit. Wir haben hiermit Namen, unter denen Roland Locher mit Frau Zoike ein neues Leben beginnen wollte. Vor einer Woche sollten die Pässe übergeben werden. Durchaus denkbar, dass die Flucht der beiden innerhalb dieser zurückliegenden Woche hätte stattfinden sollen. Wir können also die Termine für Nachforschungen eingrenzen. Willst du dich an die Aufgabe machen und versuchen rauszufinden, wie, wo und wann, oder soll ich ..."

„Ich mach´ das", sagte Eliza entschieden. „Es ist mein Name, der, wozu auch immer, für den falschen Pass verwendet wurde. Also werde ich auch mit meinem Namen, beginnend bei den Reedereien, anrufen und nach Buchungen auf meinen Namen anfragen. Die Reedereien zuerst, weil mir die Sache mit dem Wohnmobil für Roland am denkbarsten ist."

„Okay, Eliza, dann ist das dein Job. Danke."

„Warst du bei Silvio im Krankenhaus?", fragte Pit.

„Du, Silvio ist seit heute wieder zu Hause. Christina ist bei ihm. Selber habe ich ihn nicht gesehen."

„Das ist gut. Wir müssen morgen sowieso zu Elizas Architektenbüro. Auf dem Rückweg schauen wir dann bei ihm vorbei. Hast du sonst noch was auf dem Herzen?"

„Passt auf euch auf."

„Machen wir. Grüß´ Melanie."

Innerhalb von circa zwei Stunden am Abend hatten Eliza und Pit vierundzwanzig Reedereien mit Adressen und Telefonnummern aufgeschrieben, die in Norddeutschland eine Niederlassung betrieben, davon allein fünfzehn mit Hauptsitz im europäischen oder überseeischen Ausland. Reine Personen-Kreuzschifffahrts-Reedereien hatten sie von vornherein ausgeschlossen, ebenso Firmen, deren Geschäfte auf Gas-, Öl- und Chemikalientransporte beruhten oder deren Schiffe nonstop nach Fernost liefen.

„Kannst du dir einen Reim darauf machen, wieso Roland den Pass seiner Geliebten auf meinen Namen hat ausstellen lassen?"

Pit rieb sich müde die Augen. „Nun, aus Nostalgiegründen wird er es nicht gemacht haben. Und für Frau Zoike wird es bestimmt nicht leicht gewesen sein, unter dem Namen seiner Ex geführt zu werden und leben zu müssen. Es müssen praktische Erwägungen gewesen sein, die ihn dazu veranlasst haben. Er brauchte den Hintergrund eines real existierenden Menschen. Aber frag´ mich nicht wozu."

„Du bist müde? Wollen wir Schluss machen für heute?"

„Ich kann mich kaum noch auf den Beinen halten. Telefonieren brauchen wir vor Montag ohnehin nicht mehr."

„Fernsehdösen oder gleich ins Bett?"

„Bett."

16. Juli 2022

Als Pit am Morgen des Samstag aus dem Haus trat um den ersten Kaffee und die erste Zigarette zu genießen, bemerkte er zunächst *Pepsi*, die unter einem der Stühle lag und unverwandt Richtung Waldrand starrte. Pit folgte ihrer Blickrichtung und entdeckte eine Gruppe Rehe mit gepunkteten Kitzen, die zwischen Wald und See den Hunger stillten. Eines der Rehe schaute mit hochaufgerichteten Lauschern zu ihm herüber.

„Die sind als Beute ein wenig zu groß für dich", sagte er zur Katze, die ihn ignorierte. Pit überlegte, wann er die Glückskatze eigentlich das letzte Mal bewusst wahrgenommen hatte. Er konnte sich nicht erinnern. Eliza muss sie mit Futter versorgt haben, denn er hatte nichts dergleichen getan, weshalb ihn ein schlechtes Gewissen beschlich. „Entschuldige vielmals", murmelte er der Samtpfote zu.

In T-Shirt, Schlafhose und Hauslatschen ging er zum Briefkasten, um die Zeitung zu holen. Die fettgedruckte Überschrift prangte ihm von der Titelseite entgegen: **Werkstattbesitzer gesteht Mord an Ehefrau.** Pit blieb auf halbem Weg zurück stehen und las den Artikel. Der Bericht war recht allgemein und dürr gehalten und bestätigte im Grunde nur den raschen Fahndungserfolg der Offenburger Mordkommission nach dem Auffinden des Körpers der Frau, die Festnahme des Autowerkstattbesitzers Sven Z., sowie dessen Geständnis, die getrennt von ihm lebende Ehefrau Marion Z. in der Nacht vom dreizehnten auf vierzehnten Juli getötet zu haben. Weitere Einzelheiten konnten wegen Redaktionsschluss und der zurückhaltenden Informationstaktik der Polizei nicht mehr in dieser Ausgabe berücksichtigt werden und man verwies auf die nächste Ausgabe der Zeitung am kommenden Montag.

Donnerwetter, dachte Pit, da hat sich Rita Böhringer aber prächtig in Szene gesetzt. Nicht nur dass sie diesen Fall so prompt gelöst hat, sondern ihn auch glasklar *nicht* in Verbindung mit den anderen Verbrechen rund um die Goldbande brachte, was andernfalls wahrscheinlich ein gewaltiges Kuddelmuddel ergeben hätte. Bravo, bravo, Rita.

Er legte den Rest des Weges zu seinem Kaffee zurück, holte sich eine nächste Zigarette und blätterte die Zeitung auf der Suche nach den Kleinanzeigen von der Schlussseite her um. Er fand sie fast auf Anhieb. Edgars Annonce über zwei Spalten. Überschrift: **MaMa.** Darunter: *Vermeiden Sie weitere Opfer. Sie werden die gesuchte Ware nicht bei Ihrer aktuellen Zielgruppe finden. Interesse an einem klärenden Gespräch?* Es folgten neben Edgars Handy-Nummer auch dessen Initialen.

Pit war nicht sicher, wie er diese Anzeige einordnen solle. Gut oder schlecht; ausreichend oder mangelhaft; erfolgversprechend oder provokant. Falls der avisierte **MaMa,** beziehungsweise Manfred Maier, die Zeitung überhaupt bis ins Detail las, was man natürlich nicht als gegeben voraussetzen durfte. Nach allem, was er inzwischen über diesen Mann wusste, kannte der keine Skrupel. Edgar würde sich, sollte es tatsächlich zu einem direkten Kontakt kommen, doch sicher irgendwie rückversichern? Manchmal tat Edgar Schaaf nämlich Dinge, von denen man nicht unbedingt behaupten konnte, dass sie wohlüberlegt waren. Aber vielleicht funktionierte sein Verstand in gewissen Situationen auf diese halsbrecherische, um nicht zu sagen, selbstzerstörerische Weise.

Ein letzter Schluck aus der Micky-Mouse-Tasse, und er stieg die Treppe nach oben zu Eliza, die noch im Bett lag. Sie schlug die Augen auf, als er das Schlafzimmer betrat. Ihr zerzaustes Haar lag wie ein Fächer um den Kopf und mit ersten Blicken tastete sie sich in den neuen Tag.

„Guten Morgen", sagte er und drückte ihr einen Kuss auf die Stirn. Sie sah die Zeitung in seiner Hand. Er zeigte ihr die Titelseite.

„Sie hieß Marion", stellte sie fest. „Das wusste ich nicht." Und nach einer Weile sagte sie: „Ich hatte ihr bestimmt die Seuche an den Hals gewünscht, ehrlich, aber solch ein Ende hat sie natürlich nicht verdient. Dabei hat sie im Prinzip nichts verbrochen, sondern nur geliebt, wie sie es besser oder anders vermutlich nicht konnte"

„Sie wird immerhin unter ihrem richtigen Namen beerdigt werden, und nicht unter dem falschen."

Eliza schüttelte es bei dem Gedanken. „Das wär´ ja noch schöner. Dann würde ja praktisch ich im Sarg liegen."

„Ich bereite schon mal das Frühstück vor. Kommst du bald?"

Über Offenburg hing eine trübe Dunstglocke, wie Pit auf der Fahrt in die Stadt aus der Entfernung sehen konnte. Das kühle Lüftchen von gestern war über Nacht eingeschlafen. Die Feinstaubproblematik in den Städten stand noch immer auf den Agenden betroffener Kommunen, ohne dass sich Entscheidendes zur Lösung tat. Die Elektromobilität kam nicht aus den Kinderschuhen heraus. Im Gegenteil. Wegen der ständig schlechter werdenden Straßen forcierten die mächtigen Autofirmen den Bau großvolumiger, spritfressender SUVs, und rieten unverfroren zum Kauf geländegängiger Fahrzeuge. Die Klimaschutzziele interessierten kaum noch jemanden, denn wichtig war, dass die Autobranche ihre Marken an den Mann brachten und dadurch Arbeitsplätze erhalten wurden. Ein Irrsinn mit Methode.

Pit durfte nicht lästern. Sein geliebtes Kultfahrzeug Citroën Typ H war und blieb eine Dreckschleuder, und allein die Tatsache, dass es sich um ein historisches Fahrzeug mit entsprechender Kennzeichnung auf dem Nummernschild handelte, erlaubte ihm weiterhin den Betrieb.

Eliza gab bei *Hoffmann und Wirz* ihre Arbeiten ab und erhielt gleichzeitig neue Aufträge für ein nächstes Projekt, die sie bis in einer Woche wieder umzusetzen hatte. Bedeutete früher die Arbeit für sie die Gelegenheit, dem düsteren Zuhause wenigstens vormittags entfliehen zu können, wusste sie nun die Möglichkeit der Heimarbeit wertzuschätzen. Bei eventuell auftretenden Unklarheiten musste sie sich heute zwar mit dem Chef telefonisch oder per E-Mail in Verbindung setzen, wozu früher ein kurzer Gang in sein Büro reichte, aber diese Fälle waren überschaubar. Bei gleicher Bezahlung sah sie die Vorteile dieser Art von Beschäftigung eindeutig bei sich.

Der Parkplatz, Pits Parkplatz, vor dem *Zum grauen Eck* war frei. Während Eliza und er aus dem Auto stiegen, lugte bereits Christinas Kopf vom Eingang des Restaurants zu ihnen. Als sie näher kamen, sahen sie, dass sie mit einem Eimer Putzwasser und einem Schrubber bewaffnet war.

„Hallo, Christina, was sehen meine Augen? Du willst doch nicht das Restaurant eröffnen?"

Christina wischte sich eine blonde Haarsträhne aus dem Gesicht. „Nein, Pit, heute noch nicht, aber nächste Woche, Samstag, fangen wir wieder an. Aber ich putze schon mal ein bisschen vor. Dann ist es später nicht so viel auf einmal."

„Ist Silvio drinnen?"

„Jaja, er steht an der Theke. Geht nur hinein zu ihm." Sie zog den Eimer zur Seite, sodass Eliza und Pit bequem eintreten konnten.

Hätte nicht Silvios schlohweiße Haarpracht wie eine Milchglaslampe geleuchtet, er wäre hinter der Theke kaum zu erkennen gewesen. Er polierte mit einem Lappen die Edelstahloberfläche und die Armaturen der Schanksäule.

„Hallo Silvio, alter Freund", sagte Pit mit bewegter Stimme.

Silvio schaute auf, irritiert. Wir müssen ihm wie schwarze Scherenschnitte vor dem hellen Eingang vorkommen, dachte Pit.

„Hallo?", fragte Silvio. „Iste Pit das, oder Edgar? Ah, iste Eliza dabei, dann iste natürlik Pit. Entsuldige, Pit, habe i di nixe glei geseh´. Du und Edgar, habe selbe Kopf." Er legte den Lappen zur Seite und bewegte sich auf unsicheren Beinen um die Theke herum. In einer rührend kindlichen Weise drückte er sich an Pits Brust, und begrüßte danach Eliza ebenso. „Sön, dass ihr seid gekomme", freute er sich aufrichtig und verdrückte heimlich eine Träne. „Eliza, Pit."

„Heute ist Samstag, Silvio. Wir kommen doch samstags immer, das weißt du doch."

Silvio lächelte und wusste vor lauter Befangenheit nicht, was sagen.

„Schenkst du uns vielleicht ein Glas Landwein ein?"

„Für mich bitte eine Schorle, Silvio", sagte Eliza.

Christina kam von der Eingangstreppe herein und schloss die Tür hinter sich. „Papa, hallo, das sind deine Gäste. Willst du nicht ihre Bestellung ausführen?"

Silvio schien zu erwachen. Umständlich drehte er sich um und folgte seiner Tochter hinter die Theke, die den Landwein bereits entkorkte. Behände bereitete sie ein Glas Landwein und eine Schorle zu, stellte beide Gläser auf ein Tablett, hängte ihrem Papa ein Geschirrtuch über den Arm, drückte ihm das Tablett in die Hände, einen Kuss auf die Stirn und befahl: „Papa, das kannst du ja wohl nicht verlernt haben. An die Arbeit."

Sie setzten sich an Pits gewohnten Tisch, Christina und Silvio dazu. „Und ihr wollt nichts trinken? Christina, holt euch doch bitte auch etwas. Und für alle einen Grappa", sagte Pit.

Christina sorgte dafür. „Auf euch beide", hob Pit das Glas und stieß mit Silvio zuerst an. „Ihr werdet das schon schaffen."

„Wir werden uns einen Kredit besorgen", gestand Christina dann. „Das Restaurant braucht eine Erneuerung. Ein anderes Gesicht. Und nächsten Samstag gibt es wieder Spaghetti."

„Reserviere uns gleich mal einen Tisch", meinte Pit. „Kann sein, dass meine Tochter mit unserem Enkelchen zu Besuch kommt."

„Habt ihr schon Pläne?", fragte Eliza.

„Eigentlich schon", antwortete Christina vorsichtig mit einem Seitenblick auf ihren Vater. „Ich bin für eine Totalrenovierung. Neuer Anstrich, neuer Boden, neue Möbel. Papa muss noch überzeugt werden. Gell, Papa?"

„Koste viel Geld. I bi zu alt für make alles ganz neu. I nixe make wolle Sulde, versteh`?"

„Silvio, dir gehört doch das ganze Haus. Du nimmst eine Hypothek auf das Haus, bezahlst kleine Raten zurück. Christina ist noch jung, und in wenigen Jahren wird ihr alles gehören. Du setzt dich in den Lehnstuhl und bist der Patron."

Silvio lächelte bei dem Gedanken. „Iste sön, dass du so denke, Pit. Aber i nixe weiß. Iste ..." Ihn verließen die Worte. Eliza konnte ihn verstehen. Der Schock des Überfalls und Christinas Verwicklung in die Entführung, sein Keller als Gefängnis, Christinas Freund ein Gangster, Zukunftsängste – Silvio war sehr verunsichert. Er traute sich nichts mehr zu, und nach dem Fehltritt seiner Tochter wollte er auch ihr nicht mehr richtig trauen.

Pit sagte: „Silvio, wenn Christina das mit der Hypothek macht, helfen wir euch. Nicht mit Geld, aber wir passen auf, dass ihr nicht über den Tisch gezogen werdet. Ihr zeigt uns, bevor ihr unterschreibt, alle Papiere. Und wenn die Renovierung beginnt, schauen wir auch den Handwerkern und den Firmen auf die Finger. Wie ich gesagt habe: Wir kommen immer samstags. Zudem: Das kann doch alles keine hunderttausende von Euro kosten. Lasst euch auf jeden Fall einen Kostenvoranschlag machen. Okay?"

Silvio schaute ihn nur mit wässrigen Augen an und atmete tief ein und aus. Was bedeutete dieser Schnaufer? Auch du fällst mir in den Rücken, Pit? Ihr alle seid gegen mich?

„Okay, Silvio?"

„Okee, Pit, Eliza. Iste okee." Dann erhob er sich vom Stuhl und schlich auf wackligen Beinen in die Küche.

„Er hat Angst", meinte Christina optimistisch, „aber das wird schon. Lassen wir erst mal den nächsten Samstag und die Gäste wieder kommen, dann sieht die Welt für ihn bald anders aus. Danke, euch beiden, für euer Angebot, was ich natürlich gern in Anspruch nehmen werde."

Eliza und Pit erledigten, nachdem sie sich von Christina verabschiedet hatten, einige Einkäufe für den Haushalt und fuhren nach Grünweiler zurück. Silvio hatten sie nicht mehr zu Gesicht bekommen.

„Er kann nicht loslassen", sagte Pit und kurbelte das Seitenfenster des Citroën herunter, denn im Wageninnern war es heiß wie in der Hölle. „Dabei muss er doch in Betongeld schwimmen. Alle Wohnungen in seinem Eckhaus sind vermietet. Das wirft doch einiges ab, und nach größeren Investitionen sieht es ja auch nicht gerade aus."

„Meinst du, dass er alles so belassen will, wie es zu Lebzeiten seiner Frau gewesen ist? Als eine Art Mausoleum? Betrachtet er jede Veränderung als Sakrileg oder als Grabschändung?"

Pit drehte das Fenster wieder ein Stück hoch. Der Fahrtwind zog an seinen nackten Hals, und er war diesbezüglich sehr empfindlich und anfällig.

„Wenn es so ist, wird es schwer, ihn zu überzeugen", antwortete er. „Wenn nicht sogar unmöglich."

Sie befuhren die Landstraße entlang der Bahnlinie. Plötzlich sagte Eliza: „Hier war es. Hier und heute vor genau drei Wochen, fast auf die Minute genau. Nur dass es damals geregnet hat."

Pit setzte den Blinker nach rechts, bremste und hielt am Straßenrand an. Er schaute sie an. Eliza stieg aus. Er folgte ihr von der Fahrerseite aus. Sie stand neben dem Hinterrad.

„Weißt du noch, was du zuerst gesagt hast?"

„Ja."

„Dann sag´ es."

„*Um Gottes Willen. Ist Ihnen etwas passiert?*"

„Genau, Pit. Das waren deine ersten Worte an mich. Weißt du auch noch mein erstes Wort?"

Er überlegte. „Nein."

„Du fragtest, ob du mich irgendwohin bringen kannst. Ich sagte: „*Weg*"."

Pit lächelte, ging zu ihr und nahm sie in die Arme. „Kann ich dich jetzt irgendwohin bringen?"

„Ja, bring´ mich nach Hause."

Nach Hause. Wie selbstverständlich sie es bereits verinnerlicht hatte. Als hätte sie ihr gesamtes Leben hier verbracht. Wenn es darauf ankommen sollte, würde sie es mit Händen, Füßen und Zähnen verteidigen.

Es war alles so überschaubar. Der große Raum des Erdgeschosses, in dem keine Wand die Sinne einengte. Die luftige Treppe nach oben. Das große Schlafzimmer, das ihr gemeinsames war, obwohl zuerst nicht so vorgesehen. Das Gästezimmer und das neue Atelier. Das alles wirkte so leicht und spielerisch, als hätten sie die Gestaltung einer vernünftigen Natur überlassen.

Und dann die Lage. Das Haus inmitten der Lichtung an einem kleinen See. Ihre Insel mit der Erle. Die Ruhe des Waldes, der jegliches Umweltgeräusch schluckte wie ein überdimensionierter Filter. Der Himmel über ihren Köpfen, an dem nachts die Sterne in einer Klarheit leuchteten, wie sie sie seit ihrer Kindheit nicht mehr zu sehen bekommen hatte.

Es fehlte ihr an nichts. Manch einer würde mit der gefühlten Abgeschiedenheit nicht zurechtkommen. Wenn sie nicht selber aus ihrer Isolation ausbrechen würden, in die Stadt, zum Einkaufen, zu Melanie und Edgar, zu Silvio, dann sähen sie tage- und wochenlang keine Menschenseele. Der Zeitungsbote kam, während sie noch schliefen, und den Briefträger sahen sie nur sporadisch. Mitten in Sibirien, in der Wildnis Kanadas, im australischen Outback, in Patagonien, könnten sie nicht einsamer sein. Dabei führte zweihundertfünfzig Meter unterhalb ihrer Lichtung die Talstraße vorbei, unsicht- und unhörbar durch den Waldgürtel, der sich wie ein Riegel dazwischenschob.

„Pit, weißt du was? Ich möchte gern auf die gegenüberliegende Talseite und von oben auf unser Haus herunterschauen. Geht das?"

„Bist du gut zu Fuß? Es geht steil nach oben."

„Kann man auch fahren?"

Er grinste. „Ja, kann man. Willst du gleich?"

„Lass´ uns bitte fahren. Eine anstrengende Wanderung ist für meinen Schenkel vielleicht noch nicht das Ideale."

Sie fuhren das Rothbachtal aufwärts bis Gehlheim, wo Pit in Höhe der Kirche nach rechts abbog und über eine schmale, kurvenreiche Seitenstraße den Berg hinaufsteuerte. Auf der Höhe angekommen, führte die Straße am Höhenkamm entlang zurück, bis sie oberhalb Grünweilers den Citroën auf einem Parkplatz in der Nähe einer öffentlichen Grillstelle abstellen konnten. Nach wenigen Schritten lag das Panorama des Rothbachtals in voller Pracht vor ihnen. Rechter Hand lagen tief im Tal verborgen die Gemeinden Gehlheim, und noch ein gutes Stück weiter St. Paulsberg. Linker Hand war Rothweiler zu sehen. Pit erklärte Eliza die Lage von Genevieves und Alberts Haus. Noch weiter im Westen streiften ihre Blicke über die im Sonnenglast liegende Rheinebene. Sie erkannten das sich schlängelnde Band des Rheins, dessen Oberfläche wie die Schleimspur einer Schnecke schimmerte. Zu ihren Füßen döste Grünweiler, auf dessen Dächer, Gärten und Wegenetz sie schauten. Jenseits des Rothbachs und der parallel geführten Talstraße erkannte Eliza hinter dem Waldgürtel nun die Lichtung mit ihrem Haus und dem See.

„Es ist atemberaubend", sagte sie. „Etwas ganz Besonderes."

„Das ist es", bestätigte Pit.

„Gibt es ein Foto aus dieser Perspektive?"

„Nein", sagte er, „es würde der Wirklichkeit nicht gerecht werden."

Sie hakte sich bei ihm ein, fühlte sich wie ein Vogel. „Ich glaube, ich begreife erst jetzt so richtig, was du mir geschenkt hast."

„Selbstverständlichkeiten sind keine Geschenke", sagte er. „Sie sind, was sie sind. Naturgesetzen nicht unähnlich."

Sie beobachtete ihn von der Seite. „Dann bin ich für dich wie ein Erdbeben? Oder wie ein Vulkanausbruch?"

„Ich habe von Naturgesetzen gesprochen, nicht von Naturkatastrophen. Das ist ein Unterschied."

Sie kicherte. Er schielte von oben her auf sie herab. „Du verarschst mich, gell?"

„Ja, und es ist schön mit dir, Pit."

Einige Meter von ihrem Standort entfernt drückte sich eine Sitzbank an den Stamm eines alten Nussbaums. Sie schlenderten hin und setzten sich.

„Seltsam", sagte sie. „Ich befinde mich gerade an zwei Orten. Ich weiß, dass ich hier bin, und gleichzeitig sehe ich uns auch dort drüben in und vor unserem Haus. Ich beobachte uns selbst."

„Was tun wir?"

„Du sitzt gerade auf der Bank vor der Haustür und rauchst. Jetzt stehst du auf, gehst zum Ruderboot. Ich komme mit dem Picknickkorb aus dem Haus. Wir schieben das Boot ins Wasser und rudern zur Insel."

„Das ist schön", lächelte er mit geschlossenen Augen. „Denkst du, die beiden dort drüben im Boot kommen gut miteinander aus?"

Jetzt schloss auch Eliza die Augen. „Sie haben sich gefunden. Sie gehören zueinander. Sie lieben sich."

Er griff nach ihrer Hand. „Wie ich schon sagte: Naturgesetz."

„Ja", antwortete sie. „Katastrophen sehen anders aus."

„Ich hätte stundenlang dort oben sitzen können", sagte sie, als sie vor ihrem Haus aus dem Citroën stiegen und schaute in die Richtung zum Höhenkamm hinauf. „Danke, dass du mich dorthin geführt hast."

„Jederzeit wieder", antwortete er. „Apropos Ruderboot, wollen wir noch auf die Insel?"

„Wie spät ist es denn überhaupt?"

„Kurz vor fünf Uhr. Warum fragst du?"

„Dann nehmen wir unser Abendbrot dort ein. Ich bereite es rasch vor. Nimmst du den Computer mit?"

„Nein. Im Moment passiert krimimäßig nicht viel. Die Handlung befindet sich aktuell in einer retardierenden Phase. Es eilt also nicht."

„Komme ich da eigentlich auch drin vor?"

„Natürlich. Mit dir hat doch praktisch alles angefangen."

„Ach, du Scheiße."

Eliza hatte alles auf der Decke ausgebreitet, was sie für das Abendbrot im Kühlschrank gefunden hatte. Wurstaufschnitt, Käse, Butter, Tomaten, Gurken, Oliven. Dazu gab es zwei Sorten Brot, dann Salz und Pfeffer, Mineralwasser, Bier und Wein.

„Weißt du, was ich mir wünsche? Freilich nur, wenn du nichts dagegen hast."

„Lass´ mich raten", ging Pit auf das Spiel ein. „Du wünschst dir ein eigenes kleines Auto."

Daran hatte sie zwar nicht gedacht, zumindest stand es nicht zuoberst auf ihrer Liste, aber sie freute sich, dass er es in Erwägung zog. „Nein, vorerst kein Auto. Vorerst nicht."

„Aha, aber irgendwann?"

„Vielleicht, aber das meinte ich nicht, und du wirst es auch nicht erraten. Ich sag´s dir. Was hältst du von einem Garten?"

Pit war baff. „Stimmt. Darauf wär´ ich zuletzt gekommen. Erzähl´ mal."

Sie holte tief Luft. „Also. Ich wünsche mir einen kleinen Garten. Für Gemüse, Salat, Kräuter und Blumen. Nur ein paar Quadratmeter, seitlich vom Haus, mit einem Zaun drum herum wegen der Wildschweine."

„Wildschweine?"

„Ja, ungefähr zwanzig oder dreißig."

„Zwanzig oder dreißig Wildschweine?"

„Quatsch, Quadratmeter, du Eumel. Ja, einen Zaun wegen der Wildschweine. Wildschweine lieben nämlich Gemüse-gärten."

„Okay, und weiter?"

„Vorausgesetzt, der Boden eignet sich überhaupt dafür. Man müsste halt ein Stück Land umgraben oder umpflügen, den Hahnenfuß unterschaffen oder rausreißen. Was meinst du?"

„Einen Versuch wäre es bestimmt wert", sagte er.

„Schau, die Tomaten und Gurken hier kaufen wir im Su-permarkt. Die könnten wir selber anbauen. Im Sommer Sa-lat, Rosmarin, Oregano, Thymian, Salbei, Liebstöckel. Rin-gelblumen, Sonnenblumen, Astern, eventuell Rosen. Und weißt du, was ich noch gerne vor dem Haus stehen hätte? Einen Baum. Einen Nussbaum oder eine Kastanie oder ...“

„Wildschweine lieben Kastanien.“

„Echt? Das wusste ich nicht.“

„Jetzt weißt du's“, sagte er scheinheilig.

„Kann es sein, dass du mich nicht für ernst nimmst?“

„Nein, ich freue mich bloß.“

In der Tat freute sich Pit. Er freute sich für sie, und er freute sich mit ihr. Konnte es ein besseres Zeichen als die Pläne für einen Garten und den Baum geben, dass Eliza bei ihm angekommen war? Dass sie ihr neues Leben angenommen hatte? Für sich alleine hatte er den Nutzen eines Gartens nie in Überlegungen einbezogen. Als Alleinversorger war er den bequemsten Weg gegangen, der da Supermarkt hieß. Die Idee mit dem Baum allerdings muss Eliza ihm im Traum abgeschaut haben, denn schon immer hatte er mit einem unbestimmten Gefühl gerungen, dass irgendwas Entscheidendes an seinem Haus fehlen würde, ohne es konkret benennen zu können. Drum war es ihm wie Schuppen von den Augen gefallen, als sie soeben einen Baum vor dem Haus erwähnte. In seinem Kopf war er schon immer dagewesen, doch er hatte ihn nie zu sehen bekommen, war verstellt von anderen Dingen, um die er sich mehr kümmerte als um ihn, den Baum. Darum dachte er: Garten? Meinetwegen. Aber der Baum muss her.

„Nächste Woche fangen wir an“, sagte er, „wenn es nicht gerade vierzig Grad heiß ist.“

Etwas skeptisch schaute sie ihn an, prüfte, ob er es mit seiner Ansage ernst meinen würde. „Haben wir überhaupt Gartengeräte? Spaten, Rechen, Hacke, Schubkarre und so weiter?“

Bedauernd schüttelte er den Kopf. „Müssen wir alles erst kaufen.“

„Pit, du musst nichts tun, was du nicht willst, nur weil ich es sage. Das muss klar sein."

Er reichte ihr beide Hände. „Ich freue mich wirklich, meine Liebe. Lass´ uns einen Garten anlegen."

„Juchuuuuu!", schrie sie und fiel ihm um den Hals.

17. Juli 2022

Am Sonntagmorgen steckten sie nach dem Frühstück rein nach Gefühl mit Holzpfählen ein Viereck neben dem Haus ab. Eine Größe, die nach Elizas geistigem Bild von ihrem Garten zustande kam.

„Sieht ein bisschen mickrig aus, meinst du nicht?" Pit stand mit dem Fäustel in der Hand neben Eliza und begutachtete die Fläche.

„Warte ab, bis du es umgraben musst, dann wünschst du es dir noch kleiner", neckte sie ihn.

„Hm, ich dachte mir schon, dass es mit dem Abstecken nicht getan ist." Er schritt die Stecke zwischen zwei Pfählen ab. „Ungefähr sechs Meter. Die andere Strecke ist etwa genauso lang. Sechs mal sechs Meter sind sechsunddreißig Quadratmeter. Das wiederum ist reichlich."

„Pit, das ist vorerst vollauf genug", sagte sie. „Es soll ja nicht zur Lebensaufgabe werden."

„Weißt du was? Ich frage beim nächsten Stammtisch im *Ochsen* herum, ob nicht einer einen Pflug und eine Gartenfräse besitzt und dieses Stück Land für uns umbrechen kann."

„Ich hege den schweren Verdacht, mein Lieber, dass das eine clevere Idee ist."

„Es gibt ein altes Sprichwort: *Wenn du nicht weißt, wie du einer Arbeit aus dem Weg gehen kannst, dann frag´ den Faulen.*"

„Das hört sich verdammt nach Pit Ferman an", sagte sie und gab ihm einen spielerischen Hüftstoß.

„Na hör´ mal, bevor ich mir beim Umgraben das Kreuz breche?"

„Du hast ja recht. Mit einer Ernte wird es dieses Jahr sowieso nichts mehr. Aber mach´ das. Frag´ den *Ochsenwirt*."

„Ja, und jetzt fahren wir nach Lahr zur Baumschule Dorfner. Die haben Sonntagvormittag offen. Ich will unbedingt einen Baum."

Pit hätte nicht gedacht, dass so viele Leute die gleiche Idee gehabt haben konnten wie er. Schon bei der Anfahrt zur Baumschule ging es nur im Schritttempo vorwärts. Unter normalen Umständen würde er bei solchen Verhältnissen umkehren und sein Glück ein andermal probieren, doch nun waren sie hier, oder wenigstens kurz davor. Von all den Leuten, die in den Autos sitzen, dachte er, werden die wenigsten Interesse an einem Baum haben.

Als sie nach geduldig ertragenem *Stop and go* die Einfahrt auf den Parkplatz erreichten, wurde ihnen klar, weshalb die Menschen in Strömen kamen: Baumschule Dorfner veranstaltete ein Sommer-Grillfest mit Bierzelt und Blasmusik.

„Jedem das Seine", knurrte Pit, und ergatterte durch ein listiges Manöver einen freien Abstellplatz für den Citroën, bevor ein anderer ihn besetzen konnte.

„Das wäre eigentlich mein Parkplatz gewesen", ranzte ein Mann in gesetztem Alter aus seinem seniorenbeigen Opel, als Eliza und Pit Hand in Hand an ihm vorbeigingen. „Ich hatte schon lange geblinkt."

Pit blieb stehen und sagte überfreundlich: „Danke, dass Sie mich auf den Platz aufmerksam gemacht haben. Ohne Ihre Hilfe hätte ich ihn glatt übersehen. Schönen Sonntag noch."

„Du kannst ganz schön frech sein, Pit, weißt du das?", flüsterte Eliza.

„Auf alle Fälle ist das Mittagessen gesichert", strahlte er sie unbeeindruckt an und leckte sich die Lippen. „Bratwurst und eine Portion Pommes. Ich lade dich ein."

„Wollen wir nicht zuerst nach einem Baum gucken?"

„Freilich. Am besten, wir erkundigen uns an der Info."

Geraume Zeit später waren sie in Besitz einer Rot-Buche, deren junge Krone bei geöffneter Heckklappe einen guten Meter aus dem Citroën ragte. Von den schnellwachsenden Bäumen war es sie, die beiden am ehesten zusagte, obwohl Esche und Birke von der Wachstumsprognose noch vor der Buche lagen. Eschen waren seit Jahren allerdings von Krankheiten befallen, und Birken gefielen ihnen nicht. Also eine Buche.

Die Mittagszeit lag bereits hinter ihnen, als sie mit dem Baum im Laderaum nach Hause kamen. Unter Berücksichtigung der späteren Größe einer erwachsenen Buche legten sie den Standplatz vor dem Haus fest. Pit freute sich wie ein Kind und er empfand es keineswegs als Sakrileg, an einem Sonntag unter Schnaufen und Stöhnen mit Pickel und Schaufel ein Loch auszuheben. Im Schutz des Sonnenschirms sah ihm Eliza von der Sitzbank aus zu und sorgte dafür, dass es Pit nicht an Flüssigkeit mangelte.

Nach einer knappen halben Stunde war das Werk getan, das Bäumchen gepflanzt, und Eliza und Pit betrachteten es mit Stolz. Pit goss ein kleines Gläschen Wein über den Wurzelballen.

„Mögest du immer wachsen und gedeihen und groß und stark werden", sagte er.

Eliza fügte hinzu: „Kaum eine Stunde da, wirft es schon den ersten Schatten."

Pit lächelte. „Ja, ist das nicht ein gutes Zeichen?"

Sie schwiegen, als stünden sie unter dem Blätterdach eines mächtigen Baumriesen.

Im Laufe des Nachmittags kehrte der schwülheiße Sommer zurück und nistete sich wie eine Glucke breit, schwer und behäbig auf der Lichtung ein. Elizas und Pits Fluchtpunkt war die Insel im See. Eliza bemerkte, dass Pit immer wieder in seiner Arbeit am Laptop innehielt und versonnen über den See zu ihrem Haus blickte.

„Du bist wohl ganz vernarrt in unser Bäumchen, wie?"

Er dachte eine Weile nach. „Ja, es kommt mir vor, als hätte eine neue Epoche begonnen. Von jetzt an wird es nie mehr dieselbe Ansicht sein. Der Baum wird sich jeden Tag verändern und wir werden Zeuge sein. Für mich ist das elementar."

Sie liebte seine Phasen, wenn er tonnenschwere Fundamente produzierte. Dann wurde er so erdverbunden und grundsätzlich.

„Ich wünsche uns, dass wir alt genug werden, um in seinem Schatten leben und lieben zu können."

„Wenn er groß und kräftig genug ist und wir noch leben, schnitze ich ein Herz und unsere Initialen in seine Rinde."

„Das wird ihm weh tun", gab sie zu bedenken.

„Unsere Liebe wird er aushalten", sagte er entschieden.

„Und überdauern."

„Das will ich hoffen", lächelte er.

Pit tippte mittlerweile an Seite hundertzwei seines DIN-A 4-Manuskripts für **Schaafsgold und der ungelesene Autor**. Wenn nicht bald etwas Entscheidendes geschieht, dachte er, hole ich die Handlung noch ein. Aber er war das gewohnt.

Schließlich speicherte er seine Arbeit auf der Festplatte und zusätzlich auf einer <mine>, klappte den Deckel zu und legte sich mit einem Seufzer auf den Rücken. Eliza klemmte ein Erlenblatt zwischen die Seiten ihrer Lektüre und kuschelte sich an ihn. „Wollen wir ein bisschen die Augen schließen?"

„Fünf Minuten", nuschelte er, den Geist schon halb mit dem Traumland verwoben. Eliza lächelte glücklich.

Die Rehe grasten im Hahnenfuß zwischen Wald und Seeufer, als Eliza erwachte. Die Sonne hatte sich hinter die Bäume gesenkt. Lange Schatten fielen über den See. Eliza hob ihren Kopf und betrachtete das entspannte Gesicht des schlafenden Pit. Er schnarchte ein bisschen und in seinen Mundwinkeln hatte sich etwas Speichel angesammelt.

Wieso gerade er?, fragte sie sich und suchte in ihrer Lebenslandkarte nach der entscheidenden Abzweigung, der sie gefolgt war und die sie schlussendlich bis hierher gebracht hatte. Hätten alle Wege sie zu ihm geführt? Kaum vorstellbar, doch genauso wenig konnte sie sich vorstellen, irgendwo anders zu sein. Wer war sie, dass sie nun von sich behaupten konnte, am Ziel ihrer Wünsche zu sein?

War dieser Ort, dieses Holzhäuschen mit einer Bank und seit heute mit einem Bäumchen davor, dieser See mit der Insel, mit den Rehen am Morgen und am Abend, mit dem Reiher auf der Lauer nach Fischen, - war dies ihr ersehnter Traum? Wie erging es anderen Frauen in ihrem Alter? Um was ging es grundsätzlich im Leben? Um Erfolg und Status? Um Anerkennung oder Reichtum? Und wie definierte sie Zufriedenheit?

Sie wusste, dass sie jahrelang das Leben passiv durch sich hatte hindurchströmen lassen. Sie wenig dafür getan hatte, die Richtung zu ihren Gunsten oder zu ihrem Nutzen zu beeinflussen. Die Zeit war unmerklich verflossen, plätscherte an ihr vorbei, zunächst offen und frei, mit zunehmender

Dauer jedoch eingeengt, begradigt, kanalisiert, zugedeckt, ein unscheinbares graues Gewässer mit ungewissem Verlauf. So war sie dreiundfünfzig geworden, bis es jemandes Mut bedurfte, der sie aus dem unansehnlichen Flussbett befreite und ihrem weiteren Verlauf eine neue Richtung zeigte. Dieser Mann neben ihr.

Wieso gerade er? Er verstand es, sie von einer ganz anderen Seite anzusprechen, als man sich von einem Mannsbild gemeinhin vorstellte, dass es sein müsste. Sie hatte sehr rasch festgestellt, dass ihr Geschlecht, und damit ihre zwangsläufig auf ihn wirkende weibliche Erotik, für ihn nicht im Vordergrund stand. Dass er dagegen nicht unempfänglich war, hatte sie zwar auch ziemlich schnell festgestellt, was ihr wiederum gefallen hatte, doch wurde er nicht davon gesteuert. Sein Antrieb war zuvorderst die Ritterlichkeit, und danach die absolute Bedingungslosigkeit, die es brauchte, um Hilfe ohne Berechnung gewähren zu können,

Er war kein schöner Mann, um dieses Thema zu beackern. *Schöne Männer gehören einem nie alleine*, wie sie dem Volksmund nach und aus eigener trauriger Erfahrung wusste. Er wurde neunundsechzig. Doch er war nicht hässlich, nicht fett, nicht behäbig, nicht unbeweglich, nicht gewöhnlich, nicht platt und nicht ordinär. Seine Schönheit lag in der Ausgeglichenheit, der Toleranzfähigkeit, der Gutmütigkeit und der Lebenseinstellung. Manche würden sagen, dass das alles treffende Beschreibungen für Langweiligkeit seien, aber sie wusste, dass er überhaupt nicht langweilig war, und zudem war sie ja auch noch da.

Sie würde „ja" sagen, wenn der Standesbeamte sie fragen würde, ob sie bereit wäre ...

„Ich habe gerade von unserer Hochzeit geträumt", murmelte Pit noch halb im Schlaf, die Augen auf sie gerichtet.

„Das gibt's nicht, Pit, ob du's glaubst oder nicht, ich habe in der gleichen Sekunde auch daran gedacht. Hallo, mein lieber Mann. Gut geschlafen?"

„Himmlisch. Wie spät ist es denn?"

„Die Sonne ist schon untergegangen", sagte sie kichernd. „Erzähl' von unserer Hochzeit. Wann, wo und wie und mit wem?"

Er rieb sich die Augen. „Dein Bruder aus Hannover. Meine Kinder. Melanie und Edgar, Silvio und Christina und Genevieve und Albert."

„Okay, und jetzt das Wo."

„Was hältst du vom Standesamt in Rothweiler?"

„Abgemacht. Und wann?"

„Dritter September. Das ist ein Samstag."

Eliza ließ sich nach hinten fallen, breitete wie ein Engel die Arme aus. „Ich bin platt. Du hast alles schon konkret geplant, stimmt's?"

„Es ist mir sehr ernst, Eliza", sagte er, richtete sich auf und beugte sich über sie. „Ich weiß, dass es das Richtige ist."

„Keine Zweifel? Nicht die geringsten?"

„Absolut keine."

„Bei mir auch nicht", hauchte sie atemlos.

„Also?"

„Also gut."

18. Juli 2022

Leichte Schleierstreifen hingen am Himmel, die jedoch keinen nennenswerten Einfluss auf die Sonneneinstrahlung ausübten. Die Spätnachrichten von gestern Abend hatten für heute einen heißen Montag mit Temperaturen bis achtunddreißig Grad versprochen. Eliza nutzte deshalb die frühe Morgenstunde, um die Liste mit den Namen der Reedereien abzutelefonieren und saß deswegen noch vor Pit und dessen erstem Kaffee und der ersten Zigarette auf der Bank vor der Haustür. Der würde Augen machen, dachte sie.

Vor dem Schlaf hatten sie sich zärtlich und innig geliebt. Trotz Geschlechtsverkehrs war ihnen beiden zu keiner Zeit der Gedanke an herbeigeführten Sex gekommen. Es hatte sich einfach so in der Verstrickung der Gefühle füreinander ergeben, fast zufällig, doch nicht minder schön, und auf diese Weise waren sie, ineinander versunken, dann eingeschlafen.

Elizas Liste wies bereits zehn durchstrichene Namen und Telefonnummern auf, bis Pit schlaftrunken mit zerwühlter Mähne und dem obligatorischen Kaffee und der Zigarette auftauchte.

„Das war mal eine Überraschung", brummte er und setzte sich neben sie. „Guten Morgen, Liebste."

Sie packte ihn an den Wangen und drückte ihm einen Kuss auf den Mund. „Guten Morgen. Da staunst du, gell?"

Pit murmelte etwas, das sie nicht verstand.

„Zehnmal negativ bisher", sagte sie und deutete auf die Liste. Sie wählte die elfte Nummer. Eine Reederei mit dem Namen *Braperm*. Als das Gespräch angenommen wurde, meldete sie sich wie immer mit ihrem Namen. *„Guten Morgen, Eliza Wohlbrecht in Offenburg. Mein Freund Paul Lehmann hat auf unsere Namen eine Passage auf einem Frachtschiff gebucht. Leider hat es in der Zwischenzeit Umstände gegeben, die einen Rücktritt von der Reise erforderlich machen. Können Sie mir bitte Auskunft geben, wann und nach wohin die Reise gebucht ist? Ich wäre Ihnen sehr dankbar."*

„Wie? Sie wussten gar nichts von der Reise?"

Elisa antwortete wahrheitsgemäß: „*Nein, ich war leider nicht eingeweiht. Es hatte eine Überraschung sein sollen. Aber wie gesagt, die Umstände ...*"

„Lassen Sie mich bitte nachschauen. Es kann eine Minute dauern ..."

„*Ja bitte, ich warte.*" Eliza wartete.

„Hören Sie? Frau Wohlbrecht?"

„*Ja, haben Sie etwas gefunden?*"

Sekunden, die verstrichen. Eliza drückte auf das Lautsprechersymbol des Telefons und gab Pit ein Zeichen, dass er mithören sollte. „Hören Sie, der Termin liegt schon eine Woche zurück."

„*Was soll das heißen?*"

„Nun, Einschiffung wäre am dreizehnten Juli auf der *MS Corridor* gewesen. Abfahrt des Containerschiffes am Abend bei auflaufender Flut. Zielort: Sao Paulo, Brasilien."

„*Oh, dann ist das Schiff fast schon eine Woche unterwegs. Können Sie mir Details zu der Buchung nennen?*"

„Da gibt es nicht viele Details. Zwei Personen Vollpension in einer Doppelkabine, und ein Wohnmobil in einem Standard-Container. Ziel: Sao Paulo. Was ist eigentlich geschehen? Entschuldigen Sie die Frage, eigentlich geht es mich nichts an. Aber warum interessiert sich die Polizei in Offenburg für diese Buchung?"

Eliza war perplex. Polizei Offenburg? „*Was sagten Sie? Die Polizei Offenburg hat sich danach erkundigt? Wann war das?*"

„Moment bitte." Papierrascheln. „Das war vorgestern. Samstag. Ein Herr Max Mahler von der Kriminalpolizei Offenburg."

Eliza notierte sich den Namen. „*Das kann ich Ihnen nicht beantworten. Ich rufe privat an. Von der Polizei weiß ich nichts und mir ist auch ein Max Mahler nicht bekannt. Es ist folgendermaßen: Herr Lehmann ist leider verstorben*", sagte

Eliza abschließend. *„ Vielen Dank, Sie haben mir sehr gehol-fen. Auf Wiederhören. "* Eliza beendete das Gespräch und starrte den Hörer an, als könne er nachträglich weitere Signale senden. Obwohl die Auskunft ziemlich genau das bestätigte, womit sie insgeheim gerechnet hatte, traf die Übereinstimmung sie wie eine Keule. Was sie jedoch am meisten beunruhigte, war der Hinweis auf die Nachfrage der Polizei.

„Komische Sache. Polizei in Offenburg?", fragte Pit, der auf solch eine Wendung ebenfalls nicht gefasst war.

„Hat sie gesagt und du hast es gehört. Findest du nicht, dass da etwas stinkt? Ich habe zwar keine Ahnung, was Rita Böhringer oder Claus Richter vom LKA alles unternehmen, aber der Name Max Mahler kommt mir doch sehr konstruiert vor."

„Du hast recht", nickte Pit dazu, „das kommt mir ebenfalls spanisch vor. Max Mahler klingt eher nach Manfred Maier und somit nach der These von Edgar Schaaf über diesen *Mighty MaMa*. Sollte der den gleichen Riecher wie wir gehabt und die Reedereien abgeklappert haben? Und noch etwas, das wir berücksichtigen müssen. Roland Lochers Vorbereitungen für seinen Ausstieg waren, wie es aussieht, weiter vorangeschritten als wir gedacht hatten. Zudem muss er entweder im Besitz eines Wohnmobils sein oder zumindest den Kauf eines Wohnmobils vorgehabt haben. Diesen Schluss wird auch Max Mahler ziehen, wer immer das auch ist."

„So viel mir bekannt ist, war unter seinen Dokumenten kein Fahrzeugbrief über ein Wohnmobil dabei. Das müsste man doch bei der Wohnungsdurchsuchung gefunden haben, meinst du nicht?"

„Seh´ ich auch so", erwiderte Pit. „Oder er hat es über seine Eltern laufen lassen. Dann wären die Papiere bei denen."

„Mit seinen Eltern hatte er doch keinen so engen Kontakt. Aber du musst zugeben, dass sich unser Denkmodell mit

Wohnmobil und Südamerika von vornherein mit der jetzigen Realität fast hundertprozentig gedeckt hat."

Sie frühstückten im Haus, wobei beide überwiegend ihren eigenen Gedanken nachhingen. Pit ging danach zum Briefkasten, um die Zeitung zu holen und nach der Post zu schauen. Er brachte einen Brief mit, der im beantragten Nachsendeverfahren an Eliza adressiert war. Eine Versicherung, deren Name ihr nichts sagte. *Mobilance*. Bestimmt eine dieser unzähligen Internet-Versicherungen. Sie wunderte sich. Als sie jedoch das Schreiben las, wunderte sie sich nicht mehr.

„Pit", rief sie, „das Rätsel ist gelöst. Hier, schau dir das an."

Pit nahm den Brief in Empfang. „Aha, man gratuliert dir zum Abschluss einer Autoversicherung. Nicht für ein normales Auto, sondern für ein Wohnmobil und du wirst gefragt, ob du den europaweiten Versicherungsschutz nicht auf einen weltweiten Versicherungsschutz erweitern willst." Pit ließ das Schreiben sinken. „Dieser Roland Locher ist ein Lump. Er hat demzufolge schon ein Wohnmobil gekauft, hat es auf deinen Namen zugelassen und versichert. Deswegen hat er auch den falschen Pass für Frau Zoike auf deinen Namen ausgestellt."

„Genau so ist es, Pit", schnaufte Eliza voller Empörung.

„Demnach bist du offiziell Besitzerin eines Wohnmobils. Nur dass du nicht weißt, wo es steht", überlegte Pit. „Ich bin mir nicht sicher, ob ich dir gratulieren soll oder lieber nicht."

„Willst du damit sagen, dass ...?"

„Richtig, das will ich damit sagen. Wenn dein Name als Halter im Fahrzeugbrief und im Fahrzeugschein steht, gehört es dir. Keiner kann daran rütteln."

Eliza dachte nach. „Das gefällt mir ganz und gar nicht. Spinnen wir den Gedanken mal weiter. Wenn dieser Max Mahler oder Manfred Maier herausbekommt, und warum sollte er das nicht, dass das Wohnmobil auf mich zugelassen ist, dann stehe ich, beziehungsweise wir, wieder in seinem Fokus. Verstehst du? Der sucht nach dem Gold und geht über Leichen. Was, wenn er das Gold jetzt in diesem Wohnmobil vermutet? Dann haben wir keine ruhige Minute mehr und sind nirgendwo mehr sicher."

„Verdammt ja", fluchte er. „Und ich hatte schon zu hoffen gewagt, dass wir endgültig aus der Geschichte raus sind."

„Pit, das würde ich gerne der Polizei persönlich sagen. Bitte lass´ uns heute Nachmittag nach Offenburg fahren und das erledigen. Und kann die Polizei nicht durch einen öffentlichen Aufruf herausfinden, wo dieses vermaledeite Wohnmobil versteckt ist? Über die Nachrichten oder über die Presse? Mit einem Foto von Roland Locher? Das sieht man doch gelegentlich: *Sehr verehrte Zuschauer, die Polizei Offenburg bittet Sie um Ihre Aufmerksamkeit.* Oder nicht?"

Pit stimmte ohne Umschweife zu. „Wir brauchen nicht bis heute Nachmittag zu warten. Wir können gleich losfahren. Oder hast du noch vor zu arbeiten?"

„Dafür habe ich momentan keinen Kopf. Dann fahren wir gleich."

Sie waren schweißgebadet, als sie den Citroën im Schatten eines Allee-Baumes abstellten und aus der Fahrerkabine kletterten. Für diesen Schattenplatz nahmen sie sogar einen längeren Fußweg zur Polizeidirektion in Kauf. Auch bei beidseitig geöffneten Fenstern – aus dem Citroën würde nie ein Cabrio werden.

„Du hängst sehr an der alten Karre, nicht wahr?", stichelte Eliza und zupfte mit spitzen Fingern ihre Bluse vom nassen Rücken. Pit knurrte Unverständliches. Eliza fehlte es bloß an der richtigen Einstellung zu dem Kultauto, dachte er.

Pit war überrascht, als er anstatt in Rita Böhringers jugendliches Gesicht in die Augen Kommissar Lankaus blickte.

Der schien während seiner Abwesenheit noch bleicher und kraftloser geworden zu sein. Lankaus Miene verdüsterte sich zudem, als er die Besucher erkannte. Hatte mit den beiden die ganze Scheiße nicht erst angefangen?

Die Luft in Lankaus Zimmer stand wie Gelee und es roch muffig. Die Temperatur betrug mindestens dreißig Grad, wenn nicht mehr. Lankau transpirierte nachhaltig in seinen dünnen braunen Anzug, dessen Kragenrand von Schweiß dunkel einfärbte. Eliza überlegte, ob ihr der Mann leidtun sollte, denn er vermittelte den Eindruck einer zutiefst unglücklichen Person.

„Oh hallo, Herr Lankau, wie geht es Ihnen?", versuchte sie durch übertriebene Fröhlichkeit etwas Farbe in dessen Gesicht zu zaubern. „Wir hatten gehört, dass Sie krank waren. Migräne, nicht wahr? Alles wieder gut? Sie sehen viel gesünder aus als letztes Mal. Nicht wahr, Pit? Wie das blühende Leben. "

Lankau schien nicht empfänglich für derartige Interessensbekundungen an seiner Person zu sein. Er bedachte Eliza mit einem ärgerlichen Blick. „Was wollen Sie?", fragte er so unfreundlich, wie ein Griesgram nur sein konnte.

„Wir wollten Ihnen helfen, den Fall aufzuklären. Sie erinnern sich? Ich bin Eliza Wohlbrecht und das ist Pit Ferman."

„Soweit mir bekannt ist, ist der Fall um Roland Locher abgeschlossen. Er wurde von seinen eigenen Freunden ermordet. Es ist nur eine Frage der Zeit, bis wir sie festnehmen können. Wie es aussieht, bringen sie sich weiterhin selber um. Xavier Ballhaus war der Nächste. Lukas Rapolder haben wir schon gefasst. Manchmal muss man nur ein bisschen Geduld haben, wie sie ..."

Pit konnte Lankaus Gefasel nicht mehr ertragen. „Die Festnahme Lukas Rapolders haben Sie ausschließlich uns zu verdanken, Herr Lankau. Wir waren es, die ihn ausfindig gemacht haben. Nur um das klarzustellen. Wir kommen aus bestimmtem aktuellem Anlass. Wie wir heute Morgen erfahren haben, hat Roland Locher ...“

„Halt, keine weiteren Informationen zu Roland Locher. Wie ich schon sagte, ist der Fall aufgeklärt ...“

„Gar nichts ist aufgeklärt. Wie kommen Sie überhaupt darauf, das zu behaupten? Haben Sie irgendein Geständnis von einem der Freunde? Von Rapolder? Sie haben nicht mal Indizien zum Mord an Roland Locher. Was Sie einzig und allein haben, sind Vermutungen, die zwar zutreffend sein können, aber nicht bewiesen sind. So sieht´s doch aus. Es geht hier nach wie vor um Leben und Tod. Da draußen läuft ein irrer Killer durch die Gegend und durchlöchert Menschen mit einer Bohrmaschine, und Sie sitzen hier in Ihrem Kabuff auf Ihrem Pups-Sessel und schieben Papier hin und her. Und wissen Sie was? Ihnen fehlt die Weitsicht, der Blick für das Ganze, und ich werde mich hüten, wertvolle Informationen an Sie weiterzugeben. Das wäre ja wie in den Müll geworfen. So! Können wir jetzt bitte Frau Böhringer sprechen? Oder Herrn Richter vom LKA, wenn´s beliebt?“ Pits Gesicht war bedenklich rot geworden.

Auch Kommissar Lankaus Gesicht hatte Farbe angenommen. Weißer als weiß. Er saß auf seinem Sessel, die zu Fäusten geballten Hände auf dem Schreibtisch. Er bebte sichtlich. Sein Schnauzbart wackelte bedenklich. Dann stand er ruckartig auf, ohne Eliza und Pit noch eines Blickes zu würdigen und verließ das Büro durch eine Tür hinter ihm, die vermutlich in ein benachbartes Büro führte. Nach einigen Sekunden öffnete sich die Tür wieder, aber nicht Lankau erschien, sondern ein anderer Beamter. „Ich soll Ihnen ausrichten, dass Frau Böhringer und Herr Richter erst morgen wieder zu sprechen sind. Frau Böhringer hat sich heute einen Tag frei genommen, und Herr Richter musste heute dienstlich zum LKA Karlsruhe fahren. Kann ich Ihnen helfen?“

Eliza übernahm. Sie war von Lankaus Auftritt irritiert. Hatte ihn Pits verbale Kanonade in der Tat so sehr erregt, oder waren sie Zeuge einer schauspielerischen Meisterleistung geworden? Sie fand das merkwürdig. „Nur eine Frage, bitte. Arbeitet hier im Hause ein Polizist namens Max Mahler?"

Müller und *Lydia* kamen um die Ecke des Türmchenhauses in Gengenbach geschossen, als Eliza und Pit den Garten betraten. Anlass für Pit sich zu fragen, wer heute Morgen *Pepsi* eigentlich das Futter hingestellt hatte. Wenn sie auf mich allein angewiesen wäre, dachte er bei sich, würde sie entweder qualvoll verhungern oder sich ein anderes Kosthaus suchen. Die Hunde tollten um sie herum, bis sie die Treppe zur Haustür erreichten. Dann jagten sie plötzlich wieder in den uneinsehbaren Teil des Gartens hinter dem Haus.

Auch auf wiederholtes Klingeln regte sich nichts im Haus. Aber die Hunde waren doch da? Eliza trat von der Treppe zurück und ging einige Meter zur Seite. Sie entdeckte das geschwungene Schild *Galerie* über einer Tür, zu der eine Treppe hinunterführte. Die Tür stand offen und sie vernahm Stimmen von dort. Sie rief nach Pit, winkte ihn zu sich. „Da unten."

Da Eliza das Kellergewölbe noch nie gesehen hatte, blieb sie unter der Kellertür stehen und ließ den Raum auf sich wirken. Pit indes hatte den Raum betreten.

„Da seid ihr ja", rief er. „Da können wir oben lange klingeln. Was macht ihr denn da?"

Melanie kam auf ihn zu und begrüßte ihn herzlich, während Edgar unbeeindruckt, eine Hand am Kinn, die Wand vor sich betrachtete. „Ihr kommt gerade wie gerufen. Eliza, komm´ her und schau, was wir bewerkstelligen."

Fast ehrfurchtsvoll ließ sich Eliza in die Mitte des Raumes komplimentieren. Zusammen mit Melanie und Pit stellte sie sich hinter Edgar auf, um wie er die Wand zu begutachten. Eine Reihe von Bildern hing dort, gerahmt, verschiedene Größen, und zwar eine Auswahl ihrer Grafiken. Ihr wurde, obwohl es angenehm kühl im Gewölbe war, heiß im Gesicht.

„Hab´ alle schon gerahmt", erklärte Melanie. „Heute veranstalten wir ein Probehängen mit Beleuchtung. Ich habe vor, die zwei gegenüberliegenden Wände zu nehmen und die Wand hinter der Bühne. Wir sind also erst am Anfang, wie du siehst, aber es sieht gut aus, findest du nicht?

Eliza fühlte sich etwas unbehaglich, so im Licht des Interesses zu stehen. „Ich fühle mich wie vor einer Prüfung, auf die ich schlecht vorbereitet bin", meinte sie verlegen.

„Du hast Lampenfieber, meine Liebe", sagte Melanie aus Erfahrung. „Das wird noch schlimmer. Warte erst mal ab, bis du auf die Bühne treten und dich vorstellen musst."

„Sag´, dass das nicht wahr ist. Du machst Witze, oder?"

„Quatsch, ja. Zur Eröffnung der Ausstellung wird nur Peter Seibelt mit seiner Gitarre auf der Bühne sein. Gell, Edgar, du wirst ihn doch engagieren?" Sie legte Edgar von hinten eine Hand auf die Schulter. „Peter Seibelt ist Edgars Freund aus Kindertagen und umrahmt fast schon traditionell unsere Vernissagen. Pit, du kennst ihn ja bereits", fügte sie hinzu.

Edgar drehte sich zu ihnen um. „Hallo zusammen. Entschuldigt meine Ungehörigkeit. Eliza. Pit. Ja, so ungefähr", er verwies auf die behängte Wand, „stellen wir deine Grafiken aus. Das wird eine Ausstellung aus einem Guss. Wunderbar. Herrlich, wie die Tuschen im Licht zur Geltung kommen. Was noch fehlt, sind die Beschreibungen mit den Preisen und die Prospekte für die Werbung. Kommt aber noch, kein Problem."

Melanie bemerkte, dass Eliza recht befangen war. Sie dirigierte sie an die gegenüberliegende Seite, wo die Grafiken bereits an der Wand lehnten. „Wir müssen uns noch über die Preise unterhalten."

Edgar sagte zu Pit: „Komm´ mit vor die Tür, wir rauchen eine Zigarette."

Draußen fragte er: „Was steht an? Ihr seid doch nicht aus lauter Jux und Tollerei hier."

Pit schilderte ihm den Verlauf des Morgens. Der Anruf bei der Reederei *Braperm* in Wilhelmshaven; der Brief von der Versicherung betreffend eines Wohnmobils; der unergiebige Besuch bei Kommissar Lankau in Offenburg.

„Verstehst du, Edgar? Dieser Max Mahler stellt eine Gefahr für uns dar, erst recht seit er weiß, dass Roland Locher ein Wohnmobil besaß und es auf Eliza zugelassen hatte."

„Nun, ob er weiß, dass es auf Eliza angemeldet wurde, ist nicht sicher", bezweifelte Edgar.

Für Pit war das zu schwammig. „Für einen ehemaligen MAD-Mann dürfte es doch ein Kinderspiel sein, die Zulassungsstelle zu übertölpeln oder zu hacken. Stell´ dir vor, das gesuchte Gold befindet sich in diesem Wohnmobil. Wo sonst sollte es sein? Wir müssen es finden. Elizas Name, Edgar."

„Du sagst, Rita Böhringer hat heute frei?"

„Lankaus Vertreter sagte es. Dieser Lankau, stell´ dir vor, hält die Fälle für so gut wie abgeschlossen. Er wartet, bis sich sozusagen alle abgemurkst haben. Aber das hab´ ich dir ja schon berichtet. Das ist vielleicht eine Nulpe. Was der heute für eine Show abgezogen hat! Zum Vergessen, echt."

Müller und *Lydia* trabten herbei, die Augen auf Edgar konzentriert. Edgar hob einen Ball hoch, der im Gras lag und schleuderte ihn weit in den Garten. „Lauft!", rief er den Hunden zu, die davonstoben.

„Mit Lankau können wir keine Geschäfte machen", sagte Edgar dann. „Ich schlage vor, wir warten bis morgen. Ich habe sowieso vor, in die Direktion zu fahren, und wenn Rita wieder im Dienst ist, werden wir die Suche nach dem Wohnmobil ankurbeln. Eure Idee, einen Aufruf an die Öffentlichkeit rauszugeben, ist wahrscheinlich der einzige Weg, muss aber vom Staatsanwalt unterstützt werden."

„Okay, Edgar, gib uns auf jeden Fall Bericht."

„Ich will auch wissen, was aus der Verbindung Ballhaus/Heymann zu erwarten ist. Du erinnerst dich? Der Autoveredler und der Juwelenhändler. Es juckt mich unter der Kopfhaut, dass bei denen der Schlüssel zu der ganzen Misere steckt. Und ich möchte hören, ob und was Allgöwer aus dem Speicher der Drohne entschlüsseln konnte."

„Die Drohne", stöhnte Pit, „hab´ ich schon gar nicht mehr auf dem Schirm gehabt."

„Du hast halt auch nicht meinen Kopf."

„Am liebsten würde ich Eliza irgendwohin in Sicherheit bringen, aber sie wird natürlich ablehnen."

„Du liebst sie, oder?"

Pit nickte. „Wir werden übrigens heiraten. Und du bist mein Trauzeuge."

„Das ist ja famos, alter Schwede. Gratuliere. Das wird wahrscheinlich das Beste, was du je gemacht hast. Das muss ich gleich Melanie erzählen. Bleibt ihr zum Essen? Kalter Braten mit verschiedenen Soßen und Fladenbrot? Ganz leicht. Ist genug da."

Pit schmunzelte. „Und ich fürchtete schon, mit leerem Magen gehen zu müssen."

„Ist das nicht verrückt? Melanie will für die großen Grafiken sechshundertfünfzig Euro verlangen. Fünfhundert und vierhundert für die mittleren, und zweihundertfünfzig für die kleinen. Ist das nicht unverhältnismäßig hoch? Mir wurde schwindelig, als sie die Preise nannte." Sie fuhren, von Gengenbach kommend, auf der Talstraße von St. Paulsberg Richtung Grünweiler und hatten im Supermarkt eingekauft.

„Ich hab´ es ihr natürlich gleich verraten müssen, das mit unserer Hochzeit. Gleich, nachdem du mit Edgar die Galerie verlassen hast. Sie hat sich so für uns gefreut."

„Das ging mir doch mit Edgar genauso", erwiderte er. „Was die Preise angeht: Melanie wird schon wissen, was die Grafiken wert sind. Sie will sicher keine Ladenhüter ausstellen und hat ein Gespür dafür, was bei den Leuten ankommt und was sie zu zahlen bereit sind. Qualität hat ihren Preis und Kunst ist die neue Währung. Alle Welt deckt sich mit Kunst ein."

„Die Armen ausgenommen."

„Die Armen ausgenommen, richtig, wie bei allem, das man nur mit Geld kaufen kann."

Sie näherten sich Grünweiler und der Bushaltestellte, nach der die Straße *Im Hahnenfuß* zu ihrem Haus in den Wald abzweigte. In der Haltebucht stand ein mattschwarz lackierter Audi Kombi. Pit trat auf die Bremse. War das der gleiche Wagen, den er bei seiner halsbrecherischen Rollerfahrt vor ein paar Tagen gesehen hatte? Langsam rollte er hinter das Auto und hielt an. Pit stieg aus, schaute sich um. Keine Menschenseele zu sehen. Eliza rief ihm etwas zu, doch er verstand sie nicht richtig. Er versuchte, ins Innere des Audi zu spähen, doch die Scheiben waren aus dunklem Glas. Er prüfte einen Türgriff: abgeschlossen. Eliza rief wieder, diesmal aus dem geöffneten Fenster. „Pit, lass´ das bitte. Komm´ wieder her. Das macht mir Angst."

Pit kehrte zum Citroën zurück. „Kannst du dir mal die Autonummer merken oder aufschreiben? Es kann harmlos sein oder auch nicht. Aber es gefällt mir nicht, dass es ein schwarzer Kombi ist. Wenn Edgar morgen bei der Böhringer ist, soll er die Nummer überprüfen lassen."

Eliza verhielt sich irgendwie blockiert, schien in Gedanken gefangen.

„Du hast Angst, nicht wahr?", fragte er fürsorglich.

Sie nickte stumm.

„Weißt du was? Wir rufen, sobald wir im Haus sind, Edgar an und geben ihm die Autonummer. Dann packen wir unsere Siebensachen und bringen uns in Sicherheit. Wir fahren für ein paar Tage zu Geraldine und Mila in die Schweiz. Solange dieser irre Typ noch auf freiem Fuß ist, ist es sowieso besser, die beiden bleiben wo sie sind. Ich meine wegen ihres geplanten Besuchs bei uns. Zu gefährlich. Na, wie findest du das?"

„Und *Pepsi*? Wir können sie doch nicht mitnehmen."

„Mensch, an die hab´ ich gar nicht gedacht. Hm, und wenn wir Genevieve bitten, dass sie zweimal am Tag nach ihr schauen und Futter hinstellen soll? Wir hinterlegen ihr einen Schlüssel."

Sie schaute ihm in die Augen. „Ja, das ist gut, Pit", sagte sie. „Danke, dass du das für mich tust."

Er lächelte und trat aufs Gaspedal. „Wunderbar. Juchuuu! Geraldine, Mila, wir kommen!"

18. Juli 2022

Metalle waren gefragt. Willi Lambert wusste das. Musste es wissen, denn er betrieb seit fünfzehn Jahren den sogenannten *Schrottplatz* und konnte gut davon leben. Er verdiente keine Reichtümer, aber er konnte sich immerhin einen Angestellten leisten und dem einen Stundenlohn bezahlen, der über dem Mindestlohn lag. Er rechnete tatsächlich nach Stunden ab, denn der Angestellte teilte sich die Arbeit, je nach körperlicher Verfassung, selber ein. Montags, also heute zum Beispiel, brauchte er keine Stunden aufzuschreiben, denn Emil, wie der Angestellte hieß, machte seit Jahren traditionell an Montagen frei. Willi Lambert kümmerte das nicht, denn er hielt diese Unregelmäßigkeit wiederum für eine Regelmäßigkeit, mit der er umgehen konnte. Sonst gab es keinen Grund, über Emil zu klagen. Der brauchte ein Metall oder eine Legierung nur von weitem zu sehen, und schon wusste er, auf welchen Haufen es gehörte. Manchmal, wenn er doch einen Zweifel hegte, roch er daran. Roch mit der Nase an dem Metall und lag mit seiner Bewertung meistens goldrichtig. Ein Phänomen. Heute war Emil nicht da.

Willi nannte sein Geschäft freilich nicht *Schrottplatz*, das klang so negativ und minderwertig, sondern *Metallverwertung Lambert*. Keines der Metalle, die er über das Gelände verteilt in riesigen Haufen lagerte, war quasi wertlos. Er sammelte alles, was er finden konnte oder das ihm angeliefert wurde. Er scheute sich nicht, mit seinem kleinen Laster durch die Gegend zu kutschieren, an jeder Schuttmulde unterwegs anzuhalten und diese höchstpersönlich nach Metallen zu durchwühlen. Kabel, Eckprofile, Leisten, Tür- und Fensterbeschläge, Gartenwerkzeuge, Gewindestangen, er warf alles auf die Ladefläche des Lasters und karrte es nach Hause, machte es zu Geld.

Das Gelände lag am äußersten Rand des westlichen Industriegebietes. Es war umzäunt, verfügte über eine Einfahrt mit Tor, Kette und Vorhängeschloss, und beherbergte zwei ältere, dafür geräumige Hallen, in denen er seltenere oder wertvollere Metalle lagerte. In einer Ecke hatte er ein einfaches Büro eingerichtet, das trotzdem mit Computer, Multifunktionsdrucker und einem Fernsehgerät ausgestattet war. Das Gelände und die Hallen, übrigens mit schweren Schiebetoren verschließbar, hatte er vor sechzehn Jahren einem Busunternehmer günstig abgekauft, weil es jenem zu abseits gelegen war und er sich zentraler aufstellen und ohnehin modernisieren wollte. Sechs Busse waren damals in den Hallen untergekommen, womit man in etwa eine Größenvorstellung davon bekam.

Zweimal im Jahr, einmal im Frühling und einmal im Herbst, fuhr Willi mit Emil, dem vollbeladenen kleinen Laster und einem vollbeladenen Anhänger nach Rumänien. Emil, selber Deutschrumäne, hatte ihm von der Not rumänischer Handwerker berichtet, denen es an Kupferkabeln mangelte. Ebenso waren die Kanten- und Eckprofile bei Gipsern und Maurern begehrt. Willi belieferte also die Handwerker mit der Mangelware und verlangte einen Spottpreis dafür. Ein Drauflegegeschäft für ihn, aber es machte ihm Spaß, nicht zuletzt, weil er unkomplizierterweise für gut eine Woche bei einer alleinstehenden Frau unterkommen konnte, die ihn herrlich bekochte und ihm nebenbei ihre Schlafkammer öffnete. Er hatte sich schon daran gewöhnt.

Das Verlustgeschäft machte ihm nicht viel aus. Erstens blieb ihm Emil dadurch erhalten, und zweitens hatte er seit drei Jahren ein lukratives Nebeneinkommen, für das er sich kaum anzustrengen brauchte. Er hatte mittlerweile so viel auf die hohe Kante gelegt, dass er die *Metallverwertung* fast nur noch als Hobby betrieb. Es jedoch aufzugeben käme ihm nie in den Sinn.

Zeigte Willi Lambert in die eine Richtung eine überraschend soziale und warme Ader, war seine zweite charakterliche Eigenschaft das krasse Gegenteil davon. Er war ein kaltblütiges brutales Schwein, das vor keiner Abscheulichkeit zurückschreckte. Er verwandelte sich, sobald er von der Leine gelassen wurde oder man ihn entsprechend gewähren ließ, in kürzester Zeit in ein nach Blut lechzendes Ungeheuer, ohne Rührung oder Mitleid. Keine Perversion war ihm zu abartig. So geschehen in der Wohnung von Roland Locher, dem er ohne mit der Wimper zu zucken mit einer Lötlampe, seinem Lieblingswerkzeug, die Haut versengt und das Auge verdampft hatte. So geschehen mit Pit Ferman, dem er einfach die Hand auf den Tisch geschraubt hatte. Er hatte es tatsächlich bedauert, dass weitere seiner kreativen Aktionen mit der Lötlampe durch die überraschende Flucht dieser Schlampe Eliza verhindert worden waren.

Er war etwas verunsichert, wie feige Menschen es oft sind, wenn ihnen Ungemach droht. Willi Lambert war ein solcher Feigling, der die Feigheit hinter der Brutalität versteckte. Dons gewaltsamer Tod war ihm nicht entgangen, und wie er aus einer seiner zutragenden Quellen erfahren hatte, war die Todesursache sozusagen spektakulär gewesen. Imponierend, wie er für sich bewertet hatte. Mit einer Bohrmaschine. Wie geil ist das denn? Dass aber jemand aus seinem näheren persönlichen Umfeld davon betroffen war, gab ihm zu denken. Es lag ein gewisses Unheil in der Luft, das er nicht richtig einordnen konnte. Wer konnte bloß Interesse an Don gehabt haben? Die Ungewissheit machte ihn nervös.

Vielleicht sollte er auf Dagos Empfehlung hören, der vor knapp einer Woche angerufen und gesagt hatte, dass er, Dago, sich für eine Weile aus der Schusslinie ziehen würde, und er solle sich das auch überlegen, seinen Laden dicht zu machen. Die Lage sei brenzlig, zumal auch Micky von der Polizei festgenommen worden war. Aber Dago hatte gut reden. Der besaß ein Ferienhaus an der Algarve in Portugal. Er aber besaß nichts dergleichen. Wegen Micky machte er sich keine Sorgen. Der würde schweigen wie ein Grab, so wie es das eherne Gesetz der Bande verlangte. Oder sollte er vielleicht doch die fällige Fahrt nach Rumänien vom Herbst in den Sommer vorverlegen? Schließlich werden Kupferkabel immer gebraucht.

In einer Stunde würde er Feierabend machen. Unschlüssig stand er in der Halle neben dem Büroverschlag und schaute nach draußen. Er könnte doch jetzt schon ein Bier vertragen? Es sah nicht danach aus, als würde heute noch Kundschaft auftauchen. Er drehte sich um, um aus der Kiste hinter dem Büro eine Flasche Bier zu holen. Als er mit der Flasche in der Hand ins Büro gehen wollte, sah er im Gegenlicht unter dem Hallentor die schwarze Silhouette eines Mannes.

Nanu? Doch noch ein Kunde? Weder hatte er ein Fahrzeug gehört noch trug der Mann etwas in den Händen.

„Kann ich Ihnen helfen? Suchen Sie nach etwas Bestimmtem?"

Der Mann kam näher. Willi Lambert sah, dass er eine blaue Baseballkappe und eine Umhängetasche trug, in die er hineingriff.

„Nach allem, was ich weiß, müsstest du Goofy sein", sagte der Mann.

Willis volle Bierflasche knallte auf den Boden und zerbrach.

19. Juli 2022

Edgar Schaaf traf Rita Böhringer an der Kaffeemaschine im Flur der ersten Etage in der Polizeidirektion. Es war halb zehn Uhr. Sie rümpfte die Nase, als sie ihn sah.

„Guten Morgen, Rita, bist du noch sauer?"

Sie winkte ab. „Sommerschnupfen. Hab´ ich mir wahrscheinlich gestern im Schwimmbad eingehandelt. Heute ganz ohne Hunde?"

„Melanie ist daheim. Kann ich mit dir reden?"

Sie ging ihm voraus in ihr Büro. „Lankau ist wieder da", raunte sie Edgar zu. „Er ist gestern Mittag wegen eines Migräneanfalls nach Hause gegangen, nachdem er morgens erst wieder zum Dienst erschienen war."

„Ach ja? Eliza und Pit haben mir erzählt, dass sie ihn am Vormittag noch gesprochen hätten."

Wieder winkte Rita ab. „War wohl nix mit Gespräch, wie gemunkelt wird. Was wollten sie überhaupt hier?"

„Deswegen komm´ ich." Edgar fummelte das Schreiben der Versicherung aus einer Tasche, das Eliza ihm gestern gegeben hatte, und legte es vor Rita auf den Schreibtisch.

„Hier. Roland Locher hat auf Elizas Namen ein Wohnmobil angemeldet und versichert." Er griff in die Innentasche seiner Sommerjacke. „Hier", sagte er und legte die zwei gefälschten Pässe auf den Tisch, die er in der Bar *Melone* erhalten hatte. „Roland Locher und Marion Zoike, alias *Paul Lehmann* und *Eliza Wohlbrecht*. Alles war für den Ausstieg vorbereitet. Am dreizehnten Juli wäre in Wilhelmshaven ihre Einschiffung nach Brasilien gewesen. Zwei Personen und ein Wohnmobil. Das heißt, dass das Wohnmobil existent ist."

„Das haben Eliza, Pit und du rausgefunden? Alle Achtung. Das bedeutet, irgendwo steht ein Wohnmobil herum, das auf Eliza zugelassen ist, und keiner holt es ab?" Sie erhob sich, machte von dem Versicherungsschreiben eine Kopie und händigte Edgar das Original wieder aus. „Die Pässe behalte ich hier."

„Ja, so muss es sein. Du kannst dir vorstellen, dass Eliza aus allen Wolken gefallen ist, als sie den Pass und das Versicherungsschreiben sah. Übrigens sind Eliza und Pit in die Schweiz gefahren. Es wurde ihnen hier zu gefährlich. Da hab´ ich noch eine Autonummer, die Pit gestern telefonisch durchgegeben hat. Das verdächtige Auto stand in der Nähe seines Hauses. Kannst du die bitte überprüfen lassen?"

Rita Böhringer nahm den Zettel mit der Autonummer und griff zum Telefon. Nach kurzer Zeit betrat ein uniformierter Polizist Ritas Büro. Sie reichte ihm den Zettel. „Mach´ doch bitte so bald wie möglich eine Halterabfrage, und erkundige dich, warum das Auto in Grünweiler war und was der Fahrer dort gemacht hat. Sag´ mir Bescheid, wenn du fertig bist. Auch telefonisch. Danke, Laurin."

Sie wandte sich wieder an Edgar. „Eliza und Pit haben sich also verkrümelt. Wegen des Wohnmobils?"

„Ja, klar", sagte Edgar. „Sie gehen davon aus, dass, wenn es ihnen relativ einfach gelungen ist, die Sache mit dem Wohnmobil rauszufinden, es dem Mörder ebenso gelingen wird. Durch die Zulassung auf Elizas Namen stehen sie dann plötzlich wieder an oberster Stelle seiner Liste. Viele Orte, wo das Gold versteckt sein kann, bleiben ja nicht mehr übrig."

„Hm, da ist was dran."

„Pit hat zwei Fußabdrücke fotografiert, die vom Besitzer der Drohne stammen dürften. Sie hatten vergangene Woche Besuch von einem Kerl mit blauer Baseballkappe, Sonnenbrille und Pistole, als sie sich gerade auf der Insel im See aufhielten. Die Beschreibung passt auf unseren Mann von den Friedhoffotos."

„Ja, Pit hat mich auch angerufen. Das wird immer mysteriöser. Der Kerl scheint nicht zu fassen zu sein."

Es klopfte kurz an Ritas Bürotür. Ohne Aufforderung trat Allgöwer ein, ein Laptop unter dem Arm.

„Oh, Edgar, das trifft sich gut. Ich habe die Daten der Speicherkarte aus der Drohnenkamera. Es sind keine Bilddateien, aber Geo-Daten. Also die eingespeicherten Aufträge, wohin die Drohne überall geflogen ist. Das ist interessant. Ich habe sie schon ausgewertet."

Er stellte den Computer ab und schaltete ihn ein. „Man kennt das ja aus der Seefahrt. Längen- und Breitengrade. Oder von Google-Earth. Hier zum Beispiel sind die letzten Geo-Daten. Pits Haus. Seht ihr? Punktgenau. Dort ist die Drohne ja abgestürzt. Davor sind es die Daten von Edgars Haus in Gengenbach. Die Drohne ist also auch über euer Grundstück geflogen, Edgar. Dann haben wir die Daten einer Firma hier in der Nähe. Rita, schreibst du bitte mal mit? Das ist die *Chin-E-Car*. nördlich vom Bahnhof. Das ist die Firma, die billige chinesische Elektro-Autos im großen Stil importiert. Inhaber ein Herr namens Leon van Ross. Dann sehen wir hier die Daten von Lukas Rapolders Werkstatt. Und als letztes sehen wir den Schrottplatz *Metallverwertung Lambert* im Industriegebiet West. Na, was sagt ihr dazu?"

„Das klingt ja beinahe nach Science-Fiction. Müssen wir uns wirklich mit solchem Hightech-Kram abgeben? Wo kommen wir denn da hin? Edgar, sei froh, dass du das nicht mehr mitmachen musst." Während sie das sagte, war Rita aufgestanden. „Ich schlage vor, ihr beide kommt gleich mit.

Fangen wir doch gleich mal mit der – wie heißt die nochmal? – *Chin-E-Car* an. Ich hoffe, du hast nichts Besseres vor, Edgar."

Rita öffnete rasch die Tür zum Nachbarbüro und streckte ihren Kopf hinein. „Allgöwer und Böhringer sind zu Ermittlungen außer Haus, Herr Lankau. Dauer ungewiss. Wir melden uns, sollte es länger dauern." Zu Edgar gewandt murmelte sie und zwinkerte mit einem Auge. „Musste ihm Bescheid sagen, weil, er ist der Kommissar."

Die Firma *Chin-E-Car* bestand im Wesentlichen aus einer riesigen Traglufthalle, die wie ein gestrandeter Zeppelin nördlich des Bahnhofes auf freigewordenem, ehemaligem Bahngelände angesiedelt war. Im Volksmund wurde sie auch Frühlingsrolle genannt. An der südlichen Stirnseite befanden sich die Geschäftsräume, die wie Wohncontainer übereinander gestapelt waren. Auf werbewirksames Auftreten war man offensichtlich nicht erpicht. Das Geschäft selbst sprach für sich. Wie Allgöwer erwähnt hatte, importierte die Firma Elektroautos aus China, die den europäischen Produkten preislich weit überlegen waren. Hauptsächlich handelte es sich um Kleinwagen, also die Serien, die, zum Beispiel von deutschen Autobauern, sträflich vernachlässigt wurden. Das Geschäft boomte. Im Pendelverkehr legten im Kehler Rheinhafen zweimal pro Woche Frachtschiffe aus Rotterdam an, die mit je sechzig Autos beladen waren. Die Autos wurden, kaum dass sie die Traglufthalle am Bahnhof gesehen hatten, schon wieder verkauft.

Auf dem Weg dorthin referierte Allgöwer: „Der Inhaber, Leon van Ross, neununddreißig Jahre, ist gebürtiger Belgier, genauer gesagt Flame. Er hat die Firma vor vier Jahren gegründet. Läuft angeblich wie geschmiert. Kein anderer setzt so viel um wie er. Er muss mittlerweile stinkreich sein."

Ritas Handy klingelte. Sie meldete sich über die Frei-sprechanlage: „Laurin, das ging aber schnell. Ich höre."

Aus dem Lautsprecher quakte seine Stimme: „Das Auto, ein Audi 8, ist auf das Wasserwirtschaftsamt Freiburg zuge-lassen. Ein Mitarbeiter hat gestern die Staumauer, den Deich und den Abfluss eines kleinen Stausees in den Rothbach in Grünweiler kontrolliert."

„Danke Laurin. Das war's schon."

Edgar hakte im Geiste diesen Punkt ab. Das Auto, das Pit gestern quasi in die Flucht geschlagen hatte, hatte nichts mit *Mighty MaMa* zu tun. Ich werde ihm das bei Gelegenheit mitteilen, dachte er.

Als sie auf die Büros der *Chin-E-Car* zugingen, war Edgars erster Gedanke: Minimalistisch. Angesichts der Traglufthal-le dagegen: Gigantisch. Er fragte sich, was dieser Gegensatz über den Inhaber der Firma aussagen mochte. Was war ihm wichtig? Oder wurde das allein durch den optischen Ein-druck dokumentiert?

Es gab so etwas wie einen Empfangscontainer, der sich von den anderen dadurch unterschied, dass er eine doppel-flügelige Eingangstür aufwies. Direkt dahinter traf man auf eine Art Tresen, neben dem eine Sitzgruppe mit einem nied-rigen Tisch aufgebaut war. Ein junger Mann mit asiatischem Aussehen begrüßte sie in geschliffenstem Deutsch.

Rita zeigte ihren Polizeiausweis vor und bat, den Ge-schäftsführer zu sprechen.

„Leider ist Herr van Ross nicht im Hause", lächelte der junge Mann.

„Wann ist er denn wieder zu sprechen?"

„Oh, das kann ich leider nicht beantworten. Herr van Ross hat erst vor fünf Tagen seinen Urlaub angetreten. Wann er zurückkommt, hat er nicht hinterlassen."

„Aber Sie wissen, wo er seinen Urlaub verbringt?"

„Ja, gewiss. Herr van Ross hält sich in seinem Ferienhaus in Portugal auf."

Rita zückte eine Visitenkarte und hielt sie dem jungen Mann entgegen. „Wenn Herr van Ross zurückkommt, soll er mich unverzüglich anrufen."

„Gewiss doch", sagte der junge Mann lächelnd. „Auf Wiedersehen."

„Vor fünf Tagen?", resümierte Allgöwer, „das war beinahe unmittelbar nach Bekanntwerden von Xavier Ballhaus' Ermordung. Ist es verwerflich zu denken, dass sich da einer in Sicherheit gebracht hat?"

„Denken darfst du alles, Allgöwer, aber es nützt uns nichts", stellte Rita klar. „So. Ich glaube, Rapolders Werkstatt können wir uns schenken. Fahren wir, wohin, Allgöwer? Industriegebiet West? Wie heißt die Firma?"

„*Metallverwertung Lambert.* Du fährst und ich sag´ dir, wo´s lang geht."

Edgar hüstelte: „Der Rapolder. Hat der eigentlich schon irgendwas geäußert?"

Rita schüttelte verneinend den Kopf. „Keinen Piep. Aber der Staatsanwalt lässt ihn nicht laufen, auch wenn sein Rechtsanwalt noch so sehr tobt. Fluchtgefahr."

Sie fuhren über den Autobahnzubringer Richtung Autobahn, bogen jedoch vorher rechts ab, unterquerten den Zubringer über eine Schleife und gelangten bald an die äußeren Ränder des Industriegebiets.

„Übrigens hat die Firma Ballhaus in Karlsruhe bestätigt, dass sie im November vergangenen Jahres im Auftrag Henry Heymanns dessen Jaguar zu einem rollenden Tresor umgebaut hat. Das wolltest du doch wissen, Edgar."

„Du doch auch, Rita, oder nicht? Somit hast du die Verbindung zwischen Heymann und Xavier Ballhaus. Es wäre interessant zu erfahren, was Heymann dazu zu sagen hat. Besonders, wenn er auf die Goldbarren angesprochen wird."

„Wir können ihm ja einen Besuch abstatten, wenn du Lust hast. Ich werde mal unverbindlich wegen eines Termins bei ihm anklopfen. Er hatte immerhin den Juwelenraub angezeigt. Sind wir bald da, Allgöwer?"

„Da vorne rechts muss es sein. Dort wo der Maschendrahtzaun beginnt. Man sieht schon die Metallhaufen", beschrieb Allgöwer. „Siehst du das Tor? Halt´ an, ich steig aus und drück´ es auf."

Rita tat wie ihr geheißen, passierte die Einfahrt und stellte den Wagen nach ein paar Metern ab. Der Boden des Geländes war unbefestigt, aber trocken. Bei Regen würde er sich in eine Schlammwüste verwandeln. Rita und Edgar stiegen aus, sahen sich um. Links der Einfahrt türmten sich mehrere Metallberge in Reihe. Frontal vor ihnen standen zwei geräumige Hallen mit breiten Schiebetoren. Das Tor der rechten Halle stand offen. Die Außenmauern waren aus grauen Hohlblocksteinen hochgezogen, die Dächer waren mit rostigen Wellblechen bedeckt.

Allgöwer, der die Einfahrt geöffnet hatte, trat hinzu. „Sieht aus, als wäre niemand da."

„Na, dann schauen wir uns mal ein bisschen um", sagte Rita und stapfte vorwärts auf die offene Halle zu. Edgar folgte ihr. Allgöwer strebte zu der linken Halle.

„Hallo?", rief Rita in die Halle hinein. „Polizei!"

Edgar entdeckte in der rechten Ecke einen Verschlag aus Spanplatten, versehen mit einem Fenster und einer Tür. Die Tür stand halb offen. Ein Büro? „Rita", sagte er und winkte sie herbei. Rita folgte seinem Wink, stieß mit dem Fuß gegen etwas, das wie Glas klirrte. Auch Edgar sah es nun.

„Glasscherben," warnte er sie, „pass auf, wo du hintrittst." Rita wich einer Pfütze am Boden aus, die nach abgestandenem Bier stank, und war bei der Tür angekommen.

„Hallo?", rief sie nochmal und drückte vorsichtig die Tür auf, spähte in den Raum.

Edgar, der sich hinter Rita befand, erkannte sofort an ihrer Reaktion, dass sie etwas Schreckliches entdeckt haben musste, denn sie wirbelte herum, drängte sich an Edgar vorbei, die Hand vor dem Mund, und hastete aus der Halle ins Freie. Das Blickfeld war nun für Edgar frei. Er wusste sofort, als er die Menge an Blut auf dem Boden registrierte, dass dem Mann, der auf einem Stuhl in diesem Büro saß, nicht mehr zu helfen war.

Edgars Blicke scannten in Windeseile den Schreibtisch und die Innenwände des Büros ab, erfassten Computer, Drucker, Schreibtisch und Fernsehgerät, sowie massenhafte Abbildungen halbnackter Pin-up-Girls an den Wänden, und er wandte sich dann ab, um nach Rita zu schauen zu. Sie schien sich jedoch bereits gefangen zu haben, denn sie stand vor dem Tor und sprach ins Telefon.

Allgöwer hatte es geschafft, das Schiebetor der linken Halle einen Spalt weit aufzudrücken und hatte sich hindurchgequetscht. Zuerst fielen ihm nur weitere Haufen sortierter Metalle auf, die in der Halle lagerten. Am hinteren Ende machte er allerdings eine Entdeckung, die ihn faszinierte. Beflügelt eilte er zum Hallentor zurück und rief von dort aus nach Rita und Edgar.

„Kommt mal hier rein. Das müsst ihr gesehen haben."

Rita lehnte ab. „Ich warte hier auf den Doktor und deine Mitarbeiter von der KTU. Geht ihr voran. Ich komme dann später hinzu."

„Bis der Dok und die Kollegen da sind, dauert es mindestens eine viertel Stunde. Komm´ her und schau es dir an", beharrte Allgöwer.

Rita und Edgar zwängten sich durch den Spalt und folgten Allgöwer in die Halle, bis er stehen blieb und vorwärts deutete.

„Seht euch das an. Das ist der ultimative Durchbruch."

Er hatte recht. Dort, am hinteren Ende, stand ein schwarz lackierter Unimog mit einem merkwürdigen Werkzeugaufsatz an der Frontseite, wie er sicher nicht zur Ausrüstung ab Werk gehörte. Das Werkzeug glich einem überdimensionalen Korkenzieher mit sich verbreiternder Spirale. Zwei weitere, auswechselbare Werkzeuge lagerten seitlich des Fahrzeugs. Eines glich einer riesigen Greifzange mit krallenartigen Zangenenden, das andere einer monströsen Schere, jedoch nicht zum Schneiden, sondern zum Spreizen. Aus den Werkzeugen wie aus der Frontseite des Unimogs ragten diverse hydraulische Schläuche. Markant war auch die Stahlschiene, die unter dem Unimog verlief. Auf ihr konnte man nicht nur die Werkzeuge anbringen, sondern sie war auch mit Zähnen versehen und konnte durch einen Zahnradantrieb bis auf drei Meter Länge nach vorne geschoben werden. Auf der Ladefläche des Unimogs war ein Hydraulikmotor montiert, und es lagen mehrere Betonquader daneben, um das Gewicht des Fahrzeugs zu erhöhen.

Mindestens ebenso interessant war, was fein säuberlich hinter dem Unimog aufgestapelt lag. Geldautomaten. Geplünderte Geldautomaten. Mit dem Unimog und den Werkzeugen aus den Wänden, aus den Halterungen gerissen und hier in der Halle aufgebrochen. Acht Stück.

„Das ist das Ende der Geldautomatenbande und das Ende der Blitzeinbrüche", triumphierte Allgöwer und streichelte beinahe liebevoll die Werkzeuge. „Das lässt das Herz jedes Technikers höher schlagen. Der Unimog. Ich wette, dass auch der Motor frisiert ist. Seht die riesigen Reifen. Rita, das ist dein größter Ermittlungserfolg."

„Leider haben wir wieder ein Opfer, Allgöwer. Auf dich und deine Männer kommt eine Menge Arbeit zu. Ich muss jetzt raus und die Leute einweisen. Am besten, du kommst gleich mit. Der Staatsanwalt wird kommen und Claus Richter vom LKA ebenfalls."

„Dann ziehe ich mich für heute zurück", meinte Edgar.

„Nein, Edgar, bleib´ bitte hier. Es ist mir wohler, wenn du in der Nähe bist."

„Also gut. Ich bleib´ in der Nähe, auch auf die Gefahr hin, dass Claus Richter im Dreieck springen wird. Kleiner Tipp, Rita: Nimm ein Notizbuch und schreib´ alles auf, was man dir zuträgt, wer es dir sagt, was du tust oder wem du etwas anordnest. Dann vergisst du nichts."

„Danke, Edgar."

Nach zwei Stunden fuhren Rita Böhringer und Edgar zurück in die Stadt. Allgöwer würde noch für einige Zeit beschäftigt sein. Er hatte einen Abschleppdienst bestellt, der den Unimog mit den Werkzeugen und die Geldautomaten auf das Gelände der Polizeidirektion transportieren sollte, wo die kriminaltechnischen Untersuchungen durchgeführt werden würden. Die Spuren um den blutigen Tatort musste er allerdings vor Ort sicherstellen. Er war wirklich nicht zu beneiden, aber das war nun mal sein Metier.

Claus Richter, der nur kurze Zeit am Tatort war, um sich lediglich einen Überblick zu verschaffen, hatte Edgar Schaaf bloß schräg von der Seite angeguckt, als er ihn auf dem Gelände bemerkte, enthielt sich jedoch jeden Kommentars. Nach einigen Worten mit dem Staatsanwalt hatte er sich in den Dienstwagen gesetzt und war davongebraust. So hatte er nicht mehr mitbekommen, wie ein Mann, der sich Emil nannte, auf dem Gelände erschienen war und sich als Gehilfe und Angestellter des Firmeninhabers Willi Lambert ausgab.

Rita chauffierte Edgar zum Bahnhof, wo er in die S-Bahn umsteigen würde. Sie hatten während der Fahrt kaum miteinander geredet. Edgar war feinfühlig genug, sich mit Kommentaren und Ratschlägen zurückzuhalten. Er erinnerte sich an ein geflügeltes Wort: *Auch Ratschläge sind Schläge*. Wie es in Rita Böhringers Kopf augenblicklich zuging, konnte er nur allzu gut nachvollziehen. Die Masse an Informationen war erdrückend, und wenn in solchen Momenten Störfeuer von der Seite auf einen niederprasselte, sorgte es im besten Fall nur für Verwirrung, im schlechtesten Fall für Vergessen. Und das Vergessen war für einen Kriminalisten gleichbedeutend mit Unzulänglichkeit. Ein Wunder, dass Rita den Dienstwagen in dieser Situation geradeaus steuern konnte.

„Danke nochmal für deine Unterstützung, Edgar. Es ...es ...es ist sehr wichtig für mich, einen Rückhalt zu haben. Also danke."

„Nichts zu danken", lächelte er sie an. „Schreib´ dir einfach immer alles auf. Was du hast, was zu erledigen ist. Auch die Gedanken, die dich umtreiben. Es vermittelt einem jedes Mal ein gutes Gefühl, wenn man etwas durchstreichen oder abhaken kann, verstehst du? Betreibe es mit System. Das ist nicht altmodisch, sondern deine persönliche Datenbank. Eine Bitte habe ich noch, dann darfst du fahren. Das Wohnmobil. Es muss irgendwo sein. Ohne Einbeziehung der Öffentlichkeit wirst du es nicht finden. Man darf es nicht unter den Tisch fallen lassen, auch wenn heute die Serie der Geldautomatenraube und der Blitzeinbrüche aufgeklärt wurde. Das musst du bei Claus Richter und dem Staatsanwalt durchboxen, wenn sie nicht von alleine darauf kommen. Und sonst: Gute Arbeit, Rita. Du wirst eine tolle Kommissarin werden."

Sie pustete die Backen auf. „Alles klar, Edgar. Ich ruf´ dich an, wann wir zu Henry Heymann nach Pforzheim fahren können. Bis dann!" Sie legte den ersten Gang ein, wartete eine Lücke im Verkehr ab und brauste davon.

Edgar schaute ihr nach, bis sie um die nächste Kurve gebogen war. Dann strebte er dem Bahnsteig seiner S-Bahn nach Gengenbach zu und fühlte sich eigenartig beschwingt. Er verspürte eine Wiedersehensfreude auf Melanie, auf *Müller* und *Lydia*, die Lust auf einen Spaziergang mit den dreien und darauf, im besten Straßencafé der Stadt ein gewaltiges Eis zu essen.

*

Wer im Hochsommer bei brütender Hitze und voller Sonneneinstrahlung mit einem Citroën Typ H Wellblechkarosserie weite Strecken zurücklegen will, dessen Liebe zum Fahrzeug muss weit größer sein als die Angst vor einem Hitzschlag. Pit liebte seinen Citroën, weshalb er sich auf keine Diskussionen über die Vorteile einer Klimaanlage einließ und die Sturzbäche an Schweiß leidend, aber still, über sich ergehen ließ. Dabei saß er auf der Fahrt am späten Montagnachmittag nach Solothurn in der Schweiz auf der sonnenabgewandten Seite. Eliza hatte dieses Glück nicht. Durch ihr Seitenfenster brezelte die nach Westen wandernde Sonne voll auf ihren Sitz, bis sie es nicht länger aushielt und eine Zeitung als Sonnenblende in die Beifahrertür klemmte.

Genevieve würde die Glückskatze *Pepsi* versorgen, das hatten sie vor Abfahrt telefonisch arrangiert, und Genevieve hatte bei dieser Gelegenheit den Wunsch geäußert, mit ihrem Albert im See baden zu dürfen.

Die Fahrt war angenehmer geworden, als sie den Gebirgszug des Schweizer Jura durchquerten und in den schattigen Tälern durchatmen konnten. Den Stadtrand Solothurns, wo Geraldine mit Mila wohnte, erreichten sie gegen Abend. Die Sonne stand tief und der Horizont glühte wie kochender Stahl.

Mila kannte Eliza natürlich noch nicht, aber sie zeigte vor ihr keine Scheu. Ihre Logik war denkbar einfach: Wenn der Papa der Mama ihr Opa war, dann war die Frau an Opas

Seite die Oma. Eliza trug ihren Titel mit einem Lächeln und mit Stolz, ließ sich konsequent auf das Dauerbombardement von Milas Fragen ein und hatte das Herz der Kleinen im Handumdrehen gewonnen. Sagenhaft. Das war gestern gewesen.

Geraldines Wohnung am Stadtrand war klein, drei Zimmer, war aber mit einer ausziehbaren Couch eingerichtet, sodass nachts für alle genug Platz vorhanden war. Mila wollte unbedingt neben Eliza schlafen, durfte nicht, weil Mama es untersagte, zog beleidigt in ihr Zimmer, um sich irgendwann im Laufe der Nacht doch zu Eliza ins Bett zu schmuggeln. Eine große Liebe war geboren.

Geraldine betrieb zusammen mit einer Freundin ein eigenes Büchercafé mitten in Solothurns Altstadt, nicht weit von dem Fluss Aare entfernt, der die Stadt durchfließt. Das Büchercafé, ein erfüllter Lebenstraum, sicherte nur einen bescheidenen Lebensstandard. Doch Geraldine war nicht die Streberin nach materiellem Glück und Besitz. Für sie zählte es mehr, Teil und Gestalterin einer mannigfaltigen sozialen Brutstätte zu sein. Ihr Laden war die Begegnungsstätte aller gesellschaftlichen Schichten, wobei alle ihren Stand an der Ladentüre abgaben. Sie duldete weder politische noch religiöse Plakate oder Prospekte, dafür warb sie für Hilfsorganisationen, über deren Uneigennützigkeit sie eingehend recherchiert hatte. Ihre Freundin war für die Versorgung mit Kuchen zuständig, buk die meisten selbst. Zudem brühte sie die besten Kaffees der Stadt. Die Bücher, gebrauchte Exemplare, einmal gelesen, die drei Wände des Ladens einnahmen, wurden den beiden Frauen gespendet.

Da in der Schweiz die Sommer-Schulferien traditionell im Juli stattfinden, war es Geraldine sehr recht, dass Oma und Opa für Mila da sein konnten, denn sonst hätte sie die Kleine mit ins Büchercafé nehmen und dort unterhalten müssen. Oma und Opa aber würden sie heute auf einen Ausflug mitnehmen. Und morgen ginge es in den Zoo. Und übermorgen? Und überübermorgen?

„Wie lange bleibst du, Oma?", schlang das Mädchen die Arme um Elizas Hals.

Eliza schmolz dahin und schaute Pit tief in die Augen.

20. Juli 2022

Ritas erste Handlung am Mittwochmorgen war gewesen, Emil, den Angestellten Willi Lamberts, als Täter auszuschließen. Von ihm waren zwar jede Menge Fingerabdrücke am Tatort und übers Gelände verteilt gefunden worden, was jedoch durch sein Beschäftigungsverhältnis erklärt wurde. Ansonsten war er ein gutmütiger, harmloser Kerl, dessen Leben sich hauptsächlich zwischen den Metallhaufen und seiner Stammkneipe abspielte.

Was Dr. Brenneis, der Pathologe des gerichtsmedizinischen Instituts, zu berichten hatte, deckte sich weitgehend mit den dokumentierten Verletzungen Xavier Ballhaus'. Der Körper Willi Lamberts war an mehreren Stellen durch eine runde Bohrklinge mit einem Durchmesser von mindestens acht Millimeter und einer Länge von zehn Zentimeter perforiert. Die Menge an Verwundungen führte zu dem Blutverlust, der letztlich Lamberts Tod bedeutete. Am Kopf trug er eine tiefe Wunde, die durch einen Schlag mit einer Eisenstange verursacht worden war, die in der Nähe des Büros in der Halle gefunden wurde. Die Todeszeit legte Dr. Brenneis auf den Montag, achtzehnter Juli, zwischen siebzehn Uhr und neunzehn Uhr fest.

Für den späteren Nachmittag waren die Eltern Willi Lamberts zur Identifizierung des Leichnams angekündigt. Rita

Böhringer hatte den Freiburger Kollegen Wilhelm Henckel, wie sich herausstellte ein Freund Edgar Schaafs, gebeten, den Eltern die traurige Nachricht zu überbringen. Henckel hatte sich selbstlos dazu bereit erklärt und auch die Fahrt mit den Eltern, die in Riegel am Kaiserstuhl wohnten, zu übernehmen.

Allgöwer lieferte interessante Erkenntnisse. In der Fahrerkabine des sichergestellten Unimogs fand sich ein Fingerabdruck Roland Lochers. An den acht Geldautomaten konnten ebenfalls Fingerabdrücke gesichert werden, und zwar von Willi Lambert, Lukas Rapolder und Xavier Ballhaus. Die Bande war, wohl in ihrer Euphorie über die gelungenen Raubzüge, im Endeffekt nicht mehr ganz so vorsichtig mit der Vermeidung ihrer Spuren gewesen.

Im Türbereich zu Lamberts Büro fotografierte Allgöwer einen deutlichen Schuhabdruck, der vermutlich durch Treten in die Bierlache davor entstanden war. Er stimmte mit einem der Schuhabdrücke überein, die Pit Ferman im Wald in der Nähe seines Hauses aufgenommen und Edgar Schaaf überspielt hatte.

In der Brusttasche von Willi Lamberts Overall war ein Handy gesteckt. Die gespeicherten Rufnummern wurden mit denen der mutmaßlichen anderen Bandenmitglieder verglichen, doch konnten nur drei zweifelsfrei zugeordnet werden, wobei es sich um die bekannten Namen handelte: Roland Locher, Lukas Rapolder und Xavier Ballhaus.

Lukas Rapolder indes hüllte sich noch immer in Schweigen. Doch Rita Böhringer, durch die positive Entwicklung der Fälle, zumindest was die Bandenkriminalität betraf, so richtig im Fahrwasser, ließ ihn dennoch in einen Vernehmungsraum bringen.

„Hallo, Herr Rapolder, wie geht es Ihnen?" Rita warf eine Mappe auf den Tisch. Rapolders linker Mundwinkel bog

sich nach oben, was ein überlegenes Lächeln andeuten sollte.

„Irgendwie kommen wir mit Ihnen nicht weiter", schnaufte
Rita. „Sie kosten uns bloß Tag für Tag eine Menge Geld.
Der Staatsanwalt und ich sind übereingekommen, dass wir
das Geld besser verwenden können und haben uns entschieden, dass sie gehen können."

„Wie gehen?", fragte Rapolder skeptisch.

„Na, diese Fortbewegungsart. Ein Bein vor das andere.
Gehen. Sie können nicht verlangen, dass Sie getragen werden. Bedingung ist: Sie dürfen die Stadt nicht verlassen."

Rapolder traute der Sache nicht. Er griff an die Tischkante
und hob in Zeitlupe das Hinterteil vom Stuhl. „Jetzt gleich?"

„Ja, ja, jetzt gleich. Nur eine Frage hätte ich noch." Rita
öffnete die Mappe, zog eine Fotografie daraus hervor und
schnippte sie zu ihm über den Tisch. „Kennen Sie diesen
Mann? Tut mir leid, dass wir kein hübscheres Foto von ihm
haben, aber so sah er zuletzt aus, als wir ihn gestern entdeckt
haben."

Das Foto zeigte Willi Lambert wie er aussah, als er auf
dem Stuhl in seinem Büro gefunden wurde. Rita beobachtete
jede Regung in Rapolders Gesicht. „Und kennen Sie diesen
Mann?" Rita schob ein Foto des durchlöcherten Xavier Ballhaus über den Tisch. Rapolders Augen flogen zwischen den
zwei Bildern hin und her. Sein Kehlkopf hüpfte, als müsse er
Kotze hinunterschlucken.

„Was soll das?", würgte er.

„Naja, wir wollten wissen, wen wir nach und nach aus der
Liste der Bande streichen können, die der Killer abarbeitet.
Er läuft leider noch frei herum. Also, wer sind diese Män-
ner?"

„Welcher Killer?"

Rita lächelte beinahe zärtlich. „Herr Rapolder, jetzt enttäuschen Sie mich. Der hinter den Bandenmitgliedern her ist. Wegen des Goldes:"

Rapolder rutschte unruhig mit dem Hintern auf dem Stuhl hin und her, leckte die Lippen.

„Ich will mit meinem Anwalt reden."

„Kein Problem, Herr Rapolder. Soll ich Sie zu ihm fahren? Sie wissen ja, Sie können gehen."

„Nein, nicht draußen. Der Anwalt soll herkommen. Ich will, dass er herkommt. Ich verlange Schutzhaft."

Gegen fünf Uhr nachmittags hatte Lukas Rapolder in Anwesenheit seines Anwalts, Rita Böhringers und des LKA-Mannes Claus Richter ein umfassendes Geständnis abgelegt, was die Geldautomatenraube und Blitzeinbrüche anging. Ferner gestand er den vom sonstigen Tatschema abweichenden Überfall auf den Juwelenhändler Henry Heymann im Frühjahr dieses Jahres auf einem Autobahnrastplatz der A5, wozu Xavier Ballhaus den entscheidenden Tipp geliefert hatte. Er gestand seine Beteiligung an dem unglücklichen Ausgang der Suche nach den Goldbarren bei Roland Locher und, dass er der Pistolenschütze war, der Eliza Wohlbrecht Ende Juni ins Bein geschossen hatte, um deren Flucht zu verhindern. Er nannte, wer in der Bande welche Rolle spielte. Zum Beispiel Roland Locher alias Dan, der für die Technik und Ausrüstung des Unimogs verantwortlich war. Willi Lambert, genannt Goofy, auf dessen Areal die Automaten geplündert wurden und der Unimog versteckt wurde. Xavier Ballhaus, bandenintern Don gerufen, in dessen Firma die Erfindungen Roland Lochers umgesetzt worden waren, der sonst jedoch mehr oder weniger Mitläufer war, und schließlich Leon van Ross, genannt Dago, der Kopf der Bande und Startkapitalgeber und Verbindungsmann zum Juwelenhehler in Strasbourg. Über sich selbst sprach Lukas Rapolder bescheiden als Micky.

Der Staatsanwalt veranlasste die sofortige Überführung Lukas Rapolders in Untersuchungshaft. Zudem erteilte er einen Hausdurchsuchungsbeschluss für die Firma *Chin-E-Car,* stellte einen internationalen Haftbefehl für Leon van Ross aus und gab die Order, unverzüglich die Aufenthaltsadresse Leon van Ross' in Portugal ausfindig zu machen und ihn im Amtshilfeverfahren durch die portugiesische Polizei festnehmen zu lassen.

Ritas letzte Frage an Lukas Rapolder lautete: „Kann es sein, dass Leon van Ross irgendwie in Besitz des Goldes gekommen ist und es in Portugal versteckt?"

Aber Lukas Rapolder meinte, er hätte für heute genug gesungen.

22. Juli 2022

Leon van Ross stand an der Brüstung seines Anwesens an der Algarve in Portugal, ein Glas Rotwein in der Hand, die Flasche zu seinen Füßen.

Es war die spektakuläre Aussicht gewesen, die den Ausschlag zum Kauf des Bungalows gegeben hatte. Das Gebäude selber war höchstens Durchschnitt, mittlere Preisklasse. Natürlich war es für den Preis nicht schlecht, aber hallo, doch war es in die Jahre gekommen, manche Kante abgestoßen, die eine oder andere Bodenfliese gesprungen oder abgeblättert, die eingebaute Küche abgegriffen und mit eindeutigen Gebrauchsspuren behaftet. Aber diese sagenhafte Aussicht. An Tagen mit besonders klarem Wetter konnte er bis an die südwestliche Spitze des europäischen Kontinents sehen. Einige Male am Tag ging er hinaus, am Pool vorbei, und trat an die Brüstung, über die er die Blicke schweifen ließ. Die Hänge direkt zu seinen Füßen leuchteten im Grün der Eukalyptushaine, gelegentlich durchbrochen von den abgeschossenen Farben irdener Dächer, wo andere Villen betuchter Menschen standen. Dazwischen ragten die grauen Kämme felsiger Grate heraus, die sich teilweise bis zum Meer hinunter und in dieses hinein zogen, schroffe Klippen, zwischen denen, falls sie bis zum Wasser vordrangen, sich feinsandige Strände erstreckten. Daneben, in Ufernähe, die Ansammlung von weißgekalkten Häusern, von Dörfern am Meer, aufgereiht wie Perlen an einer Kette, soweit das Auge reichte, und es reichte weit, sehr weit. Dann der Blick darüber hinaus, über den riesigen Ozean, der zu jeder Tageszeit eine andere Farbe anzubieten hatte, bis zur Krümmung der Erdkugel, um dahinter Madeira und die Inselgruppe der Azoren, oder noch weiter, die Karibik zu erahnen. Abends setzte er sich auf die Brüstung, eine Zigarre im Mund, ein Glas Rotwein in der Hand, bis die Sonne am Horizont verschwunden war. Die Luft war Tag und Nacht vom Duft des Eukalyptus geschwängert. Ein Sprichwort lautete: *Wer hier an Husten stirbt, muss es verdient haben.*

Noch weiter oben am Berg wohnten die Superreichen. Die wiederum waren so reich, dass sie eine eigene Clique bil-deten und nur mit Ihresgleichen redeten. Mit ihm also redeten sie nicht, aber das war ihm egal, so oft war er nicht hier. Leider. Noch war er nicht so weit, dass er für sich arbeiten lassen konnte. Mit seiner Importfirma für chinesische Elektroautos hatte er zwar das große Los gezogen, doch zur Ruhe setzen konnte er sich deswegen noch lange nicht, obwohl er den Betrieb straff und effizient ausgerichtet hatte. Er legte keinen Wert auf unnötigen Pomp oder allzu luxuriös ausgestattete Büro- und Empfangsräume. Er schickte seine Angestellten zwar nicht gerade aufs Dixi-Klo, aber wer brauchte schon ein besonderes Ambiente beim Scheißen? Nein, sein Stil der Reduzierung auf das Wesentliche kam an und der Erfolg gab ihm recht. Wer sich wohlfühlen wollte, sollte sich besser in einem Wellness-Hotel bewerben.

Er hatte es gekauft, nachdem er seine erste Million verdient hatte. Mallorca oder Ibiza hatten ihn nicht gereizt. Zuviel Tourismus dort, alles zu eng, alles dem schnellen Euro geopfert. Bis er diese Immobilie im Internet entdeckt hatte und umgehend nach Lissabon geflogen war. Die Algarve. Nicht an der Afrika zugewandten, sondern an der atlantischen Küste.

Er war Junggeselle aus Überzeugung, was ihn nicht davon abhielt, die freien Tage und Nächte in Gesellschaft junger Frauen zu verbringen. Seine aktuelle Begleitung hatte sich am Morgen von ihm nach unten in eines der Dörfer fahren lassen, wie bisher jeden Tag. Er hatte keine Ahnung, was sie dort trieb, und es interessierte ihn auch nicht. Hauptsache, sie rief ihn zu gegebener Zeit wieder an, damit er sie abholen konnte. Meistens war sie dann leicht beschwipst, was ihm entgegenkam, denn sie verhielt sich in lockerer Verfassung weniger zimperlich, wenn sie das tun sollte, weswegen er sie hauptsächlich mitgenommen hatte.

War es tatsächlich schon eine Woche, die er hier war? Wohl oder übel, dachte er und stolperte über das Wort *übel*, denn es stand sinnbildend für seinen außerplanmäßigen Aufenthalt. Normalerweise achtete er darauf, die Flüge nicht ausgerechnet dann zu buchen, wenn in Ferienzeiten halb Europa in den Süden flog. Er hasste Menschenmassen, es sei denn, sie wollten eines seiner Elektroautos kaufen, hahaha, was aber nicht der Fall war. Das Anstehen vor den Check-in-Schaltern war ihm ein Graus, erst recht das gnadenlose Ausgeliefertsein an die Touristen in den brechend vollen Fliegern. Zum ersten Mal hatte er sich deswegen für Businessclass entschieden, denn er hatte die vage Ahnung, dass jede Stunde, die er länger in Offenburg blieb, seiner Firma und speziell ihm nicht besonders gut bekommen würde.

Dass er mit seiner Deutung der Dinge im Nachhinein recht behalten hatte, trug nicht zu seiner Beruhigung bei. Begonnen hatte es mit der Ermordung Dons. Blitzschnell hatte er mit seinem analytischen Verstand die Zusammenhänge entschlüsselt, denn Don war es gewesen, der den Tipp auf den Juwelenhändler abgegeben hatte. Heute betrachtete er es als völlig logisch, dass der, dem das Gold gehört hatte, es nicht ohne Gegenwehr, wie auch immer, aufgeben würde. Wahrscheinlich war, dass Don gefoltert wurde, um die Namen der Bandenmitglieder preiszugeben. Dann war Micky von der Polizei verhaftet worden. Zunächst kein Grund, sich Sorgen zu machen, denn es galt das Schweigegelübde.

Gestern nun hatte der Prokurist seiner Firma ihm telefonisch mitgeteilt, dass die Polizei mit einem Durchsuchungsbeschluss die Geschäftsräume unter die Lupe genommen hatte. Die Durchsuchung an sich kümmerte ihn wenig, da würden sie kaum etwas finden. Seine Bücher in der Firma waren einwandfrei. Wichtig war die Botschaft, die dahinter steckte. Warum?

Es war der erste Anruf heute Morgen, der ihm Klarheit verschaffte. Ein Zöllner, mit dem er wegen der Import-autos häufig zu tun hatte, hatte ihm die Nachricht gesteckt. Goofy war ermordet worden, auf die gleiche Weise wie Don, und Micky muss daraufhin, aus Angst vor dem gleichen Schicksal, sein Schweigen gebrochen haben. Die Polizei wusste somit, wer und wo er war.

Im Prinzip musste er ab jetzt mit dem Erscheinen der portugiesischen Polizei rechnen. Freilich nicht sofort, denn so schnell reagierte der Beamtenapparat hierzulande nicht, aber doch in absehbarer Zeit. Darum war es gut, dass er sein Vermögen in Sicherheit gebracht hatte, was eine Flucht erheblich vereinfachte.

Er wurde aus seinen Gedanken gerissen, als er das gusseiserne Tor zur Hofeinfahrt quietschen hörte. Hoppla? Konnte es möglich sein, dass die Polizei seinen Aufenthaltsort doch schneller herausgefunden hatte, als er vermutete? Er stellte das Weinglas ab und spähte um die Hausecke. Dacht´ ich´s mir doch. So schnell schalten die Behörden hier nicht. Ein einzelner Mann mit blauer Baseballkappe ist nicht die Polizei. Er wird vielleicht einem Schluck Wein nicht abgeneigt sein. Leon van Ross ging ins Haus, um ein zweites Glas zu holen.

24. Juli 2022

Eliza hatte ein schlechtes Gewissen. Vor lauter *nichts wie weg* hatte sie ihre Arbeit vergessen. Peinlich in jeder anderen Situation, oberpeinlich, wenn die Chefs *Hoffmann und Wirz* hießen. Sie hatte von Solothurn aus angerufen und die Situation erklärt, hatte angeboten, spätestens am fünfundzwanzigsten die Arbeiten im Büro in Offenburg abzuliefern.

„Wenn wir am Sonntag gleich in der Früh losfahren, kann ich nachmittags noch an die Arbeit und sie am Montag dann als erstes abgeben. Sonst bin ich gefeuert."

Die kleine Mila hatte beim Abschied herzerbarmend geweint. Der Trost, bald wiederzukommen, wollte nicht greifen, und auch Eliza zerquetschte manche Träne. Also rissen sie sich förmlich los, füllten den Tank in der Schweiz mit günstigem Benzin und fuhren nonstop durch bis Grünweiler.

Pepsi war da, gottseidank, doch beschwerte sie sich lautstark. Mir Recht, wie Pit dachte. Eliza stürzte sich auf das Zeichenbrett und verließ es nur, um zu trinken und zu rauchen. So arbeitete sie ohne Unterbrechung bis abends um neun Uhr, um danach mit Pit die letzte dreiviertel Stunde die Wiederholung eines alten Tatort-Krimis anzuschauen. Danach war sie förmlich platt und Pit musste sie die Treppe hinauf ins Bett tragen.

Abgesehen von *Hoffmann und Wirz* und der liegengebliebenen Arbeit war die Woche in der Schweiz bei Geraldine und Mila ein voller Erfolg, besonders für Eliza. Ihr Umgang mit Mila brachte Seiten zutage, die sie von sich gar nicht kannte, und zwischen den beiden entwickelte sich ein großes Vertrauensverhältnis. Eliza war keine Frage zu viel, kein Spiel zu doof, und wenn es doch einmal zu überborden drohte, löste sie es durch ein geschicktes Manöver oder durch einen klugen Kompromiss. Es wurde den beiden nie langweilig, egal ob beim Spielen drinnen oder draußen. Sie brachten sich gegenseitig Lieder bei, und wo sie auch gingen oder spielten, ertönte ständig eine gesungene Melodie. Eliza war anzusehen, dass sie aufblühte und darüber alle bedrückenden Gedanken ausklammern konnte. Allerdings sank sie, sobald Mila endlich die letzte Geschichte gehört hatte und in den Schlaf gefallen war, total erschöpft aber glücklich an Pits Brust und von dort praktisch ohne längere Umwege ins Bett.

Pit hatte die beiden mit fasziniertem Staunen beobachtet. Im Gegensatz zu Eliza war er aber die Gewitterwolke im Kopf nicht in Gänze los geworden. Er wurde, sobald er sich mal davon befreit zu haben glaubte, durch irgendeinen lästigen Gedanken andauernd unliebsam ausgebremst, weshalb er ständig befangen wirkte. Elizas Frage, ob ihn etwas beschäftige, wiegelte er geflissentlich ab. Er war hier nicht die Hauptperson und er wollte durch sein reduziertes Auftreten keine schwarze Tinte ins klare Wasser gießen.

Mit dazu beigetragen hatte Edgars Anruf am Mittwochabend. Sein Bericht über die Ermordung Willi Lamberts am Montag und über das Geständnis Lukas Rapolders am Mittwoch war nicht der Stimmungsaufheller, den er vielleicht gebraucht hätte, und später war ihm eingefallen, dass er Edgar hätte bitten sollen, ihn nicht mehr in dieser Sache anzurufen. Aber so ist es, hatte er gedacht, die besten Antworten weiß man immer erst hinterher.

Dennoch war er froh, wenn auch nicht unbelastet, als sie gegen Sonntagmittag wieder auf die Lichtung mit ihrem Haus gefahren waren. Ein kurzer Imbiss, und Eliza hatte sich auf ihre Arbeit gestürzt. Pit war mit Laptop, Sonnenschirm, Wein und Zigaretten auf die Sitzbank vor der Haustür gezogen und hatte am Manuskript **Schaafsgold ...** weitergetippt. Irgendwann muss auch *Pepsi* gedacht haben, dass es genug sei mit beleidigt sein, und hatte sich im Schatten des Tisches auf seine Füße gelegt.

Den ersten Anruf Edgars kurz vor sechs Uhr hatte er weggedrückt. Komm´ mir bloß nicht wieder mit so ´nem Scheiß, hatte er geknurrt und sich trotzig und schwungvoll ein Glas Wein eingeschenkt, dass es überlief. Beim zweiten Anruf fünf Minuten später bellte er in den Hörer: „Edgar, was willst du?"

„Hoppla? Auf dem falschen Fuß erwischt?"

Pit knurrte etwas Unverständliches, das sich nicht übersetzen ließ.

„Nur kurz. Leon van Ross ist tot. Angeblich ist er stark alkoholisiert in seinem Pool in Portugal ertrunken."

„Wer, verdammt, ist Leon von Ross?"

„Nach Rapolders Geständnis ist er ...war er ... der Kopf der Bande. Spitzname ..."

„Dago."

„Genau. Seine Reisebegleiterin hat ihn am Samstagmittag im Pool seines Bungalows gefunden. Zwei leere Flaschen Kognak daneben, eine Flasche Wein, aber zwei gespülte Weingläser in der Küche. Die Frau sagte, dass sie keinen Wein getrunken habe."

„Diese Frau ..."

„Ja, hör´ zu. Gestorben ist er bereits am Freitagnachmittag. Diese Frau sagte, dass sie nicht dabei gewesen sei. Sie war irgendwo am Strand oder so unterwegs. Er hätte sie abends abholen sollen, habe auf ihre Anrufe jedoch nicht geantwortet. Deswegen habe sie die Nacht in einem Hotel verbracht. Als er am nächsten Morgen immer noch nicht ans Telefon ging, sei sie mit dem Taxi zum Bungalow zurückgefahren."

„Warum hat sie nicht am Abend gleich ein Taxi genommen?"

„Das weiß ich nicht, ich konnte sie ja nicht fragen. Vielleicht gab es eine entsprechende Absprache zwischen den beiden. *Wenn ich nicht ans Telefon gehe, dann störe mich nicht*, oder so ähnlich. Soll´s durchaus geben. Er war ja nicht irgendwie gesundheitsgefährdet, dass er permanente Überwachung benötigte oder ständig Lebensgefahr bestand."

„Ich wage es ja kaum zu fragen: Wurde Gold gefunden?"

„Darüber hat niemand etwas verlauten lassen. Wenn es kein Unfall war, hat möglicherweise derjenige das Gold, der aus dem zweiten Weinglas getrunken hat. Vorausgesetzt, Dago war in Besitz des Goldes."

„Was du nicht glaubst."

„Was ich nicht glaube", betonte Edgar zustimmend.

„Hm, dann sind es jetzt wohl alle, oder? Dan, Don, Micky, Goofy und Dago."

„Sieht so aus, Pit."

„Aber es ist nicht zu Ende?"

„Ich glaube eigentlich nicht, dass einer allein zwei Flaschen Kognak säuft und dann in den Pool hüpft."

Edgar hatte abschließend noch erwähnt, dass er morgen, Montag, zusammen mit Rita nach Pforzheim fahren und Henry Heymann interviewen werde. Und dass Claus Richter vom LKA seine Zelte bei der Polizeidirektion in Offenburg abgebrochen habe. Seine Vorgesetzten teilten mit ihm die Ansicht, dass es absolut keinen Sinn machen würde, einem Phantom, beziehungsweise dem Hirngespinst eines pensionierten Kriminalhauptkommissars hinterherzujagen, auch wenn dessen Name Edgar Schaaf war.

Danach hatte Pit den Laptop zugeklappt. Jeder Sinn für Rechtschreibung, Satzbau und Grammatik war mit qualmenden Hufen uneinholbar um die Hausecke galoppiert. Edgar konnte einem wirklich die Laune verderben, und er musste ein untrügliches Gespür entwickelt haben, wann dafür der beste Zeitpunkt ist. Na, danke, Edgar.

Plötzlich überfiel ihn Mattigkeit. Das frühe Aufstehen heute Morgen in der Schweiz, die lange Autofahrt, der Nachmittag quasi ohne die Unterhaltung mit Eliza, möglicherweise ein Glas Wein zu viel – er fühlte sich alt. Zudem hatte er das Gefühl, von unten her allmählich gegart zu werden, was er nicht ertragen konnte. Er schubste *Pepsi* von den Füßen und handelte sich prompt miauende Vorwürfe ein.

Misslaunig erhob er sich und stakste zum See, getraute sich mit vorsichtigen Schrittchen hinein, bis ihm das Wasser zu den Kniekehlen reichte. Höher wäre glatter Selbstmord, dachte er. Das kalte Wasser erzeugte sofortige Wirkung. Die dumpfe Stimmung hellte sich etwas auf. Er bückte sich und tauchte die Arme ins Wasser, bewegte sie hin und her, schöpfte mit geschlossenen Händen und spritzte sich ins Gesicht. Wenn das so ist, kann ich auch gleich komplett hinein. Er zog sich an Ort und Stelle aus, schleuderte die Kleidungsstücke hinter sich, und ließ sich steif wie ein Besenstiel mutig nach vorne fallen. Sein erster Schrei klang sehr nach Entsetzen, mit dem Erfolg, dass Eliza aus dem Haus gestürzt kam, um unter Umständen sein Leben zu retten. Die nächsten Töne ähnelten schon eher Jauchzern, und als er Eliza am Ufer stehen und ob seines Gehabes den Kopf schütteln sah, gebärdete er sich wie ein Verrückter.

„Komm´ herein, es ist herrlich", prustete er.

„Bin leider noch nicht fertig, Pit. Aber sonst geht´s dir gut?"

„Ist mir noch nie besser gegangen, Feigling."

„Warte du nur. Der Tag wird kommen, an dem ich dich Feigling nennen werde", rief sie ihm zurück und zeigte ihm den Vogel.

Sommerzeit war Wiederholungszeit. Er hatte den Tatort-Krimi bestimmt schon ein oder zweimal gesehen, und dennoch konnte er sich nicht an den Schluss erinnern. Nach dem Bad fühlte er sich wie ausgewechselt. Als Eliza endlich mit dem Kraftakt der Arbeit fertig war, schlüpfte sie zu ihm an die Seite, tat, als würde sie den Krimi verfolgen, doch er merkte nach nur wenigen Minuten, dass sie eingeschlafen war. Wie ein Kind, dachte er. Sie rührte sich nicht, als er sie ins Schlafzimmer trug.

25. Juli 2022

Der Montagmorgen begann für Eliza und Pit, unabhängig voneinander und doch übereinstimmend, in einer eigenartigen Stimmung. Im Grunde unterschied sich der Tag in nichts von anderen Tagen, und es lag auch weder daran, dass es Montag war, noch an anderen äußeren Umständen wie vielleicht dem Wetter, oder dass sie notwendigerweise nach Offenburg fahren mussten. Die Besonderheit entsprang ihren persönlichen Empfindungen, obwohl sie sich nicht grundlegend anders verhielten als sonst auch. Pit trank seinen ersten Kaffee und rauchte die erste Zigarette, während Eliza noch einige Minuten im Bett blieb und dann ins Bad wechselte. Alles wie gehabt. Eliza bereitete sich ein ordentliches Frühstück zu, Pit begnügte sich mit einer Scheibe Pumpernickel. Also nichts Neues. Und dennoch waren beide von einer Art Vorgefühl besetzt, ohne dass es die Kraft einer Vorahnung entwickelte, das sie nicht zu eruieren vermochten und sie trotzdem unbewusst beschäftigte. Vielleicht war es mit der Situation vergleichbar, in der man sich ungewollt beobachtet fühlt, es bemerkt und dessen ungeachtet man so tun muss, als wäre es nicht so. Als zähle man zu einem ausgesuchten Personenkreis für eine Aufgabe, die geheim ist, und niemand darf erfahren, dass man dazugehört, am wenigsten man selbst, doch aus irgendeinem Grund weiß man es.

Eliza dachte, was immer auch in Zukunft geschehen mag – und dass etwas geschehen wird, spüre ich – ich werde an seiner Seite sein und es bewältigen.

Pit dachte an das, was Edgar angedeutet hatte. Es wird noch nicht zu Ende sein, und genau so denke ich über Eliza und mich. Wir haben uns nicht gefunden, um uns nach wenigen Tagen schon wieder zu verlieren. Das kann und darf und wird nicht der Sinn hinter allem sein. Davon bin ich überzeugt und dafür und nur allein dafür lebe ich.

So rüsteten sich beide, wiederum unabhängig voneinander und doch in Übereinstimmung, für etwas, das ihnen in Ablauf und Form unbekannt war, aber nicht unerwartet.

Hoffmann und Wirz machten Eliza wegen ihrer angeblichen Unzuverlässigkeit Vorwürfe. Sie wollten, lamentierten sie, keine Korinthenkacker sein und nicht päpstlicher als der Papst, schließlich ginge es ja nur um ein paar wenige Stunden der verspäteten Ablieferung, sondern es ginge ihnen ums Prinzip. Wenn jeder so eine verwässerte Disziplin an den Tag legen würde, dann ...bla ...bla ...bla.

Eliza schluckte den Sermon, innerlich zähneknirschend, äußerlich die Schuldbewusste. Gerne hätte sie ausgerufen, „dann kündigt mir doch", aber sie war auf ein bisschen selbstverdientes Geld angewiesen und würde einen vergleichbar interessanten Job in diesem Metier so schnell nicht wieder finden. Sollte sich aber je die Gelegenheit bieten, schwor sie sich, dann wird das mein erster Schritt sein.

Sie legten bei Silvios *„Zum grauen Eck"* einen Zwischenstopp ein. Pits persönlicher Parkplatz war frei. Das Schild *Restaurant bis auf Weiteres geschlossen* hing nicht mehr in der Eingangstür, im Lokal brannte Licht über der Theke.

Silvio kam gerade aus dem rechten Flügel des Restaurants, wo der Billardtisch stand, der wie üblich von einer Gruppe lautstarker Jugendlicher umlagert war. Sein weißer Haarschopf leuchtete wie in früheren Tagen. „Ah, iste Pit und Eliza. Willkomme."

Dafür, dass seit dem Überfall auf Silvio gerade erst zwei Wochen vergangen waren, kam er recht flott daher. Er strahlte Spannkraft aus und Agilität. Seine Augen hatten wieder Glanz bekommen

„Hallo Silvio, alles wieder ganz normal wie immer", begrüßte Pit den Freund und zeigte unauffällig zu den Jugendlichen.

Silvio lächelte. „Iste wie immer. Nixe esse, kaum trinke, aber viele Radau. Iste gut, Pit. Trinke au wie immer? Eliza, eine Sorle?"

Er brachte die Getränke an den gewohnten Tisch unter der Vitrine mit Pits Büchern.

„Setz´ dich zu uns, Silvio."

Er setzte sich, jedoch auf die vorderste Stuhlkante. „Bin i bissel aufrege. Christina iste bei Bank make Kredit. Hofflich geht gut."

„Warum soll es nicht gut gehen? Silvio, ich bin stolz auf dich."

Silvio lächelte sein schüchternes Lächeln, zuckte mit den Schultern. „Iste Christina ihre Mut. Sie sage, make neu alles. Sie iste jetz Cheffe."

„Aber du bist und bleibst der Patron, Silvio. Du bist ihr Papa."

Sein Blick wurde wehmütig. „Haste rech, Pit. Bin i Papa."

Eliza folgte der Unterhaltung der Männer nur mit halber Aufmerksamkeit. Mit der anderen Hälfte war ihr ein Stapel Gratis-Zeitungen vom Sonntag aufgefallen, die Silvio auf dem Nachbartisch abgelegt hatte. Ein Foto auf der obersten Titelseite kam ihr ziemlich bekannt vor. Sie beugte sich hinüber und zog die Zeitung zu sich her. Das Bild Roland Lochers sprang ihr entgegen. Daneben der Artikel: *Die Polizei bittet die Bevölkerung um Mithilfe bei der Suche nach einem Wohnmobil.*

Eliza stupste Pit an und schob ihm die Zeitung zu. Er überflog die Zeilen. Unvermittelt fühlte er die vage Anwandlung vom Morgen aus dem Bauch aufsteigen. Es ist unterwegs, dachte er, was immer es auch ist. Mein Bauch lügt nicht.

Er vermied den direkten Augenkontakt mit Eliza, damit sie seine Empfindungen nicht ablesen sollte, doch sie legte eine Hand auf seinen Arm. Mist, dachte er, ich kann ihr nichts vormachen. Sie weiß es. Bleibt die Frage: Wie lange schon? Er schaute ihr in die Augen und sah sich wie im Spiegel. Es gibt ein Wort dafür, dachte er. Reflexion. Genauer geht es nicht mehr.

Sie unterhielten sich noch eine Weile mit Silvio über pure Belanglosigkeiten. Angewandte Therapie für den kleinen Mann. Reden gegen die Einsamkeit. Besser als jeder Arztbesuch. Pit entschuldigte sich, dass sie vergangenen Samstag wegen der Fahrt in die Schweiz nicht zum Essen erschienen waren, versprach aber, es am kommenden Samstag nachzuholen. Dann verabschiedeten sie sich von Silvio und brachen nach Grünweiler auf.

Sie behandelten sich gegenseitig wie rohe Eier. Sie gaben sich so überbetont fröhlich, dass es erst recht wie aufgesetzt wirkte. Sie gaben sich so sehr Mühe, über alles Mögliche zu reden, nur nicht über das polarisierende Thema, das sie insgeheim beschäftigte. Eliza entwickelte Ideen zum geplanten Garten, Pit monologisierte über die Klimaerwärmung. Eliza sprach von Johannisbeersträuchern, Pit von Bananenplantagen in Grönland. Eliza beschrieb die Vorteile von Garten-Hochbeeten, Pit ließ sich über Korallenriffe vor Spitzbergen aus. Bis es Eliza schließlich zu dumm wurde. Sie nahm einen kleinen Teller und schmetterte ihn vehement gegen den zentralen, gusseisernen Ofen.

„Ich hasse es! Ich hasse es! Ich hasse es!", brach es aus ihr heraus, und stampfte sie auf den Boden. „Ich hasse diese blöde Warterei! Ich fühle mich wie das Kaninchen vor der Schlange. Wir sitzen hier völlig ergeben und warten, bis etwas passiert. Ich hasse diese Ohnmacht, die mich wahnsinnig werden lässt! Dir geht es doch genauso. Ich sehe es dir doch an!"

Pit stand ziemlich fassungslos da, wenn nicht sogar erschrocken. So hatte er sie noch nie erlebt. Es lag bedauernswerterweise daran, dass eine unüberwindbare und bestimmt auch ungesunde Blockade ihn an solchen Ausbrüchen hinderte. Insgeheim bewunderte er Menschen, die frei von Fesseln und Hemmungen feiern, lachen und ausgelassen sein konnten. Die aus sich herausgehen und ihren Gefühlen freien Lauf ließen. Wenn er versuchte, so zu sein, wirkte es an seiner traurigen Figur immer grotesk. Das bildete er sich wenigstens ein, weshalb er es sich tunlichst verbot. Am meisten beneidete er Menschen, die tanzen konnten. Nicht die klassischen oder lateinamerikanischen Tänze wie Walzer oder Tango mit Partnern, sondern die freien improvisierten Bewegungen. Er liebte zwar Musik über alles, doch konnte er sie in keinster Weise in körperliche Ästhetik umwandeln. Er war in dieser Beziehung ein Gefangener in sich selbst.

Er gab Eliza recht. Man konnte nicht jedes Problem durch Missachtung bekämpfen. Es verschwand auch nicht, indem man darüber sprach, und sei das Geschwätz noch so klug. Die Angst gebiert entweder Feiglinge oder Helden. Was also wollten sie sein? Lieber lebende Feiglinge oder lieber tote Helden? Und wer sagt, dass es nur diese zwei Möglichkeiten gibt? Konnten sie nicht genauso gut als tote Feiglinge oder lebende Helden enden?

Eliza bebte vor Zorn. Sie stand mit geballten Fäusten vor ihm. Ein herrliches Bild, dachte er. So ehrlich und voller Emotionen. Wenn ich es ihr doch nur nachtun könnte.

Er trat zu ihr und schloss sie behutsam in die Arme. „Wir werden nicht erstarren", sagte er ruhig. „Es geht mir genau wie dir, nur kann ich nicht so sein wie du."

„Wir werden erstarren, wenn wir nicht handeln", zitterte sie wie ein Vogel in der Hand. „Es hilft auch nicht, wenn wir nochmal davor fliehen."

„Was schwebt dir vor, das wir tun sollen?" Er erwartete eigentlich keine konkrete Antwort, aber er täuschte sich.

„Ich will dieses Wohnmobil. Wenn es schon auf meinen Namen zugelassen ist, dann will ich es auch haben. Und dann stellen wir es auf den Kopf, bis wir das verdammte Gold gefunden haben. Es ist der letzte und einzige Ort, an dem es sein kann."

„Und falls wir es tatsächlich finden?"

„Dann möchte ich den sehen, der es uns wegnehmen will."

Genevieve war gerührt. „Ach, das wär′ doch nicht nötig gewesen", sagte sie. „Das habe ich wirklich gern gemacht. Aber danke trotzdem."

Sie waren zu Genevieve und Albert nach Rothweiler gefahren, um sich bei ihr für *Pepsis* Versorgung während ihrer Abwesenheit zu bedanken. Eliza hatte ihr eine verzierte Blechdose mit *Basler Leckerli* mitgebracht, einer Lebkuchenart aus der Schweiz.

„Bleibt bitte auf einen Kaffee. Ich habe gerade frischen Obstkuchen gebacken."

Eliza und Pit sagten nicht nein. Pit entschuldigte sich für ein paar Minuten bei den Frauen und begab sich zu Alberts Schreinerei, die im hinteren Teil des prächtigen Hauses untergebracht war. Er liebte den Geruch bearbeiteten Holzes und dachte daran, dass der Beruf des Schreiners, wenn er zur Jetztzeit eine Berufswahl treffen müsste, an zweiter Stelle seiner Liste stehen würde. Den ersten Platz nahm unangefochten das Handwerk des Instrumentenbauers ein. Holz jedenfalls musste es sein, das war so sicher wie das Amen in der Kirche. Er würde die Chance im nächsten Leben ergreifen, soviel war klar.

Albert klopfte den Staub von den Händen, bevor er Pit die Hand schüttelte. „Schön, dich zu sehen, Pit. Allzu oft bist du ja nicht hier."

Pit strich mit beiden Händen über geschliffene Bretter, die zur Weiterverarbeitung auf zwei einfachen Holzböcken lagen.

„Ich beneide dich, Albert. Alles, was du tust, kann man unmittelbar berühren und sehen. Wer kann das heute noch von sich behaupten?"

„Naja, du siehst es mit verklärtem Blick", antwortete Albert. „Frag´ Genevieve, was sie über meine staubigen Kleider oder die verstaubten Fenster zu sagen hat. Und der Dreck in der Nase, in den Poren, in den Haaren. Von entzündeten Augen ganz zu schweigen. Wenn es heiß ist und der Schweiß die Wirkung von Klebstoff entwickelt. Hast du daran schon gedacht?"

„Raub´ mir nicht die Illusion, Albert." Pit kam zu seinem Anliegen. „Wen würdest du mir empfehlen, um ein Stück Grasland zu pflügen und zu fräsen? Eliza möchte einen Garten neben dem Haus anlegen."

Albert schaltete eine Maschine aus, die mit hoher Drehzahl und noch höherem Sirren gelaufen war. Er nahm eine Kleiderbürste und kehrte Staub aus seinen Kleidern. „Komm´, Genevieve wird den Kaffee fertig haben. Ruf´ den Lennart vom Bernhardshof an. Der macht dir das bestimmt. Ich kann dir die Nummer raussuchen."

Die Frauen saßen bereits am Kaffeetisch. Der Kuchen duftete warm nach Zwetschgen und Zimt. Albert suchte nicht nur die Nummer, sondern telefonierte auch gleich mit diesem Lennart.

„Wann ist es euch recht? Morgen? Übermorgen? Also morgen, Lennart. Du weißt ja, wo das ist. Das Haus des Schriftstellers am See. Genau. Ja, danke, Lennart."

Pit hob wegen des Begriffs *Schriftsteller* leicht angesäuert die Augenbrauen, verzichtete jedoch auf Richtigstellung. Einmal etablierte Sichtweisen waren, wie er wusste, äußerst schwer aus den Hirnen der Leute zu verbannen.

„Danke, Albert. Wie viel Uhr?"

„Zwischen neun und zehn Uhr. Oder seid ihr da noch im Bett?" Eine Frage, die keiner Antwort bedurfte, weshalb Pit nur zustimmend brummte.

„Der Kuchen schmeckt astrein, Genevieve. Hast du eigene Zwetschgen?"

„Leider nein. Wir haben nur Apfel- und Birnbäume. Alte Sorten. Die Zwetschgen sind ein Geschenk des Nachbarn. Ich zeige dir nachher meinen Garten, Eliza."

„Unbedingt. Ich muss zugeben, dass ich hinsichtlich meines geplanten Gartens auf jede Art von Rat angewiesen bin. Ich bin totaler Laie."

„In dem Falle startest du von der absolut idealen Ausgangsposition. Nichts ist langweiliger als ein von Fachidioten konzipierter Garten, glaube mir. Lass´ dich einfach immer wieder überraschen. Ich gebe dir ein kleines Buch mit, in dem praktisch alles Grundlegende steht. Mehr brauchst du nicht."

Sie befanden sich auf dem Heimweg. „Die beiden sind richtig nett. Überhaupt nicht abgehoben oder eingebildet. Genevieve ist so gutmütig und eine wirklich schöne Frau. Das kann sogar ich als Frau neidlos bestätigen."

„Ja, sie passen ausgezeichnet zueinander. Genevieve genießt auch hohes Ansehen im Dorf."

Sobald sie aus dem Wald auf ihre Lichtung fuhren, funkelte ihnen chromblitzendes Metall entgegen. Da sie außer Edgar Schaaf niemand anderen kannten, der ein Motorrad fuhr, konnte es nur er sein. Er saß im Schatten des Sonnenschirms auf der Bank, die Beine auf, die Motorradstiefel und Socken unter dem Tisch. Der Motor seiner Harley tickte und knisterte noch in der Abkühlungsphase. Er konnte demnach noch nicht lange hier sein.

„Hast du auf uns gewartet?", fragte Pit unnötig dumm.

Edgar ging gar nicht erst darauf ein, womit er recht hatte.

„Bist du unter die Waldbauern gegangen?", fragte er stattdessen seinerseits um nichts klüger, und deutete auf die frischgepflanzte Buche.

„Jeder Wald fängt einmal klein an", erwiderte Pit grinsend. „Du siehst müde aus. Alles okay? Willst du einen Kaffee?"

„Es war ein langer Tag. Ein Glas Wasser wär´ mir lieber." Edgar machte Anstalten, sich zur Begrüßung Elizas aufzurappeln und zu erheben, doch sie meinte, er solle ruhig sitzen bleiben.

Pit stellte eine Flasche Mineralwasser, eine Flasche Wein und drei Gläser auf den Tisch.

„Dann leg´ mal los", forderte Pit ihn auf. „Du hast doch bestimmt einiges zu erzählen."

Edgar schüttete ein Glas Wasser in sich hinein und wischte sich mit dem Handrücken den Mund. „Rita und ich waren also mit dem Motorrad in Pforzheim. Hast du übrigens gewusst, dass sie Motorrad fährt? Nun denn. Wir waren bei Henry Heymann, dem Juwelenhändler. Er hat nicht, wie man annehmen könnte, einen eigenen Juwelierladen, sondern seine Betonung liegt auf Handel. So eine Art Zwischenhändler. Er kauft im großen Stil ein und beliefert dann die Einzelhändler im süddeutschen Raum. Er ist bei der Polizei noch nie aktenkundig geworden, wenn man von dem Juwelenraub im März absieht, aber dort war er ja der Geschädigte.

Er hat unsere Vermutung bestätigt. Sein Wagen wurde von der Firma Ballhaus in Karlsruhe umgebaut. Verstärkter Kofferraum, einbruchsichere Türen und sonstigen Schnick-schnack. Bei dieser Gelegenheit hatte er sich mit Xavier Ballhaus eingehend und wahrscheinlich auch leichtsinnig über seine Geschäfte, und insbesondere über seinen Besuch der Schmuck- und Uhrenmesse *Baselworld* Ende März unterhalten. Er konnte sich den Überfall auf ihn nicht anders erklären. Die Polizei konnte dem jungen Ballhaus damals jedoch nichts nachweisen. Die Versicherung hatte Heymanns Verluste aber eins zu eins gedeckt, so gesehen ihm dadurch kein Schaden entstanden war."

„Sein fahrbarer Tresor hatte ihm also nichts genutzt."

„Nachdem er auf der Autobahn mit der Polizei-Kelle zu dem Rastplatz gelenkt worden war, sprangen drei Maskierte aus dem vorgetäuschten Polizeiwagen. Einer blieb am Steuer sitzen. Zwei der Maskierten trugen Pistolen, der Dritte zündete eine gasbetriebene Lötlampe an. Vor den Pistolen, sagte Heymann, hatte er nicht mal besonders große Angst gehabt, aber vor der Lötlampe. Der Kerl begann nämlich den Lack seines Autos anzubrennen und kam dann mit der Gasflamme Heymann gefährlich nahe. Da hat er lieber den Kofferraum geöffnet."

„Und dass jemand anderer über den wertvollen Inhalt seines Autos hätte Bescheid wissen können, zum Beispiel seine Lieferanten in der Schweiz, hielt er für ausgeschlossen? Ich meine, es wäre doch denkbar, dass einer ihm Gold verkauft und es sich dann wieder zurückholt. Das wäre doppelt lukrativ gewesen."

„Stimmt, aber so war es nicht, und das weißt du. Zudem war die Suche der Bande nach dem Gold zu offensichtlich. Und wir haben Rapolders Geständnis."

„Ja, ja. Das war aber nicht alles, oder?"

„Nein, das war es nicht."

Heymanns Haus lag am Stadtrand Pforzheims in einem Neubaugebiet. Ein moderner Komplex mit geraden Linien und raumhohen getönten Fenstern. Das Grundstück war von hohen Mauern umschlossen. Vom Wohnzimmer aus blickte man auf eine imposante Pool-Anlage.

Sie saßen zu dritt in Heymanns klimatisiertem Wohnzimmer. Seine Partnerin hatte in einer Glaskaraffe Wasser auf den Tisch gestellt und Erdnüsse in einer Schale gereicht, sich dann jedoch zurückgezogen. Edgar entdeckte sie wenig später auf einer Liege neben dem Pool.

Rita Böhringer lümmelte auf einem Sessel aus weißem Leder. Sie sah gut aus in ihrer Biker-Kluft. Sie trug leichte textile Schutzkleidung, hatte die Jacke zum Gespräch mit Henry Heymann jedoch ausgezogen.

Wie es zur Verbindung zwischen Heymann und der Räuberbande hatte kommen können, war mittlerweile besprochen, und Heymann hatte sich bis dahin kooperativ und aufgeschlossen gezeigt. Rita sandte Edgar ein Augensignal, was heißen sollte: Bis jetzt war es nur das Pflichtprogramm. Jetzt bist du dran mit der Kür.

Edgar griff in die Innentasche seiner Jacke, zog eine Fotografie heraus und platzierte sie vor Heymann auf den Tisch.

„Was ist das?", fragte Heymann mit sich verengenden Augen.

„Sieht man das nicht?"

„Sieht aus wie ein kleiner Goldbarren."

„Herr Rapolder, einziger Überlebender der Räuberbande, behauptet, es aus Ihrem Wagen genommen zu haben."

„Wie kommt er auf so einen Schwachsinn?"

„Er war bei dem Überfall auf Sie persönlich dabei. Er war einer der Pistolenmänner."

„Dann lügt er", sagte Heymann und lehnte sich auf der Ledercouch zurück. „Ich habe nie Gold gekauft oder beses-

sen. Mein Metier sind Uhren und Schmuck. Wertvolle Uhren und wertvoller Schmuck, um genau zu sein."

Edgar zog ein weiteres Foto aus der Jackentasche, legte es neben das andere. Heymann warf nur einen flüchtigen Blick darauf.

„Was wird das hier? Rate, rate, was ist das? Ist kein Fuchs und ist kein Has'?"

„Den müssten Sie aber kennen. Schließlich haben Sie ihn engagiert."

Wieder ein rascher Blick Heymanns auf das Foto. „Wer soll das sein? Klären Sie mich auf, damit ich weiß, über was ich lachen darf."

„Manfred Maier. Oder Mighty MaMa, wie er sich zuweilen nennt."

„Nie gesehen, diesen Mann. Was ist das Besondere an ihm?" Heymann wuchtete sich von der Couch hoch, trat zu einem eleganten Servierwagen, auf dem mehrere Flaschen hochprozentigen Inhalts standen. Er schenkte sich eine bernsteinfarbene Flüssigkeit in ein Glas.

„Darf ich Ihnen auch einen Drink anbieten? Ach, nein, Sie sind ja mit dem Motorrad unterwegs." Das Glas in der Hand schwenkend, ging er zur Glasfront, durch die man in den Garten gelangte. Er betrachtete seine Partnerin, die sich auf einer Liege in der Sonne rekelte. „Glauben Sie, ich würde all das hier aufgeben? Wegen eines windigen Geschäfts mit illegalen Goldbarren?"

„Woher sonst könnten die Goldbarren stammen, wenn nicht von Ihnen? Dass sie existent sind, ist zweifelsfrei belegt. Allein in Gewahrsam der Polizei befinden sich fünf."

Heymann kam wieder zur Couch zurück. Man konnte sein Verhalten durchaus als lässig bezeichnen. „Fünf Goldbarren sind belegt? Mehr nicht? Gold kann man mittlerweile sogar an Automaten kaufen, falls Ihnen das nicht bekannt sein sollte. Wenigstens hier in Pforzheim ist das so."

„Ach ja. Dabei handelt es sich aber um zertifiziertes Gold, nicht wahr?"

Heymann zuckte gleichgültig mit den Schultern.

„Auf das Konto dieses Mannes, von dem Sie behaupten ihn nicht zu kennen, kommen mindestens zwei Tote. Aller Wahrscheinlichkeit nach sogar drei. Komischerweise alle drei Mitglieder der Räuberbande, die Ihnen das Gold abgenommen hat. Was würden Sie an unserer Stelle daraus für Schlüsse ziehen?"

„Ich würde sagen, dass da einer ganz schön Wut im Bauch hat."

Edgar betrachtete Heymann einige Sekunden lang ganz offen. Der ist kalt wie das Gefrierfach eines Kühlschranks, dachte er. „Nehmen wir mal an, ich finde das Gold, bevor es Manfred Maier findet, und biete es Ihnen gegen einen Finderlohn an ...?"

Heymann grinste und schüttelte den Kopf. „Was soll ich damit? Behalten Sie es. Werden Sie glücklich damit. Ich mache keine derartigen Deals."

„Tja", schnappte Edgar und stemmte sich aus dem Sessel. „Das wär's dann wohl. Rita, ich glaube, wir können gehen." Er wandte sich Richtung Ausgang. „Ach, eine Frage habe ich doch noch. Haben Sie keine Angst, dass ich Manfred Maier fassen und verhaften werde? Und dass er dann über Sie auspacken wird?"

Auch Heymann hatte sich erhoben und lächelte überlegen. „Herr Schaaf, Sie lassen einfach nicht locker, nicht wahr? Aber ich sage Ihnen: Machen Sie sich keine Hoffnungen. Was Sie sich wünschen, wird nicht geschehen."

„Wie meinen Sie das? Dass ich ihn nicht fasse, oder dass er nicht auspackt?"

Da schwieg Henry Heymann geheimnisvoll, während zwei Funken in seinen Augen glommen.

„Nun, vielleicht hat Heymann das Gold längst wieder, und unser Mörder killt die Leute nur zum Spaß, oder damit sie nicht mehr reden können? Quasi eliminieren von Zeugen. Äh, bleibst du zum Essen, Edgar?"

„Antwort auf die letzte Frage: Nein danke, Eliza, ich fahre nach Hause. Melanie wartet. Erste Frage: Im Grunde ist alles denkbar. Aber ich werde am Ball bleiben."

„Das ist kein Spiel, Edgar", sagte Pit.

„Ich weiß."

Edgar war weg. Pit kochte Pellkartoffeln, Eliza bereitete Quark mit Kräutern zu, die ihr Genevieve aus dem Garten mitgegeben hatte.

„Hast du ihren Garten gesehen? Sowas schwebt mir auch vor."

„Ihre Erde ist ziemlich sandig dort oben. Ich fürchte, hier im Hahnenfuß wird der Boden recht schwer werden."

„Dann müssen wir uns halt Sand besorgen und untermischen."

Pit antwortete nicht darauf. Warten wir ab, was Lennart vom Bernhardshof morgen sagen wird, dachte er. Und er dachte an den mysteriösen letzten Satz, den Henry Heymann gesagt hatte. *Was Sie sich wünschen, wird nicht geschehen.* Welchen Grund könnte er haben, der ihn zu einer solchen Aussage veranlasste. Für Pit klang sie wie eine Ankündigung. Wie ein Beschluss. Wie ein Urteil.

Konnte es sein, dass Eliza mit ihrem Gedanken, dass Heymann bereits wieder im Besitz des Goldes war, gar nicht so weit danebenlag? Wenn dem so wäre, was würde Heymann dann versuchen? Stellte Manfred Maier, oder *Mighty MaMa*, für Heymann selber eine Gefahr dar? Wenn Manfred Maier tatsächlich gefasst werden würde und zu singen anfinge? Klarer Fall, dann wäre auch Heymann als Auftraggeber ein Kandidat für den Staatsanwalt. Was also tun?

Dafür sorgen, dass er erstens nicht gefasst wird, wenigstens nicht lebendig, und zweitens, dass er nicht auspacken kann. Nur Tote reden nicht mehr. *Es wird nicht geschehen.* Was konnte das bedeuten? War Manfred Maiers Schicksal bereits besprochene Sache? Wie sonst konnte Heymann so sicher auftreten?

Und wenn das Gold noch nicht wieder in seinem Besitz war? Hat er es definitiv abgeschrieben? Zu heiß für ihn geworden? Lieber eine Million ärmer als ein paar Jahre Knast? Würde das am Verhältnis zu Manfred Maier etwas ändern?

Pit entschied sich für ein Nein. Zwei Morde, wahrscheinlich drei, sind eine schwere Hypothek. Pit ging davon aus, dass auch Leon van Ross ermordet wurde. Wie Edgar gesagt hatte: *Keiner säuft freiwillig zwei Flaschen Schnaps und springt dann in den Pool.* Oder so ähnlich. Da muss einer nachgeholfen haben. Warum nicht wieder die Bohrmaschine? Weil er sie nicht als Handgepäck ins Flugzeug schmuggeln konnte. Aber so ein MAD-Mann ist garantiert in mehreren Tötungsarten bewandert. Das gehört doch zu ihrer Standard-Ausbildung, oder nicht? Machte es Sinn, Rita Böhringer die Passagierlisten der Flüge nach Portugal durchforsten zu lassen? Bei *Mighty MaMas* Hang für die Verwendung gleicher Anfangsbuchstaben bei Namen könnte vielleicht ein Treffer gelandet werden. Hinter Manfred Maier und Max Mahler zum Beispiel steckt mit Sicherheit dieselbe Person. Wenn ein Martin Maschke oder ein Markus Mattes auf der Liste stünde, wäre das schon ein Erfolg, oder zumindest ein Hinweis.

Pits Gedanken kreiselten weiter. Die Morde waren für Henry Heymann einfach zu gefährlich geworden. Er hatte einen Schnüffler engagiert, und eine blutrünstige Bestie losgelassen. Es konnte Heymann nicht verborgen geblieben sein, dass im Südwesten des Landes ein Psychopath sein Unwesen trieb. Er musste sich irgendwie absichern. *Es wird nicht geschehen.*

„... hörst mir ja gar nicht zu", beschwerte sich Eliza.

„Doch, doch, die Kartoffeln sind fertig. Wir können den Tisch decken."

„Das hab´ ich bereits. Wo bist du nur mit den Gedanken? Ich habe dich dreimal gefragt, was du dazu trinken willst."

„Sorry, du hast recht. Ich war in Gedanken bei diesem Henry Heymann. Speziell, was du über ihn und er als letztes gesagt hat. Das habe ich versucht zu interpretieren oder zu analysieren. Ich trinke ein Glas Wein dazu."

„Und? Was habe ich über ihn gesagt und zu welchem Ergebnis bist du mit deiner Analyse gekommen, Herr Kriminal-Autor?, um mit Edgars Worten zu sprechen."

„Du hast gemutmaßt, was wäre, wenn er das Gold längst wieder hätte, und ich bin zu dem Ergebnis gekommen, dass unser Mörder möglicherweise selber auf der Abschussliste steht."

„Weil du ein so schlaues Kerlchen bist? Hier, probier´ mal." Sie hielt ihm einen Löffel mit Quark hin.

Er leckte ab. „Hm, lecker. Ja, exakt das bin ich."

Eine Tropennacht kündigte sich an. Eliza und Pit lagen auf einer Decke am See. Der Himmel war in Begriff, von Violett in Anthrazit überzugehen. Von Minute zu Minute tauchten mehr Sterne auf, wie LEDs, die jemand einschaltete, und dann erschien, wie von einem Dimmer gesteuert, nach und nach das gelbliche Band der Milchstraße. Pit hatte alle Lichter im Haus gelöscht. Der Wald ringsum schirmte jede Fremdbeleuchtung ab. Das Gefühl, an der Spitze eines Raumschiffes durchs All zu fliegen, konnte nicht anders sein. Sie befanden sich mitten im Universum, als einzige Lebewesen überhaupt.

„Das ist besser als jedes Observatorium", flüsterte Eliza. Sie lag auf dem Rücken, Pits Arm als Kopfkissen. „Mit Abstand."

„Es ist auch besser als Fernsehen mit seinen Wiederholungen", sagte Pit.

„Dabei verändert sich das Bild des Himmels nie und ist doch nicht langweilig."

„Es verändert sich schon, nur sehen wir es nicht."

„Es tut mir leid wegen heute Morgen. Ich meine, weil ich ausgerastet bin. Ich werden den Teller natürlich ersetzen."

„Den Teufel wirst du. Ich überlege, die Scherben einzurahmen und an die Wand zu hängen. Schließlich handelt es sich um das Ergebnis einer Sternstunde der ununterdrückten Wahrheit. Sowas muss man entsprechend würdigen."

„Verarschst du mich gerade?"

„Aber nein, es ist ein Zeichen dafür, dass in diesem Hause nicht nur geliebt, sondern unbestreitbar gelebt wird."

Eliza schwieg eine Weile. Dann sagte sie: „Dein Geduldsfaden ist halt länger. Oder deine Lunte."

„Ich wollte, ich wäre impulsiver. So wie du."

„Dann wärst du aber nicht mehr derselbe. Lass´ das mal lieber bleiben. Die Aufgaben sind verteilt. Du bist für die Bremse zuständig, ich für das Gas."

„Und die Kupplung?"

„Technik ist wohl auch nicht deine Stärke. Wir fahren selbstverständlich Automatik."

Pit kicherte lautlos in sich hinein, doch schüttelte es ihn durch.

„Was ist?", fragte sie arglos.

„Nichts", keuchte er atemlos. Er wurde von einer Sternschnuppe gerettet, die quer über den Nachthimmel schoss.

„Oh, wie schön. Schnell, wünsch dir was", rief sie aus.

„Hab´ ich schon. Komm´ rasch." Er wollte aufstehen.

„Nein, bleib´ da." Sie hielt ihn zurück. „Mein Wunsch ist der gleiche. Keiner wird uns hier sehen können."

26. Juli 2022

Es war halb acht Uhr, als die Erde bebte. Pit sprang aus dem Bett und stürzte ans Fenster. Ein monströser Traktor mit Pflugscharen stand mit laufendem Motor vor dem Haus. „Ist der denn von allen guten Geistern verlassen?", schimpfte er und raste aus dem Zimmer zur Haustür. Er traf auf einen jungen Mann, altersmäßig zwischen fünfundzwanzig und dreißig, also unverschämt jung, vierzig Jahre jünger als er, in einer orangefarbenen Latzhose und mit einem fast gleichfarbigen Milchbart, durch den die Sonne schien und ihm einen goldenen Glanz verlieh.

„Abgemacht war zwischen neun oder zehn", schrie er gegen den Lärm an. Der Boden vibrierte.

„Hä?"

Pit sah ein, dass Brüllen keinen Sinn machte. „Bist du Lennart?"

Der junge Mann nickte verdächtig fröhlich aufgelegt. Pit hasste Leute, die in der Frühe schon so quietschfidel sein konnten. „Schalt´ mal den Motor aus."

Lennart kletterte auf die turmhohe Maschine und drehte den Schlüssel. Was um alles in der Welt brauchen die Bäuerlein so riesige Traktoren, dachte Pit. Reifen so hoch wie ein Zimmer. Er zeigte dem jungen Mann das Areal, das sie vor gut einer Woche abgesteckt hatten.

„Ist das alles?", fragte der geringschätzig.

„Wenn's dir zu klein ist, kannst du ja das Ochsengespann und den Pflug holen", antwortete Pit sauer. „Wär' auf jeden Fall leiser."

„Ist ja schon gut, war nicht so gemeint", lenkte Lennart ein. „In zehn Minuten bin ich damit durch. Dann fahre ich zurück und hole die Fräse, okay?"

Pit tippte als okay an die Schläfe und ging zurück ins Haus. Mit der Ruhe war's vorbei. Konnte er auch gleich seinen ersten Kaffee kochen. Wieder bebte der Boden, als Lennart den Traktor startete und neben das Haus fuhr.

Eliza kam gähnend die Treppe herunter. Bei ihrem Anblick war Pit sogleich wieder mit der Welt versöhnt. „Was'n das für'n Krach?"

„Das ist die Welt und ihr Fortschritt, und wir kriechen hechelnd hinterher. Guten Morgen, meine Schöne."

„Ups?" Sie drehte sich müde einmal um dreihundertsechzig Grad. „Ist noch jemand im Haus? Mich kannst du nämlich nicht meinen." Sie sank in seine Arme. „Mich hat gestern ein Moskito in den Po gepiekt."

„Selber schuld. Du wolltest unbedingt draußen ..."

„Ja, ja, ja. Machst du mir bitte auch einen Kaffee? Ich verschwinde mal im Bad."

Wie sie gekommen war, schlich sie wieder nach oben.

Pits Handy klingelte, als Eliza und er beim Frühstück saßen und Lennart draußen mit der Fräse arbeitete. Der Kaffee zitterte in den Tassen, als würde er frieren. Bei dem Radau kann doch kein Mensch telefonieren, grummelte er, doch es handelte sich um eine Bildnachricht mit Text von Rita Böhringer.

Hallo Pit und Eliza. Das Wohnmobil ist aufgetaucht. Es steht bei uns im Polizeihof. Näheres später. Und die Fotodatei. Ein Wohnmobil wie es viele gibt. Nichts Außergewöhnliches. Und doch reichte die Nachricht, um Eliza und Pit zu elektrisieren.

„Okay", sagte Eliza, „dann, Schicksal, nimm´ deinen Lauf. Ich bleibe bei dem, was ich gestern gesagt habe, auch wenn ich wütend war. Ich möchte das Wohnmobil hier bei uns stehen haben, und dann kehren wir es von oben nach unten um."

„Hast du vor, es zu behalten?"

Sie schüttelte den Kopf. „Nein, auf keinen Fall. Ich werde es Rolands Eltern geben. Sollen sie damit machen, was sie wollen."

„Dann ist es gut", atmete er auf, „denn ich glaube, ich hätte es nicht gewollt. Allgöwer wird sich aber vorher mit dem Wohnmobil beschäftigen, nehme ich an."

Eliza kratzte sich am Kopf. „Was immer er damit anstellt, wir werden es gründlicher machen."

Pit hatte Lennart, dem Traktorfahrer, fünfzig Euro in die Hand gedrückt. Die aufgebrochene und umgewühlte Erde war nun locker und krümelig, in der Farbe zwischen Umbra und Schwarz. „Guter Boden", hatte Lennart konstatiert, und war vom Gelände gedonnert. So, Eliza, hatte Pit gedacht, nun kannst du mit der Umsetzung des Gartens beginnen.

Sie sahen das Wohnmobil seitlich der Werkstatteinfahrt stehen, die zu Allgöwers Refugium in der Polizeidirektion gehörte. Pit stellte den Citroën auf den Besucherparkplatz und schlenderte mit Eliza hin. Es handelte sich um ein relativ kleines Gefährt der Firma *Hymer/Eriba* aus der *Star Line*-Reihe ohne aufgesetzten Alkoven. Eliza zog am Türgriff, die Tür schwang auf. Sie stiegen ein und schauten sich nur kurz um. Es sah aus, wie man sich ein Wohnmobil innen vorstellt: Küchenblock, umwandelbare Sitzgruppe, Nasszelle mit Toilette, Staufächer und Truhen. Pit hob die Klappe eines der Sitze hoch. Vorräte: Teigwaren, Reis, Dosengerichte. Eliza lüpfte eine andere Klappe. Getränke. Sie öffnete eine Schranktür: Ihr unbekannte Kleidungsstücke, die Roland Locher gehören mussten. Pit kletterte auf den Fahrersitz. Der Zündschlüssel steckte. Er drehte ihn um. Tankanzeige: vollgetankt. Das Wohnmobil war so gut wie reisebereit.

„Gehen wir zu Rita." Sie betraten das Direktionsgebäude und stiegen in den ersten Stock. Rita hockte hinter ihrem Schreibtisch, den Telefonhörer am Ohr. Sie gab ihnen ein Zeichen, kurz zu warten. Dann war sie fertig, stand vom Drehstuhl auf und begrüßte die beiden.

„Hallo, ihr seid aber fix da. Habt ihr es gesehen? Das Wohnmobil? Der Aufruf an die Öffentlichkeit war erfolgreich. Heute früh hat sich ein Mann gemeldet, der das Wohnmobil in einer seiner Garagen untergestellt hatte. Die Miete war im Voraus bezahlt, bis einschließlich Juli. Er hatte Roland Locher anhand des Fotos wiedererkannt." Sie griff hinter sich und legte eine Folienhülle mit Inhalt auf den Tisch. „Hier sind die Fahrzeugpapiere. Fahrzeugbrief und Fahrzeugschein auf dich zugelassen, Eliza. Und die Versicherungsunterlagen. Lag alles fein säuberlich im Cockpit des Wagens. Der Schlüssel steckt, falls ihr hineinschauen wollt."

„Haben wir schon getan", gab Eliza zu.

„Allgöwer hat es noch nicht freigegeben. Ich frag' ihn mal, wie weit er ist." Sie drückte eine Kurzwahltaste, „Hi, Allgöwer, das Wohnmobil – eh? - ..." Man hörte Allgöwers Gebrüll durchs Telefon in den Raum schallen. „Ist ja gut, Allgöwer, reg' dich ab, war ja nur eine Frage, mein Gott. Sag' halt Bescheid. Nach was suchst du eigentlich? – aha – aha – also schon auch nach dem Gold, oder wie? Warum? Eliza, die Besitzerin des Wohnmobils steht neben mir und fragt, wann du fertig bist – aha – aha – jetzt schrei halt nicht so, zum Donnerwetter – ja, ruf' mich an. Tschüss."

Sie bohrte einen Finger in das malträtierte Ohr. „Er steht ziemlich unter Dampf, unser Allgöwer. Er hat noch gar nicht angefangen. Wie verbleiben wir? Habt ihr noch in der Stadt zu tun oder so? Ich ruf´ euch an, wenn Allgöwer grünes Licht gibt."

„Weiß Edgar Bescheid?", fragte Pit abschließend.

„Ich hab´ ihm auf die Mailbox gesprochen. Ja, insofern weiß er Bescheid."

„Das kann Stunden dauern", rümpfte Eliza die Nase, als sie in die Hitze vor dem Polizeidirektionsgebäude traten. „Wenn er noch nicht mal begonnen hat?" Sie fühlte sich wie ausgebremst. Ihr Adrenalin verpuffte wirkungslos. „Was machen wir?"

„Gehen wir zu Silvio?"

Eliza zog eine Schnute. „Ehrlich gesagt ist mir heute nicht nach Silvios Temperament, wenn du verstehst, was ich meine. Lieber ginge ich in die Stadt zu Papier-Euler. Ich bräuchte Aquarell-Papier und farbige Tuschen. Wir können ja den Citroën hier stehen lassen, und wenn Allgöwer später noch nicht fertig sein sollte, fahren wir wieder nach Hause. Was meinst du?"

Pit war es egal. Er musste zugeben, dass die letzten Unterhaltungen mit Silvio nicht gerade vor Esprit sprühten, was aber auch an ihm liegen konnte, denn er war ebenfalls kein Großmeister des geistreichen Small Talks. Also überquerten sie zu Fuß die Bahnlinie und schlenderten die Hauptstraße entlang in die Innenstadt, stets bemüht, den Gebäudeschatten zu nutzen. Sie gingen Hand in Hand, und Pit konnte nicht verstehen, warum er die Beine bewegen musste, wo er doch vor lauter Stolz zu schweben meinte. Eliza trug ein leichtes Sommerkleid, das bis Mitte der Waden reichte und ihre Figur betonte. Das und ihr anmutiger Gang würden auf jeden

Laufsteg passen, dachte er. Sagte man nun Laufsteg oder Catwalk? Sprich deutsch mit mir, Pit, ermahnte er sich.

Papier-Euler war der größte seiner Art in Mittelbaden. Bei ihm bekam man alles, was man fürs Büro, Hobby und für das Kunsthandwerk benötigte, und darüber hinaus noch mehr. Eliza deckte sich mit mehreren Zeichenblöcken, Tuschen und Tuschefedern ein. Pit erwarb einen Pack Druckerpapier.

Am Marktplatz gönnten sie sich in einem Café mit Straßenbestuhlung Eis, jeder einen riesigen Becher, um hinterher noch eine Zimtschnecke zu verdrücken. Allein die Zeit war eine lahme Ente, die nicht voran kam, und um sie durch Nichtstun totzuschlagen war sie ihnen zu kostbar. „Gehen wir zurück zum Auto. Fahren wir nach Hause. Es bringt nichts, hier auf etwas zu warten, das sowieso nicht fertig wird."

Sie gingen den gleichen Weg zurück. Ihr erster Blick auf dem Polizeigelände galt dem Wohnmobil. Allgöwer schien sich dessen angenommen zu haben, denn es stand nicht mehr auf dem vorherigen Platz. Sollten sie also doch noch darauf warten? Pit machte ein paar Schritte durch das Werkstatttor, drehte sich um die eigene Achse. Nanu? Kein Wohnmobil in der Halle? Er rannte zu Eliza zurück und sagte es ihr.

Während Eliza vor dem Direktionsgebäude im Schatten wartete, eilte Pit zu Rita Böhringers Büro.

„Gibt es noch eine andere Werkstatt, die zu Allgöwers Reich gehört, außer der einen?", platzte er heraus, sobald er das Büro betreten hatte.

„Er hat mit dem Wohnmobil noch nicht angefangen", empfing sie ihn, „tut mir leid, Pit."

„Du täuschst dich. Er muss es in eine seiner Werkstätten gebracht haben. Es steht nicht mehr auf dem Hof."

„Es gibt nur diese eine Werkstatt, Pit. Warte." Rita wählte die Kurzwahltaste. „Allgöwer, bevor du anfängst zu brüllen.

Was ist mit dem Wohnmobil? Hast du damit begonnen? – Wieso? Wieso? Vielleicht weil es nicht mehr auf dem Hof steht? – Herrgott, schrei' mich nicht an, sag' was Sache ist – soso – also du hast das Wohnmobil nicht angefasst, verstehe ich das richtig? – okay – was das bedeutet? In dem Fall bedeutet es, dass das Wohnmobil gestohlen wurde, das bedeutet es. – ja, Scheiße, das kannst du laut sagen. – natürlich – klar, sofortige Fahndung."

Sie beendete das Gespräch. „Tja, du hast ja mitgehört. Es ist wie es ist. Das Wohnmobil muss geklaut worden sein. Und das vor den Augen der Polizei."

„Ist ja toll, Rita", kommentierte Pit zynisch. „Pardon, dass es dich trifft, du kannst ja nichts dafür. Und was passiert jetzt?" Pit schaute auf die Uhr. Viertel vor eins.

„Fahndung." Rita riss die Tür zum Nachbarbüro auf. „Herr Lankau?" Nicht da. Sie durchquerte das Büro, öffnete die nächste Bürotür. „Habt ihr Lankau gesehen? Zum Mittagessen? Das wär' auch das erste Mal." Sie kam in ihr eigenes Büro zurück. „Alles muss man alleine machen", motzte sie. „Pit, ich muss arbeiten. Hör' zu, ich verständige euch, sobald ich was weiß. Versprochen." Sie nahm die Fahrzeugpapiere zur Hand und wählte auf ihrem Handy eine Nummer. Pit verließ das Büro. Hier konnte er nichts tun.

Eliza empfing ihn mit fragenden Augen. „Was ist los, Pit?"

„Stell' dir vor, das Wohnmobil ist geklaut. Rita schreibt es gerade zur Fahndung aus."

„Das ist ein Witz, oder?"

„Ha, und was für einer. Ein Witz zum Heulen. Lass' uns nach Hause fahren. Wir können hier nicht eingreifen."

Er wandte sich zum Gehen, aber Eliza verharrte. „Warte noch. Versuch' doch mal Edgar zu erreichen. Vielleicht hat er mittlerweile die Mailbox abgehört."

Pit wählte Edgars Nummer. „Pit, ich hab´s schon gehört. Das Wohnmobil ist gefunden. Ich bin mit der S-Bahn unterwegs, treffe in fünf Minuten am Bahnhof Offenburg ein. Wo seid ihr?"

„Wir stehen vor dem Eingang zur Polizeidirektion. Das Wohnmobil ist in der Zwischenzeit geklaut und soeben zur Fahndung ausgeschrieben worden."

„Was sagst du da? Ich glaub´ ich hör´ einen Witz, oder?"

„Absolut nein, Edgar. Leider ist es so. Wir wollten gerade nach Hause fahren."

„Nein, wartet, bis ich bei euch bin. Es ist ja nicht weit vom Bahnhof zur PD. Gib´ mir zehn Minuten, okay?"

Pit beendete das Gespräch. Eliza berührte seinen Ellbogen.

„Hast du gesehen, wer soeben vom Gelände gefahren ist, während du sprachst?"

„Meinst du den dunkelgrauen Passat, der vorbeigefahren ist?"

Eliza nickte. „Lankau saß am Steuer."

Na und? Pit zuckte mit den Schultern. Er maß dem keine Bedeutung zu.

Punkt fünf Minuten nach ein Uhr bog Edgar Schaaf auf den Polizeihof ein, gezogen von *Müller* und *Lydia*. Er sah Eliza und Pit im Schatten neben dem Haupteingang stehen und steuerte auf sie zu.

„Hallo, ihr beiden. Was geht denn hier eigentlich vor sich? Wohnmobil da, Wohnmobil weg?"

Eliza grinste verlegen. „Wir waren so naiv zu glauben, dass wir das Wohnmobil heute mit nach Grünweiler nehmen können. Wenn es schon auf mich zugelassen ist. Dort drüben hat es gestanden." Sie deutete vage in die Hofmitte.

„Hm, Allgöwer hat sich also noch gar nicht damit befasst?"

„Nein, aber der Zündschlüssel steckte."

„Na prima. Wenn etwas schiefläuft, dann aber gleich mit Donner und Doria", sagte Edgar mehr zu sich selbst. „Ich war heute Morgen beim Arzt. Gesundheitscheck. Melanie besteht darauf, und hatte deswegen das Handy ausgeschaltet. Seit wann ungefähr wird das Wohnmobil vermisst?"

„Als wir heute Morgen hier ankamen, stand es, wie gesagt, noch dort. Wie spät war es da, Eliza? Zehn Uhr? Kann das hinkommen? Wir sind dann in die Stadt zum Einkaufen, haben Kaffee getrunken und waren gegen halb eins wieder hier. Zu diesem Zeitpunkt stand es schon nicht mehr da", erklärte Pit.

„Maximal zweieinhalb Stunden", murmelte Edgar.

„In zweieinhalb Stunden kann man weit kommen", gab Eliza zu bedenken.

Edgar kniff die Augen zusammen. Die Sonne schien grell in den Hof. „Ich will nicht recht glauben, dass der Dieb über die Autobahn oder die Landstraßen fährt. Ich an seiner Stelle würde mit dem auffälligen Wohnmobil so rasch wie möglich die Straßen meiden. Ich gehe davon aus, dass das kein Gelegenheitsdiebstahl war, sondern ein gezielter Zugriff. Das Motiv könnt ihr euch ja denken. Und ich schätze, dass das Wohnmobil bereits gut versteckt ist."

„Willst du damit eventuell andeuten, dass ..."

Edgar deutete nichts an, sondern trat, die Hand am Kinn, drei Schritte hin, Kehrtwende, drei Schritte zurück, Kehrtwende. Wiederholung. Drei Schritte hin, drei Schritte zurück. Eliza guckte ungläubig. Hatte er eventuell sogar die Augen geschlossen? Ja, er hatte.

„Hrrrmmmhh", räusperte sie sich. „Kann man mal unterbrechen?"

Edgar blieb stehen, schlug die Augen auf. „Ja, Eliza?"

„Ich weiß ja nicht, ob es was zu sagen hat, aber vorhin, während eures Telefonats, ist Kommissar Lankau in einem dunkelgrauen Passat vom Hof gefahren."

Pit verdrehte die Augen. Er hielt noch immer nichts von dieser Nebensächlichkeit. Edgars Miene indes erstarrte zu einem Eisblock. Er legte leicht den Kopf schräg, als würde er Elizas Worten nachlauschen, als könne er hören, wie sie leiser und leiser wurden. Seine Augen bekamen die Farbe von klarem Wasser, und sein Blick fand den Fixpunkt erst in der Unendlichkeit. Dann sagte er, und sein Kopf begann dabei zu leicht zu nicken: „Das macht Sinn."

Auf einmal geriet Bewegung in ihn, wurde er agil. „Pit, wir nehmen dein Auto. Eliza, du bleibst mit den Hunden hier. Es könnte gefährlich werden. Auf, Pit, ich sag' dir während der Fahrt, wo wir hin müssen. Erst mal raus hier."

Was hatte Eliza da vernommen? Hierbleiben? Ja, spinnt der? „Nie im Leben bleib' ich hier. Entweder ich fahre mit, oder keiner fährt, so wahr ich hier stehe."

Missmutig verzog Edgar das Gesicht. Er kämpfte mit sich, wog für und wider ab. „Okay, Eliza, dann du mit *Müller* und *Lydia* in den Laderaum. Aber ab jetzt verlange ich Disziplin, dass das klar ist. Auf geht's."

Sie eilten zum Citroën, in dem es heiß war wie in einer Fritteuse. Eliza mit den Hunden hinten. Pit startete und fuhr los.

„Da vorne rechts, und dann nur mal geradeaus", dirigierte Edgar. Er nahm sein Handy und wählte Ritas Nummer. „Rita, Edgar Schaaf hier. Ich bin mit Eliza und Pit im Auto unterwegs. Keine langen Fragen jetzt. Hast du Lankaus Handynummer? Gut. Dann pass' auf. Finde heraus, wohin er fährt oder wo er ist, und ruf' mich so schnell wie möglich zurück. Handyortung, ja klar. Nein, keine Fragen. Erledige das. Schnell. Und halte dich bereit für einen Einsatz. Vielleicht auch mit SEK. Ich sage dir dann, wo wir sind."

„Was ist deine Idee, Edgar?", fragte Pit.

„Lankau."

„Kommissar Lankau?"

„Ich bin mir nicht hundertprozentig sicher. Möglicherweise ist Lankau ein Maulwurf."

Eliza und Pit schwiegen überfordert.

„Erinnerst du dich an Henry Heymanns Worte? *Was Sie sich wünschen, wird nicht geschehen.* Wenn es so ist, wie ich zu neunzig Prozent vermute, wird Lankau versuchen, Manfred Maier oder *Mighty MaMa* am Reden zu hindern. Das heißt, er muss ihn liquidieren. Lankau weiß, wo Manfred Maier sich aufhält. Er hat es immer gewusst. Die ganze Zeit. Da vorne rechts, Pit."

Edgars Handy klingelte. „Rita?"

„Edgar, hör´ zu. Lankaus Handy wurde am Schrottplatz geortet. *Metallverwertung Lambert.* Es bewegt sich nicht weiter. Er ist dort. Was soll ...?"

„Dachte ich mir. Okay, Rita, dann Großeinsatz am Schrottplatz. Es geht um einen dreifachen Mörder. Großräumige Absperrung der Straßen und Zufahrten. So viel Personal wie du kriegen kannst. Wir sind schon unterwegs dorthin. Ende."

„Keine Alleingänge. Habt ihr mich verst ...?", schickte Rita hinterher, doch Edgar würgte das Gespräch ab.

„Woher konntest du wissen, dass wir gerade dorthin müssen?", fragte Eliza.

„Weil das beste Versteck immer dort ist, wo die Polizei bereits alles auf den Kopf gestellt hat. An so einem Ort wird sie nicht zweimal suchen, verstehst du?"

Sie befanden sich nun im westlichen Industriegebiet Offenburgs. Edgar riet Pit, langsam zu fahren. „Es ist nicht mehr weit. Siehst du den Zaun dort vorne? Das ist es. Siehst du irgendwo einen grauen Passat?"

Pit schaltete einen Gang tiefer. „Bis jetzt noch nicht. Aber vor dem Zaun biegt rechts noch eine Straße ab." Er näherte sich schleichend der T-Kreuzung.

„Halt´ an. Dort steht er. Dunkelgrau, wie Eliza gesagt hat."

Pit fuhr rechts auf den Gehweg zwischen zwei dünne Bäumchen und stellte den Motor ab. Schräg rechts vor ihnen lag das Areal der *Metallverwertung Lambert* mit den Metallbergen. Über den grauen Passat hinweg und durch den Zaun erkannten sie die beiden Hallen, in der früher Autobusse untergebracht waren. Beide Hallentore waren geschlossen. Edgar erläuterte Pit in Kurzform die Situation, in der er vor genau einer Woche zusammen mit Rita Böhringer und Allgöwer den toten Willi Lambert aufgefunden hatte. Dann stieg er aus und schlich in gebückter Haltung zum dunkelgrauen Passat. Er fand ihn herrenlos und unverschlossen vor. Pit beobachtete, dass Edgar sich ins Wageninnere beugte. Als er zurückkam, schwenkte er den Zündschlüssel des Wagens in den Fingern. „Man kann nie wissen", grinste er.

„Was machen wir nun? Warten wir auf Rita und Verstärkung?", fragte Pit.

„Du und Eliza wartet hier. Ich werde jetzt dort rüber gehen und nach dem Rechten sehen."

„Aber Edgar, Rita ...", wollte Eliza protestieren.

„Keine Sorge, ich pass´ schon auf. Zudem nehm´ ich *Müller* mit." Sprach´s, schwang die Beine aus der Tür und nahm *Müller* an die Leine.

Er überquerte die Seitenstraße, passierte das Eingangstor zum Schrottplatz und hatte noch nicht die Hälfte der Strecke zwischen Tor und den Hallen zurückgelegt, als aus der rechten Halle ein einzelner peitschender Knall zu hören war. *Müller* erschrak. Für Edgar gab es überhaupt keinen Zweifel daran, dass es ein Schuss gewesen war. Er duckte sich und hastete so schnell ihn die Beine trugen in Deckung des Hallentors, *Müller* an der Leine bei sich. Dort blieb er zunächst, Rücken an das Tor gelehnt, stehen und lauschte gespannt. Aber das einzige, das an seine Ohren drang, waren sich nähernde Signalhörner offenbar mehrerer Polizeiautos. Er dachte kurz an Rita. Gut gemacht, Mädel.

Das Schiebetor war mit einer integrierten Tür versehen, die für den Personendurchgang gedacht war. Gerade als er sich entschlossen hatte, Hand an die Klinke zu legen und die Tür einen Spalt weit zu öffnen, bewegte sich die Klinke wie von selbst nach unten. Edgar rührte sich nicht vom Fleck. Die Tür wurde nach außen aufgestoßen. Dann erschienen zunächst eine fahrige Hand, dann der dazugehörige Arm. Und dann torkelte Kommissar Lankau aus der Halle. In seinem aufgerissenen Mund gurgelte Blut, schwappte über die Lippen auf Hemd und Boden. Aus seiner Brust ragte der Griff eines Handwerkzeuges. Schraubendreher? Stechbeitel? Es war für Edgar nicht zu erkennen. Lankau stolperte noch drei oder vier Schritte, dann knickte er zur Seite und stürzte der Länge nach hin. Edgar war im Nu bei und über ihm. Lankaus wasserhelle Augen flackerten. Aus dem Mund pulsierte viel zu viel Blut.

Hastig nestelte er sein Handy aus der Hosentasche, wählte Ritas Nummer. „Rita, den Notarzt. Schwer verletzte Person mit hohem Blutverlust", sagte er knapp und beendete den Anruf. Gleichzeitig richtete er sich auf und winkte zu Pits Citroën hinüber. *Kommt her*, sollte das heißen.

*

Wenn ich es bis zur Tür schaffe, wird vielleicht nochmal alles gut, dachte Lankau. Draußen vor der Tür scheint die Sonne, ist es warm, ist es hell, und mit etwas Glück erreiche ich sogar mein Auto. Dann wird es irgendwie schon weitergehen. Es ist bisher noch immer irgendwie weitergegangen.

Wo aber ist die Tür, durch die ich hereingekommen bin?

Er stand mit durchgedrückten Knien vor der offenen Tür des Wohnmobils und riss den Blick von dem Mann los, den er soeben erschossen hatte. Wo er ihn getroffen hatte, konnte er beim besten Willen nicht sagen, aber der Mann lag rücklings in der Tür, den Oberkörper halb in der Kabine und bewegte sich nicht. Alles erschien grau.

Unendlich langsam drehte Lankau den Kopf nach rechts. Er entdeckte ein hellgraues Rechteck am oberen Rand der Halle unter dem Dach. War nicht eines der Tore mit einem Gitterglasfenster versehen? Wenn ja, dann würde er in dieser Richtung das große Tor finden und dann auch die Tür nach draußen. Nach draußen. Etwas stieg innen den Hals hoch.

Er konnte jetzt nicht hier bleiben, obwohl er extra deswegen hergekommen war. Muss vernünftig sein, dachte er, muss zuerst schauen, wie es weitergeht. Es ist bisher noch immer irgendwie weitergegangen. Das stimmt doch, oder?

Er schenkte dem Mann keine Beachtung mehr. Vorerst war seine Aufgabe erledigt. Jetzt musste er zusehen, dass er zur Tür kam. Er versuchte eine Vierteldrehung, doch das rechte Knie wollte nicht standhalten. Der linke Arm, die Hand, suchte Halt am Aufbau des Wohnmobils. Jetzt fand er den Schwung, brauchte nur noch geradeaus zu gehen. Gehen war gut. Ein Schritt. Noch ein Schritt. Die Hüfte schwang überhaupt nicht mit, die Füße rollten nicht ab, die Knie federten nicht nach, weshalb er bloß staksen konnte. Das geht holprig, dachte er, Kiefer und Lippen zusammengepresst. Der Mund füllte sich mit Flüssigkeit. Er wollte schlucken, aber es klappte nicht. Mund auf, befahl er sich, doch die Flüssigkeit bahnte sich von selbst den Weg nach außen.

Dieser Mann. Ich hatte ihn echt überrascht. Ich war ganz leise durch die Halle geschlichen, was eigentlich überflüssig gewesen wäre, denn der Mann veranstaltete einen Heiden-

lärm. Er schleuderte Gegenstände aus dem Wohnmobil in die Halle, dass es nur so schepperte. Flaschen, Dosen, Kleider, Schachteln, weiß der Teufel. Dann krachte es im Innenraum, als würde jemand Türen ab-, Schränke aufbrechen, Innenverkleidungen abreißen. Er muss im Wahn gehandelt haben..

Ich hatte die Pistole schon in der Hand. Mach' kein Federlesens darum, dachte ich, knall' ihn einfach über den Haufen. Ich erreichte die Tür, schaute in die Kabine. Darin der Mann, Rücken zu mir. Ich brauchte gar nicht zu zielen, nur abzudrücken – aber dann überlegte ich eine Sekunde zu lang. Der Mann schnellte plötzlich herum, etwas Längliches, Scharfes in der Hand. Der Arm zuckte nach vorne, es fuhr in meine Brust wie ein Schlag von zehntausend Volt, und da hab' ich geschossen. Fertig lustig.

Er kann den Mund nicht mehr schließen, würde sonst ersticken. Er hustet. Verdammt weit bis zu dieser Tür. Aber dann ist er dort. Drückt die Klinke, die Tür schwenkt nach außen. Blendendes Licht und Hitze. Geschafft. Das Licht und die Hitze sind rot. Er streckt einen Arm nach vorne, torkelt hinaus. Ein Schritt, zwei Schritte, noch einer und noch – das Knie bricht ein, er fällt, stürzt, schlägt hin, auf den Rücken. Er will atmen, aber er bekommt keine Luft.

Ein Mann ist da, beugt sich über mich, sieht mich an, dreht mich um, zur Seite, mein Mund fließt aus, ich bekomme Luft, ich atme, also lebe ich.

*

„Rita hatte eindeutig gesagt, *Keine Alleingänge*. Und was macht Edgar? Ich verstehe das nicht", maulte Eliza. Sie stand mit Pit im kümmerlichen Schatten eines jungen, vernachlässigten Ahornbaums, der mit anderen Exemplaren seiner Gattung irgendwann in ferner Zukunft eine Allee bilden sollte. Der Aufenthalt im stehenden Auto war in der Hitze unmöglich. *Lydia* hechelte im Stakkato an der Leine. Angespannt verfolgten sie Edgars Alleingang über den Hof des Schrottplatzes.

„Wenn er im Fieber ist, versteht er sich manchmal selber nicht", antwortete Pit. Edgar war noch keine Minute weg und er bewegte sich mit *Müller* gerade auf die Hallen zu, als ein Knall von dort herüberschallte. Eliza suchte unwillkürlich Pits unmittelbare Nähe und zog *Lydia* an der Leine zu sich heran.

„War das ein Schuss? Ach du Scheiße, Edgar kehrt nicht etwa um, sondern rennt auf die Halle zu. Der spinnt doch wohl."

„Er weiß, was er macht", sagte Pit nicht wirklich überzeugt.

Im breiten Hallentor öffnete sich eine schmale Tür. Edgar stand direkt daneben, durch das Tor gedeckt. Langsam kam ein Mann heraus, wankte, ging ein paar Schritte, dann stürzte er. Wer war das? Die Entfernung war zu weit, um ihn zu erkennen. Edgar beugte sich über ihn. Dann richtete sich Edgar wieder auf und winkte Eliza und Pit zu.

„Will er, dass wir hinkommen sollen?"

„Sieht so aus, Eliza. Komm´, laufen wir."

„Aber Pit, der Schuss vorhin?"

„Ich glaube, es besteht keine Gefahr für uns", hoffte Pit.

Sie rannten los, *Lydia* nebenher, brauchten keine Minute bis zu der Stelle, wo der Mann am Boden lag. „Oh mein Gott", stöhnte Eliza auf und wandte sich entsetzt ab, beide Hände vor den Augen.

„Gütiger Himmel, das ist Lankau", erkannte Pit.

„Bleibt bei ihm, bis Rita und der Notarzt da sind. Ich habe ihn auf die Seite gedreht, damit er nicht am eigenen Blut ertrinkt. Ich geh´ jetzt in die Halle."

*

Die Kavallerie der Polizei rauschte jetzt ohrenbetäubend heran. Edgar sah die Blaulichter bereits näher kommen.

Edgar huschte gebückt durch die Tür in die Halle und sofort einen Schritt aus dem hellen Viereck der Tür, das die Sonne auf den Boden projizierte. Das Wohnmobil stand mitten im Raum, alle Türen offen, soweit er sehen konnte. Neben dem Wohnmobil lagen allerhand Gegenstände, scheinbar wahllos hingeschleudert. Edgar näherte sich mit geschärften Sinnen. Zu seinen Füßen bemerkte er dunkle Flecken und Spritzer. Lankaus Blut? Er folgte der Spur, die ihn bis zum Eingang des Wohnmobilraums führte. Davor am Boden lagen zersplitterte Flaschen, es stank nach Alkohol, Kleidungsstücke wirr hingeworfen, Lebensmittel, Vorräte, Plastikgeschirr, Polster. Ein Tohuwabohu. Die Suche nach dem Gold hatte nicht schnell genug beginnen können, dachte er. Aber wo war der Suchende? Wo war derjenige, der Lankau in die Brust gestochen hatte, mit was auch immer? *Müller* fiepte nervös.

Edgar streckte den Kopf durch die Tür ins Mobil hinein. System sieht anders aus, dachte er. Da hat jemand die Geduld verloren. Wild durcheinander häuften sich Schubladen, Regaleinsätze, Schranktüren. Noch schlimmer als bei Eliza und Pit zu Hause vor fast vier Wochen.

Er zog den Kopf zurück, schaute sich wieder um. Jetzt fiel ihm eine Tür auf, über die man auf die Rückseite der Halle gelangen musste. Ein schmaler Lichtstreifen verriet, dass sie nicht geschlossen war. Diese Tür war ihm bei seinem ersten Besuch vor einer Woche entgangen.

„Komm´ *Müller*.“

Er stieß mit dem Fuß gegen etwas, das metallisch über den Boden schlitterte. Es glänzte matt. Edgar bückte sich. Eine Pistole. Lankaus Pistole? Hatte Lankau geschossen? Edgar nahm die Pistole mit einem Papiertaschentuch in die Hand, roch am Lauf. Pulvergeruch. Die Waffe war benutzt worden. Sollte er sie mitnehmen?

Müller schielte mit schräg gelegtem Kopf über den Hallenboden. Edgar folgte seinem Blick. Tropfen am Boden. Alle paar Meter ein Tropfen. War das Blut? Sie führten zu der rückwärtigen Tür. Guter Hund. Plötzlich Stimmendurcheinander in der Halle hinter ihm. Aha, die Polizei ist da.

Er stieß die Tür auf. Grelles Sonnenlicht und Hitze empfingen ihn. Der Blick schweifte über Brachland, zwanzig, dreißig Meter. Hüfthohes Unkraut auf kiesigem Untergrund. Dahinter Gebüsch, schlanke wildwachsende Ebereschen. Gibt es keinen Zaun? Doch rechts, als Abgrenzung zur Seitenstraße. Er lässt *Müller* von der Leine. *Müller*, such! Edgar zeigt ihm die Spur. Such, *Müller*.

Der Hund fällt in einen lässigen Trab, die Nase am Boden. *Müller* ist kein Polizeihund, das weiß Edgar, hat *Suchen* nicht gelernt, dafür stellt er sich aber gar nicht dumm an. Sie stöbern durch das Unkraut, *Müllers* Fell hängt bald voller Kletten, zwanzig, dreißig Meter, dann hinein in das Gebüsch, durch die schlanken Ebereschen. Edgar hört von rückwärts nach sich rufen: *Edgar! Edgar!* Ist es Rita, die nach ihm schreit? *Edgar!Edgar!*

Plötzlich steht *Müller*. Kopf geradeaus. Steht wie eine Eins. Gefährliches Grollen aus seiner Brust. Edgar stolpert beinahe über ihn. *Müller*, was ist? Edgar schaut nach vorne. Fünfzehn Meter. Dort. Ein Zaun. Ein hoher Zaun. Zu hoch, um darüber zu klettern? Davor steht ein Mann. Blaue Baseballkappe. Piloten-Sonnenbrille. Pistole. Größer werdender dunkler Fleck auf der linken Bauchseite. Blut rinnt unter der Cargohose am Bein hinunter. Die Pistole zeigt auf Edgar.

„Hallo, Herr Maier", sagt Edgar kühl. „Oder soll ich *Mighty MaMa* sagen?"

Der Angesprochene schwitzt, grinst und zittert. „Schaaf", keucht er bloß.

Edgar nickt. „Endstation", sagt er.

*

Sand spritzte unter den Reifen auf, Staub wirbelte in die heiße Luft, als Rita Böhringer mit Karacho auf den Schrottplatz gepre scht kam. Zwei zivile Fahrzeuge und zwei Streifenwagen mit je vier Polizisten.

Rita sprang aus ihrem Wagen und direkt zu Eliza und Pit, die sich um den Verletzten kümmerten. Pit hatte von einem der Schrottberge die Motorhaube eines PKW gezogen und sich damit so aufgestellt, dass der Kopf Kommissar Lankaus beschattet wurde. Eliza kniete neben ihm und hielt dessen Hand.

„Ist das Kommissar Lankau? Gütiger Gott, er ist es. Ist er schwer verletzt?"

„Er wird sterben", antwortete Pit tonlos.

„Der Notarzt muss gleich hier sein. Wo ist Edgar?"

Pit deutete mit dem Kopf Richtung Halle. „Er ist mit *Müller* dort hinein."

„So ein Idiot" zischte Rita. „Ist es euch recht, wenn ich *Lydia* mitnehme? Sie kann mir nützlich sein. Hunde finden einander schneller als wir Menschen."

Sie drehte sich zu ihren Leuten um. „Hört alle her. Je zwei Mann gehen außerhalb des Zauns um das Areal herum. Zwei links, zwei rechts. Je einer innerhalb des Zauns. Einer links, einer rechts. Zwei kommen mit mir in die Halle. Allgöwer, du wartest mit deiner Mannschaft hier draußen, bis ich dir grünes Licht gebe. Abmarsch."

Sie zog ihre Waffe und betrat, *Lydia* an der kurzen Leine, die Halle, gefolgt von den beiden uniformierten Polizisten. Ziemlich rasch war ihr klar, dass sich in der Halle niemand mehr aufhielt. Sie schickte einen der Beamten vorsorglich zur Verbindungstür der Nachbarhalle, doch auch der meldete nach Überprüfung alles sauber. Also konnte Allgöwer mit seinem Team loslegen. Einer der Polizisten gab ihm das Okay. Rita konzentrierte sich danach auf die rückwärtige Tür. Als sie ins Freie trat, war niemand zu sehen, aber eine Schneise zog sich durch das Unkraut. *Lydia* witterte *Müller*. Sie zerrte an der Leine. Irgendwo da vorne musste er sein. Sie waren schon seit Hundeewigkeiten nicht mehr so lange voneinander getrennt. Rita rief Edgars Namen. *Edgar! Edgar!* Nichts. Nochmal. *Edgar! Edgar!*

*

„Woher weißt du, wer ich bin, Schaaf?"

„Weil ich bin, wer ich bin", antwortete Edgar ruhig. „Lass´ die Pistole fallen und gib auf. Du hast genug Unheil angerichtet."

„Hilf´ mir über den Zaun. Allein schaff´ ich´s nicht."

Edgar schüttelte den Kopf.

„Hilf´ mir, oder ich knall´ deinen Hund ab." Maier wedelte mit der Pistole.

Edgar griff hinter sich und zog Lankaus Pistole aus dem Hosenbund. Pfeif´ auf Fingerabdrücke und polizeiliche Korrektheit, dachte er, und zielte seinerseits auf den Gegner.

„Wenn du auf den Hund schießt, erschieße ich dich."

Maier richtete den Lauf wieder auf Edgar. „Gut, dann knalle ich zuerst dich ab."

„Wenn du mich erschießt, zerfleischt dich der Hund. Gib´ auf. Du brauchst einen Arzt. Du verblutest."

Maier mahlte mit den Zähnen. Der Blutfleck an seiner Seite breitete sich aus. Zudem verspürte er im Bauchraum ein komisches Kribbeln, ein stilles Sickern, als würde der Bauch sich dehnen. Von zwei Seiten näherten sich Geräusche. Hek-

tisch schaute er sich um. Uniformen im Anmarsch. Hinter
Edgar Schaaf bewegten sich Äste und Blätter. Männer in
Uniform und eine junge Frau waren verdammt nahe. Die
Frau rief: *Edgar!* Edgar Schaaf drehte leicht den Oberkörper.

„Hier bin ich, Rita", sagte er nicht mal besonders laut über
die Schulter. Die Polizisten zielten auf Maier. Maier ließ die
Pistole sinken, lehnte sich nach hinten gegen den Zaun,
rutschte langsam an ihm herunter bis er saß. Dann waren sie
bei ihm und er sah die Handschellen. *Müller* und *Lydia* win-
selten und tollten umeinander herum, als hätten sie sich tagelang nicht gesehen.

*

*Dieser Job in Offenburg war meine letzte Chance. In Gör-
litz wollten sie mich schon lange loswerden. Mich, Kommissar Lankau. Denen kam die Urlaubsvertretung in Offenburg
wie gerufen und ich hatte es läuten hören, dass es auf Dauer
sein sollte. Hinter meinem Rücken tuschelten sie, ich sei zu
ineffizient. Zu erfolglos. Dass ich nicht lache. Nach Offenburg. Weiter weg ging nicht.*

*Ich hatte sogar gleich einen Fall in Offenburg. Schwere
Körperverletzung mit Todesfolge, oder Mord, wie man's
nimmt. Ich bin kein Richter. Blitzeinbrüche, Geldautomatenraub. Aber leider wurde ich krank, wie schon so oft in den
letzten Jahren. Migräne. Migräne ist immer gut.*

*Dann wieder ein Mord. Und noch einer und noch einer.
Da kann man schon einmal die Übersicht verlieren. Das
kann doch einer allein gar nicht schaffen. Was denken die
sich eigentlich? Ein unterbezahlter übergangener Kommissar mit chronischer Migräne,*

*Aber auch ein blindes Huhn findet mal ein Korn. Ich, Lan-
kau, habe es gefunden. Beziehungsweise, das Korn ist zu ihm*

gekommen. Jaha, zu ihm. Während alle einem Phantom hinterherjagten, hat Lankau nur zu warten brauchen.

Während ich krankgeschrieben war, nach dem Mord an diesem Xavier Ballhaus, stand eines Tages ein gutgekleideter Herr vor meiner Tür. Ein seriöser Herr. Nennen wir ihn HeHe. Man sah ihm an, dass er Geld hatte. An seinem Auto, Pforzheimer Kennzeichen, an seinem Anzug, an seiner Armbanduhr. Er gab mir eine Telefonnummer. Wie sich herausstellte, handelte es sich um die Telefonnummer des Mannes, den ich heute erschossen habe. Nennen wir ihn MaMa.

„Ist nicht jeder mal in Not?", hatte Herr HeHe gefragt. „Das kennen Sie vielleicht aus eigener Erfahrung, Herr Kommissar Lankau. Sind Sie nicht aus Görlitz? Wirtschaftlich scheint bei Ihnen die Lage ja nicht so rosig zu sein, nicht wahr? Ich meine bei Ihnen privat." Herr HeHe war gut informiert. „Wissen Sie, es liegt mir fern, Sie zu beleidigen, aber könnten Sie sich nicht eventuell vorstellen, etwas besser situiert in die Pension zu gehen? Muss man ja nicht an die große Glocke hängen. Ich habe Ihnen übrigens einen guten Kognak mitgebracht."

Dieser elegante Herr HeHe sagte, dass der Mann MaMa nach etwas suchen würde, dass ihm gehöre. Gold. Doch, er sprach tatsächlich von Gold. Aber er sagte auch, dass er die Vorgehensweise dieses MaMa nicht billigen und nicht decken würde und er von allem, was dieser Mann tue, Abstand nähme. Und er, dieser elegante Herr HeHe, dürfe in keinem Fall zur Zielscheibe dieses Mannes werden. Dürfe nicht, für den Fall, MaMa würde gefasst und in die Enge getrieben werden, seinen Auftraggeber HeHe ans Messer liefern können. Das dürfe auf keinen Fall passieren, und er würde es sich eine stolze Anerkennung kosten lassen, wenn er, also ich Lankau, dafür sorgen könnte, diesen MaMa aus dem Verkehr zu ziehen, wenn sie verstehen, was ich meine? Here we are.

Es war ganz einfach. Meine Stärke ist das Warten. Die Kollegen in Görlitz hatten diese Stärke nicht zu schätzen gewusst. Als heute früh das Wohnmobil gefunden wurde, wusste ich, wie es ablaufen würde, weil ich allen üblen Nachreden zum Trotz über eine gewisse Kombinationsgabe verfüge. Das Wohnmobil galt als das letztmögliche Goldversteck. Ich setzte umgehend Herrn HeHe in Pforzheim in Kenntnis, und der wiederum seinen MaMa. Ich musste nur dafür sorgen, dass der Zündschlüssel stecken blieb. Über die Telefonnummer des MaMa konnte ich seinen Aufenthaltsort herausfinden, wie übrigens schon zuvor bei dem Mord an Willy Lambert und sogar in Portugal. Ich brauchte nur noch zu warten, bis er das Wohnmobil geklaut hatte, denn dass er das tun würde, war für mich sonnenklar. Und ich hatte recht.

Dass ich ihn erschießen musste, bereitete mir keine Probleme. Was sein muss, dass muss. Herr HeHe aus Pforzheim hatte versprochen, dass, wenn ich das Gold finden würde, ein Teil davon mir gehören würde. Fände ich es nicht, würde mir trotzdem ein stattliches Salär das Pensionsalter versüßen. Bedingung: MaMa durfte auf keinen Fall überleben. Ja, manch einer lässt sich die Redlichkeit und Unbescholtenheit einiges kosten.

Ich war nie bestechlich oder korrupt. In einen kleinen Kommissar setzte man kein Vertrauen. Da waren die Herren Hauptkommissare schon besser dran. Die Entscheidungsträger, die Strippenzieher. Aber ich werde bald in Pension gehen, und ehrlich, dass mir zu diesem Zeitpunkt einer ein Stück von der Sahnetorte anbot, konnte ich einfach nicht ignorieren.

Die Hitze wurde für Lankau nun doch unerträglich. Er hörte nun andere Stimmen. Er meinte, die Stimmen zu kennen, war sich jedoch nicht sicher. Jemand spendete ihm Schatten, und jemand hielt eine seiner Hände. Er hörte, wie eine der Stimmen sagte, jemand würde im Sterben liegen. Jemand? Er war nicht hier, um Rätsel zu lösen. Wenn sie nicht konkreter werden, dachte Lankau, macht es keinen Sinn zuzuhören. Er musste sich nämlich darauf konzentrieren, wie es weitergehen sollte. Denn das musste es ja irgendwie.

*

Der Notarzt wollte und wollte nicht kommen. Dabei waren erst fünf Minuten vergangen, seit Rita mit den Polizisten in der Halle verschwunden war, aber Eliza dünkte es eine Ewigkeit. Immer noch floss Blut aus dem Mund des Kommissars. Sie getraute sich nicht, den Griff des Werkzeugs anzufassen, das aus seiner Brust ragte.

„Pit, er stirbt", sagte sie voller Verzweiflung, „er stirbt in meiner Hand, und ich kann nichts dagegen tun."

„Du tust genug, indem du bei ihm bist. So stirbt er nicht allein", sagte Pit, aber er schämte sich für diesen Schwachsinn. Er war wütend, weil alle Eliza und ihn in dieser Situation zurückgelassen hatten, inklusive Edgar, dem die Jagd nach dem Mörder wichtiger war als ...als ...ja, als was? Wichtiger als die Betreuung eines sterbenden Menschen? Oder hatte Edgar die Sachlage so eingeschätzt, dass dem Verletzten sowieso nicht mehr zu helfen war? Musste die Karawane dann einfach weiterziehen? Business as usual? Es war nicht die Stunde, um jetzt eine ethische Diskussion darüber zu führen. Für Pit reichte der Gedanke, dass er es nicht für korrekt hielt. Es war unfair.

Eliza redete mit sanfter Stimme auf den Kommissar ein. Es war überhaupt nicht wichtig, was sie sagte, sondern dass sie ihn ansprach. Pit nahm es nur am Rande war und fand es gut, obwohl er nichts von dem verstand, was ihren Mund verließ. Wenn ihr keine Worte mehr einfielen, summte sie einfach, eine eintönige Melodie, die wie ein Ohrwurm klang und keine Ansprüche an die Aüfnahmefähigkeit stellte, ob verletzt oder nicht.

„Pit, Pit, ich glaube, jetzt stirbt er. Gerade in dieser Sekunde. Ich spüre es an seiner Hand."

Pit warf die Motorhaube zur Seite, kniete sich hinter Eliza und umschlang sie mit seinen Armen. Ihr Körper bebte und krümmte sich im Krampf, als würde sie in Wehen das Mitleid aus sich herauspressen. So verharrten sie ungezählte Zeit, bis Eliza die Hand des Kommissars entließ und sie in Pits Umarmung erschlaffte.

Es näherten sich Motorgeräusche, dann Schritte. Pit achtete nicht darauf.

„Ist das der Verletzte?"

Pit hob den Kopf, sah einen Mann, den er schon ein- oder zweimal gesehen hatte. Es fiel ihm nicht ein, wo es war.

„Dr. Fahlbusch. Erinnern Sie sich? Wenn Sie bitte kurz zur Seite gehen würden, Herr Ferman, damit ich mich um den Mann kümmern kann."

Stimmt, das war er. Dr. Fahlbusch. Pit erkannte ihn wieder. Er stemmte sich in die Höhe und zog Eliza sanft mit sich. „Nein", sagte Pit, „ich erinnere mich nicht an Sie."

Dr. Fahlbusch kniete sich neben Kommissar Lankau nieder, tastete mit einer Hand nach dem Puls. „Nix zu machen. Er ist tot. Armes Schwein."

Wie in Trance staksten sie, Arme umeinander, auf steifen Beinen zu ihrem Citroën. Eigentlich, wusste Pit, dürfte er in diesem Zustand nicht Auto fahren. Doch es war ihm egal. Sein Instinkt wusste, was sie jetzt am allermeisten brauchten: Eine Lichtung im Wald, ein Haus, einen See mit einer Insel, und eine Katze. Und seit neuestem auch einen Garten und eine Buche.

29./30. Juli 2022

Es war Edgars zweite Nacht. Die erste hatte er von Mittwoch auf Donnerstag hier verbracht, und nun, wie gesagt, war es seine zweite Nacht. Freitag auf Samstag.

Rita hatte widerstrebend, aber dann halt doch, die Nächte Dienstag/Mittwoch und Donnerstag/Freitag übernommen. Widerstrebend, weil es nicht auf Anordnung des Staatsanwalts und ihres Chefs geschah, und weil sie deswegen keine Überstunden abrechnen konnte. Zudem durfte sie danach nicht einfach müde in ihr Bett fallen und einen Tag durchpennen, nein, sie musste im Anschluss einen ganz normalen Arbeitstag ableisten, ob sie nun müde war oder nicht. Die Sache war ganz allein auf Edgars Mist gewachsen, und er hatte sich einen Deut darum geschert, wie es um ihre Befindlichkeiten stand, und wenn sie ihn nicht so gut kennen würde, hätte sie nie und nimmer dieser Aktion zugestimmt. Aber eine innere Stimme hatte ihr geflüstert, dass sie sich auf den alten Hauptkommissar verlassen solle. Pah, innere Stimme. Wenn sie immer auf ihre innere Stimme gehört hätte, würde sie jetzt nicht bei der Kriminalpolizei schlecht bezahlte Stunden abreißen, sondern irgendwo auf der Terrasse einer eigenen Finca in Spanien sitzen und ihren drei Kindern beim Planschen im Swimmingpool zuschauen. Nicht eines der schlechtesten Hirngespinste, wie sie fand. Aber nein, sie hatte sich breittreten lassen. Lag es an ihrer Gutmütigkeit? Oder weil sie an Edgars Instinkt glaubte? Und wie weit gehörte es zu ihrem Instinkt, dass sie ihm während seiner *Nachtschichten* ihre Dienstpistole überließ? Wenn das jemand erführe, wäre ihre Karriere gelaufen, so viel stand fest.

In der ersten Nacht war Edgar schlecht vorbereitet gewesen. Nachtstunden werden lang und länger, je später die Nacht, beziehungsweise je fortgeschrittener der Morgen wird. Eigentlich hätte er es von früher wissen müssen, aus

Zeiten, in denen er nachts stundenlang im Sitz eines Dienstwagens den Hintern breitsaß, um irgendjemanden aus der Unterwelt zu überwachen. Er hatte weder ein Buch noch ein Kreuzworträtselheft noch seinen MP3-Player dabeigehabt, um sich die Zeit zu vertreiben, und so hatte er sich mit abgelesenen uralten Exemplaren der Regenbogenpresse aus dem Warteraum und dem mitgebrachten Kaffee aus der Thermoskanne begnügen müssen.

Heute konnte er zwischen einem Stapel Sudokus, einem Buch über die Lichtverschmutzung der Welt, und seinen bevorzugten Musikaufnahmen auf dem MP3-Player wählen. Aktuell hatte er einen klaren Favoriten: Die Männer der Rockgruppe *Genesis* hatten sich nach Jahren der Trennung wiedervereint und eine neue CD auf den Markt gebracht. Peter Gabriel sang wie eh und je, und sogar Phil Collins hatte trotz seiner Krankheit die Trommelstöcke in die Hände genommen.

Edgar selbst war bei der Klinikleitung vorstellig geworden und hatte das Problem geschildert, wohl wissend, dass er keinen Anspruch auf Unterstützung geltend machen konnte. Aber die Klinikleitung, darunter der Chefarzt, waren ihm insofern entgegengekommen, dass Edgar, beziehungsweise Rita, bestimmte Bedingungen erfüllen musste, die aus Rücksicht auf die besondere Situation auf der Intensivstation der Klinik einzuhalten waren. Es ging hauptsächlich um Einhaltung von Hygienevorschriften. Edgar und Rita mussten jeweils die Berufskleidung des Personals tragen, inklusive Kopf- und Mundschutz. Desinfizierung der Hände obligatorisch.

Manfred Maier, oder *Mighty MaMa*, war am Dienstagnachmittag mit einem Bauchschuss in die Klinik eingeliefert und sofort operiert worden. Innere Blutungen, Verletzungen des Darmtrakts, hoher Blutverlust, Lebensgefahr.

„Das war´s endgültig", hatte Rita zu Edgar gesagt und sich die Hände gerieben, als Manfred Maier in den Krankenwagen geschoben worden war.

Edgar hatte widersprochen. Natürlich, hatte Rita gedacht, muss der Herr Hauptkommissar seinen Senf dazugeben. Und so war es in einer intensiven Auseinandersetzung zu dem Deal zwischen ihr und Edgar gekommen, weshalb sich Rita schon zwei Nächte um die Ohren geschlagen hatte für nichts. Wie lange das dauern sollte, hatte Edgar typischerweise nicht erwähnt.

Tagsüber wachte sichtbar ein uniformierter Polizist vor Manfred Maiers Zimmer auf der Intensiv. Die Nächte teilten sich Rita und Edgar. Im Krankenzimmer wurde dann ein Paravent aufgestellt, hinter dem sie auf einer Liege die Nacht in direkter, aber nicht sichtbarer Nähe zu Manfred Maiers Krankenbett zubrachten.

Am Freitagnachmittag war Manfred Maier aus der Bewusstlosigkeit erwacht, was jedoch nicht bedeutete, dass er vernehmungsfähig war. Aber er erkannte Edgar Schaaf trotz Kopfhaube und Mundschutz sofort, als dieser am Abend seinen Platz hinter dem Paravent einzunehmen gedachte. Er hatte nur ein einziges Wort geröchelt: „Schaaf."

Edgar hatte ihn angesprochen. „Weißt du, weshalb ich hier bin? Kannst du es dir vorstellen?"

Aber Manfred Maier antwortete nicht, fixierte ihn bloß mit den Augen.

„Ich bin hier, um dir das Leben zu retten. Nicht mehr, und nicht weniger."

Mehr Worte wurden zwischen den beiden nie wieder gewechselt. Edgar begab sich hinter den verstellbaren Sichtschutz und begann das Warten.

Da Edgar kein Übermensch war, nagte auch an ihm gelegentlich der Zweifel, traute er seiner Intuition nicht mehr uneingeschränkt über den Weg. Immerhin war er jetzt schon mehrere Jahre aus dem Geschäft. Dann stellte er sich vor, dass er gerade im Augenblick neben Melanie im Bett liegen könnte, friedlich schlafend wie ein sattes, zufriedenes Kind. Aber es waren Phasen von kurzer Dauer. Wie hatte er am Dienstag erst zu Manfred Maier gesagt? *Ich bin, wer ich bin.* Das heißt, selbst wenn er aus seiner Haut schlüpfen könnte, würde er immer noch Edgar Schaaf sein. Ob das Fluch oder Segen war, wollte er mit sich nicht genauer ausdiskutieren.

Die Wolfsstunde am frühen Samstagmorgen war bald vorüber. Edgar wurde schläfrig. Er überlegte, ob er sich bequemer hinlegen sollte, als er für eine Sekunde eine Veränderung der Raumluft spürte. Er kannte diese Luftveränderungen. Sie traten immer dann auf, wenn vom Klinikpersonal jemand das Zimmer betrat um nach dem Patienten zu schauen. Aber nachts um vier hatte noch nie einer nach ihm gesehen. Dennoch. Die Tür hatte sich geöffnet.

Edgar wartete noch eine halbe Minute. Dann erhob er sich geräuschlos, zog Ritas Dienstpistole aus dem Futteral und trat hinter dem Paravent hervor. Er erwischte den Mann, wie er ein Kissen auf Manfred Maiers Gesicht drückte.

„Guten Morgen, Herr Heymann. Ich wusste, dass Sie früher oder später kommen würden. Sie sind vorläufig festgenommen."

30. Juli 2022

Silvio stellte Eliza eine Apfelschorle, Pit ein Viertel Landwein auf den Tisch. Sie saßen wie immer am Tisch unter der Vitrine mit Silvios Heiligtümern, und mit Blick durchs Fenster auf Pits Parkplatz. Nur dass heute nicht der Citroën den

Platz einnahm, sondern das Wohnmobil, das auf Eliza zuge-lassen war. Allgöwer hatte gestern angerufen und gesagt, sie könnten das verdammte Vehikel abholen.

„Wolle jetz verkaufe deine Citro?", hatte Silvio gefragt. „Iste geworde Zei."

„Nein, Silvio, mein Citroën ist unverkäuflich", hatte Pit geantwortet.

Sie warteten auf Christinas Spaghetti Carbonara. Aus der Billard-Ecke des Restaurants ertönte lautes Gejohle. Mit we-hendem Geschirrtuch über dem Arm eilte Silvio hin, um die Jugendlichen etwas zu mäßigen.

„Na endlich", sagte Pit leise, „jetzt fühlt es sich an wie im-mer. Er wird allmählich wieder der Alte."

„Ja, die Aussicht, dass Christina bleiben und das Restau-rant aufmöbeln und übernehmen will, verleiht ihm Flügel."

Sie hatten den Zehn-Uhr-Bus genommen und waren vierzig Minuten später bei der Polizeidirektion angekommen, zehn Minuten Fußweg vom Bahnhof inklusive. Das Wohnmobil stand abholbereit auf dem Polizeihof.

Die Zerstörungen, die von Manfred Maier im Wohnmobil angerichtet worden waren, hatten von Allgöwer natürlich nicht behoben werden können. „Geht's noch?", hatte er ent-geistert gesagt. Aber was er selbst demontiert, abgenommen, ab- und aufgeschraubt, auf- und abgedeckt, hinterleuchtet und untersucht hatte, war von ihm wieder in Ordnung oder an Ort und Stelle gebracht worden. Von irgendwelchem Gold keine Spur.

„Und ihr glaubt, dass, wenn ihr bei euch daheim danach sucht, ihr es finden werdet?" Es kostete Allgöwer ein müdes Lächeln. „Viel Erfolg", wünschte er sarkastisch und über-reichte ihnen den Zündschlüssel. „Papiere liegen im Hand-schuhfach."

Nacheinander betraten zwei Paare das Restaurant. Silvio brachte die Schüssel mit Spaghetti Carbonara und war über den Gästezuwachs beinahe erschrocken.

„Das lässt sich doch gut an, Silvio. Sieh´ zu, dass du die Neuen festbinden kannst."

„Wie make fesbinde, Pit? Bin i nix vo de Pollsei."

„Offeriere ihnen ein Begrüßungsgeschenk", riet ihm Eliza. „Getränke gratis, zum Beispiel. Übrigens spendiere ich den jungen Leuten am Billardtisch eine Runde Spaghetti. Bring´ ihnen bitte eine Schüssel, Silvio. Man muss sie auf den Geschmack bringen, verstehst du? Dann essen sie in Zukunft vielleicht nicht mehr den amerikanischen Scheiß."

Silvio hörte ihr zu wie dem Pfarrer in der Kirche. Man konnte zusehen, wie die Botschaft in seinen Kopf sickerte.

„Muss i werde alte Mann, zum versteh Geschäf", strahlte er dann, als es *klick* gemacht hatte, drehte auf dem Absatz um und eilte in die Küche.

Das Wohnmobil fuhr sich angenehmer als gedacht. In allen Abmessungen etwas größer als der Citroën, war er in der Motorleistung jedoch erheblich stärker und in der Geräuschentwicklung sehr viel leiser. Gewöhnungsbedürftig für Pit war lediglich die Sitzposition über den Vorderrädern. Saß er beim Citroën praktisch mit dem Hintern auf der Vorderachse, lagen beim Wohnmobil die Vorderräder etwa in Höhe der Füße, also weiter vorne, was sich in der Lenkbarkeit und im Steuerungsradius bemerkbar machte. Sonst jedoch glich das Fahren einem Genuss.

Die Landstraße lag hinter ihnen und sie befanden sich bereits auf der Talstraße bei Grünweiler. Die Bushaltestelle tauchte vor ihnen auf. Pit bereitete sich auf das Abbiegen auf die Schotterpiste zu ihrem Haus vor. Wie immer zog er das Lenkrad mit einer Hand herum.

Was er hunderte Male problemlos gemeistert hatte, geriet total daneben. Das rechte Vorderrad rammte den Granitgrenzpfosten. Die Wucht riss ihm das Lenkrad aus der Hand. Das Wohnmobil stoppte abrupt mit einem Schlag. Eliza und Pit, in die Sicherheitsgurte geschleudert, stand der Schreck im Gesicht.

„Alles okay, Eliza? Hast du dich verletzt?"

Sie schüttelte den Kopf.

„Verdammter Mist", fluchte er dann, stieß die Fahrertür auf und lief um die Front des Wohnmobils herum, beugte sich zum Vorderrad. Stoßstange und Radkasten demoliert, Reifen platt. „Verdammter Mist."

Er richtete sich auf und ging zum Heck des Wagens. Es ragte voll in die von Gehlheim kommende Fahrspur der Straße hinein. So konnten sie nicht stehenbleiben.

„Wie sieht's aus?", fragte Eliza, als er wieder in die Fahrerkabine kletterte.

„Das Vorderrad ist platt. Wir versperren die Fahrspur. Ich fahre jetzt vom Pfosten weg."

Er startete den Motor und legte den Rückwärtsgang ein, fuhr ungefähr einen Meter zurück. Dann den ersten Gang. Er gab Gas und lenkte das Vorderrad am Grenzpfosten vorbei. Weil das Wohnmobil, wenn auch eingeschränkt, steuerbar war und sie trotz Plattfuß vorwärts kamen, fuhr er es schließlich bis vors Haus.

Eliza stieg aus, begutachtete den Vorderreifen, der nun über die Hälfte aufgerissen war und von dem die Profildecke in Fetzen davon hing. Aus dem Reifeninnern quoll eine gelbliche Masse. Pit trat hinzu.

„Was ist das denn für Zeug? Das hat in einem Reifen normalerweise nichts verloren", brummelte er.

Er bückte sich und krümelte von der Masse heraus. „Es ist stinknormaler Montageschaum, wie man ihn in jedem Baumarkt kaufen kann", sagte er, „sieh´ nur", und drückte es Eliza in die Hand.

„Da hinten liegt noch mehr. Es muss während der Fahrt rausgeschleudert worden sein." Sie zeigte hinter das Wohnmobil, wo weitere Brocken und Krümel des Bauschaumes lagen. Und dann lief sie auf einmal weg, klaubte etwas vom Boden auf.

„Pit", rief sie alarmiert, „komm´ schnell her. Schau´ dir das an." Sie hielt ihm einen kleinen Gegenstand entgegen.

Er nahm es in die Finger. „Das ist ...ich werd´ verrückt ...das ist ein Goldbarren."

„Ja, und schau´ nur dort. Die Straße runter. Sie liegt voller Gold."

Pit fasste Eliza um die Hüfte. „Willkommen in Eldorado", sagte er.

****

Kriminalromane von Pit Ferman im Twentysix-Verlag.
aus der Edgar-Schaaf-Krimireihe.

„Schaafswinter."
ISBN: 9783740727550

„Schaafssturm."
ISBN: 9783740713454

„Schaafshammer."
ISBN: 9783740731533

Weitere Bücher von Peter Siefermann im Twentysix-Verlag.

„Zwölfeinhalb Bären, oder wie die Bären nach Waldulm kamen."
ISBN: 9783740711917

„Das große Spiel, oder mit Lachdatte, Mängehatte und Poklapier."
ISBN: 9783740727451

„Tierisch-menschliches in Lyrik und Prosa."
ISBN: 9783740714000

„Drei Männer, zwei Boote, ein Fluss und der Blues."
ISBN: 9783740712952

„Teddor."
ISBN: 9783740729400

„Aus der Sicht des Pumas"
ISBN: 9783740731625

„Die Sachenfinderin"
ISBN: 9783740733674

Alle Bücher sind auch als E-Book erhältlich.

Pit Ferman wurde 1953 in Kappelrodeck im Land Baden-Württemberg geboren. Er lebte über dreißig Jahre in Basel in der Schweiz und arbeitete für ein deutsches Transportunternehmen. Nach Versetzung in den Ruhestand zog er mit seiner Ehefrau nach Deutschland zurück.
Pit Ferman ist Vater zweier Kinder, die beide in der Schweiz leben.